Michael Peinkofer

Die steinerne Krone

Weitere Titel des Autors:
Barbarossa – Im Schatten des Kaisers

MICHAEL PEINKOFER

DIE STEINERNE KRONE

HISTORISCHER ROMAN

Lübbe

NACHHALTIG PRODUZIERT

Die Bastei Lübbe AG verfolgt eine nachhaltige Buchproduktion. Wir verwenden Papiere aus nachhaltiger Forstwirtschaft und verzichten darauf, Bücher einzeln in Folie zu verpacken. Wir stellen unsere Bücher in Deutschland und Europa (EU) her und arbeiten mit den Druckereien kontinuierlich an einer positiven Ökobilanz.

FSC www.fsc.org MIX Papier | Fördert gute Waldnutzung FSC® C014496

Originalausgabe

Dieses Werk wurde vermittelt durch die
Autoren- und Verlagsagentur Peter Molden, Köln

Textredaktion: Stefan Bauer
Umschlaggestaltung: Massimo Peter-Bille
Umschlagmotiv: © Nella/shutterstock;
© Alamy Stock Photo/The Picture Art Collection
Satz: Dörlemann Satz, Lemförde
Gesetzt aus der Baskerville Book BQ
Druck und Einband: GGP Media GmbH, Pößneck

Printed in Germany
ISBN 978-3-7577-0057-7

2 4 5 3 1

Sie finden uns im Internet unter luebbe.de
Bitte beachten Sie auch: lesejury.de

Bin ein Gestirn am Firmament,
das keinen Ort sein eigen nennt.
Es führt die Macht, die mich besonnt,
auch strahlend in den Horizont.
Selbst ein Besonnter, werf auch ich
ein Licht auf Sterne, wie auf dich.
Doch bringt mein Gehen um die Welt
es mit sich, daß mein Licht nicht hält.

Friedrich II. über sich selbst

HANDELNDE PERSONEN

Hinweis: Das nachfolgende Verzeichnis enthält die wichtigsten Protagonisten. Eine ausführliche Auflistung der handelnden Figuren finden Sie im Glossar am Ende des Romans.

Das kaiserliche Lager

Friedrich II. Roger	das Staunen der Welt

Die Familie

Konstanze von Sizilien	Friedrichs Mutter
Konstanze von Aragón	seine erste Ehefrau
Isabella von Brienne	seine zweite Ehefrau
Isabella Plantagenet	seine dritte Ehefrau
Bianca Lancia	seine Geliebte

Berater und Verbündete

Berard von Castacca	Erzbischof von Bari, später Palermo
Ezzelino III. da Romano	Graf von Bassano
Heinrich von Malta	Admiral Friedrichs

Hermann von Salza	Hochmeister des Deutschritterordens
Ludwig IV.	Landgraf von Thüringen und Pfalzgraf von Sachsen
Petrus de Vinea	Gelehrter und Großhofjustiziar
Parceval Doria	Ritter und Dichter aus Genua

Das päpstliche Lager

Innozenz III.	Summus Pontifex
Honorius III.	sein Nachfolger, Summus Pontifex
Hugolinus von Ostia	Kardinalbischof, später als
Gregor IX.	sein Nachfolger, Summus Pontifex
Coelestin IV.	sein Nachfolger, Summus Pontifex
Innozenz IV.	sein Nachfolger, Summus Pontifex

Das muslimische Lager

Fahr ad-Din	Emir, Vertrauter Sultan al-Kamils
Malik al-Kamil	Sultan von Ägypten

Andere Parteien und Machthaber

Alaman da Costa	genuesischer Graf
Heinrich Raspe	Herzog von Thüringen, deutscher Gegenkönig
Johann von Brienne	König von Jerusalem
Otto IV. von Braunschweig	Kaiser und König

Frankreich

Philipp II. August	König von Frankreich
Ludwig VIII. der Löwe	sein Sohn, später König von Frankreich
Ludwig IX. der Heilige	sein Sohn, später König von Frankreich

England

Johann Plantagenet, genannt Ohneland	König von England
Heinrich III.	sein Sohn, König von England

PROLOG

Castel del Monte, Apulien
25. August 1943

»Diese elende Hitze.«

Professor Josef Burger nahm den Strohhut ab, mit dem er sich vor der sengenden Sonne Süditaliens zu schützen suchte, und wischte sich den Schweiß von der Stirn. Das Tuch, das er hierfür benutzte, hatte sich bereits vollgesogen und eignete sich nur noch sehr bedingt für den Zweck, den Burger ihm zugedacht hatte. Dennoch tupfte sich der Archäologe sorgfältig Stirn und Schläfen, ehe er den Hut wieder aufsetzte.

»Sie denken, *das* wäre heiß, Professor?« Oberleutnant Günther Hoffmann sandte ihm einen ebenso spöttischen wie geringschätzigen Blick. »Das ist nichts gegen die Hitze, die wir in Nordafrika zu ertragen hatten!«

Hoffmann war das, was man zu Burgers Zeit einen Zinnsoldaten genannt hatte: achtundzwanzig Jahre alt, gebildet und mit guten Manieren; die khakifarbene Uniform saß perfekt an seiner schlaksigen Gestalt, das blonde Haar unter der Dienstmütze war kurz geschnitten und streng gescheitelt. Der Blick seiner eng stehenden grauen Augen war dabei voller Vertrauen auf die politische Führung in

Berlin gerichtet, aller Unbill zum Trotz, die die Zeit für seine Generation bereithalten mochte.

Dass ein solcher Held des deutschen Volkes in diese entlegene Gegend abkommandiert war, statt sich auf dem Feld der Ehre seine Sporen zu erringen, entbehrte nicht einer gewissen Ironie. Vielleicht, dachte Burger, hatte Hoffmann einfach nur Glück gehabt. Oder seine Familie verfügte über Beziehungen, die andere nicht hatten – so wie auch Burger keine gehabt hatte, damals, in jenem anderen Krieg, den Deutschland geführt hatte und der ihn einen Arm gekostet hatte …

»Ein deutscher Soldat sollte in der Lage sein, unter jedweden klimatischen Bedingungen zu kämpfen«, schnarrte Hoffmann: ein Satz, der wie ein Zitat aus dem Offiziershandbuch der Wehrmacht klang. »Ob Hitze oder Kälte, spielt dabei keine Rolle.«

»Vielleicht ist das so«, räumte der Professor nickend ein, »Sie scheinen dabei nur zu vergessen, dass ich kein Soldat bin.«

»Früher schon«, beharrte der andere.

»Das ist wahr«, räumte Burger mit dünnem Lächeln ein, »allerdings war es damals nicht nötig, sich an ein anderes Klima zu gewöhnen, da wir über Flandern ja nicht hinausgekommen sind.«

Hoffmann verzog das frisch rasierte Gesicht, wie er es immer tat, wenn Burgers ausgeprägter Sinn für Sarkasmus ihm eine solche Bemerkung zumutete. Es war nicht weiter schwierig, sich vorzustellen, was in dem jungen Offizier vor sich ging. Vermutlich schwankte er zwischen linientreuer Pflichterfüllung, die ihn dazu genötigt hätte, dergleichen die Wehrkraft zersetzendes Verhalten zu melden, und seiner stillen Bewunderung für jemanden, der an der

Kriegsfront gewesen und wenn schon nicht sein ganzes Selbst, so doch einen Teil davon im Kampf für das Vaterland gelassen hatte.

Josef Burger, der eine Lehrprofessur für mittelalterliche Geschichte bekleidete, war es ziemlich gleichgültig, welche von beiden Seiten die Oberhand behalten würde. Er hatte schließlich nicht um diesen Auftrag gebeten, im Gegenteil, er war ihm aufgezwungen worden, und sei es nur deshalb, weil es in Deutschland nicht mehr allzu viele Gelehrte gab, die einerseits die nötige Kompetenz besaßen und andererseits noch rüstig genug waren, die rund 1300 Kilometer Flugstrecke zwischen hier und Berlin zu bewältigen. Die kühle Stille der Universitätskorridore mit ihrem allgegenwärtigen Odem von Bohnerwachs und altem Papier war hier, in der Sonne des apulischen Hochsommers, nur eine unwirkliche Erinnerung.

Burger trat unter das Vordach des Zelts, das am Fuß des Hügels errichtet worden war, und griff nach der Feldflasche auf dem Klapptisch. Im Lauf von beinahe siebenundzwanzig Jahren hatte er hinlänglich gelernt, wie man einen Schraubverschluss öffnete, wenn man nur eine Hand zur Verfügung hatte. Kurzerhand fasste er die Verschlusskappe mit den Zähnen und hielt sie fest, während er die Flasche herumdrehte. Während er in kleinen Schlucken das Wasser trank, das lauwarm war und nach Rost schmeckte, sah er an der mächtigen Konstruktion empor, die sich auf dem Hügel erhob und deren Anblick ihn jeden Tag aufs Neue mit Ehrfurcht erfüllte.

Acht Türme waren es.

Schlanke, achteckige Säulen aus hellem Kalkstein, von denen sich jede fünfundzwanzig Meter hoch in den blauen Himmel Süditaliens reckte. Dazwischen acht fast ebenso hohe Mauern, alles sich vereinend zu einem Oktogon, einem Achteck von absolut vollendetem Gleichmaß.

Dies war das Castel del Monte.

Oder, wie es ursprünglich mit vollem Namen geheißen hatte, das *castrum Sancta Maria de Monte.*

Seit ziemlich genau sieben Jahrhunderten stand die Burg dort oben auf dem Hügel. Ihr Ursprung gab Rätsel auf, ebenso wie die Identität des Architekten. Über ihren Bauherrn wusste man dafür umso mehr, und nicht wenige behaupteten, dass er auch der Ideengeber des Bauwerks gewesen sei, womöglich sogar sein heimlicher Konstrukteur: Friedrich II., Kaiser des Heiligen Römischen Reiches Deutscher Nation … und des alten Barbarossas Enkelsohn.

Burger hatte zahllose alte Quellen studiert, von den Schmähschriften eines Salimbene von Parma bis zu den *Monumenta Germaniae Historica*, jedoch nirgendwo einen eindeutigen Hinweis auf den Architekten dieser Burg gefunden, die sicher Vorbilder gehabt haben mochte, in dieser vollendeten Form und Erhaltung jedoch im gesamten europäischen Raum ihresgleichen suchte. Ihre Entstehung blieb ein Rätsel – so wie auch ihre Bestimmung.

Welchem Zweck mochte diese kunstvoll erbaute Feste einst gedient haben?

Für eine rein militärische Anlage war sie zu elegant und wenig zweckmäßig, zudem schien ihr Ausbau nie wirklich fertiggestellt worden zu sein; auch war sie zu klein, um den kaiserlichen Hof zu beherbergen, der sich zudem nur rund siebzig Kilometer entfernt in Foggia befunden hatte. Hatte es sich also womöglich nur um einen Ort der Verlustierung gehandelt? Dass Friedrich kein Kind von Traurigkeit gewesen war und die schönen Dinge des Lebens geliebt hatte, war in der Forschung unbestritten; ebenso, dass er gern und oft zur Jagd ausgeritten war und die Falkenjagd über alles geliebt hatte. War Castel del Monte also lediglich ein – wenn auch herausragend konstruiertes – Jagdschloss gewesen?

Burger ertappte sich dabei, dass ihn die Vorstellung enttäuschte. Selbst als profundem Kenner der Geschichte des hohen Mittelalters hatte ihm stets der Gedanke gefallen, dass dieses Bauwerk einst einem höheren Zweck gedient haben mochte als dem bloßen Nutzen, dass der Kaiser mit der Errichtung ein Zeichen hatte setzen wollen, das die Zeit überdauerte.

In mancher Hinsicht war ihm dies gelungen.

Kaum ein Herrscher des Mittelalters war bereits zu Lebzeiten so geliebt und verehrt worden – und auch so gehasst. Beides, die Zuneigung ebenso wie der Hass, hatten dafür gesorgt, dass das Andenken an Friedrich fortlebte. Ungezählte Male war in den Jahren nach seinem Tod behauptet worden, dass er nicht wirklich gestorben sei und noch leben würde; kein anderer Herrscher fand so viele Nachahmer, die behaupteten, in Wahrheit der verloren geglaubte Kaiser zu sein. Und als sich beim Volk schließlich irgendwann die Erkenntnis durchsetzte, dass der Herrscher den Weg alles Sterblichen gegangen war, da fand er Eingang ins Reich der Legende, die besagte, dass er, ähnlich wie sein berühmter Großvater Friedrich Barbarossa, lediglich ruhen würde, bis die Zeit für seine Rückkehr gekommen sei …

Es war, als ob die Welt nicht von ihm lassen wollte, als ob sie den letzten Stauferkaiser mit aller Macht im Diesseits zu halten suchte – und in gewisser Weise tat sie das nach all der Zeit noch immer. Andernfalls wäre Burger wohl nicht hier gewesen, und diese ganze Expedition in den italienischen Süden wäre niemals finanziert und ausgerüstet worden …

»Wann, denken Sie, können wir Berlin einen Erfolg melden?«, erkundigte sich Hoffmann, an dem die Mittagshitze in der Tat abzuprallen schien wie geschürte Glut von einem Ofenblech.

Burger, der die Feldflasche wieder abgesetzt und sorgfältig verschlossen hatte, lächelte schwach. »Es scheint für Sie festzustehen, dass unsere Suche erfolgreich sein wird.«

»Natürlich wird sie das.« Die dürre Gestalt des jungen Offiziers straffte sich, in seiner Uniform wirkte er wie ein zu groß geratener Hitlerjunge. »Es gibt nur sehr wenig, was deutsche Entschlossenheit und deutscher Forscherdrang nicht zu bewerkstelligen vermögen.«

»Das ist Ihre Überzeugung?«

»Allerdings, Professor.«

»Was haben Sie vor dem Krieg getan?«

Hoffmann sah zu Boden. Die Schulterstücke sanken ein wenig. »Ich habe in Braunschweig Ingenieurswesen studiert.«

»Ein Ingenieur, natürlich.« Burger nickte. »Wo ein Wille ist, da ist auch ein Weg, nicht wahr? Alles, wessen es bedarf, ist ein sorgfältig ausgearbeiteter Plan.«

»In der Tat.« Der Offizier nickte.

»Aber das hier ist anders«, widersprach Burger. »Geschichtswissenschaft lässt sich nicht planen, Herr Oberleutnant, und Archäologie ebenfalls nicht. Stattdessen muss man mit dem arbeiten, was einem die Vergangenheit hinterlassen hat – und wenn da nichts ist, dann hilft auch alle Entschlossenheit nichts.«

»Das nennen Sie nichts?« Hoffmanns Blick glitt von

den Zelten des Lagers hinauf zu den Türmen der Burg. »Ich würde sagen, die Vergangenheit hat Ihnen mehr als genug für Ihre Studien hinterlassen, Professor.«

»So mag es aussehen – aber wir wissen so gut wie nichts über dieses Bauwerk. Die Menschen jener Zeit waren anders, wissen Sie … sie waren bereit, Dinge aus Beweggründen zu tun, die der moderne Mensch nicht mehr begreifen kann – noch nicht einmal dann, wenn er Reichsmarschall ist.«

Etwas verkrampfte sich in Hoffmanns Gesicht – wie meist, wenn Burger ihren Auftraggeber erwähnte. Der Professor besaß Menschenkenntnis genug, um zu verstehen, dass diese Reaktion nicht aus patriotischen Gründen erfolgte. Es schien eine Verbindung zwischen Hoffmann und Göring zu geben, vermutlich rein privater Natur … Womöglich kannten die Familien einander, vielleicht war es auch Göring gewesen, der dem schneidigen jungen Offizier diesen Posten unter südlicher Sonne besorgt hatte, während andere im Kaukasus zum Ruhme Großdeutschlands bluteten …

»Aber – Sie werden doch alles unternehmen, um den Auftrag zu erfüllen?«, hakte Hoffmann nach. »Der Reichsmarschall verlässt sich auf uns, Professor Burger – vor allem nach den unglücklichen Ereignissen von Palermo.«

Burger nickte und hätte womöglich gegrinst, wäre die Lage nicht so blutig ernst gewesen. Als Amerikaner und Briten im vergangenen Monat auf Sizilien gelandet waren und die deutschen Truppen dort zum Rückzug gezwungen hatten, hatte besagter Reichsmarschall vom kommandierenden Offizier der Garnison von Palermo verlangt, die steinernen Sarkophage der deutschen Kaiser Heinrich und Friedrich aus dem Dom zu entfernen und aufs Festland zu verbringen, auf dass sie nicht in die Hände der alliierten Barbaren fielen.

Im Angesicht des herannahenden Feindes hatte die Wehrmacht allerdings anderes zu tun gehabt, als die sterblichen Überreste zweier längst verblichener Herrscher zu bergen – ihr Augenmerk hatte Soldaten und Kriegsmaterial gegolten. Von seiner Villa auf dem Obersalzberg aus hatte Göring aus sicherer Entfernung seine Abscheu über die Feigheit der betreffenden Offiziere zum Ausdruck gebracht. Seiner Begeisterung für das staufische Kaiserhaus hatte jener Rückschlag jedoch keinen Abbruch getan. Vielmehr hatte sich sein Interesse an der deutschen Vergangenheit in eine gewisse Besessenheit gesteigert, und er hatte die zuständigen Stellen angewiesen, eine Expedition nach Süditalien zu entsenden, um wenigstens dort noch etwas vom kaiserlichen Glanz zu retten – was indirekt nahelegte, dass auch der nach außen hin noch immer unerschütterlich optimistische Reichsmarschall mit einer alliierten Invasion in Italien rechnete.

Und das wohl schon bald.

Die Zeit bis dahin sollte genutzt werden, um in den Hinterlassenschaften der Vergangenheit nach Spuren zu suchen; nach Hinweisen, mittels deren sich Friedrich II. zur deutschen Ikone stilisieren ließ, zu einem frühen Monument teutonischer Macht, zu dem das Volk aufblicken und an dem es sich aufrichten konnte, wenn alliierte Bomben auf deutsche Städte fielen; zu einer historischen Bestimmung, auf die man trotz herber Rückschläge an den Fronten verweisen wollte; zu einem Stück Ewigkeit, auch wenn das Tausendjährige Reich im zehnten Jahr seines Bestehens bereits wackelte …

Plötzlich waren vom Burgtor laute Rufe zu vernehmen.

Lorenzo, einer der Einheimischen, die Burger in Ermangelung studentischer Hilfskräfte verpflichtet hatte, kam aufgeregt angerannt, das schwarze Haar und die weiten Hosen voller Staub, die dunklen Augen schreckgeweitet.

»Signore il professore! Signore il professore …!«

»Was gibt es?«, rief Burger ihm entgegen.

Atemlos langte der kleine Mann vor ihm an. *»Avevate ragione, signore il professore«*, stieß er keuchend hervor. *»La fondazione … abbiamo trovato qualcosa!«*

»Was sagt er?«, verlangte Hoffmann zu wissen.

»Dass es ein guter Gedanke war, in den Turmfundamenten zu suchen«, erwiderte Burger. »Offenbar sind die Gräber in einem der Türme auf etwas gestoßen.«

»Wo?«, verlangte der Offizier mit herrischem Tonfall von Lorenzo zu wissen. »Zeig es uns!«

»Seguimi!«, erwiderte dieser aufgeregt und eilte zum Burgtor zurück, durch dessen Öffnung Staub wie dünner Nebel ans Tageslicht kroch. Burger und Hoffmann folgten dem Italiener den schmalen Weg hinauf.

Die Hitze des Mittags fiel hinter ihnen zurück, als sie ins staubige Halbdunkel des Torhauses traten. Lorenzo hielt sich links, und sie passierten eine Reihe von Gewölben, ehe sie den schmalen Gang zu einem der Türme einschlugen. Von dort drang nicht nur der Staub, der die warme Luft durchsetzte und sowohl Burger als auch Hoffman dazu zwang, durch ihre Halstücher zu atmen, sondern auch aufgeregtes Stimmengewirr.

Der mit großen Steinplatten gepflasterte Boden des Turmes, von dem sich eine ebenso steinerne Treppe steil emporwand, war nach Burgers Anweisung aufgebrochen und Grabungen im aus Sand und Geröll aufgeschütteten Fundament vorgenommen worden.

Und dort, in einigen Metern Tiefe, schienen Lorenzo und seine Leute auf etwas gestoßen zu sein …

»Was ist es?«, fragte Hoffmann, der seine Neugier kaum in Zaum halten konnte. »Was haben die Männer gefunden?«

Die meisten der »Männer« verdienten die Bezeichnung kaum. Es waren noch halbe Kinder, die die Wehrmacht in den umliegenden Dörfern zwangsrekrutiert hatte. Burger wartete, bis auch die letzte der schmächtigen, staubbedeckten Gestalten die rund zwei Meter durchmessende Grube verlassen hatte, dann stieg er selbst die Leiter hinab. Hoffmann folgte ihm.

Der Schein mehrerer Karbidlampen beleuchtete einen rostigen Metalldeckel, der in den freigelegten Fels eingelassen war. Wie alles in Castel del Monte war auch der Deckel von achteckiger Form und schien einen Hohlraum zu verschließen, der sich darunter befand. Burger hob eine der Lampen vom Boden auf und nahm das Gebilde näher in Augenschein.

Ein Schloss befand sich darin, das einst Dieben getrotzt haben mochte. Nach sieben Jahrhunderten hatte der Rost dem Metall allerdings derart zugesetzt, dass schon ein sanfter Stoß genügen mochte, und schon …

In Ermangelung seines zweiten Armes, der 1917 bei Ypern geblieben war, reichte Burger die Lampe an Hoffmann weiter. Dann zückte er das kurze Messer an seinem Gürtel, schob die Klinge zwischen Fels und Metall und hebelte den Deckel kurzerhand auf.

»Was ist es? Was ist es?«, zischte Hoffmann. Die Mütze hatte er abgenommen, jetzt reckte er den blonden Schopf so begierig vor, als wäre in dem kleinen Loch im Boden der deutsche Endsieg versteckt.

Burger steckte das Messer wieder weg und öffnete den Deckel vollends. In der Vertiefung darunter lagen verrottete Stoffreste, die einst prächtiger Brokat gewesen sein mochten. Als der Professor sie vorsichtig anheben wollte, lösten sie sich in Wohlgefallen auf – darunter kamen zwei Gegenstände zum Vorschein. Das eine war ein kurzer Köcher aus gegerbtem Leder, der dem Zahn der Zeit getrotzt zu haben schien.

Das andere war ein goldener Ring.

Burger griff nach dem Kleinod und betrachtete es im Licht der Lampe. Es war ein Siegelring, in den ein Symbol graviert war. Selbst nach all der Zeit war es noch deutlich zu erkennen. »Der einköpfige Adler«, flüsterte Burger.

»Was bedeutet das?«, wollte Hoffmann wissen.

»Das Zeichen der römisch-deutschen Könige«, erklärte der Professor bereitwillig.

»Also … stammt der Ring von *ihm*?«

»Es wäre möglich.« Burger nickte und nahm sich den Köcher vor. Er war ganz mit Wachs überzogen, was wohl auch der Grund für seinen guten Zustand war. Unter normalen Voraussetzungen hätte ein Archäologe einen Fund wie diesen geborgen, nach Deutschland gebracht und unter wissenschaftlich vertretbaren Bedingungen untersucht. Aber was war schon normal in diesen Tagen, in denen die ganze Welt sich aufzulösen schien?

Hoffmanns bohrenden Blick im Nacken spürend, erbrach der Professor kurzerhand das wächserne Siegel und öffnete den Köcher. Im Inneren befand sich eine Rolle aus Pergament. Sie war in frühgotischer Minuskelschrift beschrieben, der Text selbst in lateinischer Sprache abgefasst.

»Was steht da?«, verlangte Oberleutnant Hoffmann zu wissen. »Können Sie das Kauderwelsch entziffern?«

Professor Burger antwortete nicht.

Aber im fahlen Schein der Grubenlampe begann er zu lesen …

Fundamentum II

Traditio

1.

Lombardei, südlich von Lodi
Juli 1212

Rüstung und Schwertgehänge zerrten an ihm, die Kettenhaube drückte bleiern auf sein Haupt, während er auf seinem Pferd saß, das mit heiserem Schnauben auf der Stelle trat. Doch nichts wog in diesem Augenblick so schwer wie die Verantwortung, die auf den Schultern von Fredericus Rogero ruhte. Dass er mit gerade siebzehn Jahren bereits Herrscher des Königreichs Sizilien war, der Sohn eines Kaisers und Enkel eines weiteren – all das zählte nichts in diesem Moment.

Jegliche Farbe war aus seinen schmalen, bartlosen Zügen gewichen, der Blick seiner graublauen Augen war starr ins Halbdunkel der zu Ende gehenden Nacht gerichtet, während er alles daransetzte, seine Unruhe zu verbergen.

Verblassendes Mondlicht fiel durch die weit gespannte Krone der alten Pinie und ließ das rötliche Haar leuchten, das unter dem Stirnrand der Kettenhaube hervorquoll und die direkte Verwandtschaft zum Großvater verriet, der gar nach seinem roten Haar benannt worden war. Dieses Blut, dieses Vermächtnis war es, das ihn zu diesem Abenteuer bewogen hatte, zu diesem Wagnis, bei dem er alles gewinnen konnte – aber auch alles verlieren, einschließlich seines noch jungen Lebens; es war das Blut von Hohenstaufen, von Friedrich Barbarossa und seinem Sohn Heinrich, das in seinen Adern floss … und das auch der Grund für die Nervosität war, die vom jungen Friedrich Besitz ergriffen hatte.

In Rom, der ersten Station seiner Reise, die ihm – so der Allmächtige es wollte – die römisch-deutsche Krone eintragen würde und danach womöglich die des Kaisers, hatte alles so vielversprechend begonnen. Erst im April hatten der Senat und das Volk von Rom ihn, der zwar alles Recht, jedoch kaum Waffen auf seiner Seite hatte, mit Jubel und Glockenklang willkommen geheißen. Zum Osterfest dann hatte auch Papst Innozenz, dritter dieses Namens, ihn empfangen, ihm den Lehenseid für das südliche Königreich abgenommen und ihn für die bevorstehende Mission gesegnet. Auf dem Seeweg waren Friedrich und die Seinen daraufhin nach Genua gelangt, wo man ihm gleichfalls einen jubelnden Empfang bereitet und er neue Verbündete gefunden und Freundschaften geschlossen hatte; Asti, die nächste Station seiner Reise, war ihm ebenfalls freundlich gesinnt gewesen und hatte eine Schar bewaffneter Reiter aufgeboten, die den zukünftigen Herrscher an die Grenze ihres Gebiets und in den Machtbereich der Pavesen geleitet hatte – denn nun befand sich Friedrich in gefährlicher Nähe der feindlichen Stadt Lodi und des übermächtigen Mailand, das schon seinem Großvater mit aller Gewalt getrotzt hatte.

Was geschehen würde, wenn er in die Hände der Lodesen oder ihrer machtvollen Verbündeten geriet, darüber konnte Friedrich nur vage spekulieren.

Da er ein päpstliches Mündel war, würde man es wohl nicht wagen, direkt Hand an ihn zu legen, doch gab es andere Mittel und Wege, einen unliebsamen Thronbewerber verschwinden zu lassen. So mochte er in Kerkerhaft geraten und dort nach Jahren quälender Gefangenschaft auch enden; oder ein Meuchelmörder oder ein giftiger Trunk würden bewerkstelligen, was aufgrund päpstlicher Weisung verboten war.

Doch Friedrichs eigentliche Sorge galt nicht seiner Person – wäre es so gewesen, hätte er niemals sein Ross bestiegen und sich auf diese gefahrvolle Reise begeben, hätte er den warmen Süden niemals verlassen, um im Norden die Krone eines ebenso kalten wie unwirtlichen Landes zu suchen, dessen Gebräuche er nicht kannte und dessen Sprache er noch nicht einmal beherrschte.

Es war die Tradition, um die er sich sorgte.

Das Vermächtnis, das durch Vater und Großvater auf ihn gekommen war und dem er sich stellen musste; die Hoffnungen, die auf ihm ruhten, sowohl beim einfachen Volk als auch bei jenen aus seinem Umfeld, die mit unerschütterlicher Überzeugung glaubten, dass er aufgrund seiner Herkunft zum Kaisertum geboren war. Unwillkürlich musste Friedrich an all jene denken, die ihn hierhergebracht hatten … zuvorderst an seine Mutter, die, obschon sie so früh von ihm gegangen war, seine Ansprüche auf die Krone bestmöglich gesichert und seinen Weg bereitet hatte; an seinen alten Lehrmeister Wilhelm Francisius, der ihm zuerst von diesen Dingen berichtet und sie zu einem Teil seiner selbst gemacht hatte; und an Konstanze, seine Ehefrau aus dem fernen Aragónien, die um so vieles älter war als er – und zugleich auch um so vieles klüger und besonnener. Sie alle hatten ihn hierhergeführt, und er empfand es als seine Schuldigkeit, weiterzugehen auf dem Pfad, den das Schicksal für ihn bereitet hatte …

»Wollt Ihr umkehren, junger Herr?«

Auf seinem Pferd sitzend, warf Berard von Castacca ihm einen fragenden Blick zu. Der Erzbischof von Bari, der in Rüstzeug und Mantel nur wenig von einem Mann Gottes, dafür umso mehr von einem eisernen Krieger hatte, befand sich erst seit drei Monden in seinem Gefolge. Papst Innozenz selbst hatte dem jungen König Berard zur Seite gestellt, wohl nicht nur, um ihn zu beraten, sondern auch, um Friedrichs Ambitionen und seinen jugendlichen Ehrgeiz – soweit sie sich gegen den Heiligen Stuhl richten mochten – zu zügeln. Doch von Beginn an war deutlich geworden, dass Friedrich etwas mit diesem Mann verband, der gut zwanzig Jahre älter war als er und sein Vater hätte sein können. Vielleicht war es tatsächlich der frühe Verlust des eigenen Vaters, der Friedrich instinktiv Vertrauen zu Erzbischof Berard fassen ließ; vielleicht auch nur die Menschenkenntnis, derer Friedrich sich trotz seiner Jugend rühmte und die ihm sagte, dass dieser Mann ihn niemals in seinem Leben im Stich lassen würde, ganz gleich, was er, Friedrich, tat oder welche Entscheidungen er auch immer treffen würde …

»Um was zu tun?«, fragte er mit leisem Spott dagegen. »Meine Haut zu retten?«

»Eure königliche Haut«, verbesserte Berard lächelnd. »Noch ist Zeit umzukehren. Ihr könnt immer noch nach Süden zurück, in Euer Königreich, dessen unbestrittener Herrscher Ihr seid.«

»Das ist wahr«, räumte Friedrich ein, ohne dem Gedanken auch nur einen Augenblick lang nachzugeben. »Aber Ihr wisst, dass ich nicht anders kann, als weiterzugehen und den Fluss zu überschreiten, so wie Cäsar einst den Rubikon überschritt. Mein Würfel ist ebenso gefallen wie der seine.«

»Fürchtet Ihr nicht um Euer Leben?«

Die Frage war von der anderen Seite gekommen – von Parceval Doria, jenem jungen Edelmann aus Genua, dessen Bekanntschaft Friedrich erst vor wenigen Wochen gemacht hatte und der seither nicht mehr von seiner Seite wich, einem wachsamen, lebenden Schatten gleich wie jener, der auch seinen Großvater Friedrich Barbarossa sein Leben lang begleitet hatte. Im Dichterwettstreit hatte sich Parceval bereits bewährt – der Beweis dafür, dass er auch sein Schwert zu gebrauchen wusste, stand dagegen noch aus.

»Nein, mein Freund, und ich will dir auch sagen, warum«, entgegnete Friedrich ohne Zögern. »Denn einst wurde mir geweissagt, dass ich, wenn ich diese Welt dereinst verlasse, dies unter dem Namen einer Blume tun werde. Und hier gibt es keine Blumen – nur diesen elenden Fluss.«

»In der Tat«, bestätigte der Genueser mit Blick auf den nahen Wasserlauf, dessen sich kräuselnde Oberfläche das Licht des Mondes reflektierte. Von Norden kommend wand sich das Flüsschen, das das Territorium Pavias von dem der Cremoneser trennte, durch die mit Bäumen und Sträuchern gesprenkelte Landschaft, bald nur in einem einzelnen Lauf, dann wieder zu mehreren. Er trug den Namen Lambro, und der Volksmund, der zu unverblümter Wahrheit neigte, pflegte zu behaupten, dass der Lambro stank. Dies rührte daher, dass die Bewohner des weiter flussaufwärts gelegenen Mailand von jeher ihre Fäkalien ins Wasser zu kippen pflegten, was tatsächlich für wenig erbauliche Gerüche sorgte – doch daran hätte sich Friedrich nicht gestört. Der Gestank des Verrats, der ebenfalls den Lambro herabkam, beleidigte seine Nase weitaus mehr.

Denn Mailand stand an der Seite von Otto von Braunschweig, dem Welfen, der nicht nur über die deutschen Lande gebot, sondern es auch geschafft hatte, sich die Kaiserkrone aufs Haupt setzen zu lassen. Inzwischen allerdings bedauerte Papst Innozenz diesen Schritt und hatte Otto seiner kirchenfeindlichen Politik wegen mit dem Bann belegt. Auch die päpstliche Hoffnung ruhte folglich auf Friedrich und darauf, dass seiner Mission im Norden Erfolg beschieden sein würde – wohingegen Mailand und Lodi alles unternehmen würden, um den jungen Anwärter auf die Krone vom Norden fernzuhalten.

Obwohl der Fluss für die Jahreszeit viel Wasser führte, würde die Überquerung an dieser Stelle kaum gefährlich sein – die Strömung war nur schwach und die Tiefe gering, sodass sich eine natürliche Furt gebildet hatte.

Gefahr drohte von anderer Seite.

Die Stadtwache von Pavia hatte Friedrich und seinen nur rund fünfzig Reiter umfassenden Tross bis an die Grenze ihres Gebiets begleitet. Nun, am geheimen Treffpunkt und im Schutz der Dämmerung, sollte er in die Obhut der Cremoneser übergeben werden. Doch im Zwielicht, das die andere Uferseite beleuchtete, war weit und breit niemand zu sehen.

»Wo bleibt die Eskorte?«, fragte Parceval Doria. Sein Pferd schien die wachsende Unruhe des Reiters zu spüren, er hatte Mühe, es zu zügeln.

»Geduld, junger Freund«, ermahnte ihn Erzbischof Berard. »Cremona steht fest auf der Seite der Kirche und des wahren Kaisers. Die Soldaten werden kommen.«

»Dennoch ist es seltsam, dass sie noch nicht hier sind«, befand nun auch Friedrich selbst. Seine Hand lag schon seit geraumer Zeit auf dem Griff seines Schwertes, allerdings mehr, um sich seiner Wehrhaftigkeit zu versichern, als um es tatsächlich zu ziehen. »Ist es auch die richtige Stelle?«

»Die Beschreibung war eindeutig«, bestätigte Berard. »Es mag viele Gründe geben, weshalb unsere Verbündeten aufgehalten wurden, aber ich kann mir nicht …«

»Dort«, fiel Parceval ihm ins Wort. »Seht doch!«

Er deutete zur anderen Uferseite, wo sich das Buschwerk teilte – und man im nächsten Moment blankes Rüstzeug im Zwielicht schimmern sah. Auf den Waffenröcken prangte das silberne Kreuz Cremonas.

»Endlich!« Nun atmete auch Berard hörbar auf, seiner zuvor gezeigten Zuversicht zum Trotz. »Lasst mich als Vorhut vorausgehen, junger Herr, auf dass wir diesen gefährlichen Ort möglichst rasch …«

Weiter kam er nicht.

Ein Flirren lag plötzlich in der Luft, das zumindest jene, die schon auf einem Schlachtfeld gefochten hatten, mit hässlichen Erinnerungen verbanden. Friedrich hatte es bislang nur dann gehört, wenn er sich auf die Jagd begeben und den gefiederten Tod nach Fasanen oder Hasen ausgeschickt hatte – doch heute war *er* der Gejagte …

»Pfeilbeschuss! Schilde!«, gellte Berards Befehl, und schon einen Herzschlag später hagelten todbringende Geschosse aus dem dämmernden Himmel – allerdings nicht diesseits des Flusses, sondern auf der anderen Seite, wo sich die Soldaten aus Cremona aus dem Gebüsch gewagt hatten.

Einige von ihnen begriffen vermutlich nie, was ihnen widerfahren war. Der Tod ereilte sie so unerwartet und schnell, dass sie ihr Leben aushauchten, noch ehe ihre Körper den Boden berührten. Andere, die nicht in Kopf oder Hals getroffen wurden, schrien auf, als Gliedmaßen durchbohrt und Knochen zerschmettert wurden. Und um nächsten Moment war es um die Stille geschehen, die eben noch am Ufer geherrscht hatte.

»Ein Überfall! Ein Überfall!«, rief einer der Hauptleute aus Pavia, während vom Ende des Zuges her bereits das Klirren von Waffen zu vernehmen war.

Sie wurden angegriffen!

Vermutlich attackierten die Lodesen auf der einen Seite des Flusses die Cremoneser, während sich die Mailänder die andere Seite vornahmen, mit dem erklärten Ziel, Friedrich und seine Getreuen in die Zange zu nehmen und sie zu fassen …

Am anderen Flussufer tauchten jetzt feindliche Reiter auf, wie Heuschrecken fielen sie über die durch den Pfeilbeschuss bereits gebeutelten Cremoneser her und setzten ihnen zu. Das Klirren von Schwertern und die heiseren Schreie der Kämpfenden erfüllten die kühle Morgenluft und ließen Friedrichs Herzschlag rasen.

Längst schon hielt er sein Schwert in der Hand, ebenso wie Parceval, der seinen Hengst kaum noch zügeln konnte. Ein Blick zurück zeigte im Zwielicht aufblitzende Waffen und Rüstungen, ein enges Hauen und Stechen war zwischen den Soldaten Pavias und den Angreifern entbrannt, die zu Friedrich durchzubrechen suchten. Noch stand ihnen die Tapferkeit seiner Verbündeten im Weg, aber bald schon …

»Wir müssen ihnen helfen!«, rief Friedrich, entschlossen und drauf und dran, sein Ross zum Ende des Zuges zu lenken – doch Berard ließ ihn nicht. Indem er sein eigenes Tier in den Weg stellte, dämpfte der Erzbischof Friedrichs Kampfesmut.

»Das wäre sehr unklug, junger Herr«, erklärte er dazu.

»Was soll ich denn tun? Mich wie ein Feigling davonmachen? Ich bin der Sohn und Enkel großer Kaiser, und ich will nicht beim ersten Anzeichen eines Kampfes Fersengeld geben!«

»Das verstehe ich, und es ehrt Euren Mut«, räumte Berard ein. »Doch wenn Ihr so klug seid, wie ich glaube, dann wisst Ihr, dass Rückzug manchmal die beste Wahl ist – und bisweilen auch die einzige. Natürlich könnt Ihr bleiben und als junger Heißsporn in die Geschichte eingehen, der auf dem Weg zu seiner eigenen Krönung verraten und gemeuchelt wurde – oder überleben, um selbst Geschichte zu schreiben.«

Im hereinbrechenden Zwielicht sah Friedrich in die dunklen, trotz des feindlichen Angriffs besonnenen Augen des Erzbischofs – und beschloss, dessen Rat zu folgen, wenn auch widerstrebend.

»Den Fluss hinab«, wies Berard ihn an. »Wir werden sie so lange wie möglich aufhalten. Doria, Ihr begleitet ihn.«

»Verstanden«, bestätigte der Genueser.

»Aber …«, wollte Friedrich einwenden.

»Nicht jetzt, junger Herr. Eure Zeit wird kommen, und ich freue mich darauf, sie anbrechen zu sehen – aber nur, wenn Ihr jetzt flieht. Gott befohlen!«

Friedrich sah von ihm zu seinen anderen Begleitern, von denen einige schon seit der Abreise aus Palermo bei ihm weilten, darunter auch Anselm von Justingen, der ihm das Ansinnen der deutschen Fürsten, Friedrich zum König zu erheben, als Gesandter überbracht hatte. Sie alle nickten, bestärkten ihn in dem Entschluss, den er nicht mit dem Herzen, sondern nur mit dem Verstand treffen konnte.

»Gott befohlen«, bestätigte er dann, ehe er die Zügel

seines Pferdes herumriss und ihm die Sporen gab. Seite an Seite mit dem jungen Parceval Doria jagte er die Böschung hinab und folgte dem Lauf des Flusses, bis der Kampflärm in der Ferne verklang. Als sie ihre Tiere endlich zügelten, war nichts mehr davon zu hören.

»Die Angreifer wären wir losgeworden«, meinte Doria atemlos, »aber die Furt leider auch«, fügte er mit Blick auf den an dieser Stelle sehr viel schneller fließenden und bedrohlich dunklen Fluss hinzu.

»Dennoch müssen wir hinüber«, beharrte Friedrich.

»Dann lasst uns eine andere Stelle suchen, Herr – hier ist es zu tief für die Pferde.«

»Sie werden schwimmen müssen, genau wie wir.«

»Schwimmen?« Der Blick, den Parceval Doria ihm sandte, verriet deutlich, dass er das Durchschwimmen eines Flusses nicht zu den Dingen zählte, die sich für einen Edelmann – geschweige denn einen König – schickten.

In diesem Moment war durch das Gewirr der Bäume Hufschlag zu vernehmen, der sich rasch näherte.

»Dann wirst du von deinem hohem Ross herabsteigen müssen, Freund«, prophezeite Friedrich, während er selbst aus dem Sattel glitt und begann, sich seiner Rüstung zu entledigen, »und zwar in jeder Hinsicht.«

»Was … tut Ihr?«

»Was wohl?« Haube, Gurt und Waffenrock hatte Friedrich bereits abgelegt, die Beinlinge folgten. »Ich habe nicht vor, auf den Grund des Flusses zu sinken, nur weil ich so töricht war, die Naturgesetze zu missachten.«

Doria starrte ihn nur an. Ob er verstand, was der andere damit sagen wollte, war nicht festzustellen, aber sein Vertrauen in den jungen Staufer ging weit genug, um ebenfalls abzusteigen und es ihm gleichzutun.

»Die Schwerter behalten wir, sie mögen uns auf der anderen Seite noch von Nutzen sein«, meinte Friedrich, nachdem er sich in aller Hast auch des Kettenhemdes und des wattierten Gambesons entledigt hatte. Beides lag herrenlos im Gras.

»Wenn sie bis dahin nicht eingerostet sind«, konterte der junge Doria trocken. Sein Atem ging keuchend, sein schwarz gelocktes Haar stand wild in alle Richtungen.

Der Hufschlag war inzwischen noch näher gekommen, und das Klirren von Rüstung und Zaumzeug hatte sich hinzugesellt. Die Zeit drängte …

»Still doch«, zischte Friedrich, während er bereits dabei war, sein Pferd die Uferböschung hinabzuführen. »Wirst du aufhören, dich zu beschweren? Du hörst dich an wie eine verwöhnte Schranze.«

»Ich *bin* eine verwöhnte Schranze«, gab Parceval unumwunden zu, »und ein Meister der Dichtkunst obendrein – und dergleichen wird niemals in Liedern besungen!«

»Dann wirst du der Erste sein, der darüber schreibt«, konterte Friedrich – und stieg ohne Zögern in die dunkle Flut.

Im ersten Moment, als seine verbliebenen Kleider sich vollsogen und an ihn schmiegten, war es entsetzlich kalt, aber sogleich gewöhnte er sich daran und zog sein Pferd mit, das ihm zunächst zögernd, dann jedoch bereitwillig folgte. Schon nach wenigen Schritten verlor er den Boden unter den Füßen. Sich seitlich an den Körper des Pferdes klammernd, das nun seinerseits zu schwimmen begann, vollführte er paddelnde Bewegungen mit den Beinen. Die Strömung erfasste Pferd und Reiter und trug sie auf den Fluss hinaus, gefolgt vom jungen Doria, der alles tat, um nicht den Anschluss zu verlieren.

Sie hatten die Mitte des Lambro gerade erreicht, als sich hinter ihnen das Unterholz teilte und Reiter im weißen Mailänder Rock am Ufer erschienen.

»Da ist er!«, scholl es durch die Nacht.

»Er versucht zu entkommen!«

»Haltet ihn auf!«

Pfeile gingen schon Augenblicke später auf den Fluss nieder, doch sie waren zu hastig abgeschossen und zu ungenau gezielt, als dass sie ihr Ziel gefunden hätten, wozu auch das unwirkliche Zwielicht beitrug.

Ein paar Verwegene, die ihre Tiere ins Wasser getrieben hatten, um die Flüchtigen zu verfolgen, mussten einsehen, dass auf diese Weise kein Weiterkommen möglich war. Beim Versuch, sein Tier wieder zu wenden, fiel einer gar aus dem Sattel und versank sogleich. Mit der Einsicht, dass sie ihres Opfers nicht mehr habhaft werden konnten, befiel blanker Zorn die Milaneser, und sie taten, was enttäuschte Eitelkeit gern tut, und spotteten.

»Seht«, rief einer mit heiserer Stimme, die bis ans andere Flussufer zu hören war, das Friedrich und der junge Doria in diesem Moment erreichten. »Der Zaunkönig flieht vor uns!«

»Er hat seine Kleider im Lambro gewaschen«, fügte ein anderer hinzu, worauf derbes Gelächter erscholl. »Mit der Pisse der Unseren!«

»Die Hosen«, schrie ein weiterer, »sind fürwahr gefallen!«

2.

Nur knapp entkamen Friedrich und die Seinen in der Dämmerung jenes Julimorgens den Häschern der Lombarden, mit wenig mehr als dem nackten Leben.

Und auch wenn ich meinem Herrn erst später begegnete, als die Krone bereits seine Stirn umkränzte, so wurde mir doch aus sicherer Quelle zugetragen, dass er an jenem Morgen zwei bittere Erfahrungen machte: dass die hochmütigen Mailänder ihn mit jeder Faser ihres Daseins verabscheuten und dass Verrat eine Pflanze war, die auch im nächsten Umfeld gedeihen mochte – denn natürlich war es Verrat gewesen, der ihm an jenem Morgen an der Furt des Lambro um ein Haar zum Verhängnis geworden wäre.

Die erste Lektion hat Friedrich zum Leidwesen vieler sein ganzes Leben lang nicht mehr vergessen.

Die zweite bedauerlicherweise schon.

Auf dem Weg nach Cremona trafen mein Herr und sein junger Begleiter schließlich wieder mit ihrem Tross zusammen. Oberhalb des Berges Mombrione war es zur Auseinandersetzung mit mailändischen Truppen gekommen, die einige der Reiter aus Pavia mit dem Leben bezahlt hatten, die Übrigen waren in Gefangenschaft geraten. Erzbischof Berard und die übrigen Getreuen des Kaisers hatten den Nachstellungen der Milaneser jedoch entkommen können, und gemeinsam zogen sie in Cremona ein, wo Bischof Sicardus ihnen einen großen Empfang bereitete.

Der Anblick des Volkes, das die Straßen säumte und Friedrich bejubelte, befremdete diesen allerdings, denn mehr als in anderen Städten, die er bereist hatte, schien in Cremona das Elend zu hausen: Abgerissene Gestalten, in wenig mehr als Lumpen gehüllt, bevölkerten die Gassen, und bisweilen hatte es den Anschein, als lebten in der Stadt vor allem Kinder, sich selbst überlassen und noch längst nicht die vierzehn Lenze alt, die zur Erlangung des Erwachsenenalters nötig waren.

Vielleicht fühlte sich mein Herr an seine eigene Kindheit in den Straßen Palermos erinnert, denn der Anblick der vielen Waisen erfüllte ihn mit Bestürzung.

»Was geht hier vor?«, wollte er von Berard wissen, der an seiner Seite durch die engen, von hohen Gebäuden gesäumten Straßen ritt. »Hat eine Seuche in der Stadt gewütet, die Mütter und Väter im Dutzend dahingerafft hat?«

»Nein, junger Herr – jene Kinder nehmen lediglich das Recht eines jeden Christenmenschen für sich in Anspruch, schon im Diesseits ihr Seelenheil zu erlangen. Sie haben das Kreuz genommen und befinden sich auf dem Weg ins Heilige Land.«

»Ins Heilige Land? Ohne Rüstung und ohne Waffen?«

»Eine Wallfahrt kann verschieden beschaffen sein«, entgegnete Berard. »Jene dort sind bereits vor Monaten aufgebrochen – aus jenen Landen, die Ihr schon bald regieren werdet. In Köln nahm ihre Pilgerfahrt den Anfang, dann kamen sie den Rhein herauf und haben das Gebirge überquert. Viele von ihnen haben unterwegs ihr Leben gelassen, sind an Hunger und Durst oder den Strapazen des Marsches gestorben. Die Übrigen befinden sich nun auf dem Weg nach Genua, wo sie Schiffe besteigen und ins Gelobte Land fahren werden.«

»Aber … es sind noch halbe Kinder«, beharrte Friedrich, »und zudem bettelarm, mit kaum etwas am Leibe. Wie sollen sie so gegen die Muselmanen kämpfen?«

»Gar nicht, denn vermutlich werden die wenigsten von ihnen das ferne Ziel ihrer Pilgerschaft erreichen.« Berard schüttelte den Kopf, während er auf seiner Seite der Straße der jubelnden Menge zuwinkte. »Letztlich geht es darum, ein Zeichen zu setzen.«

»Ein Zeichen?« Friedrich winkte ebenfalls, auch wenn es sich seltsam schal anfühlte, von Untertanen bejubelt zu werden, die wohl schon bald nicht mehr am Leben sein würden. »Wofür?«

»Den Söhnen Allahs zu zeigen, was wahrer Glaube vermag«, entgegnete der Erzbischof schlicht.

»Ist es ein Zeichen wahren Glaubens, die Schwachen für die Sache Christi zu opfern?« Friedrich überlegte einen Moment. »Ich kenne viele Sarazenen – aber keiner von ihnen würde sein Kind je auf eine solche Pilgerschaft schicken. Seid Ihr sicher, dass dies Gottes Wille ist?«

Der Blick, den Berard ihm schickte, war zugleich demütig und spöttisch. »Ich maße mir nicht an, die Wege des Allmächtigen zu ergründen, junger Herr«, erwiderte er, »zumal ich alle Hände voll damit zu tun habe, die Euren auf Schritt und Tritt zu begleiten.«

»Ich habe mich noch nicht bei Euch bedankt, Berard.«

»Wofür?«

»Ihr habt dort draußen am Fluss Euer Leben für mich gewagt. Das werde ich Euch nicht vergessen.«

»Ich habe Euch gesagt, dass ich der Eure bin, junger Herr, und ich werde Euch niemals verraten«, entgegnete der Erzbischof von Bari mit einer Stimme, die weder Widerspruch noch Zweifel zuließ.

»Denkt Ihr, dass meiner Mission Erfolg beschieden ist?«, wollte Friedrich wissen. Den Jubel, der sie umgab, nahm er in diesem Augenblick nicht wahr, nur er und sein erster Berater schienen in diesem Augenblick zu existieren, zwei fixe Gestirne, um die sich der nächtliche Himmel drehte.

»Ihr zweifelt?«, fragte Berard dagegen.

»Sollte ich nicht?«

»Doch, junger Herr – denn Zweifel machen Euch vorsichtig, und Ihr werdet Vorsicht walten lassen müssen, während Ihr das Gebiet der Lombarden durchquert. Doch sobald wir die Lande jenseits der Alpen erreichen, müsst Ihr mit der Entschlossenheit eines Löwen handeln.«

»Das kann ich«, versicherte Friedrich.

»Ich weiß, junger Herr, andernfalls wärt Ihr nicht hier. Die Menge würde Euch nicht mit Jubel begrüßen – und was mich angeht, so würde ich nicht an Eurer Seite reiten.«

Wie recht der Mann aus Castacca behalten sollte, zeigte sich schon in den nächsten Tagen. Denn nachdem Friedrich und sein Gefolge die schützenden Mauern Cremonas wieder verlassen hatten, sahen sie sich erneut den Nachstellungen durch Mailand und andere Städte ausgesetzt. Unerbittlich setzten sich die Verfolger an des jungen Königs Fersen und folgten ihm wie eine schlechte Angewohnheit: Über Mantua und Verona zog Friedrich hinauf nach Trient, dabei immer auf der Hut vor Fallen, die man ihm stellen, und vor Hinterhalten, die man ihm bereiten mochte.

Hätte mein Herr ein Heer von gepanzerten Reitern angeführt, so hätte wohl niemand gewagt, sich ihm in den Weg zu stellen, doch sein Aufgebot war klein, und mit jedem Überfall, dem sein Tross ausgesetzt war, schmolz es weiter dahin wie Schnee in der Sonne. Entlang der Etsch, die sich seit Anbeginn der Zeit in eisigen Sturzbächen aus den Bergen ergießt und sich dabei tief in deren Fels geschnitten hat, wollten Friedrich und die Seinen den Brennerpass überqueren und so in die Lande jenseits der Alpen gelangen. Doch wie schon einst bei seinem Großvater hielten die Lombarden den Zugang besetzt. Da er einen direkten Kampf nicht wagen konnte – zu groß war die Gefahr, dabei getötet zu werden oder in Gefangenschaft zu geraten –, wandte Friedrich sich daraufhin nach Westen.

Die Berge passierten er und die Seinen, indem sie sich lichtscheuem Gesindel gleich durch verlassene Täler und einsame Schluchten stahlen. Die hohen Gipfel zur Rechten, zogen sie sodann nach der Stadt Chur, die die Kelten einst Kora und die Römer Curia genannt hatten. Der päpstlichen Weisung gehorchend, empfing Bischof Arnold den wahren, wenn auch noch ungekrönten Herrscher nicht nur mit allen Ehren, sondern gab ihm auch eine Schar von dreihundert bewaffneten Reitern mit, die Friedrichs Gefolge ein wenig wehrhafter machten – daran, eine kriegerische Auseinandersetzung mit dem Welfenkaiser Otto zu wagen, war freilich noch längst nicht zu denken.

Von Chur zog Friedrich weiter nach Sankt Gallen, wo ihn Ulrich von Sax, der Vorsteher der dortigen Abtei, willkommen hieß. Doch die Nachrichten, die sie dort erwarteten, waren alles andere als ermutigend. Denn der Marsch auf Umwegen und verborgenen Pfaden hatte wertvolle Zeit gekostet – Zeit, die Otto von Braunschweig genutzt hatte, um sich seinerseits auf den Weg in den deutschen Süden zu machen, in Begleitung eines großen und schlagkräftigen Heeres.

Als mein Herr und die Seinen endlich die Ufer jenes Sees erreichten, der sich nördlich der Alpen wie ein kleines Meer erstreckt, hatte bereits der September Einzug gehalten, und die Blätter waren dabei, sich zu verfärben. Und es zeichnete sich ab, dass die Entscheidung darüber, wer künftig die Krone des Reiches tragen sollte, in den nächsten Tagen fallen würde – auf die eine oder andere Weise.

»Die Späher, die ich ausgeschickt habe, berichten übereinstimmend, dass der Kaiser auf der anderen Seite des Sees Lager bezogen hat, in Iburlingen«, erläuterte Arnold von Matsch mit besorgtem Blick. »Und sie berichten auch, dass die Zahl seiner Streiter die der unseren bei Weitem übersteigt.«

Friedrich sah den Bischof von Chur fragend an. In einer Scheune am Ufer des Großen Sees, in der es nach fauligem Fisch und Pferdemist stank, waren sie zur Beratung zusammengekommen, während sich draußen ein heftiges Gewitter entlud. Irgendwie, fand der junge Staufer, war das sehr passend für jemanden, der sich mit kaum mehr als dem bloßen Recht bewaffnet in den Kampf um die Herrschaft des Reiches stürzte …

»Der *gewesene* Kaiser«, verbesserte er mit Nachdruck.

»Nur zu wahr«, stimmte Berard zu, »Seine Heiligkeit Papst Innozenz hat Otto von Braunschweig mit dem Kirchenbann belegt und seine Absetzung erklärt – was nicht mehr und nicht weniger bedeutet, als dass er die längste Zeit Oberhaupt des Reiches gewesen ist.«

»Bei allem Respekt, Exzellenz – ich denke nicht, dass sich Otto an das Urteil aus Rom gebunden fühlt«, wandte

Abt Ulrich ein. »Jedenfalls nicht, solange die mächtigsten deutschen Fürsten zu ihm halten und ihm den Rücken stärken.«

»Die Kirchenfürsten folgen der Weisung des Heiligen Vaters und stehen auf Friedrichs Seite«, brachte Berard in Erinnerung, »der Erzbischof von Mainz hat die Seiten bereits gewechselt …«

»… aber der Herzog von Lothringen und der König von Böhmen stehen nach wie vor auf der Seite des welfischen Verräters«, warf Anselm von Justingen ein. Der Ritter hatte die schwarz brünierte Kettenhaube zurückgestoßen, das dunkle Haar und der Bart glänzten vor Nässe.

»Dann müssen wir sie auf unsere Seite bringen«, folgerte Friedrich ohne Zögern. »Je eher uns das gelingt, desto besser wird es für unsere Pläne sein.«

»Wie wollt Ihr das bewerkstelligen, junger Herr?« Die Zweifel in Bischof Arnolds asketischen Gesichtszügen waren unübersehbar.

»Indem wir sie kaufen«, erklärte Friedrich schlicht und mit einer Weisheit weit jenseits seiner Jahre. »Mit Reichsgrund und königlichen Privilegien, wo es möglich ist – mit barer Münze, wo es Not tut.«

»Auch in dieser Hinsicht ist der Welfe uns weit überlegen«, ließ Anselm missmutig verlauten. »Bei all den Steuereinnahmen, die er aus vielen Teilen des Reiches bezieht …«

»Durch Bürgschaften«, antwortete Erzbischof Berard an Friedrichs Stelle und offenbarte damit, dass er über diese Dinge längst nachgedacht hatte. »Wir werden die Anhänger des wahren Kaisers dazu veranlassen, für ihn zu bürgen und ihn so mit den nötigen Mitteln auszustatten – Euch selbst, Justingen, den Erzbischof von Mainz und noch einige mehr …«

»… und es wird Euer Schaden nicht sein«, fügte Friedrich hinzu und machte deutlich, dass er keinen einseitigen Gefallen verlangte, sondern einen Handel vorschlug, bedingungslose Loyalität im Austausch gegen Reichsgüter und Privilegien.

»Mein König«, sagte Anselm nur und griff an sein Schwert – es war zugleich Einwilligung und Treueschwur.

»Das Ziel des – ehemaligen – Kaisers ist Konstanz«, fuhr Bischof Arnold in seinem Bericht fort. »Er will dort einen Hoftag abhalten, um sich als Herrscher zu zeigen und seine Macht zu festigen.«

»So hat er zwischenzeitlich wohl vom päpstlichen Urteil erfahren«, vermutete Friedrich achselzuckend. »Und wohl auch von meiner Person …«

»Das hat er, junger Herr – und er setzt alles daran, Eure Pläne zu durchkreuzen. Wie es heißt, wartet er nur auf günstiges Wetter, um auf die andere Seeseite überzusetzen. Einige seiner Vertrauten sind angeblich bereits in Konstanz und bereiten das Quartier für ihn. Einer meiner Leute will sogar erfahren haben, dass Bischof Konrad in Erwartung des hohen Besuchs seinen fettesten Ochsen schlachten ließ …«

»… der mir nicht weniger munden wird.«

»Aber Herr!«, wandte nun auch Abt Ulrich ein. »Wie wollt Ihr dem Welfen widerstehen? Sein Heer überwiegt das Eure um mehr als das Zehnfache!«

»Ich weiß, werter Abt, ich bin in den Regeln der Mathematik durchaus beschlagen«, erwiderte Friedrich, jetzt wieder eher der leichtfertige Junge aus Palermos bunten Gassen. »Doch wenn die Dinge so stehen, wie Ihr sagt, so werden wir eben nicht um die Krone kämpfen – sondern einfach nur schneller sein.«

»Was meint Ihr?« Arnold sah ihn fragend an. Donner grollte draußen, der Regen nahm immer noch zu. In mehreren Rinnsalen ergoss sich Wasser durch die löchrige Decke.

»In Konstanz wird ein Hoftag vorbereitet? Das trifft sich! Die Tische sind schon gedeckt? Sehr gut, denn ich bin hungrig! Die Betten sind bereits gemacht? Glaubt mir, ich werde mich nicht weniger gern hineinlegen als der falsche Welfe!«

»Aber … das Ringen um die Krone des Reiches ist doch kein Wettlauf wie um eine Krume Brot«, wandte der Bischof von Chur mit einiger Bestürzung ein.

»Und doch bestraft das Schicksal häufig jenen, welcher zu spät kommt«, hielt Erzbischof Berard dagegen. Er nickte Friedrich aufmunternd zu, worauf sich die Augen aller Anwesenden auf den jungen Staufer richteten, der in seiner Heimat Sizilien ein König sein mochte, in diesen Breiten jedoch vielen noch völlig unbekannt war.

Doch bald schon sollte sich dies ändern …

»Es ist ein Wagnis«, gab Friedrich ohne Zögern zu, »und ich zwinge niemanden, mir zu folgen. Aber ich habe nicht so viel auf mich genommen, um jetzt umzukehren oder aufzugeben. In Konstanz, so scheint es mir, liegt der Schlüssel zur Herrschaft – und da dies mein Recht ist aufgrund meiner Geburt und des Blutes, das in meinen Adern fließt, will und werde ich sie mir nehmen.«

»Und wir, junger Herr, werden Euch begleiten«, bestätigte Erzbischof Berard ohne Zögern. »So groß Euer Mut auch sein mag und so berechtigt Euer Anspruch, werdet Ihr dennoch die Fürsprache der Kirche brauchen, damit sich jene Stadttore für Euch öffnen.«

»Abt Ulrich und ich werden diese Fürsprache geben«, versicherte Bischof Arnold.

»So werde ich dazutun, was mir als päpstlichem Gesandten gegeben ist«, fügte Berard hinzu.

»Und der Herr gebe das Seine!«, rief Parceval Doria in einem Ausruf aus, der Verwünschung und Gebet zugleich sein mochte. Seit jener Nacht, da Friedrich und er den Häschern Mailands mit knapper Not entronnen waren, waren sie unzertrennlich, ihr Umgangston entsprechend vertraut. »Wir können es fürwahr gut gebrauchen«, fügte er mit Blick auf die elende Umgebung hinzu.

»Was beschwerst du dich?«, feixte Friedrich. »In einer schlichten Scheune nahm bereits einmal etwas seinen Anfang, das den Lauf der Geschichte verändern sollte, oder nicht?«

»Vorsicht, junger Herr«, mahnte Berard. »Der Sprung vom Hochmut zur Blasphemie ist oftmals nur ein kleiner – deshalb wird er leicht übersehen.«

Friedrich der Staufer hielt dem tadelnden Blick seines ersten Beraters stand. »Das werde ich mir merken müssen«, erwiderte er dann.

Bedauerlicherweise war es eine weitere Lektion, die er später in seinem Leben vergaß.

3.

Konstanz
September 1212

Dort, wo sich die Fluten des Sees mit jenen des Flusses Rhein vermischen, erhebt sich die Stadt Konstanz.

Es war die erste große Stadt, die Friedrich jenseits der Alpen besuchte – und obwohl sie sich massig am Ufer erhob, beschirmt von ihrer Kathedrale, obschon sich ihre Türme trutzig in den Himmel reckten und sie von einer mächtigen, mit Türmen und Zinnen bewehrten Ringmauer umgeben war, nahm sie sich ganz anders aus als jene Städte, die Friedrich aus dem Süden kannte.

Dort wölbten sich kühne Kuppeln aus hellem Sandstein in einen samtblauen Himmel, spannten sich filigrane Bogen über lichtdurchfluteten Arkaden, auf denen sich Volk verschiedenster Herkunft und Farbe tummelte. Hier hingegen schien alles grau wie Stahl zu sein, schon der unwirtlichen Kälte wegen, die vom nahen Winter zu künden schien: die Häuser und Mauern, die Kleider der Menschen und selbst ihre Gesichter. Sogar das Licht, das vom regengrauen Himmel herab das Land beleuchtete, schien eine andere Farbe zu haben als im warmen Süden, nach dem Friedrich in diesem Moment eine unwiderstehliche

Sehnsucht empfand. Und nicht zum ersten Mal, seit er seine Heimat verlassen hatte, fragte er sich, ob diese Entscheidung richtig gewesen war.

Was, so fragte er sich, frierend unter seinem vom Regen durchnässten Umhang, hatte ihn nur dazu bewogen, seine von der Sonne und den Musen geküsste Heimat zu verlassen und in dieses elende Land zu ziehen? So viel hatte er dabei aufs Spiel gesetzt, das er verlieren mochte, einschließlich seines noch jungen Lebens …

»Es heißt, dass es hier auch Schönheit gebe, junger Herr«, raunte Erzbischof Berard ihm zu, der neben ihm herritt und dabei seine Gedanken zu erraten schien.

»Wenn es so ist«, entgegnete Friedrich so leise, dass nur sein oberster Berater es hören konnte, »so wissen die Deutschen sie gut zu verbergen.«

Seinem Entschluss folgend, waren sie aufgebrochen, sobald sich das Unwetter gelegt hatte und sie nicht mehr fürchten mussten, auf dem Pferd vom Blitz erschlagen zu werden. Das Gras auf den Hügeln war noch nass und glänzte, und noch immer hingen grauschwere Wolken so tief am Himmel, als wollten sie alles unter sich erdrücken. Und in der Ferne donnerte noch immer das abgezogene Ungewitter, grollend wie eine beleidigte Gottheit.

Das Ziel des rund sechzig Reiter umfassenden Trosses, den Friedrich anführte, war das südliche Einfallstor der Stadt. Der Hauptzugang lag im Norden, jenseits der Brücke, die die Konstanzer über den Fluss geschlagen hatten, ein mächtiger Torturm, von dessen Zinnen aus die Wachen just in diesem Moment Ausschau nach Otto von Braunschweig und seinem herannahenden Heer hielten …

Friedrich konnte es gleichgültig sein, solange er nur vor

seinem welfischen Konkurrenten innerhalb der schützenden Stadtmauern weilte. Doch die Voraussetzungen waren nicht gut.

Die Felder, die der südlichen Stadtmauer vorgelagert waren, lagen verlassen, ebenso wie die Hütten der Bauersleute. Weder Mensch noch Vieh waren zu sehen, alles schien sich hinter die Mauern geflüchtet zu haben, den Boten zum Trotz, die Friedrich vorausgeschickt hatte, um sein Kommen anzukündigen.

Oder vielleicht auch gerade deswegen ...

»Das ist kein gutes Zeichen«, stellte Parceval Doria fest, der hinter Friedrich ritt. »Ein freudiger Empfang sieht wahrlich anders aus.«

»Freudig brauchen sie mich nicht zu empfangen, solange sie mich nur einlassen«, gab Friedrich über die Schulter zurück – auch wenn dies nicht mehr war als ein frommer Wunsch.

Das Südtor, genau wie jenes auf der nördlichen Seite in einen Turm eingelassen, war geschlossen. Die Zugbrücke über den Graben, der die Stadt zur Landseite hin sicherte, war so weit hochgezogen, dass sie unpassierbar war.

Was die Magistrate Friedrich damit sagen wollten, bedurfte weder einer Übersetzung noch einer näheren Erläuterung – und sie beließen es nicht bei dieser abweisenden Geste. Je näher der junge Staufer und die Seinen dem Mauerring kamen, desto deutlicher konnten sie die Gestalten erkennen, die sich auf den Wehrgängen drängten: Stadtwachen in ledernen Röcken und Hauben, mit Rossschindern bewaffnet – und vermutlich auch mit Armbrüsten, ihrer Ächtung zum Trotz.

»Fürwahr«, stieß Parceval hervor, »die Konstanzer haben wohl bereits entschieden, auf wessen Seite sie im

Kampf um die Krone stehen – und es ist offensichtlich nicht die unsere.«

»Wir werden sehen«, sagte Friedrich nur.

Rund zweihundert Schritte vor dem Tor hob er die Hand und gebot dem Tross zu halten. Anselm von Justingen sowie Bischof Arnold und Abt Ulrich scherten aus dem Zug aus und schlossen zu ihm auf.

»Lasst mich zu ihnen sprechen, mein König«, bat Herr Anselm und lenkte sein Ross noch weiter nach vorn, wobei er weder Anstalten machte, sein Schwert zu ziehen noch den Schild zu heben. Die Kirchenherren Arnold und Ulrich blieben an seiner Seite und taten es ihm gleich. Nichts sollte ihnen von Seiten der Konstanzer als Geste der Aggression oder auch nur des Argwohns ausgelegt werden.

Auf der von Zinnen gekrönten Plattform des Torturmes regte sich nun etwas. Ein kräftiger Mann erschien, auf dessen Haupt eine haubenförmige Mitra ruhte. »Vor Euch steht Konrad aus Tegerfelden, Bischof von Konstanz, einer freien Stadt des Reiches. Wer seid Ihr, und was ist Euer Begehr?«

»Anselm, Herr von Justingen«, stellte der Ritter sich vor, »Ich entbiete Euch meinen Gruß, Exzellenz – und ich denke, Ihr wisst sehr gut, wer wir sind und was wir begehren, sonst würdet Ihr uns nicht hier und auf solche Weise erwarten. Vor Euren Toren steht Friedrich von Hohenstaufen, Sohn Kaiser Heinrichs, des sechsten seines Namens, und sein rechtmäßiger Erbe, König von Sizilien, von den Fürsten gewählt zum König der Deutschen und Römer und dazu bestimmt, der neue Kaiser zu werden.«

»Ich höre Eure Worte, Herr Anselm«, gab Bischof Konrad zurück, »doch haben wir schon einen Kaiser, wie Ihr fraglos wisst. Und wisset auch, dass er in diesem Moment von Norden mit einem mächtigen Heer heranzieht!«

»Dessen sind wir uns bewusst, Bruder in Christus«, ergriff nun der Abt von St. Gallen das Wort. »Darum sind wir hier und erbitten Zuflucht in deinen Mauern.«

»Bruder Ulrich«, rief der Bischof herab, der den Abt aufgrund der nachbarschaftlichen Nähe von Angesicht kannte, »es überrascht mich, Euch unter diesen Aufrührern zu sehen, einen rechtschaffenen Diener der Kirche!«

»Gerade *weil* ich ein rechtschaffener Diener der Kirche bin, stehe ich auf der Seite des jungen Herrn Friedrich«, entgegnete Ulrich mit der den Benediktinern eigenen Beharrlichkeit.

»Wie kann Verrat am Kaiser rechtschaffen sein?«

»Verrat wäre es, wenn Otto von den Welfen noch Kaiser wäre«, erklärte der Ordensmann bereitwillig, »doch der Heilige Vater hat ihn abberufen und mit der furchtbarsten Strafe belegt, die einen Christen ereilen kann!«

»Der Kaiser wurde mit dem Bann belegt?« Konrads Stimme war vom lauten Rufen bereits angegriffen, doch verriet sie ehrliche Überraschung. Ganz offenbar war die Kunde von der Exkommunikation und Absetzung des Kaisers noch nicht bis an die Ufer des Sees gedrungen. Und die Diener, die Otto vorausgeschickt hatte, um ihm das Lager zu bereiten, hatten es aus nachvollziehbaren Gründen wohl auch nicht erzählt …

»Das ändert alles, nicht wahr?«, fragte Ritter Anselm mit einer Spur von Genugtuung hinauf.

»Es könnte alles ändern«, räumte der Bischof ein. »Doch welchen Beweis bekomme ich für das, was ihr behauptet?«

»Den will ich Euch geben!«

Berard von Castacca ließ die Zügel schnalzen und trieb sein Pferd zu den anderen. »Berard, Erzbischof von Bari«, rief er zum Turm empor, sich des Lateinischen bedienend, mit dem Kirchenmänner aller Länder sich stets und überall zu verständigen vermögen. »Ich bürge mit meinem Amt und Namen für die Wahrheit dessen, was soeben gesagt wurde. Doch wenn Ihr noch eines weiteren Beweises bedürft, Bruder im Herrn, so will ich Wort für Wort vorlesen, wie Seine Heiligkeit selbst in dieser Angelegenheit befunden hat.«

Damit zog er eine Schriftrolle hervor, die er unter dem Umhang getragen hatte, um sie vor Nässe und Wind zu schützen, entrollte sie und trug dann mit lauter Stimme die Bannschrift vor, mit der Papst Innozenz den Ausschluss Ottos von Braunschweig aus der Gemeinschaft der Gläubigen begründet und seine Absetzung als Kaiser beschlossen hatte. Und obwohl es nicht so geschrieben stand, war doch jeder Tadel an Otto, jede Schmähung seiner herrschsüchtigen und auf die Mehrung der eigenen Macht bedachten Politik ein Lobpreis Friedrichs, der nach päpstlichem Willen der neue Kaiser des Reiches werden sollte.

Der Fall lag eindeutig, nach irdischem ebenso wie nach himmlischem Recht. Dass Bischof Konrad trotzdem nicht sofort den Befehl gab, die Tore zu öffnen, mochte weniger an verbliebenen Zweifeln liegen als an dem gewaltigen Heer, das sich von Norden der Stadt näherte.

Wer vermochte zu sagen, wie Otto reagieren würde, wenn Konstanz Friedrich in die Stadt einziehen ließ? Fraglos würde der Welfe zornig werden, und ob nun gebannt oder nicht, unter den Fürsten hatte sein Wort noch immer Gewicht. Was, wenn er die Stadt angreifen oder gar belagern ließ …?

Der Bischof zögerte abermals, und es verstrichen weitere wertvolle Augenblicke.

Zeit, die Friedrich und die Seinen nicht mehr hatten.

»Zusätzliche Eile ist geboten«, raunte Parceval Doria ihm über die Schulter zu. »Soeben sind Späher eingetroffen, die berichten, dass sich eine Gruppe von rund zweihundert Rittern von Ottos Hauptheer gelöst hat und auf dem Weg hierher ist, und wie es heißt, führt der Welfe selbst sie an. Wenn nicht bald etwas geschieht, mein Freund, so wird nichts mehr von uns übrig bleiben, das die Konstanzer noch in ihre Stadt einlassen könnten.«

Friedrich hörte die warnenden Worte. Und wie schon manches Mal in seinem jungen Leben – und wie es auch später noch oft der Fall sein sollte – tat er etwas, das er sich im Nachhinein selbst nicht recht erklären konnte. Vielleicht waren es seine mächtigen Vorväter, die ihn lenkten, vielleicht die Vorsehung oder der Allmächtige selbst, oder vielleicht folgte er auch nur seinem Bauch, der ihm sagte, dass er handeln musste, jene Instinkte, die in den Straßen Palermos geschult worden waren.

Jäh trieb er sein Pferd an und lenkte es noch vor Berard und seine anderen Berater, sodass er allein vor dem Graben und der halb eingeholten Zugbrücke stand, derart dicht vor den Mauern, dass jeder auch nur halbwegs gezielte Armbrustbolzen ihn tödlich getroffen aus dem Sattel hätte sinken lassen.

»Herr, was tut Ihr?«, ächzte Anselm entsetzt und wollte hinterher, um den jungen König mit dem Schild zu schirmen, doch Berard hielt ihn zurück, seinerseits einem Impuls folgend, der ebenso einem spontanen Gefühl wie einer himmlischen Eingebung entspringen mochte.

»Hochwürdiger Bischof und Bürger der Stadt Konstanz, hört mich an«, rief Friedrich in fließendem Latein, »vor Euch steht Friedrich Roger, König von Sizilien und gewählter König auch der deutschen Lande, zum Kaiser erwählt durch den Allmächtigen selbst und die deutschen Fürsten, mit dem Segen der heiligen Kirche! Ich weiß, dass ihr euch fürchtet, und ihr habt dafür mein Verständnis und mein Mitgefühl – doch lasst nicht zu, dass Angst Euch korrumpiert und Ihr Schuld auf Eure Seelen ladet, indem Ihr den unterstützt, von dessen Haupt aus eigener Verschuldung nicht nur alle Huld, sondern auch die Krone des Reiches genommen wurde! Öffnet das Tor und wandelt mit mir auf dem Pfad der Rechtmäßigkeit und der guten Ordnung!«, fügte er hinzu – und als wäre mit der Natur selbst eine Vereinbarung getroffen, riss in diesem Moment die graue Wolkendecke auf und ein Bündel gleißenden Sonnenlichts fiel herab, das das Umland in grauer Dunkelheit ließ, den jungen Staufer jedoch in ein helles, überirdisches Licht tauchte, so als wollte der Himmel selbst seine Worte bekräftigen.

Irgendwo auf den Wehrgängen begann jemand zu rufen, ein lautes *»Fredericus vivat!«*, und im Nu fielen weitere Wachen und Bürger der Stadt in den Ruf ein, sodass er innerhalb von Augenblicken zu einem Chor anschwoll. Und schließlich erhob sich auf der gesamten Südmauer ein lauter Jubel, der von Friedrichs eigenem Gefolge lautstark beantwortet wurde.

»Fredericus vivat«, scholl es allenthalben, *»Fredericus vivat …!«*

Nur noch einen Moment lang stand Bischof Konrad unbewegt auf seinem Turm. Dann wandte er sich zu den Seinen um und gab eine Reihe von Befehlen – und schon kurz darauf begann sich die Zugbrücke zu senken, und die Stadt öffnete ihre Tore.

Ein gewinnendes Lächeln huschte über Friedrichs wohlgeformte, von nassem rotem Haar umwehte Züge, als seine Begleiter zu ihm aufschlossen und sie gemeinsam die Brücke passierten. Die Hufe ihrer Rösser donnerten auf den Bohlen, Trommelschlägen gleich.

Nur wenig später ertönte Freudengeläut, das in der klaren, vom Gewitter gereinigten Luft nicht nur über der Stadt, sondern über dem ganzen Umland zu vernehmen war und noch weit auf den See hinausscholl.

An diesem Septembertag gewann mein Herr Friedrich ein ganzes Reich.

Wäre er nur wenig später vor den Toren von Konstanz eingetroffen, wären sie ihm verschlossen geblieben – so wie Otto von Braunschweig, der schließlich mit zweihundert Getreuen vor dem Südtor eintraf, jedoch vergeblich Einlass begehrte. Für ihn, den vom Papst Gebannten, wurde es nicht mehr geöffnet.

Es war der Anfang vom Ende seiner Herrschaft.

4.

Hagenau, Elsass
Anfang Oktober 1212

In späteren Jahren wurde erzählt, dass Otto von Braunschweig, der als Vierter seines Namens in jenen Tagen noch die Kaiserkrone trug, einst einen Traum gehabt hätte – einen Traum von zwei Bären, einem großen und mächtigen und einem sehr viel jüngeren kleinen Bären, und dass in diesem Traum der kleinere Bär den älteren verjagt habe.

Man mag von Träumen halten, was man will – sind sie nur Launen des Zufalls? Oder sind es unsere eigenen Ängste und Befürchtungen, die in Träumen zu uns sprechen? Oder öffnet in ihnen gar die Vorsehung für einen winzigen Moment den Blick auf Dinge, die vielleicht dereinst kommen?

Der Traum des Welfen jedenfalls bewahrheitete sich. Denn noch während sich die Kunde von den Ereignissen in Konstanz in süddeutschen Landen verbreitete, brachen Friedrich und die Seinen nach Basel auf. Dort stellte Heinrich von Vehringen, der Bischof von Straßburg, ihm nicht weniger als fünfhundert bewaffnete Reiter zu Gebote, die die Schar des Staufers sprunghaft anwachsen ließen und seinem Wort gleich ein wenig mehr Gewicht verliehen. Und hier begann er, seine zuvor gefassten Pläne in die Tat umzusetzen und Privilegien und Geldgeschenke an die Fürsten des Reiches zu verleihen, auf dass sie auf seine Seite kämen …

Und sie kamen.

Der Erste, der Nutzen aus den in Basel ausgestellten Bullen zog, war Ottokar von Böhmen, dem Friedrich als Erstem seines Namens die Königswürde verlieh, zudem wurde Ottokars Bruder Heinrich die Markgrafschaft Mähren zuteil. Auch andere weltliche Fürsten wie der Herzog von Lothringen wurden mit Geld oder Reichsgütern bedacht, sodass die Schar derer, die Friedrich folgten, beständig zunahm, während die Zahl jener, die bei seinem Konkurrenten verblieben, beständig sank.

Die wahre Macht jedoch lag vorerst noch immer bei Otto, dem trotz seiner Bannung noch viele deutsche Fürsten folgten – hätte der Welfe in jenen Tagen die Entscheidung auf dem Schlachtfeld gesucht, hätten die Geschicke wohl einen anderen Verlauf genommen. Aber ob es die Vorsehung war, die ihn davon abhielt, die Furcht vor den Folgen des päpstlichen Banns, oder ob es nur einfach der Ruf war, der dem *puer Apuliae* vorauseilte – Otto von Braunschweig ging dem Kampf aus dem Weg, und Friedrich seinerseits suchte ihn nicht.

Puer Apuliae, so nannte man ihn nämlich inzwischen – den Knaben aus dem fernen Apulien. Allein der Klang dieses Namens schien in den Köpfen der Deutschen Träume zu wecken, Vorstellungen von einem fernen, südlichen Land, in dem die wenigsten von ihnen je gewesen waren und wohin sie auch niemals kommen würden. Wie fremdartige Musik tönte er in ihren Ohren, durchwehte ihre grauen Gedanken mit exotischen Düften und erfüllte sie für Augenblicke mit der Wärme südlicher Sonne.

Der Name Friedrich mochte ihnen vertraut sein, sein Wesen war es nicht. In seiner Jugend, die so anders verlaufen war als die anderer Fürsten und Könige, hatte er nicht nur die Ertüchtigung mit Waffen geübt, sondern war auch in den Disziplinen der Logik, der Philosophie und der Mathematik unterwiesen worden; er beherrschte nicht nur die lateinische Sprache, sondern auch die griechische und mit der arabischen sogar jene des heidnischen Feindes. Die Zunge seiner Väter sprach er hingegen nicht, auch wenn er sich in den Tagen jenes allerersten Aufenthalts jenseits der Alpen redlich mühte, sie zu erlernen. Den Deutschen kam es folglich vor, als wäre dieser junge Mann aus einer anderen, fremden Welt zu ihnen gekommen, und in gewisser Weise war er das auch … doch erst später, in reiferen Jahren, lernte mein Herr, aus dieser Eigenschaft Nutzen zu ziehen, indem er sich als jener Herrscher präsentierte, als den man ihn schon immer gesehen hatte, als *stupor mundi* … das Staunen der Welt.

Der Leser dieser meiner Aufzeichnungen mag für sich selbst entscheiden, ob Friedrichs frühe Erfolge und sein rasches Vorankommen in jenen Tagen nur ein Ergebnis seiner klugen und freigebigen Politik waren oder ob es an der ungewöhnlichen Ausstrahlung lag, die den jungen Mann mit dem langen roten Haar umgab, so als hätten der Allmächtige und seine Vorsehung ein besonderes Auge auf ihn. Vergessen schienen die düsteren Voraussagen, die noch zur Zeit seiner Geburt gemacht worden waren, vorbei die üblen Schmähungen wegen des fortgeschrittenen Alters seiner Mutter: Dieser neue, von jugendlicher Kraft erfüllte Herrscher schien allen blühenden Wohlstand zu versprechen und dem Reich dauerhaften Frieden – und wonach mehr können Menschen verlangen?

Was in Basel geschehen war, verhallte abermals nicht ungehört unter den Adeligen des Reiches, und als sich Friedrich am Tag des heiligen Michael in der Pfalz zu Hagenau einfand und dort seinen ersten großen Hoftag abhielt, gesellten sich weitere Edle zu ihm und wandten sich von Otto ab. Der Welfe, der sich auf seine nördlichen Besitztümer zurückgezogen hatte, mag dort schmollend gesessen und seine Wunden geleckt haben, während ihm in Hagenau eine weitere zugefügt wurde: Kein anderer als sein Reichskanzler Konrad von Scharfenberg fand sich dort ein und schwor Friedrich die Treue.

Ein anderer König, der noch dazu so jung war an Jahren, hätte Konrad vielleicht gezürnt, ihn für die bisherige Unterstützung des Gegners bestraft oder ihn zumindest seines Amtes enthoben; Friedrich jedoch beließ ihn in seinem Amt und übernahm ihn als Kanzler, auch wenn es bedeutete, seinen treuen Gefährten Anselm von Justingen, dem er die Kanzlerschaft versprochen hatte, dadurch zu enttäuschen. Doch das Signal, das Friedrich damit sandte, übertraf das Opfer bei Weitem, sagte es doch seinen Gegnern, dass sie nichts zu befürchten hatten, wenn sie jetzt auf seine Seite wechselten. Und so wuchs die Zahl derer, die Friedrich unterstützten, von Tag zu Tag.

Beinahe einen Mond lang blieb Friedrich in Hagenau, jener Pfalz, die umgeben war von üppigen Wäldern und Jagdrevieren und die seiner südländischen Heimat noch am nächsten kam. Das Wetter hatte sich gebessert und beschied dem jungen König goldene Oktobertage, die er zum Ausritt nutzte und dafür, seiner kaum verhohlenen Leidenschaft zu frönen, der Falknerei.

Mit erkennbarer Freude hatte er festgestellt, dass die Beizjagd auch nördlich der Berge betrieben wurde, und wenn sich auch die Art der verwendeten Vögel unterschied und ihre Abrichtung weniger ausgefeilt war, als er es von den arabischen Falknern Siziliens gewohnt war, fand er hier doch Gleichgesinnte, die seine Leidenschaft teilten und mit Raubvögeln wie Wanderfalken und Sperbern auf die Jagd gingen – und sogar mit dem mächtigen Adler.

Unter den Tieren, mit denen Friedrich jagte, war auch ein Habicht, den sein Gefolgsmann Reinold von Urslingen ihm zum Geschenk gemacht hatte. Alter Tradition folgend, hatte er dem Tier einen Namen gegeben und es »Cupidus« genannt, und tatsächlich machte der Vogel diesem Namen schon bald alle Ehre. Zusammen mit einigen engen Beratern und Gefährten, unter ihnen der unentbehrliche Parceval Doria, war Friedrich von Hagenau aufgebrochen, den Habicht auf der Faust, der in Erwartung der bevorstehenden Jagd bereits mit den Flügeln schlug. Ihr Weg führte sie tief in den Wald, der sich herbstlich verfärbt hatte. Der Geruch von Pilzen erfüllte die Luft, Laub übersäte den Boden, das unter den Hufen der Pferde leise raschelte.

»Eines will mir nicht in den Kopf«, meinte Parceval, der hinter Friedrich ritt und ebenfalls einen Habicht führte. »Warum verbindet man im Süden den Tieren die Augen, indem man ihnen eine Lederkappe über den Kopf stülpt? Warum darf das Tier nicht sehen, was es umgibt?«

»Weil es davon nur abgelenkt würde«, gab Friedrich weiter, was seine arabischen Lehrmeister ihm beigebracht hatten. »Es soll nur das erspähen, was es erspähen soll.«

»Indem du es mit Blindheit schlägst?«

»Indem ich seine Aufmerksamkeit auf jene Dinge lenke, die es sehen soll, damit es tut, was ich von ihm verlange«, erläuterte der junge Staufer bereitwillig, während er sein Pferd weiter durch das Unterholz lenkte.

»Und wenn es nicht tut, was du verlangst?«

»So ist mehr Erziehung vonnöten.«

»Keine Bestrafung?«

Friedrich zügelte sein Pferd und drehte es halb herum, sodass er dem Gefolgsmann ins Gesicht sehen konnte. »Du magst es mit deinem Tier halten, wie du willst, aber wenn du es zu oft bestrafst, wird es sich von dir abwenden und irgendwann das Weite suchen, sich womöglich sogar einen neuen Herrn erwählen. Behandelst du es dagegen gut und erweist ihm genügend Fürsorge, so wird es jederzeit auf deine Faust zurückkehren und alles tun, was du von ihm verlangst.«

»Hm«, machte Parceval und schnitt eine Grimasse, »sprichst du wirklich noch von der Beizjagd? Irgendwie habe ich nicht den Eindruck …«

»Du hast recht«, gab Friedrich zu. »Hätte Otto der Welfe die Regeln der Falknerei berücksichtigt, hätte ich es sehr viel schwerer gehabt, ihm seine Gefolgsleute abzujagen – so jedoch ließ er einen Falken nach dem anderen ziehen, auf dass er sich eine neue Bleibe suche …«

»… die er dann bei dir fand«, ergänzte Parceval grinsend. »Der König als ein Falkner.«

»In der Tat«, stimmte Friedrich zu – als sich im Unterholz plötzlich etwas regte. Von den Hufen der Pferde aufgeschreckt, sprang ein Kaninchen aus dem Dickicht und setzte durch das hohe Laub davon.

Die Kappe von seinem Haupt zu ziehen und den Habicht freizugeben kostete Friedrich nur einen Augenblick. »Fliege!«, rief er dann und entließ das prächtige Tier von seinem Arm. Das Glöckchen am Bein des Habichts klingelte, als er die Flügel ausbreitete und sich flatternd in die Lüfte schwang – doch statt dem Kaninchen zu folgen, stieg er steil zu den Kronen der Bäume auf und war einen Herzschlag später bereits darin verschwunden. Noch einen Augenblick lang hörte man das Glöckchen, dann verstummte es.

Einen Moment lang war Friedrich wie erstarrt vor Überraschung. Das Kaninchen freilich hatte sich längst aus dem Staub gemacht und war im Wurzelwerk einer alten Eiche verschwunden, doch auch von dem Habicht fehlte jede Spur.

»Nanu«, meinte Parceval, der als Dichter um Worte nie verlegen war. »Wohin ist das prächt'ge Tier entschwunden?«

Friedrich starrte noch immer an dem Baum empor. Schon oft war er zur Beizjagd ausgeritten, hatte mit diesem Habicht und mit anderen gejagt, doch dergleichen war ihm noch nie passiert. »Mir will scheinen«, stieß er zwischen zusammengebissenen Zähnen hervor, »dieser Untertan weiß nicht recht, wohin er gehört.«

»Woran mag es gelegen haben?«, feixte Parceval. »Zu wenig Fürsorge?«

Mit einem Seitenblick gab Friedrich ihm zu verstehen, dass es nun genug war mit den Scherzen. Dann ließ er die Zügel schnalzen und trieb sein Tier noch tiefer in das dunkle Geäst.

»Verzeih, mein Freund«, rief Parceval ihm hinterher, »ich wollte nicht ...«

Aber Friedrich reagierte nicht, seine Aufmerksamkeit war ganz auf die unmittelbare Umgebung gerichtet. War da nicht für einen kurzen Moment wieder ein leises Klingeln zu vernehmen gewesen? Und war es nicht von dort drüben gekommen, von jenseits der moosbewachsenen Felsen?

Ohne Zögern lenkte Friedrich sein Pferd in die entsprechende Richtung. Er passierte die Felsen und tauchte in das grüne Halbdunkel eines Hohlwegs ein. Steil führte er bergab, abermals raschelte Laub unter den Hufen. Dann wieder war das Glöckchen des Habichts zu hören, jedoch nur ganz kurz.

Was war geschehen? War dem Tier etwas zugestoßen? War es verletzt und brauchte Hilfe?

Die Sorge um Cupidus war so groß, dass Friedrich alles andere darüber vergaß. Nach weiteren Lebenszeichen lauschend, dirigierte er sein Pferd durch ein Labyrinth eng stehender und von Moos überwucherter Bäume. Dichter Efeu hing wie ein Vorhang herab, sodass Friedrich seine Klinge ziehen und das Gewirr teilen musste. Bald nach links und bald nach rechts schlagend, hieb er sich hindurch – und stand unvermittelt auf einer Lichtung.

Helles Sonnenlicht blendete ihn, und für einen Moment konnte er nichts sehen. Doch als er endlich wieder etwas erkennen konnte, wollte er seinen Augen nicht trauen: Vor ihm, inmitten der von Sonnenschein durchfluteten Lichtung, stand eine junge Frau.

Am Arm trug sie einen ledernen Handschuh – und darauf saß kein anderer als Cupidus und gurrte wie eine Taube, während sie ihm das gestreifte Brustgefieder streichelte und dabei ebenso leise wie beruhigend auf ihn einsprach.

Furcht schien sie nicht zu kennen, weder vor dem Tier selbst noch vor seinem Besitzer, der doch jeden Moment auftauchen und es zurückfordern mochte. Tatsächlich schien sie Friedrichs Eintreffen noch nicht einmal bemerkt zu haben, nur sie selbst und der Vogel schienen in diesem Augenblick auf der Lichtung zu existieren. Entsprechend unwirklich war der Anblick, der sich Friedrich bot, zumal das einfallende Sonnenlicht ihr waldgrünes Kleid dergestalt durchleuchtete, dass sehr viel mehr von ihrer jugendlichen Erscheinung zu sehen war, als schicklich gewesen wäre …

»Steckt Euer Schwert weg, mein König«, sagte sie unvermittelt. Dabei hob sie den Blick und sah ihn aus Augen an, deren Farbe ihn an Türkise erinnerte. Sie mochte in seinem Alter sein und hatte ein hübsches, wenn auch ein wenig blasses Gesicht und einen kleinen Mund, in dem schneeweiße Zähne blitzten. Ihr blondes Haar trug sie offen, wie pures Gold fiel es auf ihre schmalen Schultern.

»Wa-was?«, fragte er wenig geistreich – sie hatte deutsch gesprochen, das er zwar halbwegs verstand, jedoch vermochte er es kaum zu erwidern.

»Euer Schwert«, wiederholte sie, mit der freien Hand auf die Klinge in seiner Rechten deutend. »Ihr werdet es nicht brauchen – weder meinetwegen noch wegen des Habichts.«

In diesem Moment wurde ihm klar, dass er sie kannte. Vor einigen Tagen war sie ihm vorgestellt worden, und schon an jenem Abend war sie ihm ihrer Schönheit wegen aufgefallen. Adelheid war ihr Name, und sie war eine Schwester ebenjenes Reinold von Urslingen, der ihm den Habicht geschenkt hatte. Was wohl erklären mochte, warum das kluge Tier so bereitwillig auf ihrem Arm gelandet war – aber noch längst nicht, warum sie hier im tiefen Wald verweilte.

Friedrich stieß die Klinge ins Futteral zurück, dann schwang er sich aus dem Sattel.

»Ich danke, Fräulein«, sagte er, während er langsam auf sie zutrat.

»Wofür?« Sie kicherte, wohl seines schweren Akzents wegen.

»Dass Vogel gefangen«, erwiderte er, auf den Habicht deutend.

»Ein prächtiges Tier«, bestätigte sie. »Welchen Namen habt Ihr ihm gegeben?«

»Cupidus«, entgegnete er.

Sie lachte hell, ein Lachen voller Heiterkeit und Lebensfreude, wie man es selten hier im kühlen Norden hörte. »Wie passend«, befand sie und errötete dabei ein wenig. »So hat Euer Cupidus mich also gefunden. Was, mein König, werdet Ihr nun mit Eurer Beute anfangen?«, fügte sie hinzu und sah ihn dabei herausfordernd an. Er konnte sehen, wie ihre jungen, festen Brüste sich unter ihren Atemzügen hoben und senkten, und konnte nicht verhindern, dass seine Begehrlichkeit erwachte.

»Es gibt eine Königin«, wandte er dennoch ein, zu mehr reichte seine spärliche deutsche Eloquenz nicht aus.

»Das weiß ich«, versicherte die schöne Adelheid, »doch wurde mir gesagt, dass sie weit entfernt von hier weilt – ich jedoch bin hier, und Euer Habicht hat mich gefunden.«

»Das ist wahr«, stimmte er zu, während er den Gurt um seine Hüften löste und zu Boden fallen ließ.

Sie wandte sich dem Vogel zu und schien ihm etwas zuzuflüstern, dann stieß sie die Faust hoch in den Himmel, worauf er die Flügel ausbreitete und flatternd in dem Stück blauen Herbsthimmels verschwand, das zwischen den rotgoldenen Baumkronen leuchtete.

Friedrich sah dem Habicht nach, bis er jenseits der Bäume verschwunden und das Klirren des Glöckchens nicht mehr zu hören war. Als er seinen Blick wieder auf Adelheid richtete, hatte diese ihr Kleid bereits geöffnet und ein Stück herabgezogen, sodass ihre Brüste nicht länger gegen den Stoff des Kleides drängten, sondern ihm keck entgegenblickten.

Braver, guter Cupidus.

5.

Bouvines, Frankreich
17. Juli 1214

Es blieb nicht bei jener einen, leidenschaftlichen Begegnung im Wald.

In Adelheids unbekümmerter und lebensfroher Art fand Friedrich, was er in nördlichen Landen bislang entbehrt hatte, und sie weckte manches Gefühl in ihm, das er bereits verloren geglaubt hatte. Und so behielt er sie an seiner Seite, der Tatsache zum Trotz, dass im fernen Süden eine Königin auf ihn wartete, und Adelheid brachte einen Sohn zur Welt, dem er den Namen Enzio gab und der ihm von allen seinen Söhnen in Wesen und Aussehen am ähnlichsten werden sollte. Der Kosename jedoch, den Friedrich seinem zweitgeborenen Sohn gab, erinnerte an den Tag und die Art und Weise, wie er Enzios Mutter begegnet war – er nannte ihn seinen »Falkenjungen«.

Die vergleichsweise unbeschwerte Zeit in Hagenau näherte sich dem Ende, der Kampf um das Reich rief Friedrich zurück zu seinen Pflichten. Konrad von Scharfenberg, den er gegen den Widerstand mancher Berater zum Kanzler ernannt hatte, bedankte sich für diesen Gunsterweis, indem er eine Verbindung zum König der Franzosen herstellte. Da Philipp von Frankreich zu jener Zeit im Krieg mit England lag, suchte er die Nähe Friedrichs, den er im Gegenzug in seinem Ansinnen auf die Kaiserkrone unterstützen wollte. Und da die Welfen eng mit England verbunden waren und Otto IV. sich mit Johann Plantagenet verbündet hatte, willigte Friedrich zum Ausgleich in das Bündnis mit Frankreich ein. Die zwanzigtausend Silbermark, die er dafür von Philipp erhielt, trug er abermals dorthin, wo Geld für ihn den größten Nutzen erzielte: zum deutschen Adel, der nun endgültig und in großer Anzahl bereit war, den fremden König aus dem Süden, das »Chind aus Pulla«, wie sie ihn in barbarischer Unkenntnis seiner Herkunftslande nannten, als ihren Herrscher anzuerkennen.

Am 12. Dezember, dem Tag vor Lucia, kamen die Fürsten in der Stadt an der Frankenfurt zusammen, um noch einmal in aller Öffentlichkeit Friedrich zu wählen und den gebannten Welfen abzusetzen. All jene, denen er in den letzten Wochen und Monaten seine Gunst erwiesen hatte, waren zugegen, zuvorderst der König von Böhmen und sein Bruder, der Markgraf, der Herzog von Lothringen sowie die mächtigen Bischöfe von Mainz und Speyer. Vier Tage später, am Tag von Sankt Ado, ließen die Fürsten ihren Worten Taten folgen und krönten Friedrich zum König, wenn auch noch mit Herrscherzeichen, die nicht die echten waren: Die wahre Krone und Zeichen der Herrschaft befanden sich in Aachen, wo Kaiser Karl einst seine Pfalz errichtet hatte und der Ursprung der Königsmacht lag. Doch Aachen befand sich noch immer fest in welfischer Hand, und Otto, an Starrsinn seinem Vater Heinrich dem Löwen in nichts nachstehend, dachte nicht daran, davon abzulassen.

Den Winter und das darauffolgende Jahr nutzte Friedrich, um die Verhältnisse im von ihm kontrollierten Teil des Reiches zu ordnen. Wie sich zeigte, hatten sich unter dem nachlässigen Blick Ottos Lug und Trug in die Hofkammer eingeschlichen. Der junge König fand die Schuldigen heraus und ließ sie bestrafen, als ein deutliches Zeichen dafür, dass wieder Recht und Gesetz im Reich eingekehrt waren.

Von Eger aus, wo er zum Pfingstfest des Jahres 1213 einen Reichstag einberief, erließ Friedrich eine weitere mit goldenem Siegel versehene Bulle, die vor allem den Kirchenfürsten weitgehende Rechte zugestand, Rechte, auf die er selbst verzichtete. Als Gegenleistung wurde, ebenfalls zu Eger, ein Feldzug gegen den abgesetzten Kaiser beschlossen – doch diesmal war es Otto, der sich der Konfrontation entzog. Ein weiteres Zeichen dafür, dass sein Stern im Sinken begriffen war, der des jungen Friedrich jedoch gerade erst aufgegangen.

Bei allen Beschlüssen, die mein Herr in jener Zeit fasste, leistete Berard ihm wertvolle Dienste. Als im Sommer des Jahres 1213 der Erzbischofssitz von Palermo frei wurde, jener Stadt, in der Friedrich den größten Teil seiner Kindheit und Jugend verbracht hatte, berief Papst Innozenz den getreuen Berard dorthin, was ihn noch enger mit dem jungen König und seinen ehrgeizigen Plänen verband. Längst schon war das vertrauensvolle, jedoch respektvolle Verhältnis der beiden einer tieferen Verbindung gewichen, nicht unähnlich jener zwischen Vater und Sohn. In späteren Jahren hat mein Herr mir anvertraut, dass er zeit seines Lebens nur drei Berater hatte, denen er bedingungslos vertraute und denen er ohne Zögern sein Leben anvertraut hätte.

Berard von Castacca war der Erste und Älteste unter ihnen, den beiden anderen sollte er später begegnen – und in einem von beiden sollte er sich auf entsetzliche Weise irren.

Doch im Sommer des Jahres 1214 ahnte mein Herr davon noch nichts. Seine Aufmerksamkeit hatte sich auf die Grafschaft Flandern gerichtet, auf den kleinen Ort Bouvines, an dem an einem Sonntag im Juli der Kampf um die Krone entschieden wurde.

Nachdem sich der Krieg zwischen Philipp von Frankreich und Johann von England, den man in seiner Heimat auch als *John Lackland*, als »Johann Ohneland«, verspottete, über mehrere Jahre hingezogen hatte, ohne dass eine Seite der anderen einen wirklichen Vorteil hätte abringen können, kündigte sich in der Hitze jenes Sommertags die endgültige Entscheidung an. Der mit Johann verbündete Otto hatte sein Heer über den Fluss Rhein nach Flandern geführt. Gemeinsam mit Johanns Truppen, die in Aquitanien angelandet waren, wollte er das Heer des Franzosenkönigs in die Zange nehmen und es zwischen Hammer und Amboss zerschmettern.

Philipp von Frankreich, der das Bündnis mit Friedrich gesucht und dafür zwanzigtausend Silbermark gegeben hatte, forderte nun die Unterstützung seines Verbündeten ein. Allerdings folgten die süddeutschen Fürsten Friedrichs Ruf zu den Waffen nur zögerlich, und als sie es endlich doch taten, bewegte sich das aus ihnen formierte Heer so langsam, dass es erst nach Beendigung der Kämpfe am Schauplatz eintraf.

Ein anderes, sehr viel kleineres Aufgebot von Reitern allerdings, die Friedrich vorausschickte, weil er einerseits Wort halten und andererseits aus erster Hand erfahren wollte, was sich in Flandern zutrug, erreichte Philipps Aufgebot noch rechtzeitig. Die Führung des Haufens, der bei Nacht und Nebel aufbrach, sodass kein Chronist davon Kenntnis nahm, vertraute Friedrich keinem anderen als seinem Freund Parceval Doria an. Seite an Seite standen Doria und die Seinen mit den französischen Rittern, die rund tausend zählten, unterstützt von fünftausend Mann Fußvolk und einer vielleicht noch einmal tausend Kämpfer umfassenden Reiterschar.

Ihnen gegenüber lag das Heer, das der Welfe und sein englischer Verbündeter aufgeboten hatten und das ihnen an Zahl weit überlegen war: Rund neuntausend Kämpfer waren es, die dem *aquila imperii* folgten, dem Feldzeichen des Reiches. Auf einem hohen Wagen hatte Otto es aufrichten lassen, Seite an Seite mit dem roten Drachen der Engländer und Waliser, dessen langer Schweif sich im warmen Morgenwind bauschte. Und nachdem die Anführer Ansprachen gehalten und die Geistlichen den Segen des Schöpfers auf die jeweilige Seite herabgerufen hatten, trafen die Heere aufeinander, und ein blutiges Schlachten setzte ein.

Die französischen Ritter aus Burgund waren es, die den Reigen des Todes eröffneten. Mit eingelegten Lanzen griffen sie die ihnen gegenüberstehenden Flamen unter ihrem Grafen Ferdinand an, der sich ebenso wie der Graf von Boulogne gegen seinen französischen Lehnsherren gestellt und mit Otto verbündet hatte. Da nicht nur Edle in jenem Kontingent kämpften, sondern auch Knechte zu Pferd, die zwar weniger ritterlich fochten, dafür aber umso beherzter dreinschlugen, gerieten die flandrischen Ritter in Verwirrung. Gleichzeitig schickte Otto sein Fußvolk ins Feld, mit dem erklärten Ziel, einen Keil in die feindlichen Fußkämpfer zu treiben und so an die französische Reiterei heranzukommen, die von König Philipp selbst angeführt wurde – gerade so, als handelte es sich nicht um eine Schlacht, sondern um eine Partie Schach, mit dem alleinigen Ziel, den gegnerischen König zu schlagen.

Wie eine Naturgewalt brach das heranstürmende Fußvolk, in der Hauptsache Sachsen aus den Stammlanden des Welfen, in die französischen Reihen ein und drang so tief vor, dass König Philipp nicht anders konnte, als mit dem Hauptkontingent seiner Ritter in den Kampf einzugreifen. Und da Parceval Doria und die Seinen sich in unmittelbarer Nähe des französischen Königs aufhielten, begann die Schlacht nun auch für sie.

»À l'attaque!«, scholl der Befehl, und die mächtigen Rösser, die ohnehin längst von Unruhe ergriffen waren, stürmten gleichzeitig nach vorn, an Seiten, Brust und Stirn kaum weniger geharnischt als ihre Reiter. Mit gewaltigen Sprüngen setzten sie über das Schlachtfeld und hinein in die Bresche, die die Sachsen bereits geschlagen hatten.

Der Ansturm von Welfen und Engländern kam abrupt zum Erliegen. Für die Mannen Ottos und Johanns war es, als würden sie gegen eine Mauer rennen, gleichwohl sie nicht aus Stein bestand, sondern aus gesenkten Lanzen, deren mörderisch gespitzte Kronen sie ohne Federlesens durchbohrten.

Auch Parcevals Lanze ereilte einen der elenden welfischen Knechte. Die wattierte Kapuze, die der Mann trug, bot ihm kaum Schutz, die Lanze traf seinen Kopf und brach ihm das Genick, wobei sie sich unter dem Ansturm bog und zersplitterte. Parceval ließ die nutzlos gewordene Waffe fahren und griff stattdessen zum Schwert, das er mit wuchtigen Schlägen niedergehen ließ. Häupter – noch dazu solche, die nicht von Helmen, sondern lediglich von ledernen Hauben beschirmt wurden – boten dem Stahl keinen Widerstand. Blutüberströmt sanken die Mannen des abgesetzten Kaisers nieder, doch immer noch brandeten mehr von ihnen heran – und plötzlich gab es auf der linken Flanke lauten Tumult, der selbst das Klirren der Waffen und das Geschrei der Kämpfenden übertönte.

»Der König! Rettet den König …!«

Parceval fuhr herum. Durch die Schlitze des Topfhelmes sah er Philipp niedergehen, aus dem Sattel gezogen von einer Bande deutscher Raufbolde, die weder Furcht noch Gnade zu kennen schienen. Im Getümmel bemühte er sich, sein Pferd in die Richtung des Königs zu treiben. Ein Waffenknecht stach mit dem Spieß nach ihm und bezahlte dafür mit dem Leben, als Parcevals Schwert niederging und den Mann tief in die ungeschützte Schulter traf. Eine Blutfontäne spritzte auf und besudelte Parcevals Schild und Rüstung, doch eine Bresche war geschlagen, durch die für einen Moment der Weg zu Philipp offen schien – während von der anderen Seite die Leibwache der französischen Ritter an ihren König heranzukommen suchte.

Inzwischen hatten Ottos Knechte Philipp zu Boden gerungen, bearbeiteten ihn mit Fäusten und Knüppeln und allem, dessen sie sonst noch habhaft werden konnten. Dass er noch nicht tot war und noch immer zeternd um Hilfe rief, war wohl nur dem Eisen seiner Rüstung zu verdanken.

Unbarmherzig trieb Parceval sein Tier über Gefallene und Verwundete hinweg, unterstützt von den anderen Kämpfern aus Friedrichs Gefolge. Im nächsten Moment hatten sie den Wust der Kämpfenden durchdrungen. Die deutschen Knechte sahen sie und wandten den von der anderen Seite herannahenden Franzosen den Rücken zu – dies wurde ihr Verhängnis.

Zornentbrannt griffen Philipps Ritter sie an, einer nach dem anderen fiel unter wüsten Schwerthieben oder wurde unter den Hufen der Schlachtrösser zerschmettert. Nur Augenblicke später saß König Philipp wieder im Sattel und führte die Seinen an, das rote Seidenbanner der Oriflamme flatterte über ihm im Wind. Und als hätte seine Rettung Philipps Ritter und Knechte mit neuem Mut erfüllt, stürmten sie gemeinsam gegen den Feind und überrannten ihn.

Unzählige sächsische Waffenknechte endeten unter donnernden Hufen, mit zerschlagenen Knochen oder erstickt im Morast, in den sich das Schlachtfeld zu verwandeln begann, getränkt von Schweiß und Blut … und der Gegenangriff der französischen Ritter kam nicht zum Erliegen. Immer weiter fegte er wie ein Sturm, der sich nicht aufhalten ließ, über die Reihen des feindlichen Fußvolks hinweg und in die Phalanx jener Berittenen, unter denen auch Otto selbst weilte, von fünfzig seiner Mannen umgeben. Ein blutiges Scharmützel entbrannte, als sich die Welfenritter den Angreifern entgegenwarfen, inzwischen mehr von Verzweiflung getrieben als von der Aussicht auf den Sieg. Denn auch auf den Flanken, wo der Graf von Burgund und Wilhelm von Salisbury, ein Halbbruder Johann Ohnelands, den Oberbefehl innehatten, war das Schlachtenglück dabei, sich zu Philipps Gunsten zu wenden.

Die Reihen in Ottos Heer gerieten in heftige Bewegung, seine Edlen selbst in höchste Bedrängnis, ebenso wie ihr Anführer, der seine Streitaxt gleichermaßen gegen den angreifenden Feind zu schwingen schien wie gegen seine Absetzung. Doch so mutig Otto von Braunschweig auch kämpfen mochte; so wacker er sich auch schlug und so viele Schädel er an jenem Tag zerschmetterte – am Ende überwog der Siegeswille der französischen Ritter, die an diesem Tag trotz ihrer Unterzahl beherzter und klüger kämpften und den Feind das Fürchten lehrten.

Als der letzte Kreis von Verteidigern, die sich um Otto Welf geschart hatten, unter dem Ansturm zerbrach, war Parceval in vorderster Reihe dabei. Nicht wenige der Gefährten, mit denen er von Hagenau ausgezogen war, lagen inzwischen verwundet oder waren gefallen. Er selbst war von der Spitze eines Sauspießes am Schwertarm verletzt worden, jedoch nicht so schwer, als dass er die Klinge nicht mehr hätte heben können. Wieder und wieder ließ er sie auf den Feind niedergehen, zerschlug den Schild eines deutschen Ritters und dazu noch seinen halben Arm, während sein eigenes Blut an seiner Schulter hinablief und seinen Gambeson tränkte.

Seit Stunden währte die Schlacht nun schon, die Erschöpfung war den Kämpfern beider Seiten anzumerken, doch von der Aussicht auf den nahen Sieg getrieben, drangen Philipp und seine Ritter weiter vor – und brachen endlich zu Otto durch! Ein französischer Ritter mit Namen Gerard la Trui war es, der zuerst beim falschen Kaiser anlangte und seinen Dolch dorthin zu rammen suchte, wo zwischen Helm und Kettengeflecht eine verwundbare Stelle blieb. Doch der Welfe, nicht weniger erschöpft als alle anderen, jedoch von wilder Raserei erfasst, hieb einmal mehr mit der blutigen Axt um sich und zwang la Trui auf Distanz. Bei einem erneuten Versuch, sich Otto zu nähern, kam er nicht mehr an diesen heran, stattdessen rammte er den Dolch in das Auge des Destriers. Das Schlachtross bäumte sich auf, dann brach es mit grässlichem Wiehern zusammen – doch noch ehe Philipps Streiter unter lautem Triumphgeschrei nachsetzen konnten, saß der Welfe bereits auf seinem zweiten Pferd, das im Getümmel herangeführt worden war.

Lärmendes Geschrei und blutiges Durcheinander tobte um den abgesetzten Kaiser! Ein weiterer französischer Ritter namens Guillaume des Barres sprengte auf Otto zu und versuchte, ihn mit bloßen Händen zu packen und aus dem Sattel zu zerren. Parceval, der sich in unmittelbarer Nähe aufhielt, riss sein eigenes Tier herum und suchte Guillaume zu Hilfe zu kommen – der Axt, die der Welfe in seinem Zorn nach ihm schwang, entging er dabei nur um Haaresbreite!

Endlose Augenblicke lang wogte das Handgemenge, dann plötzlich gelang es Otto, sich dem Zugriff seiner Häscher zu entwinden. Zwei deutsche Ritter waren zur Stelle, die sich, obschon abgerissen und verwundet, dem feindlichen Ansturm in den Weg stellten und ihrem Anführer so ein wenig Raum verschafften – den dieser nutzte, um sein Schlachtross zu wenden und ihm die Sporen zu geben!

Ob es die Einsicht in die drohende Niederlage war oder schlicht das Erkennen der eigenen Sterblichkeit – Otto von Braunschweig wandte dem Schlachtfeld den Rücken. So beherzt und verzweifelt er bis zu diesem Augenblick auch für seine Sache gefochten haben mochte – in dem Moment, da er die Schlacht verloren gab, verlor er auch Macht und Krone.

Jene, die ihren Kaiser davonreiten sahen, sahen endgültig keinen Sinn mehr darin, ihr Blut für seine Sache zu vergießen. Ob Ritter oder Knecht, Edler oder Gemeiner machte nun keinen Unterschied mehr, alle begannen zu fliehen. Und als die Kunde von Ottos Flucht auf die Flügel drang, ging auch dort die Schlacht zu Ende. Die mächtigen Grafen von Salisbury und von Burgund ergaben sich und wurden gefangen genommen.

Der Sieg, den Philipp aus dem Haus der Kapetinger an jenem Tag davontrug, war vollkommen – so wie die Niederlage, die Otto von Braunschweig und Johann Ohneland erlitten, der damit zwar nicht dem Haus Plantagenet, wohl aber seinem wenig schmeichelhaften Beinamen Ehre machte.

Noch auf dem Schlachtfeld verlieh sich Philipp den Beinamen Augustus, in Erinnerung an den ersten Imperator der Römer, der seine Feinde gleichfalls auf dem Schlachtfeld bezwungen hatte; den goldenen Adler, den Otto als Standarte ins Feld geführt und den Philipps Waffenknechte erbeutet hatten, übergab er an den getreuen Parceval mit der Bitte, ihn als Geschenk an seinen Freund und Verbündeten Friedrich zu übergeben. Denn allen, die an jenem Blutsonntag von Bouvines dabei waren, war nur zu klar, dass sich der Welfe von diesem Tiefschlag nicht erholen würde.

Auch Friedrich von Hohenstaufen hatte an diesem Tag gesiegt.

Und dabei noch nicht einmal sein Schwert gezogen.

6.

Aachen
25. Juli 1215

Parceval kehrte zu Friedrich zurück und berichtete, was sich auf dem Schlachtfeld von Bouvines zugetragen hatte, und im Namen Philipps von Frankreich übergab er ihm auch den goldenen Adler zum Zeichen dafür, dass er der neue Kaiser sei, dessen Sonne über dem Reich nun aufgehen müsse.

Da einige Fürsten sich nach wie vor mehr davon versprachen, wenn sie es mit Otto hielten, setzte sich Friedrich noch im August an die Spitze jenes Heeres, das er eigentlich zur Unterstützung Philipps aufgeboten hatte, und überschritt mit ihm die Mosel und schließlich die Maas. Wie immer, wenn sich Heere bewegen, ernährten auch Friedrichs Schergen sich von dem, was das Land ihnen bot, und so fielen sie wie Heuschrecken über Äcker, Felder und Dörfer her. Dass sie sich nicht nur nahmen, was sie zum Leben brauchten, sondern darüber hinaus auch noch brandschatzten und plünderten, nahmen mein Herr und seine Berater billigend in Kauf – denn der dunkle Rauch, der alsbald aufstieg, und die verzweifelten Schreie der Bauern sorgten dafür, dass der Adel unruhig wurde und sich weitere Edle von Otto abwandten, unter ihnen auch die mächtigen Herren von Limburg und Brabant.

Schließlich wandte sich Friedrich gen Aachen, das der große Karl einst zu seiner Kaiserpfalz erhoben hatte und das, wie mein Herr es ausdrückte, »nach Rom allen Städten und Landen voranleuchtet«. Dort, auf dem steinernen Sitz, von Karolus Magnus, den Friedrichs Großvater Barbarossa zum Heiligen erheben ließ, wollte mein Herr sitzen und endlich die Krone und die Herrscherzeichen entgegennehmen, die die Fürsten des Südens ihm schon vor langer Zeit versprochen hatten. Doch noch wurde Aachen von Ottos Verbündeten gehalten, und es verging ein weiteres Jahr, bis sich Friedrichs Wunsch endlich erfüllen sollte.

Am 25. Juli, dem Tag des heiligen Jakobus, zog mein Herr schließlich unter großem Prunk und in Begleitung seiner Getreuen in den Dom zu Aachen ein. Der Jungfrau Maria geweiht, war der Bau seit den Tagen Kaiser Karls viele Male erweitert worden, zuletzt von Friedrichs Großvater – und an diese Tradition gedachte auch er nun anzuknüpfen.

Nachdem die Segensgebete gesprochen und ein Hymnus gesungen worden war, betrat Friedrich, mit dem Krönungsmantel angetan, das Oktogon der Kapelle, erklomm die sechs Stufen, die zum marmornen Herrschersitz führen, und ließ sich darauf nieder. Da der Sitz des Kölner Erzbischofs zu jener Zeit unbesetzt war, oblag es dem vom Papst eigens beauftragten Bischof Siegfried von Mainz, Friedrich zu salben. Anschließend setzte er ihm die achteckige Krone aufs Haupt und versah ihn mit dem Reichsschwert und der Heiligen Lanze, die einen Nagel vom Kreuz des Erlösers enthält. Sodann wurde die heilige

Messe gefeiert und der Allmächtige um Beistand für den neuen König angerufen, und vor aller Augen und Ohren bekannte sich Friedrich zur Kirche und zur Tradition all jener, die vor ihm die Krone getragen hatten.

Doch damit nicht genug.

Mein Herr glaubte an den Allmächtigen, an die Kirche und an die Gnade, die ihm aus ihr erwuchs, so wie er auch an die Tradition glaubte und an das Vermächtnis seiner Väter. Aber er war auch klug genug, um zu erkennen, dass jedem Wort, das er an diesem Tage sprach, und jeder Handlung, die er vornahm, eine besondere Bedeutung zukam; und dass gerade jene, die noch nicht auf seiner Seite standen, mit Argusaugen auf ihn blicken würden.

»Wie«, so hatte er seinen obersten Berater, den klugen Erzbischof Berard, gefragt, »kann ich ihre Gunst erlangen? Wie ihnen zeigen, dass ich nicht irgendein Niemand aus dem Süden bin, der sich die Krone anmaßt, sondern dass staufisches Blut in meinen Adern fließt und das Herz eines wahren Herrschers in meiner Brust schlägt?«

»Indem Ihr es ihnen beweist, mein König«, gab Berard daraufhin zur Antwort.

»Es beweisen? Wie?« Friedrich lachte bitter auf. »Soll ich meine Brust öffnen und mein Herz vor aller Augen als Opfer darbringen? So mancher würde es wohl mit Freuden sehen …«

»Euer Herz behaltet für Euch, mein König – so wie die Blasphemie«, wies Berard ihn mit weiser Güte zurecht, »doch habt Ihr recht, wenn Ihr sagt, dass etwas geöffnet und wieder verschlossen werden sollte … denn indem Ihr etwas öffnet, das lange Zeit verschlossen war, gebt Ihr den Euren das Gefühl, an etwas Großem, Einzigartigem teilzuhaben – und indem Ihr es danach wieder verschließt, gebt Ihr zugleich das Versprechen, es in alle Ewigkeit für sie zu bewahren.«

Friedrich legte den Kopf schief und sah seinen Berater fragend an. Von seinen arabischen Lehrern, die oft in Rätseln gesprochen hatten, war er es gewohnt, auf diese Weise herausgefordert zu werden, doch in diesem Fall wusste er beim besten Willen nicht, worauf Berard hinauswollte. »Bei allen Heiligen«, platzte er heraus, »ich habe keine Ahnung, wovon Ihr sprecht!«

»Ich spreche von dem, was im Dom zu Aachen aufbewahrt wird«, erklärte der Erzbischof mit wissendem Lächeln. »Was von Eurem Großvater begonnen wurde – und was Ihr beenden werdet, vor aller Augen und zum Zeichen dafür, dass Ihr die Tradition ehrt und das Blut von Herrschern in Euren Adern fließt.«

Und so geschah es.

An dem Tag, an dem Fredericus Rogero die Königskrone der Römer und Deutschen empfing, wurden in einer weiteren, nicht weniger feierlichen Zeremonie die Reliquien des heiligen Karl in einen neuen, mit Gold und Silber beschlagenen Sarkophag umgebettet, den Friedrich selbst gestiftet hatte – und genau wie Berard vorhergesagt hatte, verfehlte der Vorgang nicht seine Wirkung. Nun konnten die anwesenden Fürsten mit eigenen Augen sehen, wie viel dem jungen König an der Herrschertradition lag, die von Karolus Magnus über Otto den Großen auf seinen Großvater gekommen war und nun auch auf ihn übergehen sollte. Zumal Friedrich in einer spontanen Geste, die mit Berard nicht besprochen war, den prunkvollen Krönungsmantel abwarf und das Baugerüst bestieg, gerade als die Zimmerer und Steinmetze darangingen, den Sarkophag des Heiligen wieder zu verschließen. Und indem er sich von einem ihrer Meister Hammer und Nägel geben ließ und eigenhändig dabei half, die kostbaren Reliquien für immer zu verschließen, setzte er in Bilder um, was sein weiser Berater hatte ausdrücken wollen … Bilder, die in den Köpfen jener, die Zeugen waren, für immer haften blieben und die mit jedem Mal, da sie weitererzählt und beschrieben wurden, an Farbe und Größe noch gewannen.

Ein Hymnus wurde gesungen, gewaltiger Jubel schwoll an und erfüllte das Innere der Kirche mit ihren Säulen und Bogen. Und getragen von der Euphorie, die in diesem Augenblick auch ihn selbst erfasste, tat der junge König noch etwas, das er mit Berard nicht besprochen hatte – hätte er es doch getan, hätte sein weiser Mentor ihm wohl dringend abgeraten. So jedoch, getragen vom Jubel der Menge, tat er, womit weder der päpstliche Legat noch Friedrichs engste Berater gerechnet hatten: In einer feierlichen Geste bekreuzigte er sich und verkündete für alle hörbar:

»Ich, Friedrich, König der Römer und von Sizilien und gewählter Kaiser, gelobe hiermit feierlich, als Beschützer der Kirche und der Christenheit das Kreuz zu nehmen und mich auf Pilgerfahrt ins Heilige Land zu begeben, auf dass die Stätten, an denen einst der Erlöser wirkte, befreit werden von der Herrschaft der Heiden und das Kreuz wieder aufgerichtet werde über Jerusalem – und ich fordere zugleich alle Fürsten und Ritter auf, meinem Beispiel zu folgen und mit dem Schwert in der Hand für das Reich Christi zu streiten!«

Glockengeläut setzte daraufhin ein, und in den Straßen der Stadt, wo bereits Friedrichs Krönung lautstark bejubelt worden war, waren erneut begeisterte Rufe zu hören. Auch unter Friedrichs Getreuen jubelten viele, zuvorderst jene, die noch jung waren an Jahren und entweder wagemutig oder ahnungslos genug, sich auf die Gefahren einer bewaffneten Pilgerfahrt einzulassen. Die Alten hingegen, von denen sich manche noch an die Heerfahrt Kaiser Heinrichs erinnerten und an die Kämpfe, die das christliche Heer bei Sidon und Damaskus geführt hatte, an all das Blut, das dabei vergossen worden war, jubelten nicht; und auch jene, die sich gerade erst neue Privilegien gesichert und durch die Thronbesteigung Friedrichs zu noch größerer Macht gelangt waren, hegten kein Verlangen danach, für die Kirche in den Krieg zu ziehen, zumal weder Papst Innozenz noch sein Legat Bischof Siegfried auch nur mit einer Silbe danach verlangt hatten.

Es war Friedrichs Idee allein gewesen, und selbst nach Jahren wusste er noch nicht mit völliger Sicherheit zu sagen, ob ihm der Gedanke spontan gekommen war oder er ihn insgeheim schon seit einer ganzen Weile gehegt hatte. Folgte er einer göttlichen Eingabe? Oder wollte er nur seine neu gewonnene Autorität beweisen? War es Frömmigkeit, die ihn so handeln ließ? Oder brach sich in jenem kurzen Augenblick jener Hochmut Bahn, der ihn in späteren Jahren noch manches Mal überkommen, ihn bisweilen gar zur Blasphemie verleiten sollte?

An Friedrichs Glauben zweifle ich nicht, nicht von ungefähr bat er nur einen Mond nach seiner Krönung beim Orden der Zisterzienserbrüder um Aufnahme, wie es auch sein Großvater einst getan hatte; doch wohnte seinem Herzen – und nicht erst seit diesem Tag – auch eine andere, dunklere Seite inne, die sich immer mehr zeigen sollte, je mehr Verantwortung auf seinen Schultern ruhte. Damals jedoch, am vorläufigen Ziel seiner Träume, war sich mein Herr über die Natur seiner Beweggründe wohl selbst nicht im Klaren – doch schon bald musste er erkennen, dass er mit dem Versprechen einer baldigen Heerfahrt ins Heilige Land einen Fehler begangen hatte, den er noch bitter bereuen sollte.

7.

Nürnberg
Ende November 1216

Das Land war grau und leer.

Es war kalt.

Und es war ihr fremd.

Aus den Briefen, die Friedrich ihr von jenseits der Alpen geschickt hatte, hatte Königin Konstanze bereits erfahren, dass die Lande hier anders waren und mit denen des Südens nicht zu vergleichen. Nicht nur, weil die Menschen hier in anderen Zungen sprachen, sondern auch, weil ihre Gebräuche derb und ihre Sitten rau waren – wie konnte es auch anders sein in einem unwirtlichen Landstrich wie diesem?

Die Wälder waren so dunkel und düster, wie sie es nur sein konnten, die Äcker lagen um diese Jahreszeit verlassen. Die Bäume hatten ihre Blätter abgeworfen und standen kahl wie Totengerippe, während eisiger Wind sie umwehte und einzelne Schneeflocken vor sich hertrieb. Reif überzog die Landschaft wie ein fahles Leichentuch.

Trotz ihres mit Wolfsfell gefütterten Mantels fror Konstanze elend auf ihrem Pferd.

Und nicht nur der Kälte wegen.

So erfreut sie über die Nachricht gewesen war, dass der Mission ihres Gemahls Erfolg beschieden gewesen war und er die Königskrone errungen hatte, so sehr war sie insgeheim darüber erschrocken. Denn mit der frohen Kunde, dass Otto von Braunschweig, sein Kontrahent im Kampf um den Thron, sich endgültig geschlagen gegeben und auf seine Ländereien zurückgezogen habe, hatte Friedrich zugleich auch das Versprechen eingelöst, das er ihr einst gegeben hatte, und sie aufgefordert, zusammen mit ihrem kleinen Sohn zu ihm in den Norden zu kommen.

Vier Jahre lag das zurück – vier Jahre, in denen sie einander nicht gesehen hatten. So wie Friedrich auch seinen inzwischen fünfjährigen Sohn nicht mehr gesehen hatte. Nach seinem Großvater hatte man den Knaben auf den Namen Heinrich getauft – und der Junge hatte keine Ahnung, wer der Mann war, der dort jenseits der Berge auf sie wartete.

Wusste Konstanze es noch?

Unzählige Male hatte sie sich in den vergangenen vier Jahren vorzustellen versucht, wie es wäre, wenn sie einander dereinst wiedersehen würden … War er noch der ungestüme junge Mann, als der er sie verlassen hatte? Den sie zunächst so verachtet und dann so lieben gelernt hatte? Der ihr Dinge gezeigt hatte, die sie bis dahin nicht für möglich gehalten hätte? Der so belesen und in Wissenschaften bewandert war und doch so wenig über das höfische Leben wusste? Und würde er in ihr noch die Frau erkennen, die er liebte?

Sie war weder töricht noch naiv, wusste, dass Zuneigung – oder gar gegenseitige Anziehung – kein Kriterium waren, nach dem Adelsehen geschlossen wurden. Ihr erster Gatte Emerik hatte kaum lange genug gelebt, als dass zwischen ihnen ein Band hätte erwachsen können. Doch bei Friedrich und ihr war es anders.

Nach anfänglicher, durchaus gegenseitiger Abneigung war zwischen ihnen eine Innigkeit entstanden, die unter königlichen Vermählten ihresgleichen suchte … oder redete sie sich das nur ein? War es womöglich nur das, was sie sich in der Einsamkeit der vergangenen vier Jahre inständig gewünscht hatte? Je näher der kleine Heinrich und sie ihrem Ziel kamen und je näher die Stunde rückte, da Friedrich und sie einander wiedersehen würden, desto mehr wuchsen ihre Zweifel.

Bereits im Juli hatten sie Sizilien verlassen.

Dass ihr Gemahl seinen engsten Vertrauten Berard von Castacca damit beauftragt hatte, sie und den Jungen sicher ins nördliche Reichsgebiet zu geleiten, hatte sie ein wenig beruhigt, doch Konstanze war auch nüchtern genug, um zu wissen, dass Friedrichs Sorge in erster Linie seinem Sohn und Erben galt, der die Thronfolge sichern sollte.

Auf dem kalabrischen Festland hatten Konstanze und der kleine Heinrich in der Obhut der Mönche von Sant'Eufemia noch einige gemeinsame Tage verbracht, ehe sie getrennt worden waren: Während Heinrich auf dem Seeweg nach Genua reiste, wo ihn kein anderer als Friedrichs Vertrauter Parceval Doria in Empfang nahm, hatte Konstanze den Landweg eingeschlagen und war über Capua und Bologna gen Norden geritten. Warum ihr Gemahl es so entschieden hatte, entzog sich ihrer Kenntnis – wollte er dem Jungen die Strapazen des langen Ritts ersparen? Oder fürchtete er die Nachstellungen feindlicher Lombardenstädte?

Erst in Cremona, das Friedrich von Beginn an die Treue gehalten hatte, waren Mutter und Sohn wieder zusammengetroffen und hatten gemeinsam die anstrengende Reise über die Berge angetreten. Der Herbst war bereits ins Land gezogen, und der Wintereinbruch drohte die Alpenübergänge unpassierbar zu machen, also war Eile geboten: Auf der alten Römerstraße überquerten Konstanze und ihr kleiner Sohn in Begleitung Erzbischof Berards und Parceval Dorias den Brennerpass und gelangten so in die Lande nördlich der Berge, die die Königin bislang nur vom Hörensagen gekannt hatte.

Aus den Briefen ihres Gemahls wusste sie, dass auch er sich zunächst fremd und heimatlos gefühlt hatte, doch mit der Zeit hatte er sich immer weniger über das Land und seine Bewohner beklagt. Und je weniger er sich beklagt hatte, desto seltener waren auch seine Briefe geworden, sodass Konstanze sich wieder und wieder fragte, was für ein Mann er in der Fremde wohl geworden sein mochte. Auch sie hatte sich schließlich geändert durch ihre Mutterschaft und die Jahre, in denen die Bürde der Regentschaft Siziliens auf ihren Schultern ruhte. Wie würden sie einander begegnen nach all den Jahren? Würden sie im anderen noch erkennen, was sie einst liebgewonnen hatten?

Es waren bange Fragen, die Konstanze auf ihrem Weg nach Norden begleiteten – Fragen, die nicht nur ihre eigene Zukunft, sondern auch die des kleinen Heinrich betreffen mochten und die in der Welt des hohen Adels allzu leicht auch Fragen von Leben und Tod werden konnten.

Und wie Konstanze schon bald erkennen sollte, stellte sie sich diese Fragen nur zu Recht.

Es war um den Tag des heiligen Andreas, als der Tross der Königin sich Nürnberg näherte, der Kaiserfeste, die Friedrichs Großvater Barbarossa um einen gewaltigen, fünfeckigen Bergfried hatte errichten lassen, der die Stadt und das gesamte Umland weit überblickte. In engen Kehren wand sich die Straße von der Stadt zum Burgtor hinauf, die Pferde folgten ihr mit müdem Hufschlag. Mit einer Mischung aus Erleichterung und Argwohn blickte Konstanze an der gewaltigen, aus braunem Sandstein errichteten Festung empor, sich immerzu fragend, was sie innerhalb dieser Mauern erwarten würde. Obschon sowohl der weise Berard als auch der getreue Doria ihr immer wieder versichert hatten, dass Friedrich ihre Gesellschaft sehr entbehrt habe und sich über alle Maßen auf ihre Rückkehr freue, fühlte sie auch, dass dies nicht die ganze Wahrheit war. Etwas hatten die beiden ihr verschwiegen – ob aus Rücksichtnahme oder weil es ihnen so befohlen worden war, vermochte sie nicht zu beurteilen, aber sie spürte, dass da etwas war, das zwischen ihnen stand … oder vielmehr saß.

Denn als Konstanze und ihr Gefolge endlich in den Hof der schützenden Burg eingeritten waren, als sie ihren Mantel und das von Schnee und Kälte klamme Schuhwerk abgelegt und ihre Kleidung gewechselt hatte und endlich zu ihrem Gemahl vorgelassen wurde, da fand sie ihn nicht allein im Palas vor. Da Essenszeit war, hatten sich viele Edle an der königlichen Tafel versammelt, an der auch Friedrich saß und speiste.

Daran störte sie sich nicht.

Was ihr hingegen sogleich ins Auge stach, als sie den Sahl betrat, den kleinen Heinrich an der Hand, war der fremde, vielleicht zweijährige Knabe, der auf dem Schoß ihres Gemahls saß und diesem wie aus dem Gesicht geschnitten ähnelte, einschließlich des roten Haars, das seine filigranen Züge umrahmte. Aus großen blauen Augen und mit fettglänzenden roten Wangen sah der Knabe sie an.

Das also war es, was die Getreuen ihres Gemahls vor ihr verheimlicht hatten …

»Meine Königin! Endlich!«

Von echter, sichtbarer Freude erfüllt, sprang Friedrich auf. Den Knaben, den er Augenblicke lang vor sich hielt wie einen Preis, von dem er nicht wusste, wem er ihn verleihen sollte, setzte er schließlich kurzerhand auf den Schoß einer Dame, die ein hellgelbes, an den Hüften gerafftes Kleid trug. Ihr üppiges blondes Haar wurde von einem Stirnreif nur mäßig gezähmt. Ein flüchtiger Blick genügte, um zu erkennen, dass sie eine Schönheit war, und der vertraute Umgang, den sie mit dem Knäblein pflegte, gefiel Konstanze nicht.

Sie fühlte, wie sie errötete.

Im Bemühen, die Form zu wahren, straffte sie sich und blickte ihrem Gemahl gefasst entgegen. Die Hand des kleinen Heinrich drückte sie dabei unwillkürlich so fest, dass er leise zu wimmern begann.

In der Halle war es still geworden. Die Königin fühlte die Blicke der Edlen auf sich lasten, von denen sie die wenigsten kannte – die Mehrheit waren Ritter aus hiesigen Landen, die zum neuen Hofstaat ihres Gemahls zählten. Doch auch ohne sie zu kennen, war ihr nur zu klar, was all diese Fremden in diesem Moment dachten. Sie fühlte ihren Spott und ihre Häme oder, was noch schlimmer war, ihr Mitleid. Und sie fühlte sich bloßgestellt und erniedrigt.

»Meine Königin!«, wiederholte Friedrich, als er endlich vor ihr stand. Er ergriff ihre eiskalten Hände und beugte sich vor, küsste sie zart und geschwisterlich auf die Wange. »Endlich seid Ihr eingetroffen, dem Allmächtigen sei Dank! Wie war die Reise?«

»Soweit gut, mein Gemahl«, erwiderte sie förmlich und

beugte leicht das vom Kopftuch bedeckte Haupt. »Wie mir gesagt wurde, seid Ihr erfolgreich gewesen.«

»Erfolgreich trifft es nicht im Ansatz«, widersprach Friedrich und wandte sich den Seinen zu. »Was haben wir zuletzt vom falschen Kaiser gehört?«, wollte er von seinem Kanzler wissen.

»Nicht viel, mein König«, befand Konrad von Scharfenberg, ein Mann wie ein Baum, mit breiten Schultern und einem bereits grauenden Bart. »Er hat sich auf seine Burg zurückgezogen und schmollt dort wie ein beleidigter Knabe«, verkündet er, begleitet vom Gelächter der Ritter.

»So mag er dort sitzen und schmollen, bis der Jüngste Tag anbricht«, konterte Friedrich, »solange er nur ja nicht mehr meine Wege kreuzt!«

Einer der deutschen Ritter erwiderte daraufhin etwas in seiner Sprache, worauf es erneut Gelächter gab, in das Friedrich lautstark mit einfiel. Offenbar beherrschte er die Sprache des Nordens inzwischen, doch das war nicht die einzige Veränderung, die Konstanze bei ihm feststellte.

Dies war längst nicht mehr der ungehobelte Knabe, der einst vor ihr gestanden hatte, aber auch nicht mehr der junge Edelmann, den sie aus ihm gemacht hatte. Friedrich, so schien es ihr, war eine andere Version seiner selbst geworden, lauter und lärmender und sich seiner wachsenden Macht bewusst.

Erst jetzt bemerkte sie, dass jemand sie am Saum ihres Kleides zupfte. Es war der kleine Heinrich, der sichtlich eingeschüchtert zu ihr aufsah.

»Mutter, ist das der Mann, von dem du erzählt hast?«, flüsterte er, und sie war froh, dass die wenigsten der Anwesenden verstanden, was er sagte – andernfalls hätten sie wieder gelacht und den Jungen nur noch mehr erschreckt.

»Ja«, bestätigte sie leise, »das ist der Mann. Dies ist dein Vater, der König!«

»Und bald schon Kaiser« fügte Friedrich hinzu und trat auf seinen Spross zu, den er zuletzt gesehen hatte, als die Amme ihm noch die Brust gegeben hatte. Nun war der Junge fünf Jahre alt und von schmalem, sehnigem Wuchs. Das dunkle Haar hatte er von seiner Mutter, ebenso wie die markanten Gesichtszüge mit dem breiten Kinn. In den graublauen Augen und in der fragenden, beinahe misstrauischen Art, in der er ihn ansah, erkannte Friedrich hingegen viel von sich selbst.

»Wie geht es dir, Sohn?«, fragte er.

»Gut, mein König«, bestätigte der Kleine artig, wie es ihm unzählige Male vorgesagt worden war.

»Du darfst mich Vater nennen«, beschied Friedrich ihm großmütig.

»Gut, mein König.«

Ein Lächeln spielt um Friedrichs Mundwinkel, aber da war auch noch etwas anderes, ein Hauch von jener seltsamen Melancholie, die ihn bisweilen überkam und die seine Gemahlin auch schon früher an ihm bemerkt hatte. Offenbar, dachte sie in diesem Augenblick, hatte sich nicht alles an ihm geändert …

Jäh wandte er sich von Heinrich ab und wieder den Seinen zu. »Meine Gefolgsleute und Vasallen, meine Freunde!«, rief er. »Dies ist Konstanze, stolze Tochter von Aragón und Kastilien, ewig erhabene Königin der Römer und von Sizilien – und mein angetrautes Weib«, fügte er überschwänglich hinzu. »Mundschenk, öffne ein Fass vom besten Wein, wir wollen feiern! Denn nach vier langen Jahren der Trennung sind König und Königin endlich wieder vereint!«

Beifall brandete auf, und die Edlen erhoben sich und erwiesen ihrer Königin Respekt. Konstanze war überrascht von der Wärme und dem Wohlwollen, das ihr von Seiten der deutschen Ritter entgegenschlug – auch wenn ihr klar war, dass dieses Wohlwollen nicht wirklich ihr galt, sondern ihrem Gemahl. Offenbar war es ihm gelungen, die Fürsten nördlich der Alpen auf seine Seite zu ziehen. Seine Klugheit und sein einnehmendes Wesen hatten ihm dabei sicher geholfen … und zumindest bei einer der hier Anwesenden hatte er wohl auch noch andere Fähigkeiten zur erfolgreichen Anwendung gebracht.

Die Schmach blieb bestehen, dem Jubel zum Trotz.

Sie verfolgte Konstanze den ganzen Abend über, während sie an der Tafel saß, wiedervereint mit ihrem Gemahl. Wie ein dunkler Schatten lag sie über allem, was Konstanze tat und sagte, machte die Speisen bitter und den Wein schal, selbst dann noch, als die junge Frau in dem gelben Kleid den Saal längst verlassen hatte, zusammen mit ihrem kleinen Sohn, der, wie Konstanze inzwischen erfahren hatte, den Namen Enzio trug … was, wie sie bitter erkannte, nichts anderes war als eine neckende, italienische Form des Namens Heinrich.

Als die Königin sich schließlich zur Ruhe begab, blieb sie in ihrem Gemach nicht lange allein.

Friedrich kam zu ihr.

Nicht wie ein König, sondern wie ihr Mann. Mantel und Obergewand hatte er abgelegt, trug nur die knielange Tunika und die wollenen Beinlinge, die man nördlich der Alpen zu verwenden pflegte, auch wenn sie – zumindest für Konstanzes Empfinden – plump und wenig höfisch wirkten.

Auf einem samtbezogenen Stuhl vor dem Kamin sitzend, hatte sie sich das lange Haar kämmen lassen. Die

Zofe unterbrach ihre Arbeit sofort und entfernte sich, als der König eintrat. Statt sich zu erheben, wie es schicklich gewesen wäre, verharrte Konstanze an ihrem wärmenden Platz am Feuer.

»Mein Gemahl«, sagte sie nur.

»Ich danke dem Schöpfer, dass du hier bist. Endlich, nach all der Zeit …«

»Warum bist du gekommen?«, wollte sie wissen, ihn vom rötlichen Scheitel bis zur Sohle musternd.

Seine Züge verfinsterten sich. »Sollte ich nicht?«, fragte er dagegen. »Ist es nicht mein gutes Recht als dein Gemahl?«

»Wie konntest du das tun?«, fragte sie. Der Schmerz schnürte ihr dabei fast die Kehle zu, Tränen traten ihr in die Augen.

»Was meinst du?« Er sah sie forschend an, schien tatsächlich nicht zu wissen, wovon sie sprach.

Nun erhob sie sich, bereits in ihrem Untergewand, den Mantel lose um die Schultern, und sah ihn direkt an. »Unzählige Male habe ich mir in den vergangenen vier Jahren vorgestellt, wie es sein würde, wenn wir einander wiederbegegnen – doch was auch immer ich mir ausgemalt habe, so ist es nie gewesen.« Tränen rannen ihr über die fahlen Wangen, sie hielt sie nicht länger zurück. »Du hast mich gedemütigt, mein Gemahl. Vor aller Augen und Ohren hast du mich bloßgestellt.«

»Ich habe dich feiern lassen«, widersprach er, »und sie haben dir zugejubelt, als ihrer Herrin und Königin!«

»Und Adelheid?« fragte Konstanze.

Inzwischen hatte sie auch den Namen der jungen Frau im gelben Kleid erfahren.

Adelheid von Urslingen …

»Hat sie mir auch zugejubelt?«, wollte Konstanze wissen. »Ich habe offen gestanden nicht hingesehen.«

Friedrich sah sie an, verständnislos, beinahe befremdet. »Was hast du erwartet, Weib? Dass ich all die Jahre in mönchischer Enthaltsamkeit leben würde? Dass ich die Kraft meiner Lenden verdorren lassen würde, nur weil du mir bereits einen Sohn geboren hast, der noch dazu weit entfernt von mir weilte?«

»Auf deinen eigenen Wunsch«, erinnerte sie ihn. »An jedem einzelnen Tag in den vergangenen vier Jahren habe ich ihn mit meinem Leben beschützt … und nein, ich habe nicht erwartet, dass du wie ein Mönch lebst, in freiwilliger Keuschheit, weiß ich doch nur zu gut, dass Enthaltsamkeit nicht das Deine ist und eine Frau allein deinem drängenden Verlangen nicht gerecht werden kann. Aber musstest du sie gleich in dein Gefolge holen? In deine Burg? An deinen Tisch?«

Friedrich straffte sich. »Sie ist die Mutter eines Sohnes von mir«, entgegnete er leise, »nicht weniger als du. Enzio ist ein guter Junge, ich mag ihn leiden.«

»Und Heinrich?«, fragte sie, beinahe ängstlich.

»Du zweifelst an mir?«

»Vier Jahre sind eine lange Zeit.«

»Nicht, wenn es um mein Wort geht.« Er schüttelte den Kopf. »Ich habe dir versprochen, dich zu mir zu holen, wenn ich die Krone errungen habe«, sagte er, »und ich will noch weit mehr als das tun. Ich habe vor, Heinrich mit dem Herzogtum Schwaben zu belehnen. Danach wird niemand mehr Zweifel daran hegen, dass ich in ihm meinen Erben und Nachfolger sehe, und die Fürsten werden ihn zum König der Deutschen und Römer wählen, auf dass er das Nordreich regiere, wenn ich Kaiser bin.«

Sie sah ihn zweifelnd an. »Das … willst du für ihn tun?«

»So wahr Gott mein Zeuge ist.«

»Aber du kennst ihn kaum.«

»Er ist von meinem Blut«, entgegnete Friedrich leise. »Und ich kenne dich«, fügte er hinzu, wobei er zart nach ihrem Kinn griff und es sanft anhob, um ihr direkt in die Augen zu sehen. »Du wirst meine Kaiserin sein«, versicherte er leise. »Du und niemand sonst. Gemeinsam werden wir nach Rom ziehen und aus den Händen Seiner Heiligkeit die Krone empfangen. Das schwöre ich dir, so wahr ich vor dir stehe.«

»Das alles willst du tun?«, fragte sie ergriffen. Lange hatten sie einander nicht gesehen, aber nun konnte sie fühlen, dass das Band zwischen ihnen noch immer bestand … und dass jedes Wort gemeint war, wie er es sagte.

»Das will ich«, bestätigte er, während er vor ihr niedersank und sein Gesicht zwischen ihren nicht mehr jugendlich festen, jedoch noch immer einladenden Brüsten vergrub. »Doch erst, nachdem wir uns beide daran erinnert haben, dass du nicht nur meine Königin bist … sondern auch mein Weib.«

Zwischenspiel

Castel del Monte, Apulien
26. August 1943

Josef Burger nahm seine Lesebrille ab und legte sie auf den Tisch, den man im Innenhof der Burg aufgestellt hatte, von Zeltplanen beschattet. Sich die Nasenwurzel massierend, sann der Gelehrte über das nach, was er gelesen hatte – über die Ereignisse, die dort in Minuskelschrift geschildert wurden, aber auch über die Einsichten, die der Text vermittelte.

Es hatte ein wenig gedauert, bis er sich in das mittelalterliche Latein des Verfassers eingefunden hatte, dann jedoch war die Übersetzung rasch vonstattengegangen. Es war robustes, solides Latein – nicht mehr die Hochsprache eines Cicero oder Seneca, aber auch noch nicht durchdrungen vom Volgare, das zur damaligen Zeit in der Region gesprochen worden war. Doch die Sprache selbst war nicht das eigentlich Bestürzende – es war die Art und Weise, wie der Text verfasst war. Die Ereignisse selbst waren jedem Mediävisten aus der einschlägigen Forschung geläufig. Doch dieser Text, der tief in den Fundamenten des Castel del Monte gefunden worden war, war keine der üblichen Chroniken oder *gesta*, die die Taten eines Herrschers in chronologischer Weise aufführten. Er gewährte Einblicke in das Seelenleben des *Fredericus Rex*, wie die zeitgenössischen Quellen ihn genannt hatten; in das, was ihn bewegt hatte, seine Hoffnungen und Ängste, einer Lebensbeichte gleich, einem Vermächtnis an die Nachwelt … und natürlich warf diese Erkenntnis die Frage nach dem Verfasser auf …

»Wer auch immer diese Texte geschrieben hat, muss Friedrich sehr nahegestanden haben«, stellte Burger fest, an Oberleutnant Hoffmann gewandt. Nicht, dass der Offizier ein adäquater Gesprächspartner für einen historischen Diskurs gewesen wäre, aber er war in diesem Moment der *einzige* Gesprächspartner, den der Professor zur Verfügung hatte. Und er konnte nun einmal besser nachdenken, wenn er ein Gegenüber hatte – selbst dann, wenn es in einer khakifarbenen Uniform steckte und ihn aus verständnislos geweiteten Augen ansah. »Jemand aus seinem unmittelbaren Umfeld«, rätselte Burger weiter, »einer seiner Berater möglicherweise.«

»Sein Leibwächter?«, schlug Hoffmann vor.

»Kaum.« Burger schnitt eine Grimasse. »Ohne Ihnen zu nahe treten zu wollen, werter Herr Oberleutnant – aber die Angehörigen des bewaffneten Standes waren zu jener Zeit nur selten des Schreibens mächtig. Bildung wurde nicht als erstrebenswerte Tugend erachtet.«

Man konnte sehen, wie sich der Offizier innerlich verkrampfte. »Manche Dinge ändern sich«, schnaubte er.

»Und manche nicht«, erwiderte der Gelehrte achselzuckend und wechselte das Thema. »In spätmittelalterlichen Quellen wird erwähnt, dass der Bischof von Imola einst einen Bericht der Taten Friedrichs verfasst haben soll, jedoch gilt er als verschollen …«

»Haben wir ihn vielleicht gefunden? Einen alten, verloren geglaubten Schatz?« Hoffmann wirkte plötzlich aufgeregt. Der Gedanke schien ihn zu begeistern, weckte vermutlich Erinnerungen an Abenteuergeschichten, die er als Junge gelesen hatte, von Gerstäcker, May und anderen.

»Ich denke nicht«, dämpfte Burger seine Erwartungen. »Die Chronik eines Geistlichen wäre wohl eher in den Manuskriptsammlungen eines Klosters zu finden als in den Fundamenten einer Burg. Wer immer dies geschrieben hat, wollte es der Nachwelt erhalten, deshalb war es dort unten eingemauert, konserviert für die Ewigkeit … oder jedenfalls für eine ziemlich lange Zeit.«

»Doch wir haben es gefunden«, fügte Hoffmann hinzu, ein ehrgeiziges Funkeln in den Augen. »Das wird unseren Auftraggeber durchaus freuen.«

»Sie wollen darüber Bericht erstatten?«

»Aber natürlich!« Hoffmann schnaubte entschlossen. »Ein wissenschaftlicher Triumph wie dieser darf dem Reichsmarschall keinesfalls vorenthalten werden! Er muss umgehend davon erfahren!«

Burger schürzte die Lippen. Es war Hoffmann anzusehen, dass seine Sorge weniger Görings Kenntnisstand galt als dem eigenen Fortkommen auf der Karriereleiter. Sicher, eine Entdeckung wie diese – noch dazu, wenn man die eigene Rolle dabei großredete und die des begleitenden Wissenschaftlers unter den Tisch fallen ließ – konnte einer Beförderung durchaus zuträglich sein, im Handumdrehen konnte man auf diese Weise Hauptmann werden … doch Burger hatte nicht vor, den jungen Offizier damit durchkommen zu lassen.

»Natürlich steht es Ihnen frei, den Reichsmarschall über unsere Entdeckung in Kenntnis zu setzen«, gestand er nickend zu, während er sich von seinem Klappschemel erhob. »Doch ich gebe zu bedenken, dass ein solches Vorgehen mit gewissen … Risiken behaftet wäre.«

»Risiken? Wovon sprechen Sie?«

»Noch wissen wir so gut wie nichts, Herr Oberleutnant. Gewiss, wir haben die Schriftrolle übersetzt und kennen ihren Inhalt. Wir wurden Zeuge, wie Friedrich römisch-deutscher König wurde und haben seine mitunter widersprüchliche Persönlichkeit kennengelernt – doch ist dies erst der Anfang.«

»Der Anfang?« Hoffman sah ihn zweifelnd an. »Wovon?«

»Nach dem Fund des Manuskripts«, eröffnete Burger, »habe ich natürlich auch die Fundamente der anderen Türme untersucht – und allen Grund zu der Annahme, dass es dort ebenfalls geheime Kammern mit Manuskripten gibt.«

Er wandte sich zu den hölzernen Transportkisten um, die sich neben dem Tisch stapelten. Aus der obersten zog er eine Karte hervor und entrollte sie auf dem Tisch, wobei er in Ermangelung einer zweiten Hand Steine zu Hilfe nahm, die er auf die Ecken legte.

»Dies«, erklärte er dann, »ist ein schematischer Grundriss der Burg. Wie Sie sehen können, ist er von vollendeter Gleichmäßigkeit.«

»Sieht wie eine Krone aus«, meinte der Offizier.

»Eine steinerne Krone, in der Tat – dies ist übrigens auch der Name, den der Volksmund Castel del Monte gegeben hat. Wie Sie sehen können, sind die Türme durchnummeriert, am Torhaus beginnend und gegen den Uhrzeigersinn.«

»Und?«

»Die Schriftrolle, die wir zusammen mit dem Siegelring geborgen haben, stammt aus Turm Nummer zwei«, erwiderte Burger. »Gestern habe ich die Italiener eine Grabung in Turm Nummer eins vornehmen lassen. Dies hier«, fügte er hinzu, wobei er sich abermals zu der Kiste umwandte und zwei weitere Gegenstände hervorholte und auf den Tisch legte, »haben wir heute Morgen bergen können.«

Hoffmann betrachtete die Fundstücke.

Das eine war ein Köcher, der vermutlich weitere Pergamentrollen enthielt.

Der andere Gegenstand war wenig mehr als ein rostiges Etwas, etwa eine Elle lang und gebogen.

»Warum wurde ich nicht sofort über diesen neuerlichen Fund informiert?«, fragte Hoffmann ungehalten.

»Ich informiere Sie jetzt«, stellte Burger klar.

»Und was, bitte sehr, soll das sein?« Der Offizier griff ungeniert nach dem rostigen Ding.

»Ein Dolch«, eröffnete Burger, »wohl aus der Mitte des zwölften Jahrhunderts stammend und nach Muselmanenart geschwungen … oder jedenfalls das, was noch davon übrig ist. Der Rost hat Klinge und Scheide verschmelzen lassen.«

»Ein Sarazenendolch.« Hoffmanns Mundwinkel fielen missbilligend herab.

»Manche Quellen berichten, dass sich der Knabe Friedrich mit einem solchen Dolch zu bewaffnen pflegte, als er in jungen Jahren die Straßen Palermos erkundete«, erklärte Burger. »Möglicherweise ist es dieser Dolch gewesen. Der Text jedenfalls legt es nahe.«

»Sie haben ihn bereits gelesen?«

»Nur ein wenig davon – aber genug, um zu vermuten, dass uns Überraschungen erwarten könnten.«

»Welcher Art?«

»Enthüllungen, unerwartete Wendungen, Dinge, die die Geschichtsschreibung in Unkenntnis dieser Quelle bislang womöglich falsch bewertet hat.« Der Archäologe zuckte mit den Schultern. »Auf jeden Fall wäre mir nicht besonders wohl dabei, den Reichsmarschall verfrüht in Kenntnis zu setzen, denn möglicherweise wird ihm nicht gefallen, was in diesen Texten geschrieben steht. Sie scheinen mir eine recht – wie soll ich es ausdrücken? – unverblümte Schilderung Friedrichs zu vermitteln. Womöglich auch eine, die dem bisherigen Bild widerspricht? Sollte sich dies erst herausstellen, nachdem das Propagandaministerium die Sache an die große Glocke gehängt hat, könnte es für Göring ziemlich peinlich werden. Und damit auch für uns …«

»Ich … verstehe«, stieß Hoffmann hervor. Seine Kieferknochen mahlten, während sein geistiges Auge ihn wohl schon auf dem Weg an die Ostfront sah. Schließlich hob er den Blick und ließ ihn durch den von hohen Mauern umgebenen Innenhof schweifen, von Turm zu Turm. »Und Sie gehen davon aus, dass in jedem einzelnen der acht Turmfundamente eine solche Hinterlassenschaft verborgen ist? Ein Gegenstand und eine Schriftrolle?«

»Es wäre möglich. Vielleicht«, mutmaßte Burger nickend, »ist es sogar der geheime Zweck, dem diese Burg einst diente: einen Ort zu schaffen für das Erbe des Kaisers, für sein Vermächtnis an die Nachwelt.«

»Was, wenn es so wäre?«

»Dann haben wir womöglich einen Fund gemacht, der nur mit der Entdeckung Trojas durch Schliemann zu vergleichen ist – doch sollten wir keine vorschnellen Schlüsse ziehen und zunächst die anderen Fundamente untersuchen.

Sollten es wirklich acht Schriftrollen sein, so sollten wir ihren Inhalt kennen, ehe wir von unserem Erfolg berichten. Vermutlich«, fügte der Gelehrte leiser hinzu, »kenne ich den Reichsmarschall längst nicht so gut wie Sie. Aber ich weiß, dass er zu jener Sorte Mensch gehört, die einen Fehler nicht leicht verzeihen – noch dazu, wenn dieser Fehler eine Blamage für ihn bedeuten könnte.«

Einen Moment lang schien Oberleutnant Hoffmann unentschlossen. Von einem stiefelbewehrten Bein auf das andere tretend, dachte er offenbar angestrengt nach – und nickte schließlich. »Einverstanden, Professor. Finden Sie alle acht Rollen und tragen Sie mir ihren Inhalt vor. Danach werde ich entscheiden …«

Fundamentum I:
Puritas

1.

Jesi, Mark Ancona
26. Dezember 1194

Meinen Herrn lernte ich erst später kennen: als er bereits ein Mann war und die Kaiserkrone des Reiches auf seine edle Stirn gesetzt bekam.

Was ich also über seine Jugend berichte, wurde mir zugetragen; von den Stimmen derer, die selbst dabei gewesen sind, aber auch von solchen, die ihrerseits nur davon gehört haben. Dennoch will ich mich bemühen, gemäß der Wahrheit zu berichten und nichts hinzuzufügen außer dem, was die eigene Erfahrung mir eingegeben hat … mir, der ich so vieles beobachtet habe und dessen Mund doch stets verschlossen blieb.

Das Jahr 1194, in dem mein Herr geboren wurde und mit dem ich meine Aufzeichnungen beginne, war ein dunkles Jahr.

König Wilhelm von Sizilien, Zweiter seines Namens, war fünf Jahre zuvor aus dieser Welt geschieden, ohne einen Erben zu hinterlassen. Dadurch war seine Herrschaft auf seine Tante Konstanze übergegangen, die Letzte aus dem edlen normannischen Hause Hauteville – und auf ihren Gemahl Heinrich, den Sechsten seines Namens, Kaiser der Römer und Sohn Friedrich Barbarossas, der erst vier Jahre zuvor auf seiner Pilgerfahrt ins Heilige Land im Flusse Saleph ertrunken war. Und der Kaiser, vom Streben nach Macht ebenso ergriffen wie vom Hunger nach dem Gold der sizilischen Könige, zog mit einem großen Heer gen Süden und setzte auf die Insel über, wo die einheimischen Barone inzwischen den Normannen Tankred zum König gewählt hatten, der jedoch noch im Frühjahr eines plötzlichen Todes starb. Hatte ein Fieber ihn dahingerafft oder das Gift eines gedungenen Mörders? Die Frage wurde nie geklärt, doch nunmehr hatte Heinrich leichtes Spiel. Ihres Anführers beraubt, leisteten die sizilischen Edlen kaum Widerstand, und am Ende des Jahres, nur eine Woche vor dem Christfest, ließ sich der Kaiser im Dom zu Palermo auch noch die Krone des Südreichs aufs Haupt setzen.

Freimütig versprach er, all jenen sizilischen Adeligen, die sich ihm widersetzt hatten, nunmehr vergeben und sie in seine Huld aufnehmen zu wollen. Doch was auch immer es war, das Heinrich dazu veranlasste – war es reine Willkür? Hatte er von einer Verschwörung erfahren? War er von Raserei erfasst worden? –, bereits am Tag nach Weihnachten, dem Fest des heiligen Stephanus, brach er sein Versprechen und saß über all jene, die seinem Wort vertraut und sich in seine Gnade begeben hatten, furchtbar zu Gericht.

Jene, die dem Gegenkönig Tankred nahegestanden hatten, wurden bei lebendigem Leibe verbrannt, viele der sizilischen Edlen hingerichtet oder in dunkle Kerker gesteckt. Tankreds Sohn jedoch, den siebenjährigen Wilhelm, der ihm noch wenige Tage zuvor die Krone Siziliens vor die Füße gelegt und sich ihm unterworfen hatte, ließ Heinrich seiner Männlichkeit berauben, auf dass er niemals einen Erben zeugen könne. Anschließend ließ er ihn auf eine seiner Burgen bringen, wo man den Jungen blendete und er nach elenden Jahren in Gefangenschaft schließlich verstarb.

Doch wo Schatten ist, ist stets auch Licht, und so begab es sich, dass just am Tag des heiligen Stephanus, an dem Kaiser Heinrich sein Blutgericht entfesselte, seine Gemahlin Konstanze, die sich auf dem Weg zu ihm befand, ihren Sohn gebar – in Jesi, einer Stadt in den Marken.

Von jenen, die dabei waren, wurde mir manches berichtet – von den Tauben, die über dem Marktplatz kreisten, und den Sperlingen, die in den Rinnen zwischen den schmutzigen Pflastersteinen nach Nahrung pickten. Doch will ich die Geschichte meines Herrn mit den Augen derer sehen, die ihr Leben unten am Boden verbringen, fest daran gebunden, und doch stets vom Fliegen träumen, die edlen Herren und Damen, hoch von Geburt, aber oft niedrig an Gesinnung.

Ein Zelt war an jenem Tag auf dem Marktplatz von Jesi errichtet worden, und in diesem Zelt erblickte mein Herr das Licht der Welt. Zuvor hatte es nämlich Gerüchte gegeben, üble Nachreden, die besagten, dass Konstanze mit ihren vierzig Wintern bereits zu alt sei, um noch ein Kind zu empfangen; dass sie nicht wirklich schwanger und die Wölbung ihres Bauchs nur vorgetäuscht oder – auch das wurde behauptet – das Ergebnis dunklen Zaubers sei; dass das Kind, dessen Schreie zur Mittagsstunde plötzlich aus dem Zelt drangen, in Wahrheit von einer anderen Frau ausgetragen worden sei – und dass es auch keineswegs von Kaiser Heinrich stamme, sondern von einem Metzger aus der Gegend.

Böse Zungen gab und gibt es unter den Menschen genug, man muss nie lange nach ihnen suchen. Dies wissend, sorgte die kluge Königin vor und ließ jenes Zelt errichten, in das sie die Frauen der Stadt einlud, auf dass sie sich mit eigenen Augen von ihrem Zustand überzeugen konnten. Und um all jene Lügen zu strafen, die ihre Mutterschaft bezweifelt hatten, gab sie ihrem Neugeborenen in trotzigem Stolz die Brust und ließ auch dies bezeugen. Der Knabe aber erhielt den Namen *Fredericus Rogero.*

Friedrich nach seinem Großvater väterlicherseits, dem Ersten dieses Namens, der die Kaiserkrone gewann und dem die Lombarden den Beinamen Rotbart verliehen.

Roger nach seinem Großvater mütterlicherseits, dem weisen und mächtigen König Siziliens.

Es heißt, dass allen, die an jenem Tag in Jesi dabei waren und die den ersten Schrei des Knaben hörten, in diesem Moment bewusst gewesen sei, dass es ein besonderes Kind war, das die Königin zur Welt gebracht hatte; dass es dereinst herrschen und den Lauf der Welt beeinflussen würde … und doch wusste niemand in jenen unsicheren Tagen zu sagen, wie der Weg des Kaisersohns verlaufen würde. Würde er einst die Nachfolge seines Vaters antreten und weiter mit Feuer und Schwert regieren? Oder würde er sich großmütig zeigen, ein Versöhner auf dem Kaiserthron?

Es war eine dunkle Zeit.

Aufstände brachen aus, nachdem Friedrichs Vater mit grausamer Hand über seine Gegner zu Gericht gesessen hatte. Krieg überzog das Südreich, und wie so oft kam in seinem Gefolge der Hunger und raffte Unschuldige dahin.

Prediger reisten durch die Lande, die in den Städten und Dörfern Halt machten und vom nahen Reich Gottes kündeten, vom Jüngsten Gericht, das schon bald über die

Welt hereinbrechen werde und von dem die gegenwärtige Not nur eine erste Ahnung sei. Sie riefen die Menschen zur Umkehr auf, und allerorten zogen Flagellanten umher und geißelten sich selbst in der Hoffnung um Vergebung für sich und die Welt, von fanatischer Furcht und namenlosem Schrecken getrieben.

Die einen hingen dem geehrten Gioacchino da Fiore an, der nach allgemeiner Überzeugung vom Herrn erleuchtet worden war und das Weltengericht für das Jahr 1260 vorausgesehen hatte. Andere behaupteten, dass die Apokalypse schon sehr viel näher sei und das Ende der Dinge unmittelbar bevorstünde – doch alle stimmten überein, dass die Ereignisse von Palermo und Jesi, die sich zur selben Zeit zugetragen hatten, damit in Verbindung stehen mussten und dass die Geburt des Knaben in dunkler Stunde ein besonderes Zeichen sei. Doch konnte niemand auch nur erahnen, welche verschlungenen Wege das Leben des Knaben tatsächlich beschreiten und ihn zunächst von allem fortführen sollte, was vornehm oder höfisch war; wie er in schmutzigen Gassen wichtige Lektionen lernen und von fremdländischen Lehrern unterrichtet werden sollte; und wie er in den Wirren der Zeit beinahe verloren gegangen wäre.

Denn er war noch keine drei Winter alt, als sein Vater, der mächtige Kaiser Heinrich, im Alter von nur zweiunddreißig Jahren in Messina verstarb. Die einen sagten, ein Fieber hätte ihn dahingerafft. Andere behaupteten, Gottes Strafgericht hätte ihn ereilt, und erkannten in seinem Tod ein weiteres Zeichen für das bevorstehende Ende der Welt.

Plötzlich und unerwartet war das Reich in Gefahr.

Ebenso wie der Knabe Friedrich, dessen Leben in Jesi so geheimnisvoll begonnen hatte.

2.

Palermo
3. November 1201

Sie kamen am Tag des heiligen Malachias.

Von der Zinne eines der Ecktürme aus, die die trapezförmige, unmittelbar am Meer gelegene Burg Castrum Maris überragten, blickte Friedrich auf die Straße hinab, die von den steinernen Kuppeln und Häusern der Stadt zur Festung heraufführte.

Sein Herz schlug heftig in seiner Brust, sein Atem ging stoßweise. Er hatte Angst, und er wusste, dass es sich damit nicht wie mit der Angst vor der Dunkelheit verhielt oder jener, die man nach einem Albtraum hatte. Die Furcht, die er in diesem Augenblick verspürte, hatte einen realen Hintergrund. Friedrich hatte Männer gesehen, die durch das Schwert oder den Strick gestorben waren oder die durch das Beil des Henkers eine Hand oder gar den ganzen Arm verloren hatten. Und voller Entsetzen hatte er sich geschworen, dass er so nicht enden wollte … aber was, wenn es nicht in seiner Macht lag, dies zu entscheiden?

Obwohl er erst sieben Jahre alt war, wusste er schon manches: dass die Männer, die dort unten auf ihren Rössern ritten und schimmernde Rüstungen trugen, in einer anderen Sprache redeten, die er zuletzt gehört hatte, als er noch ganz klein gewesen war, und die er längst nicht mehr verstand. Und er wusste auch, dass diese Männer und ihr Anführer, der den seltsamen Namen Markward trug, nur seinetwegen kamen.

Was der Knabe nicht wusste, waren die tatsächlichen Gründe dafür, dass er sich bald hier und bald dort aufhalten musste, dass er zum Spielball fremder Mächte geworden war. Denn dafür verstand er noch nicht genug von der Macht und ihren Verlockungen und von den Ränkespielen, die die Erwachsenen trieben, um sie zu erlangen.

Des Kaisers Bestreben war es gewesen, seinen kleinen Sohn nach Deutschland zu holen, ihn von den dortigen Fürsten zum König erheben zu lassen und ihn damit zu seinem Nachfolger zu machen – doch daraus war nichts geworden. Der frühe Tod seines Vaters hatte verhindert, dass mein Herr wurde, was ihm zunächst in die Wiege gelegt zu sein schien. Und es war nicht die einzige Bürde, die ihm das Schicksal schon in jungen Jahren auferlegte.

Bereits im Alter von drei Monaten war er von seiner Mutter getrennt und nach Foligno in die Obhut der Herzogin von Spoleto gegeben worden. Als im Norden jedoch Unruhen um die Nachfolge des Kaisers ausbrachen, holte seine Mutter Konstanze ihn zu sich nach Sizilien und ließ ihn zum Pfingstfest des Jahres 1198 zum König von Sizilien krönen.

Konstanze war eine kluge und besonnene Frau.

Natürlich wollte sie ihrem Sohn, in dessen Adern auch das Blut des Hauses Hauteville floss, die Herrschaft über die Insel sichern. Vor allem jedoch ging es ihr darum, das Leben des Knaben zu schützen, denn ihr war klar, dass der Reichtum Siziliens Begehrlichkeit weckte.

Doch auch Konstanze war es nicht vergönnt, Friedrich ins Leben zu begleiten. Sie starb im November des Jahres 1198, nur etwas mehr als ein Jahr nach dem Kaiser.

Was es war, das die Königin dahinraffte, habe ich nicht herausfinden können. Vielleicht war es der Gram, der sie ihrem Gemahl so bald folgen ließ, neben dem sie im Dom zu Palermo beigesetzt wurde. Ihr Leben lang war sie zwischen zwei Welten zerrissen gewesen, der von Wärme und Licht durchfluteten Kultur des Südens und der von Eisen und Blut bestimmten Politik ihres Gemahls. Auf dass ihrem Sohn dieses Los erspart bliebe, verzichtete sie für ihn auf seinen Herrschaftsanspruch im Reich just an dem Tag, da sie ihn zum König Siziliens machte, und in ihrem Testament verfügte sie keinen anderen als den Papst in Rom zum Verwalter des sizilischen Königreichs und zum Vormund ihres Sohnes. All dies tat sie, um Friedrich zu bewahren vor den Fledderern der Macht, die bereits gierigen Auges gen Süden starrten und die Klingen wetzten … und sich schon alsbald zeigen sollten.

Zunächst witterten die auf der Insel beheimateten Sarazenen Morgenluft und erhoben sich gegen die christlichen Herren. Zugleich brach Markward von Annweiler, ein deutscher Ritter, der in Ravenna zu Macht gekommen war, mit einem Heer von Raufbolden und Söldnern nach Süden auf, getrieben von der Gier nach Macht und den Schätzen Siziliens.

Zwar stellte sich ihm Walther von Pagliara, den der Papst zum Kanzler der Insel bestellt hatte, in den Weg, doch als auch noch ein weiterer Abenteurer mit Namen Walther von Brienne im Gezänk mitzumischen begann, wechselte der Kanzler die Seiten, und ein Kampf der Herzöge begann, der wie ein Herbststurm über die Insel zog und viele das Leben kostete. Furcht herrschte in den Städten und Dörfern, Willkür war an der Tagesordnung – und obwohl er schon in jungen Jahren all dies Unrecht sah und sich alles in ihm dagegen empörte, konnte der junge Friedrich nichts dagegen unternehmen.

Im Burghof wurde bereits gekämpft.

Hätte die Besatzung des Castrum Maris treu zu Friedrich und dem Königshaus gestanden, hätte ihm innerhalb der Festungsmauern wohl kein Leid widerfahren können. Doch die Zeiten waren unsicher, und niemandem war zu trauen. Und wieder einmal hatte es Verrat gegeben …

»Die Brücke«, erklang es tonlos hinter ihm. »Sie haben die Brücke herabgelassen. Das ist das Ende, junger Herr.«

Friedrich wandte sich um. Hinter ihm stand Wilhelm Francisius, der ihm als sein *magister* zur Seite gestellt worden war, jedoch noch ungleich mehr war als das. Schütteres Haar und ein weißer Bart umrahmten das Gesicht des Gelehrten, der dem Jungen in mancher Hinsicht Vater und Mutter zugleich ersetzte. Die sonst so milden Züge waren nun voller Sorge.

»Es tut mir leid, Hoheit«, sagte er, und zum ersten Mal in seinem Leben sah Friedrich Tränen in den Augen seines Lehrmeisters glänzen. »Ich wünschte, ich hätte das Versprechen, das ich Eurer Mutter gegeben habe, besser erfüllen und Euch beschützen können. Nun jedoch seid Ihr wie ein Lamm unter Löwen, Euren Feinden schutzlos ausgeliefert.«

Friedrich wandte sich wieder um und blickte in den Burghof hinab. Nur ein kleiner Teil der Garnison leistete Widerstand gegen die deutschen Söldner – und die es doch taten, bezahlten dafür einen blutigen Preis. Im Dutzend sah der Junge sie niedersinken, mit durchbohrter

Brust oder eines Körperglieds beraubt. Ihre Schreie hallten an den steinernen Mauern empor und ließen ihn bis ins Mark erschaudern.

Einmal mehr hatte sein weiser Lehrer recht. Der Kampf um die Burg war zu Ende, noch ehe er recht begonnen hatte.

»Ich werde mich ihnen nicht ergeben«, erklärte Friedrich dennoch trotzig und zückte den kurzen Dolch an seinem Gürtel, den er sonst dazu benutzte, Pfirsiche zu teilen oder Kerne aus Datteln zu pulen. »Ich werde kämpfen.«

»Gesprochen wie ein König«, meinte Wilhelm anerkennend, und ein wehmütiges Lächeln glitt dabei über seine ältlichen Züge. An anderen Tagen, als er über Dinge wie Geschichte und Philosophie gesprochen und Friedrich in der lateinischen und griechischen Sprache unterrichtet hatte, war sein Mund übergelaufen vor Mitteilsamkeit. Heute, in diesem Augenblick, schienen selbst ihm die Worte zu fehlen, hatten Furcht und das Bewusstsein der eigenen Ohnmacht ihn überwältigt. »Lasst uns hineingehen, junger Herr«, sagte er nur.

»Um was zu tun? Uns feige zu verstecken?«

»Die Nähe seiner Feinde zu suchen ist töricht – sich ihnen zu entziehen und ihnen zu entgehen hingegen ein Zeichen von Klugheit. Habe ich Euch je die Geschichte erzählt, wie der griechische König Oinopion der Rache seines Feindes Orion entging?«

»Wie?«, wollte Friedrich wissen.

»Indem er sich versteckte – in einer unterirdischen Festung, die der Gott Hephaistos der Sage nach eigens für ihn erbaut hatte.«

Der Knabe überlegte einen Moment. »Ich habe keine unterirdische Festung«, stellte er fest.

»Nein. Aber Ihr seid ein König und habt eine Burg, also nutzt ihren Schutz, so gut Ihr es vermögt. Wenn Ihr es nicht um Euretwillen tun wollt, so tut es für Euren alten Lehrer.«

Friedrich schien einen Augenblick nachzudenken. Das rote Haar, das wirr von seinem Kopf abstand, wehte im kühlen Wind, der die Küste entlangblies und nach Salz und Fischen roch. Schließlich nickte der Junge und schickte sich an, die Turmplattform zu verlassen – als er sich noch einmal umwandte, zu seinem Lehrer zurückkehrte und ihn herzlich umarmte.

Wilhelm wusste nicht, was er darauf erwidern sollte, es stand ihm nicht zu, den König zu umarmen. Dennoch tat er es in einer väterlichen Geste, anschließend strich er ihm sanft über den Scheitel und segnete ihn. Dann wandte der Junge sich endgültig ab und stieg vom Turm hinab, die Klinge behielt er dabei jedoch in den Händen.

Die Kämpfe im Innenhof der Burg waren unterdessen bereits zum Erliegen gekommen. Zwei Dutzend königstreue Wachen lagen erschlagen und verstümmelt in ihrem Blut, Annweiler und seine Schergen schienen keine Gefangenen zu machen. Wer sich offen auf ihre Seite stellte, den ließen sie am Leben, wer sich widersetzte, der wurde getötet, so einfach war das – so einfach in der Tat, dass auch ein Siebenjähriger keine Mühe hatte, die Regeln des Spiels zu begreifen.

Das Herz schlug Friedrich bis zum Hals, während er die steinerne Treppe hinabhuschte. Schon auf halber Strecke konnte er von unten Stimmen und das Klirren von Rüstungen vernehmen, also stahl er sich durch einen schmalen Gang davon, dem er bis ans Ende folgte. Der Tag war grau und bewölkt, sodass nur wenig Licht durch die hohen Fenster fiel. Friedrich war dankbar dafür, denn so war er kaum zu sehen, wie er zu den nahen Säulen und in ihrem Schutz zur großen Halle huschte. Den Dienern, auf die er am Eingang traf, bedeutete er zu schweigen, dann schlüpfte er durch die Tür in den Saal der Burg.

Hier, so hatte Wilhelm ihm berichtet, war schon sein Vater zu Gericht gesessen, hatte seine Mutter mit ihren Edlen gespeist, in glücklicheren Zeiten, in denen noch nicht Brand und Krieg das Reich verwüstet hatten. Nach solchen Zeiten sehnte sich der junge Friedrich, während er an den verlassenen Tafeln vorbei durch die Halle schlich und sich dabei allein und verlassen fühlte.

Er verübelte es seinem Lehrer Francisius nicht, dass er nicht bei ihm blieb, um ihn zu beschützen. Es war nicht Aufgabe eines Gelehrten, den Leibwächter des Königs zu spielen – ganz abgesehen davon, dass der arme Wilhelm das gar nicht konnte. Ein König und erst recht ein Kaiser – das hatte Friedrich aus all den Geschichten gelernt, die sein Lehrer ihm erzählt hatte – musste in der Lage sein, sich selbst zu verteidigen, so war es stets gewesen, von Kaiser Konstantin bis König Artus. Und er würde jenen Großen und Größten in nichts nachstehen.

Am Ende der Tafel befand sich der große gemauerte Kamin. Die Asche darin war kalt, das Feuer für die Nacht noch nicht angeschürt worden. Mit einem Blick zur Eingangstür vergewisserte sich Friedrich, dass niemand ihn beobachtete. Dann bückte er sich und schlüpfte kurzerhand in den großen Feuerraum, dessen Wände von Ruß geschwärzt waren. Ohne Scheu davor, sich schmutzig zu machen, presste er sich seitlich gegen die Stirnwand, sodass er von außen nicht gesehen werden konnte.

So harrte er aus, mit heftig pochendem Herzen und

dem bitteren Brandgeruch in der Nase, ein schmächtiger kleiner Junge mit rotem Haar – und mit dem Herzen eines Königs.

Es dauerte nicht lange, bis er vor der Tür Stimmen hörte. Friedrich erschrak bis ins Mark. Mit Gewalt presste er sich eine rußgeschwärzte Hand auf den Mund, um sich selbst am Schreien zu hindern.

Atemlos lauschte er …

Er konnte nicht verstehen, was draußen gesprochen wurde, die Männer bedienten sich jener fremden Sprache, die er zuletzt als kleiner Junge am Hof von Foligno gehört hatte. Doch der raue Tonfall und der derbe Klang der Stimmen genügten, um Friedrich klarzumachen, dass er keine Gnade zu erwarten hatte, wenn sie ihn fanden.

Würden sie ihn auf der Stelle umbringen? Ihm einfach die Kehle durchschneiden, wie er es bei den Hühnern in der Küche gesehen hatte? Oder ihn blenden wie einen gemeinen Verbrecher? Ihn verstümmeln wie die Soldaten auf dem Innenhof?

Sein Herz hämmerte schwer in seiner Brust. Schweiß war ihm auf die Stirn getreten und rann an den Schläfen herab, hinterließ gezackte Rinnsale in seinem rußigen Gesicht.

Plötzlich flog mit lautem Krachen die Türe auf!

»Wo ist er?«, fragte jemand. Es war *volgare*, die Sprache des Volks auf Sizilien, deshalb konnte Friedrich es verstehen. Aber die Aussprache war seltsam, rau und derb.

»I-ich weiß es nicht, Herr«, kam die stammelnde Antwort. »Aber ich habe gesehen, dass der junge König in diesen Saal gegangen ist …«

Die Diener, schoss es Friedrich durch den Kopf.

Er war wahrlich von Verrätern umgeben!

Ein Geräusch war zu hören, der helle Klang von Münzen auf dem nackten Steinboden.

»Habt Dank, edler Herr, habt Dank!«, rief der Diener, während er sich offenbar bückte, um das Geld vom Boden aufzulesen, die Belohnung für seinen Verrat.

Alles in Friedrich empörte sich.

Sollte er jemals eine Krone tragen, das schwor er sich in diesem Augenblick, so würde Verrat das Verbrechen sein, welches er am härtesten von allen bestrafte. Und je schlimmer der Verrat, desto schrecklicher würde die Strafe sein …

»Ich grüße dich, kleiner König!«, rief die Stimme mit dem fremden Akzent. »Wir wissen, dass du hier bist, also zeige dich!«

Friedrichs Herzschlag raste, während er fieberhaft versuchte, einen klaren Gedanken zu fassen. Er konnte hören, wie die Sporen an den Eisenschuhen der Männer klirrten.

Sie kamen näher …

Der Junge nahm all seinen Mut zusammen.

»Wer seid Ihr?«, rief er laut, wobei er den Griff des Dolches fester fasste.

Spöttisches Gelächter war zu hören.

»Sieh an! Der kleine König hat auch eine Stimme«, sagte der fremde Eindringling.

»Ich bin Friedrich Roger, König dieser Insel«, gab dieser mit vor Angst und Aufregung bebender Stimme bekannt. »Erklärt Euch und Euer Eindringen!«

Wieder gab es Gelächter. Auch der fremde Sprecher lachte diesmal. »Eines muss man dir lassen, kleiner König – Schneid hast du. Also schön – ich bin Markward von Annweiler, Herzog von Ravenna und Romagna und Markgraf von Ancona. Vielleicht hast du ja schon von mir gehört?«

»Das habe ich«, versicherte Friedrich wahrheitsgemäß. »Und nichts Gutes.«

»Ist das so?« Wieder Gelächter. »Dabei bin ich gekommen, um den Willen deines Vaters zu vollstrecken, kleiner König. Er wollte nämlich, dass ich über das Königreich Sizilien herrsche – wenigstens so lange, bis du alt genug bist, um selbst die Krone zu tragen.«

»Ihr lügt«, konterte Friedrich, »ein solches Testament existiert nicht! Das hat mein Lehrer mir gesagt, und er ist der klügste Mensch, den ich kenne.«

»So klug offenbar auch wieder nicht«, beschied der Herzog ihm barsch, »sonst wüsste er, wann er den Mund zu halten hat. Wie ist der Name des guten Mannes? Vielleicht sollte ich ihm die Zunge stutzen …«

»Nein!«, protestierte Friedrich. »Dazu habt Ihr kein Recht! Geht wieder zurück, wo Ihr hergekommen seid, Ihr habt hier nichts verloren!«

»Oder was, mein kleiner König?« Markwards Worte trieften vor Spott. »Ich fürchte, du bist nicht in der Lage, mich oder irgendjemanden sonst zu bedrohen …«

Plötzlich vernahm Friedrich unmittelbar neben sich ein Geräusch. Er warf den Kopf herum – nur um festzustellen, dass er entdeckt worden war!

Der Wortwechsel mit dem Herrn von Annweiler hatte ihn derart abgelenkt, dass er nicht gemerkt hatte, wie sich einer seiner rohen Schergen dem Kamin von der Seite genähert hatte. Nun war der Kerl bereits heran und streckte im nächsten Moment auch schon die Hand aus, um Friedrich zu fassen …

Blitzschnell stach der Junge zu!

Da er die Klinge sonst nur für Obst benutzte, war sie kaum abgenutzt und durchbohrte die Handfläche des Söldners ohne Mühe. Der Mann, ein stämmiger Kerl in einem wattierten Rock und mit blondem Bart, schrie auf und rief etwas in seiner Sprache, das wohl eine Verwünschung war. Noch ehe er ein zweites Mal zupacken konnte, tauchte Friedrich unter seiner heftig blutenden Hand hindurch, in der noch immer der Dolch steckte, und wollte die Flucht ergreifen – doch ein halbes Dutzend grobschlächtiger Kerle verstellten ihm den Weg.

Der größte und – seiner metallenen Rüstung nach – auch edelste unter ihnen stand in der Mitte, breitbeinig und mit in die Hüften gestemmten Armen.

Markward von Annweiler.

»Guten Tag, kleiner König«, sagte der Mann, auf dessen Schultern langes braunes Haar fiel. Seine grauen Augen und die Art, wie er auf Friedrich herabsah, hatten etwas Wölfisches. »Nun sehen wir uns also endlich von Angesicht zu Angesicht.«

Die gehetzten Blicke des Jungen flogen zwischen dem Herzog und seinen Leuten hin und her, die über ihre bärtigen Gesichter breit grinsten, blanke Klingen in den Händen.

Es war klar, dass es kein Entkommen für ihn gab.

Wenn er sich wehrte, so würden sie ihn töten.

Was sollte nur tun?

In späteren Jahren vermochte sich mein Herr nicht mehr daran zu entsinnen, was über ihn gekommen war oder wie es geschah. Doch statt einen aussichtslosen Versuch zur Flucht zu unternehmen, wie andere Kinder seines Alters es wohl getan hätten, zerriss er stattdessen sein seidenes Gewand, formte die Hände zu Krallen und zerkratzte sich damit das Gesicht und die weiße Brust. Dabei zeterte er entsetzlich über die Schmach, die er in diesem Augenblick erlitt.

Anfangs lachten die Söldner und ihr ruchloser Anführer noch.

Doch als Friedrichs Fingernägel Furchen roten Blutes in seinem Gesicht und seiner zarten Haut hinterließen und er dennoch nicht aufhörte, sich zu malträtieren, da hörten sie auf zu lachen und schwiegen, sodass nur noch die Schreie des jungen Königs zu hören waren.

Und schließlich, als Friedrich zu Boden sank, erschöpft und aus unzähligen Wunden blutend, die er sich selbst zugefügt hatte, verstummten auch sie.

»Fürwahr«, sagte der rohe Markward, »ich habe gegen Ritter gekämpft, die weniger mutig waren als du, kleiner König. Am Ende haben sie im Staub gelegen und um ihr Leben gewinselt.«

Friedrichs Blick wanderte an ihm empor. Tränen liefen dem Jungen über die blutigen Wangen, aber kein Laut der Klage kam mehr über seine Lippen. »Werdet Ihr … mich töten?«, fragte er und sah den Herzog dabei direkt an.

Eine Weile lang hielt Markward von Annweiler dem Blick der jungen Augen stand.

Dann wandte er sich abrupt ab.

»Heute nicht, kleiner König«, sagte er, während er mit ausgreifenden Schritten den Saal verließ. »Heute nicht.«

3.

Palermo
Frühjahr 1204

Ob es tatsächlich die Tapferkeit meines Herrn war, die den grausamen Markward an jenem Tag davon abhielt, ihn zu töten; ob ihn der Herzog womöglich für ein Kuriosum hielt, für eine amüsante Merkwürdigkeit, die er sich einem Narren gleich an seinem Hof zu halten gedachte; oder ob es nicht vielmehr die Tatsache war, dass Friedrich ein Schutzbefohlener der heiligen Kirche war und Markward fürchten musste, für dessen Ermordung von der Gemeinschaft der Gläubigen ausgeschlossen zu werden – wir werden es wohl nie erfahren. Doch an jenem Tag ließ er meinen Herrn am Leben – und schon im darauffolgenden Jahr verstarb der Herr von Annweiler eines plötzlichen Todes.

Unter seinen möglichen Nachfolgern setzte sich ein deutscher Hauptmann mit Namen Wilhelm Capparone durch, der zuvor in Markwards Diensten gestanden hatte und mit ihm zu Reichtum und Ansehen gekommen war. Capparone, der sich selbst der »große Hauptmann« nannte, setzte die Fremdherrschaft der deutschen Eroberer fort. Unruhen und Kämpfe mit anderen Söldnerführern waren an der Tagesordnung, Bündnisse kamen und gingen. Auch solche mit dem vom Papst bevollmächtigten Kanzler Walther von Pagliara, dessen Aufgabe es eigentlich gewesen wäre, das ihm anvertraute Reich zu schützen.

Doch die hohen Herren taten in jenen Jahren das, was sie häufig tun, wenn ihre Interessen auf dem Spiel stehen – sie scherten sich nicht um gegebene Versprechen und taten alles, was nötig war, um ihre Macht und ihren Besitz zu erweitern. Dabei sahen sie nur auf sich selbst und nicht auf andere – und dies kam meinem Herrn zugute. Er musste nicht mehr um sein Leben fürchten, war nicht mehr unmittelbar bedroht. Und so begann eine völlig neue Zeit in seinem Leben, über die er später bisweilen laut und mit vor Stolz geschwellter Brust berichtete, manchmal aber auch schamhaft und hinter vorgehaltener Hand. Denn nicht länger führte er ein geregeltes Leben bei Hofe, genoss nicht länger den Schutz hoher Mauern – aber war auch nicht mehr deren Gefangener.

Der gute *magister* Francisius war von Sizilien abberufen worden, sodass mein Herr in diesen Jahren keinen festen Lehrer hatte. Folglich gesellten sich der Ausbildung des jungen Friedrich nun Einflüsse hinzu, die die päpstlichen Legaten, alles andere als gern sahen; doch für meinen Herrn sprudelten die Quellen des Wissens ab sofort an vielen Orten, auch an solchen, die sich der Kontrolle der Kirche gänzlich entzogen.

Ihr müsst wissen, dass Palermo – so wie die ganze Insel Sizilien – in jenen Tagen ein bunter Schmelztopf verschiedenster Völker, Kulturen und Zungen gewesen ist. Dies erklärt sich nicht zuletzt durch die bewegte Vergangenheit der Königsstadt, deren Name auf jene Bezeichnung zurückgeht, die die Griechen ihr einst gaben: *Panhormos*, der »große Hafen«.

Die Phönizier waren die Ersten, die an jener fruchtbaren Bucht am *mare Thyrrhenum* eine Siedlung gründeten. Und obwohl Sizilien von Griechen kolonisiert und Syrakus deren leuchtendes Zentrum wurde, blieb Palermo in der Hand der Phönizier, bis die Römer es ihnen gewaltsam entrissen. Beinahe sieben Jahrhunderte lang erblühte die Stadt unter der römischen Herrschaft, ehe der Schatten einer neuen Zeit die antike Welt verfinsterte. Sizilien fiel unter oströmische Herrschaft, doch konnte das ferne Byzanz die Insel nicht schützen. Zwei Jahrhunderte lang fielen Barbaren und Piraten immer wieder brandschatzend und plündernd über sie her, ehe die Araber ihr eine ebenso lange Friedenszeit bescherten. Unter ihnen wurde Palermo zu einem Zentrum von Kultur und Wissenschaft, ehe im Jahr des Herrn 1072 der Normanne Roger, Erster seines Namens und Spross des Hauses Hauteville, die Stadt eroberte und wieder unter christliche Herrschaft brachte. Neue Kirchen wurden errichtet und die große Kathedrale zu Palermo erbaut, doch gingen die arabischen und byzantinischen Einflüsse nicht verloren; so wie in den Menschen Palermos vermischten sich auch in der Baukunst die Völker und Kulturen, und so war es eine bunte Welt verschiedenster Einflüsse, die Friedrich in seinen jungen Jahren erkundete – bisweilen unter Aufsicht eines Lehrers, meistens jedoch allein und ohne Schutz.

Die Machthaber achteten nicht auf ihn, vermutlich wäre es ihnen nur recht gewesen, wäre der junge König eines Tages nicht von seinen Ausflügen zurückgekehrt. Gelegenheiten, eines unerwarteten Todes zu sterben, gab es in einer Stadt, in der sich hunderttausend Menschen drängten, zuhauf, zumal in den Gegenden, in denen sich Friedrich vornehmlich herumtrieb: Er liebte es, durch die

Säulenhallen der Basare und Märkte zu streifen, auf denen Waren aus aller Welt feilgeboten wurden: Gewürze und Rauchwerk aus dem Orient, Elfenbein aus Ägypten, Wein aus Aquitanien, Tuche aus Flandern und England und Seide aus dem fernen Osten. Unzählige verschiedenste Gerüche tränkten die schwülwarme Luft, der Nase bald schmeichelnd, sie bald beleidigend, von den Düften ätherischer Öle bis zu den Ausscheidungen der Esel und Pferde, die auf dem schmutzigen Pflaster landeten. Von den Händlern, die ihre Waren anpriesen, hörte man die verschiedensten Sprachen, vom Volgare des Volkes über Arabisch und Griechisch bis hin zum Lateinischen. Auch die harten Laute des Deutschen waren hin und wieder zu hören, der fremden Herren wegen, die sich der Insel bemächtigt hatten. Und so unterschiedlich wie ihre Sprachen waren auch die Menschen, denn wahrlich alle Augen-, Haar- und Hautfarben, die sich der Schöpfer ausgedacht hat, waren hier vertreten, und Friedrich hatte keine Scheu, mit ihnen zu verkehren. Der junge König war offen für alle Einflüsse, sah sich mit Vorliebe in den Vierteln der Griechen, der Juden und der Sarazenen um, und in jedem davon fanden sein neugieriger Blick und sein wacher Geist neue interessante Dinge zu entdecken und zu lernen.

Am liebsten jedoch trieb er sich am Hafen herum, wo Schiffe sowohl aus der Levante als auch von Westen her festmachten, um ihre Ladung zu löschen. Friedrich mochte das geschäftige Treiben, das an den Kais herrschte, wo sich Esel, Kamele und Ochsenkarren drängten und es von Kaufleuten, Seemännern, Tagelöhnern und Bettlern wimmelte. Er liebte es, sich auf einen Stein oder ein altes Fass zu setzen und so lange zu warten, bis ein Schiff neue Ladung aufgenommen hatte und dann wieder in See stach –

und jedes Mal, wenn die Matrosen die Leinen lösten und das Segel setzten, träumte er von einem Leben, das weit von hier stattfand und ihn an ferne Gestade führte, an die entlegenen Orte der Welt.

»He, du!«

Als er auf den Ruf reagierte und den Kopf drehte, bekam er etwas Warmes, Übelriechendes mitten ins Gesicht.

Es war Kamelmist, eine ganze Handvoll.

Derbes Gelächter war die Folge. Von wem es stammte, konnte der junge Friedrich zunächst nicht sehen, weil er noch damit beschäftigt war, sich das Zeug aus den Augen zu wischen. Dann jedoch wurde ihm klar, wer den Mist nach ihm geworfen hatte.

Es waren Gassenjungen.

Eine ganze Blase, Waisen vermutlich, die sich ebenso in den Gassen herumdrückten wie er – mit dem Unterschied, dass sie kein Bett hatten und kein Kissen, auf das sie abends ihre Häupter legen konnten. Sie waren allein und auf sich gestellt, und so sahen sie auch aus.

Ihre Kleider bestanden aus wenig mehr als stinkenden Lumpen, Gesichter und Hände waren schmutzig, das Haar lang und verwahrlost. Den meisten fehlten Zähne – ob sie ihnen noch nicht gewachsen oder bereits wieder ausgeschlagen worden waren, ließ sich nicht sagen. Sie sahen älter aus als Friedrich, auch wenn sie es wahrscheinlich nicht waren. Der tägliche Kampf um das Überleben hatte sie hart und gemein werden lassen, grundloser Hass sprach aus ihren Augen.

»Dein Hemd«, sagte einer von ihnen, der an einem Strick eine getrocknete tote Ratte um den Hals trug, wohl eine Art Trophäe, das Zeichen des Anführers. Er deutete auf Friedrichs Tunika. »Was willst du dafür haben?«

Friedrich sah an sich herab. Auch wenn er einfach gekleidet war, unterschied sich sein Aufzug doch sehr von dem der Jungen – schon allein dadurch, dass seine Tunika nicht in von Motten zerfressenen Fetzen hing. »Das ist nicht zu verkaufen«, gab er kopfschüttelnd bekannt.

»Hab ich mir fast gedacht.« Der Junge mit der Ratte bleckte das lückenhafte Gebiss. »Ich will es aber trotzdem haben. Mein Hemd hat Löcher, wie du siehst.«

»Nein.« Friedrich schüttelte den Kopf.

»Was soll das heißen?«

»Warum sollte ich dir mein Hemd geben?«

»Weil ich es dir sage, du verzogenes Kaufmannssöhnchen. Deshalb!«

Friedrich nickte – der Junge hielt ihn also für den Sohn eines Kaufmanns. Sollte er ruhig.

»Nein«, sagte er noch einmal und rutschte von dem Fass, auf dem er gekauert hatte. »Wenn du mein Hemd haben willst, wirst du es dir holen müssen«, stellte er klar und ballte die weißen Hände dabei zu Fäusten.

Der Rattenjunge musterte ihn von Kopf bis Fuß. »Dein Ernst?«

»Mein voller Ernst«, bekräftigte Friedrich – was er schon im nächsten Moment bedauerte.

In der Erwartung, der Anführer der Bande würde sich ihm zu einem wenn schon nicht ritterlichen, so doch zumindest fairen Zweikampf stellen, trat er auf den Jungen mit der Ratte zu – doch der gab seinen Kumpanen ein Zeichen, die ihrerseits vorsprangen und Friedrich von beiden Seiten zugleich angriffen. Und da er nicht darauf gefasst war, hatten sie ihn schon im nächsten Moment fest gepackt und drehten ihm die Arme auf den Rücken, dass es in seinen Schultergelenken knackte und er vor Schmerzen nur so winselte.

»Nun, wie steht es?«, erkundigte sich der Rattenjunge, höhnisch jetzt und mit vor der Brust verschränkten Armen. »Willst du mir dein Hemd noch immer nicht geben?«

»Scher dich … zum Teufel!«

Es war nicht Mut, der Friedrich solches zwischen zusammengebissenen Zähnen hervorpressen ließ, es war der blanke Zorn. Doch die Jungen ließen sich davon nicht beeindrucken. Sie lachten nur, während ihr Anführer vortrat und ihm einen Schwinger in die Magengrube versetzte, der ihm das Gefühl gab, in seiner Mitte zu zerreißen.

Die Jungen ließen ihn los, und er sackte in die Knie, fand sich auf dem Boden wieder, auf den er sich keuchend erbrach. Die Sinne drohten ihm zu schwinden, sein dürrer Körper war ein einziger Schmerz.

Die Burschen der Rattenbande lachten nur, während sie ihm den Leibgürtel abnahmen, das Hemd vom Körper und die Sandalen von den Füßen rissen. Dann ließen sie ihn liegen, in der schmutzigen Gosse am Rand des Kais, inmitten morscher Fässer und Pfützen aus Eselpisse.

Eine endlos scheinende Weile lag er dort, sich vor Schmerzen krümmend, und niemand nahm von ihm Notiz außer ein paar echten Ratten, die aus den dunklen Nischen zwischen den Fässern krochen und ihn neugierig beäugten.

»Packt euch fort! Schhht!«, sagte schließlich jemand. Die Nager stoben mit entsetztem Quieken davon.

Friedrich drehte den Kopf und blinzelte gegen den Schatten, der auf ihn fiel. Die Silhouette eines jungen Mädchens zeichnete sich gegen den Himmel ab, das ebenfalls in seinem Alter sein mochte.

In der Erwartung, noch einmal ausgeraubt und nun auch noch des Rests seiner Kleidung beraubt zu werden, warf sich Friedrich herum und hob in einer abwehrenden

Geste die Hände – doch das Mädchen hatte offenbar nichts dergleichen im Sinn.

»Wie geht es dir?«, wollte sie wissen. »Kannst du aufstehen?«

Genau wusste er es nicht, aber er nickte.

Sogar das tat weh.

Sie hielt ihm die Hand hin, und er ergriff sie und kam wackelig auf die Beine. Dabei drehte sie sich, sodass Licht auf ihr Gesicht fiel und er es sehen konnte – und selbst in seinem elenden Zustand ging ihm auf, wie wunderschön sie war: Ihr Gesicht war sanft von der Sonne gebräunt, dabei ebenmäßig wie das eines Engels; ihre Augen dunkel und geheimnisvoll, das glatte, im Nacken gebundene Haar von blauschwarzer Farbe.

»Wird es gehen?« Ihre Stirn war von Falten zerfurcht, sie schien sich ehrlich um ihn zu sorgen.

Friedrich nickte abermals. Halbnackt stand er vor ihr, verdreckt von Kopf bis Fuß und noch immer leicht gebeugt, weil sein Magen derart schmerzte. Aber zu seiner eigenen Verblüffung empfand er vor ihr keine Scham.

»Wie heißt du?«, wollte sie wissen.

Er überlegte kurz. Seinen wahren Namen wollte er nicht preisgeben, zumal alles Deutsche in Palermo einen schlechten Klang hatte. »Ro-Rogero«, sagte er deshalb.

»Ich bin Yara«, stellte sie sich vor. »Willst du mitkommen?«

»Wohin?«

»An einen Ort, wo du dich ausruhen kannst. Und dir ein neues Hemd besorgen«, fügte sie lächelnd hinzu – seine nackten Füße hatte sie gar nicht zur Kenntnis genommen, sie trug selbst keine Schuhe.

Im ersten Moment wollte er ablehnen, aber er konnte ja

noch nicht einmal aufrecht stehen, wie also sollte er zum Palast zurückgelangen? Prüfend sah er das Mädchen an. Wollte sie ihm Böses? Ihn in eine Falle locken womöglich?

»Einverstanden«, hörte er sich selbst sagen, noch ehe er bewusst zu einer Entscheidung gelangt war.

Etwas in ihm vertraute ihr.

Sie nickte und bot ihm einen Arm an, um ihn zu stützen. Er lächelte dankbar und legte seinerseits einen Arm um ihre Schultern, und so verließen sie den Kai – sie wie eine barmherzige Samariterin, er wie ein geprügelter Hund.

Obwohl er oft allein in den Straßen und Gassen Palermos unterwegs gewesen war, verlor er schon nach kurzer Zeit die Orientierung – denn die Gegend, in die sie ihn führte, hatte er wohlweislich noch nie betreten. Es war das Armenviertel der Stadt, von Tagelöhnern und Unfreien bevölkert, von Bettlern und Dieben. Vermutlich hatten auch der Rattenjunge und seine Bande irgendwo hier ihren Unterschlupf.

Yara brachte Friedrich zu den Ruinen dessen, was einst, zur Zeit der Römer, eine Villa gewesen sein mochte. Inzwischen standen nur noch die Wände davon, das Dach war zum größten Teil eingestürzt. Dennoch lebten Menschen hier, in den Trümmern der großen Vergangenheit.

Der Mann, zu dem Yara Friedrich brachte, schien mit ihr eng verwandt zu sein – die Ähnlichkeit war nicht zu übersehen. Im Schatten eines Säulengangs, der sich einst um einen kleinen Lichthof erstreckt haben mochte, hatte er sich eine Wohnstatt eingerichtet, die auch Yaras Bleibe zu sein schien. Soeben war er dabei, über offenem Feuer eine Suppe zu kochen.

»Nanu«, machte der Mann mit den dunklen Augen und dem spitzen Kinnbart, als er Yara und ihren elenden Begleiter erblickte. »Was hast du denn da gefunden? Was für ein seltsames Tier mag dies wohl sein?«

»Das ist Rogero«, stellte Yara vor.

»Möge Friede mit dir sein, Rogero«, erwiderte der Mann prompt und mit mildem Lächeln.

»Rogero«, setzte Yara die Vorstellung fort, »dies ist der große Gelehrte Amir ibn Esat al-Mazara – mein Vater.«

»E-ein großer Gelehrter?«, fragte Friedrich mit einem Seitenblick auf all das Elend, das sie umgab.

»Mein Vater war Hüter der Schriftrollen an der Schule des Koran, ehe sie im Zuge der Kämpfe zwischen den Christen in Flammen aufging«, fügte Yara erklärend hinzu. »Seither leben wir hier.«

»Das … tut mir leid«, versicherte Friedrich. Vorhin hatte er keine Scham empfunden – jetzt schon.

»Gräme dich nicht, Rogero«, meinte Amir ibn Esat, wobei er von seinem Suppentopf aufsah und den jungen Gast flüchtig musterte. »Wie ich sehen kann, bist du doch kaum besser dran als wir. Es sind schwere Zeiten, in denen wir leben.«

»Richtig«, konnte Friedrich nur zustimmen. Mehr zu sagen wagte er nicht, aus Sorge, sich zu verraten.

»Willst du zum Essen bleiben? Wir haben nicht viel, aber was wir haben, teilen wir gern mit dir.«

Friedrich sah zu Yara, die ihm ermunternd zunickte. »Aber … ihr seid Sarazenen, und ich bin …«

»… ein Junge, der offenbar allein ist und Hunger hat«, fiel der Gelehrte ihm ins Wort, »alles andere ist in diesem Augenblick nicht von Belang, mein junger Freund. Nicht nur euch lehrt der Glaube, sich der Bedürftigen anzunehmen und die Regeln der Gastfreundschaft zu achten, weißt du.«

»Ich … verstehe«, stieß Friedrich hervor und war abermals beschämt.

»Oder ist es ein Problem für dich, mit uns zu speisen?«, fragte Yaras Vater und sah ihn prüfend dabei an.

Friedrich brauchte nicht zu überlegen.

»Nein«, erwiderte er schnell. »Ich denke, dass alle Menschen Gottes Kinder sind.«

Amir ibn Esat warf den Kopf in den Nacken und lachte laut und voller Freude. »Mein Freund«, sagte er, »gemessen an deiner Jugend, spricht bereits sehr viel Weisheit aus dir!«

Friedrich blieb nicht nur zum Essen, er kehrte noch viele Male zu Yara und ihrem Vater zurück. Und da schon bald deutlich wurde, was für ein aufgeweckter und interessierter Junge er war, begann Amir, ihn in Gespräche zu verwickeln – über Gott und die Menschen, aber auch über die Wissenschaften, über Kunst und Musik, Mathematik und Philosophie. Und Friedrich, der über seinen Lehrer Francisius und die Legaten aus Rom bislang nur die abendländische Sichtweise gekannt hatte, hörte aufmerksam zu und sog alles in sich auf wie ein trockener Schwamm.

Schon bald wurde er mit weiteren sarazenischen Gelehrten aus dem Kreis Amir ibn Esats bekannt, und indem sie sich mit ihm unterhielten, lernte er nach und nach auch ihre Sprache und bekam Einblick in eine andere, neue Welt. Eine Welt, die seinen bisherigen Lehrern völlig unbekannt war und die er mit großem Eifer erkundete.

Und zum allerersten Mal in seinem noch jungen Leben verlor er hier auch sein Herz.

4.

Die Ausbildung meines Herrn ging nun seltsame Wege.

Der »große Hauptmann« Capparone wurde im Jahr 1206 von der Insel vertrieben, sodass die Regierungsmacht wieder in die Hände Walther von Pagliaras überging. Dieser verfügte, dass Friedrichs alter Lehrer Wilhelm Francisius wieder dessen Ausbildung übernehmen solle. Zwar nahm Francisius, einigermaßen entsetzt darüber, was sein Schützling in seiner Abwesenheit alles verlernt hatte, den Unterricht wieder auf; doch entging dem milden Gelehrten mit dem inzwischen schlohweißen Haar nicht, dass sein Schüler in der Zwischenzeit Zugang zu anderen Wissensquellen gehabt hatte, die man in Rom wohl als weitaus weniger angemessen betrachtet hätte.

Längst verkehrte Friedrich regelmäßig im sarazenischen Viertel und hatte dort zahlreiche Freunde gewonnen. Und wenn er mir im Alter auch versicherte, dass er trotz aller Anfechtungen, die ihm im Lauf seines Lebens widerfuhren, niemals am christlichen Glauben gezweifelt hätte, lernte er in dieser Zeit doch auch die Lehre des Propheten kennen und las den Koran. Auch in andere Bücher, die sich niemals auf Francicius' Liste gefunden hätten, steckte er seine neugierige Nase: Er las die großen Epen der alten Zeit, bestand Irrfahrten mit Odysseus und Aeneas und kämpfte mit Hector und Achill vor Trojas Toren; er las arabische Märchen und Bücher über Naturwissenschaften, über Astronomie und Mathematik. Und in einem abgelegenen Teil der Palastbibliothek stieß er auf die lateinischen Gedichte eines gewissen Ovid und die Gesänge eines Catull und begann darüber den Unterschied der Geschlechter zu verstehen.

Ob es diese zeitigen Einsichten in die Tatsachen des Lebens waren, ob es am frühen Verlust der Eltern lag und an den Todesängsten, die er schon in seiner Kindheit ausgestanden hatte, oder ob die Natur bei ihm einfach rascher handelte, weil sie ihn auf sein großes Schicksal vorbereiten wollte – der junge Friedrich reifte schneller heran als andere Knaben seines Alters, in geistiger Hinsicht ebenso wie in körperlicher. Und wie es oft geschieht in jenen Jahren, in denen man die Sandalen der Kindheit gegen die Stiefel des Mannes tauscht, zeigte sich Friedrich gegenüber den vom Papst bestellten Legaten und Erziehern renitent und aufmüpfig. Trotz seiner Jugend hatte er schon manches erlebt, hatte zahlreiche Gefahren gemeistert und war zudem ein König – was also wollten diese hohlwangigen, blutleeren Gesellen ihm noch beibringen, das er nicht schon längst wusste? Er verlachte sie und entzog sich ihrer Aufsicht, wann immer er nur konnte, was einen der päpstlichen Legaten dazu nötigte, sich in seinem schriftlichen Bericht nach Rom lauthals zu beschweren: »Der junge Fredericus«, so hieß es dort, »bedient sich einer höchst unangemessenen Wortwahl und legt zudem ein ungehöriges und für einen zukünftigen König unschickliches Betragen an den Tag. Dies war ihm wohl kaum in die Wiege gelegt, sondern rührt von unpassenden Freunden her, von einer allzu engen Nähe zum einfachen Volk sowie von einem überaus rüden Umgang, den der junge Fredericus mit Objekten außerhalb des königlichen Palastes pflegt.«

Durch einen ihm vertrauten Diener gewann mein Herr Kenntnis vom Inhalt dieses Schreibens – und lachte laut und herzlich.

Was den »rüden Umgang« betraf, den der päpstliche Gesandte kritisierte, so bezog sich dieser auf einen deutschen Söldner mit Namen Andreas. Denn infolge jenes schmachvollen Tages, an dem er von dem Rattenjungen verprügelt worden war, hatte Friedrich sich geschworen, dass dergleichen niemals wieder geschehen würde. Seinem Ersuchen, im Umgang mit der Klinge unterwiesen zu werden, wie es bei anderen Adelssöhnen gang und gäbe war, wurde jedoch nur halbherzig nachgegeben. Die jeweils Mächtigen erlaubten zwar großmütig, Friedrich in Sprachen und Geisteswissenschaften zu unterrichten; in Waffenkunde und auf dem Gebiet der Kriegskunst wurde der junge König jedoch nur unzureichend unterwiesen. Zu sehr fürchteten die Machthaber wohl, dass ihnen ein neuer, gefährlicher Gegner erwachsen könnte.

Vielleicht war diese Nachlässigkeit der tiefere Grund dafür, dass mein Herr später, als er große Macht errungen hatte, die Lösung von Konflikten nur selten auf dem Schlachtfeld suchte, jedoch stets in Verhandlungen; damals allerdings, als Heranwachsender und gekränkt von der Schmach, die man ihm angetan hatte, wollte er keine friedliche Übereinkunft suchen, sondern lediglich erreichen, dass die Nase seines Gegners blutete.

Es dauerte eine Weile, bis er jemanden fand, der bereit

war, ihn gegen eine gewisse Bezahlung in der Kunst der Verteidigung zu trainieren. Der Söldner Andreas, ein Deutscher, der mit Capparone auf die Insel gekommen war und leidlich Volgare sprach, war schließlich dazu bereit: Heimlich und an verborgenen Orten lehrte er Friedrich im Lauf dreier Jahre sowohl die Verteidigung mit bloßen Fäusten als auch den Einsatz von Schild und Schwert und anderen Waffen. Auch hier kam meinem Herrn seine schnelle Auffassungsgabe zugute; er erwies sich als talentierter Schüler, der die Lektionen seines Waffenmeisters bereitwillig annahm und anwandte. Nur für Pfeil und Bogen hatte er kein rechtes Geschick – so redlich er sich auch mühte, die Ziele zu treffen, die Andreas ihm benannte, die Geschosse gingen meistens fehl, und wenn sie den Ort ihrer Bestimmung doch einmal fanden, dann nur aus reinem Zufall. Irgendwann warf Friedrich den Bogen frustriert von sich und erklärte, fortan nur noch der Falkenjagd frönen zu wollen.

Nicht jede Art der Kampfeskunst konnte Andreas seinem Schüler vermitteln – der Tjost mit der Lanze war zum Beispiel etwas, das den Kämpfern des Adelsstandes vorbehalten war. Auch war es nicht unbedingt Finesse, die er Friedrich vermittelte. »Ich kann dich nicht lehren, wie ein Ritter zu kämpfen«, pflegte er zu sagen, »aber ich kann dich lehren, wie man gewinnt.«

Damit war Friedrich zufrieden, und indem er stundenlang mit Klinge und Axt trainierte, stählte sich sein bislang noch schmächtiger Körper, wurde breit an den Schultern, was ihm, wenn er in den Gassen unterwegs war, nun auch manchen verstohlen bewundernden Blick von Seiten des weiblichen Geschlechts eintrug.

Als Friedrich im dreizehnten Sommer stand, forderte

sein Lehrer ihn zu einem direkten Duell heraus. Dergleichen war bis dahin nicht vorgekommen, bislang hatten sie, wenn überhaupt, nur mit Attrappen aus Holz oder stumpfen Klingen gefochten. Doch nun trat Andreas seinem Schüler in voller Rüstung und Bewaffnung entgegen, und auch Friedrich trug Gambeson und schweren Kettenharnisch, dessen Gewicht allein schon dazu angetan war, einen Dreizehnjährigen zu Boden zu ziehen und nicht wieder auf die Beine kommen zu lassen.

Andreas griff an, und Friedrich, sich der Lektionen entsinnend, wehrte die Hiebe nicht nur mit dem Schild ab, sondern ging, wann immer sich die Gelegenheit bot, auch zum Gegenangriff über. Ein schneller Schlagabtausch setzte auf diese Weise ein, der den Jungen natürlich sehr viel mehr Kraft kostete als den erfahrenen Landsknecht – also sann Friedrich darauf, den Kampf möglichst rasch zu beenden. Die Gelegenheit ergab sich, als Andreas, einem Hieb Friedrichs ausweichend, einen Schritt zurück machte und dabei gegen einen Eimer mit Pferdemist stieß.

Der Söldner geriet ins Taumeln, und Friedrich setzte ohne Zögern nach, nicht unbedingt ritterlich, aber dafür wirkungsvoll: Ein Stoß mit dem Schild brachte den Gegner noch mehr ins Wanken, ein anschließender Fußtritt schickte ihn zu Boden – und im nächsten Moment hatte Andreas die Spitze von Friedrichs Schwert an der Kehle.

»Fürwahr«, stieß der Landsknecht keuchend hervor, »nun habe ich dir alles beigebracht – mehr kann nur noch das Schlachtfeld selbst dich lehren. Dann möge der Herr dich beschützen und geben, dass du dich an das erinnerst, was du gelernt hast.«

»Ist das ein Abschied?«, fragte Friedrich, während er seinem Meister die behandschuhte Rechte hinhielt, um ihm wieder auf die Beine zu helfen. Sein empfindsamer Geist hatte die Endgültigkeit gehört, die in Andreas' Worten mitschwang. »Willst du etwa nicht mehr mein Lehrer sein?«

»Wir ziehen ab«, erwiderte der Söldner kopfschüttelnd, und sein hängendes Haupt ließ erkennen, dass er selbst nicht glücklich war über den Befehl. »Mein Haufen wurde ins Innere der Insel befohlen.«

»Ich weiß, es gibt dort Aufstände.« Friedrich nickte. »Die Sarazenen.«

Andreas entblößte sein bereits lückenhaftes Gebiss zu einem Grinsen. »Auf dieser Insel gibt es immer Aufstände, mein König. Deshalb laufen die Geschäfte für meinesgleichen hier so gut.«

Friedrichs Gesichtszüge verhärteten sich. Wieder einmal war er gezwungen, von jemandem Abschied zu nehmen, der ihm ans Herz gewachsen war und dessen Nähe er schätzte. Aber anders als früher ließ er es sich nicht mehr anmerken.

»Aber ich will nicht gehen, ohne dir dies hier zum Geschenk zu machen«, sagte Andreas und zog hinter dem breiten Rücken einen Gegenstand hervor, den er Friedrich hinhielt.

Es war ein Schwert.

Keines von der Art, wie Ritter es benutzten, sondern ein Säbel nach Sarazenenart, kurz und gekrümmt, mit einem schlichten Futteral aus Metall.

»Ein Geschenk?« Friedrich machte große Augen.

»Für den besten Schüler, den ich je hatte. Mitunter habe ich dich hart rangenommen, aber du hast dich niemals beklagt, kleiner König, und wolltest immer nur noch mehr lernen.«

»Ich war auch der *einzige* Schüler, den du je hattest«, gab Friedrich lächelnd zurück. Er nahm das Geschenk entgegen und betrachtete es, zog dann die Klinge blank. Sie war solide gefertigt und noch völlig makellos. Andreas musste den Sold mehrerer Monate dafür ausgegeben haben.

»Ich dachte mir, so eine Waffe passt zu dir, wo du dich doch so gern bei den Muselmanen herumtreibst und sogar ihre Sprache sprichst – ihr Name ist *al-Sadiq*.«

»Das bedeutet ›Freund‹«, übersetzte Friedrich.

»Der Sarazene, der mir die Klinge verkauft hat, sagte mir, dass sie ihren Besitzer niemals verraten wird«, bestätigte der Söldner nickend. »Gib immer gut auf dich Acht, kleiner König. Und vergiss den alten Andreas nicht.«

»Werde ich nicht«, versicherte Friedrich und schob die Klinge in das Futteral zurück. »Danke für das Geschenk. Und für alles andere.«

Der Söldner nickte, und für einen Moment schienen Tränen in seinen Augen zu glänzen. »Dann bliebt uns beiden wohl nur noch eins zu tun«, verkündete er schließlich.

Friedrich sah ihn fragend an. »Nämlich?«

Jede Melancholie verschwand von den bärtigen Gesichtszügen des Deutschen und wich einem schelmischen Grinsen. »Du weißt jetzt, wie man ein Schwert führt und einem Feind das Fell über die Ohren zieht – aber das allein macht dich noch nicht zum Mann. Da ist auch noch etwas anderes, weißt du …«

Und er sprach dies und führte seinen Schützling noch am Abend desselben Tages in eines der Freudenhäuser der Stadt.

Die Sünde wohnte damals ganz ungehemmt in Palermos Straßen, und nicht nur Söldner gaben sich abends und des Nachts gern fleischlichen Gelüsten hin. Zunächst war mein Herr, wie er mir einmal erzählte, von großer Angst erfüllt, da er nun aus erster Hand erfahren sollte, worüber er bislang nur in den Gedichten der frivolen Römer gelesen hatte. Doch die Dame, die ihm schließlich vorgestellt wurde – eine Sarazenin mit dunklen Augen und üppigen Rundungen – empfing ihn in aller Freundlichkeit und nahm ihn bereitwillig unter ihre Fittiche.

Statt in einen der kleinen Verschläge, in denen die Dirnen gewöhnlich ihre Arbeit verrichteten, führte sie ihn in den ersten Stock des Hauses, in eine Kammer, die nicht nur ein schäbiges Lager, sondern eine Bettstatt hatte.

Dort bat sie ihn, sich zu setzen, und stellte sich auffordernd vor ihn hin. »Was, junger Herr, möchtest du, dass ich für dich tue?«

Friedrich musterte die Frau von Kopf bis Fuß. Er wusste nicht, wie alt sie war, aber ihre Brüste, die man durch die dünne Seide des Kleides zwar nicht sehen, deren Form man aber erahnen konnte, waren nicht mehr reif und frisch wie bei den Tänzerinnen, die die deutschen Hauptleute bisweilen in den Palast geholt hatten. Sein Interesse war dennoch geweckt.

»Zieh dich aus«, sagte er, »ich möchte dich ansehen.«

Die Frau tat, wie er es von ihr verlangte, und er beobachtete sie dabei. Ob es die natürliche Neugier eines jungen Mannes war oder jene Wissbegier, die meinen Herrn von Kindesbeinen an begleitete: Er studierte jeden Fingerbreit ihres reifen, jedoch noch immer anziehenden Körpers – besonders jene Regionen, die er bislang noch nie aus der Nähe zu sehen bekommen hatte –, und im Gegenzug half sie ihm dabei, den seinen zu entdecken.

Wie auf allen Gebieten der Naturwissenschaft kannte Friedrich auch hier weder Scheu noch Scham. Er fragte, wo andere schwiegen, und die Dirne, die nie einen Gast wie diesen gehabt hatte, lehrte ihn, was viele Männer nicht wissen und bisweilen ihr Leben lang nicht erfahren, sei es aus Eigensucht oder Selbstüberschätzung. Noch viele Male kehrte er nach dieser Nacht zu ihr zurück, und so wie Francisius ihn im Wissen der Antike unterrichtete und Amir und die Seinen ihn die morgenländische Philosophie und Denkweise lehrten; wie Andreas ihn im Umgang mit Waffen trainiert hatte, so wurde diese Sarazenin Friedrichs Lehrerin in der hohen Kunst der Liebe und in der Kenntnis der weiblichen Anatomie.

Doch was auch immer sie ihn lehrte und was sie in schwülen Sommernächten auch gemeinsam taten – er empfand dabei nicht das, was er für eine andere empfand.

Für ein Mädchen, das ihn bereits bezaubert hatte, als er sie zum allerersten Mal erblickte, gleichermaßen ihrer inneren wie ihrer äußeren Schönheit wegen …

Damals war Yara bint Amir gerade elf Sommer alt gewesen, inzwischen waren es vierzehn, und ihr Körper begann in einer Weise zu erblühen, die Friedrich auf eine ganz neue und durch und durch unwissenschaftliche Weise faszinierte.

Wann immer sich die Gelegenheit bot, suchte er ihre Nähe – so kam er, wenn Amir ihn zum Gespräch geladen hatte, grundsätzlich zu früh, um Yara zu sehen und sich mit ihr zu unterhalten. Natürlich musste dies mit der Zeit auffallen, aber weder Yara noch ihr Vater ermahnten ihn deswegen, und so fühlte er sich ermutigt, sie möglichst oft in ihrem Haus im sarazenischen Viertel zu besuchen. Längst schon wohnten sie nicht mehr in den Ruinen jener schäbigen Villa – eine Anstellung in der örtlichen Kanzlei, die Yaras Vater überraschend und aus unbekanntem

Grund angeboten worden war, hatte ihn wieder in Lohn und Brot gebracht und ihm und seiner Tochter ein gutes Auskommen beschert.

Oftmals fragte sich Friedrich, ob Amir ihn hinter der Sache vermutete … klug, wie er nun einmal war, ahnte Yaras Vater vermutlich längst, dass der Junge, der ihn seit jenem denkwürdigen Tag besuchte, in Wahrheit sehr viel mehr war als nur der Sohn eines Magistraten, wie Friedrich ihm irgendwann erklärt hatte. Aber Amir stellte keine Fragen, und er bedrängte Friedrich nicht, was dieser ihm hoch anrechnete.

Bei Yara war es schwieriger.

Wollte er ihr irgendwann gestehen, was er für sie empfand – in der Hoffnung freilich, dass sie seine Gefühle erwiderte – so würde er früher oder später auch mit der Wahrheit herausrücken müssen … mit der ganzen Wahrheit um seine Herkunft, seine Eltern und die Krone, die unsichtbar auf seinem Haupt ruhte. Und schlagartig würde dann alles kompliziert werden …

»Wer bist du, Rogero?«, fragte sie ihn eines Nachts, als sie auf dem Dachgarten von Amirs Haus saßen und in das von Sternen übersäte Firmament blickten.

Bemüht, sich sein Erschrecken über die Frage nicht anmerken zu lassen, erwiderte er ihren Blick. »Was meinst du?«

»Mein Vater sagt, dass die Sterne alles wissen«, erwiderte sie. »Dass die Wahrheit über jeden einzelnen Menschen dort oben in den Sternen verborgen sei. Und immer, wenn ich zu ihnen hinaufsehe, dann frage ich mich, wer ich eigentlich bin … und wer du bist. Wer wir alle sind.«

»Ich verstehe.« Friedrich atmete innerlich auf, während auch er zum nächtlichen Himmel hinaufsah. In die

Grundzüge der Astronomie hatten Yaras Vater und seine gelehrten Freunde ihn inzwischen eingeweiht, und deshalb wusste er auch, welche Bedeutung sie den Gestirnen beimaßen.

»Glaubst du auch daran?«, wollte sie wissen.

»Dass die Sterne unser Schicksal kennen?« Er nickte langsam. »Ich denke ja. Ich glaube, dass nichts, sei es im Himmel oder auf Erden, aus Zufall geschieht, im Großen wie im Kleinen.«

»Also war es auch kein Zufall, dass wir einander an jenem Tag begegnet sind?«

»Sicher nicht.«

Er sah sie abermals an. Blasser Mondschein fiel auf ihr schwarzes, von einem seidenen Tuch bedecktes Haar, Sternenlicht spiegelte sich in ihren dunklen Augen.

»Du bist schön, Yara«, sagte er leise.

Abrupt wandte sie den Blick von ihm ab und wieder hinauf zu den Sternen. »Du solltest so etwas nicht sagen.«

»Warum nicht?«

Als sie ihn diesmal ansah, hatte der Ausdruck in ihrem Gesicht sich verändert, wirkte jetzt traurig, beinahe wütend. »Du weißt, warum.«

»Weil ich Christ bin und du eine Tochter des Propheten?«

»Ist das nicht Grund genug?«

»Nicht in meiner Welt.« Friedrich schüttelte den Kopf.

»In deiner Welt?« Sie verzog spöttisch die Mundwinkel. »Wer bist du denn schon, Rogero, als dass die Welt auf dich hören würde? Kannst du dafür sorgen, dass es zwischen uns keine Unterschiede mehr gibt? Kannst du bewirken, was offenbar nicht einmal der Schöpfer selbst bewirken konnte, und uns einander gleich machen?«

Friedrich hörte die Verzweiflung in ihrer Stimme und sah das furchtsame Leuchten in ihren Augen, und für einen Moment erwog er, es ihr einfach zu sagen … dass er in Wahrheit der König dieses Eilands war und von allem, was dazugehörte, und wenn es im Augenblick auch unter fremder Herrschaft stehen mochte, so beabsichtigte Friedrich doch, es sich eines Tages zurückzuholen und dann alle Gesetze abzuschaffen, die die Menschen einander ungleich machten oder dafür sorgten, dass Liebende einander nicht haben konnten …

Einen endlos scheinenden, quälenden Moment lang lag ihm die Wahrheit auf der Zunge … aber er sprach sie nicht aus. Stattdessen beugte er sich zu ihr, den Mund halb geöffnet, und trotz der Furcht in ihren Augen wich sie nicht zurück. Ihre Lippen begegneten sich in einem Kuss, der zunächst noch scheu und zaghaft war, dann drängender wurde und verlangender, und schließlich voller Leidenschaft.

Die Dirne, nach deren Namen mein Herr niemals fragte und den er auch niemals erfuhr, lehrte ihn alles über den Geschlechtsakt zwischen Mann und Frau.

Aber es war Yara, die ihn Liebe lehrte.

5.

Sarazenisches Viertel, Palermo
Juli 1208

Der Gedanke, dass die Wahrheit über die Menschen, dass sein eigenes Schicksal in den Sternen festgeschrieben sein mochte, ließ meinen Herrn nicht los.

Bei den nächsten Besuchen, die er im Haus Amir ibn Esats tätigte – zumindest bei jenen, die er offiziell ankündigte und die nicht des Nachts über die Dächer erfolgten und nur allein Amirs Tochter galten – stellte er immer wieder Fragen nach der Sternkunde, wie die Araber sie betrieben und die sie einerseits aus den Regeln der Mathematik und andererseits aus den eigenen Beobachtungen des Himmels abzuleiten schienen. Darüber hinaus zogen sie aus ihrer Astrologie aber auch Rückschlüsse für das Leben auf Erden, für die Gesetze der Natur und selbst für den einzelnen Menschen, ausgehend von der Annahme, dass es eine große, allgemeine Wahrheit gab, einen Plan der Schöpfung, der in den Gestirnen festgehalten war und den Kundige zu lesen vermochten.

Obwohl ihm klar war, dass er sich damit über die Grenzen dessen hinausbegab, was Augustinus und andere, noch strengere Lehrer der Kirche dem christlichen Denken vorgegeben hatten, fühlte sich mein Herr von dieser Vorstellung angezogen – vielleicht, weil sie ihm, der ohne Vater und Mutter, ohne Herrschaft und ohne jeden Plan aufgewachsen war, die Vorstellung vermittelte, dass die Schöpfung ihn nicht übersehen hatte, dass es nicht nur ein *Woher* für ihn gab, sondern auch ein *Wohin.* Und, ausgehend von der Frage nach dem tieferen Grund allen Seins, auch ein *Warum.*

Solange es um die Grundbegriffe der Sternkunde gegangen war, wie sie durch den Gelehrten al-Hwarizimi überliefert worden waren, hatte sich Yaras Vater stets offen gezeigt für Friedrichs Fragen. Nun allerdings schien er zu zögern, ihm noch mehr darüber beizubringen. Gerade so, als ob die Deutung der Gestirne ein Geheimnis sei, das er nicht preisgeben wollte. Und während sich Friedrich bis zu diesem Zeitpunkt stets als geduldiger Schüler erwiesen hatte, begann er seinen Lehrer nun zu bedrängen und bettelte beinahe, ihn in die Fertigkeit der Astrologie einzuweihen … Später meinte er, diese Ungeduld hätte wohl daran gelegen, dass er spürte, dass die Zeit der Jugend und des unbeschwerten Fragens zu Ende ging und das Leben ihm schon bald Bürden der Pflicht auferlegen würde – und tatsächlich sollte es genau so geschehen.

Doch noch war der Verstand meines Herren wach und frei, und da er nicht aufhörte, seinen Lehrer zu bestürmen, brach dieser schließlich sein Schweigen. Er verriet ihm, dass die Kunst der Sterndeutung im Islam nicht weniger kritisiert werde als im Christentum und dass der Prophet selbst ihr gegenüber voller Argwohn gewesen sei, wie auch gegenüber allen anderen Arten der Wahrsagerei. Aber er verriet ihm auch, dass die Hohen wie die Niederen zu allen Zeiten der Geschichte danach getrachtet hätten, jene letzten Geheimnisse zu entschlüsseln, in der vagen Hoffnung, das Universum werde vielleicht für einen kurzen Moment die Schleier heben, die es über die Rätsel der Welt gebreitet habe und über ihr wohl größtes Mysterium, die Zeit.

Dieser Aspekt der Sterndeutung – das Bevorstehende zu sehen und zu erkennen – war es, der meinen Herrn am meisten interessierte. Es scherte ihn nicht, dass er sich damit an den Rand dessen begab, was man andernorts als Ketzerei erachten mochte, so wie er noch oft in seinem Leben Dinge tun sollte, die den Zorn der Kirche erregten. Aber ein aufmerksamer Geist wie der seine war nicht bereit, sich mit einfachen Antworten zufriedenzugeben oder seine Sinne freiwillig zu beschränken, wenn sie doch so viel mehr sehen und erkennen konnten – und lag darin letztlich nicht auch die Sehnsucht nach Gottes Wahrheit?

So rechtfertigte er vor seinem Gewissen, wie er noch manches in seinem Leben rechtfertigen sollte. Und da er sich auch auf dem Gebiet der Astrologie als gelehriger Schüler erwies, willigte Amir ibn Esat schließlich ein, ihn zu einem anderen Gelehrten zu bringen, einem bekannten Sterndeuter, von dem Friedrich schon gehört hatte, auch wenn man den Namen stets nur leise und mit großem Respekt aussprach: al-Hakim.

Der Weise.

In einer Julinacht, in der ein heller Sternenhimmel über der Stadt erstrahlte und die dunkle Fläche des Meeres tausendfach glitzern ließ, suchten Amir und sein wissbegieriger Schüler gemeinsam das Haus des Gelehrten auf – einen alten Wachturm aus der Zeit der Karthager, der dem alten Mann zugleich als Heim und als Stätte seiner Studien diente. Eine kreisrunde Öffnung war im obersten Stockwerk in die altersschwache Wand gebrochen worden, sodass man nicht nur auf die Dächer der Stadt und die funkelnde See blicken konnte, sondern auch auf ein Meer von funkelnden Sternen am nördlichen Firmament.

Die Wände der Turmkammer waren mit Notizen übersät, die jemand mit Schreibkohle und in arabischer Sprache vorgenommen hatte; die kuppelförmige Decke war mit einem künstlichen Sternenhimmel bemalt, von dort hingen ein halbes Dutzend Öllampen herab, die für Licht sorgten, sowie allerhand wundersame Gerätschaften, wie Friedrich sie nie zuvor gesehen hatte und deren Zweck und Bestimmung ihm völlig unbekannt waren. Seine besondere Aufmerksamkeit erweckte ein Gerät, das aus mehreren übereinander angebrachten Metallscheiben bestand, die sich einzeln verdrehen ließen. Zahlen und Zeichen waren darin eingraviert, und Amir erklärte ihm, dass man ein solches Werkzeug – er nannte es einen Sternnehmer – zur Zeitmessung benötige, zur exakten Bestimmung der Gestirne und zur Vorhersage ihres Laufs und noch zu manch anderem mehr.

Dann trat al-Hakim zu ihnen.

Der Weise hatte sich im hinteren Bereich der Kammer aufgehalten, der durch einen Vorhang vom Hauptraum abgetrennt war. Vermutlich hatte er den Wortwechsel zwischen Lehrer und Schüler mitangehört, äußerte sich jedoch nicht dazu. Stattdessen musterte er Friedrich aus seinem von unzähligen Falten zerknitterten Gesicht und aus winzig kleinen Augen, die wie Demanten glänzten.

Friedrich verspürte jähe Enttäuschung.

Nach all dem Aufhebens, das man um den Weisen machte, hatte er jemand anderen erwartet … wen genau, das wusste er selbst nicht, auf jeden Fall keinen dürren Greis mit einem zu großen Turban auf dem Haupt und in schäbigen Lumpen, der für den Geschmack des jungen Königs zudem entschieden zu sehr nach Knoblauch roch. Und doch erfuhr Friedrich in jener Sommernacht des Jahres 1208 manches über die Welt und über sich selbst, das er zuvor noch nicht einmal geahnt hatte.

Manches davon gab ihm Hoffnung.

Anderes erschreckte ihn.

»Du musst wissen, junger Rogero«, sagte der Alte, nachdem sie einander begrüßt und sich auf die Kissen gesetzt hatten, die vor dem großen Fenster ausgebreitet lagen, »dass das Wissen über die Sterne aus alter Zeit zu uns gekommen ist.« Seine Stimme war leise und wispernd, wie Blätter, die im Herbstwind raschelten.

»Die Ägypter«, so fuhr er fort, »waren die Ersten, die das Wesen der Sterne zu ergründen suchten, nach ihnen die Assyrer und Babylonier. Von ihnen übernahmen die Griechen ihr Wissen, als sie unter Alexander dem Eroberer in das Land einfielen, und nahmen es mit in ihre Heimat. Doch als Rom unterging und das Abendland in Dunkelheit versank, erlosch das alte Wissen um die Sterne – im Morgenland hingegen, im Licht des Islam, wurde es bewahrt und weitergetragen.«

»Wie kann das sein?«, fragte Friedrich in Erinnerung an das, was Amir ihn zuvor gelehrt hatte. »Ich dachte, der Prophet erlaubt solche Dinge nicht?«

»Er erlaubt keinen Aberglauben und keine Scharlatanerie«, stimmte der Greis zu, »doch die Kunde von den Sternen ist Wissenschaft, die zu betreiben unsere Pflicht ist, um den Verstand zu schärfen und das Wesen der Welt zu erkennen.«

Und damit begann er, Friedrich in die Geheimnisse von Sterntafeln und -bildern einzuweihen, die alle arabisch benannt waren und ob deren Vielfalt mein Herr rasch den Überblick verloren hätte, hätte er sich nicht schon zuvor damit beschäftigt. Zudem war seine Kenntnis der arabischen Sprache inzwischen so gut, dass er den Ausführungen des Weisen problemlos folgen konnte. So erklärte al-Hakim ihm, welche Bedeutung die Stellung der Gestirne für deren Deutung hatte; welchen Einfluss die Zeit auf sie hatte und wie man ihre Bahn am Himmel schon auf Jahre hinaus vorausberechnen könne.

»Und die Zukunft des Menschen?«, stellte Friedrich endlich die Frage, die ihm am meisten auf den Nägeln brannte. »Lässt sie sich ebenfalls berechnen?«

»Durchaus, wenn man weiß, unter welchem Stern einer geboren ist«, räumte der Alte ein, und Friedrich nannte ihm bereitwillig Tag und Stunde seiner Geburt – den Ort und die Bedingungen, unter denen er zur Welt gekommen war, behielt er freilich für sich.

»Was willst du wissen, junger Herr?«, fragte ihn al-Hakim daraufhin, und dabei glänzte es listig in seinen Augen. »Drei Fragen will ich dir gestatten und dir drei Antworten geben.«

Friedrich überlegte einen Moment. »So sagt mir, ehrwürdiger Weiser«, erwiderte er dann, »was meine Bestimmung ist.«

Al-Hakim antwortete nicht sofort.

Gemäß seiner Beteuerung, dass es nicht Aberglaube sei, den er betreibe, sondern Wissenschaft, befragte er zunächst die Karten und schließlich die Gestirne selbst, die draußen am Himmel prangten, und nahm zuletzt auch noch den Sternnehmer zu Hilfe, dessen Ebenen er mit knochigen Fingern geschickt verdrehte, um dann leise murmelnd Ergebnisse abzulesen.

Mit großer Faszination sah Friedrich ihm dabei zu. Nicht, dass er irgendeine Ahnung von dem gehabt hätte, was al-Hakim da trieb, doch die Selbstverständlichkeit, mit der der Greis agierte, machte großen Eindruck auf ihn – hätte der alte Mann pure Magie gewirkt, hätte Friedrich ihn kaum weniger bewundert.

»Deine Bestimmung ist es, zu entscheiden«, antwortete al-Hakim ihm schließlich mit leiser Wisperstimme. »Doch steht auch in den Sternen, dass einige deiner Entscheidungen großes Leid verursachen werden – sowohl für andere als auch für dich selbst.«

»Werde ich meinem Vater gleichen?«, schob Friedrich bestürzt gleich die zweite Frage nach. »Werde ich erreichen, was er erreicht hat?«

Wieder ließ sich der Alte mit der Antwort Zeit und befragte eingehend die Quellen seiner Kunst.

»Du wirst deinem Vater ähnlich, in mancher Hinsicht«, eröffnete er dann, »jedoch noch mehr deiner Mutter. Deshalb wirst du nicht nur erreichen, was ihm gelang, sondern du wirst ihn noch weit übertreffen.«

Friedrich atmete innerlich auf. Was er da hörte, erfüllte sein suchendes Herz mit Trost, verlieh es seinem Dasein doch, wonach er im Grunde schon sein ganzes Leben lang suchte, nämlich Bestimmung und Sinn …

»Noch eine letzte Frage steht dir offen«, erklärte al-Hakim.

Friedrichs Mund war trocken geworden, sein Hals kratzte, als er schluckte. Vor der letzten Frage – oder vielmehr vor der Antwort, die er darauf erhalten würde – fürchtete er sich, deshalb zögerte er, ob er sie wirklich stellen sollte. Doch wollte er diese Gelegenheit nicht verstreichen lassen, ohne …

»Wann und wo werde ich sterben?«, fragte er, noch ehe er den Gedanken ganz zu Ende bringen konnte.

Al-Hakim blickte zu Amir, der dabeisaß und bislang geschwiegen hatte.

»Eine Frage wie diese ist nicht zulässig«, erklärte Friedrichs Lehrer ihm daraufhin.

»Warum nicht? Ist die Antwort darauf nicht auch in den Gestirnen festgeschrieben?«

»Doch – aber es bedarf großer Anstrengung, dem Kosmos Geheimnisse wie diese zu entreißen.«

Friedrich nickte und wandte sich wieder dem Alten zu. »Ihr habt gesagt, dass ich drei Fragen stellen darf«, brachte er respektvoll, aber bestimmt in Erinnerung. »Von Einschränkungen gleichwelcher Art war nicht die Rede.«

»Das ist wahr«, gab al-Hakim zu und nickte. »Du sollst deine Antwort haben«, erklärte er dann und befragte wiederum die Gestirne mittels rätselhafter Gerätschaften, was diesmal noch länger dauerte und ihn auch weit mehr anzustrengen schien als bislang.

Nach einer endlos scheinenden Weile – es mochten zwei Stunden oder noch mehr vergangen sein, die Öllampen mussten vom Diener zweimal nachgefüllt werden – blickte der Alte schließlich von seinen Berechnungen auf und sah Friedrich direkt an. Jeder Glanz war aus seinen dunklen Augen gewichen, er wirkte müde und erschöpft.

»Die Sterne besagen«, eröffnete er dann, »dass du unter dem Namen einer Blume sterben wirst, junger Herr.«

»Unter dem Namen einer Blume?« Friedrich legte die Stirn in Falten. »Was soll das bedeuten?«

»Was die Sterne sagen«, entgegnete al-Hakim mit heiserem Ächzen; die Voraussage hatte ihn erkennbar Kraft gekostet. »Und nun geht bitte«, fügte er hinzu, wobei nicht nur Müdigkeit, sondern auch eine leise, seltsame Enttäuschung in seinen Worten mitschwang.

Friedrich wollte widersprechen, aber zum einen konnte er sehen, dass der Alte tatsächlich der Erschöpfung nahe war, zum anderen legte sich Amirs Hand auf seine Schulter und gab ihm unmissverständlich zu verstehen, dass der Besuch zu Ende sei.

Friedrich erhob sich und bedankte sich bei al-Hakim für die erwiesene Ehre und die Weisheit, die er mit ihm geteilt hatte. Dann zog Amir ihn aus der Kammer, und über die steilen hölzernen Stufen, die unter ihren Füßen knarrten, gelangten sie hinaus ins Freie und in die kühle Nacht.

Eine Weile lang sprachen sie kein Wort.

Schweigend gingen sie nebeneinanderher auf dem Weg zurück zu Amirs Haus, im Lichtschein der Fackel, die der Diener ihnen vorausstrug.

»Das hättest du nicht tun sollen, Rogero«, sagte Amir ibn Esat schließlich.

»Was meint Ihr?« Friedrich sah seinen sarazenischen Lehrer von der Seite an. »Dass ich den Weisen nach meinem Ende befragt habe? Seid unbesorgt, ich glaube nicht an derlei Dinge.«

»Rede dir das ein, wenn du musst – doch darum geht es nicht«, wurde Amir deutlicher. »Du hättest mich nicht belügen sollen. Ich habe dir mein Haus geöffnet, und du bist bei mir Gast gewesen. Ich habe dir den Weg zu meinem Wissen und zu meinem Herzen geöffnet …«

»… und dafür bin ich überaus dankbar«, versicherte Friedrich, den in diesem Moment ein furchtsamer Schauder befiel. Hatte sein Lehrer die Täuschung also durchschaut?

Hatte er, zumal nach den Fragen, die Friedrich an al-Hakim gerichtet hatte, herausgefunden, wer der junge Mann, der sich nur schlicht Rogero nannte, in Wirklichkeit war?

»Glaubt mir«, fuhr er beflissen fort, »ich wollte Euch weder hintergehen noch Euch enttäuschen, doch wenn ich es dennoch getan habe, so nehmt meine Entschuldigung für …«

»Es geht um Yara«, sagte Amir unvermittelt.

»Was?« Friedrich starrte ihn an, unschlüssig, ob er erleichtert oder bestürzt sein sollte.

»Was du ihr angetan hast, ist nicht zu entschuldigen«, beharrte der Gelehrte. »Du hast mein Vertrauen missbraucht, Rogero – und das ihre ebenso.«

»A-aber …« Friedrich stammelte. Nicht das eine Geheimnis war es also, das sein Lehrer entdeckt hatte, sondern das andere. Dasjenige, welches er mit Amirs Tochter teilte …

Ob sie das Schweigen gebrochen und es ihrem Vater gesagt oder ob er es selbst herausgefunden hatte, spielte jetzt keine Rolle mehr. Friedrich war klar, dass dies der Moment war, in dem er sich bekennen musste …

»Es ist wahr«, erwiderte er nur. »Ich liebe Eure Tochter, Meister. Und deshalb möchte ich sie zur Frau nehmen.«

»Du möchtest *was*?« Amir blieb stehen und zwang damit auch den Diener, an Ort und Stelle zu verharren.

»Ich liebe sie«, bekräftigte Friedrich mit aller Aufrichtigkeit seines jungen, glühenden Herzens.

»Davon stand nichts in den Sternen«, konterte der andere hart, »und das aus gutem Grund – oder glaubst du, ich gäbe meine Tochter einem Ungläubigen zur Frau?«

»Aber … ich bin Euer Schüler!«

»Und als solcher habe ich dir vieles offenbart, weit mehr, als ich es hätte tun sollen«, räumte Amir nickend ein, »doch nun ist es damit vorbei. Von diesem Moment an unterweise ich dich nicht länger.«

»Aber … wenn Ihr das alles bereits wusstet, wieso brachtet Ihr mich dann noch hierher?«, wollte Friedrich wissen. Verzweiflung bäumte sich in seinem Innersten auf. »Wieso batet Ihr den Weisen dann noch, sich meiner anzunehmen und meine Fragen zu beantworten?«

»Weil ich deinen Verstand und deinen Durst nach Wissen respektiere«, entgegnete Amir ibn Esat ohne Zögern. »Und weil dies das letzte Mal ist, dass wir einander sehen. Du wirst nie wieder zu meinem Haus kommen, Rogero. Und du wirst Yara niemals wiedersehen.«

Damit machte er auf dem Absatz seiner Sandalen kehrt und stach mit ausgreifenden Schritten die Gasse hinab. Der Diener folgte ihm, und mit ihm auch das Licht.

Und Friedrich blieb allein und in Dunkelheit zurück.

6.

Normannenpalast, Palermo
Oktober 1208

»Nein! Nein! Und nochmals: Nein!«

Die Stimme des jungen Königs war den hellen Tönen der Kindheit bereits entwachsen. Trotzdem überschlug sie sich, während er aus Leibeskräften schrie und dabei mit der flachen Hand auf das Akazienholz des Tisches schlug, bis sie schmerzte.

»Ich denke nicht, dass Ihr eine Wahl habt«, entgegnete Walther von Pagliara, seines Zeichens Kanzler des Königreichs von Sizilien, Verweser im Auftrag Papst Innozenz' des Dritten, der noch immer Friedrichs Vormund war.

Der Gedanke daran, dass dieser Zustand der Bevormundung durch den Heiligen Stuhl schon in wenigen Wochen enden würde, nämlich dann, wenn er sein vierzehntes Lebensjahr vollendete und nach dem normannischen Recht die Mündigkeit erreichte, hatte Friedrich davor bewahrt, im Elend der Verzweiflung zu versinken – vor allem in den letzten beiden Jahren, seit er sich für die Regierungsgeschäfte zu interessieren begonnen hatte und mehr oder weniger hilflos hatte zusehen müssen, wie Pagliara und andere leichtfertig mit der Herrschaft spielten, die Friedrichs Vorfahren so wacker errungen hatten.

Nicht nur die Sarazenen, die sich im Inneren der Insel in ihren Bergfestungen verschanzten, stellten eine Bedrohung dar; auch die deutschen Ritter forderten die Königsmacht heraus. Von der Insel hatten sie sich zwar zurückgezogen, doch hatten sie sich auf dem süditalienischen Festland festgesetzt und bereicherten sich dort ruchlos an Land und Leuten. Zudem war Friedrichs Onkel Philipp von Schwaben, der römisch-deutsche König aus dem Geschlecht der Staufer, jenseits der Alpen ruchlos ermordet worden – und dem Welfen Otto von Braunschweig, der ihm nachgefolgt war, wurden nicht nur Ambitionen auf die Kaiserkrone nachgesagt, sondern auch auf das Reich Sizilien.

Gefahren drohten also von überall, und der Papst, dessen Mündel Friedrich war, obschon er ihm noch nie persönlich begegnet war, agierte in dieser bedrohlichen Situation höchst ungeschickt, wie Friedrich fand. Nicht genug damit, dass der Nachfolger Petri dem Welfen Otto Hoffnungen auf die Kaiserkrone machte, hatte er nun auch noch eine Sache eingefädelt, die Friedrich höchstselbst betraf – und die all seine hochfliegenden Pläne, seine Mündigkeit betreffend, jäh vereiteln mochte …

»Ich will nicht, dass es so kommt!«, rief er. Zornesröte war ihm ins Gesicht geschossen, das nun beinahe die rote Färbung seines Kopfhaars hatte. »Ich weigere mich, dieser Übereinkunft zuzustimmen.«

»Das steht Euch frei, junger Herr«, gestand Wilhelm Francisius ihm zu, der bei der Unterredung im königlichen Arbeitszimmer ebenfalls zugegen war – gleichermaßen zur Unterstützung Pagliaras und um Friedrich zu besänftigen.

»Nur fürchte ich, dass es nichts an der Situation ändern wird, in der Ihr Euch befindet. Die Hochzeit wurde von langer Hand vorbereitet und arrangiert. Die päpstlichen Legaten haben keine Mühen gescheut, um …«

In einem weiteren Ausbruch, der bildhaft beschrieb, wie er den Inhalt seines Darmes auf die päpstlichen Legaten entladen wollte, machte mein Herr seinem Zorn Luft. Seine sehnige Gestalt, die trotz ihrer Jugend nichts Kindliches mehr an sich hatte, bebte von Kopf bis Fuß, seine Hände zitterten.

»Warum jetzt?«, schrie er, dass es von der getäfelten Decke widerhallte. »Warum ausgerechnet jetzt?«

»Ich denke, dass wisst Ihr sehr gut«, entgegnete Walther von Pagliara, und Friedrich nickte nur.

Annähernd vierzehn Jahre war es her, dass seine Mutter ihn in jenem Zelt auf dem Marktplatz von Jesi unter Schreien und Schmerzen in die Welt gepresst hatte. Am 26. Dezember würde er der Unmündigkeit entwachsen sein – aber noch war es nicht so weit. Noch konnten Innozenz und seine Legaten über ihn verfügen, und das hatten sie ganz offenbar getan …

»Und wenn ich mich weigere?«, fragte Friedrich trotzig.

»Warum wollt Ihr das tun?« Pagliara wiegte das ergraute Haupt und sah ihn forschend an. »Warum Euch einer Absprache entziehen, die nur Vorteil bringt.«

»Vorteil für wen, Herr Kanzler?«, fragte Friedrich scharf dagegen. Er mochte Pagliara nicht. In den Jahren, da Markward von Annweiler, Capparone und andere nach der Herrschaft über Sizilien gegriffen hatten, war er untätig geblieben und hatte sich mehr als einmal mit ihnen gemein gemacht. Es ging sogar das Gerücht, dass Pagliara Steuergelder hinterzog und in die eigene Tasche wirtschaftete. Unter einem Verweser, der das Reich in des Königs Sinn verwaltete, stellte sich Friedrich wahrlich etwas anderes vor! »So will ich es nicht«, schnaubte er mit noch immer zornbebender Stimme, »so wollte ich es nie.«

»Was wolltet Ihr dann?«, fragte Pagliara scharf. »Eine Sarazenin ehelichen, nachdem Euch doch so überaus viel an den Muselmanen zu liegen scheint?«

»Und warum auch nicht?«, knurrte Friedrich. Es war gut, dass sie auf verschiedenen Seiten des massiven Tisches standen, sonst wäre er dem Kanzler womöglich an die Kehle gegangen. »Ich habe dort mehr Freundschaft und Loyalität gefunden als unter meinesgleichen.«

»Ihr seid undankbar.«

»Und Ihr seid ein Feigling«, beschied Friedrich ihm ohne mit der Wimper zu zucken.

Der arme Francisius schnappte ächzend nach Luft. »Hört nicht auf ihn, Walther«, wandte er sich an den Kanzler, »er meint es nicht, wie er es sagt …«

Pagliara schnaubte wie ein wütender Stier. Es war nicht das erste Mal, dass Friedrich und er aneinandergerieten, vor allem seit der junge König von einem hilflosen Kind zum Mann gereift war. Hellen Verstandes und herausragend gebildet, sowohl in den Sprachen als auch in den Wissenschaften, war er dem päpstlichen Verwalter an Geistesgaben weit überlegen und dabei reifer und erfahrener als andere seines Alters. »Rechnet bei ihm nicht die Anzahl der Lebensjahre nach«, hatte ein päpstlicher Legat dem Papst in Rom geschrieben, »und wartet nicht länger darauf, dass er zum Mann heranreift, denn was sein Wissen betrifft, ist er schon jetzt erwachsen. Und was seine Majestät angeht, ist er bereits jetzt ein Herrscher …«

»Seid vorsichtig, junger König«, warnte Pagliara ihn mit

loderndem Blick, »noch seid Ihr der Unmündigkeit nicht entwachsen.«

»Aber wenn es so weit ist, seid Ihr die längste Zeit Kanzler gewesen«, sagte Friedrich ihm voraus.

Pagliara lachte auf. »Dazu bedarf es mehr als eines zornigen Knaben Wort.«

»Spottet nur, Ihr werdet es erleben – was Ihr hingegen nicht erleben werdet, ist, dass ich diese Frau heirate.«

»Ihr Name ist Konstanze! Sie ist eine Tochter des Hauses Aragon und die Witwe König Emerics von Ungarn ...«

»Eine Witwe«, platzte Friedrich heraus. »Also ist sie alt!«

»Sie zählt vierundzwanzig Winter, gerade zehn Jahre älter als Ihr!«

»Wie ich es vermutet habe.« Friedrich schüttelte angewidert das rote Haupt. »Alt wie ein Stein und vermutlich ebenso hartherzig und kalt!«

»Dergleichen Eigenschaften sind es nicht, nach denen wir den Wert einer königlichen Eheschließung beurteilen«, erwiderte Francisius, im Ton ungleich sanfter als der herrische Kanzler, und kam auf Friedrichs Seite des Tisches. »Aber das wisst Ihr längst, denn ich selbst habe es Euch gelehrt.«

»Dann heiratet Ihr sie doch – ich will sie nicht!«, erklärte Friedrich knapp.

»Ist da noch immer dieses Mädchen, in das du verliebt warst? Wie war doch gleich ihr Name?«

»Yara«, sagte Friedrich nur.

Allein ihren Namen zu nennen gab seinem Herzen noch immer einen Stich. Vergeblich hatte er versucht, ihren Vater und sie ausfindig zu machen, aber seit jener Nacht im Turm des alten Weisen waren sie unauffindbar.

Es hieß, sie hätten Palermo verlassen, allerdings hatte niemand Friedrich sagen können, wohin sie gegangen waren oder ob sie jemals wiederkommen würden. Es war, als hätte es das Mädchen mit den dunklen Augen und dem blauschwarzen Haar nie gegeben. Ein dunkler Abgrund hatte seine Liebe verschlungen, und es schmerzte noch immer …

»Auch eine reife Frau hat durchaus ihre Reize«, versicherte Francisius, worüber Friedrich nicht wenig erstaunt war. Nie zuvor hatte er den Gelehrten über derlei Dinge sprechen hören, er schien auch nicht eben beschlagen auf diesem Gebiet zu sein.

»Glaubt mir, die habe ich schon alle kennengelernt«, schnaubte Friedrich. »An anderen Orten.«

»Es ist gut, dass weder Seine Heiligkeit der Papst noch die edle Konstanze diese Worte vernehmen können«, entfuhr es Pagliara, »denn es sind die Worte eines ungehobelten Burschen mit den Manieren eines Ziegenbocks.«

»Diese Manieren, Kanzler, hat mich mein Volk gelehrt«, hielt Friedrich scharfzüngig dagegen. »Jenes Volk, das Ihr nicht aus der Nähe kennt und dessen Sprache Ihr nicht einmal sprecht!«

»Euer Volk, wie Ihr es nennt, besteht aus Muselmanen, aus Dirnen und Taugenichtsen wie diesem Söldner, der Euch kämpfen lehrte«, konterte der Kanzler und lachte, als er sah, wie der junge König zusammenzuckte. »Habt Ihr gedacht, ich wüsste nicht, dass jener Euch im Umgang mit der Klinge unterwies? Natürlich wusste ich es, denn als von Seiner Heiligkeit beauftragter Verweser ist es meine Pflicht, solche Dinge zu wissen! Aber ich habe darüber hinweggesehen und es geduldet, so wie ich im Lauf der Jahre manches geduldet habe … Aber da wir davon sprechen – habt Ihr Euch nie gewundert, warum Euer deutscher Söldnerfreund nie zurückgekehrt ist?«

»Andreas?«, fragte Friedrich. »Ich nahm an, sein Haufen wäre aufs Festland entsandt worden …«

»Keineswegs«, versetzte der Kanzler und schien es zu genießen. »Seine Einheit geriet in den Bergen in einen Hinterhalt der Sarazenen und wurde bis auf den letzten Mann niedergemacht – deshalb habt Ihr nichts mehr von ihm gehört.«

»Das … ist nicht wahr«, stieß Friedrich hervor und sah Hilfe suchend zu Francisius, der jedoch zustimmend nickte.

Der junge König sah an sich herab, auf den Sarazenensäbel, den sein Waffenmeister ihm zum Abschied geschenkt hatte und den er seither an seiner Seite trug.

»Warum habt Ihr mir nichts gesagt?«, erkundigte er sich bei Francisius, leise und vorwurfsvoll.

»Nun, weil ich nicht wollte, dass …«

»Weil Ihr Euch einbilden mögt, kein Knabe mehr zu sein«, fiel Pagliara dem Lehrer barsch ins Wort, »aber dennoch die bittere Wahrheit nicht vertragt! Wäre es Euch wirklich ernst mit dem Wunsch, erwachsen zu werden, so würdet Ihr Euch der Verantwortung stellen. Entsagt dem trotzigen Kind, das Ihr im Augenblick seid, und fangt an, der Wirklichkeit ins Auge zu blicken. Ihr seid Fredericus Rogero, der zukünftige Herrscher Siziliens, sie ist Konstanze von Aragonien, eine Tochter aus hohem Hause. Die Heirat mit ihr wird Eure Macht und Euer Ansehen schlagartig mehren – und Euch überdies fünfhundert Ritter eintragen!«

»Fünfhundert Ritter?«, hakte Friedrich nach.

»Befehligt von Konstanzes Bruder Alfonso«, bestätigte Francicius nickend. »Sie sind ein Teil der von den Legaten vereinbarten Mitgift, die sie in die Ehe einbringt.«

Friedrich dachte nach.

Sein Brustkorb hob und senkte sich noch immer unter wütenden Atemzügen, aber allmählich gewann der Verstand über das Herz die Oberhand. Vielleicht, sagte er sich, hatte Pagliara dieses eine Mal recht. Vielleicht war es wirklich an der Zeit, sich von der Schwärmerei der Jugend zu befreien und neue, andere Wege zu beschreiten …

Fünfhundert gepanzerte Reiter – nicht Waffenknechte oder gedungene Söldner, sondern auf Ehre und Boden verpflichtete Ritter stellten eine nicht zu verachtende Streitmacht dar. Ein solches Heer, schlagkräftig und beweglich, würde es ihm ermöglichen, die aufständischen Sarazenen niederzuzwingen und damit zu erreichen, was zuvor keinem Kanzler und keinem Hauptmann gelungen war, nämlich dauerhaften Frieden auf der Insel durchzusetzen.

Freiheit allein, das wurde Friedrich in diesem Augenblick klar, nützte nichts, hielt man dazu nicht auch die Macht in Händen, etwas zu verändern …

Eine endlos scheinende Weile dachte er nach.

Und schließlich nickte er.

»Ich bin einverstanden«, erklärte er. »Teilt den Legaten Seiner Heiligkeit mit, wie ich mich entschieden habe.«

»Dessen bedarf es nicht.« Pagliara schnaubte abermals. »Wie ich bereits sagte, bedurfte es Eurer Zustimmung nicht, um …« Er unterbrach sich, als Francisius ihm einen warnenden Blick zuwarf.

»Nun gut«, fuhr er dann fort, »doch sollt Ihr wissen, dass die Ehe bereits rechtskräftig geschlossen wurde – ein päpstlicher Bevollmächtigter hat sich nach Aragon begeben und der Zeremonie an Eurer Stelle beigewohnt. Im Frühjahr, wenn die Stürme sich gelegt haben, wird die

Königin in ihrer Heimat ein Schiff besteigen, das sie sicher hierherbringen wird.«

Friedrich nickte.

Für einen Moment drohte ihn erneut der Jähzorn zu übermannen, die ohnmächtige Empörung über den goldenen Käfig, in dem er gefangen war und aus dem es vorerst kein Entkommen gab. Doch war ihm klar geworden, dass er im Augenblick keine andere Möglichkeit hatte als die, sich seinem Schicksal zu stellen.

»Ich verstehe«, sagte er schließlich nur, die Stimme bebend vor nur mühsam beherrschter Wut. »Wie überaus vorausschauend von Seiner Heiligkeit.«

»Es ist zu Eurem Besten«, versicherte Pagliara ungerührt.

»Natürlich – und es hat nichts damit zu tun, dass die deutschen Fürsten mit Otto von Braunschweig einen Welfen auf den Thron gewählt haben und man mich von jenen Landen fernhalten möchte, indem man mich mit einer Tochter Aragons vermählt, nicht wahr?«, fragte Friedrich und sah ihn forschend dabei an.

Walther von Pagliara erwiderte nichts, aber es war deutlich zu sehen, wie seine Kieferknochen mahlten. Er sah zu Francicius, der jedoch nur mit den Schultern zuckte. Offenbar hatte er ihn zuvor gewarnt, dass der junge König keinesfalls unterschätzt werden durfte – doch der päpstliche Verwalter hatte nicht auf ihn gehört …

»Ich hasse Euch, Herr Kanzler«, sagte Friedrich, wobei er Pagliara fest in seinen Blick nahm, nicht länger wütend, sondern jetzt ruhig und beherrscht, mit jedem Zoll ein König. »Seht Euch das alles hier noch einmal gut an, genießt die Wärme der Sonne und den Blick auf das Meer – denn bald schon werdet Ihr Sizilien für immer verlassen.«

»Ihr droht mir?«

»Oh nein.« Friedrich schüttelte den Kopf. »Ich sage Euch lediglich Eure Zukunft voraus – so wie Ihr mir gerade die meine vorausgesagt habt.«

7.

Palermo
Juli 1209

Die Winterstürme, die das Meer peitschten und Wellengebirge türmten, die kein Schiff überqueren konnte, währten in diesem Jahr besonders lange. Erst im Sommer trafen die Galeeren mit Königin Konstanze und ihrem Bruder Alfonso, der das Kommando über die fünfhundert aragonischen Ritter führte, im großen Hafen von Palermo ein.

Immer wieder hatte Friedrich im Verborgenen gehofft, dass die vereinbarte Hochzeit doch noch scheitern, dass sich vielleicht noch ein Wunder ereignen möge, das ihm die Verbindung mit der um so vieles älteren Frau ersparte, die ihm neue Pflichten und Zwänge auferlegen würde, nachdem er die alten gerade erst losgeworden war. Auf den Tag genau am 26. Dezember des Jahres 1208 hatte er nach normannischem Recht Mündigkeit erlangt und war nun ein souveräner Herrscher, wenn auch weiter in Abhängigkeit des Heiligen Stuhls, von dem er Sizilien zum Lehen hatte. Doch die direkte Bevormundung durch Kanzler und Legaten hatte ein Ende, und Friedrich konnte endlich die Politik verfolgen, die er längst im Sinn gehabt hatte.

Und er verlor keine Zeit damit.

Seine gesamte Kindheit und Jugendzeit hindurch hatte er hilflos mitansehen müssen, wie das sizilische Königreich, das durch seine Mutter und deren Familie auf ihn gekommen war, von ruchlosen Herren ausgebeutet wurde; von deutschen Rittern, die ungefragt nach Süden gekommen waren und sich einfach genommen hatten, was sie begehrten; aber auch von einheimischen Fürsten, die ihre Ämter und Befugnisse dazu nutzten, Lehen aus dem Besitz des Königs zu verteilen und sich so die Unterstützung ihrer Vasallen zu sichern. Auch Walther von Pagliara, der neben der Kanzlerschaft noch das Bischofsamt von Catania bekleidete, hatte sich auf diese Weise bereichert und sich eine Anhängerschaft unter den sizilischen Noblen gesichert, die Friedrich nicht zu dulden bereit war.

Als König wollte er die so großzügig veräußerten Gebiete, von denen sich viele nicht auf der Insel, sondern auf dem Festland befanden, wieder unter Kontrolle der Krone wissen, also erließ er selbstbewusst ein Dekret, welches die Überprüfung sämtlicher Besitzstände durch die königliche Kanzlei ankündigte. Der Aufschrei, der durch die Reihen der Fürsten ging – am lautesten freilich bei jenen, die sich am meisten bereichert hatten –, war entsprechend groß. Da mein Herr zu jenem Zeitpunkt weder über eine bedeutende Hausmacht noch über ein großes Heer verfügte, mit dem er den Willen des Adels hätte beugen können, besann er sich auf die Macht der Worte und verfasste ein Schreiben, in dem er das vorherrschende Unrecht anprangerte und das er von der Hofkanzlei vervielfältigen und in alle Richtungen verschicken ließ.

Diese neue Waffe, die kein Schwert war und dennoch nicht stumpf, zeigte Wirkung. Denn sie zwang den Adel, sich zu bekennen und entweder auf die Seite des jungen Königs zu stellen – oder offen gegen ihn.

Auf diese Weise erfuhr Friedrich, wer und wo seine Feinde waren, und konnte sie gezielt bekämpfen – wie den mächtigen Grafen Anfuso de Roto, der sich im kalabrischen Tropea eingerichtet hatte und dort lebte wie eine Made im Speck des Königreichs. Von jenen, die treu zu ihm standen, ließ Friedrich ihn festnehmen und gefangen setzen und machte auf diese Weise klar, dass auf dem sizilischen Thron nun wieder ein König saß, der trotz seiner Jugend mit eiserner Hand regierte.

Notwendig war dies auch infolge der Bedrohung geworden, die seinem Reich von Norden erwuchs, denn Otto von Braunschweig, König der Römer und Deutschen, hatte mit einem großen Heer die Alpen überschritten und befand sich auf dem Weg nach Rom, um sich dort zum Kaiser krönen zu lassen – und Papst Innozenz hatte zugestimmt.

Friedrich gab sich keinen Illusionen hin.

Ihm war klar, dass die Kurie es darauf abgesehen hatte, ihn und den mächtigen Otto gegeneinander auszuspielen, auf dass keiner von beiden allzu großen Einfluss gewinnen würde. Als Sohn Heinrichs des Löwen hatte Otto welfisches Blut, während in Friedrichs Adern staufisches floss – was also lag näher, als die alte Gegnerschaft der beiden Häuser neu zu beleben und auf diese Weise zu kontrollieren?

Vor diesem Hintergrund sah Friedrich im Juli 1209 zum ersten Mal in seinem Leben die Frau, die seine Gemahlin werden sollte: Konstanze von Aragonien.

Ihre Herkunft war in der Tat so königlich, wie sie es nur sein konnte, war sie doch die älteste Tochter König

Alfons II. von Aragon und Königin Sanchas von Kastilien. Dass sie bereits mit dem verblichenen König Emeric von Ungarn verheiratet gewesen war und ihm einen Sohn geschenkt hatte, machte Konstanze nicht weniger makellos – Friedrich war seine Vorbehalte dennoch nie ganz losgeworden, sosehr er auch versucht hatte, sich die Verbindung schönzureden, die ihm immerhin eine Streitmacht von fünfhundert gepanzerten Reitern eintragen würde.

Diese kamen zeitgleich mit der neuen Königin in Palermo an, und das Spektakel, fünf Hundertschaften Ritter mit ihren Streitrössern und Knappen unter bunten Bannern von Bord der Galeeren gehen zu sehen, lockte eine Vielzahl von Menschen in den Hafen, die die Neuankömmlinge lautstark bejubelten.

Friedrich selbst zog es vor, dem Treiben fernzubleiben und im Palast auf die Frau zu warten, die er nicht kannte, mit der er jedoch bereits sein zehn Monden verheiratet war, eingefädelt von päpstlichen Legaten und Rechtsgelehrten. Mit Liebe – oder auch nur freundlicher Zugewandtheit – hatte das alles nichts zu tun, und der Gedanke, dass alle Welt von ihm erwartete, dass er mit dieser Frau den Geschlechtsakt vollziehen und einen Erben zeugen sollte, verursachte ihm Übelkeit, den einschlägigen Erfahrungen zum Trotz, die er, die horizontale Kunst betreffend, gesammelt hatte.

Natürlich hatte er versucht, sich über seine zukünftige Gemahlin zu informieren, doch was man ihm zugetragen hatte, ließ seine Begierde nicht eben wachsen. Die Aragonesin sei, so hatte man ihm gesagt, ein hässliches Weib, das weit vor ihren Jahren gealtert sei – nicht von ungefähr hätte es nach dem Tod ihres ersten Gemahls vier Jahre gedauert, bis man wieder eine Partie für sie gefunden habe. Dass diese Partie ausgerechnet er sein musste, wollte Friedrich bei aller kühlen Vernunft, bei aller *ratio*, die er bei seinen Regierungsgeschäften walten ließ, nicht in den Kopf. Wenn überhaupt, so konnte allenfalls der Gedanke an die fünfhundert Ritter die Vorstellung versüßen – ob die Freude darüber ausreichen würde, um ihn im entscheidenden Augenblick im Ehebett das tun zu lassen, was allgemein erwartet wurde, blieb allerdings abzuwarten.

Entsprechend nervös war er, als seine zukünftige Gemahlin und er in der großen Halle des Palasts zu ihrer ersten Begegnung zusammentrafen.

Zu sehen gab es freilich nicht viel, weil die Königin nach hispanischer Sitte das Gesicht halb verschleiert trug. Förmlichkeiten wurden ausgetauscht und die Brautleute einander vorgestellt, so als träfe man einander nur zu flüchtigem Plausch. Im Anschluss jedoch kam es auf Friedrichs beharrliches Ersuchen zu einer direkten Begegnung in seinem Arbeitszimmer, und dort traten sie einander erstmals von Angesicht zu Angesicht gegenüber, allein bis auf die Wachen und die Dienerin, die nie von ihrer Herrin Seite wich.

»Ich grüße Euch«, sagte Friedrich, sich des Lateinischen bedienend – nicht nur der leichteren Verständigung wegen, sondern auch, um ihr ein Beispiel seiner Gelehrsamkeit zu geben.

»Und ich erwidere Euren Gruß, mein König und Gemahl«, entgegnete sie in kaum weniger fließendem Latein und neigte höflich das Haupt.

»Ich denke«, entgegnete er, nun doch den einen oder anderen Brocken Volgare in seine Sprache mischend, »dass wir auf die Förmlichkeiten jetzt verzichten können – zumal Ihr mir etwas voraushabt.«

»Was meint Ihr?«

»Nun, immerhin ward Ihr zugegen bei der eigentümlichen Zeremonie, bei der Ihr meine Gemahlin wurdet«, versetzte Friedrich schnaubend.

»Es war nur eine Formalität, wie mir gesagt wurde. Deshalb wird die Trauung in wenigen Tagen wiederholt werden, im Dom zu Palermo, vor aller Augen.«

»Ich weiß – dennoch würde ich gern wissen, mit wem ich fortan Bett und Herrschaft teile«, meinte Friedrich achselzuckend. »Wenn Ihr also die Freundlichkeit haben möchtet, den Schleier zu heben, der Euer Gesicht verhüllt … Oder habt Ihr etwas zu verbergen?«

Sie zuckte zusammen wie unter einem unsichtbaren Peitschenhieb. Einen Moment lang zögerte sie, dann hob sie die schlanken, bleichen Hände und lüftete den Schleier.

Friedrich ließ es sich nicht anmerken, aber er atmete innerlich auf. Was auch immer man ihm über seine zukünftige Gemahlin gesagt hatte, es war offenbar dem Reich der Legenden oder übelwollenden Gerüchten entsprungen.

Konstanze von Aragon mochte keine Schönheit im klassischen, hellenischen Sinne sein, dafür standen ihre dunklen Augen ein wenig zu eng, und ihre trotz südlicher Sonne leichenblassen Gesichtszüge hatten eine asketische Strenge, die Friedrich fremd war. Ihre Wangen standen hoch, ihr Mund war schmal, ihr schwarzes Haar bereits von einzelnen weißen Strähnen durchzogen. Doch auf eine andere, etwas ungewöhnliche Weise war sie durchaus schön zu nennen, zumal ihr Blick Friedrich sofort gefangen nahm, denn er war klug und wissend, der Ausdruck einer Frau, die bereits manches durchlebt und vieles gelernt hatte.

»Nun«, erkundigte sie sich mit leisem, aber unüberhörbarem Spott, »seid Ihr zufrieden mit dem, was Ihr seht?«

»Durchaus.« Friedrich nickte.

»Interessiert es Euch zu erfahren, ob auch ich zufrieden bin mit Eurer Erscheinung?«

Er stutzte, der Mund blieb ihm für einen Moment offen stehen. Der Gedanke, dass seine zukünftige Gemahlin – zumal sie zehn Jahre älter war als er – von seiner äußeren Erscheinung, die vor jugendlicher Kraft nur so strotzte, etwas anderes als schlicht betört sein könnte, war ihm gar nicht in den Sinn gekommen. Doch fand er seine Sprache rasch wieder.

»Wenn Ihr bislang nicht zufrieden seid, meine Dame, so kann ich Euch versichern, dass ihr schon bald zufrieden sein werdet«, erwiderte er mit zuvorkommendem Lächeln, wobei er für das zweite »zufrieden« anstelle des harmlosen *contenta* das lateinische Wort *satisfacta* verwendete, was dem Satz eine recht anzügliche Färbung verlieh.

Abermals zuckte Konstanze zusammen.

»Man hat mir gesagt, dass Ihr noch jung seid an Jahren, dass Euer Auftreten und Eure Erfahrung Euer tatsächliches Alter jedoch weit übertreffen.«

»Sagt man das?« Friedrich lächelte – ihre Worte fassten durchaus zusammen, wie er gesehen zu werden wünschte. Tatsächlich hatte er nicht unbeträchtlichen Aufwand betrieben, um genau diesen Eindruck zu erwecken – den eines zwar noch jungen, jedoch tatkräftigen Königs, der in jeder Hinsicht bereits zum Mann gereift war …

»Tatsächlich erkenne ich nun, da ich Euch gegenüberstehe«, fuhr Konstanze mit leiser, beherrschter Stimme fort, »dass es nicht mangelnde Reife oder Erfahrung ist, die Euch so handeln und sprechen lässt, sondern fehlende Manieren.«

»Die denen eines Ziegenbocks gleichen«, fügte Friedrich

achselzuckend und wenig beeindruckt hinzu. »Ich höre Pagliara aus Euch sprechen.«

»Der Bischof hat damit nichts zu tun«, versicherte sie. »Dies Bildnis mache ich mir höchstselbst von Euch – nach dem Zeugnis, das Ihr mir gebt.«

»O weh«, machte Friedrich und schüttelte die Hand mit dem königlichen Siegelring, so, als hätte er sie sich verbrannt. »Welch heiße Flamme lodert in einer so kalten Hülle?«

»Ihr nennt mich kalt?«

»Seid Ihr das nicht? Nicht ein einziges Mal habe ich Euch lächeln sehen.«

»Ich habe wenig Anlass dazu. Mein Gemahl ist verstorben, und der Sohn, den ich ihm geboren habe, ist ihm nach nur einem Jahr gefolgt. Von Gram gebeugt, bin ich in meine alte Heimat zurückgekehrt – nur um zu erfahren, dass ich einem neuen Gemahl zur Frau gegeben werde, einem weiteren König, dem ich einen Erben schenken soll ... Wozu macht mich das in Euren Augen?« Sie sah ihn herausfordernd an, wie sie es später noch oft tun sollte, und ihm fiel keine passende Erwiderung ein.

»Es hieß, dass mich die Begegnung mit Euch in Bann schlagen würde«, fuhr sie leise fort, »dass ich Eurer Tatkraft und dem Glanz der Jugend verfallen würde, der Euch umgibt. Doch alles, was ich sehe, ist ein beleidigter Knabe, der nicht einverstanden ist mit dem Los, das ihm zugedacht wurde, und der sich deshalb wie ein störrischer Esel benimmt. Habt Ihr Euch jemals gefragt, mein König, wie andere in Eurer Nähe empfinden? Oder habt Ihr stets nur an Euch selbst gedacht?«

Sprachlos stand er vor ihr, den Mund halb geöffnet. Was ihn verblüffte, war nicht so sehr das, was sie sagte –

in den Straßen Palermos war er manches Mal weit schlimmer beleidigt worden – sondern *wie* sie es sagte.

Unverhohlene Verachtung schwang in ihren Worten mit, und er ertappte sich dabei, dass ihm das missfiel. Denn aus einem Grund, den er selbst nicht näher benennen konnte, wollte er ihr gefallen …

»Ihr beurteilt mich, ohne mich zu kennen«, stellte er fest.

»Und Ihr? Glaubt Ihr mich nicht zu kennen, obwohl Ihr ebenso wenig über mich wisst? Aber so seid Ihr es ja vermutlich gewohnt von den Frauen, mit denen Ihr bislang zu tun hattet. Ich weiß sehr wohl, welchen Umgang Ihr normalerweise pflegt, es ist ein höchst offenes Geheimnis.«

In diesem Moment wurde ihm klar, dass sich ihre Bewunderung ihm gegenüber nicht nur in engen Grenzen hielt – sie verachtete ihn regelrecht. Und das ärgerte ihn …

»Ihr habt recht, meine Dame«, räumte er deshalb freimütig ein, »ich pflege dergleichen Umgang regelmäßig, deshalb bin ich daran gewohnt, dass dem Beischlaf ein Handel vorausgeht. Der Unterschied ist, dass ich gewöhnlich nicht den wahren Namen der Betreffenden erfahre.«

Noch einmal zuckte Konstanze zusammen.

Dann wandte sie sich um und schickte sich an, das Zimmer ohne ein weiteres Wort zu verlassen.

Friedrich war wie vom Donner gerührt. Plötzlich bereute er seine verletzenden Worte, und nicht so sehr der fünfhundert gepanzerten Reiter wegen, die er verlieren würde, wenn die Hochzeit nicht zustande kam.

Eine andere Art von Furcht erfüllte ihn plötzlich, die sich nur sehr viel schwerer fassen ließ, hatte sie doch mit ihm persönlich zu tun, mit dem frühen Verlust der Mutter und den Erfahrungen der Kindheit.

Es war die Furcht vor Einsamkeit …

»Bitte bleibt!«, rief er laut. »Geht nicht, meine Dame, ich bitte Euch«, fügte er hinzu, leise und für seine Verhältnisse beinahe unterwürfig.

Konstanze hatte die Tür fast erreicht, die Dienerin war bereits dabei gewesen, ihr zu öffnen.

Einen Augenblick lang zögerte sie, doch dann wandte sie sich wieder zu Friedrich um und musterte ihn aus ihren klugen, ruhigen Augen.

Sie hat niemals darüber gesprochen, was sie in diesem Moment über ihn dachte oder in ihm sah. Doch womöglich erkannte sie, dass sich hinter der Mauer, die der junge König von Sizilien um sich errichtet hatte, noch ein anderer, empfindsamerer Mensch verbarg, der ihre Aufmerksamkeit verdiente.

»Ich werde bleiben«, erwiderte sie leise. »Aber sprecht niemals wieder so mit mir, hört Ihr? Niemals wieder …«

8.

Normannische Burg nahe Catania, Sizilien
September 1209

Die Trauung, bei der Konstanze, stolze Tochter Aragons und Witwe König Emerics, dem jungen Staufer Friedrich, Erbe und Herrscher des Königsreichs Sizilien, nunmehr vor aller Augen in die Ehe gegeben wurde, fand im Dom zu Palermo statt, nur wenige Tage nach jener kurzen und doch so vielsagenden Begegnung. Vor Gott, der Kirche und den Menschen waren sie damit nun Mann und Frau – jedoch nicht in jedem Sinne.

Was seine Männlichkeit und deren Verlässlichkeit betraf, hatte der schon früh gereifte Friedrich nie Anlass zur Sorge gehabt. Als er seine Gemahlin in der Hochzeitsnacht allerdings vorfand, wie ihre Zofe sie vorbereitet hatte – auf dem Rücken liegend und züchtig bedeckt bis auf das, was zum Vollzug des Geschlechtsakts unbedingt vonnöten war, der Vorgang selbst zum bloßen Zweck degradiert, ohne eine Spur von Lust oder Leidenschaft, da musste Friedrich verstört erkennen, dass er dazu nicht in der Lage war. Und dass der königlichen Manneskraft trotz redlichen Mühens Grenzen gesetzt waren.

Eine ganze Weile lang besuchte er Konstanze daraufhin

des Nachts nicht mehr, doch verspottete sie ihn weder deswegen, noch sank er in ihrem Ansehen; im Gegenteil war sie ihrem neuen Gemahl dankbar dafür, dass er sich und ihr ein wenig Zeit ließ, um sich an die veränderte Situation zu gewöhnen – zumal schon kurz nach der Hochzeit weitere dramatische Veränderungen eintraten.

Friedrichs Plan war es gewesen, unmittelbar nach den Feierlichkeiten einen Feldzug vorzubereiten und zusammen mit seinem Schwager Alfonso und den fünfhundert Rittern zum Festland überzusetzen, um dort gegen einige besonders dreiste Adelige vorzugehen – doch der Feldzug kam nie zustande.

Bis heute ist nicht bekannt, was es war, das die hispanischen Kämpen traf – machte ihnen die Hitze des sizilischen Sommers zu schaffen? Hatte ein dunkler Fluch sie getroffen? Einen nach dem anderen befiel ein verheerendes Fieber, für das die Ärzte weder Rat noch Heilung wussten, auch die sarazenischen nicht, bei denen Friedrich anfragen ließ, weil ihr Wissen um den menschlichen Körper dem des Abendlands weit überlegen war.

So verstarb ein aragonischer Ritter nach dem anderen und wurde fern der Heimat in fremder Erde bestattet, zuletzt auch Konstanzes Bruder Alfonso, was die Königin in tiefe Trauer stürzte – und ihren Gemahl, dem sie zuvor noch so ablehnend gegenübergestanden hatte, zum einzig verbliebenen Fixstern am Firmament ihres Lebens machte.

Um der Seuche zu entgehen, die weiter um sich griff und in Palermo wütete, verließen König und Königin mit ihrem Gefolge die Stadt und kamen nahe der Bischofsstadt Catania unter, wo die Krone eine kleine, in einer alten Normannenburg untergebrachte Garnison unterhielt.

Es war ein altes, schadhaftes Gemäuer, an vorderster

Klippe stehend, von Wind und Wellen umtost und so zugig, dass einem Hören und Sehen vergehen mochte; aber es war weit genug von Palermo entfernt, um dort sicher zu sein. Den Tag verbrachte Friedrich damit, in den Wäldern entlang der Küste einer neuen Leidenschaft zu frönen, nämlich der Beizjagd mit dem Falken; an den Abenden saß er mit den Mitgliedern des Kronrats zusammen – unter ihnen der Genueser Alaman da Costa, der ein Bündnis zwischen seiner Heimatstadt und dem Königreich Sizilien betrieb, zu beiderseitigem Vorteil und gegen das mächtige Pisa, das mit Otto dem Welfen paktierte.

Anders als man hätte annehmen sollen, entmutigten die grassierende Seuche und der Verlust der fünfhundert Ritter meinen Herrn nicht, sondern spornten ihn nur noch mehr an. Dies lag nicht nur daran, dass immer mehr Noble auf dem Festland ihren Widerstand aufgaben und sich offen zu ihm bekannten, sondern auch an einer neuen Selbstsicherheit, die der erst fünfzehnjährige König neuerdings an den Tag legte und die einen Grund und Namen hatte: Konstanze.

So wie der Respekt der Königin vor ihrem jungen Gemahl wuchs, so lernte auch er, ihre Vorzüge zu schätzen, brachte sie ihm doch bei, was seine Ausbildung bislang entbehrt hatte und was ihn weder die Lektionen eines Wilhelm Francisius noch die Diskurse mit arabischen Weisen und schon gar nicht das Leben auf den Straßen Palermos hatte lehren können. Seine Lehrer mochten Friedrich die Grundzüge der Politik gelehrt haben und deren Herleitung von Platon bis Konstantin – doch erst Konstanze wies ihn in jene Dinge ein, die bislang zu kurz gekommen waren, nämlich die höfischen Sitten und das Gebaren in Gegenwart von geistlichen wie weltlichen Noblen. Sie unterrichtete ihn in der hohen Kunst der Diplomatie und lehrte ihn, allen Ränken und Intrigen zum Trotz sein Temperament zu zügeln und eine Fassade des Gleichmuts zu bewahren.

Der Erste, der die Folgen dieser neuen Selbstsicherheit zu spüren bekam, war Walther von Pagliara, seines Zeichens Kanzler des Königreichs und Bischof des nahen Catania – denn Friedrich machte die Ankündigung vom Vorjahr wahr und entließ ihn kurzerhand. Schon lange hatte der junge König seinen Kanzler verdächtigt, sich an der Krone zu bereichern, doch war Pagliara stets klug genug gewesen, seine Vergehen so zu tarnen, dass ihm nichts nachgewiesen werden konnte. Dies änderte sich, als sein Schwager, der Graf von Celano, offen mit Otto von Braunschweig zu paktieren begann. Friedrich nutzte dies, um Pagliara der Illoyalität zu bezichtigen, ihn aus dem Amt zu entfernen und in sein Bistum Catania zu verbannen.

Das Schafsgesicht, das der einstige Kanzler dabei machte, und die Verwünschungen, mit denen er Friedrich überzog, als dieser ihn hinauswerfen ließ, verschafften meinem Herrn tiefe Genugtuung. Nicht nur, dass er sich künftig nicht mehr mit einem Kanzler würde auseinandersetzen müssen, der wider seine Interessen arbeitete – es war auch die späte Vergeltung für all die Bevormundung, die Erniedrigung und Untreue, die er in seinen jungen Jahren von Pagliara hatte erdulden müssen.

Es war ein guter Tag, den Friedrich und seine Vertrauten bei einem Festmahl und bei rotem Wein von den Hängen des Ätna feierten. Im Anschluss begab er sich, erstmals nach den verstörenden Erfahrungen der Hochzeitsnacht, in das Gemach der Königin, diesmal nicht von Pflichtbewusstsein getrieben, sondern von einer Begierde, die ehrlich war und ihn beinahe selbst verwunderte.

»Es überrascht mich, Euch zu sehen, mein Gemahl«, sagte Konstanze prompt, als er vor ihr Lager trat, ein Öllicht in der Hand, das in der Schlafkammer flackernden Schein verbreitete. Die Königin hatte sich bereits zur Ruhe begeben. Aufrecht saß sie in ihrem Bett, ihr schwarzes Haar wallte lang und offen über ihre Schultern. »Euer Besuch wurde mir nicht angekündigt.«

»Soll ich … wieder gehen?«, fragte er leise und beinahe schüchtern.

»Das ist nicht notwendig.« Sie schüttelte den Kopf, sich ihrer Pflicht nur zu bewusst. »Ich werde nach meiner Dienerin schicken, damit sie mich …«

»Nein«, fiel er ihr erschrocken ins Wort, »bitte tut das nicht.«

»Aber …«

»Ich bitte Euch, lasst es diesmal einfach nur geschehen … Habt Ihr noch nie darüber nachgedacht, wie die einfachen Leute es tun? Oder die Hunde in den Gassen?«

Der Blick, den sie ihm sandte, war seltsam, und er verwünschte sich für seine Worte.

»Bitte verzeiht«, sagte er schnell, »es lag mir fern, Euch zu beleidigen. Es ist nur …« Er bückte sich und griff nach dem Laken, das sie bedeckte. Sie trug ihr Unterkleid, das des Nachts zugleich als Schlafgewand diente, den Kragen züchtig geschlossen. Was immer sich unter dem weißen, dicht gewobenen Stoff verbergen mochte, war allenfalls zu erahnen.

»Ihr seid schön, meine Dame«, stellte Friedrich dennoch fest, »und ich möchte mit Euch zusammen sein, nicht als Euer König oder Euer Gemahl, sondern nur als Mann. Wollt Ihr mir das zugestehen?«

Sie sah ihn an, und im ersten Moment glaubte er eine

Spur von Ablehnung in ihrem Blick zu erkennen. Doch dann schien sie sich anders zu besinnen, und sie nickte, wenn auch zögernd.

»So wollt Ihr Euch für mich entkleiden?«, fragte er, während er selbst damit begann, sein Gewand abzulegen. Das tönerne Öllicht stellte er auf die Truhe und schlüpfte dann aus seinen wildledernen Schuhen. Der Leibgürtel fiel an ihm herab, und er entledigte sich des Hemdes.

Mit als Unbehagen getarnter Neugier sah Konstanze ihn an. Dann setzte sie sich auf und löste die Schulterverschnürung ihres Kleides, zog es ein wenig herab. Nackte weiße Haut kam zum Vorschein, die Ansätze ihrer Brüste.

Sie errötete, was er mit einem Lächeln belohnte. Dann beugte er sich zu ihr herab und liebkoste die nun unbedeckte Haut. Ein Laut entfuhr ihr dabei, von dem er nicht wusste, ob er Empörung oder Wollust entsprang, deshalb ließ er wieder von ihr ab. Sie sank zurück und lag nun einfach da, die Schultern entblößt, und starrte hinauf zum Himmel aus Stoff, der sich über dem Bett spannte.

»Was tut Ihr?«, fragte Friedrich irritiert.

»Meine Pflicht. Mein erster Gemahl hieß mich völlig still zu liegen …«

»Dann, mit Verlaub, war er ein Narr«, schnaubte Friedrich. »Ich glaube Euch gern, dass Ihr am Hofe erzogen wurdet – doch wurde Euch der selbige offenbar noch nie gemacht.«

»Was?« Ihre Verwirrung war so groß, dass sie darüber alle anerzogene Zurückhaltung vergaß. »Was wollt Ihr damit sagen?«

»Ich glaube, dass in Euch noch immer das Feuer der Jugend brennt, meine Dame, aber dass der halbtote König, dem Ihr angetraut wart, es nicht zu entfachen wusste. Kein Wunder, dass er uns vor der Zeit verließ.«

»Was fällt Euch ein? Wie könnt Ihr …?«

»Habt Ihr jemals Leidenschaft verspürt, wenn er bei Euch lag? Jemals das Gefühl gehabt, dass Euch vor Wonne die Sinne vergehen? Dass Ihr die Verzückung, die Ihr empfindet, laut hinausschreien wollt?«

Ihr befremdeter Blick verriet deutlich, dass das königliche Schlafgemach der allerletzte Ort war, an dem sie Empfindungen wie die genannten verortet hätte. Doch weder beschimpfte sie ihren jungen Gemahl für seine Dreistigkeit, noch warf sie ihn hinaus. »Ist so etwas … denn möglich?«

»Sehr leicht«, entgegnete er mit einem wissenden Lächeln, dessen Ursprünge er ihr besser nicht enthüllte. »Doch dafür ist es notwendig, dass Ihr Euch dieses Ungeheuers von Gewand entledigt, das Ihr noch immer am Leibe tragt. Es ist eine laue Sommernacht, meine Dame.«

»Aber … ich denke nicht, dass es schicklich wäre.«

»Damit mögt Ihr recht haben«, räumte Friedrich grinsend ein, »doch ist das Schlafgemach kein Ort für Schicklichkeit«, fügte er hinzu – und zerriss kurzerhand ihr Unterkleid, vom unteren Saum bis hinauf zum Schulterkragen, und legte damit frei, was wohl noch keines Mannes Auge je erblickt hatte.

Ein spitzer Schrei entfuhr ihr, und sie bedeckte ihre Blöße. Als sich jedoch auch Friedrich seiner restlichen Kleider entledigte und sie sehen konnte, was ihr unverhüllter Körper bei ihm bewirkte, überwand sie ihre Scham.

»Was … tut Ihr?«, flüsterte sie und blickte an ihrer entblößten Gestalt herab, während er sich auf sie herabließ und sie zu liebkosen begann, von den Brüsten über die sanfte Wölbung ihres Bauchs und noch weiter hinab.

»Meine königliche Pflicht«, antwortete er, während er zwischen ihren Schenkeln verschwand.

Ich kann nicht behaupten, dass ich in jener Nacht dabei gewesen wäre, noch dass ich durch das Fenster gesehen hätte. Doch kann ich wiedergeben, was jene berichteten, die vor der Tür der königlichen Gemächer Wache hielten oder daran vorübergingen. Wie es hieß, gab die sonst so beherrschte Königin manche Laute von sich, von denen sie zuvor wohl nicht geglaubt hätte, dass sie aus ihrem Munde kommen könnten.

Und wie mein Herr mir Jahre später anvertraute, haben die Königin und er einander von dieser Nacht an mit anderen Augen gesehen.

9.

Palermo
Januar 1212

Zwei Jahre lang hatte Friedrich mit großer Beharrlichkeit daran gearbeitet, das Chaos zu beseitigen, das seine Vorgänger im Amt des Regenten auf Sizilien hinterlassen hatten. Doch es war ein mühsames Unterfangen, vor allem in Anbetracht der noch immer kleinen Streitmacht, die ihm zu Gebote stand; und abtrünnige Fürsten und aufrührerische Sarazenen waren nicht die einzigen Gegner, mit denen er sich auseinandersetzen musste. Denn im Norden des Festlands hatte ein weiterer und noch sehr viel mächtigerer Feind das hässliche Haupt erhoben.

Wie Friedrich es befürchtet hatte, hatte Papst Innozenz Otto von Braunschweig zum Kaiser gekrönt. Ob dies nun aus Eigennutz geschehen war oder aus Unvorsichtigkeit – kaum saß die Krone auf der Stirn des Welfen, ließ dieser verlauten, dass er den Fürsten des südlichen Italien zu Hilfe kommen wolle, die sich durch die Politik Friedrichs bedroht sähen. In Wahrheit ging es Otto natürlich nur darum, der Herrschaft über den Norden nun auch noch den Süden hinzuzufügen.

Vom Reichtum Siziliens angelockt, versammelte er ein

Heer und rückte damit gegen das Königreich vor. Papst Innozenz, dem nun dämmerte, welch fatalen Fehler er begangen hatte, indem er den Welfen zum Kaiser erhob, legte Protest ein, doch der verhallte ungehört. Und da Friedrichs militärische Macht ungenügend war und sich zudem viele Noble des Festlands gegen ihn wandten und es mit Otto hielten, ging eine Provinz nach der anderen, ging Burg um Burg und Stadt um Stadt verloren.

Im Oktober 1211 hatte der Welfenkaiser bereits in Kalabrien gestanden, willens und bereit, sein Heer überzusetzen und auch die Insel Sizilien zu erobern, Friedrich zu entmachten und sich an seiner Stelle zum König auszurufen. Da die Kämpfe gegen Sarazenen und abtrünnige Fürsten die Kräfte meines Herrn geschwächt hatten, befahl er in einer nächtlichen Stunde, die bitter nach Niederlage und Versagen schmeckte, im Hafen von Messina ein Schiff bereitzustellen, das er mit Konstanze besteigen könnte, falls das schreckliche Ereignis eintreten und der Welfe die Insel Sizilien erobern würde.

Friedrich war klar, dass sowohl sein Leben als das seiner Gemahlin in höchster Gefahr schwebten, und so entschied er in jener Nacht nicht wie ein König, sondern wie ein gewöhnlicher Mann, wie ein Vater … denn erst im Frühjahr hatte Konstanze ein Kind zur Welt gebracht, einen gesunden Jungen, der den Namen Heinrich erhielt, dem Großvater zu Ehren.

Über mehrere Tage und quälend lange Nächte hinweg war das Schicksal der königlichen Familie ungewiss, hing das Damoklesschwert der drohenden Invasion durch den Welfen schwer und tödlich über ihren Köpfen … doch dann geschah etwas, das vielen bis heute als Wunder gilt: Statt den Sprung nach Sizilien zu tun, wandte sich der welfische Löwe wieder gen Norden und zog mit der gesamten Streitmacht ab.

Mein Herr und die Seinen atmeten auf.

Was Otto in Wahrheit zu seinem Rückzug veranlasst hatte, erfuhren sie erst später, denn tatsächlich hatte Papst Innozenz, enttäuscht von der Treulosigkeit und Vorgehensweise des Welfen, den Kaiser mit dem Kirchenbann belegt und von der Gemeinschaft der Gläubigen ausgeschlossen. Namhafte deutsche Fürsten, darunter König Ottokar von Böhmen sowie die mächtigen Erzbischöfe von Mainz und Magdeburg – hatten Otto daraufhin die Gefolgschaft verweigert und stattdessen gefordert, dass kein anderer als Friedrich als legitimer Erbe seines Vaters Kaiser Heinrich VI. die Krone bekommen solle.

Lange Zeit hatte der mit dem Kriegszug beschäftigte Otto von diesen Dingen nichts erfahren, sie womöglich in seiner Machttrunkenheit auch nicht hören wollen. Doch nun, da er die Herrschaft im Norden zu verlieren drohte, blieb ihm nichts anderes übrig, als seine ehrgeizigen Pläne von der Eroberung Siziliens aufzugeben und augenblicklich in das Reich nördlich der Alpen zurückzukehren, wo ihm die Macht zu entgleiten drohte.

Auf Sizilien setzte er nie einen Fuß – dafür traf im frühen Winter des Jahres 1212 eine Abordnung der deutschen Fürsten am königlichen Hof zu Palermo ein. Ihr Anführer war der Ritter Anselm von Justingen, und sie brachten meinem verblüfften Herrn nicht mehr und nicht weniger als das Angebot, als König und Kaiser über die halbe Welt zu herrschen: In Ottos Abwesenheit hatten die deutschen Fürsten Friedrich den Staufer zum römischen König gewählt und ihn zum *alius imperator* ernannt.

Zum anderen Kaiser …

Alles, was er zu tun brauchte, war, sich in den Norden zu begeben und in deutschen Landen nicht nur die Huldigung der deutschen Noblen anzunehmen, sondern nach alter Tradition im Dom zu Aachen auch die achteckige Krone zu empfangen, die schon die Stirn des großen Karl geziert hatte. Danach sollte er es dem Karolinger gleichtun und gen Rom ziehen, um dort von Papst Innozenz zum Kaiser gekrönt zu werden …

»Dies ist ein Angebot, das man wohl bedenken sollte«, sagte Parisius, der Elekt von Palermo, der Friedrich als Kaplan schon seit seiner Kindheit begleitete. »Die deutschen Edlen erinnern mich an die Wirte unten am Hafen, die ihren Fusel mit Honig mischen, damit sie ihn arglosen Gästen als edlen Rebensaft verkaufen können.«

»Ihr vergleicht die Kaiserkrone mit billigem Fusel?« Ein wenig irritiert hob Friedrich die Brauen. Zusammen mit den engsten Beratern, zu denen neben seinem Hausgeistlichen auch Berard von Castacca gehörte, der Erzbischof von Bari, sowie eine Reihe weltlicher Edler, die sich durch ihre Treue zum jungen König ausgezeichnet hatten, saß er im alten Normannenpalast zusammen. Auch die Königin war zugegen – ein wenig abseits saß sie vor dem offenen Kamin, der flackerndes Licht und wohlige Wärme verströmte. Ihre Gesichtszüge, ausgezehrt seit der Schwangerschaft mit dem kleinen Heinrich, verrieten Anspannung.

»Nein, mein König«, versicherte Parisius, »doch vergleiche ich die deutschen Fürsten mit den Wirten, die das eine behaupten und etwas anderes in die Becher schütten.«

»Es könnte eine Falle sein«, gab Rudolfo von Patti zu bedenken, ein sizilischer Ritter, der sich im Kampf gegen die aufständischen Sarazenen hervorgetan hatte.

»Und selbst wenn es keine Falle sein sollte«, fügte Elekt

Parisius hinzu, »wäre eine Reise gen Norden noch immer eine heikle Angelegenheit, voller Gefahren und Unwägbarkeiten.«

Friedrich, auf dem mit reichen Schnitzereien versehenen Stuhl des Königs sitzend, nickte nachdenklich. Er konnte es seinen Leuten nicht verdenken, dass sie keine großen Stücke auf die Deutschen hielten und ihnen gar misstrauten – zu sehr hatte die sizilische Insel unter den Herren aus dem Norden gelitten, nicht von ungefähr war in den Annalen der Geschichtsschreiber vom *furor Teutonicus* die Rede, von der deutschen Raserei.

Noch kein Jahrzehnt war es her, dass Friedrichs Vater Heinrich grausam über den sizilischen Adel zu Gericht gesessen hatte, nach ihm hatten Fürsten wie Markward von Annweiler oder der ruchlose Capparone die Insel ausgebeutet und unterdrückt. Und nun, da sie all diese unkultivierten Schreihälse endlich losgeworden und dazu auf dem besten Weg waren, auch noch die letzten von der Insel zu vertreiben, sollte Friedrich deren kalte, unwirtliche Heimat aufsuchen und sich dort in ein Abenteuer stürzen, dessen Ausgang tatsächlich in keiner Weise vorherzusehen war?

Ein Bein hatte Friedrich angezogen und die Arme darum geschlungen – einerseits, um sich vor der feuchten Kälte zu schützen, die um diese Jahreszeit in jeden Winkel des Palasts kroch, andererseits auch, weil er so am besten nachdenken konnte. Das Bild, das er dabei vermittelte, war das eines unbekümmerten Jungen, hatte er doch gerade erst sein siebzehntes Lebensjahr vollendet. Doch sein Mienenspiel hatte nichts von jugendlicher Unbekümmertheit. Es waren die sorgenvollen Züge eines Vaters und Königs.

»Was sagt Ihr, Exzellenz?«, fragte er, an Berard gewandt. Der rund zwanzig Jahre ältere Erzbischof war einer seiner engsten und verlässlichsten Vertrauten – auch deshalb, weil er im Zweifel kein Blatt vor den Mund nahm und die ungeschönte Wahrheit sprach.

»Dies ist, ohne jede Frage, eine Möglichkeit, wie sie sich einem Herrscher wohl nur einmal im Leben bietet«, erklärte dieser denn auch rundheraus. »Die Chance, nicht nur die mächtigste Krone dieser Welt zu erringen, sondern auch, sie mit jener über das Königreich Sizilien zu vereinen.«

»Mein Vater tat es«, wandte Friedrich ein.

»Das ist wahr, mein König – doch zu welchem Preis? Das Blut, das er dabei vergossen hat, ist in den Augen vieler bis heute nicht getrocknet. Ihr hingegen seid Fredericus Rogero, ein Spross von Hohenstaufen, aber gleichermaßen auch des normannischen Hauses Hauteville. Das Volk liebt Euch und erkennt Euch in jeder Hinsicht an – und ich frage mich, warum es nicht auch jenseits der Alpen so sein sollte.«

»Vielleicht, weil schon allein der Weg nach Norden voller Hindernisse sein wird?«, wandte Rudolfo von Patti ein. »Weil die Lombarden, die schon Friedrichs Großvater feindlich gesunnt waren, es mit dem Welfenkaiser halten und deshalb in unserem jungen König Friedrich einen Feind sehen werden?«

»Der König hat auch Verbündete im Norden«, wandte der alte Haudegen Alaman da Costa ein. »Den ersten Teil der Reise könnte er auf dem Seeweg bewältigen. Meine Heimatstadt Genua würde den König und zukünftigen Kaiser in allen Ehren empfangen, darauf gebe ich Euch mein Wort.«

»Nicht Euer Wort ist es, das ich bezweifle, sondern das der Deutschen«, wandte Rudolfo verdrießlich ein.

»Ihr denkt, das Angebot sei nicht ehrlich gemeint?«

»Doch«, versicherte Berard an des Ritters Stelle. »Gleich mehrere Erzbischöfe bürgen für seine Aufrichtigkeit. Zudem halte ich Anselm von Justingen für einen Mann von Ehre, der sich nicht leichtfertig in den Dienst einer Sache stellen würde, an die er nicht glaubt.«

»Doch kann auch er Erfolg und Ausgang eines solchen Wagnisses nicht garantieren«, wandte Kaplan Parisius ein.

»Selbst wenn Ihr es schafft, die Lombardenstädte zu umgehen, mein König, müsst Ihr danach die Passhöhen überwinden«, gab auch Rudolfo zu bedenken, worauf die anderen Ritter beifällig nickten. »Die Streitmacht, die Ihr aufbieten könnt, ohne Sizilien schutzlos zurückzulassen, ist nur gering. Was also, wenn der Welfe seine Waffenknechte schickt, um Euch nachzustellen? Was, wenn Ihr Ihnen in die Hände fallt?«

»Sie werden keine Gnade kennen«, meinte Friedrich selbst überzeugt. »Gibt es keinen Fredericus mehr, so bleibt Otto unangefochtener Herrscher – der Welfe dürfte also ein nicht unbeträchtliches Interesse daran haben, dass ich das Ziel meiner Reise erst gar nicht erreiche.«

»Ihr würdet Euch vorsehen müssen«, gab Berard zu, »aber das Recht wäre auf Eurer Seite – so wie die heilige Kirche.«

»Die Kirche in allen Ehren, Exzellenz«, ergriff zum ersten Mal Konstanze das Wort. »Aber kann sie meinen Gemahl auch beschützen, wenn Feinde ihm auflauern und ihn töten wollen?«

Alle Anwesenden wandten sich zu ihr um. Es war nicht üblich, dass sie in den Beratungen das Wort ergriff, aber wenn sie es doch einmal tat, so hatte sie die Aufmerksamkeit aller, denn jeder im Kronrat wusste, dass der König großen Wert auf das Urteil seiner Gemahlin legte.

»Das wird sie, meine Königin«, entgegnete Erzbischof Berard ohne Zögern, »denn sollte Euer Gemahl sich entscheiden, das Angebot der deutschen Fürsten anzunehmen, so werde ich ihn persönlich in die fremden Lande begleiten und ihn mit meinem Leben und Schwert beschützen.«

»Ich kann sehen, dass Ihr besorgt seid, meine Königin«, sagte Friedrich, an seine Gemahlin gewandt und vor dem Kronrat die formelle Anrede gebrauchend. »Was ist Eure Meinung zu alldem hier? Sollte ich das Angebot annehmen?«

»Es steht Euch frei, mein Gemahl«, entgegnete Konstanze leise, den Blick zu Boden gerichtet, »doch fragt Ihr mich nach meiner persönlichen Ansicht, so bitte ich Euch inständig, nicht zu gehen. Was habt Ihr dort zu gewinnen in diesem fremden, kalten Land? Ihr habt bereits ein Königreich, und Ihr seid Vater eines gesunden Sohnes, dem Ihr Eure Krone und Tradition vererben könnt – kann es noch größeres Glück für einen Herrscher geben? Meinem ersten Gemahl war es nicht beschieden, ebenso wenig wie seinem Sohn, der …«

Die Stimme versagte ihr, und sie verstummte.

Betretenes Schweigen herrschte, dem Gefühl der Berater geschuldet, Zeugen von etwas zu werden, das nicht für ihre Augen und Ohren bestimmt war. Friedrich zögerte einen Moment, dann stand er auf und ging zu seiner Gemahlin, nahm sie bei den weißen, schlanken Händen.

»Meine Liebe«, sagte er sanft, »ich bedaure unendlich, dass du all dies ertragen und erdulden musstest. Aber Emeric war Emeric, und er weilt nicht mehr unter den Lebenden. Vor dir stehe ich, Fredericus Rogero, Erbe meines Vaters und meiner Mutter, und sie beide rufen in diesem

Moment meinen Namen. Ich kann mich dieser Pflicht nicht entziehen, verstehst du das?«

»Kannst du es nicht, mein Gemahl?« Sie hob den Blick und sah zu ihm auf. Ihre Augen glänzten feucht im flackernden Schein des Feuers. »Oder willst du es nicht? Wenn dir auf dem Weg etwas zustößt, was soll dann aus mir werden? Und was aus dem Jungen, der deines Vaters Namen trägt?

Friedrich nickte, sein Blick war mild und verständnisvoll. »Ich kann sehen, dass du dich fürchtest«, erwiderte er leise, »aber das musst du nicht, denn ich habe dir Schutz und Treue gelobt, und ich sage dir hier und jetzt, dass ich meinen Feinden nicht in die Falle gehen werde. Ich werde nach Norden gehen und die Krone der Römer und Deutschen erringen, und wenn sie auf meinem Haupte sitzt, so werde ich dich und den kleinen Heinrich nachholen und auch ihn zum König krönen lassen, das gelobe ich.«

»Bei meinem Leben?«, fragte sie. Tränen rannen jetzt ungehemmt über ihre hohlen Wangen.

Friedrichs Zögern währte nur einen Augenblick.

»Bei Eurem Leben, meine Königin«, bestätigte er dann und verbeugte sich vor ihr.

Mit dieser Entscheidung, die ihn für acht lange Jahre von seiner geliebten Insel fort und hinaus in die Welt führen sollte und deren wahre Tragweite er in diesem Augenblicke noch nicht im Ansatz ermessen konnte, war mein Herr mit gerade siebzehn Jahren endgültig zum Mann geworden.

Die Tage seiner Jugend waren unwiderruflich zu Ende.

Fundamentum III

Auctoritas

1.

Rom

22. November 1220

Glockengeläut lag über der Ewigen Stadt.

Von den Türmen Sankt Peters und Marias in Turri drang es über die Mauern der Leostadt hinaus. Weithin war der Klang der Glocken zu hören und trug die freudige Botschaft bis in die entlegensten Winkel und engsten Gassen der Stadt: Das Reich, das einst von den Römern begründet worden war, das unter Konstantinus zum Christentum gekommen, unter Karolus erneuert und schließlich von Fredericus Barbarossa zu neuer Größe geführt worden war, war im Begriff, einen neuen, von Gottes Gnaden erwählten Herrscher zu bekommen: Friedrich, zweiter dieses Namens und Großsohn Barbarossas, der zuerst König der Sizilier und dann der Deutschen und Römer geworden war, würde nun auch die Kaiserkrone empfangen und damit zum mächtigsten Herrscher des Erdkreises werden.

Die vier Jahre, die seit der Ankunft seiner Gemahlin Konstanze in deutschen Landen verstrichen waren, hatte Friedrich genutzt, um die Verhältnisse nördlich der Alpen zu ordnen. Er hatte mit Härte regiert, wo es nötig war; und mit Großzügigkeit, wann immer es möglich gewesen war, und sich das Wohlwollen der Fürsten einmal mehr durch die Vergabe von Gold und Privilegien gesichert. Er gestand ihnen zu, Zölle zu erheben und eigene Münzen zu prägen, und schränkte gar seine eigenen Rechte ein, was den Bau neuer Burgen zur Absicherung seiner Herrschaft betraf. Es war ein Wagnis, das noch kein Herrscher vor ihm eingegangen war, hatten sein Vater und Großvater doch stets versucht, ihren Willen mit bedingungsloser Härte zu erzwingen. Doch der Mann, der einst als *puer Apuliae* nach den Landen der Deutschen gekommen war, ging seiner eigenen Wege, geleitet von einer Erkenntnis, die er schon in frühen Jahren gewonnen hatte, nämlich dass glänzendes Gold stets mehr zu bewirken vermochte als stumpfes Eisen.

Noch im Frühjahr hatte er das Versprechen eingelöst, das er Konstanze gegeben hatte, und ihren gemeinsamen Sohn Heinrich auf dem Hoftag zu Frankfurt zum König der Römer und Deutschen wählen lassen. Hätte zu diesem Zeitpunkt noch sein alter Vormund Innozenz auf dem Heiligen Stuhl gesessen, wäre dieser Schritt wohl auf den Widerstand des Vatikans gestoßen. Doch Innozenz, Dritter seines Namens, weilte nicht mehr unter den Lebenden. Der Allmächtige hatte ihn abberufen und auf ihn den bereits greisen und sehr viel sanftmütigeren Honorius folgen lassen, der nicht nur die Wahl des jungen Heinrich zum König klaglos hinnahm, sondern auch bereit war, dessen Vater die Kaiserkrone aufs Haupt zu setzen – und nicht ohne Grund.

Die Tatsache, dass die Muselmanen im Heiligen Land auf dem Vormarsch waren und die christlichen Städte bedrohten, machte eine Wallfahrt unter Waffen notwendiger als je zuvor – doch wer, so ließ Friedrich seine Gesandten in Rom argumentieren, könnte ein gewaltigeres Heer anführen als ein Kaiser? Wem würden die Fürsten der Christenheit bereitwilliger in den Kampf folgen als dem Herrscher des Abendlandes? Abermals versprach mein Herr, nach erfolgter Krönung das Kreuz nehmen und den von Heiden bedrängten Brüdern zu Hilfe eilen zu wollen – und Honorius ging auf das Angebot ein.

Friedrich hielt auch das zweite Versprechen, das er seiner Gemahlin gegeben hatte; nicht nur er selbst, sondern auch sie sollte in Rom gekrönt werden, für alle Welt sichtbar als die Herrscherin an seiner Seite. Doch sosehr dies Konstanzes Herz mit Freude erfüllen und so verbunden sie sich ihrem Gemahl dadurch auch fühlen mochte – es bedeutete erneut bitteren Abschied, denn als gewählter König musste ihr geliebter Sohn Heinrich in deutschen Landen zurückbleiben.

Gerade neun Jahre war der Knabe inzwischen alt und freilich noch zu jung, um zu regieren. Sein Vater bestimmte deshalb Engelbert, den Erzbischof von Köln, sowohl zum *gubernator* des Reiches als auch zu Heinrichs Hüter und Erzieher; und obwohl Engelbert ein ebenso frommer wie weiser Mann war, in dessen Obhut der Knabe wohlbehalten sein würde, vergoss der kleine König bittere Tränen an dem Tag, da er sich von seiner Mutter trennen sollte. Und Konstanze weinte mit ihm, zu Friedrichs sichtlichem Verdruss.

»Was soll das Greinen?«, fragte der König, der bereits auf seinem Pferd saß. »Du solltest dich freuen, Sohn, denn ein großes Vermächtnis wartet auf dich. Du bist dazu auserwählt zu herrschen!«

»Er ist noch ein Kind«, entgegnete die Königin, die bei dem Knaben kauerte, während er sich schluchzend an sie klammerte.

»Und? Ich war noch sehr viel jünger als er, als ich Vater und Mutter verlor. In seinem Alter trat ich deutschen Räubern entgegen, die mir ans Leben wollten, mit nichts bewaffnet als meiner Ehre und meinem Zorn.«

»Ich weiß«, räumte sie ein, während sie sich langsam aus der Umklammerung des Knaben löste, die blassen Züge dabei von Gram gezeichnet. »Aber Heinrich ist nicht wie du, mein Gemahl. Er kommt nach mir.«

»Und das bedeutet?«

Sie richtete sich auf und sah zu ihm empor. Trauer trübte das Grün ihrer Augen, Tränen glänzten auf ihren Wangen. »Heinrich ist wie ein frischer Zweig an einem Apfelbaum, der im Frühjahr wunderbar erblüht und im Sommer reiche Frucht tragen wird – doch biege ihn zu sehr, und er wird brechen.«

»Nicht mein Heinrich«, widersprach Friedrich voller Überzeugung. Es war nicht der einzige Irrtum, dem mein Herr im Lauf seines irdischen Lebens unterliegen sollte.

Von der Stadt Augsburg und den Feldern am Fluss Lech aus, wo sie die Ihren gesammelt hatten, brach das Herrscherpaar nach Italien auf. Nicht länger war mein Herr gezwungen, sich wie auf seiner abenteuerlichen Reise in den Norden zu verstecken und auf verborgenen Pfaden zu wandeln: Diesmal stand ihm der Brennerpass offen, und er zog von Bozen nach Trient, von dort nach Modena und schließlich nach Bologna, dem Sitz der ehrwürdigen Universität. Städte und Fürsten der Umgebung huldigten dem zukünftigen Kaiser, selbst die Lombardenstädte und das stets abtrünnige Pisa sandten Abordnungen in Friedrichs Lager, um sich die Gunst des Herrschers zu sichern.

Um das Fest des Heiligen Martinus erreichten sie endlich das Ziel ihrer Reise. Die Türme und Kuppeln von

Rom waren kaum in der Ferne aufgetaucht, da eilte ihnen bereits eine päpstliche Gesandtschaft entgegen, die Friedrich im Namen Seiner Heiligkeit willkommen hieß. Letzte Absprachen wurden getroffen und Vereinbarungen bestätigt, ehe der König und seine Getreuen ihr Lager am traditionellen Platz aufschlugen, an den Hängen des Monte Mario westlich des Tibers.

Die Krönung selbst fand am Fest der heiligen Caecilia statt, das in jenem gnadenreichen Jahr auf einen Sonntag fiel. Schon am frühen Morgen verkündeten die Glocken der Leostadt, dass ein großes Ereignis bevorstünde, und bestrahlt vom Licht der Morgensonne zogen das Herrscherpaar und sein Hofstaat die *via Triumphalis* hinab bis vor die Tore des Vatikans, wo Friedrich nach alter Tradition innehielt und Schwüre zum Schutz der Römer und ihrer Stadt leistete. Das Volk, das sich zu beiden Seiten der Straße drängte, jubelte dem Herrscherpaar dabei lauthals zu – wohl nicht zuletzt deshalb, weil mein Herr seine Kämmerer angewiesen hatte, großzügig Almosen zu verstreuen, die mit hellem Klang und zur erkennbaren Freude der Menschen auf dem Pflaster niedergingen.

Sodann passierte der feierliche Zug durch die *porta Collina* die Leonische Mauer und zog von Norden her nach Sankt Peter. Der Präfekt der Stadt schritt ihnen voraus, es folgten die Priester, die dem Herrscherpaar mit Weihrauch den Weg bereiteten. Es war ein prächtiger Anblick, der sich meinesgleichen von hoher Warte aus bot und von dem sie noch Jahre später berichteten: die Priesterschaft im kostbaren Ornat, der König und seine Gemahlin in goldverbrämten Mänteln, Ritter und Hofstaat in prächtigsten Farben.

Vor den breiten Stufen, die zum Portal Sancti Petri führen und die schon Friedrichs Vater und sein Großvater vor ihm hinaufgestiegen waren, kam der Zug zum Halt. Hier wartete Papst Honorius, ein gebeugter Mann im späten Herbst seines Lebens, die faltige Miene dennoch strahlend angesichts des großen Ereignisses. Nachdem Friedrich ihm nach alter Sitte zum Gruß die Füße geküsst hatte, nahm der greise *pontifex* ihn vom Boden auf, umarmte ihn und begrüßte ihn mit einem brüderlichen Kuss auf die Wange, der so weder vereinbart worden war noch der Tradition entsprach. Mein Herr äußerte später die Vermutung, dass es die Geste eines altersmilden Mannes war, dem Harmonie mehr am Herzen lag als das Beharren auf Macht, und er nahm die Geste dankbar an.

In trauter Einheit schritten Papst und Herrscherpaar zur benachbarten Kirche Sancta Maria in Turribus, wo Friedrich mit dem Wort Gottes als Zeugen die Kirche zu schützen gelobte. Sodann wurden ihm die Krönungskleider angelegt, die Albe eines Priesters sowie ein Mantel aus kostbarer Seide, und mit beidem angetan betrat er die Basilika Sancti Petri durch die Silberne Pforte.

Von Erzbischof Berard und weiteren Würdenträgern begleitet, empfing er durch Hugolinus, den Kardinalbischof von Ostia, am Altar des Heiligen Mauritius die Salbung, erst dann erklommen Friedrich und Konstanze die Stufen zum Hochaltar, wo Papst Honorius sie abermals erwartete und sie mit dem Friedenskuss empfing, nachdem beide vor aller Augen und Ohren ihren Glauben bekundet hatten. Und nachdem das Herrscherpaar auf samtbeschlagenen Sitzen Platz genommen hatte, begann die Feier der heiligen Messe mit Lesungen und Chorgesang. Und schließlich erfolgte, an einem über dem Grab des Heiligen Petrus errichteten Altar, die eigentliche Krönung.

Zunächst setzte der Papst Friedrich Mitra und Krone auf, das Diadem des Reiches. Sodann wurden ihm Reichsapfel, Zepter und Schwert übergeben, anschließend wurde auch seine Gemahlin Konstanze zur Kaiserin erhoben. Unter Gebeten und Chorgesang rief man den Erlöser selbst und die Heiligen um Beistand an, ehe das Evangelium verkündet und die Messfeier fortgesetzt wurde, bei der Friedrich als frisch gekrönter Kaiser nun als Diakon fungierte. Dann, nach der Kommunion, trat kein anderer als abermals Kardinal Hugolinus auf und übergab Friedrich ein Kreuz, das dieser der Vereinbarung gemäß annahm – und damit vor Gott und der Welt noch einmal kenntlich machte, dass er schon bald sein Versprechen einzulösen und ins Heilige Land zu pilgern gedachte.

Es war nicht das letzte Mal, dass mein Herr und der Kardinal aus Ostia miteinander zu tun haben sollten – jedoch das letzte Mal in dem Einvernehmen, das an jenem Tag herrschte und das nichts trüben zu können schien. Vergessen schien das Blut, mit dem noch Friedrichs Großvater unmittelbar nach seiner Krönung die Straßen und Gassen von Rom besudelt hatte. Der Beginn eines neuen Zeitalters, ja, einer neuen Welt schien den Anwesenden greifbar vor Augen zu stehen, inspiriert von jenem Mann, der an diesem Tag nicht nur Krone und Zepter, sondern auch das Kreuz nahm und auf dem die Hoffnungen des Abendlandes ruhten.

Und als wollte er allen bedeuten, dass er die Einlösung ihrer Hoffnungen sei, die Antwort auf ihre Gebete um Frieden und Einheit, leistete Friedrich im Anschluss an die Messe dem Papst auch jenen Steigbügeldienst, den sein Großvater einst so beharrlich verweigert hatte, hatte er ihn doch als Zumutung betrachtet und als Schmälerung seiner irdischen Macht. Mein Herr hingegen, von Natur aus mit einem wachen Verstand gesegnet und inzwischen auch in den Wegen der Diplomatie beschlagen, erfüllte klaglos, was die Tradition von ihm verlangte – denn er hatte dafür bekommen, was ihm mehr galt als alles andere.

Die höchste Herrscherwürde der Christenheit war ihm zuteilgeworden, die Krone Ottos des Großen saß nun auf seiner Stirn. Die Tradition sowohl des Hauses Hauteville als auch derer von Hohenstaufen hatte in ihm ihre machtvolle Fortsetzung gefunden, und wie mein Herr mir in späteren Jahren anvertraute, hatte er sich selten zuvor in seinem Leben so sicher gefühlt, war er so bei sich selbst gewesen wie in diesen glücklichen Tagen, eins mit der glorreichen Vergangenheit. Mit den Eltern, die ihn so früh verließen, aber auch mit den Großvätern beider Seiten, deren große Namen mehr auf ihm gelastet hatten, als er es sich je hatte eingestehen wollen.

Wer hätte zu sagen vermocht, dass jenes unwägbare Abenteuer, auf das er sich eingelassen hatte, um in den kalten Landen jenseits der Berge nach der Krone zu greifen, auf so triumphale Weise enden würde? Wie leicht hätte es geschehen können, dass er schon in jungen Jahren mit von Meuchelmördern durchschnittener Kehle endete oder mit zerschmetterten Knochen auf dem Grund irgendeiner namenlosen Schlucht? Doch hier war er nun, gerade fünfundzwanzig Sommer alt, und hielt das Schicksal der Welt in seinen jungen Händen. Wer hätte da nicht glauben wollen, dass sein Geschick es gut mit ihm meinte und der Allmächtige auf seiner Seite stand?

Manch einer, der in diesen Tagen den Himmel beobachtete, glaubte dort Vorzeichen zu sehen. Die einen sahen Anlass zur Hoffnung, glaubten an den Beginn einer neuen goldenen Zeit, einer *aurea aetas*, da im Abendland Friede und Versöhnung herrschen und die Feinde der Christenheit vernichtet würden. Andere sahen böse Omen, Zeichen von Zwietracht und Zerstörung und von drohendem Untergang.

Doch an diesem glücklichen Tag, als die Glocken der Ewigen Stadt läuteten und das frisch gekrönte Herrscherpaar die Huldigungen seiner Untertanen entgegennahm, wollte niemand etwas davon wissen.

Am allerwenigsten Friedrich selbst.

2.

Nicht nur das Leben meines Herrn erfuhr an jenem Tag eine entscheidende Wendung, sondern auch das meine. Denn der Tag, an dem Friedrich die Kaiserkrone empfing, war auch der Tag, an dem ich, der bescheidene Chronist seiner Taten, ihm zum ersten Mal begegnete.

Weder hatte ich es erwartet, noch war ich darauf vorbereitet, doch im Lauf der Feierlichkeiten, die sich an die Krönung in Sankt Peter anschlossen und bei denen weltliche wie geistliche Noble dem neuen Kaiser huldigten, wurde ich ihm zum Geschenk gemacht – ein weißer Gerfalke, wie er wohl noch keinen prächtigeren und stolzeren gesehen hatte. Und da jener Edle, der mich dem Kaiser schenkte, aus dem fernen Sachsenland stammte, gab er auch mir diesen Namen: Saxo.

Von diesem Augenblick an wurde ich des Kaisers Gefährte. Ich begleitete ihn, wenn er ausritt zur Beizjagd, schlug manche Beute für ihn und kehrte stets treu zu ihm zurück. Doch war ich meinem Herrn Friedrich, der in der Falkenjagd stets so viel mehr erblickte als bloße Zerstreuung, auch ein enger Freund.

Ich sah ihn in den Stunden seines größten Triumphs und seiner tiefsten Verzweiflung, hatte teil an Gedanken, die er mit niemandem sonst geteilt hätte. Angesichts des Schweigens, das der Schöpfer meiner Art auferlegt hat, konnte mein Herr stets darauf vertrauen, dass auch seine dunkelsten Geheimnisse bei mir gut aufgehoben wären, und ich bewahrte sie bis zu dem Tag, da er selbst mich hieß, sie aufzuschreiben und an jenem Ort zu verwahren, den er sich selbst errichtete, als Denkmal seiner Herrschaft und als Vermächtnis an die Nachwelt.

Doch noch waren derlei Gedanken ihm fremd und fern, und er genoss in vollen Zügen den Triumph, den der Allmächtige ihm beschert hatte.

Der Krönung war ein Umritt durch die Straßen der Ewigen Stadt gefolgt, und anders als bei seinem Großvater hatten die Römer dem neuen Kaiser aus vollen Kehlen zugejubelt. Den ganzen Tag bis spät in den Abend hinein hatten seine Gemahlin und er die Huldigungen des Reichsadels und der römischen Patrizier entgegengenommen und ihre Geschenke empfangen. Doch von Müdigkeit war bei Friedrich nichts zu spüren, die Kaiserkrone, auf deren Besitz er so eifrig hingearbeitet hatte, schien ihn mit unerschöpflicher Kraft zu erfüllen. Kaiserin Konstanze hatte sich längst zur Ruhe begeben, als Friedrich und seine engsten Vertrauten sich in sein prunkvolles Zelt auf dem Monte Mario zurückzogen und dort dem süßen Falerner Wein zusprachen, den einst schon die Imperatoren des alten Rom getrunken hatten. Und da Wein, wie ich erfahren habe, die Zungen der Menschen zu lösen pflegt und mein neuer Herr mich als einziges seiner vielen Geschenke in sein Zelt mitgenommen hatte, wurde ich Zeuge eines Gesprächs, das zu belauschen jeden anderen wohl das Leben gekostet hätte …

»Fürwahr«, sagte Friedrich, wobei er zum ungezählten Mal den Kelch hob, »ihr alle, die ihr hier mit mir trinkt und feiert, habt gute Arbeit geleistet! Auf Euch, meine Freunde«, fügte er hinzu und trank.

»Unser Sieg ist der Eure, Hoheit«, entgegnete Berard, der wie stets zum engsten Kreis gehörte, sich beim Wein allerdings zurückhielt – sowohl aus Rücksicht auf sein fortgeschrittenes Alter als auch auf seine bischöfliche Würde. »Die Kaiserkrone auf Eurem Haupt zu sehen hat mich mit großem Glück erfüllt.«

»Und mich mit Durst!«, plärrte Parceval Doria, Friedrichs Freund seit Jugendtagen. Die halbe Nacht lang hatte der leichtherzige Genueser Lieder zum Besten gegeben, nun war er ruhiger geworden. Die Laute ruhte auf seinen Knien und der Wein beschwerte seine Zunge.

»Habt Ihr gehört, was die Leute sagen, Majestät?«, fragte ein Mann, der ein wenig abseits von den anderen auf seinem Scherenstuhl saß. Er war breitschultrig und in eine weiße Robe gehüllt, deren Brust ein schwarzes, mit Tatzen versehenes Kreuz zierte. »Es heißt, eine neue Zeit hätte heute begonnen.«

»Und Ihr, Bruder Hermann?«, fragte Friedrich dagegen. »Was sagt Ihr?«

Der Befragte wiegte nachdenklich das Haupt hin und her. Sein üppig wuchernder Bart war von Grau durchzogen, ebenso wie die buschigen Brauen, unter denen ein graues Augenpaar finster hervorblickte. Sein Verstand jedoch war hell und wach, wie jedes einzelne seiner geschliffenen Worte verriet. Dies war Hermann von Salza, der Hochmeister des Deutschritterordens.

In den Landen jenseits der Alpen war Friedrich ihm begegnet, und vom ersten Augenblick an war etwas zwischen ihnen gewesen, das sich mit bloßem Einvernehmen nicht beschreiben ließ. Anders als viele Ritter, die letztlich nur die Mehrung des eigenen Besitzes im Sinn hatten, hegte Hermann, der wie seine Mitbrüder die Ordensgelübde abgelegt hatte, keine solchen Bestrebungen. Sein ganzes Ansinnen war darauf gerichtet, eine neue Ordnung zu errichten – und just das war es, was letztlich auch mein Herr beabsichtigte und wozu er die Krone errungen hatte.

»Ich denke«, entgegnete der Ordensmeister mit ruhiger, schwerer Stimme, »dass der Allmächtige den Lauf der Zeit bisweilen für einen kurzen Moment innehalten lässt. Dann ist es an den Mächtigen der Welt, den Dingen eine neue Richtung zu geben und die Welt neu zu ordnen. Und Ihr, mein Herr und Kaiser, seid von nun an der mächtigste Herrscher von allen.«

»Möge der Herr Euch die Weisheit geben, stets gerecht und der Wahrheit gemäß zu urteilen«, fügte Berard hinzu, und es war eine der wenigen Gelegenheiten, zu denen auch er seinen Becher erhob. »Und uns, die wir Eure Diener sind, die Kraft, Euren Willen durchzusetzen.«

Diesem neuerlichen Trinkspruch schlossen sich alle Anwesenden an, vom fröhlichen Doria bis zum finsteren Salza – und Friedrich selbst leerte sein Gefäß bis zum Grund. »Wie auch immer«, verkündete er, auch seine Zunge nun schon ein wenig schwer vom Falerner, »wenn Ihr dabei so klug vorgeht, wie Ihr es in diesem Fall getan habt, so mache ich mir keine Sorgen, was die Durchsetzung meines Willens angeht.«

»Wir haben nur getan, was unsere Pflicht war«, beteuerte Berard.

»Ihr habt weit mehr als das getan. Eure Einschätzung, dass die Kurie nach dem gestrengen Innozenz einen milderen Mann zum Oberhaupt der Kirche berufen würde, hat sich in der Tat als richtig erwiesen – ebenso wie Bruder Hermanns Erwägung, dass die Situation im Heiligen Land den Papst unter Zugzwang setzen würde. Er musste der Krönung zustimmen, ob er in Wahrheit nun wollte oder nicht.«

»Die Lage dort ist in der Tat besorgniserregend«, versicherte Bruder Hermann. »Die Versuche Johann von Briennes, Jerusalem und Damaskus von der Herrschaft der Muselmanen zu befreien, sind allesamt gescheitert.«

»Es wäre ein unverzeihliches Versäumnis gewesen, dies nicht zu Euren Gunsten zu nutzen, Herr«, fügte Roffred von Benevent hinzu, einer der führenden Gelehrten der Universität von Bologna, der den jungen Kaiser in Fragen des Rechts beriet.

»Viele Jahre lang«, meinte Friedrich zwischen zwei Schlucken Wein, »hat mein guter Vormund Innozenz dafür gesorgt, dass ich der Knabe aus Apulien bleibe und Sizilien möglichst nie verlasse. Deshalb ließ er mich durch den Verräter Walther von Pagliara bewachen und gab dem Welfen Otto mir gegenüber den Vorzug.«

»Eigentlich«, meinte Parceval Doria, »solltest du dem Welfen dankbar sein, mein Kaiser – denn hätte er sich nicht benommen wie ein Fuchs im Hühnerstall, hätte man dir womöglich nie die Krone angetragen.«

»Das ist wahr«, räumte Friedrich ein. Mit glänzenden Augen und an die Lehne seines hölzernen Throns gelehnt, schien er sich für einen Moment auf jene Tage zurückzubesinnen. »Der gute Innozenz wollte nie, dass sich die Geschichte wiederholt und die Herrschaft über Sizilien und das Reich in den Händen eines einzelnen Mannes liegt, so, wie es bei meinem Vater war. Unzählige Male musste ich geloben, davon Abstand zu nehmen, und dem Heiligen Stuhl den Lehenseid leisten …«

»… doch nun habt Ihr genau das erreicht, wenngleich unter anderem Namen«, befand Konrad von Scharfenberg, der Kanzler des Reiches, der es sich trotz seines fortgeschrittenen Alters nicht hatte nehmen lassen, Friedrich auf der Reise nach Rom zu begleiten. »Indem Ihr einerseits Euren Sohn Heinrich zum König wählen ließet und die Zusage zum Zug gegen die Heiden von Eurer Krönung zum Kaiser abhängig machtet, habt Ihr die Kurie am Ende überlistet. Man mag es nennen, wie man will, doch die Kronen Siziliens und des Reiches sind nun wieder fest in staufischer Hand, erstmals seit den Tagen Eures Vaters.«

»Bisweilen«, stimmte Berard nachdenklich zu, wobei ein wissendes Lächeln um seine ältlichen Züge spielte, »muss man Umwege in Kauf zu nehmen, um ein Ziel zu erreichen.«

»Ihr meint, so wie damals bei dem Lombarden?«, lallte Doria. »Als wir den Weg durch den Fluss nehmen mussten?« Der Augenblick, da er rücklings von seinem Schemel kippen und sich in seine Bruche erleichtern würde, schien nicht mehr fern.

»Doch sollten wir bei alldem nicht vergessen, dass wir diesen Erfolg letztlich der Zustimmung Seiner Heiligkeit verdanken«, gab Erzbischof Berard zu bedenken.

»In der Tat«, stimmte Friedrich zu. »Honorius ist aus einem anderen Holz geschnitzt als sein Vorgänger.«

»Einem sehr viel weicheren Holz«, fügte Scharfenberg hinzu.

»Er ist ein Mann des Glaubens, nicht der Macht«, drückte Berard es freundlicher aus, »was bedeutet, dass die Führung der Christenheit nun in Euren Händen liegt, mein Kaiser. Die Frage ist, was ihr morgen und an allen Tagen, die folgen, damit anfangen wollt.«

»Ein Heer muss ausgerüstet werden, um unseren Brüdern in Outremer zu Hilfe zu kommen«, warf Hermann von Salza voller Überzeugung ein, »und der Deutsche Orden wird treu an seiner Seite stehen.«

»Es wird geschehen, wie ich es gelobt habe«, beteuerte Friedrich. »Doch ehe ich meinem Reich den Rücken kehren kann, muss ich meine Herrschaft sichern. Acht Jahre bin ich von meiner Heimat Sizilien fort gewesen – eine lange Zeit, die manch einen dazu ermutigt hat, sich erneut zu nehmen, was ihm nie zustand. Gesetzlose Zustände herrschen mancherorts, das Recht des Stärkeren regiert.«

»Was wollt Ihr tun?«, fragte Scharfenberg.

Friedrich streckte den Kelch von sich und ließ sich nachschenken. »Ich habe Tage wie diese in meiner Kindheit erlebt«, berichtete er, »und ich habe mir geschworen, dass sie niemals wiederkehren.«

»So lasst uns ein Heer aufstellen und jene niederwerfen, die sich gegen Euch erdreisten, seien es aufständische Edle oder freche Muselmanen«, meinte Berard. »Nun, da nicht mehr nur ein König, sondern ein vom Herrn gewollter Kaiser über die sizilischen Lande herrscht, wird jeder, den ihr zu den Waffen ruft, Eurer Aufforderung Folge leisten.«

Weiter an das mit reichen Schnitzereien verzierte Rückenholz seines Throns gelehnt, nickte Friedrich, den Blick, wie es schien, jedoch in weite Ferne, in die Zukunft gerichtet. »Zurückkehren werde ich«, stimmte er zu, »und mir zurückholen, was mein ist, und ich werde jene bestrafen, die sich in meiner Abwesenheit gegen mich erhoben haben. Jedoch wird dazu kein großes Heer vonnöten sein, schließlich bin ich kein fremder Eroberer, sondern ein König, der nach langer Abwesenheit in seine Heimat zurückkehrt.«

»Nach langer Abwesenheit«, wiederholte Berard. »Aus diesem Grund würde ich dringend dazu raten …«

»Nein«, sagte Friedrich entschieden, sein Blick jetzt wieder im Hier und Jetzt.

»Aber Herr«, wandte Roffred ein, »wenn Ihr kein Heer aufstellen möchtet, wie wollt Ihr den Aufständischen dann entgegentreten? Wie ihrem Treiben ein Ende setzen?«

»Seltsam, dass ausgerechnet Ihr mich das fragt, werter Meister Roffred«, erwiderte mein Herr mit listigem Lächeln. Er führte den Kelch zu den Lippen und leerte ihn bis auf den Grund. »Die Ordnung, an die ich denke, wird nicht allein mit Waffengewalt errungen«, erwiderte er dann, »denn das Recht wird ihre Grundlage sein.«

Zwischenspiel

Castel del Monte, Apulien
Nacht zum 27. August 1943

»Einen Augenblick«, sagte Oberleutnant Hoffmann, als Berger sich übergangslos dem nächsten Kapitel zuwenden wollte.

»Was ist?« Der Professor blickte von dem alten Manuskript auf. Seine Augen tränten vor Anstrengung, nicht nur der kleinen Schriftzeichen, sondern auch der spärlichen Beleuchtung wegen, die in dem Zelt herrschte.

»Ich verstehe das nicht … soll das ein Scherz sein?«

Burger sah ihn fragend an. »Wovon sprechen Sie?«

»Ein Gerfalke soll all diese Berichte geschrieben haben? Ein dämliches Tier?« Verständnislos, beinahe entrüstet sah Hoffmann ihn an. »Erwartet man von uns in der Tat, dass wir dergleichen Unsinn glauben?«

Der Archäologe konnte nicht anders, als zu lächeln. »Ich denke nicht«, räumte er ein. »Zwar war man, wie Sie sich überzeugen konnten, im Mittelalter durchaus bereit, sehr viel mehr und andere Dinge zu glauben, als wir das heute tun – ein Jagdfalke als kaiserlicher Chronist jedoch hätte wohl auch die Fantasie der Zeitgenossen überfordert.«

»Warum wird es dann frech behauptet?«

»Der Verfasser wollte seine Identität offenbar nicht preisgeben, während er den Lesern seiner Chronik zugleich zu verstehen geben wollte, dass er dem Kaiser überaus nahestand, ihn womöglich besser kannte als jeder andere. Folglich schuf er die Kunstfigur des Falken Saxo.«

Hoffmann legte den Kopf schief. »Also … ist es ein Rätsel?«

»Wohl eher ein Spiel mit Masken«, mutmaßte Burger, »ein Mummenschanz, wie man damals wohl gesagt hätte. Der mittelalterliche Mensch hatte große Freude an solchen Dingen. Aus wissenschaftlicher Sicht stellt sich mir natürlich die Frage, wer sich hinter einem solchen Pseudonym verbergen könnte.«

»Und? Haben Sie eine Vermutung?«

Der Professor nickte, langsam und nachdenklich. »Die habe ich in er Tat. Aber sollte sie sich bewahrheiten, so wird sie wohl weder Ihnen noch unserem Auftraggeber, dem Herrn Reichsmarschall, besonders gefallen.«

»Wer ist es?«, verlangte Hoffmann neugierig zu wissen, als wäre er Teilnehmer bei einem Preisrätsel. »War es einer von Friedrichs Söhnen?«

»Ich denke nicht.«

»Wer dann? Dieser Genueser vielleicht? Doria?«

»Auch das nicht.« Berger schüttelte den Kopf.

»Oder sein Freund, der Bischof?« Hoffmanns Stimme überschlug sich beinahe vor Ungeduld.

»Wie gesagt, bislang ist es nur eine Hypothese«, entgegnete der Professor gelassen. »Wenn sie sich bestätigt, werde ich es Sie wissen lassen, vertrauen Sie mir …«

3.

Kastell zu Melfi
Sommer 1221

Anfangs mochten viele noch nicht verstanden haben, was mein Herr meinte, als er von der Herrschaft des Rechts sprach und von der Macht des Gesetzes. Doch schon bald wurde es ihnen offenbar, zusammen mit der Erkenntnis, dass Friedrich einen Plan verfolgte, eine Vision, die ihm der Allmächtige selbst – davon war er felsenfest überzeugt – eingegeben hatte und die er zuerst auf Sizilien verwirklichen wollte, seiner alten Heimat.

Er verlor keine Zeit damit.

Kaum hatte er die Grenze zum Südreich überschritten, als er noch im Dezember zu Capua die ersten Gesetze erließ. Sein erklärtes Ziel war es, den Zustand der Gesetzlosigkeit zu beenden, der seit den Tagen seiner Jugend, mehr noch, seit dem Tod des letzten normannischen Königs im Königreich Sizilien herrschte. Dem Recht des Stärkeren, das selbsternannte Potentaten ausgeübt hatten, stellte er sein Gesetz entgegen.

Die Erlasse von Capua hatte Friedrich mithilfe des Rechtsgelehrten Roffred und seines Beraters Berard verfasst. Sie besagten, dass jedwede Privilegien und Landvergaben, die nach dem Jahr 1189 erlassen worden waren, fortan nichtig seien und ihre Gültigkeit verlören, es sei denn, sie würden nach Prüfung durch die kaiserliche Kanzlei erneuert. Ferner wurden Zollrechte widerrufen und der Bau von Burgen untersagt, die den Edlen letztlich nur dazu dienten, der Königsmacht zu trotzen.

Spätestens jetzt dämmerte allen, was mein Herr bezweckte: nicht mehr und nicht weniger als die Umkehrung all dessen, was in den zurückliegenden drei Jahrzehnten zur schlechten Gewohnheit geworden war.

Entsprechend verbreitete sich die Kunde von dem neuen Gesetz schneller, als Friedrichs Boten reiten konnten; wie Donnerhall erscholl sie und dröhnte mächtig in den Ohren jener, die sich an des Königs Besitz bereichert hatten. Und obschon mein Herr nicht als Eroberer und nicht an der Spitze einer gewaltigen Heerschar zurückgekehrt war, zeigten die neuen Gesetze Wirkung. Denn genau, wie der weise Berard gesagt hatte, war es nicht nur mehr ein König, der sie erließ, sondern ein Kaiser, von Gottes Gnaden ausersehen und vom Papst feierlich gekrönt. Friedrich hatte den Herrn und die Kirche auf seiner Seite und also auch Recht und Gesetz, und nicht länger regierte er von fernen Palästen aus, sondern war selbst gegenwärtig: Von Capua zog er nach Neapel, von dort wandte er sich Apulien zu, wo er in Melfi und auf anderen Kastellen aus den Tagen der normannischen Herrschaft residierte. Und so mancher, der sich eben noch gar großzügig an seinem Gut bedient hatte, beugte nun demütig vor ihm das Haupt. Einmal mehr war die Einschätzung meines Herrn zutreffend gewesen: Viele Noble erkannten die Zeichen der neuen Zeit und gaben ihre Privilegien zurück in der Hoffnung, die Huld des Herrschers erneut zu gewinnen.

Doch es gab auch andere …

Unnachgiebige selbsternannte Herren, die entweder darauf hofften, dass der so rasch aufgegangene Stern des jungen Herrschers schon bald wieder sinken würde – oder deren Verbrechen gegen die Krone so schwer und ehrlos gewesen waren, dass sie nicht auf Gnade hoffen konnten und nichts zu verlieren hatten. In ihrem Fall würde nur das Schwert dem Recht zum Sieg verhelfen können, doch mit der neuen Autorität, die ihm durch die Krönung erwachsen war, fiel es meinem Herrn nun nicht mehr weiter schwer, schlagkräftige Einheiten zu formen und gegen seine Widersacher vorzugehen – selbst dann, wenn es sich um einstige Verbündete handelte wie Alaman da Costa.

Der genuesische Edle, der einst zwischen seiner Heimatstadt und Friedrich vermittelt und damit die abenteuerliche Fahrt gen Norden erst ermöglicht hatte, hatte die Abwesenheit des Königs genutzt, um im Verbund mit ruchlosen Piraten in Syrakus eine Genueser Kolonie einzurichten, zu deren Oberhaupt er sich selbst erklärt hatte. Es war nicht nur die Dreistigkeit, die Friedrich erzürnte; es war auch der Verrat.

»Er wird dafür bezahlen«, sagte er seiner Gemahlin Konstanze voraus. Es war ihm zur guten Gewohnheit geworden, sie zu später Stunde in ihrem Gemach zu besuchen, nicht, um ihr beizuwohnen, sondern um ihr sein Leid zu klagen, seinen Zorn und seine Frustration, wenn die Dinge sich nicht so rasch entwickelten, wie er, der von Tatendrang Getriebene, es vorgesehen hatte. Und auch, um ihren Standpunkt zu hören und bei ihr ein wenig Ruhe zu finden … »Alle werden sie dafür büßen!«

Am offenen Kamin stehend, starrte er in die Flammen,

die sich in seinen Augen spiegelten, sodass es aussah, als würde auch in seinem Inneren ein wildes Feuer lodern. Die Fäuste hatte er geballt, dass die Knöchel weiß hervortraten, seine Kieferknochen mahlten in nur mühsam beherrschtem Zorn.

»Zu welchem Ende?« Konstanze, die bereits ihr dünnes Nachtgewand trug, die Schamhaftigkeit von einst jedoch längst abgelegt hatte, trat hinter ihn und legte sanft eine Hand auf seine Schulter. Die Strapazen der langen Reisen, vielleicht auch die Trennung von ihrem geliebten Sohn hatten sie gezeichnet. Ihre Züge wirkten ausgezehrt, und in das tiefe Schwarz ihres Kopfhaars hatte sich ein sanftes Grau geschlichen, das wie ein zartes Gespinst darüberlag. Obgleich er das Lager oft mit ihr geteilt hatte, hatte sie kein weiteres Kind von Friedrich empfangen. Doch weder machte er ihr deshalb Vorhaltungen, noch bedrängte er sie. Einerseits weil er ahnte, dass Konstanzes Körper alles gegeben hatte, was er geben konnte; andererseits weil er ihres scharfen Verstandes, ihres Wissens und ihrer Sanftmut noch ungleich mehr bedurfte.

»Willst du werden wie dein Vater?«, fragte sie sanft über seine Schulter. »Die Menschen haben den Zorn der Deutschen nicht vergessen, die Erinnerung daran schläft nur – und wird allzu leicht wieder geweckt. Was wäre damit gewonnen?«

Friedrich wandte sich zu ihr um. Sie wich nicht zurück, sodass sie direkt vor ihm stand und zu ihm aufsah. Sie mochte gealtert sein und von Erschöpfung gezeichnet, doch noch immer war sie auf ihre eigene Weise schön.

»Ich bin nicht mein Vater«, erklärte er leise, »so, wie ich nicht mein Onkel und mein Großvater bin. Sie alle waren in Italien stets nur Fremde – ich hingegen bin hier geboren, auf dem Marktplatz von Jesi, zum Fest des Herrn. Das Volk liebt mich, denn ich spreche seine Sprache …«

»… und inzwischen auch die der deutschen Herren«, brachte Konstanze in Erinnerung, »und auf deiner Stirn ruht nicht mehr nur die Krone Siziliens, sondern auch die des Reiches. Das darfst du nie vergessen, mein Gemahl, bei allem, was du tust.«

Einen Augenblick lang verspürte Friedrich den Impuls, energisch zu widersprechen – doch schon im nächsten Moment wurde ihm klar, dass sie einmal mehr recht hatte. »Geliebte Konstanze«, sagte er und strich über ihre Wange, küsste sie sanft auf die Stirn. »Ich weiß, dass du nur mein Bestes willst, so, wie du es stets wolltest. Doch in diesem Fall brauchst du dich nicht zu sorgen. Nicht Rache ist es, die ich erstrebe, sondern die Herrschaft des Gesetzes.«

»Deines Gesetzes«, erwiderte sie.

»Ich *bin* das Gesetz«, bestätigte er, »dem Kaiser Justinianus gleich, beseelt von Gottes Kraft und Gnaden – und vor diesem Recht sind alle gleich, seien es einstige Freunde des Königs oder seine erbitterten Feinde. Denn nur, wenn Gerechtigkeit herrscht für alle, kann ich ein Reich erschaffen, das alle anderen Reiche des Erdkreises überstrahlen und die gekrönten Häupter allesamt vor Neid erblassen lassen wird!«

»Mein junger, stolzer Gemahl.« Zärtlich strich sie ihm über das rötlich blonde Haar. »Immerzu bist du voller Pläne und Visionen. Schon damals habe ich es in deinen Augen gesehen, als wir uns zum ersten Mal begegneten – obschon du damals noch ein grober Klotz gewesen bist.«

»Wie bitte?«, hakte er in gespielter Empörung nach. »Du wagst es, den Kaiser so zu …?«

»Ein ungeschliffener Diamant«, verbesserte sie sich schnell, was ihm ein dünnes Lächeln entlockte.

»Besser«, gestand er zu. »Und du hast recht, denn es ist wirklich eine Vision, der ich folge! Die alten Tage sind gezählt, nicht länger werde ich Ländereien zu Lehen geben und Privilegien verleihen, die immer nur größere Gier bei den hohen Herren wecken.«

»Nein?« Sie hob die Brauen. »Aber wie soll das Südreich dann verwaltet werden?«

»Durch königliche Hofbeamte, die niemand anderem verpflichtet sind als ihrem Herrscher und dem Gesetz.«

»Ich verstehe … doch woher sollen all diese Beamten kommen? Du wirst viele Noble brauchen, um …«

»Wer sagt, dass sie von hoher Herkunft sein müssen? Loyalität ist es, die ich schätze, nicht vornehmes Blut. Ich werde meine Beamten an den Universitäten dieser Welt suchen, unter Rechtsgelehrten und Philosophen, die sich der Suche nach der Wahrheit verschrieben haben. Als Justiziare werden sie das Südreich nach meinen Vorgaben verwalten.«

»Aber … das wird alles verändern!« Ein Schatten schien sich über Konstanzes Züge zu legen, ungeachtet der hellen Flammen, die im Kamin loderten. »Einem Erdbeben gleich …«

Ein wissendes Lächeln spielte um die Mundwinkel des jungen Kaisers. »Weißt du noch, was nach der Krönung gemunkelt wurde? Was man in den Gassen von Rom flüsterte? Dass eine neue Zeit angebrochen sei, eine neue Welt?«

»Das wird der Kurie nicht gefallen. Schon unserer Krönung hat sie nur mit List und Mühe zugestimmt – was wird Papst Honorius sagen, wenn du in dem Reich, das er dir zum Lehen gegeben hat, die bestehende Ordnung mutwillig zerstörst?«

»Um etwas Neues zu erschaffen«, fügte Friedrich ungerührt hinzu. »Ich werde hart gegen Ketzer und Ungläubige vorgehen, um den alten Mann und seine Kardinäle zu beschwichtigen – was alles andere betrifft, sollen sie ruhig murren. Auch ich habe einst gemurrt und konnte doch nichts tun, als tatenlos dabei zuzusehen, wie die fremden Herren, die die Kirche eingelassen hatte, das Erbe meiner Väter mit Füßen traten. Nun ist es an mir, die alte Ordnung zu zertreten. All die Jahre, in denen ich mich in den Straßen Palermos herumtrieb, mit Muselmanen als meinen Lehrern, finden nun ihren Sinn – denn nicht wenige der Ideen, die ich nun verwirkliche, habe ich von ihnen gelernt.«

»Von den Sarazenen?« Unverständnis spiegelte sich in Konstanzes Augen, und dafür gab es einen Grund. Von vielen Dingen, die sich einst in seiner Kindheit und Jugend zugetragen hatten, hatte er ihr berichtet. Die Rolle, die ein gewisser Amir ibn Esat al-Mazara darin gespielt hatte, hatte er jedoch stets ausgelassen.

Aus mancherlei Gründen …

»Aber du hast gelobt, gegen die Muselmanen zur Wallfahrt ins Heilige Land aufzubrechen!«

»Und das werde ich«, versicherte er, »denn die Araber mögen gelehrt sein, wie sie wollen – es ändert nichts daran, dass sie den falschen Glauben haben.«

»Es klingt seltsam, wenn du so von ihnen sprichst«, stellte sie fest. »So, als ob du mit zwei Gesichtern auf sie blicken würdest: einem, das sie bewundert, ja sogar verehrt, und einem anderen, das auf sie herabblickt und sie verachtet.«

Friedrich sah seine Gemahlin an, dankbar und bewundernd zugleich. »Meine kluge Konstanze«, sagte er leise. »Einmal mehr hast du mich durchschaut. Für dich bin ich wie ein offenes Buch – das war schon bei unserer ersten Begegnung so.«

»Woher rührt dieser Zwiespalt?«, begehrte sie weiter zu wissen, wobei sie ihn forschend ansah. Und leise, beinahe flüsternd fügte sie hinzu: »Wer war sie?«

Ihre Frage traf Friedrich wie ein Schwerthieb.

Lange hatte er nicht mehr an Yara gedacht, die mit ihr verbundenen Gefühle tief in seinem Innersten verborgen, doch in diesem Moment … »Was meinst du?«, gab er sich unwissend, obwohl ihm klar war, dass Konstanze ihn durchschauen würde – und womöglich, insgeheim, sehnte er sich sogar danach, ihr auch dieses letzte Geheimnis anzuvertrauen …

Der Blick ihrer dunklen Augen blieb so durchdringend wie zuvor. »Ich kenne dich gut, mein Gemahl«, flüsterte sie, »vermutlich besser als jeder andere hier. Deshalb vermag ich zu unterscheiden, ob dein Verstand spricht, was meist der Fall ist, oder ob dein Herz das Wort ergreift. Wann immer du von den Heiden sprichst, schwingt Schmerz in deiner Stimme mit – Schmerz von der Art, wie nur unerfüllte Liebe ihn zu verursachen vermag.«

Bestürzt sah Friedrich sie an. Das Gemach in der Festung von Melfi, das wärmende Kaminfeuer, selbst die Kaiserkrone schienen plötzlich weit entfernt, nichts davon schien mehr Bedeutung zu haben, so überwältigend war die Erinnerung, die ihn in diesem Augenblick überkam. Tränen traten ihm unwillkürlich in die Augen und rannen an seinen schmalen Wangen herab.

»Wer immer sie war, sie hat dich sehr verletzt, nicht wahr?«, fragte Konstanze ruhig.

Eine Weile lang war Friedrich zu keiner Antwort fähig.

»Vor langer Zeit«, erwiderte er dann leise.

»So – ist es überwunden?«

Wieder verstrich geraume Zeit, in der mein Herr tief in sich hineinhorchte. »Das ist es«, bestätigte er dann.

»So handle entsprechend, mein Gemahl«, erwiderte sie mit einem Lächeln, das ihn an ihre ersten Begegnungen erinnerte und daran, was sie ihm bedeutete. »Nicht weil du es musst, sondern weil du es kannst.«

4.

Palast von Syrakus
Sommer 1221

Es war Nacht.

Die Sonne war im Westen versunken und blaue Nacht über dem Hafen von Syrakus und dem nahen Palast heraufgezogen, dessen Grundmauern noch in die Zeit der byzantinischen Herrschaft reichten.

In diesen Tagen residierte der Genueser Alaman da Costa im Palast. Zurückgezogen in seine privaten Gemächer, frönte der selbsternannte Graf von Syrakus dem Wein und feierte sich selbst – und warum auch nicht?

Hatte er nicht alles erreicht, was er sich je hatte erträumen können, und im Grunde noch weit mehr als das? War er nicht mit viel Geschick vom einfachen Seefahrer zum Edelmann aufgestiegen, zum mächtigen Herrn über einen ganzen Landstrich? Über eine schlagkräftige Flotte?

Zugegeben, der Wein hatte schon besser gemundet. Einst war es der Trank des süßen Triumphs gewesen, nun schmeckte er schal und auch ein wenig bitter, denn Alaman trank ihn allein.

Als die Nachricht von Friedrichs neuen Gesetzen ihn erreichte, hatte der Graf von Syrakus zunächst nur gelacht.

Er war sicher gewesen, dass die neuen Bestimmungen, die den Adel zur Abgabe von Privilegien und zur Überprüfung ihrer Güter aufforderten, nur für andere gelten mochten – für jene, die es mit dem Welfenkaiser gehalten und mit den deutschen Herren gemeinsame Sache gemacht hatten. Er hingegen war es gewesen, der dem kleinen König überhaupt erst den Weg zur Macht geebnet hatte – weshalb also sollte sich dieser gegen ihn wenden?

Zudem hatte Alaman Friedrich persönlich kennengelernt, gut genug, um zu wissen, dass in ihm nicht dasselbe Feuer loderte wie in seinem Vater. Vielmehr schien er nach seiner zaudernden Mutter zu kommen, die das Südreich der Kurie angetragen und ihren Sohn der päpstlichen Obhut überstellt hatte. Wenn es hart auf hart kam – das sagte Alaman da Costa seine Erfahrung, auf die er sich viel einbildete –, würde auch Konstanzes Sohn die direkte Auseinandersetzung scheuen und klein beigeben. Denn hinter Syrakus stand die Macht Genuas, und auf sie war der junge Kaiser auf Gedeih und Verderb angewiesen.

Doch nicht alle teilten Alamans Meinung.

Mancher Verbündete, der sich in den letzten Jahren zusammen mit ihm im Reichtum Siziliens gesonnt hatte, war beim ersten Aufziehen von Wolken von ihm abgefallen und hatte die Insel verlassen. So war es in den vergangenen Monaten einsam geworden um den selbsternannten Grafen – doch Alaman kümmerte es nicht.

Sollten sie gehen, er brauchte sie nicht.

Weder sie noch ihre Speichelleckerei.

Nur Wein brauchte er.

Mehr davon …

Mit heiserer Stimme rief er danach, dass es von der hohen Decke seines Gemachs widerhallte. Als keine Reaktion erfolgte, sprang er von seinem Stuhl auf und wankte zur Tür. »Wein, verdammt! Bringt mir mehr davon, oder ich schwöre, dass ich euch unnützes Pack allesamt auspeitschen lassen werde!«

Die Drohung galt den Leibeigenen, die draußen warteten, und sie zeigte Wirkung. Prompt waren Schritte zu hören, und die Tür zu Alamans Gemach wurde geöffnet – doch auf der Schwelle stand kein Sklave mit einer neuen Karaffe Rebensaft.

Sondern ein Bekannter aus alten Tagen.

»Per-Parceval?« Zweifel spiegelten sich im vom Alkohol trüben Blick des Grafen. »Bist du das wirklich?«

»Ich bin es«, bestätigte Parceval Doria.

»So sei mir herzlich gegrüßt, Landsmann aus Genua!«, rief da Costa aus und kam auf ihn zu, um seine Rechte zu ergreifen – doch statt ihm seinerseits die Hand zum Gruß zu reichen, wich Parceval Doria vor ihm zurück.

»Wa-was hat das zu bedeuten?«, fragte Alaman verblüfft und mit vom Alkohol schwerer Zunge.

»Ich denke, das wisst Ihr«, sagte Parceval nur, die Sprache ihrer gemeinsamen Heimat benutzend. »So wie Ihr auch wisst, in wessen Auftrag ich hier bin.«

Der Graf ließ seine noch immer ausgestreckte Rechte sinken. Aus großen Augen starrte er den Besucher an.

»E-er hat dich geschickt?«, fragte er dann. »Der kleine König?«

»Seine Majestät Fredericus Secundus, Kaiser der Römer und König von Sizilien«, verbesserte der andere ungerührt. »Ich bin hier, um Euch Eures Amtes und Eures Besitzes und Eures angemaßten Titels zu entheben.«

Einen Augenblick lang stand da Costa nur da, in leicht gebückter Haltung, das bärtige Haupt vorgereckt und auf den jungen Doria starrend, als wäre dieser eine Erscheinung. Dann, unvermittelt, brach der Graf von Syrakus in Gelächter aus.

»Was habt Ihr?«, fragte Parceval. »Habt Ihr plötzlich den Verstand verloren?«

»Durchaus nicht«, versicherte da Costa, dabei weiter feixend. »Vielmehr bist du es, der den Verstand verloren zu haben scheint, werter Landsmann – und dein König mit dir. Oder habt ihr im Ernst geglaubt, dass ihr in meinen Palast marschieren und mir alles nehmen könntet und ich tatenlos dabei zusehen würde? Wache!«, brüllte er mit heiserer Stimme. »Packt diesen Mann und werft ihn hinaus – aber vorher verpasst ihm eine ordentliche Tracht Prügel, sodass er sich noch lange an diese Nacht erinnern wird!«

Die Worte verhallten unter der hohen Decke und drangen hinaus auf den Säulengang – doch es erfolgte keine Reaktion. Weder war eine Bestätigung zu hören noch der Klang von Schritten oder das Klirren von Rüstungen.

»Wachen!«, brüllte der Herr von Syrakus daraufhin abermals, die Züge jetzt puterrot. »Sofort zu mir!«

»Bemüht Euch nicht«, sagte Parceval Doria gelassen. »Eure Wachen wurden entweder bestochen und haben ihre Posten verlassen – oder liegen erschlagen in ihrem Blut.«

Da Costa starrte ihn fassungslos an. Der Zinnbecher in seiner Hand entglitt seinem Griff und fiel zu Boden, der Graf bemerkte es nicht einmal. »Wa-was habt Ihr getan …?«

»Nur, was nötig war, um dem König zu seinem guten Recht zu verhelfen«, entgegnete Parceval schlicht.

»Und Ihr denkt, damit kommt Ihr durch?« Sein Landsmann sah ihn weiter direkt an, seine Augen glänzten fiebrig dabei. »Im Hafen liegen ein halbes Dutzend Galeeren, die mir allein zu Gebote stehen! Und hinter meiner Person steht die Macht von Genua und seiner Kriegsflotte, der mächtigsten im westlichen Meer! Friedrich sollte sich gut überlegen, ob er mit ihr anbinden will!«

»Die Schiffe, von denen Ihr sprecht«, erwiderte Doria gelassen, »wurden im Handstreich genommen und befinden sich in den Händen meiner Leute. Und was die Macht Genuas betrifft – Ihr habt fraglos recht, es gab eine Zeit, in der der König auf die Hilfe unserer Heimatstadt angewiesen war. Doch nun ist er Kaiser und hat den Bau einer eigenen Kriegsflotte befohlen, die schon bald stark genug sein wird, um es mit jeder anderen Seemacht aufzunehmen – einer Flotte übrigens, die in dieser Nacht um sechs Galeeren bereichert worden ist«, fügte er mit gewinnendem Lächeln hinzu.

Alaman da Costas dunkle Augen zuckten jetzt in ihren Höhlen, wie bei einem Raubtier, das in eine Falle geraten war und nach einem Ausweg suchte.

»Ihr könntet versuchen zu fliehen«, räumte Parceval ein, der seine Gedanken zu erraten schien, »doch würdet Ihr nicht weit kommen. Sämtliche Ausgänge des Palasts werden von königlichen Soldaten besetzt.«

»Verräter!«, stieß da Costa hervor.

»Durchaus nicht. Ich habe von Beginn an keinen Zweifel daran gelassen, wem meine Loyalität gilt – Ihr dagegen habt die Seiten gewechselt, je nachdem, wie es Euch den größeren Gewinn versprach. Damit habt Ihr eine Zeitlang gut gelebt, Alaman, doch nun ist es damit vorbei. Seine Hoheit ist nicht länger gewillt, Euren spitzen Stachel im Fleisch seines Reiches zu dulden – jetzt sollt Ihr es sein, der des Königs Stachel zu spüren bekommt.«

Mit diesen Worten zog Doria das Schwert an seiner Seite und richtete die Spitze auf da Costas Brust. Gleichzeitig erschienen mehrere Bewaffnete im offenen Eingang, die nur darauf zu warten schienen, sich auf den Grafen zu stürzen.

»Tut das einzig Ehrenvolle, das Euch noch bleibt«, forderte Parceval da Costa auf. »Übergebt mir Euer Schwert und liefert Euch dem königlichen Urteil aus.«

Der Blick des Grafen ging zu seiner Klinge, die, von Futteral und Gurt umhüllt, auf einer Truhe lag, unerreichbar in diesem Moment und nutzlos.

»Wie wird es ausfallen?«, fragte er, leise und jäh vom Wein ernüchtert.

»Ihr werdet verlieren, was Ihr Euch widerrechtlich genommen habt«, sagte Parceval Doria voraus, »aber Euer Leben behalten. Allerdings werdet Ihr Sizilien verlassen müssen – und niemals, niemals wiederkommen.«

5.

Festung Iato, Sizilien
Juni 1222

Die Nachricht vom Sturz Alaman da Costas und dem unrühmlichen Ende seiner Herrschaft hatte sich rasch verbreitet, und das nicht nur auf der Insel, sondern auch auf dem Festland.

Dass Syrakus in kühnem Handstreich genommen worden war und nicht wenige von da Costas Schergen dabei den Tod gefunden hatten; dass ihr selbstgerechter Herr seiner Besitzungen enthoben und von der Insel verbannt worden war – all das machte Eindruck auf andere Fürsten, die sich dem zurückgekehrten Kaiser und König noch immer widersetzten. Zumal Friedrich seine Kanzlei angewiesen hatte, die Berichte über die Ereignisse von Syrakus noch ein wenig auszuschmücken. Nicht wenige der Edlen, die es zuvor mit dem Welfen Otto gehalten und sich auf ihren Ländereien selbst als kleine Könige gebärdet hatten, ergaben sich daraufhin und unterwarfen sich.

Doch es gab auch solche, die weiter erbittert Widerstand leisteten, und der weitaus Mächtigste unter ihnen war Thomas von Celano, ein abtrünniger Ritter, der sich inmitten der Berge der Abruzzen eine einträgliche Grafschaft angeeignet hatte und nicht daran dachte, sich den neuen Gesetzen zu fügen. Zumal er eine Vielzahl von Burgen sein Eigen nannte, auf die er sich zurückziehen konnte, und eine Streitmacht von 1500 Mann.

Dem Herrn von Aquino, einem seiner neu ernannten Justiziare, übertrug Friedrich die undankbare Aufgabe, den Abtrünnigen aus seinen Verstecken zu treiben und zur Rechenschaft zu ziehen. Es war der Beginn eines beinahe zwei Jahre dauernden Feldzugs, und als er schließlich zu Ende ging, war es nicht der Abtrünnige selbst, der sich ergab und der Gnade des Herrschers auslieferte, sondern seine Gemahlin.

Während der Graf von Celano auf seiner Burg Ovindoli weilte und sie mit allen Mitteln verteidigte, hielt seine Gemahlin, eine beherzte und mutige Frau, mit ihren Getreuen die Bergfeste Roccamandolfi gegen die königlichen Belagerer. Als sie jedoch die Ausweglosigkeit ihrer Lage erkannte, zog sie es vor, sich zusammen mit ihren Söhnen zu ergeben und der Gnade Friedrichs auszuliefern – und mein Herr zeigte Milde. Die Güter des Grafen wurden seiner Gemahlin übertragen, nur er selbst aus dem Königreich verbannt. Seine Söhne aber blieben als Geiseln unter der Aufsicht Hermann von Salzas als Unterpfand dafür, dass die Vereinbarungen auch eingehalten und der abtrünnige Graf nicht aus dem Exil zurückkehren würde.

Doch nicht nur habgierige Fürsten forderten in jenen Tagen Friedrichs Herrschaft heraus, sondern auch die Sarazenen, die sich in den Jahren seiner Abwesenheit auf Sizilien ausgebreitet hatten, die Abwesenheit des Herrschers gleichermaßen nutzend wie die Schwäche seiner Stellvertreter. Mein Herr war nicht gewillt, dem heidnischen Treiben noch länger zuzusehen, und nicht nur, weil er es der Kirche feierlich versprochen hatte; wie Kaiserin Konstanze zu Recht bemerkt hatte, schien ihn eine besondere Leidenschaft zu erfüllen, wann immer er mit den muselmanischen Bewohnern der Insel zu tun hatte. Licht und Dunkelheit schienen ihn dann gleichermaßen zu erfüllen, als würde der Umgang mit den Heiden zugleich das Beste und das Schlechteste in ihm hervorrufen.

Schon den gesamten Winter über hatte er in den Werften des Festlands Kriegsschiffe bauen lassen, zu deren Befehlshaber er Heinrich von Malta ernannte, einen erfahrenen Seefahrer und Streiter, der zuvor am Feldzug gegen Ägypten teilgenommen hatte und nun nach Italien zurückgekehrt war. An der Spitze einer kleinen, jedoch schlagkräftigen Flotte setzte Heinrich im Frühsommer nach Sizilien über, um gegen die Sarazenen vorzugehen, von denen vor allem einer durch seine Kühnheit und Vermessenheit Friedrichs Zorn erregte: Fürst Muhammad ibn Abbad.

Der selbsternannte Emir hatte einen guten Teil der nördlichen Küste zu seinem Gebiet erklärt und regierte dort nicht nur und erhob munter Zölle, sondern ließ auch Münzen prägen, die sein Antlitz zeigten – ein Privileg, das allein dem rechtmäßigen Herrscher vorbehalten war. Eine solche Provokation konnte Friedrich nicht hinnehmen, und so ließ er sich nicht davon abbringen, den Feldzug selbst zu begleiten. Um seine Gemahlin nicht den Strapazen einer weiteren Reise auszusetzen, ließ er sie im Palast zu Catania zurück. Konstanze, zu diesem Zeitpunkt im achtunddreißigsten Jahr ihres Lebens stehend, war geschwächt von der Überfahrt und fühlte sich nicht wohl, als Friedrich sie verließ, doch konnte er nicht absehen, dass es ein Abschied für immer sein würde.

Im Bestreben, an ibn Abbad und seinen Söhnen ein

Exemplum zu statuieren, das allen anderen Sarazenen auf der Insel zur Abschreckung dienen mochte, folgte Friedrich dem Heer der Seinen ins Hinterland, wo sich die Burg Iato befand. Diese Festung hatte der Emir zu seinem Hauptsitz erkoren, und das aus gutem Grund: Auf hohem Bergrücken gelegen, war sie nach drei Seiten hin von steil abfallenden Felswänden geschützt. Lediglich über das östliche Plateau war ein Angriff möglich, den Heinrich von Malta beherzt durchführen ließ.

Ohne Erfolg.

Da der von Geröll übersäte Hang kaum Deckung bot, waren die königlichen Soldaten dem Pfeilbeschuss der Sarazenen beinahe schutzlos ausgesetzt. Sich lediglich mit ihren Schilden und hastig gezimmerten Sturmwänden schirmend, arbeiteten sie sich unter hohem Blutzoll bis an die Mauern heran. Doch der Versuch, Leitern anzulegen in ibn Abbads Festung einzudringen, endete in einem Debakel, das viele weitere Soldaten das Leben kostete und dessen Zeuge Friedrich selbst wurde. Denn gerade als sein Tross das Feldlager erreichte, kehrten die vor den Mauern Gescheiterten zurück: Entmutigt und aus zahllosen Wunden blutend, schleppten sie die mit Pfeilen gespickten Leichen ihrer gefallenen Kameraden.

Zu sehen, welches Leid über die Seinen gekommen war, erschütterte meinen Herrn zutiefst, doch schon im nächsten Moment verspürte er brennenden Zorn. Wütend stürmte er in das Zelt des Mannes, dem er den Oberbefehl übertragen hatte.

»Sind meine Befehle nicht eindeutig genug gewesen?«, herrschte er Heinrich an. »Habe ich nicht gesagt, dass ich den vermessenen Muselmanen aus seiner Festung vertrieben haben will?«

»Das habt Ihr durchaus, Herr«, entgegnete Heinrich von Malta, dessen bärtiger Miene der Mangel an Schlaf deutlich anzusehen war, »und ich erbitte Eure Vergebung dafür, dass mir nicht gelungen ist, was Ihr verlangtet, doch war es mir nicht möglich, die Burg für Euch einzunehmen. Der Emir hat klug entschieden, als er sie zu seinem Sitz erkor, im Lauf ihrer langen Geschichte hat sie erfolgreich Karthagern, Römern und Griechen getrotzt.«

»Unter meinem Angriff jedoch wird sie fallen«, erklärte Friedrich. Es war keine Frage, sondern eine Feststellung, so, als würde er über etwas sprechen, das längst geschehen war.

»Habt Ihr einen Vorschlag, Herr?«

Friedrich überlegte lange. Die Wege der Verhandlung, die er stets bevorzugte, weil sie den schnelleren und dauerhafteren Erfolg versprachen, waren ihm hier verschlossen. Doch das bedeutete nicht, dass er seinen Gegner nicht auf andere Weise überlisten konnte. Papst Innozenz und seine Statthalter vor Ort mochten keinen Wert darauf gelegt haben, dass Friedrich in Kriegskunst und Strategie unterrichtet wurde – doch bisweilen, so hatte er festgestellt, unterschied sich die Politik nicht so sehr vom Kampf, wie man hätte vermuten sollen …

»Wir werden uns zurückziehen«, erklärte er kurzerhand.

»Uns zurückziehen, Herr?« Der Malteser blickte ihn zweifelnd an. »Aber dann wären alle Opfer, die wir gebracht haben, vergeblich gewesen.«

»Wir verlegen das Lager an eine tiefer gelegene Position«, führte Friedrich seinen Gedanken weiter aus, »und werden künftig nur noch kleinere Vorstöße unternehmen, die der Feind mühelos abwehren kann. Auf diese Weise beschäftigen wir ihn und wiegen ihn in Sicherheit – während wir mit dem Bau von Belagerungsanlagen beginnen.«

»Eine Belagerung, Herr? An diesem Ort?«

»Die Felswände, die die Festung nach drei Seiten schützen, verhindern auch, dass jemand von dort entkommen kann. Wir brauchen also nur die östliche Flanke zu blockieren – auf diese Weise werden wir die Versorgung des hochmütigen Emirs unterbrechen und ihn und seine Spießgesellen von der Außenwelt abschneiden. Wir wollen sehen, wie lange seine Festung unter diesen Voraussetzungen uneinnehmbar bleiben wird.«

Und so geschah es.

Bereits am nächsten Tag hallte das Tal des Flusses Iato wider vom Klang der Äxte, die sich in die Stämme der Bäume gruben und sie fällten, worauf die Zimmerleute sie von Ästen und Laub befreiten und dazu benutzten, ein Schanzwerk zu errichten. Die Soldaten hoben Gräben aus, hinter denen sie Palisaden errichteten; mörderisch zugespitzte Pfähle wurden in den Boden geschlagen, um einem eventuellen Ausfall der feindlichen Reiterei zu trotzen.

Friedrich selbst beaufsichtigte den Fortschritt der Bauarbeiten. Mit grimmiger Genugtuung sah er, wie rasch sie vonstattengingen. Zum einen war dies wohl der Tatsache zu verdanken, dass die meisten der Soldaten im Zuge der ersten Angriffe Kameraden verloren hatten und nun darauf brannten, deren Tod zu rächen; aber es war auch die Anwesenheit des Königs selbst, die alle noch zusätzlich anspornte.

Und Friedrichs Plan schien aufzugehen.

Während Heinrich von Malta mit kleinen Trupps immer wieder Vorstöße unternahm, um die Aufmerksamkeit der Sarazenen abzulenken, errichteten die Waffenknechte innerhalb eines halben Mondes am Fuß des Plateaus eine Belagerungsmauer, die den Zugang zum Tal versperrte und stark genug war, um auch einem erbitterten Ansturm zu widerstehen.

Am Mittag des 24. Juni war die Mauer nahezu fertiggestellt, als ein Bote aus Catania eintraf. Der Mann war atemlos und völlig entkräftet, war viele Stunden geritten, um seinem Herrscher eine Nachricht zu überbringen, die keinen Aufschub duldete. Es war eine traurige Nachricht, die Friedrich bis ins Mark traf und die alles andere, selbst den Kampf um die Festung Iato und die Bestrafung des vermessenen Emirs ibn Abbad von einem Augenblick zum anderen eitel und nichtig erscheinen ließ.

Konstanze, seine geliebte Gemahlin und Mutter seines Sohnes, Kaiserin des Römischen Reiches, war tot.

6.

Palermo
27. Juni 1222

Zu berichten, dass Friedrich trauerte, würde an eine Lüge grenzen. Mein Herr war am Boden zerstört, konnte zunächst nicht glauben, was geschehen war.

Gewiss, Konstanze hatte sich nicht wohl gefühlt, als er Catania verlassen hatte, doch hatte nichts darauf hingedeutet, dass der Allmächtige sie schon so bald zu sich rufen würde. Hätte er es auch nur im Ansatz erahnt, wäre Friedrich bei ihr geblieben und hätte an ihrer Seite ausgeharrt, statt in den zerklüfteten Bergen des Hinterlands einen aufsässigen Emir zu bekämpfen, noch dazu mit mäßigem Erfolg. Wie zuvor übertrug er Heinrich von Malta den Oberbefehl, dann verließ er das Feldlager an den Hängen des Monte Iato und begab sich nach Palermo, wohin er auch den Leichnam Konstanzes bringen ließ.

Wie ein Schwerthieb hatte die Nachricht ihres Todes ihn getroffen und ließ ihn tagelang wanken. Nicht den Kaiser und nicht den König … sondern den Mann. Zwölf Jahre lang war sie seine Gemahlin gewesen, die Frau an seiner Seite und das Licht seines Lebens – nun war es für immer erloschen.

Zahllose, teils wirre Gedanken gingen ihm in diesen Tagen der Trauer durch den Kopf. Mehr denn je dachte er an ihre erste Begegnung zurück, und er schämte sich vor sich selbst dafür, wie ungehobelt und bäuerisch er seiner späteren Kaiserin gegenübergetreten war, noch weit davon entfernt, ein König zu sein, geschweige denn ein Kaiser. Und wie hätte es auch anders sein sollen? Den Bemühungen von Meister Francisius zum Trotz war die Gesellschaft von Sarazenen, Söldnern und Dirnen nicht dazu angetan gewesen, einen christlichen Herrscher aus ihm zu machen. Gewiss, in den Straßen Palermos hatte er gelernt, sich durchzusetzen, hatte er geheimes arabisches Wissen erworben und Gelegenheit erhalten, die Welt durch andere Augen zu sehen; und die Besuche bei den Damen des sündigen Gewerbes hatten schließlich einen vor Manneskraft und Selbstbewusstsein strotzenden Burschen aus ihm gemacht – doch zum Herrscher hatte erst Konstanze ihn werden lassen.

Durch die Geduld, die sie stets mit ihm gehabt hatte.

Durch ihre Sanftmut und Nachsicht.

Und durch ihr Wissen.

Das Gesetz der Straße war ihm vertraut gewesen, doch von den Regeln bei Hofe und den Gefahren, die dort lauerten, hatte er keine Ahnung gehabt. Konstanze war seine Lehrerin gewesen. Sie hatte ihn die Sprache der Diplomatie gelehrt und seine Ohren für das geöffnet, was nicht gesagt, aber dennoch gemeint war. Sie hatte ihn vor den unsichtbaren Fallstricken gewarnt, von denen es bei Hofe so viele gab, und vor den Intrigen, die manche gegen ihn spinnen mochten – und Friedrich war ein gelehriger Schüler gewesen.

Von dem Tag an, da er ihr wahres Wesen erkannt hatte,

hatte er ihr aufmerksam zugehört und ihre Lektionen befolgt, und zwischen ihnen war etwas gewachsen, das über bloße Vertrautheit oder rohe Fleischeslust weit hinausging. Es war Liebe gewesen, die sie verband, von Respekt und gegenseitiger Achtung geprägt. Gewiss, Adelheid von Urslingen war nicht die einzige junge Frau geblieben, der Friedrich nachgestellt und bei der er kurzzeitige Zerstreuung gesucht hatte – die Zahl der illegitimen Kinder, die auf diese Weise ins Leben fanden, war in den vergangenen Jahren stetig angestiegen. Doch Konstanze hatte ihn gewähren lassen, wusste sie doch um sein allzu menschliches Begehren – so, wie sie wusste, dass sie und keine andere die Frau an seiner Seite war.

Zum ersten Mal hatte er es ihr bewiesen, als er sie und den kleinen Heinrich in die deutschen Lande hatte holen lassen, wie er es ihr versprochen hatte.

Den zweiten Beweis hatte er ihr erbracht, als er sie vor Gottes Angesicht in der Kirche Sancti Petri zur Kaiserin der Römer hatte krönen lassen.

Ein drittes Mal wollte er ihr seine Liebe und Ehrerbietung durch die Art erweisen, wie er sie zu ihrer letzten Ruhe bettete, einer wahren Kaiserin würdig.

Schon die Auswahl des Ortes war eine bewusste Entscheidung: Palermo war die Stadt, in der Friedrich aufgewachsen war und die er von allen Orten auf dieser Welt am ehesten als seine Heimat bezeichnete – nicht Jesi, wo er geboren war, nicht die rauen deutschen Lande und noch nicht einmal Apulien mit all seinen blühenden Landschaften und grünen Wäldern. Und im Dom zu Palermo, wo auch Friedrichs Vater und seine Mutter lagen, sollte auch seine Gemahlin ihre letzte Ruhe finden.

Eine ganze Nacht lang durchwachte und betete er an ihrem aufgebahrten Leichnam. Das Gewand, mit dem er sie auf ihrem letzten Weg kleiden ließ, war von purpurroter sizilischer Seide und mit kostbaren Perlen bestickt. Und um selbst in ihrem Tode noch zu demonstrieren, dass sie und niemand sonst seine Kaiserin gewesen war, gab er ihr die Krone mit ins Grab, die einst seine Mutter als Königin Siziliens getragen hatte.

Der Sarkophag, den er für Konstanzes letzte Ruhe wählte, stammte noch aus antiker Zeit. An den Seiten war er mit Darstellungen einer Löwenjagd versehen, die so vollendet waren, dass kein Bildhauer unserer Tage sie zustande gebracht hätte. In dieser steingewordenen Erinnerung an ruhmreiche Tage wurde Konstanze, Tochter des Hauses Aragon, zur letzten Ruhe gebettet.

Friedrich wartete lange, ehe er den Sarg verschließen ließ, zögerte den unausweichlichen Moment hinaus, solange er konnte, und vergoss dabei bittere Tränen. Viele, die in jenen Tagen ihren Dienst im Palast versahen, sagten später, sie hätten den Herrscher bis dahin niemals auf diese Weise weinen sehen – und auch später niemals wieder.

Die Beisetzung der Kaiserin fand am Tag des heiligen Kyrill von Alexandrien statt, und kein anderer als Friedrichs treuer Freund und Berater Erzbischof Berard las die Heilige Messe. In den Sarkophag hatte Friedrich folgende Worte meißeln lassen:

Königin von Sizilien bin ich gewesen und angetraute Kaiserin.
Hier wohne ich nun, Friedrich, auf immer die Deine.

Von allen, die meinem Herrn im Lauf seines Lebens begegneten, darf ich behaupten, derjenige zu sein, der ihn am besten kannte; denn weder hegte er vor mir Geheimnisse, noch verschwieg er mir je die Wahrheit. Und so kann ich an dieser Stelle mit Überzeugung sagen, dass er in seinem Leben noch viele Frauen lieben sollte und auf mancherlei Weise – aber keine so, wie er Konstanze geliebt hatte.

In einem gewissen Sinn hatten beide einander erschaffen, verdankten das, was sie waren, dem jeweils anderen. Er hatte sie zu seinem Weib gemacht und sie ihn erst zum Mann.

Weitere Ehefrauen sollten folgen – doch keine von ihnen ließ mein Herr jemals wieder zur Kaiserin an seiner Seite krönen.

Fundamentum IV

Iustitia

1.

Iato
September 1222

Friedrich war bis ins Mark erschüttert.

Ohne Konstanze an seiner Seite fühlte er sich unvollkommen und schutzlos, einem Kämpen gleich, der ohne Helm und Schild in die Schlacht ritt. Doch seine Gegner ruhten nicht, und so ließen ihm die Regierungsgeschäfte kaum Zeit, um angemessen um seine Kaiserin zu trauern. Nachts lag er wach und vergoss bittere Tränen über seinen Verlust, tagsüber war er Kaiser und König, doch in diesen Tagen nur ein Schatten seiner selbst.

Der Kampf um die Festung Iato ging unterdessen unverdrossen weiter. Zwar hatten die Sarazenen unter ihrem Emir ibn Abbad mehrere Ausfälle unternommen und versucht, die Belagerungsmauer zu durchbrechen, doch gelungen war es ihnen nicht. Und so gingen die Vorräte in der Burg zur Neige, und Hunger und Elend griffen um sich.

Es mag dem Starrsinn der Muselmanen zuzuschreiben sein, dass sie noch drei weitere Monde aushielten, bis Muhammad ibn Abbad einen seiner Söhne ins königliche Lager schickte und erklärte, die Festung aufgeben und die

Waffen strecken zu wollen. Allerdings, so bedingte er sich aus, wolle er sich nur dem König selbst ausliefern. Vermutlich versprach sich der Emir von eigenen Gnaden dadurch einen Vorteil oder besondere Milde – von der düsteren Stimmung, in der sich mein Herr in jenen Tagen befand, wusste er entweder nichts oder schlug alle Vorsicht in den Wind. Es wurde sein Verhängnis.

Zunächst verspürte mein Herr kein Verlangen danach, an jenen Ort zurückzukehren, an dem ihn die schreckliche Nachricht vom Tod seiner Gemahlin ereilt hatte. Doch schließlich gab er dem Ansinnen ibn Abbads nach, der es gewagt hatte, Friedrichs vom Allmächtigen selbst verliehene Autorität vor aller Welt zu missachten. Das Recht war verletzt worden, nun musste ihm Genüge getan werden.

»Er hat mich die längste Zeit geärgert, dieser dreiste Sarazene!«, donnerte Friedrich, auf dem hölzernen Thron im Zelt des Feldherren sitzend, während er den Emir und seine Söhne erwartete. »Ich werde an ihm ein Exempel statuieren, sodass es kein Heide auf der Insel mehr wagen wird, sich jemals wieder gegen die Krone zu erheben!«

»Herr«, wandte Heinrich von Malta ein, der an seiner Seite war, um gemeinsam mit ihm die Kapitulation entgegenzunehmen »ich weiß, dass Euer Herz voller Trauer ist und dass Ihr allen Grund habt, Fürst ibn Abbad zu zürnen. Dennoch bitte ich Euch, lasst Nachsicht walten.«

Friedrich wandte das Haupt und sah seinen Heerführer mit hochgezogenen Brauen an. »Das sagt ausgerechnet Ihr? Nachdem Ihr so lange und unter so großen Verlusten gegen die Muselmanen gekämpft habt?«

»Eben weil ich gegen sie kämpfte, sowohl hier als auch im Heiligen Land«, entgegnete Heinrich, »fürchte ich, dass ein solches Vorgehen, so gerechtfertigt es auch sein mag, den Widerstand der Sarazenen nur noch bestärken wird. Wenn es wahr ist, was man über Eure Jugendjahre erzählt, so versteht Ihr selbst die arabische Seele noch um vieles besser, als ich es tue, und wisst, dass sie manches ertragen kann, aber keine Kränkung.«

»So?« Friedrich sah ihn auffordernd an. »Was erzählt man denn über meine Jugendjahre?«

»Dass Ihr viel Zeit bei den Sarazenen verbracht habt und sogar Freunde unter ihnen hattet. Und das ist gut so«, beeilte der Admiral sich hinzuzufügen, »denn man weiß nie, wann man einander als Feind begegnet. Und seinen Gegner zu kennen kann manchen Vorteil verschaffen.«

Friedrich nickte nur, und mit einem Anflug von Melancholie blickte er in sich selbst hinein. »In der Tat kenne ich die Sarazenen besser als jeder andere christliche Herrscher vor mir, denn ich spreche ihre Sprache und weiß, wie sie denken. Ich kenne ihre Ängste und ihre Schwächen, aber ich erkenne auch freimütig an, dass ihre Kenntnis der Wissenschaften die unsere um ein Vielfaches übersteigt. Mathematik, Philosophie, Astronomie und Heilkunst – auf all diesen Gebieten wissen sie so viel mehr als wir, ist es ihnen doch gelungen, das Licht der Vergangenheit zu bewahren, während unsere Lande nach dem Niedergang von Rom in Dunkelheit versunken sind …«

Er verstummte, als sich seine Gedanken in den Nebeln der Vergangenheit zu verlieren drohten. Im nächsten Moment betrat ein Hauptmann das Zelt und kündigte das Eintreffen des Emirs und seiner Söhne im Lager an.

»Sie mögen vor mich treten«, verlangte Friedrich. Er bemerkte den flehenden Blick, den Heinrich ihm sandte, reagierte jedoch nicht darauf.

Kurz darauf betraten vier Männer das Zelt, von einer Schar von Waffenknechten bewacht.

Muhammad ibn Abbad war ein Mann von würdevollem Äußeren. Er mochte in den Fünfzigern seines Lebens stehen, sein nach arabischer Art geschnittener Kinnbart war grau, und das sonnengebräunte Antlitz hatte die Anmutung gegerbten Leders. Doch trotz der Niederlage, die er erlitten hatte, lag ungebrochener Stolz in seinem Blick.

Die beiden jungen Männer, die ihn begleiteten, trugen denselben Stolz in ihren Zügen und waren fraglos seine Söhne. Der Vierte im Bunde war ein Mann mittleren Alters, ein wahrer Hüne, der alle anderen um eineinhalb Köpfe überragte und dessen Augen glühenden Kohlen glichen – vermutlich ein Leibwächter, der seinen Herrn auf diesem bitteren Gang begleitete. Seine Klinge hatte man ihm allerdings abgenommen, ebenso wie dem Emir und seinen Söhnen. Und auch ihre Schärpen trugen sie nicht mehr, denn allzu leicht mochten diese dazu dienen, Dolche und anderes Mordwerkzeug zu verbergen. So hatte es fast den Anschein, als wären die Muselmanen im hellen Büßergewand vor ihren Bezwinger getreten.

»Friede sei mit Euch«, entbot der Emir Friedrich den traditionellen Gruß, den dieser jedoch nicht erwiderte.

»Ihr habt mir etwas zu sagen, Fürst ibn Abbad?«, erkundigte sich Friedrich stattdessen mit kaltem Blick.

»Was kann ich sagen, Herr?«, fragte der Emir dagegen, ohne dass zu erkennen war, was hinter seinen zur Maske erstarrten Zügen vor sich ging. »Was, das Euren Zorn besänftigen würde?«

»Mein Zorn, Fürst ibn Abbad«, entgegnete Friedrich mit bebender Stimme, »ist so gerecht, wie er nur sein kann.

Ihr habt es gewagt, Euch an meinem Reich zu vergreifen und an meinem Erbe. Bekennt Ihr Euch dessen schuldig?«

»Schuldig, Herr?« Der Sarazenenfürst sah ihn seltsam an. »Ich habe lediglich getan, was auch meine Vorväter taten und was, Allah möge es bezeugen, meine heilige Pflicht ist.«

»Es ist Eure Pflicht, das Recht Eures Königs zu missachten? Euch nach Gutdünken aus meinem Erbe zu bedienen und Euer bärtiges Antlitz auf Geld zu prägen, das Ihr in Umlauf bringt? Kraft welcher Befugnis habt Ihr diesem Metall Wert verliehen?« Friedrichs Brustkorb hob und senkte sich unter heftigen Atemzügen, nur ein warnender Blick Heinrichs ließ ihn wieder ein wenig zur Ruhe kommen. »Dennoch«, sagte er, wobei es den Anschein hatte, als müsse er sich zu jedem einzelnen Wort überwinden, »werde ich Gnade walten lassen und ein gutes Beispiel geben. Nicht, weil ich es muss«, fügte er hinzu und fühlte einen Stich im Herzen, da er in diesem Moment an die Frau denken musste, von der jene weisen Worte stammten, »sondern weil ich es kann.«

»Euer Großmut übertrifft noch Eure Macht«, entgegnete ibn Abbad mit jener Neigung zu schmeichlerischer Übertreibung, die zur arabischen Lebensart gehörte.

»So geht vor mir auf die Knie, Fürst ibn Abbad«, verlangte Friedrich ungerührt. »Werft Euch vor mir in den Staub und bittet mich um Vergebung für Eure Vermessenheit.«

Die Söhne des Emirs empörten sich lautstark, und da Friedrich ihrer Zunge mächtig war, konnte er hören, wie sie ihrem Vater energisch davon abrieten, sich derart vor einem Christen zu erniedrigen. Doch Muhammed ibn Abbad schüttelte beharrlich das Haupt und gebot ihnen zu schweigen.

»Ihr, Herr«, wandte er sich daraufhin wieder an Friedrich, »habt mich in meiner Festung bezwungen, daher will ich Eure Herrschaft als König über diese Lande anerkennen und mich und die Meinen Eurem Urteil ausliefern. Aber wenn Ihr von mir verlangt, dass ich wie ein Hund vor Euch im Staub liegen soll, kann ich dieser Aufforderung nicht entsprechen.«

»Könnt Ihr es nicht? Oder wollt Ihr es nicht?«

»Als Sohn meines Vaters will ich es nicht. Als Sohn Allahs kann ich es nicht.«

Friedrich nickte nur. »So werdet Ihr den Sonnenuntergang nicht sehen.«

»Ich bin ein alter Mann, Herr.«

»Und Eure Söhne? Soll Eure ganze Blutlinie an diesem Tage enden, nur weil Ihr zu hochmütig wart, Euren Nacken zu beugen? Schon einmal habt Ihr mich herausgefordert – ich rate Euch wohl, tut es kein zweites Mal.«

Unbewegt stand Muhammad ibn Abbad vor ihm.

Wiederum war nicht zu erkennen, was der Fürst dachte. Doch nachdem er zuerst einen Blick auf den einen und dann auf den anderen Sohn geworfen hatte, senkte er das Haupt und machte Anstalten, auf die Knie zu gehen.

»Nein, Vater!«, rief der eine Sohn entsetzt, doch der Emir ließ sich nicht beirren – und sank schließlich doch vor dem Sieger nieder.

»Mein König«, sagte er, »ich erflehe Eure Gnade. Vergebt mir meine Vermessenheit und schont meine Familie.«

»Darum bittet Ihr mich?«

»Ja, Herr.«

Friedrich schnaubte wie ein wilder Stier.

Er hatte die besten Absichten gehabt, dem Ratschlag seines Admirals zu folgen, hatte geglaubt, dass es seinen

Zorn besänftigen würde, den aufsässigen Emir vor sich auf den Knien zu sehen – doch das war nicht der Fall.

»Ihr wollt also Gnade?«, fragte Friedrich lauernd. »Wurde sie denn meinen Kämpfern gewährt, die Ihr mit Pfeilen gespickt habt, selbst dann noch, als sie bereits geschlagen waren? Oder den königlichen Boten, die man Euch schickte und die Ihr hinrichten ließet? Oder hat es Euch etwa gekümmert, dass meine geliebte Gemahlin zum Herrn berufen wurde, just in den Tagen, da ich vor Euren Mauern weilte?«

»Das wusste ich nicht, Herr«, kam es leise zurück.

»Statt bei ihr zu sein und ihr in ihrer letzten Stunde beizustehen, habe ich vor Eurer Festung gelegen, habe Zeit verschwendet, die niemals wiederkehrt, nur weil ein allzu stolzer Muselmane den Nacken nicht beugen wollte!«

»Mein König«, wollte Heinrich einwenden, der das Unheil wohl bereits kommen sah, doch Friedrich hörte nicht auf ihn, gebot ihm mit einer herrischen Geste zu schweigen.

Nicht länger hielt es ihn auf seinem Thron. Von Jähzorn getrieben, sprang er auf, setzte auf den am Boden liegenden Emir zu und trat ihn mit dem Fuß. Und da Friedrich seine Sporen trug, riss das spitze Metall dem Fürsten die ungeschützte Seite auf, sodass sich der helle Stoff seines Kaftans schlagartig blutig rot färbte.

Die Ereignisse überstürzten sich.

Ibn Abbad schrie auf vor Schmerz, und seine Söhne eilten ihm von beiden Seiten zu Hilfe, der Wachen ungeachtet. Der hünenhafte Leibwächter jedoch, der bislang still und reglos verharrt hatte, sprang plötzlich vor, um sich mit bloßen Händen auf Friedrich zu stürzen.

Weit kam er nicht.

Die Speere der Wächter verwehrten ihm den Weg, noch ehe er den Herrscher erreichte, und er kam zu Fall. Mit einer Verwünschung ging er zu Boden und warf sich herum – nur um sich von Speerspitzen umgeben zu sehen, die sich in Kehle und Bauch rammen wollten.

»Nein!«, rief Friedrich mit fester Stimme und trat vor den am Boden liegenden Sarazenen. »Wie ist dein Name?«, verlangte er auf Arabisch von ihm zu wissen. Er hatte die Sprache lange nicht benutzt, entsprechend fremd fühlte sie sich an. Dennoch schien der andere ihn sofort zu verstehen.

»I-Ihr beherrscht unsere Sprache?«, stammelte er, die dunklen Augen weit aufgerissen.

»Dein Name, Kerl!«

»O-Omar ibn Rashad.«

»Warum hast du mich angegriffen?«, fragte Friedrich, sich weiter der arabischen Zunge bedienend. »War dir nicht klar, dass es dich das Leben kostet?«

»Ich … habe nicht darüber nachgedacht«, stieß der andere mit einem Seitenblick auf den jammernden Emir hervor. »Ihr habt meinen Herrn verletzt, also handelte ich.«

Friedrich nickte. Der helle Zorn, der eben noch in seinen Adern gebrannt hatte, legte sich plötzlich, so, als würde sich eine Hand besänftigend auf seine Schulter legen.

Konstanzes Hand …

Es war nur ein flüchtiger Gedanke, doch er traf ihn wie ein Pfeil ins Herz. »Verlangt es dich so sehr danach, hier und heute zu sterben, Omar ibn Rashad?«, wollte Friedrich wissen, statt von maßlosem Zorn nun von Wehmut und Melancholie erfüllt.

»N-nein, Herr.«

»So biete ich dir an, dein Leben zu schonen – wenn du dafür künftig mein Leibwächter wirst«, entgegnete Friedrich und reichte ihm die Hand wie zur Versöhnung.

Ein Raunen ging daraufhin durch die Reihen der im Zelt anwesenden Christen. Zwar sprach keiner von ihnen die Zunge der Heiden, doch diese Geste verstanden alle.

Omar ibn Rashad regte sich nicht. Rücklings am Boden liegend, sah er Friedrich mit noch immer weit aufgerissenen Augen an. »A-aber …«, stammelte er.

»Deinem alten Herrscher kannst du nicht mehr helfen, aber sein Schicksal muss nicht das deine sein. Sei mir ein ebenso mutiger Beschützer, wie du es ihm gewesen bist, und du wirst leben«, bekräftigte Friedrich sein Angebot.

Einen Augenblick lang, der dem armen Omar wie eine Ewigkeit erscheinen musste, starrten alle im Zelt, Christen wie Sarazenen, mit ungläubigem Staunen auf die zur Versöhnung ausgestreckte Rechte. Schließlich ergriff Omar ibn Rashad sie, und Friedrich zog ihn wieder auf die Beine und empfing ihn mit einem Versöhnungskuss.

Jähzorn und Trauer.

Herz und Verstand.

Rache und Vergebung.

All das lag in jenen bewegten Tagen bei meinem Herrn eng zusammen, und das bekamen auch der vermessene Emir und seine Söhne zu spüren.

Denn nur wenige Tage später, noch vor dem Fest des heiligen Michael, ließ Friedrich sie hinrichten.

2.

Lucera
Frühjahr 1224

Der Sieg, den mein Herr über die Sarazenen und ihren Anführer davongetragen hatte, war nicht von langer Dauer.

Noch im Winter desselben Jahres fiel die Festung Iato durch Verrat in den eigenen Reihen wieder in die Hände der Sarazenen, die – zumal nach allem, was Emir ibn Abbad widerfahren war – fortan nur noch erbitterter Widerstand leisteten. Auf diese Weise wurde wahr, wovor Heinrich von Malta seinen Herrn so eindringlich gewarnt hatte. Dass er schließlich recht behielt, brachte dem Admiral jedoch keinen Vorteil, denn Friedrich gab ihm die Schuld an dem Fehlschlag und enthob ihn sowohl seiner Ämter als auch seiner maltesischen Besitzungen.

Das Jahr des Herrn 1223 stand somit im Zeichen blutiger Kämpfe, die sich auf der Insel Sizilien zutrugen. Da die Muselmanen eine Taktik der Nadelstiche verfolgten und von ihren im gebirgigen Landesinneren liegenden Schlupfwinkeln aus angriffen, in die sie sich dann rasch wieder zurückzogen, konnte die Entscheidung nicht in einer offenen Feldschlacht gesucht werden. Stattdessen rang Friedrich den Sarazenen in unzähligen grausamen Scharmützeln

Festung um Festung, Berg um Berg der Insel ab. Und damit nicht erneut geschah, was sich in Iato ereignet hatte, verfiel er auf eine Taktik, die einmal mehr bewies, dass er den Thron nicht um der Krone und des Ruhmes wegen bestiegen hatte, sondern um die Welt zu verändern.

Schon während der Kämpfe des Jahres 1223, die besonders blutig und grausam gerieten, reifte bei ihm die Überzeugung, dass die Insel Sizilien nicht zur Ruhe finden würde, solange noch aufständische Sarazenen dort weilten. Mit aufsässigen Fürsten, selbsternannten Grafen und ruchlosen Piraten war er fertiggeworden, nun musste auch für den Umgang mit den Heiden eine Lösung gefunden werden, die nicht nur für einen oder zwei Monde, sondern dauerhaft tragfähig sein und der Insel wieder Frieden bescheren würde.

Andere Potentaten wären an Friedrichs Stelle wohl auf die Idee verfallen, nicht nur die jeweiligen Anführer hinrichten zu lassen, sondern auch ihre Sippen, ihre Gefolgsleute und womöglich jeden Einzelnen, der dem Wort des Propheten folgte. Doch einmal mehr zeigte sich, dass Fredericus Secundus kein Herrscher wie andere war, hatte er doch in jungen Jahren die Muselmanen kennengelernt, war in ihren Häusern ein und aus gegangen und hatte mit ihnen gespeist und von ihnen gelernt. Und von den beiden Herzen, die in seiner Brust schlugen, das eine tief verletzt, das andere voll stiller Dankbarkeit, obsiegte schließlich letzteres.

Statt den gefangenen Sarazenen ihr Leben zu nehmen, ließ er sie von der Insel fortbringen und gab ihnen auf dem Festland ein Gebiet, wo sie sich ansiedeln konnten – nicht etwa auf kargem Stein und unfruchtbarem Boden, sondern inmitten seines geliebten Apulien, auf fruchtbarem Ackerland.

Seine Wahl fiel auf Lucera, jene Stadt, die byzantinische Soldaten im Jahr des Herrn 663 dem Erdboden gleichgemacht hatten und die seither in Trümmern lag. Friedrich gestattete den von der Insel vertriebenen Sarazenen – beinahe zwanzigtausend an der Zahl –, sich dort niederzulassen und in Frieden zu leben, ihre Felder zu bestellen und ihrer Arbeit nachzugehen. Und ob es nun an der Tatsache lag, dass die Heiden ihrer Anführer beraubt worden waren, oder ob sie einfach genug hatten von Krieg und Morden – sie vertrauten auf die Zusicherung des Herrschers und ließen sich auf dem einstigen Gebiet der Stadt nieder, bauten sie mit großem Fleiß und dem Geschick ihrer Hände wieder auf.

Omar ibn Rashad, Friedrichs Leibwächter, der seit jenem Tag auf dem Monte Iato treu zu ihm stand, kam dabei eine doppelte Vermittlerrolle zu: Einerseits oblag es ihm, dem Kaîden, dem Vorsteher der neu gegründeten Sarazenensiedlung, Friedrichs Wünsche zu übermitteln; andererseits konnten die Sarazenen an seinem Beispiel sehen, das demjenigen, der dem Herrscher Treue erwies, in dessen Huld aufgenommen wurde, unabhängig davon, ob er Christ oder Muslim war. Und es dauerte nicht lange, da nannten die Sarazenen von Lucera den einstmals so verhassten Kaiser stolz ihren »Imperadur«. Es war kein neuer Titel, den sie ihm verliehen, doch war es auch mehr als nur die verballhornte Version des lateinischen Wortes *imperator*: Es war ein eigener Name, mit dem sie Friedrich bedachten und den sie bald mit einem Augenzwinkern, bald voller Ehrfurcht aussprachen, jedoch nicht mehr im Zorn.

Auch Friedrich überwand im Gegenzug die Feindschaft – und bis heute glaube ich, dass er damit auch seine persönliche Schuld überwand und dass die Wunden, die er in seiner Jugend davongetragen hatte, darüber verheilten.

Nicht nur, dass er die Sarazenen wieder in seine Herrscherhuld aufnahm, er ließ sie zu einem Teil seines Reiches werden, der mit den Jahren stets an Bedeutung gewinnen sollte. Denn dank seiner Kenntnis der arabischen Seele verstand es mein Herr, sich die Treue der Muselmanen zu sichern, indem er ihnen erlaubte, Gotteshäuser und Minarette zu errichten, von denen der Muezzin zum Gebet rief; und er gestattete ihnen zugleich auch, Koranschulen zu eröffnen, in denen die Lehre des Propheten verbreitet wurde. Doch andererseits bediente er sich auch ihrer Stärken: Von den Handwerkern, die in Lucera ihrem Beruf nachgingen, stammten die prächtigsten Teppiche, die erlesensten Geschmeide und die besten Klingen; von den Seidenwirkerinnen und Schneiderinnen die feinsten Gewebe und kostbarsten Kleider; Künstler und Gelehrte brachten das alte Wissen in eine neue Zeit. Und von den *pecuarii* und *domitores* Luceras kamen viele der fremdländischen und teils gefährlichen Kreaturen, die der Herrscher in seinem Interesse für die Natur und ihre Gesetzmäßigkeiten in einem Tierpark auszustellen gedachte. Und je blühender sich die Kolonie der Sarazenen entwickelte, desto mehr wuchs auch der Wunsch junger Muslime, ihre Klinge in Friedrichs Dienst zu stellen, sodass nicht nur eine Garde von Leibwächtern entstand, die ihrem König fortan treu zur Seite stehen und ihn auf manchen Abenteuern begleiten sollte, sondern auch ein beträchtliches Heer, dessen treffsichere Bogenschützen zu einer verlässlichen Stütze von Friedrichs Herrschermacht wurden.

Oberhalb von Lucera erhob sich auf einem Hügel eine Burg, die auf den Grundfesten eines alten Kastells errichtet worden war. Anfangs tat dort eine Garnison königlicher Soldaten Dienst, die dafür Sorge tragen sollte, dass die frisch angesiedelten Sarazenen ihr Bekenntnis zu Frieden und Treue nicht gleich wieder vergaßen – innerhalb weniger Jahre jedoch wurde diese Besatzung durch die Leibgarde Friedrichs abgelöst, die fortan dort ihren Sitz und ihre Heimat hatte.

So verwirklichte mein Herr im Südreich, was er sich einst nach der Krönung in Rom vorgenommen hatte: eine Herrschaft, die nicht allein auf der Macht oder gar der Willkür des Herrschers beruhte, sondern auf Recht und Gesetz und vor der alle Untertanen des Reiches gleich sein sollten, welchen Standes, welcher Hautfarbe oder welchen Glaubens sie auch waren. Es war eine neue Idee, eine Vision von einer anderen, der Wahrheit und dem Wissen aufgeschlossenen Welt.

Gerade deshalb stieß sie auf Widerstand.

Und wie so oft, wenn einstige Feinde zu Verbündeten werden, wurden einstige Verbündete zu Feinden.

3.

Neapel
Juni 1224

Sosehr der Verlust seiner Gemahlin meinen Herrn in Trauer gestürzt hatte – der Beharrlichkeit, mit der er seine Ziele verfolgte, tat sein Schmerz keinen Abbruch. Vielmehr hatte es den Anschein, als setzte er sich nur noch mehr dafür ein, jene Visionen Wirklichkeit werden zu lassen, die er in Konstanzes Gegenwart entwickelt hatte, und auf diese Weise ihr Andenken zu ehren. Nicht, weil er es musste, sondern weil er es konnte.

Friedrichs Entscheidung, sich bei der Verwaltung des Südreichs künftig nicht mehr auf die alte Lehensordnung zu stützen, sondern sie in die Hände von Beamten zu legen, die nicht mehr ihrer Sippe oder ihrem persönlichen Ruhm, sondern einzig dem Herrscher verpflichtet wären, hatte ein Problem hervorgebracht: Woher sollte er all die Justiziare nehmen, die in seinem Namen Recht sprechen und die ihnen anvertrauten Gebiete verwalten sollten? Einige – wie Roffred von Benevent – entstammten der Gelehrtenschule von Bologna, auf deren Rat einst schon Friedrichs Großvater Barbarossa vertraut hatte. Doch zählte Bologna nicht eben zu den kaisertreuen Städten, sodass mein Herr nicht auf die dortige Universität angewiesen sein wollte. Ebenso wenig, wie er vom Wohlwollen der Kirche abhängig sein wollte, die einen Großteil der abendländischen Gelehrtenstätten betrieb. So war in seinem Kopf ein kühner Plan herangereift, mit dem er inmitten des kriegerischen Jahres 1223 an seine Berater herantrat …

»Ich bin es leid«, erklärte er, »an fremde Tore klopfen zu müssen. Wenn es gelungen ist, zu Bologna eine Universität zu gründen, warum sollte es dann an einem anderen Ort nicht auch gelingen?«

»Eine Universität, Hoheit?« Erzbischof Berard, der in der Runde wie immer an der Seite des Kaisers saß, sah den jungen Herrscher fragend an. Er kannte Friedrich lange und gut genug, um zu wissen, dass dieser solche Gedanken nicht leichtfertig oder aufs Geratewohl aussprach, sondern dazu bereits eingehende Überlegungen angestellt hatte.

»Eine Quelle der Gelehrsamkeit, ein Zentrum des Wissens, wo junge Männer aus allen Teilen des Reiches zusammenkommen und die Wissenschaften erlernen«, bestätigte Friedrich, begeistert von seiner eigenen Idee. »Zuvorderst natürlich die des Rechts, aber auch jene, die die Natur betreffen, wie Mathematik und Astronomie … die Araber haben es vorgemacht, warum sollten wir es ihnen nicht gleichtun?«

»Die Gründung einer Universität ist ein aufwendiges Unterfangen, Hoheit«, wandte Meister Roffred ein, »dafür müssten große Anstrengungen unternommen werden. Nicht nur, dass jene Stätten der Bildung erst errichtet werden müssten – es würden auch Orte des Austauschs benötigt und der Begegnung, dazu Unterkünfte für jene, die sich den Studien widmen, sowie Lagerräume und Küchen, um sie zu verpflegen.«

»Werter Roffred«, beschied Friedrich ihn mit einem Achselzucken, »meine Konstrukteure und Handwerker erbauen ein Kastell nach dem anderen, um das Reich zu sichern – warum sollten sie nicht in der Lage sein, auch eine Stätte friedlicher Begegnung zu errichten?«

»Und wo gedenkt Ihr dies zu tun, Herr?«, fragte Berard.

»Darüber habe ich lange nachgedacht«, versicherte Friedrich. »Ich denke, diese neue Stätte der Bildung und der Wissenschaft sollte in Neapel entstehen, denn dort gibt es alles, was benötigt wird.«

»Zudem wäre es günstig gelegen, weil es sowohl von der Insel als auch von Norden aus erreicht werden kann«, fügte Petrus de Vinea hinzu, der dem Kronrat noch nicht lange angehörte, ein Rechtgelehrter aus Capua.

Wie Roffred hatte auch er an der Universität zu Bologna das Rechtswesen studiert. Aus einfachen Verhältnissen stammend, verkörperte Petrus das Ideal, das Friedrich vorschwebte: ein Staatsbeamter, gebildet in Fragen des Rechts und dabei ohne eigene, verborgene Interessen und nur der Krone verpflichtet. Innerhalb nur weniger Jahre war Petrus vom einfachen Notar zum Hofrichter aufgestiegen, der in des Königs Namen Recht sprach. Zudem war er ein herausragender Stilist, im Umgang mit Worten kaum weniger versiert als mit den Paragrafen des Gesetzes. All dies verbarg sich in einem unscheinbaren, ja asketischen Äußeren, zumal Petrus bereits in jungen Jahren sein Haupthaar verloren hatte, sodass sein wahres Alter schwer zu bestimmen war.

Obgleich nicht viel älter als Friedrich selbst, erweckte Petrus de Vinea den Eindruck eines alten und weisen Mannes, was auch an dem Gelehrtenbart lag, den er zur Schau trug, sowie am Blick seiner klugen grauen Augen, der alles zu durchschauen schien. Später hat mir mein Herr einmal gestanden, dass es im Grunde jener Petrus war, der ihn zur Gründung einer eigenen Universität inspirierte – natürlich noch nicht ahnend, auf welch bittere Weise die langjährige Freundschaft, die meinen Herrn und seinen obersten Justiziar verband, dereinst enden sollte …

»Und natürlich bräuchtet Ihr Gelehrte von Ruf, die in Neapel unterrichten«, wandte Roffred ein.

»Seltsam, dass ausgerechnet Ihr das sagt«, konterte Friedrich mit wissendem Lächeln, »denn wen, glaubt Ihr wohl, habe ich dazu ausersehen, der oberste *magister* zu sein, der die Geschicke der Universität lenken wird?«

»Euer Vertrauen ehrt mich, Hoheit«, entgegnete der Rechtsgelehrte und beugte dankbar das Haupt. »Ihr wisst, dass ich der Eure bin, wo immer ich für Euch wirken soll.«

»Der Gedanke hat vieles für sich«, stimmte Erzbischof Berard zu. »Die Aussicht, neben Bologna noch eine zweite bedeutende Stätte zu haben, die sich der Ausbildung der königlichen Justiziare widmet, hat etwas Verlockendes …«

»Und sie wäre niemand anderem verpflichtet als dem Recht und dem Gesetz, das die Krone erlassen hat«, stimmte Friedrich zu, Feuer und Flamme für seine Vision. »Ein Aufruf würde an alle klugen Köpfe des Reiches ergehen, sich in Neapel einzufinden und dort Recht zu studieren oder die Wissenschaften der Natur und der Medizin …«

»Alle klugen Köpfe, Hoheit?«, fragte Peter von Isernia, ein weiterer Gelehrter, der die Bologneser Schule durchlaufen hatte. »Auch jene von niederer Herkunft?«

»Nicht die Herkunft soll darüber entscheiden, wer Aufnahme findet, sondern allein die Befähigung an Geistesgaben«, bestätigte Friedrich nickend. »Nehmt unseren Petrus als Beispiel: Er ist nicht von hohem Adel, und seine Familie ist aus Gründen, die er nicht zu verantworten hat, verarmt – sollte ich deshalb auf seinen herausragenden Verstand verzichten? Auf sein Wissen und sein Talent, die ihm den Weg in diesen erlauchten Kreis haben finden lassen?«

»Ich danke Euch, Herr«, entgegnete Petrus und beugte ebenfalls demütig das Haupt. »Doch war es auch Eure Gnade, die mich berufen hat, und dafür will ich Euch stets dankbar sein.«

»Seht Ihr?« In seinem Überschwang sprang Friedrich auf und deutete quer über die runde Tafel auf Petrus. »Das ist es, wovon ich spreche! Mein guter Petrus wird sich niemals gegen mich wenden, nur weil andere Verlockungen winken! Wenn die Erfahrung mich eines gelehrt hat, dann, dass auf den Adel kein Verlass ist. Von wenigen Ausnahmen abgesehen, sind die Fürsten habgierig und illoyal, entsprechend vergessen sie sich und alle Eide, die sie geschworen haben mögen, sobald mehr Besitz oder Ansehen sie lockt. Je ärmer die Staatsdiener jedoch in meine Dienste treten und je geringer ihr Stand ist, desto treuer werden sie dienen, denn sie haben mir alles zu verdanken.«

»Ein kluger Gedanke, Hoheit«, erkannte Berard an und lächelte in beinahe väterlichem Stolz.

»Für jene, die auf Erden nichts haben außer einem wachen Verstand«, fuhr Friedrich fort, »werden wir Gelder vergeben, *stipendia* mit Namen, so, als ob sie in Lohn und Arbeit stünden. Dadurch wird es auch ihnen offenstehen, es mit Fleiß und Beharrlichkeit zu Wohlstand und auch einigem Ansehen zu bringen – als Hofrichter etwa oder als *medicus*, wie es sie bei den Sarazenen gibt. Sollten wir uns mit weniger zufriedengeben als die Heiden? Was ich will, meine Freunde, ist eine Gelehrtenschule, die ihresgleichen sucht, nicht nur in Italien, sondern auf dem ganzen Erdkreis!«

»Aber bis ein solcher Ruf erworben wird, können Jahre, wenn nicht Jahrzehnte vergehen«, wandte Roffred ein. »Bedenkt, dass die ehrwürdige Universität von Bologna bereits mehr als ein Jahrhundert existiert!«

»Dann werden wir den Dingen eben ein wenig auf die Sprünge helfen«, wusste Friedrich auch auf diese Herausforderung eine Antwort. »Nicht nur die Schüler sollen Geld erhalten. Auch allen Gelehrten, die sich entscheiden, dort zu forschen und zu unterrichten, soll großzügige Entlohnung sowie Schutz auf allen Wegen des Reiches zugesichert werden. Jene jedoch, die es vorziehen, andernorts zu unterrichten oder ihre Studien zu beginnen, sollen es künftig schwer haben, in die Kammern der königlichen Justiziare aufgenommen zu werden.«

»Das wird fraglos Wirkung zeigen«, räumte Berard nachdenklich ein, »jedoch wird es nicht unwidersprochen bleiben, nicht nur in Bologna ... Auch die Kurie wird einmal mehr die Stirn runzeln. Schon Euer Vorgehen in Lucera wurde von den päpstlichen Legaten mit Misstrauen betrachtet ...«

Friedrich schüttelte den Kopf. »Es ist nicht meine Aufgabe, die päpstlichen Legaten glücklich zu machen, Exzellenz«, stellte er klar. »Was ich in Neapel zu tun gedenke, richtet sich nicht gegen die Kirche und ihre Diener. Jedoch habe ich mein halbes Leben lang unter päpstlicher Kontrolle gestanden – niemals wieder, mein geschätzter Erzbischof. Niemals wieder.«

Und so kam es, wie mein Herr es in seiner Weisheit beschloss: Bereits im Juni des Jahres 1224 eröffnete die neu gegründete Universität zu Neapel ihre Pforten, mit keinem anderen als dem getreuen Roffred als ihrem obersten Lehrer. Und genau wie Friedrich es in seiner Begeisterung vorausgesagt hatte, wurde Neapel in den Jahren, die folgten, zu einem bedeutenden Zentrum des Wissens, der Studien und des Austauschs, aus dem namhafte Gelehrte und zahllose Justiziare hervorgingen, die nach Friedrichs Wunsch zuverlässig ihren Dienst versahen.

1225, nur ein Jahr nach der Gründung der Universität, wurde dem Grafen Landolf von Aquin, der einst in Friedrichs Auftrag gegen den abtrünnigen Thomas von Celano gekämpft hatte, ein Sohn geboren. Schon früh zeigte dieser großes Interesse für die Wissenschaften und besuchte im Alter von vierzehn Jahren die Universität zu Neapel, wo er ein *studium generale* absolvierte. Später trat der junge Grafensohn gegen den Willen seiner Familie in den Orden der Dominikaner ein, wo er die Lehre Gottes studierte und zum Priester geweiht wurde. Und schon zu Friedrichs Lebzeiten war abzusehen, dass jener junge Mann, der an der Universität von Neapel in die Wissenschaft des Geistes eingeführt worden war, dereinst ein bedeutender Lehrer der Kirche werden würde.

Sein Name war Thomas von Aquin.

4.

Hochebene Murge, südlich von Andria
Oktober 1224

Friedrich hatte Sizilien den Rücken gekehrt.

Es war, als hätte die Insel, die er einst so geliebt hatte und die in vielfacher Hinsicht seine eigentliche Heimat war, durch den Tod seiner geliebten Konstanze ihre Unschuld verloren und wäre für ihn verdorben. An ihrer Stelle wurde nun Apulien zu des Kaisers neuer Heimat, und nicht nur, weil es frei war von belastenden Erinnerungen; von Städten wie Melfi oder Foggia aus, das er zu seinem Hauptsitz erkor, konnte er ungehindert in das nördliche Reich aufbrechen, ohne die Unwägbarkeiten einer Überfahrt. Zudem waren die ausgedehnten Wälder Apuliens voller Jagdwild und damit wie geschaffen für meines Herren liebsten Zeitvertreib, die Falkenjagd.

Manches Mal durfte ich ihn dabei begleiten, wenn auch nicht an diesem Herbsttag, der die Schönheit der apulischen Landschaft in den herrlichsten Farben pries: Feigen- und Mandelbäume zeigten sich in leuchtenden Tönen von Gelb bis Rötlich, Kiefern und Pinien wurden vom weicher werdenden Licht des Herbstes in sanftes Moosgrün getaucht. Wälder und Hügel erstreckten sich, so weit das

Auge reichte, und über allem spannte sich ein azurblauer Himmel, dessen Anblick meinen Herrn mit einem Glücksgefühl erfüllte, wie er es schon sehr lange nicht mehr verspürt hatte.

»Fürwahr«, rief er aus, während er sein Pferd auf einem von der Sonne beschienenen Hügel zügelte, auf der Faust einen prächtigen Habicht aus der königlichen Falknerei, und den Blick über das weite Umland schweifen ließ, »der Allmächtige hat Apulien wohl nicht gekannt, sonst hätte er sein auserwähltes Volk hierhergeschickt.«

»Vorsicht«, ermahnte ihn sein alter Freund Parceval Doria, während er sein schnaubendes Tier an Friedrichs Seite lenkte. »Der Schritt von der Zufriedenheit zur Verblendung ist nur ein kleiner, wie dein Freund der Erzbischof wohl sagen würde.«

»Der gute Berard.« Friedrich lächelte. »Was würde ich nur ohne ihn tun? Doch was weiß ein alter Mann wie er schon von den Sehnsüchten, die mich erfüllen?«

Parceval sah ihn von der Seite an. Von allen, mit denen sich Friedrich zu jener Zeit umgab, gehörte der Freund aus Genua zu jenen, die ihn am längsten kannten, und keiner war ihm so vertraut und kannte ihn so gut wie er. Jene Tage, in denen sie damals gemeinsam ausgeharrt und nur mit Mühe den Nachstellungen des Feindes entkommen waren, hatten die beiden einander nahegebracht und eine tiefe Verbindung geschaffen. Wann immer es eine heikle Mission zu erfüllen gab – wie etwa die Entfernung des Piraten Alaman da Costa aus seinen Ämtern –, griff Friedrich gern auf seinen alten Freund zurück, und wie sein Namensvorbild aus der Sage lohnte Parceval es ihm mit unverbrüchlicher Treue.

Im Palast, wo die Wände oftmals Ohren hatten, konnten die beiden selten offen sprechen. Hier draußen im Wald hingegen gab es keine Höflinge, die sie belauschten, keine päpstlichen Spione, die alles Gesagte (und bisweilen sogar das Ungesagte) umgehend nach Rom berichteten.

Hier in der Natur sprach nicht der Kaiser zum Vasallen.

Sondern der Freund zum Freund …

»Sehnsüchte?«, fragte Parceval, die Brauen unter der Krempe des Jagdhutes hochgezogen. »Mit Verlaub, welche Sehnsüchte sollten dich noch plagen? Du hast alles erreicht, was du wolltest, die Kaiserkrone ruht auf deinem Haupt, und das Volk liebt dich. Deine Herrschaft über das Land festigt sich von Tag zu Tag, deine Justiziare sprechen in deinem Namen Recht, und du hast endlich Zeit, zur Beizjagd auszureiten. Und wann immer dich ein gewisses … Verlangen überkommt, können die schönsten Maiden des Reiches es kaum erwarten, sich dir hinzugeben.«

»So siehst du mich?« Friedrich warf dem Freund, wie er selbst waidgrün gekleidet, einen fragenden Blick zu.

»Mit Verlaub – wie könnte ich dich sonst sehen? Hast du nicht alles erreicht, was du wolltest?«

Friedrich lächelte dünn. Dann wandte er sich dem Habicht zu, der auf dem Handschuh an seinem Arm saß, und entfernte die lederne Haube vom Haupt des Tieres.

»Du willst wissen, wonach es mich verlangt?«, fragte er – und hob den Arm, um den Vogel aufsteigen zu lassen. Der Habicht spreizte die Flügel und sprang hoch in die Luft, und schon im nächsten Augenblick schoss er steil in die Höhe und in den blauen Himmel. »Danach verlangt es mich«, bekräftigte Friedrich, während er dem Vogel nachsah.

»Du willst fliegen?« Parceval zog die Stirn kraus.

»Ich will frei sein«, verbesserte der Kaiser kopfschüttelnd. »Wie herrlich muss das sein, unbehelligt und ohne Schranken in den Himmel aufzusteigen, wo es keine Grenzen gibt …«

»… und keine Höflinge und Berater«, fügte Parceval feixend hinzu. »Dennoch ist es letztlich nur eine Täuschung – am Ende muss der Vogel doch wieder auf den Arm seines Herrn zurückkehren, ob es ihm nun gefällt oder nicht.«

»Das ist wahr.« Friedrich nickte. Ihm war klar, dass sich der Freund nur einen Scherz erlaubt hatte, jedoch regte ihn der Vergleich zum Nachdenken an. »Der Vogel wähnt sich nur als Jäger – in Wahrheit ist es sein Herr, der mit ihm zur Jagd ausreitet und dem am Ende die Beute gehört. Aber ist es nicht stets so im Leben? Ist unser aller Freiheit nicht nur eine Illusion? Ein Bildnis, mit dem wir uns selbst betrügen?«

»Sag, geht es dir gut?« In Parceval Dorias Zügen zeigte sich ehrliche Besorgnis. »Und bist du dir sicher, dass wir noch von der Falknerei sprechen?«

Erneut rang sich Friedrich ein mageres Lächeln ab. »Du kennst mich zu lange und zu gut, mein Freund.«

»Was ist los?«, verlangte Parceval zu wissen und richtete sich im Sattel auf, sich für schlechte Neuigkeiten wappnend. »Du weißt, dass du dich mir anvertrauen kannst, was immer es auch …«

»Hast du es noch nicht gehört?«, fiel Friedrich ihm ins Wort. »Ich soll mich erneut vermählen.«

»Wer sagt das?«

»Sie alle sagen es.« Friedrich machte eine ebenso unwirsche wie unbestimmte Bewegung mit der freien Hand. »Meine Berater – die, deren Meinung ich schätze, ebenso wie jene, die dem Kronrat nur angehören, weil die Vernunft es gebietet.«

»Auch Berard?«, wollte Parceval wissen.

»Er vor allen anderen.« Friedrich nickte. »Und Bruder Hermann ebenso. Sie sagen, es sei nicht gut, wenn ein Herrscher ohne Weib wäre. Und obendrein ist der Deutschritter auf seiner Suche nach einer geeigneten Verbindung bereits fündig geworden, die Absprachen wurden längst getroffen.«

»Darüber solltest du froh sein«, meinte Parceval überzeugt, »denn der Erzbischof und Bruder Hermann meinen es gut mit dir.«

»Mit mir? Oder mit dem Reich?«

»Ist da ein Unterschied?«

Friedrich biss sich auf die Lippen. Derart nachdenklich, ja beinahe zaudernd hatte Parceval Doria den Freund noch nicht erlebt, der Anblick bestürzte ihn.

»Ich will nicht, mein guter Parceval. Will nicht erneut ein Weib ehelichen, das ich weder kenne noch begehre.«

»Wenn ich mich recht entsinne, hast du auch deine erste Gemahlin weder gekannt noch begehrt – und sie dennoch lieben gelernt.«

»So sehr, dass es mir das Herz aus der Brust gerissen hat, als sie starb«, bestätigte Friedrich nickend. »Noch einmal könnte ich es nicht ertragen.«

»So heirate sie, aber liebe sie nicht«, schlug Doria achselzuckend vor. »Ist das nicht stets die Art, wie derlei Ehen geschlossen werden? Und ist es nicht ganz ähnlich wie in der Falknerei?«

»Erkläre das«, verlangte Friedrich, den der Vergleich zwar nicht überzeugte, jedoch amüsierte.

»Nun, auch in der Falknerei geht es darum, Vertrauen zu gewinnen«, erklärte Parceval bereitwillig, »in diesem Fall das des Vogels, und ihn glauben zu machen, dass er noch immer frei sei und für sich selbst jage – doch in Wahrheit steht er längst in deinen Diensten. Der Herr bekommt die Beute, der Falke im Gegenzug Schutz und Futter. Es ist eine Verbindung zu beiderseitigem Nutzen.«

»Das … ist wahr«, kam Friedrich nicht umhin zuzugeben.

»Und falls sie dir ganz und gar nicht gefällt, kannst du ihr anstelle einer Krone ja eine lederne Haube über den Kopf ziehen«, schlug der Freund vorlaut vor.

»Parceval Doria«, setzte Friedrich an, um ihn abermals zu tadeln, »du bist und bleibst ein …«

In diesem Moment erklang der Ruf des Habichts, der Beute geschlagen hatte.

»Das kam von dort drüben«, entschied Parceval, drehte sein Pferd herum und trieb es den Hügel hinab. Friedrich setzte ihm nach, und hintereinander jagten sie durch das sich herbstlich verfärbende Grün, bis sie den nahen Waldrand erreichten. Eine sanft ansteigende Wiese erstreckte sich dort, an deren Fuß der Habicht flatterte, während er mit beiden Klauen etwas am Boden festhielt, das von graubrauner Farbe war und lange Ohren hatte.

»Fürwahr«, rief Parceval Doria erfreut, wobei er aus dem Sattel sprang und seinen Dolch zückte, »das sieht mir ganz nach Hasenbraten aus!«

Auch Friedrich stieg aus dem Sattel, und gemeinsam näherten sie sich dem Habicht, der nicht die Eleganz eines Gerfalken haben mochte, jedoch ein wackerer und zuverlässiger Jäger war. Mit einem Stück rohen Fleisches, das er aus seinem Gürtelbeutel holte, lockte Friedrich den Vogel zurück auf seinen Arm, sodass sich Parceval der Beute annehmen konnte. Als er sich wieder aufrichtete, entdeckte Friedrich jedoch etwas, das er zuvor noch nicht bemerkt hatte.

Vor ihnen erhob sich ein langgestreckter Hügel.

Wie ein schlafender Lindwurm lag er da, sich mächtig aus dem Dickicht des Waldes erhebend. Hier und dort brach der sanfte Abhang in schroffem Karstgestein ab, auf dem Rücken erhob sich, den Zacken eines Drachen gleich, die Ruine eines alten Wachturmes, der noch von den Byzantinern stammen mochte.

Friedrich vermochte selbst nicht zu sagen, wieso, aber der Ort faszinierte ihn. Den Habicht auf dem Arm, konnte er nicht anders, als den Hügel hinaufzusteigen, so, als würde er von etwas unwiderstehlich angelockt.

»Friedrich?«, rief Parceval ihm verblüfft hinterher. »Wo willst du hin?«

Doch der Kaiser antwortete nicht. Sein Ziel war die Hügelkuppe, auf der sich die Ruine erhob. Er konnte sich nicht erinnern, sie schon einmal zuvor gesehen oder je davon gehört zu haben, aber er fühlte sich unwiderstehlich davon angezogen. Es war ein sagenhafter Ort wie aus alten Liedern, Friedrich blieb erst stehen, als er den Hügelgrat erklommen hatte.

Staunend sah er sich um und genoss den weiten Ausblick, der sich ihm bot, über die Hügel im Süden und die Wälder im Norden, und fern im Osten, im Dunst nur zu erahnen, das tiefblaue Meer.

»Dieser Ort ist einzigartig«, eröffnete Friedrich seinem Freund Parceval. »So, als ob der Geist einer großen Vergangenheit hier noch lebendig wäre.«

»Wenn du es sagst«, stieß Parceval Doria hervor, der mit heiserem Keuchen ebenfalls oben anlangte, an einem Strick den erlegten Hasen über der Schulter.

»Eines Tages werde ich hier eine Burg errichten«, erklärte Friedrich feierlich, wobei er den Blick weiter in die

Ferne schweifen ließ. Seine Trübsal war verschwunden, der Zauber des Ortes hatte sie verjagt. Ohnehin neigte mein Herr nicht zur Melancholie; im Gegenteil verfügte er über die seltene Gabe, nach der Art des Epikur den Augenblick zu leben und ihn mit vollen Sinnen zu genießen, eine Eigenschaft, die ihm noch manchen Vorwurf eintragen sollte. In diesem Moment jedoch erfüllte sie ihn mit einer Ahnung reinen Glücks.

»Eine Burg?« Doria deutete auf die Ruine. »Du willst das alte Ding da wieder aufbauen?«

»Nein, mein Freund.« Friedrich schüttelte den Kopf, während er an dem verfallenen Gemäuer emporsah, den Blick dabei jedoch in die Ferne gerichtet, so, als nehme er etwas ganz anderes an dieser Stelle wahr. »Ich will eine neue Burg errichten, eine Festung, die ihresgleichen sucht. Schon seit geraumer Zeit trage ich eine Idee in meinem Kopf herum, die …«

»Eine Idee für eine Burg? Wirst du jetzt auch noch Baumeister? Willst du das nicht doch lieber Meister Bartholomeo überlassen?«

»Etwas ganz Besonderes soll sie sein«, fuhr Friedrich fort, den Einwurf überhörend, »von einer Vollkommenheit, die Geschichte und Geometrie im Gleichgewicht vereint, ein Bollwerk meiner Macht und Herrschaft.«

»Klingt vielversprechend«, gab Parceval feixend zu, »im Augenblick allerdings scheint mir die Zubereitung eines Hasenbratens die verlockendere Vorstellung zu sein.«

»Mein Freund, du wirst es sehen«, sagte Friedrich. Nur mit Mühe riss er sich vom Anblick des Bauwerks los, den seine Vorstellungskraft in die milde Herbstluft gezeichnet hatte. »Ich werde diese Burg errichten, einer steinernen Krone gleich wird sie über mein Apulien wachen.«

»Ich bezweifle es nicht«, gab Parceval Doria unumwunden zu. »Würde mir ein anderer so etwas erzählen, würde ich wohl darüber lachen. Aber dich, mein Kaiser und König, hat der Allmächtige mit den vielfältigsten Gaben bedacht, sodass ich keinen Augenblick zweifle, dass sich auch ein Baumeister in dir verbirgt. Selbst das Unmögliche, mein Freund, scheint dir noch mühelos zu gelingen.«

Und Parceval sollte recht behalten.

Denn zwar sollten sechzehn Sommer ins Land gehen, bis Friedrich auf seinen alten Plan zurückkam, doch schließlich beauftragte er den Justiziar Richard von Montefuscolo, nach seinen Plänen eine Burg zu errichten, die er nach der unweit entfernten, der Gottesmutter gewidmeten Kirche *castrum Sancta Maria de monte* nannte und die Symbol und Abbild seiner Herrschaft werden sollte.

Formvollendet und unvergänglich.

Eine Krone aus Stein.

5.

Vatikan, Rom
Januar 1225

Zum Jahreswechsel hatte Friedrich seinen treuen Gefolgsmann Hermann von Salza, den Hochmeister des Deutschritterordens, zu Beratungen nach Rom entsandt.

Der offizielle Anlass war das Versprechen zur Wallfahrt ins Heilige Land, das Friedrich bei seiner Krönung zum König der Römer gegeben und das er feierlich erneuert hatte, als Papst Honorius ihm die Kaiserkrone aufs Haupt setzte. In den darauffolgenden Jahren hatte Friedrich stets geltend gemacht, dass der Kampf gegen seine Gegner – und insbesondere gegen die Sarazenen – ihn zu sehr in Anspruch nehme und er es nicht wagen könne, seinem Reich den Rücken zu kehren, ehe es in allen Teilen befriedet und seiner Herrschaft unterworfen sei. Und Papst Honorius hatte sich – wohl in Anerkennung der Tatsache, dass auch der Kampf gegen die Sarazenen schließlich eine Art von bewaffneter Wallfahrt war – bislang geduldig gezeigt. Doch immer lauter wurden an der Kurie die Stimmen, die nun endlich die Einlösung von Friedrichs Versprechen forderten. Und wie Bruder Hermann, der als des Kaisers oberster Gesandter die Wogen glätten sollte, feststellen musste, war der verzögerte Feldzug gegen die Heiden nicht der einzige Vorbehalt, den man in Rom gegen den Kaiser gesammelt hatte …

»Seine Majestät Fredericus Secundus, römischer Kaiser und König von Sizilien, entbietet Euch seinen Gruß und wünscht Euch Frieden und den Segen des Allmächtigen«, eröffnete der Deutschritter das Gespräch mit den Kardinälen, die ihm und seinen Begleitern an einem breiten Tisch aus Ebenholz gegenübersaßen. Doch nicht nur das schwarze Holz schien sie voneinander zu trennen, sondern auch kühle Reserviertheit, mit der die Vertreter der Kurie dem kaiserlichen Gesandten begegneten.

»So sei es auch ihm beschieden«, entgegnete Kardinalbischof Hugolinus von Ostia, den der Papst zum Wortführer der Verhandlungen bestimmt hatte.

Der Vergleich mit einer alten und einer neuen Klinge drängte sich Hermann von Salza auf.

Denn während der eher sanftmütige, von Alter und Schwäche gebeugte Honorius einem prächtigen, aber stumpfen Prunkschwert glich, das man für demonstrative Zwecke nutzte, das jedoch zum Kampf nicht taugte, war Hugolinus das genaue Gegenteil: Kurz vor seinem sechzigsten Lebensjahr stehend, war er der Neffe von Honorius' Vorgänger Innozenz III. und ihm in vielerlei Hinsicht ähnlich. Nicht nur, dass er genau wie sein Onkel dem mächtigen Hause Conti entstammte, er schien auch dessen nüchternes, asketisches Wesen zu teilen, das gleichwohl nach großer Machtfülle strebte, freilich nicht für sich selbst, sondern immer zum Ruhm der Kirche; sein Verstand war so scharf wie ein frisch geschärfter Dolch, seine Worte ebenso spitz. Und nicht wenige waren der Ansicht, dass Hugolinus Papst Honorius im Amt des *pontifex* nachfolgen würde, würde dieser einst zum Herrn gerufen. Zudem war der Kardinal von Ostia kein Unbekannter, war er doch genau jener Hugolinus, der Friedrich am Tag seiner Krönung am Altar des Heiligen Mauritius gesalbt hatte. Damals war der Bischof von Ostia dem jungen Staufer mit Wohlwollen, ja mit Freundschaft begegnet. Doch Hermann ahnte, dass sich dies geändert hatte, die mehrfach verschobene Wallfahrt war wohl der Grund dafür …

»Ist seine kaiserliche Hoheit wohlauf?«, erkundigte sich der Kardinal und machte kein Hehl daraus, dass es nur eine Floskel war, um dem Protokoll zu genügen. In vollem Ornat thronte er jenseits des Tisches, den scharlachroten Mantel um die Schultern, das kahle Haupt vom Kardinalshut bedeckt, all dies ein Zeichen dafür, dass dies kein informelles Treffen war und Hugolinus mit dem ganzen Gewicht der römischen Kurie sprach.

»Mit der Hilfe des Allmächtigen«, bestätigte Hermann von Salza nickend. »Die Trauer um seine geliebte Gemahlin hat der Kaiser endlich überwunden und sich wieder mit ganzer Kraft seinen Pflichten gewidmet, sodass das Südreich inzwischen weitgehend befriedet ist …«

»… und somit jeder Grund entfällt, die bewaffnete Wallfahrt ins Gelobte Land ein weiteres Mal aufzuschieben«, folgerte der Kardinal. »Ich muss Euch hoffentlich nicht daran erinnern, dass der Kaiser bei seiner Krönung in der Kirche Petri feierlich das Versprechen dazu gegeben hat. Und vor zwei Jahren hatte er es beim Treffen zu Ferentino in der Gegenwart seiner Heiligkeit Papst Honorius erneuert und den Beginn des Unternehmens für diesen Sommer angekündigt.«

»Weder müsst Ihr mich noch meinen Herrn daran erinnern, Eminenz«, entgegnete Bruder Hermann. »Doch kehre ich soeben von einer Reise in die Lande nördlich der Berge zurück, und ich muss Euch mitteilen, dass die deutschen Fürsten zum gegenwärtigen Zeitpunkt in großer Mehrheit nicht gewillt sind, sich der Unternehmung anzuschließen.«

»Sie … sind nicht gewillt, ihrer obersten und heiligsten Pflicht als Streiter der Christenheit nachzukommen?« Das Gesicht unter der Krempe des scharlachroten Huts nahm beinahe dessen Färbung an.

»Nicht, dass sie die Notwendigkeit einer solchen Unternehmung anzweifeln würden«, verteidigte Hermann die deutschen Fürsten, zu denen der aus der Landgrafschaft Thüringen stammende Ordensmeister selbst gehörte, »doch ist der Norden nach wie vor von Unruhen geplagt und König Heinrich noch jung an Jahren. Und was Seine Majestät den Kaiser betrifft, so ist sein ganzes Streben derzeit darauf gerichtet, zu Foggia ein Zentrum seiner Herrschaft zu errichten, sodass alle Fürsten seine Macht erkennen und sich ihr beugen sollen.«

»Davon haben wir gehört«, bestätigte der Kardinal. »Jedoch gestehen wir freimütig, dass wir diesbezüglich ein gewisses … Befremden empfinden.«

»Ein Befremden?« Der Ordensmeister hob die buschigen Brauen. »Wie darf ich das verstehen, Euer Eminenz?«

»Ein Befremden aus mancherlei Gründen«, bekräftigte Hugolinus, die Rechte mit dem Kardinalsring schwenkend. »Da ist zunächst diese Universität, die der Kaiser im vergangenen Jahr zu Neapel begründet hat …«

»War es nicht sein gutes Recht?«, fragte Bruder Hermann dagegen.

»Sehr wohl – und doch war es unschwer als Maßnahme gegen Bologna sowie gegen alle anderen Schulen zu verstehen, die der Weisung der Mutter Kirche unterstehen. Ihre Lehre wird dadurch unterwandert, ihre Autorität in Frage gestellt.«

»Wie ist das möglich, Euer Eminenz?«, fragte der Deutschritter zurück. »Gibt es nicht nur eine einzige Wahrheit, der alle Christenmenschen dienen? Wie kann da die eine von der anderen unterwandert werden?«

»Mancher Gelehrte hat unseren Schulen den Rücken gekehrt, unseren Bibliotheken und Skriptorien«, fuhr der Kardinal fort, ohne auf die Frage einzugehen.

»Aber doch nicht um einer anderen Wahrheit willen, sondern weil er in Neapel die besten Voraussetzungen für seine Studien vorfand«, konterte Hermann von Salza. »Zu jeder Zeit steht es Euch frei, die Bedingungen an Euren Schulen entsprechend zu verändern, Eminenz.«

Hugolinus' hagere, von einem weißen Bart bekränzte Gesichtszüge, die in manchen Augenblicken sehr an die seines Onkels erinnerten, verdüsterten sich. Ihm schien nicht zu gefallen, was er hörte. »Und ist es nicht außerdem wahr«, fuhr er langsam und beinahe lauernd fort, »dass der Rechtsgelehrte Roffred von Benevent, den Fredericus zum Leiter seiner Universität bestellte, allgemein verbreiten ließ, dass der Kaiser aufgrund einer vom Himmel gewährten Gnadengabe Recht spreche?«

»Ich bin kein Rechtsgelehrter, Euer Eminenz, sondern ein Mann des Glaubens und des Schwertes«, gab der Ordensritter ebenso bescheiden wie diplomatisch zurück.

»Nun, wenn Ihr ein Mann des Glaubens seid, so wisst Ihr sicher, dass die Gabe, Recht zu erkennen und zu sprechen, nicht aus heiterem Himmel auf den Kaiser gekommen ist, sondern durch Vermittlung der Heiligen Kirche und allein aufgrund der Segnungen, die er durch Papst

Honorius erfahren hat. Und im Gegenzug dazu hat er feierlich und vor aller Augen das Kreuz genommen – doch ist er bislang weder zur Wallfahrt ins Gelobte Land aufgebrochen, noch hat er geholfen, die heiligen Stätten aus heidnischer Hand zu befreien.«

»Und dafür hat er wiederholt um Verständnis geworben. Doch dies bedeutet nicht, dass sich Seine Majestät nicht mit ganzer Seele dem Kampf gegen die Heiden gewidmet hätte. In verlustreichen Kämpfen ist es ihm endlich gelungen, der aufständischen Sarazenen auf der Insel Sizilien Herr zu werden!«

»Und was hat er getan?«, schnappte Hugolinus. »Statt sie über die Gestade des sizilischen Eilands hinaus ins Meer zu jagen, hat er ihnen Land gegeben, wie zur Belohnung für ihre Frevel! Und nicht etwa auf einer entlegenen Insel, sondern auf dem Festland, im Herzen des Reiches, das ihm von Seiner Heiligkeit Papst Innozenz zum Lehen gegeben wurde!«

Die Stimme des Kardinals hatte sich zuletzt überschlagen, man konnte sehen und hören, wie sehr ihn Friedrichs Vorgehen verstört haben musste – und nicht nur ihn. Auch die übrigen Vertreter der Kurie, zwei weitere Kardinäle sowie einige Sekretäre, hatten sich das düstere Mienenspiel ihres Sprechers zu eigen gemacht und blickten nicht weniger finster drein als Hugolinus selbst, einige wirkten gar ängstlich.

»Von den in Lucera angesiedelten Sarazenen geht keine Gefahr aus«, beeilte sich der Hochmeister des Deutschritterordens deshalb zu versichern. »Der Kaiser hat dafür Sorge getragen.«

»Das zu glauben«, entgegnete Hugolinus von Ostia spitz, »bin ich hingegen nur zu gern bereit.«

»Was wollt Ihr damit sagen, Eminenz?«

»Damit will ich sagen, dass dem Heiligen Stuhl gar Ungeheuerliches zu Ohren gekommen ist ... Nämlich dass der Kaiser in dem Palast, den er sich zu Foggia errichten lässt – wohlgemerkt nicht weit von den Muselmanen, die er in Lucera angesiedelt hat –, ein verschwenderisches Dasein fristet und sich ungezügeltem Genuss hingibt, eines christlichen Herrschers unwürdig. Dass er nach dem Tod der tugendhaften Kaiserin einem sündigen Leben verfallen ist und sich wie ein sarazenischer Kalif gebärdet, mit einem Harem voller Tänzerinnen und anderer Weiber, um seinen fleischlichen Begierden zu frönen!«

Bruder Hermann ließ sich mit der Antwort Zeit. Über die schwarze, im Schein der Kerzen schimmernde Tischplatte hinweg sah er sein Gegenüber eine Weile lang an. »Und solchen böswilligen Gerüchten schenkt Ihr Glauben, Eminenz?«

So harmlos sich die Frage gab, so listig war sie auch, suchte sie dem Kardinal doch das Geständnis zu entlocken, dass die Kurie Spione am Hof zu Foggia unterhielt. Doch Hugolinus war in den Schlichen der Diplomatie nicht weniger bewandert als der Ordensmeister.

»Es kommt nicht darauf an, welchen Gerüchten ich Glauben schenke und welchen nicht, Bruder Hermann«, wich er der Frage geschmeidig aus, »denn man braucht nur die Taten des Kaisers zu betrachten, um zu erkennen, dass er vom rechten Pfade abzukommen droht. Während er in den vergangenen Jahren kaum je ein Gotteshaus gestiftet hat, errichtet er ein Kastell nach dem anderen, um seine Herrschaft zu sichern, und entmachtet geistliche wie weltliche Fürsten. Das jahrhundertealte Lehensrecht gilt nichts mehr in seinem Reich, selbst jene, die für ihn kämpfen, verlieren am Ende ihren Besitz an die Krone. Stattdessen legt er die Macht in die Hände von Habenichtsen und Emporkömmlingen, die ihm alles verdanken, und sichert sich auf diese Weise ihre Loyalität.«

»Nun«, meinte Bruder Hermann, »Seine Majestät hat in seiner Jugend wohl die Erfahrung gemacht, dass die Treue des Adels wankelmütig ist – und dass sie allzu leicht gekauft werden kann«, fügte er hinzu. Freilich nannte er weder Namen, noch sprach er Verdächtigungen aus, aber natürlich hatte auch die Kirche im Kampf um Sizilien mitgemischt und, zumal über die Bischöfe, ihre Interessen zu wahren versucht.

»Euer Herr«, entgegnete der Kardinal, seinen wachsenden Zorn nur mühsam beherrschend, »unterdrückt jene, denen die Macht gegeben ist. Wie wir hören, wagt niemand im Südreich mehr, ohne Friedrichs ausdrücklichen Befehl die Hand oder den Fuß zu heben. Er fordert das Recht heraus und stellt die alte, gottgegebene Ordnung infrage.«

»Aber Eminenz«, wandte Hermann von Salza ein, »wenn doch, wie Ihr selbst vorhin gesagt habt, Seine Majestät der Kaiser durch die Bestätigung der Kirche die gottgegebene Ordnung vertritt – ist dann nicht jedwedes Gesetz, das er erlässt, vom Allmächtigen gewollt?«

Der Kardinal erwiderte nichts darauf, sondern begnügte sich damit, Friedrichs Gesandtschaft über den Tisch hinweg mit kalten, ablehnenden Blicken zu bedenken. Später wurden die Gespräche wieder aufgenommen, und man kam überein, strittige Punkte auszulassen und sich stattdessen auf die bewaffnete Wallfahrt zu konzentrieren, die Bruder Hermanns Beteuerungen zufolge auch der Kaiser um jeden Preis begehen wolle.

Doch der Bericht, den Hermann von Salza Friedrich am Ende nach Foggia übermittelte, brachte eine bittere Erkenntnis: Dem Kaiser war in der Kurie ein neuer Feind erwachsen.

Für die Zukunft ließ dies nichts Gutes erahnen – und diese Vorahnung sollte sich schon bald als richtig erweisen.

6.

Foggia
Herbst 1225

Zu der Vision, die mein Herr von einem neuen Reich und einer neuen Art von Herrschaft hatte, gehörte auch, dass er anders als sein Großvater und noch sein Vater Heinrich sein Leben nicht damit zubringen wollte, vom Rücken eines Pferdes aus zu regieren und ruhelos von Hoftag zu Hoftag zu ziehen.

Vielmehr schwebte ihm vor, in der Tradition sowohl der römischen Imperatoren als auch der orientalischen Herrscher an einem festen Ort zu residieren und von dort aus die Geschicke seines Reiches zu lenken. War nicht auch der große Alexander einst rastlos gewesen und von Eroberung zu Eroberung geeilt, ehe er Babylon zu seiner Residenz erkor und dort seinen Hof errichtete? Und war nicht auch er von einem fernen, unscheinbaren Ort aus aufgebrochen, um ein Weltreich zu begründen? Warum also sollte Friedrich es ihm nicht gleichtun?

Zu seinem Zentrum der Macht, seinem Babylon, hatte er das im Norden Apuliens gelegene Foggia bestimmt und seinen obersten Baumeister Bartholomeo beauftragt, ihm dort einen Palast zu errichten, der eines Kaisers würdig war: mit hohen Pforten und steinernen Adlern als Wächter; mit prächtigen Hallen aus weißem Marmor und grün schimmernden Säulen aus krokeischem Gestein; mit ausgedehnten Räumlichkeiten für den Hofstaat und das Gesinde sowie mit Lagerhallen für die Vorratshaltung und Stallungen für das königliche Gestüt; mit großzügigen Parkanlagen, die mit Blütenpracht und Wasserspielen an jene der kaiserlichen Paläste zu Rom erinnern sollten; und schließlich auch mit einem Garten, dessen Gehege verschiedenstes Getier beherbergen sollten: sowohl solches, das in Apulien und Italien seine Heimat hatte, als auch Kreaturen von jenseits des Meeres, die entweder exotisch anmuteten wie die Kamele, Affen und Antilopen, die Friedrich in seinen Gehegen hielt, oder gefährlich waren wie die Löwen und Leoparden, mit denen er sich zum Zeichen seiner Herrschermacht umgab. Sogar ein Nashorn aus dem tiefsten Africa fand schließlich in seiner Sammlung Platz, aber mein Herr, stets darauf bedacht, Neues und immer Größeres zu ersinnen, wollte noch mächtigere Tiere in seinen Park zu Foggia aufnehmen und ließ daher nach Elefanten und Drachen schicken.

Bereits im Juni 1223 war mit dem Bau des neuen Palasts begonnen worden. Bis zur Fertigstellung hatte mein Herr, wann immer er in Foggia weilte, im Kastell der Stadt residiert; nach zweijähriger Bauzeit jedoch wurde der Palast im Spätsommer des Jahres 1225 fertiggestellt, und schon zum Ende des Jahres residierte Friedrich dort im Beisein seines Hofstaats, seiner Berater, Sekretäre und Notare sowie all jener, die er nach Foggia einlud. Dies waren vorrangig die Gesandten und Vertreter anderer Reiche, die mit beträchtlichem Gefolge erschienen und die Friedrich großzügig beherbergte, in seidenen Zelten auf ausgedehnten Wiesen, die er dem sumpfigen Hinterland abtrotzte, indem er künstliche Teiche anlegen ließ.

Einige Besucher – wie etwa der Engländer Richard von Cornwall – zeigten sich tief beeindruckt vom Reichtum und der Eleganz, mit denen der Herrscher des Abendlands sich umgab. Andere, wie die päpstlichen Legaten, die regelmäßig in Foggia weilten, reagierten überaus ablehnend.

Schon der improvisierte Hof zu Foggia im alten Kastell hatte ihr Missfallen erregt, nun jedoch befanden sie endgültig, dass der Kaiser heidnischer Prunksucht und sündigen Genüssen verfallen wäre. Denn Friedrich begnügte sich nicht damit, seinen Herrscherglanz allein auf abendländische Weise zu entfalten, sondern bediente sich – seiner Kindheit und Jugend entsprechend – auch orientalischer Tradition. So waren die Gewänder, die der Kaiser und sein Hofstaat trugen, aus feinstem Damast geschneidert, der in den Webereien des nahen Lucera entstand; und auch das Palastgesinde sowie die Tänzerinnen, die Abend für Abend die Gäste bei Hof erfreuten, stammten von dort, ebenso wie die Leibwächter, die unter der Aufsicht des gestrengen Omar ibn Rashad mit dunklem Blick und gekrümmten Klingen für die Sicherheit des Kaisers sorgten.

Und noch eine weitere Tradition hatte Friedrich von den Muselmanen an seinen Hof überführt, die er in jungen Jahren in Palermo kennen- und schätzen gelernt hatte: den lebendigen Austausch mit gelehrten Häuptern.

So kamen bei Weitem nicht nur Gesandte von Fürsten und Königen an den Hof zu Foggia, sondern regelmäßig auch Gelehrte der neu gegründeten Universität zu Neapel, mit denen sich Friedrich angeregt zu unterhalten pflegte, unter ihnen Meister Roffred sowie der Philosoph Theodorus von Antiochia, dessen Weisheit Friedrich so beeindruckte, dass er ihm das Amt des Hofphilosophen übertrug.

Gespräche über Mathematik, Geisteswissenschaft oder Fragen des Rechts wurden auf diese Weise ebenso Teil des höfischen Lebens wie Wein, Weib und Gesang. Nicht selten kam es vor, dass Friedrich nach beendeter Mahlzeit in der Manier des Philosophen Plato eine Frage in die Runde gab, die seine gelehrten Freunde dann zu beantworten suchten, und bisweilen entspann sich daran ein heftiger Disput über das Wesen des Rechts, die Grenzen der Macht oder über den Wert der Gerechtigkeit, die Friedrich als höchste aller Tugenden galt.

Eines Abends wandte sich der Kaiser an zwei Rechtsgelehrte, die erst seit Kurzem in Neapel unterrichteten und die er nach Foggia geladen hatte, weil er sie kennenlernen wollte. »Verratet mir, *magistri*«, fragte er sie auf Latein, »erlaubt es das Gesetz, dass ich als Herrscher einem meiner Untertanen etwas wegnehme und es einem anderen gebe? Ich bin schließlich der Herr, und der Wille des Herrn ist für seine Untergebenen Gesetz, oder etwa nicht?«

»So ist es, Majestät«, erwiderte der eine der beiden, ohne lange nachzudenken. »Der Allmächtige selbst hat Euch die Macht gegeben, über Eure Untertanen zu befinden – und folglich auch über das, was sie auf Erden besitzen.«

»Brav gesprochen«, meinte Friedrich zwischen zwei Schlucken roten Weines. »Und was sagt Ihr, *magister*?«, wandte er sich an den anderen Gelehrten.

Dieser – ein Engländer, der dem Ruf nach Neapel aus dem fernen Oxanforda gefolgt war –, dachte sorgfältig nach, ehe er schließlich den Kopf schüttelte. »Ich denke nicht, Majestät«, sagte er, »dass das Gesetz dies erlaubt. Es ist wahr, Ihr seid der Herr, doch muss auch der Herr das Gesetz befolgen, denn wie könnte es sonst Gerechtigkeit stiften? Wenn Ihr dem einen etwas nehmt und es einem anderen gebt, so sollte es dafür eine Begründung geben. Das ist der Unterschied zwischen der Willkür eines Herrschers und wahrer Gerechtigkeit.«

Nicht alle, die an der Tafel saßen, hatten die lateinischen Worte verstanden. Diejenigen jedoch, die der alten Sprache mächtig waren, blickten beunruhigt in Richtung des Herrschers. Im Allgemeinen, wenn mein Herr Fragen wie diese stellte, war er bereit zum Disput und offen für Gedankenspiele, so abwegig sie auch sein mochten. Doch war es auch schon vorgekommen, dass Friedrich unwirsch oder – wenn Gelehrte sich anmaßend verhalten hatten – mit Ausbrüchen von Jähzorn reagiert hatte. Und der Engländer hatte wahrlich kein Blatt vor den Mund genommen, was seine Ansicht über die Gerechtigkeit betraf …

»Du denkst also, auch der Herrscher sei dem Gesetz unterworfen?«, hakte Friedrich prompt nach. »Der Kaiser gar, vom Allmächtigen selbst zum Herrscher ausersehen?«

»Wenn Ihr wollt, dass Eure Gesetze Bestand haben und das Pergament wert sind, auf dem sie geschrieben stehen – dann ja«, antwortete der Engländer unverdrossen, vielleicht auch deshalb, weil er zum ersten Mal bei Hofe weilte und den Herrscher noch nicht gut genug kannte.

In der Halle war es still geworden.

Nur noch das Knistern in aus Bergkristall gefertigten Leuchtern war zu hören, die flackernden Schein verbreiteten und unstete Schatten auf die marmornen Wände warfen.

Friedrich sah zuerst den einen, dann den anderen Kollegen eine endlos scheinende Weile lang an. »Ihr«, eröffnete er schließlich, »habt beide wohl gesprochen, gelehrte Herren. Beide habt ihr die Wahrheit gesagt, und beide sollt Ihr dafür eine Belohnung erhalten!«

Die Anspannung, die eben noch an der Tafel geherrscht hatte, wich allgemeiner Erleichterung. Hohe Damen und Herren, Fürsten wie Beamte spendeten den *magistri* Beifall für ihre Weisheit, den diese sich gern gefallen ließen.

»Und ist es erlaubt zu fragen, welche Belohnung wir erhalten werden?«, erkundigte sich der Rechtsgelehrte, der zuerst gesprochen hatte.

»Aber natürlich«, entgegnete der Kaiser in weinseliger Laune. »Ihr, mein Freund, werdet ein Pferd erhalten, auf dass es Euch zurück nach Neapel trage, und einen Hut, der Euch schirmen möge, gleich ob es regnet oder die Sonne vom Himmel brennt. Ihr jedoch«, wandte er sich daraufhin an den Engländer, »bekommt die Gelegenheit, nach Eurem Ermessen ein Gesetz zu schreiben, das ich unterzeichnen und siegeln werde.«

Der zweite Gelehrte, der nicht glauben konnte, dass ihm eine solche Ehre zuteilwerden sollte, errötete daraufhin – und auch der andere errötete, allerdings mehr aus Neid.

»Aber ist das denn gerecht?«, rief Parceval Doria, der ebenfalls mit an der Tafel saß. Der Wein hatte seine Zunge gelöst, zudem durfte er als Freund des Kaisers offen aussprechen, was andere allenfalls dachten. »Wenn beide gut geantwortet haben und du also mit beiden zufrieden bist – warum fällt die Belohnung dann so unterschiedlich aus?«

»Das will ich dir erklären, lieber Parceval«, erwiderte Friedrich in bester Laune. »Dieser da hat mir nach dem Mund geredet, wie es von ihm erwartet wurde – dafür bekommt er eine Belohnung. Dem Engländer hingegen war es egal, was ich denke oder ob seine Worte mich verletzen, denn Recht und Gesetz sind ihm das höchste Gut, und genau so sollte es sein. Also hat er sich die Ehre erworben, selbst ein Gesetz zu verfassen, das ich erlassen werde.«

»Ich verstehe«, entgegnete Parceval. Er nickte dem Engländer anerkennend zu, doch plötzlich legte sich seine Stirn in Falten, und er schien dem Alkohol zum Trotz angestrengt nachzudenken. »Aber wenn das Gesetz, das der Engländer erlässt, ungerecht ist?«, fragte er zweifelnd. »Was machst du dann?«

Auf seinem Thron im Zentrum der Tafel sitzend, nahm Friedrich noch einen Schluck Wein. Als er seinen Becher wieder absetzte, lag ein wissendes Lächeln auf seinen geröteten Gesichtszügen. »Diese Möglichkeit gibt es nicht«, erklärte er kurzerhand. »Jedwedes Gesetz, das der Herrscher erlässt, ist gerecht, mein Freund – denn der Herrscher *ist* die Gerechtigkeit.«

Fundamentum V

Religio

1.

Brindisi
November 1225

Ihr Name war Isabella.

Jedenfalls war das der Name, unter dem mein Herr sie ehelichte. Von jenen die ihr nahestanden, wurde sie Jolanda, das »Veilchen«, genannt und das kam nicht von ungefähr. Denn als sie dazu ausersehen wurde, die zweite Gemahlin des Herrschers über das Abendland zu werden, war sie elf Jahre alt.

Als Friedrich seinem besten Freunde Parceval Doria seine Bedenken bezüglich einer neuerlichen Heirat geklagt hatte, war diese bereits fest beschlossen. Kein anderer als Hermann von Salza hatte die Verhandlungen geführt, an jenem Ort, den der Hochmeister des Deutschen Ordens besser kannte als jeder andere in Friedrichs Gefolge – nämlich im Heiligen Land.

Infolge der Rückeroberungen, die die Muselmanen unter ihrem von Christen so gefürchteten wie geachteten Heerführer Salah ad-Din getätigt hatten, waren sowohl Jerusalem selbst als auch die heiligen Stätten an die Heiden verloren gegangen, das Königreich Jerusalem war unter immer weiteren Attacken zu einem schmalen, entlang der Küste verlaufenden Streifen verkommen, der sich von Akkon bis Tyros erstreckte und sich nur deshalb noch halten konnte, weil die Ritterorden der Templer, der Johanniter und nicht zuletzt auch der Orden der Brüder vom Deutschen Hospital Sankt Mariens in Jerusalem – dessen Hochmeister Hermann von Salza war – eifrig Waffenhilfe leisteten. Der Einfluss, den der Deutsche dort hatte, war entsprechend groß, und Johann von Brienne, Regent im Königreich Jerusalem, stand mit dem Rücken zur Wand.

Zur Krone war er gekommen, indem er Maria von Montferrat geehelicht hatte, die Königin von Jerusalem, deren Titel mit ihrem Tod auf ihre noch unmündige Tochter Isabella übergegangen war. Wenn es ihm nun also gelang, jene Isabella mit dem mächtigsten Herrscher des Erdkreises zu vermählen, rechnete Johann sich dadurch Unterstützung im Kampf gegen die Heiden aus, was auch der Papst sehr begrüßte, der weiterhin auf einen Heereszug gen Osten drängte.

Für Friedrich, auf der anderen Seite, würde die Hochzeit mit dem Mädchen den Titel des Königs von Jerusalem bedeuten und ihm damit Respekt und Ansehen in einer Weise bescheren, wie es zuvor noch kein anderer christlicher Herrscher auf sich vereint hatte. Bis in den Himmel hinauf würde sein irdischer Ruhm erstrahlen.

Freilich, solange sich die Davidsstadt noch in den Händen der Muselmanen befand, würde es nur ein leerer Titel sein, den Friedrich für seine Hochzeit mit Isabella bekam, ein bloßer Anspruch auf den Thron ohne Garantie auf Erfüllung. In den Augen der Welt jedoch würde der Imperator von Rom und König von Sizilien fortan auch König von Jerusalem sein; und was die päpstlichen Forderungen nach einer bewaffneten Wallfahrt betraf, so würden sie womöglich vorerst verstummen und sowohl Papst Honorius als auch sein Verfechter Hugolinus fürs Erste besänftigt sein durch die verwandtschaftliche Verbindung, die nun zwischen dem Kaiser und dem Heiligen Land bestand. Dass es zudem hieß, dass der König von Frankreich fünfzigtausend Silbermark zur Verteidigung von Jerusalem gestiftet habe, die folglich in Friedrichs Besitz übergehen würden, war noch ein weiterer Grund gewesen, die Ehe zwischen dem Kaiser und der Kindkönigin zu beschließen.

Isabella selbst wurde nie gefragt.

Ihre Mutter war gestorben, nur wenige Tage nachdem sie ihr das Leben geschenkt hatte. Die Jahre ihrer Kindheit verbrachte sie in Tyros unter der strengen Aufsicht ihres Vaters Johanns von Brienne, der schon früh nach einer geeigneten Verbindung für sie Ausschau hielt und sie schließlich in keinem Geringeren als dem Kaiser fand. Die Vermählung sollte erfolgen, sobald Johanns Tochter nach normannischen Recht volljährig und zur Königin von Jerusalem gekrönt worden war, sodass ihr Titel auf ihren Gemahl übergehen würde.

Mit einer Flotte von vierzehn Schiffen, eines für jedes Lebensjahr seiner Braut, ließ der Kaiser Isabella in Tyros abholen, in Begleitung ihres Vaters und eines beträchtlichen Gefolges. Bunte Fahnen schmückten die Masten der Galeeren, die unterwegs noch einmal auf Zypern Halt machten, wo Isabella ihre Tante Alice besuchte, die dort anstelle ihres noch unmündigen Sohnes regierte. Die zukünftige Gemahlin des Kaisers erlebte im Kreis ihrer Verwandten noch einige Tage in Geborgenheit, ehe sie ihrer Heimat endgültig den Rücken kehrte. Es wird erzählt, dass sie beim Abschied von ihrer Tante bittere Tränen vergoss –

vielleicht, weil sie ahnte, dass sie ihre Heimat trotz ihres noch jungen Alters niemals wiedersehen würde.

Im Hafen von Brindisi wurden die Braut und ihr Gefolge in allen Ehren empfangen und unter großem Jubel zum Palas der alten Bischofsstadt geleitet. Dort erblickte Isabella ihren Gemahl zum ersten Mal – und Friedrich sah zum ersten Mal das blasse, blutleere Geschöpf, das noch immer mehr Kind war als Frau und das doch an seiner Seite Kaiserin sein sollte.

Die Trauung fand in der Kathedrale zu Brindisi statt, unter Teilnahme weltlicher wie geistlicher Fürsten und unter den Augen päpstlicher Legaten. Das Volk bejubelte die junge Syrerin, die artig vom Balkon des Palas winkte und die Huldigung entgegennahm – mit Tränen in den Augen und wohl stets an ihre verlorene Heimat denkend.

Von den Formeln abgesehen, die das Trauungszeremoniell vorschrieb, hatte Friedrich noch kein Wort mit Isabella gewechselt. An der reich gedeckten Hochzeitstafel thronend, während Musikanten heitere Weisen spielten und Gaukler aus Lucera wagemutige Kunststücke darboten, beugte er sich zu ihr und sah sie fragend an. »Nun, mein Kind? Gefallen dir Feierlichkeiten?«

»Ihr wisst, mein Gemahl, dass ich stets die Eure sein werde«, entgegnete sie in lateinischer Sprache, »von jetzt an bis in den Tod.«

Sie sagte es mit tonloser Stimme und schien dabei durch ihn hindurchzublicken, und man brauchte kein Hellseher zu sein, um zu erkennen, dass ihr die Worte vorgegeben worden waren und sie sie dahersagte wie einen auswendig gelernten Vers.

»Und ich«, erwiderte Friedrich sanft, »werde alles tun, um dein Vertrauen zu rechtfertigen.«

Isabella sah ihn aus ihren von Tränen geröteten Augen an. »Ihr wisst, mein Gemahl«, erwiderte sie, »dass ich stets die Eure sein werde, von jetzt an bis in den Tod.«

Friedrich nickte und rang sich ein Lächeln ab, Wohlwollen heuchelnd, wo er Abneigung empfand, ja sogar ein schlechtes Gewissen. Wie, so fragte er sich, sollte er diese Eheschließung vollziehen, wie in der Nacht der Hochzeit seine Pflicht erfüllen, wie in seiner Gemahlin etwas anderes sehen als ein verängstigtes Kind, das von Trennungsschmerz und Heimweh fast zerrissen zu werden schien?

Spontane Wut flackerte in ihm auf, gerechter Zorn über diese Verbindung, die ihm zwar ein Königreich eintrug, das jedoch erst noch erobert werden wollte – und das ihn vor sich selbst wie einen Narren dastehen ließ. An der Tafel seiner eigenen Hochzeit sitzend, fühlte er sich beschämt und übervorteilt, und den Schuldigen dafür hatte er rasch ausgemacht.

Nicht sein Berater Berard war es und auch nicht Bruder Hermann, denen er mehr als allen anderen vertraute, und auch nicht das Veilchen Isabella, die nur ein Spielball der sie umgebenden Mächte war.

Ihr Vater Johann von Brienne hingegen, als Regent von Jerusalem wahrlich ein weiterer Johann Ohneland, konnte bei alldem nur gewinnen. Es war kein Wunder, dass er mit feierlicher Miene an der festlich gedeckten Tafel saß, sich den Fasanenbraten munden ließ und einen Becher Wein nach dem anderen leerte. Schließlich wähnte er sich am Ziel seiner Träume, die die triumphale Rückkehr nach Jerusalem vorsahen, wenn sein Schwiegersohn Friedrich es erst für ihn erobert hatte. Doch dieses dreiste Geschöpf wollte mein Herr ihm gründlich versalzen, und zwar auf der Stelle …

Jäh erhob er sich, worauf die Gaukler ihre Kunststücke sofort unterbrachen und auch die Musik verstummte.

»So ist die Verbindung nun also geschlossen, werter Johann«, rief Friedrich dem Regenten von Jerusalem zu, »die Zeremonie, die mich zu Eurem Schwiegersohn und Erben macht!«

»Noch nicht ganz«, meldete der wie immer um diese Zeit bereits betrunkene Parceval Doria sich zu Wort und hob dabei belehrend den Zeigefinger. »Eine Kleinigkeit fehlt noch, um tatsächlichen Vollzug zu melden …«

Mit einem finsteren Blick brachte Friedrich den vorlauten Freund zum Schweigen. Es war nicht der Augenblick für derbe Scherze – auch wenn Parceval nicht unrecht hatte. Doch nach allen Verträgen, die unterzeichnet, und allen Zeremonien, die abgehalten worden waren, war dies nur noch eine Frage der Form – was auch Johann von Brienne so zu sehen schien.

»Das seid Ihr, Majestät«, bestätigte er ohne Zögern, wobei er sich respektvoll ebenfalls erhob.

»Nun denn«, konterte Friedrich, »wenn dem so ist, so frage ich mich, wo die fünfzigtausend Silbermark sind, die Ihr mir noch schuldet. Ich kann nicht sehen, dass Ihr sie bei Euch tragt!«

Einige bei Tisch lachten, vor allem Gäste von außerhalb. Doch wer den Kaiser kannte, der lachte nicht; denn die Zornesfalte, die auf Friedrichs Stirn erschienen war, machte deutlich, dass er keineswegs scherzte …

»Mir war nicht bewusst, dass ich Euch etwas schulde. Majestät«, gab Johann von Brienne offen zu. Die Weinseligkeit, die eben noch in seinen Zügen gelegen hatte, war jäh daraus verschwunden.

»Die fünfzigtausend Silbermark, die Ludwig der Löwe,

König von Frankreich, Euch zur Befreiung von Jerusalem zukommen ließ«, half Friedrich seinem Gedächtnis auf die Sprünge. »Da ich aus zuverlässiger Quelle weiß, dass von Eurer Seite keine Anstalten unternommen wurden, der heiligen Stadt zu Hilfe zu kommen, vermute ich das Geld also noch immer unberührt in Euren Schatzkammern … *mein Geld*«, fügte er zur Verdeutlichung hinzu.

»A-ber, Majestät«, stammelte Johann. Er hatte Schwierigkeiten, seine Gesichtszüge zu kontrollieren. Im einen Moment waren sie beherrscht und voller Strenge, dann wieder entglitten sie ihm, und er wirkte wie ein Sünder vor seinem Herrn. »Da-das Geld gehört dem Königreich Jerusalem …«

»… dessen Krone ich nun trage, spätestens vom heutigen Tage an, da Eure Tochter meine Gemahlin geworden ist«, vervollständigte Friedrich mit entwaffnender Logik. »Ich verlange folglich nur, was mir nach irdischem wie nach göttlichem Recht zusteht – zusammen mit all Euren königlichen Privilegien als Regent, die von diesem Augenblick an keine Gültigkeit mehr haben!«

»Was? Aber …«

»Wollt Ihr widersprechen?«

Der Graf von Brienne stand wie vom Donner gerührt.

Aller Augen hatten sich auf ihn gerichtet, selbst die der Gaukler und Musikanten. Hilfe suchend sah der öffentlich entmachtete Regent zuerst zu seinen, dann zu den Beratern des Kaisers und schließlich zu den päpstlichen Legaten, die ebenfalls in der Halle saßen. Doch von keinem von ihnen war Unterstützung zu erwarten, nur zu richtig war, was Friedrich vor aller Ohren laut gesagt hatte.

Isabella war alldem mit vor Staunen weit aufgerissenen Augen gefolgt. Nie zuvor hatte sie erlebt, dass jemand so mit ihrem gestrengen Vater sprach, hatte ihn niemals zuvor so kleinlaut gesehen. Gerade so, als wäre in der Halle eine dunkle Wolke aufgezogen, die sich über ihm allein zu entladen drohte. Und ein zaghaftes, wenn auch kaum zu bemerkendes Lächeln spielte um ihre dünnen, farblosen Lippen.

»Nun«, begann Johann sich zu winden und unter dem starrenden Blick des Kaisers nach Ausflüchten zu suchen, »ich weiß natürlich, dass … doch ist es nicht …«

»Nun?«, hakte Friedrich nach, eine Augenbraue zornig emporgezogen.

»Wie Ihr wünscht, Herr«, entgegnet der Graf von Brienne und beugte das Haupt. Dann sank er wieder auf seine Bank nieder, kraftlos, wie es schien, und blickte trübe vor sich hin.

»Ich dachte es mir«, sagte Friedrich zufrieden und nun wieder bester Laune – und auf seine Anweisung hin begannen die Musikanten wieder zu musizieren und die Gaukler wieder zu gaukeln, und als wäre nichts geschehen, gingen die Feierlichkeiten weiter. Das Band zwischen dem Grafen von Brienne und seinem Schwiegersohn jedoch war von diesem Tag an zerschnitten.

Was schließlich die Hochzeitsnacht mit der blutjungen Gemahlin betraf, die ihn nicht erregte und der er folglich auch nicht beiwohnen wollte, so fand mein Herr auch hierfür eine Lösung, die ihn nicht um sein Vergnügen und Isabella nicht um ihren Schlaf brachte.

Denn wie das Schicksal es wollte, hatte Isabellas Onkel Walther von Brienne eine Tochter mit dem betörenden Namen Anais. Schon beim ersten Eintreffen im Hafen von Brindisi war sie dem Kaiser aufgefallen, eine dunkelhaarige Schönheit in Isabellas Gefolge, die nicht nur seine

Neugier, sondern auch sein Begehren weckte. Und so war es nicht seine frisch angetraute Gemahlin, mit der Friedrich die der Hochzeit folgende Nacht verbrachte, sondern deren Cousine, die um sechs Jahre älter war und in der Blüte ihrer Schönheit stand – und die die Begierde meines Herrn ungleich mehr entfachte als das bleiche Kind, das er geehelicht hatte. Dem kindlichen Veilchen, so gestand mein Herr mir Jahre später, hatte er die blühende Rose Syriens vorgezogen, der er gar ein leidenschaftliches Gedicht widmete. Dort hieß es:

Ganz sicher sterb' ich, wenn ich sie entbehre
und nicht schnellstens zu ihr wiederkehre,
zur Blume aus dem Land der Syrer …

Was Anais selbst betraf, so blieb die Nacht in den Armen des Kaisers für sie nicht folgenlos. Im September des Jahres 1226 brachte sie ein Mädchen zur Welt, das schon in jungen Jahren allen weltlichen Bedürfnissen entsagen und ein Leben hinter Klostermauern wählen sollte.

Ihr Name war Blancheflor.

Die weiße Blume.

2.

Rimini
Ostern 1226

Es scheint mir die Zeit zu sein, um einige Worte über jenen Mann zu verlieren, der meinem Herrn die Krone von Jerusalem eingetragen hatte und der in der Zukunft noch weit mehr für ihn erreichen sollte, mitunter auch in Lagen, die anderen längst als aussichtslos erschienen wären: Hermann von Salza – oder, wie er sich selbst ungeachtet seiner beträchtlichen Machtfülle nennen ließ – Bruder Hermann.

In der Landgrafschaft Thüringen geboren, war er ein Mann von großer Frömmigkeit und nicht weniger großem Pflichtbewusstsein. Dem Orden der Brüder vom Deutschen Hospital Sankt Mariens zu Jerusalem, der es sich zur Aufgabe gemacht hatte, sich der Pilger anzunehmen, die die Heiligen Stätten in Outremer besuchten, trat er um die Wende des Jahrhunderts bei. Mancher Prediger wollte in jener Wende den Untergang der alten Welt sehen und den Beginn einer neuen. Für Hermann bedeutete der Eintritt in den Orden der Deutschritter auf jeden Fall den Aufbruch in eine neue Welt.

Einem altgedienten Geschlecht von Ministerialen entstammend, fügte er sich nicht nur rasch in die Strukturen des Ordens ein, sondern stieg in wenigen Jahren zu einem ihrer führenden Häupter auf. Im Jahr 1210, im Alter von beinahe fünfzig Jahren, wurde er zu dessen viertem Hochmeister bestimmt.

Auf meinen Herrn traf Bruder Hermann zum ersten Mal, als er in den Landen jenseits der Alpen weilte, und obwohl ihr Alter sich sehr unterschied – beinahe dreißig Winter trennten sie –, fanden die beiden Männer ein stilles Einvernehmen, aus dem sich schon bald eine enge Zusammenarbeit und schließlich Freundschaft entwickeln sollte, wie Friedrich sie in seinem Gefolge wohl nur ein weiteres Mal fand, nämlich in seinem getreuen Erzbischof Berard. Für ihn, den noch jungen Kaiser, wurde der Deutschritter zum bedingungslosen Unterstützer und zum loyalen Gesandten, den er im Gegensatz zu anderen Würdenträgern auch mit den heikelsten Aufgaben betrauen konnte, denn Hermann von Salza war ebenso ein Meister des Wortes wie des Schwertes.

Seinem Orden gereichte die enge Verbindung zum Kaiser zum Segen: Innerhalb nur weniger Jahre gewannen die Deutschritter derart an Einfluss, dass sie ihren Brüdern der Templer und Johanniter schon bald in nichts mehr nachstanden und sie gar zu überflügeln schienen. Mit ihrer Festung Starkenberg – oder Montfort, wie sie auch genannt wurde – hatten sie im Heiligen Land eine mächtige Bastion errichtet, die als ihr Zentrum galt und von der aus sie die Landstriche nordwestlich von Akkon beherrschten. Nun jedoch schienen sich im Nordosten des Reiches neue Möglichkeiten zu eröffnen: Konrad, Herzog von Masowien und des sich bis an die Weichsel erstreckenden Kujawiens, sah sich einer Bedrohung durch das östlich des Flusses siedelnde, heidnische Volk der Prussen ausgesetzt. In seiner Not bat er das Reich um Hilfe – und wer hätte tatkräftigere Unterstützung bringen können als die Deutschherren, deren selbstgewählte Bestimmung doch die Verteidigung der Christenheit war?

Im Austausch für die Waffenhilfe kam man überein, dass dem Orden nach der Vertreibung der Prussen die Lande jenseits der Weichsel samt ihrer Einkünfte gehören sollten. In einer Goldbulle, die er zum Osterfest des Jahres 1226 in Rimini siegelte und in den darauffolgenden Jahren noch erweitern und ergänzen sollte, sicherte der Kaiser Hermann von Salza und seinem Orden Privilegien zu, wie sie sonst nur Fürsten zugestanden wurden, und auch diesen nur noch selten; Friedrichs Vorgehen, dem Adel des Südreichs Macht zu entziehen, war auch im Norden nicht unbemerkt geblieben, und so regte sich Unmut.

Die einen blickten mit Neid auf die Vorrechte, die der Kaiser den Weißmänteln einräumte – so nannte man die Deutschritter ihrer weißen Umhänge wegen; die anderen fürchteten, dass man auch sie ihrer Privilegien berauben könnte, vor allem, wenn sie sich weigerten, am Zug gegen Jerusalem teilzunehmen. Der größte Widerstand regte sich im oberen Italien, wo sich Mailand und zahlreiche weitere Lombardenstädte dem Diktat des Reiches nie gebeugt hatten und es wohl auch künftig nicht tun wollten.

Dass Friedrich zur Osterzeit überhaupt in Rimini weilte, wo im Palazzo Arrengo das Kapitel des Deutschordens tagte und er die Goldbulle erließ, hing tatsächlich unmittelbar mit den unbeugsamen italienischen Städten zusammen. Denn eigentlich hatte der Kaiser nach Cremona zum

Reichstag gerufen, zur Ehre und zur Reform des Reiches, wie es hieß. Um die Säumigkeit der Städte in steuerlichen Belangen sollte es gehen, um die Vergabe von Rechten – und natürlich auch um die bewaffnete Wallfahrt, zu deren Durchführung die Städte Oberitaliens ebenfalls ihren Beitrag leisten sollten.

Doch der Reichstag fand nie statt.

Die Städte – und allen voran das mächtige Mailand – wollten weder an ihre Steuersäumigkeit noch an ihre Christenpflicht erinnert werden. Und sie verspürten auch kein Verlangen danach, vom Kaiser Rechte aberkannt zu bekommen, was einen Verlust an Wohlstand und Einfluss bedeutet hätte. Also formten die Milanesen ein Bündnis, dem zahlreiche weitere Städte wie Turin, Novara, Lodi, Crema, Bologna, Brescia, Mantua, Ferrara, Faenza und Verona beitraten. Sogar bis nach Venetien hinüber reichte Mailands Arm, wo sich Städte wie Padua und Treviso der Liga gegen den Kaiser anschlossen.

Die Folgen dieses Bündnisses bekam als Erster König Heinrich zu spüren, denn als Friedrichs inzwischen fünfzehnjähriger Sohn die Alpen überqueren wollte, um als Vasall des Kaisers dem Ruf nach Cremona zu folgen, da fand er die Klause von Verona verschlossen vor; im Auftrag des nördlichen Bündnisses hielten die Veroneser die Passstraße besetzt und zwangen Heinrich zur Umkehr, und mit ihm auch viele andere Noble des Nordens.

Die Folge war, dass das große Ereignis, das die kaiserlichen Berater in Cremona hatten abhalten wollen, nicht stattfinden konnte, zur hämischen Freude der Milanesen und ihrer Verbündeten und zu Friedrichs wildem Zorn …

»Mailand! Und immer wieder Mailand!«

Die gläserne, mit Wein gefüllte Karaffe, die der Kaiser

an die Wand des Kommunalpalasts warf, zersprang in tausend Scherben, der Rebensaft hinterließ einen grässlich roten Fleck, einem Menetekel gleich.

»Der Herr strafe diese elende Stadt und ihre Bürger für ihre Raffgier und Dreistigkeit!«, donnerte Friedrich, die Züge puterrot vor Wut.

Die Anwesenden, neben seinen Beratern auch einige Cremoneser Würdenträger, blickten betreten zu Boden. Die Zornesausbrüche des Kaisers waren ebenso unberechenbar, wie sie gefürchtet waren. Und sie häuften sich …

»Ich bin von den Milanesen fürwahr manche Unverschämtheit gewohnt«, fuhr Friedrich fort, während er auf dem Tisch nach einer weiteren Karaffe Ausschau hielt, mit der er um sich werfen konnte. Er fand keine, was seine Wut nur noch mehr entfachte. »Aber derart erniedrigt haben sie mich noch nie! Bloßgestellt haben Sie meine Majestät, mich zum Narren gemacht vor aller Welt!«

»Wenn schon, nimm es leicht, mein Freund«, riet Parceval Doria ihm mit weinseliger Gelassenheit zu, »du bist von den Mailändern bereits schlimmer erniedrigt worden – denk nur an damals, als wir uns durch den Fluss davonmachen mussten und sie dich deiner nassen Hosen wegen schmähten …«

Friedrich warf das Haupt herum, blitzte nun auch den Freund zornig an. »Du sprichst jedenfalls immer wieder davon, so, als dürfte ich es nicht vergessen«, zischte er. »Bereitet dir das heimliche Freude?«

Infolge des Weins, den er getrunken hatte, begann Doria erst jetzt zu dämmern, dass er den Bogen womöglich überspannt hatte. »Nei-nein, mein Kaiser und König«, beteuerte er stammelnd, »verzeih mir, ich wollte nicht …«

Es war zu spät für eine Entschuldigung.

Mit großen Schritten schoss Friedrich auf ihn zu, ein wütendes Lodern in seinem Blick, packte den armen Parceval am Kragen seines vornehmen Rocks und riss ihn so heftig empor, dass der Stuhl umfiel. »Immer wieder fängst du damit an«, brüllte er, »so, als ob es ein heiterer Schwank aus unserer Jugend wäre, ein dummer Streich, den sie uns an jenem Tag gespielt haben. Aber das war es nicht! Mailand trachtete mir damals nach dem Leben, und hätten sie mich in ihre Klauen bekommen, würde ich heute nicht hier stehen! Und als sie meiner nicht habhaft werden konnten, haben sie mich beleidigt, haben meine Majestät erniedrigt. Das werde ich diesen elenden Milanesen nicht vergessen, und eines Tages werden ich sie dafür bezahlen lassen! Alle werden sie bezahlen, die ihren Nacken nicht vor mir beugen«, fügte er hinzu, während seine Stimme wieder leiser wurde und das Lodern in seinen Augen sich legte. »Alle werden sie bezahlen …«

Nicht nur der arme Doria, jeder im Saal konnte sehen, wie bitterernst es dem Kaiser mit dieser Ankündigung war. Wenn Hermann von Salza und seine Deutschritter auf der lichten Seite von Friedrichs Herrschaft standen, so repräsentierten Mailand und seine Verbündeten die Dunkelheit, und es war nur eine Frage der Zeit, wann der Groll, den Friedrich gegen die hochmütigen Mailänder hegte, sich blutig entladen würde.

Doch noch blieben ihre Frevel ungestraft, nahm die bevorstehende Wallfahrt ins Gelobte Land die ganze Aufmerksamkeit des Kaisers in Anspruch – und so erneuerte und vertiefte er den Bund mit jenen, die ihm nahestanden, und gestand Hermann von Salza und seinen Deutschrittern Privilegien zu, wie sie kein anderer Orden je im Reich erhalten hatte.

Bruder Hermann und die Seinen lohnten es ihm im Gegenzug mit unverbrüchlicher Treue.

Auch dann noch, als viele andere sich längst von meinem Herrn abgewandt hatten.

3.

Bari
Zeitpunkt unbekannt

In den späten Jahren seines Lebens berichtete mir mein Herr von einer Begegnung, die sich einst zutrug, als er im Kastell zu Bari weilte. An den genauen Zeitpunkt konnte er sich nicht mehr entsinnen, doch muss es vor seiner Wallfahrt ins Gelobte Land gewesen sein – eine Begebenheit, die ihm später selbst mehr der Legende als der Wahrheit entsprungen schien.

Neben dem Kampf gegen die sizilischen Sarazenen war dem Kaiser auch der gegen die Ketzer stets ein Anliegen, natürlich auch, um sich das Wohlwollen der Kirche zu sichern. Er ging gegen Bewegungen wie jene der Katharer vor, deren Reden und Lehren der geltenden Ordnung widersprachen und nicht nur der Macht des Klerus, sondern auch der des Kaisers spotteten. Eine Bewegung, die ebenfalls den Argwohn des Kaisers weckte, hatte in Assisi ihren Anfang genommen. Ihr Begründer war ein gewisser Giovanni di Bernardone, der Sohn eines wohlhabenden Tuchhändlers, doch jenen Namen hatte er abgelegt, so wie er auch den väterlichen Stand und Besitz abgelegt hatte und – so wurde erzählt – auch alle seine Kleider.

Sämtlicher Habe ledig, hatte er die Stadt verlassen und ein Leben in der Nachfolge Jesu begonnen, dem sich schon bald viele Gleichgesinnte angeschlossen hatten. Binnen weniger Jahre war seine Bewegung der »Minderen Brüder«, die jeden weltlichen Besitz ablehnten und den Pfaden des Erlösers mit radikaler Konsequenz folgten, zum führenden Bettelorden Italiens geworden, und das mit ausdrücklicher Duldung des Heiligen Stuhls. Denn Francesco – so nannte er sich jetzt – versicherte stets, dass sein Gehorsam und seine Treue der römischen Kirche gehörten, und so ließ der Papst ihn nicht nur gewähren, sondern förderte ihn gar, waren die »Franziskaner«, wie sich die Mitglieder des Ordens nannten, doch seine ergebenen Diener.

Von Neugier getrieben, verspürte mein Herr den Wunsch, den Mann kennenzulernen, dem solches gelungen war. Als er in Bari weilte und hörte, dass sich der Bruder Francesco ebenfalls dort aufhielt, bestellte er diesen zu sich in die kaiserliche Burg, und so kam es zu jener Begegnung, die Friedrich sein Leben lang nicht vergessen sollte. Dem Treffen ging jedoch eine List voraus, die mein Herr anwandte, um den offenbar arg selbstgerechten Francesco in seine Schranken zu weisen. Behauptete dieser dreist, sich von irdischen Genüssen und fleischlichem Verlangen losgesagt zu haben, so wollte mein Herr ihm das Gegenteil beweisen. Und so schickte der Kaiser, da Francesco bereits am Abend vor dem Treffen in der Burg angekommen war, die schönste seiner sarazenischen Tänzerinnen in die Kammer des frommen Mannes.

Es mochte leicht sein, sagte er sich, den hässlichen, abgemagerten Weibern zu widerstehen, die sich in den Straßen herumtrieben – doch wie würde es um die Enthaltsamkeit des selbsternannten Moralapostels bestellt sein, wenn eine orientalische Schönheit vor ihm stand, glutäugig, mit langem schwarzem Haar und mit hauchdünner Seide angetan, die nichts verhüllte und alles zeigte?

Was genau in jener Nacht geschah, vermag ich nicht zu berichten, doch weiß ich, was die Sarazenin anderntags erzählte. Und so kann ich sagen, dass die Dinge nicht so verliefen, wie mein Herr es sich wohl vorgestellt hatte. Zwar verwehrte Francesco der Schönen nicht den Zugang zu seiner Kammer, doch nahm er auch nicht, was sie ihm bereitwillig darbot. Stattdessen holte er, als sie sich auf seinem Lager niederlassen wollte, glühende Holzscheite aus dem Kaminfeuer, legte sie auf den steinernen Boden und forderte die Schöne auf, sich darauf niederzulassen. Wäre sie bereit, dies zu tun, so würde er sich zu ihr legen, denn dann wäre ihre Zuneigung aufrichtig – in allen anderen Fällen solle sie seine Kammer schleunigst wieder verlassen, was die Frau unter entsetztem Geschrei auch sogleich tat.

Am darauffolgenden Tag schließlich kam es zu der Begegnung, der mein Herr mit großer Spannung entgegensah.

Viel hatte Erzbischof Berard ihm von dem seltsamen Mann aus Assisi berichtet, auch gar Wundersames … doch nun, als der so Gepriesene vor ihm stand, verspürte mein Herr spontane Enttäuschung. Denn es war kein großer Mann von ausgeprägtem Charisma, der vor ihn trat, sondern ein dürres Männlein, an dem selbst die schlichte graue Kutte noch schlotterte. Das Haupt war kahl, die Gesichtszüge wenig eindrucksvoll, die Augen dunkel, ihr Blick nicht dreist und herausfordernd, wie Friedrich angenommen hatten, sondern still und unscheinbar.

Dies sollte der Kerl sein, der seiner eigenen Familie und allen weltlichen Herren trotzte? Den das Volk bereits zu seinen Lebzeiten wie einen Heiligen verehrte? Der dem Papst Zugeständnisse abgerungen hatte wie niemand sonst?

»Ich grüße dich, Giovanni«, sagte er, auf seinem hohen Thron sitzend, noch ehe der andere das Wort ergreifen konnte.

»Der Friede des Herrn sei mit dir, mein Herr und Kaiser«, entgegnete der unscheinbare Besucher. »Doch bitte, nenn mich Francesco – auf jenen anderen Namen, den du nennst, höre ich nicht mehr.«

»Ist das so«, meinte Friedrich, während er sich fragte, ob die unverblümt vertrauliche Anrede eine weitere Provokation oder nur einfach Francescos schlichtem Wesen entsprungen sein mochte. Wobei er sich nun, da er ihn vor sich sah, fragte, ob es da überhaupt einen Unterschied gab … »Ich habe von dir gehört, Francesco«, fügte er hinzu.

»Das beschämt mich, Herr«, gab jener zurück, »denn ich nehme an, du hast Wichtigeres zu tun, als von einem armen Diener des Herrn zu hören.«

»So hast du auch von mir gehört?«, fragte Friedrich, dem in diesem Moment dämmerte, dass dieses Gespräch anders werden würde, als er es erwartet hatte. *Erwartet* hatte er, sich einem blinden Eiferer gegenüberzusehen, einem der üblichen Fanatiker, und mehr oder minder über ihn zu Gericht zu sitzen. Doch nun wurde ihm klar, dass dieses Gespräch eher den Diskussionen ähneln würde, die er in seiner Jugend zu Palermo oder in seiner Residenz mit den Gelehrten geführt hatte, mit Männern, die aus anderen Welten kamen als er und vieles wussten, von dem er noch nie gehört hatte. Der Mann aus Assisi mochte kein Gelehrter sein, aber ganz sicher kam er aus einer Welt, die der Kaiser noch nie betreten hatte …

»Das habe ich in der Tat«, bekannte Francesco freimütig. »Du bist Kaiser und König und Herrscher über alle Lande. Man nennt dich den Wandler der Welt – ich hingegen wandle auf den Pfaden des Herrn.«

»So behauptest du – die Sarazenin, die ich dir geschickt habe, um dich zu erfreuen, sagt etwas anderes. Sie sagt, du hättest sie mit Feuer bedroht.«

»Nicht mehr, als ich auch mich damit bedroht habe, Herr«, gab Francesco zurück.

»Warum hast du das Geschenk nicht angenommen, das ich dir geschickt habe? Es war ein Zeichen meines guten Willens.«

»Und dafür danke ich dir. Doch kann eine Speise süß schmecken und dennoch Magenkrummen bereiten, Herr, deshalb zog ich es vor, deine Wohltat auszuschlagen. Außerdem, wie könntest selbst du mir einen Menschen zum Geschenk machen?«

»Die Frau ist eine Sklavin«, erklärte Friedrich bereitwillig. »Ihr Leben gehört mir, und ich kann darüber verfügen, wie es mir gefällt.«

»Ich denke nicht, Herr, dass ein Mensch einen anderen Menschen besitzen sollte. So wie ich nicht denke, dass er *überhaupt etwas* besitzen sollte.«

»Doch so hast du nicht immer gedacht, nicht wahr?«, fragte Friedrich. »Wenn man uns beide nun ansieht, den Bettler und den Kaiser, so könnte man beinahe vergessen, dass es zu Beginn unserer Leben umgekehrt gewesen ist – du der Sohn eines reichen Kaufmanns, ich allein in den Gassen Palermos …«

»Auf all das habe ich verzichtet«, erklärte Francesco.

»Und ich habe all das gewonnen«, entgegnete Friedrich, wobei er mit den Armen eine ausladende Geste machte, die nicht nur den Saal und die Burg, sondern ganz Apulien und im Grunde sein ganzes Reich einzuschließen schien.

»Ich weiß, Herr. Und dafür hast du mein Mitgefühl.«

»Dein Mitgefühl?« Der Herrscher der Welt war fassungslos. »Aus welchem Grund?«

»Weil du seit dem Tag, da du all dies gewonnen hast«, erwiderte Francesco, die Geste des Kaisers nachahmend, »darum kämpfst, es zu behaupten. Mit deiner Herrschaft verhält es sich wie mit jedem weltlichen Besitz, den der Mensch erlangt – sobald er ihn hat, treibt ihn die Sorge um, ihn wieder zu verlieren. Besitzt der Mensch hingegen nichts, so ist sein einziges Streben auf die Ewigkeit gerichtet.«

»Wohin kämen wir«, wandte Friedrich ein, »wenn jeder so denken würde? Bis ihm die Ewigkeit anbricht, muss der Mensch im Diesseits leben – und dieses Leben im Hier und Jetzt bedarf einer Ordnung. Kraft meiner Herrschaft gebe ich diese Ordnung, denn ich bin das Gesetz.«

»Doch musst du Gewalt anwenden, um es durchzusetzen.«

»Und das ist nicht recht?«

Aus seinen dunklen kleinen Augen sah Francesco den Kaiser an, dabei spielte ein nachsichtiges Lächeln um seine schmalen Gesichtszüge. »Einst war ich wie du, Herr«, gab er offen zu, »doch wann immer ich Gewalt anwenden musste, hat es mich nachher bitter gereut, und ich habe viele Tränen darüber vergossen. Und ich spreche nicht nur von Gewalt gegenüber Menschen, sondern auch gegenüber Tieren.«

»Gegenüber Tieren? Also bist du kein Freund der Jagd?«

»Ich sehe keine Notwendigkeit darin. Die Natur gibt uns auch so, was wir zum Leben brauchen.«

»Aber hieß es nicht, dass sich der Mensch die Erde untertan machen möge?«

»Durchaus, Herr«, räumte Francesco ein, »doch bedeutet dies, auch über das Leben selbst zu verfügen, das allein Gott in seiner Barmherzigkeit zu schenken vermag? Ihr könnt auch nicht über die Sonne verfügen, und doch ist sie es, die Leben schenkt, ohne eine Gegenleistung dafür zu verlangen und ohne, dass Ihr sie dazu zwingen könntet. Würde sich ein jeder mit dem begnügen, was der Allmächtige uns in seiner Güte gewährt, gäbe es wohl keine Kriege und kein Leid der Menschen – so jedoch sind wir Sterblichen stets dazu verdammt, Gewalt zu erdulden und sie auch selbst zu üben, Herr. Genau wie du.«

»Was fällt dir ein?«, fragte Friedrich von seinem Thron herab. Weder gefiel ihm der Inhalt der Worte noch die schlichte Selbstverständlichkeit, mit der der unscheinbare Besucher sie verkündete. Allmählich wurde ihm klar, weshalb so viele dem Mann aus Assisi folgten …

»Es ist so, mein Kaiser, du magst es einsehen oder nicht. Du selbst hast dich auf das Spiel eingelassen, nun musst du es spielen bis zu deinem letzten Atemzug.«

»So sollte ich wohl darauf achten, es nicht zu verlieren«, wandte Friedrich achselzuckend ein.

»Mehr noch – du hast dich selbst dazu verdammt, es zu gewinnen«, entgegnete Francesco. »Denn gelingt es dir nicht, wirst du eines Tages vom Jäger zum Gejagten werden.«

»Willst du mir drohen?«

»Nein, Herr. Ich sage dir lediglich voraus, wie es für dich enden wird. Sieh mich an – alt und schwach bin ich geworden, müde von dem Weg, den ich gegangen bin. Doch sehe ich am Ende dieses Weges vieles klarer als zuvor. Vielleicht«, fügte der Mann aus Assisi hinzu, »wirst du einst, wenn du selbst am Ende deines Weges stehst, verstehen, was ich meine.«

Der Kaiser holte tief Luft, um entschieden zu widersprechen – doch er tat es nicht. Die Worte seines ärmlichen Besuchers mochten ihm nicht gefallen, doch bewirkten sie etwas in ihm … eine unbestimmte Sehnsucht, wie sie wohl einem jeden Menschen innewohnt, ein Verlangen nach Freiheit. Seine geliebten Falken hatte Friedrich stets beneidet, wenn sie ihre Flügel ausbreiteten und sich in den Himmel schwangen, aller irdischen Fesseln ledig … Doch der Mann aus Assisi schien nicht weniger frei zu sein als sie. Und das ganz ohne Flügel …

»Nehmen wir einmal an, du hättest recht«, sagte er leise. »Da ich doch nun einmal bin, was ich bin, und getan habe, was ich getan habe – wie könnte ich etwas daran ändern?«

»Es ist einfach«, wusste Francesco. Er lächelte, schien in diesem Moment beseelt von wahrer Liebe. »Lass ab von deinen Gegnern und liebe deine Feinde, Herr. Folge dem Weg des Erlösers, und auch du wirst Ruhe finden.«

Friedrich nickte und dachte eine Weile über die Worte nach. »Nein«, sagte er dann entschieden, »Ruhe werde ich erst finden, wenn ich alle meine Feinde niedergeworfen habe; wenn sich Jerusalem wieder in christlicher Hand befindet und ich alle meine Pläne verwirklicht habe, meine Vision von einer Herrschaft, wie es keine zuvor gegeben hat und deren Glanz alle anderen Fürsten der Welt weit überstrahlen wird.«

»So wünsche ich dir Frieden, Herr«, sagte Francesco leise, und, so schien es, auch ein wenig enttäuscht, »doch fürchte ich, dass du ihn auf Erden niemals finden wirst.«

Noch manches Mal hat mein Herr in späteren Jahren

über dieses Zusammentreffen nachgedacht, sich irgendwann gar gefragt, ob es tatsächlich stattgefunden hat oder lediglich in seinen Träumen.

Francesco d'Assisi jedoch starb nicht lange nach der Begegnung mit dem Kaiser am 3. Oktober des Jahres 1226, nachdem er ein letztes Mal die gepriesene Schwester Sonne hatte untergehen sehen.

Er war ein großer Mann, Kaiser auf seine Weise.

Und wie mein Herr Friedrich ein Verwandler der Welt.

4.

Aachen
28. März 1227

Das Jahr des Herrn 1227 war noch nicht alt, als aus Rom die Nachricht kam, dass Papst Honorius III. am 18. März, dem Tag des heiligen Kyrill von Jerusalem, gestorben war.

Zuletzt hatte der greise *pontifex* noch zwischen dem Kaiser und den Städten Oberitaliens vermittelt und angesichts des gemeinsamen Ziels, das in diesen Tagen alle Christenmenschen vereinen sollte, einen brüchigen Frieden zustande gebracht. Doch nun war er vom Allmächtigen abberufen worden, und während die Kardinäle in Rom zusammentraten, um einen Nachfolger für Honorius zu bestimmen, gingen die Vorbereitungen für die große Unternehmung unvermindert weiter.

Als hätte Honorius geahnt, dass sich seine irdische Zeit dem Ende näherte, hatte er zwei Jahre zuvor noch auf eine Vereinbarung gedrängt, die schließlich zu San Germano zwischen Hermann von Salza und Vertretern der Kurie abgeschlossenen worden war. Darin war nicht nur festgeschrieben, dass die große Wallfahrt spätestens im Sommer des Jahres 1227 beginnen sollte. Der Kaiser verpflichtete sich darin auch, eine Streitmacht von nicht weniger als eintausend Rittern aufzubieten sowie für die Dauer von zwei Jahren zu unterhalten; ferner sollte er Schiffe für weitere zweitausend Reiter zur Verfügung stellen, um auf dem Seeweg nach Outremer zu gelangen. Des Weiteren hatte das Reich Finanzmittel im Wert von einhunderttausend Goldunzen aufzubringen, um dieses größte und kühnste Unternehmen, das seit langem gewagt worden war, zu ermöglichen.

Um nun auch die deutschen Fürsten für die Idee zu gewinnen, hatte Friedrich im kalten Herbst des Jahres 1226 einmal mehr Hermann von Salza über die Alpen geschickt. Der Ordensmeister genoss auch im Norden des Reiches hohes Ansehen und zudem auch das Vertrauen der Kirche, und das war gut so, denn das harsche Vorgehen des Kaisers gegen Johann von Brienne hatte auch hier für Missstimmung gesorgt.

Isabellas Vater selbst hingegen war, seines Titels und seiner Ämter ledig, von Brindisi aus schnurstracks nach Rom geeilt, um sich vor dem Heiligen Stuhl lauthals über die rüde und – zumindest in seinen Augen – ungerechte Behandlung durch seinen kaiserlichen Schwiegersohn zu beschweren. Zwar gab Papst Honorius Johann recht, doch die Aussicht auf den nun unmittelbar bevorstehenden Heereszug ins Heilige Land überwog die Entrüstung. Was dem Grafen von Brienne widerfahren war, war angesichts der großen, gemeinsamen Unternehmung nur eine Nebensächlichkeit, eine von den vielen, über die man in Rom einstweilen hinwegsah – die man jedoch, wie sich zeigen sollte, weder vergaß noch vergab.

In der Erwartung, dass der deutsche Adel nicht mit allzu großer Begeisterung auf den neuerlichen Aufruf zur Wallfahrt reagieren würde, hatte man einen anderen

Grund für Bruder Hermanns Besuch in deutschen Landen vorgeschoben – nämlich die Krönung von König Heinrichs Gemahlin Margarethe, die sich Ende März im Dom zu Aachen ereignen sollte. Die Eheschließung zwischen dem damals dreizehnjährigen Heinrich und der zwanzigjährigen Margarethe von Babenberg hatte bereits zwei Jahre zuvor stattgefunden.

Dass sein Sohn eine Frau ehelichen sollte, die rund sieben Jahre älter war als er, mag bei Friedrich Erinnerungen an seine eigene Vermählung mit Konstanze von Aragon geweckt haben. Und auch der Unwille, den der junge Heinrich an den Tag legte, könnte meinen Herrn an seine eigene starrsinnige Haltung erinnert haben – was jedoch nichts an seiner Entscheidung änderte. Denn Margarethes Vater war Leopold von Babenberg, ein Mächtiger des Reiches, der als Sechster seines Namens Herzog von Österreich und der Steiermark war und somit Friedrichs Zugang ins obere Italien sichern konnte. Um Margarethe nicht nur als Heinrichs Gemahlin, sondern als Königin zu legitimieren, kam man folglich überein, die beiden Kinder vornehmer Häuser nicht nur zu verheiraten, sondern Margarethe zudem in einer eigenen Zeremonie zur Königin zu krönen.

Das Ereignis fand am 28. März des Jahres 1227 statt, kurz vor dem Osterfest und an jenem Ort, wo seit den Tagen des großen Karl die Fürsten des Nordens den König krönen, nämlich im Dom zu Aachen, wo auch Heinrich selbst und vor ihm sein Vater gekrönt worden waren. Und bei dieser Gelegenheit, als die deutschen Edlen angesichts des freudigen Ereignisses zusammenfanden, forderte Hermann von Salza im Namen des Kaisers ihre Teilnahme an der Wallfahrt nach Jerusalem ein, zur Ehre Gottes und zum Heil ihrer eigenen Seele.

»Auf ein Wort«, wandte er sich an Ludwig, den jungen Landgrafen von Thüringen, der ein entfernter Cousin des Kaisers war und als einer der mächtigsten deutschen Fürsten galt – und zudem als ein Mann von besonderer Frömmigkeit.

»Ich grüße Euch, Bruder Hermann«, erwiderte Ludwig. Während der Herzog anlässlich des Ereignisses seinen besten Mantel trug, begnügte sich der Deutschritter einmal mehr mit der schlichten weißen Robe seines Ordens. »Noch ehe Ihr ein Wort gesprochen habt, weiß ich, was Ihr sagen wollt – geradeso, als hättet Ihr es bereits gesagt.«

»So erspart Ihr mir Zeit und Mühe, Herr«, entgegnete Hermann, froh darüber, nach langen Aufenthalten in der Fremde endlich einmal wieder die Zunge seiner thüringischen Heimat sprechen zu dürfen. »Doch nehmen wir nun einmal an, ich hätte Euch tatsächlich gefragt, ob Ihr Euch der Unternehmung Eures Kaisers anschließen wollt, was würdet Ihr darauf erwidern?«

Ludwig, ein Mann von 27 Jahren, von hohem Wuchs und wachem Verstand, lächelte und ließ sich auf das Gedankenspiel ein. »Ich würde Euch antworten, dass die letzten Jahre nicht einfach waren, weder für mich noch für die Meinen. Die Auseinandersetzung mit dem Erzbischof von Mainz hat mich große Anstrengung gekostet …«

»… die seine Majestät der Kaiser allerdings geschlichtet hat«, wandte Hermann von Salza ein.

»Das ist wahr«, gab Ludwig unumwunden zu, »doch war dies nicht der einzige Kampf, zu dem ich mich gezwungen sah. Die Markgrafschaft von Meißen fiel mir zu, als mein Bruder verstarb, doch meine eigene Schwester verwehrt mir, was rechtens mir gehört. Würde ich mich der Wallfahrt des Kaisers anschließen und den Dingen hier den Rücken zukehren, würde das bedeuten, meine Ansprüche aufzugeben.«

»Und wenn es einen anderen Weg gäbe? Einen, an dessen Ende ein jeder seinen Willen bekäme, der Kaiser und auch Ihr selbst?« Das bärtige Gesicht des Ordensritters verriet keine Regung, doch in seinen kleinen Augen blitzte es listig.

»Wie?«, wollte Ludwig wissen.

»Indem seine Majestät zu Euren Gunsten in den Konflikt eingreift und Euch sämtliche Reichseinnahmen der Mark Meißen gewährt«, eröffnete Hermann von Salza.

»Ist das Euer Ernst?«

»Allerdings«, bestätigte Bruder Hermann ohne Zögern. Es ließ sich nicht erkennen, ob er in diesem Moment eigenmächtig entschied oder ob ihm der Kaiser die Befugnis dazu gegeben hatte, doch spielte es auch keine Rolle. Jeder in diesen Tagen wusste, dass eine Zusicherung Hermann von Salzas nicht weniger verbindlich war, als hätte der Kaiser selbst sie ausgesprochen.

»So wüsste ich, dass ich meine Grafschaft verlassen kann, ohne dass meine Gegner mir in den Rücken fallen«, bestätigte Ludwig, »doch löst dies noch nicht das Problem meiner leeren Kassen. Meine Truppen sind geschwächt, seit ich gezwungen war, sie gegen Meißen zu schicken, und es wird dauern, bis die Einnahmen, die aus der Mark eintreffen …«

»Würde eine Zahlung von – sagen wir – fünftausend Silbermark denn etwas daran ändern?«, fragte Hermann und hielt ihm die Rechte hin. »Könnte sie Euch gar überreden, das Kreuz zu nehmen und unserem gemeinsamen Herren Friedrich noch in diesem Sommer in Gottes Namen nach Jerusalem zu folgen und die Heiden von den heiligen Stätten zu vertreiben?«

Die Worte verklangen, doch die Frage schwebte weiter in der feuchtkühlen Luft, die durch die Gänge der alten Königspfalz wehte. Einen Augenblick lang dachte Ludwig von Thüringen, Vierter seines Namens, über das großzügige Angebot nach, das sein Herr und Kaiser ihm machte – dann ergriff er die Rechte des Ordensritters und drückte sie herzlich.

»In Gottes Namen«, bestätigte er – und es war beschlossen.

Natürlich hatte Bruder Hermann, der nicht nur ein Mann des Glaubens, sondern auch von großer Schläue war, sich nicht von ungefähr zuerst an Ludwig gewandt.

Dass der mächtige Landgraf von Thüringen das Kreuz genommen hatte, sprach sich rasch herum unter den anwesenden Noblen – noch schneller aber verbreitete sich das Gerücht, dass der Gesandte des Kaisers Ludwigs Frömmigkeit mit der Vergabe von Privilegien sowie einer Zahlung von fünftausend Silbermark auf die Sprünge geholfen habe.

Das Gefühl, dass es in diesen Tagen mehr zu gewinnen gab als nur das bloße Seelenheil, machte in Aachen die Runde, und so schloss sich als Nächstes Heinrich von Limburg der heiligen Sache an, nachdem auch ihm eine erkleckliche Belohnung zugesichert worden war. Noch vor dem Osterfest sagten außerdem siebenhundert weitere deutsche Ritter ihre Teilnahme an der Wallfahrt nach Jerusalem zu.

Nur einen konnte selbst der findige Deutschritter nicht zur Teilnahme bewegen, nämlich den Vater der frisch gekrönten Königin Margarethe.

Weder das familiäre Bündnis mit dem Kaiser noch die Überredungskünste Bruder Hermanns konnten Leopold von Babenberg dazu bringen, sich dem Unternehmen anzuschließen. Der im fünfzigsten Lebensjahr stehende Herzog von Österreich machte geltend, bereits am Feldzug gegen die Albigenser sowie an der Belagerung von Damietta teilgenommen zu haben und zudem einen erbitterten Kampf gegen die Ketzer in seinem eigenen Herzogtum zu führen, weswegen er sich nicht in der Lage sehe, das Kreuz noch ein drittes Mal zu nehmen … Doch hinter vorgehaltener Hand wurde auch erzählt, der Herzog hätte von einem Sterndeuter eine Warnung erhalten, dass, sollte er seinen Fuß in den Süden Italiens setzen, dies sein Ende bedeuten würde, und dass er deshalb davor zurückschrecke, seine Heimat zu verlassen.

Ich vermag nicht zu beurteilen, ob dies wirklich so geschehen ist oder ob es nur ein Gerücht war, das sich schwatzhafte Knechte und Mägde ausgedacht und lange genug herumerzählt haben, bis sie es am Ende selbst glaubten.

Doch die Warnung sollte sich als berechtigt erweisen.

Und das gleich in zweifacher Hinsicht.

5.

Brindisi
August 1227

Ein Name ist niemals reiner Zufall.

Zumal dann nicht, wenn er selbst gewählt wurde.

Als Hugolinus von Ostia wie erwartet von den Kardinälen zu Papst Honorius' Nachfolger bestimmt wurde und den Stuhl Petri bestieg, tat er dies als Papst Gregor, Neunter dieses Namens. Und schon damals hätte mein Herr gewarnt sein sollen.

Denn es war auch einst ein Gregor gewesen, der im Streit zwischen Papsttum und Königsmacht den Salier Heinrich bezwungen und zum Gang nach der Burg Canossa genötigt hatte – dass Hugolinus von allen zur Verfügung stehenden Namen ausgerechnet diesen annahm, sagte viel darüber aus, wie er die Kirche zu führen gedachte: nicht wie sein Vorgänger, nachsichtig und in erster Linie dem Glauben und der Ewigkeit verpflichtet, sondern dem Diesseits zugewandt, mit unnachgiebiger, starker Hand und in vollem Bewusstsein der Macht, die ihm das himmlische Amt auf Erden verlieh.

Es war eine Ankündigung.

Ein feierliches Versprechen.

Und eine unausgesprochene Drohung.

Der neue Papst hatte den Heiligen Stuhl kaum besetzt, als er Kaiser Friedrich eine Note zukommen ließ, in der er ihm als neu gewählter Nachfolger Petri seinen Gruß entbot: »Der Allmächtige«, so schrieb er, »hat dir, Friedrich, Gaben verliehen, so wie dein Talent zur Wissenschaft und deine Vorstellungskraft, in der du der gesamten Christenheit ein Vorbild bist. Doch hüte dich davor, deinen engelsgleichen Geist jenen Trieben unterzuordnen, die du mit Tieren und Pflanzen teilst. Denn wenn du dich zum Sklaven deiner Triebe machst, wird dein Geist geschwächt.«

Mein Herr nahm die Nachricht zur Kenntnis.

Ihm war klar, dass Papst Gregor damit auf seinen Hof zu Foggia anspielte, auf den Prunk, mit dem er sich dort umgab, und auf sein gutes Einvernehmen mit den Sarazenen – genau jene Dinge also, die ihm schon ein Dorn im Auge gewesen waren, als er sich noch Hugolinus genannt und Kardinalbischof von Ostia gewesen war. Doch ging Friedrich davon aus, dass die Ermahnungen des neuen Papstes dem Eifer des Neubeginns entsprungen waren. Er vertraute darauf, dass es Bruder Hermann einmal mehr gelingen würde, die Wogen zu glätten, und dass das gemeinsame Ziel der großen Wallfahrt auch den gestrengen Gregor davon abhalten würde, Maßnahmen gegen den Kaiser zu ergreifen.

Vermutlich hätte mein Herr mit dieser Einschätzung auch richtiggelegen, hätte sich im heißen Sommer jenes Jahres 1227 nicht einmal mehr gezeigt, dass es dem Menschen zwar gegeben sein mag zu planen – dass die Erfüllung jener Pläne jedoch allein in den Händen des Allmächtigen liegt …

Der Kaiser hatte Wort gehalten und die Vorgaben des

Vertrages von San Germano in jeder Hinsicht mehr als erfüllt. Im Lauf des Sommers hatte sich die apulische Ebene bei Brindisi in ein gewaltiges Aufmarschgebiet verwandelt.

Aus dem gesamten Reich trafen Pilger ein, die sich zur Wallfahrt verpflichtet hatten und mit dem Kreuz versehen waren: So fand sich wie vereinbart der Landgraf von Thüringen mit einem mächtigen Aufgebot an deutschen Rittern ein, auch aus Hessen, Schwaben, Burgund und dem Elsass waren Streiter in großer Anzahl erschienen; auch diejenigen Städte Oberitaliens, die treu zum Kaiser standen, sandten ihre Kontingente, dazu gesellten sich die Aufgebote der Erzbischöfe von Palermo und Capua; über das Meer trafen von Westen kommend Schiffe mit Tausenden englischer Pilgern ein, dazu fand ein Heereszug französischer Streiter seinen Weg in den Süden Italiens; und auch Friedrich selbst löste seine zu San Germano gegebenen Zusicherungen ein und hatte sowohl die verlangten eintausend Kämpen als auch die für die Überfahrt nach Outremer benötigten Galeeren aufgeboten, die im Hafen von Brindisi bereitlagen.

Nachdem die Unternehmung so zaghaft begonnen und sich ein um das andere Mal verzögert hatte, hatte zuletzt doch echter Eifer das Abendland ergriffen, sodass die Zahl der Pilger selbst die kühnsten Erwartungen noch übertraf. Der Ruf, den die Kirche und der Kaiser gemeinsam an die Christenheit geschickt hatten, hatte nicht nur Ritter und Fürsten erreicht, sondern auch Gemeine, die sich dem Zug in großer Anzahl anschließen wollten. Und so erstreckte sich rings um die Zeltstädte, die die Noblen auf der Ebene errichten ließen, noch ein weiteres, weit weniger gut gerüstetes Lager, in dem das Fußvolk unter freiem Himmel schlief und auf seine Einschiffung wartete.

Natürlich dauerte es nicht lange, bis sowohl frisches Wasser als auch die ohnehin karge Verpflegung knapp wurden. Der Kaiser, der von Melfi aus zum Heer der Pilger stieß, erkannte die drohende Gefahr und übernahm es selbst, Pläne für die Verteilung von Wasser und Brot zu erarbeiten. Seinen Cousin Ludwig von Thüringen, der fortan nicht mehr von seiner Seite wich, ernannte er zu seinem Stellvertreter, und es gelang, die Not der Verpflegung zu lindern.

Somit war alles für die große Wallfahrt bereitet.

Die Pilger waren eingetroffen, gewillt, ihr Leben im Kampf für den Glauben und zur Befreiung der heiligen Stätten zu wagen, und Friedrich hatte alles unternommen, um endlich sein vor so langer Zeit gegebenes Gelübde einzulösen und das größte Heere gen Jerusalem zu führen, das je ein Herrscher unter seinem Banner vereint hatte.

Dann kam das Fieber.

6.

Woher die Seuche kam, wusste niemand zu sagen.

War sie aus der Not der Versorgung entstanden und aus der Knappheit des Wassers? War sie aus fernen Landen eingeschleppt worden von jenen, die sich in Brindisi sammelten? Oder war sie, wie mancher Prediger vermutete, ein Zeichen des Allmächtigen?

Niemand kannte die Antwort, und bald schon war sie auch nicht mehr von Belang. Denn unter den Tausenden von Wallfahrern, die sich im Süden Apuliens versammelt hatten, griff das Fieber wie ein Lauffeuer um sich und erfasste innerhalb kürzester Zeit das gesamte Lager.

Eine Warnung gab es nicht.

Am einen Tag war es noch Gerücht, am nächsten bereits schreckliche Gewissheit. Wer sich am Morgen noch gesund und in der Blüte seines Lebens wähnte, der konnte am Abend bereits todkrank darniederliegen. Der Mangel an Wasser und die Hitze über der apulischen Ebene taten ein Übriges, und so verwandelte sich das Heerlager der Wallfahrer in einen Acker des Todes, über dem schon bald der beißende Gestank der Verwesung lag. Statt ihr Leben in fernen Ländern zum Ruhm des Allmächtigen zu wagen, verloren es viele der mit dem Kreuz Bezeichneten an das Fieber, und ihre letzte Ruhestätte fanden sie nicht in der heiligen Erde des Gelobten Landes, sondern in staubigen Gruben, die rasch ausgehoben wurden, um sich der zahlreichen Toten zu entledigen.

Panik breitete sich unter jenen aus, die noch nicht von der Seuche ergriffen waren, und sie verließen fluchtartig das Lager, zerstreuten sich ins Landesinnere, wo sie sich in Hunger und Not an die Bauern der dortigen Dörfer wandten – die daraufhin ebenfalls vom Fieber befallen wurden.

Doch obwohl all dies geschah, hielt Friedrich weiter an seinem Gelübde fest.

Was ihn dazu trieb, wusste er wohl selbst nicht zu sagen – war es seine persönliche Beharrlichkeit? Seine Weigerung, sich von einer Laune des Schicksals in die Knie zwingen zu lassen? Oder sah er womöglich noch mehr darin? Eine Prüfung des Allmächtigen? Ahnte er bereits, dass der neue Stellvertreter Christi auf Erden sehr viel weniger nachsichtig sein würde als sein Vorgänger?

Obwohl die Seuche auch vor dem kaiserlichen Lager nicht Halt machte und zahlreiche Ritter aus Friedrichs Umfeld befiel, versah er weiter seine Pflicht als Anführer. Er ließ die im Hafen von Brindisi ankernden Galeeren bemannen und in See stechen und sorgte so dafür, dass eine erste Welle von mehreren tausend Kämpfern das Heilige Land erreichte. Wie leicht hätte er selbst eines dieser Schiffe besteigen und mit dem Wind nach der Levante segeln können, sich Seuche und Gefahr entziehen, doch er tat es nicht. Trotz aller Gefahr harrte der Kaiser auf seinem Posten als Oberbefehlshaber des christlichen Heeres aus und schickte sich an, das nächste Kontingent für die Überfahrt aufzustellen, während die Seuche weiter im Lager der Wallfahrer wütete und Noble wie Gemeine gleichermaßen dahinraffte.

Andachten wurden abgehalten, verzweifelte Gebete zum Herrn gesprochen, Weihrauch durch das Lager getrieben, um es von Sünde und Tod zu reinigen. Doch das Fieber hielt weiter an, und es wurden Stimmen laut, die darin mehr erkennen wollten. War die Seuche die Strafe dafür, dass das Unternehmen wieder und wieder verschoben worden war? Immer größer wurde die Zahl jener, die darin nicht nur eine Warnung des Allmächtigen sahen, sondern in der Seuche das sich ankündigende Weltgericht erkennen wollten. Zur Furcht vor dem Fieber gesellte sich nun auch noch die vor dem göttlichen Strafgericht – und es machte vor niemandem Halt.

Auch Landgraf Ludwig von Thüringen, der dem Kaiser bis dahin als zweiter Heerführer zur Seite gestanden hatte, wurde vom Fieber befallen, und gegen Ende des Monats erkrankte Friedrich selbst.

Es kündigte sich in Schwächeanfällen an, die er den Tag über erlitt, während er mit den Unterführern die Verteilung des Proviants besprach. Am Abend klagte der Kaiser über brennenden Durst und stechenden Kopfschmerz, und noch in der Nacht entbrannte sein Körper in lodernder Hitze, die sich auch in den darauffolgenden Tagen nicht legte und gegen die die *medici* keine Abhilfe wussten. Dennoch bemühte sich Friedrich, seine Aufgabe als Heerführer auch weiterhin zu erfüllen, dem Fieber zum Trotz – in der Folge verschlechterte sich sein Zustand.

Die Heiler rieten ihm schließlich dazu, sich auf die vor der Küste gelegene Insel Sant'Andrea zurückzuziehen und von den Mönchen des dortigen Benediktinerklosters pflegen zu lassen. Einmal mehr war es der getreue Parceval Doria, der meinen Herrn begleitete. Friedrichs engste Berater suchten unterdessen die Regierungsgeschäfte aufrechtzuerhalten. Während der Kaiser in den Klauen des Fiebers lag, sandten sie Meldung um Meldung nach Rom, in der sie die dramatischen Ereignisse schilderten und vom geschwächten Zustand des Imperators berichteten. Doch die Geduld des Heiligen Stuhls war erschöpft, und so enthielten die Erwiderungen, die Papst Gregor dem kaiserlichen Lager zukommen ließ, weder Verständnis noch Nachsicht.

»Soweit meine Pflicht es gestattet, will ich dir gern entgegenkommen«, las Doria Friedrich eine der Antwortnoten vor, die die Boten nach der Insel brachten, »allerdings erwarte ich von dir, dass du weder dich selbst noch mich in eine Lage bringst, aus der ich dich nicht befreien kann, selbst dann, wenn ich es wollte. Gezeichnet: Gregor …«

»Ich weiß, wer es geschrieben hat«, versicherte Friedrich. Zur Seite gedreht lag der Kaiser auf seinem Lager, die Gesichtszüge bleich und ausgezehrt. »Stil und Duktus sind mir nur zu bekannt«, fügte er hinzu und rang sich trotz seines elenden Zustands ein Lächeln ab.

»Und?«, fragte Parceval nur. In sich zusammengesunken, kauerte er auf einem Schemel an Friedrichs Lager. Auch ihn plagte das Fieber, Schweiß stand ihm auf der Stirn, und dunkle Ränder lagen um seine Augen, jedoch konnte er sich noch aufrecht halten.

»Ich habe nicht mit Nachsicht gerechnet«, versicherte Friedrich. Seine Stimme war heiser, das Sprechen fiel ihm schwer angesichts des dicken Klumpens, zu dem seine Zunge angeschwollen war.

»Was willst du tun?«

»Was schon?« Der Kaiser wollte bitter auflachen, stattdessen schüttelte ihn heftiger Husten. »Tun, was meine Pflicht ist«, erwiderte er, nachdem er wieder Atem gefasst hatte. »Was ich gelobt habe, schon vor so langer Zeit.«

»Du willst in See stechen?«

»Habe ich eine andere Wahl?«

»Wohl nicht.« Mit fiebrig glänzenden Augen blickte Parceval auf das Schreiben in seiner Hand. »Man gibt sich noch nicht einmal Mühe, die Drohung darin zu verstecken.«

»So frei ist ein Kaiser«, keuchte Friedrich bitter.

»Warum?«, fragte Parceval nur.

Sein kaiserlicher Freund sah ihn müde an. »Was meinst du?«

»Warum hast du es damals getan? Warum hast du das Kreuz genommen, als man dich zum König krönte? Niemand hat darum gebeten, es war deine Entscheidung allein.«

»Denkst du?« Das Haupt mit dem rotblonden, schweißnassen Haar auf das Kissen gebettet, schüttelte Friedrich den Kopf. »Niemand ist je in seinen Entscheidungen allein, mein Freund … am allerwenigsten jemand, der eine Krone trägt.«

»Nicht einmal ein Kaiser!«

»Selbst ein Kaiser hat Herren, denen er dient … der Tradition und der Vergangenheit, seinen Ahnen, die aus der Ewigkeit auf ihn blicken bei allem, was er tut … erst vergangene Nacht sind sie mir wieder im Traum erschienen … mein Vater und meine Mutter … und selbst der alte Barbarossa! Der große Karl und Kaiser Konstantin …«

»Das macht das Fieber«, entgegnete Parceval und tippte sich an die schweißnasse Stirn. »Es verwirrt die Gedanken und lässt dich Dinge sehen, die nicht da sind.«

»Die Vergangenheit *ist* da, mein Freund«, versicherte Friedrich mit glasigem Blick, »und sie ist allgegenwärtig … sie ängstigt mich mehr als alles, was in der Zukunft liegt.«

»Aber was geschehen ist, ist geschehen! Die Vergangenheit hat keine Macht mehr über dich!«

»Im Gegenteil – sie ist alles, was ich habe. Ihr bin ich verpflichtet, mein Freund, in allem, was ich tue – nicht weniger, als ich dem Allmächtigen selbst verpflichtet bin. Und deshalb«, fügte der Kaiser hinzu, während er sich auf seinem Lager aufzurichten versuchte, »werde ich in See stechen, sobald ich mich erheben kann!«

Nur wenige Tage später, am 8. September, verließ mein Herr die Abtei von Sant'Andrea und gesellte sich an Bord seiner Galeere zu dem Hauptverband, der von Brindisi auslief und von Ludwig von Thüringen befehligt wurde. Der Landgraf war ebenso geschwächt wie der Kaiser selbst, und sein Zustand verschlimmerte sich noch, bis er schließlich auf Deck zusammenbrach und das Bewusstsein verlor.

Nach nur wenigen Tagen auf See war die Flotte gezwungen, den Hafen von Otranto anzulaufen. In der Hoffnung, dass sich Ludwigs Zustand dort bessern würde, ließ Friedrich ihn an Land bringen, doch das grässliche Fieber hatte ihn bereits zu sehr geschwächt: Am 11. September im Jahr des Herrn 1227 starb Ludwig, Landgraf von Thüringen und Pfalzgraf von Sachsen, der gegen eine Zahlung von fünftausend Silbermark und die Gewährung von Privilegien an der großen Wallfahrt teilgenommen hatte, in Otranto an den Folgen der verheerenden Seuche.

Selbst noch am Fieber leidend und bis ins Mark erschüttert vom Tod des Freundes und Verwandten, folgte Friedrich schließlich dem Drängen seiner Berater sowie seiner Ärzte und beschloss, die Pilgerfahrt ins Heilige

Land bis zu dem Zeitpunkt zu verschieben, da er selbst wieder genesen und im Vollbesitz seiner Kräfte sein würde.

Und in dieser Lage, von Trauer und Krankheit gezeichnet, traf ihn der päpstliche Bannspruch.

7.

Otranto
Dezember 1227

Ungeachtet des widrigen Schicksals, gegen das mein Herr zu kämpfen hatte, gab Papst Gregor vor allen anderen ihm die Schuld an dem Fehlschlag. Fredericus Secundus, König von Sizilien und Jerusalem und römischer Kaiser, wurde exkommuniziert, der Herrscher über das christliche Abendland von der Gemeinschaft der Gläubigen ausgeschlossen.

Als meinen Herrn die Nachricht erreichte, weilte er in der Gegend von Pozzuoli, um sich in den dortigen heilenden Quellen von seiner Krankheit zu erholen. Vielleicht war es seinem noch immer geschwächten Zustand zu verdanken, vielleicht auch der Tatsache, dass er sich tatsächlich schuldig fühlte am Scheitern der Unternehmung: Statt in einen seiner berüchtigten Anfälle von Jähzorn zu verfallen, reagierte mein Herr besonnen, geradezu schicksalsergeben auf die Schmach, die Papst Gregor ihm zugefügt hatte.

In einer Erklärung, die er mithilfe Petrus de Vineas verfasste, nahm Friedrich die Schuld für die abermalige Verschiebung der großen Wallfahrt auf sich und beteuerte seine Reue und Bußfertigkeit; ferner erklärte er, das Unterfangen bei nächster Gelegenheit, spätestens jedoch im Mai des Folgejahres, erneut beginnen zu wollen.

Dieses Schreiben sandte Friedrich nach Anagni, wo sich der Papst auf seinem Landsitz aufhielt: In der dortigen Kathedrale war der Kirchenbann über den Kaiser ausgesprochen worden, dort sollte er auch wieder aufgehoben werden … doch so einsichtig mein Herr sich gezeigt hatte, so uneinsichtig gab sich der Inhaber des Heiligen Stuhls.

Eine eifrige diplomatische Tätigkeit entbrannte.

Noten wurden ausgetauscht und kaiserliche Gesandte nach Rom geschickt, doch Papst Gregor stellte sich taub gegenüber Friedrichs Bitten um Vergebung. In einem letzten, verzweifelten Versuch sandte dieser im Dezember keinen anderen als seinen Rechtsgelehrten Roffred von Benevent nach der Tiberstadt, der das jüngste Schreiben des Kaisers nicht nur dem Heiligen Stuhl übergab, sondern es auch öffentlich auf dem Kapitol verlas, auf dass alle Welt von Friedrichs Bußfertigkeit und seinem guten Willen erfahren sollte.

Doch Papst Gregor blieb weiterhin unerbittlich, auch zum Christfest stellte sich keine Versöhnung ein – und endlich begann meinem wieder gesundeten und zu neuer Kraft erstarkten Herrn zu dämmern, dass es nicht seine Erniedrigung war, die der Heilige Stuhl und die Kurie suchten; dass es nicht darum ging, ihn zu disziplinieren und seiner heiligen Pflichten zu erinnern, sondern dass die päpstlichen Pläne sehr viel weiter gingen – und letztlich darauf abzielten, ihn seiner Kronen zu berauben.

»Hier«, so erklärte er seinen Getreuen, die sich um ihn gesammelt hatten, um das Weihnachtsfest und die Jahreswende mit ihm zu begehen, »geht es längst nicht mehr darum, mich zu bestrafen – Papst Gregor ist meiner überdrüssig geworden, und nun will er mich aus dem Weg haben, so wie sein Onkel Innozenz einst des Welfen Otto überdrüssig wurde.«

»Nur zu gern würde ich widersprechen, Herr«, räumte Hermann von Salza ein, »doch was wir aus Oberitalien hören, bestätigt Euren Verdacht. Unsere Spione berichten übereinstimmend von päpstlichen Legaten, die wiederholt in Mailand und anderen Städten der Liga gesehen wurden. Gregor ist dabei, sich mit den Feinden des Reiches zu verbünden und einen Pakt zu schmieden – gegen Euch, Majestät.«

»Und vergiss nicht, was aus Sizilien berichtet wird«, fügte Parceval Doria hinzu. Wie Friedrich selbst hatte auch er sich vom Fieber und seinen Nachwirkungen erholt, den mit Wein gefüllten Becher führte er mit derselben Selbstverständlichkeit wie früher.

Friedrich hatte sich von seinem Sitz erhoben, ruhelos ging er in der Halle auf und ab. Er wusste nur zu gut, worauf der Freund anspielte: Auch von der Insel wurde verstärkte Tätigkeit päpstlicher Agitatoren gemeldet. Der offenkundige Versuch, weltliche wie geistliche Fürsten dazu zu bewegen, sich von Friedrich abzuwenden, hatte bislang keine Wirkung gezeigt, doch belegte er, dass man in Rom auch nach dem Südreich spähte. Manche munkelten gar von einer Invasion, die die Kurie vorbereite …

»Wie soll ich auf all dies reagieren?«, fragte Friedrich. Er blieb stehen und ballte die Rechte zur Faust. »Ein guter Teil von mir hätte Lust, ein Heer aufzustellen und geradewegs nach Rom zu marschieren!«

»Und das wäre nur zu verständlich, Majestät«, meinte Erzbischof Berard, sein ältester und treuester Berater, der, obschon selbst ein Mann der Kirche, auch in dieser schwierigen Lage nicht von der Seite des Kaisers wich – wohl deshalb, weil er Friedrich besser kannte als jeder andere und wusste, dass die Anschuldigungen aus Rom im Grunde haltlos waren und nur der Politik dienten, nicht aber dem Glauben. »Dennoch solltet Ihr einen anderen Weg wählen, um der Welt Euren Standpunkt zu erklären, denn Ihr würdet Euch dadurch nur ins Unrecht setzen. Eine kriegerische Unternehmung gegen Rom fände trotz allem, was Ihr derzeit erdulden müsst, niemals die Zustimmung der geistlichen Fürsten.«

»Aber was schlagt Ihr dann vor, Exzellenz?«

Berard dachte einen Augenblick nach. »Es ist einfach«, eröffnete er dann, »und dennoch schwierig: Denn trotz aller Macht, die Euch zu Gebote steht, ersuche ich Euch, Euch nicht als Herr, sondern als Knecht zu gebärden, nicht als Löwe, sondern als Lamm – und haltet allen Anfeindungen zum Trotz am Vorhaben Eurer Wallfahrt fest. Und ich sage Euch voraus, Majestät, dass nicht Ihr es sein werdet, der am Ende einen Verlust seines Ansehens erleiden wird. Tut, was Ihr versprochen und vor den Augen der Welt bereits begonnen habt. Beginnt Eure Pilgerfahrt ins Heilige Land, und Ihr werdet sehen, dass Euch die Unterstützung eines Großteils der Fürsten gewiss ist.«

»Die unsere habt Ihr jedenfalls«, fügte Bruder Hermann grimmig hinzu, für den Deutschorden sprechend.

»Aber … noch nie hat jemand eine solch gewaltige Unternehmung ohne die Unterstützung der Kirche unternommen«, wandte Parceval Doria ein. »Eine Wallfahrt ohne päpstlichen Segen … ergibt keinen Sinn!«

»Genau darum geht es«, griff Friedrich den Gedanken auf, den sein weiser Berater begonnen hatte. »Reagiere ich ablehnend oder gar feindselig, so beweise ich damit letztlich nur, was Gregor aller Welt weiszumachen versucht, nämlich dass ich ein Feind und Verächter der Kirche bin. Stehe ich jedoch allen Anfeindungen zum Trotz weiter treu zu meinem Wort und löse mein heiliges Versprechen ein, obschon mir Unheiliges widerfahren ist, so zeige ich vor aller Welt meine Bußfertigkeit und meinen guten Willen.«

»Genauso ist es, Majestät«, bekräftigte Berard und wandte sich an den Rechtsgelehrten. »Meister Roffred?«

»Ohne einer eingehenderen Überprüfung vorgreifen zu wollen, sehe ich keine Einwände«, entgegnete dieser, »denn seine Majestät nimmt ja nicht für sich in Anspruch, anstelle einer höheren Macht zu handeln und zu sprechen, sondern nur für sich selbst. Allerdings wurde dergleichen nie zuvor gewagt, es ist eine wahrhaft kühne Unternehmung!«

»Auch nicht kühner, als sich im zarten Alter von siebzehn Jahren um den Thron eines Landes zu bewerben, dessen Sprache man nicht spricht, ohne eine Streitmacht und mit nichts in den Händen als einem guten Namen und einer gehörigen Portion Mut und Unverschämtheit«, konterte Parceval Doria in der ihm eigenen, stets sehr direkten Weise. Das Grinsen, das er in Friedrichs Richtung schickte, war so verwegen wie bewundernd.

»Ich habe es schon einmal getan«, nahm Friedrich den Faden dankbar auf, »und ich werde es wieder tun!« Er hatte erneut begonnen, in der Halle auf und ab zu gehen, jedoch nicht länger schleichend und von Resignation umfangen, sondern von neuer Kraft und Hoffnung erfüllt. »Und mehr noch, denn damals wusste ich die päpstliche Seite hinter mir. Nun aber trete ich die Wallfahrt nicht an, weil der *pontifex* es von mir verlangt, sondern aus freien

Stücken! Aus meiner eigenen heiligen Berufung heraus und kraft der Autorität, die mir vom Allmächtigen verliehen wurde!« Er klatschte in die Hände und lachte auf. »Das ist wunderbar, meine Freunde – denn so schlage ich Gregor mit den eigenen Waffen: Indem ich genau das tue, was der Heilige Stuhl stets von mir wollte, erlange ich Freiheit, im Glauben wie im Handeln!«

Und diesem Vorsatz folgte Friedrich, so, wie er es stets tat, wenn er eine Entscheidung getroffen hatte: nicht halbherzig oder zögerlich, sondern mit der ganzen ihm verliehenen Kraft.

Der Papst wiederum, dessen Boten ihm zutrugen, was der Kaiser plante, reagierte auf seine Weise: Am Gründonnerstag des Jahres 1228, zu Beginn des Osterfestes, erneuerte er den Bannspruch, den er über Friedrich verhängt hatte – doch die Reaktion, die ihm von Seiten des römischen Volkes entgegenschlug, war nicht etwa Empörung gegen den Kaiser. Vielmehr waren dessen Bemühungen um die Befreiung des Heiligen Landes nicht unbemerkt geblieben, und so regte sich Widerstand gegen das päpstliche Vorgehen – nicht nur in Rom! Jedoch bekam Gregor den Zorn des Volkes dort am eigenen Leib zu spüren: Am Ostersonntag brachen in der Tiberstadt Proteste aus, die sich zu Unruhen ausweiteten, sodass der *pontifex* bald schon um Leib und Leben fürchten und die Stadt verlassen musste.

Genau das war eingetroffen war, was seine Berater vorausgesagt hatten, und nun ging Friedrich erstmals zum Gegenangriff über, wenn auch nur mit Worten. In einer Erklärung, die er in seiner Kanzlei verfassen und allerorten öffentlich verlesen ließ, beteuerte er seine eigene Unschuld und bezichtigte den Papst eines ungebührlichen Verhaltens, mit dem dieser das Reich beleidigt habe. Auch ließ er nicht unerwähnt, dass Gregor, dessen Aufgabe es doch wäre, sich um die Belange der Christenheit zu kümmern, gemeinsam mit den Lombardenstädten gegen das Reich paktiere, während er, der Kaiser, vor den Augen der Welt zur bewaffneten Wallfahrt rüste, um den bedrängten Brüdern in Outremer zu Hilfe zu kommen.

Und Friedrich ließ weiter Taten sprechen.

Den Hoftag, den er im April in Barletta einberief, nutzte er, um seinen Nachlass zu regeln und Verfügungen für den Fall zu treffen, dass er – wie damals sein Großvater Barbarossa – nicht von der Pilgerfahrt ins Heilige Land zurückkehren sollte. Und noch im selben Monat zeigte sich tatsächlich, wie zerbrechlich das Leben ist, das uns sterblichen Kreaturen gegeben ist – und wie rasch es uns genommen wird.

Denn nur wenige Tage nachdem sie einen gesunden Jungen zur Welt gebracht hatte, starb Friedrichs Gemahlin Isabella im Alter von nur sechzehn Jahren. Ihre Befürchtung, dass sie ihre syrische Heimat niemals wiedersehen würde, hatte sich damit nur zu bald erfüllt.

Mein Herr trauerte.

Jene dunklen Tage, da ihn der päpstliche Bannspruch traf, hatte er bei seiner jungen Gemahlin verbracht und sich in ihrer Gesellschaft vom Fieber erholt. Und gerade, als er begonnen hatte, in ihr mehr zu sehen als ein schüchternes Mädchen, wurde sie vom Allmächtigen heimgerufen.

Er beschloss, das Andenken an seine zweite Gemahlin zu ehren, indem er nach ihrer Heimat aufbrach und das königliche Erbe einforderte, das durch ihre Familie und ihren guten Namen auf ihn gekommen war.

Die Krone von Jerusalem.

8.

Limassol, Zypern
Juli 1228

Wenn mein Herr insgeheim gehofft hatte, durch die Erfüllung seines Wallfahrtgelübdes der päpstlichen Vergebung ein kleines Stück näher zu kommen, so wurde er bitter enttäuscht.

Von Brindisi aus war der Kaiser in See gestochen, an der Spitze einer Flotte von vierzig mit christlichen Streitern bemannten Galeeren, der größten Streitmacht, die das Abendland seit langer Zeit aufgeboten hatte. Papst Gregor jedoch ließ öffentlich verlauten, dass er gar nicht wisse, warum sich Friedrich auf dieses Abenteuer begebe, und mutmaßte gar, eine teuflische List könnte ihn dazu verführt haben, Apulien ohne Absolution zu verlassen – und dass man bei ihm letztlich ohnehin nie mit Bestimmtheit wisse, wohin er ginge. Die Verletzung und das Misstrauen, das aus diesen Worten sprach, schienen nicht aus dem Mund eines Papstes allein zu stammen. Vielmehr hatte es den Anschein, als verleihe Gregor all jenen Vorbehalten Ausdruck, die auch seine Vorgänger gegenüber Friedrich schon gehegt, jedoch nie zum Maßstab ihres Handelns gemacht hatten. Nun jedoch zeigte sich, dass mein Herr das Vertrauen des Heiligen Stuhls verloren hatte, und nur Taten würden es zurückgewinnen können … sofern es ihm überhaupt möglich war, wieder in die Huld der Kirche aufgenommen zu werden. Denn es sollte nicht das letzte Mal gewesen sein, dass der Papst den Kaiser in einem Atemzug mit dem Teufel selbst erwähnte.

Mein Herr, der nun endlich dabei war, sein großes Vorhaben auszuführen, erfuhr am Rande von diesen Dingen, doch er wischte sie beiseite, wissend, dass sie ihm in den Landen jenseits des Meeres allenfalls Kummer, aber keinen Vorteil verschaffen würden. Seine Fähigkeit, sich ganz und gar auf das Hier und Jetzt zu konzentrieren, kam ihm dabei einmal mehr zugute.

Die Überfahrt, die über Otranto und die Inseln Korfu, Kephalonia, Kythera, Kreta und Rhodos erfolgte, führte den Kaiser zunächst nach der auf Zypern gelegenen Hafenstadt Limassol, wo die Machtverhältnisse einer Klärung bedurften.

Eigentlich hätte dort Alice de Champagne, die Tante von Friedrichs eben erst verstorbener Gemahlin, anstelle ihres noch unmündigen Sohnes Heinrich die Regentschaft innehaben sollen; tatsächlich hatte ihr Onkel Philipp von Ibelin die Macht auf der Insel in den Händen gehalten, und nach seinem Tod im vergangenen Frühjahr hatte sich sein Bruder Johann von Ibelin der Herrschaft bemächtigt. Ibelin war der mächtigste der syrischen Barone, den man gleichermaßen seines Alters wie seines Einflusses wegen nur den »alten Mann von Beirut« nannte. Da Zypern aber ein Reichslehen war und damit dem Kaiser tributpflichtig; und da so eine Wallfahrt unter Waffen nun einmal ein kostspieliges Unterfangen ist, gedachte Friedrich Johann an seine Pflichten der Krone gegenüber zu erinnern – doch der Herr von Ibelin genoss nicht den Ruf, sich leichten Herzens von dem zu trennen, was er als das Seine betrachtete …

»Auf Euer Wohl!«, rief er und hob seinen mit Wein gefüllten Becher, prostete dem Kaiser damit zu. »Auf Euer Wohl, Majestät, der Ihr den gefahrvollen Weg auf Euch genommen habt, um diesen Teil der Welt mit Eurer Gegenwart zu ehren! Möge der Allmächtige Eure Schritte lenken und Eure Vorhaben segnen!«

»Auf Fredericus Imperator und alle seine Vorhaben!«, bestätigte Parceval Doria so laut, dass es von der hohen Decke im Saal der Hafenfestung widerhallte. Die anderen Begleiter und Berater des Kaisers sowie die an der Tafel speisenden Ritter, fremde wie zyprische, stimmten in den Trinkspruch ein.

»In der Tat«, bestätigte Friedrich, nachdem sie getrunken hatten, »der Allmächtige hat meine Wege endlich dorthin gelenkt, wo sie der Christenheit am meisten Nutzen versprechen – umso mehr würde es mein Herz erfreuen, werter Herr Ibelin, wenn Ihr selbst Euch der Wallfahrt anschließen würdet!«

Er beugte sich vor, sodass er den mächtigen Baron sehen konnte, dessen von grauem Haar umrahmte Gesichtszüge für einen Moment blass wurden, ihre Farbe jedoch rasch wieder zurückgewannen. Zusammen mit dreien seiner Söhne saß er dort, den jungen Herren von Ibelin.

»Majestät«, erwiderte Johann, »als Herr von Beirut sind mir Kämpfe gegen die Muselmanen nur zu vertraut – zumal, seit die heidnischen Horden Malik al-Kamils Jerusalem erobert haben und das Königreich sich in Bedrängnis befindet. Ich fürchte daher, dass ich keinen einzigen Mann entbehren kann.«

»Nun«, meinte Friedrich mit einer Gönnerhaftigkeit, die jedem, der ihn besser kannte, eine Warnung sein musste, »in diesem Fall wird es Euch freuen, Herr Ibelin, dass ich gekommen bin, um mein rechtmäßiges Erbe einzufordern und die Heiden aus Jerusalem zu vertreiben.«

»In der Tat, Majestät«, gab der mächtige Herr von Beirut zurück, »obschon ...«

»Ihr zweifelt?« Am Tisch war es leiser geworden, die meisten der Ritter, Bischöfe und Grafen, die in der Halle der Burg saßen, wohnten dem Wortwechsel der beiden Mächtigen bei, die immer mehr den Eindruck zweier Raubtiere erweckten, die sich gegenseitig lauernd umkreisten.

»Nicht an Euren Absichten, Herr«, versicherte Johann von Ibelin, »jedoch muss ich meine Überraschung gestehen, als mir zu Ohren kam, dass ihr mit al-Kamil in ständiger Verbindung steht ...«

»Das tue ich«, räumte Friedrich ohne Zögern ein. »Tatsächlich pflege ich einen regelmäßigen Briefwechsel mit dem *Sultan* al-Kamil und erachte ihn als einen Mann von großer Klugheit und Bildung. Zudem ist sein Gesandter, der Emir Fahr ad-Din, wiederholt mein Gast in meinem Palast zu Foggia gewesen.«

»Da Ihr es erwähnt«, knurrte Ibelin, »auch von Eurem Palast ist zu hören, dass Ihr dort recht seltsamen Umgang pflegt. Von Bauchtänzerinnen ist die Rede, von muslimischen Gauklern und von Philosophen, die in ihren Reden Allah preisen statt des wahren Allmächtigen.«

»Es sind schwierige Zeiten«, sah Erzbischof Berard sich genötigt einzugreifen. »Über seine Majestät sind viele Gerüchte im Umlauf, manche durchaus böswilliger Natur. Ihr solltet ihnen nicht allzu große Bedeutung beimessen.«

»Das, Exzellenz, müsst Ihr schon mir überlassen«, konterte der Herr von Beirut selbstbewusst. »Zumal ich mir nur die Leibwache des Kaisers anzusehen brauche, um jene Gerüchte zumindest teilweise bestätigt zu finden – dunkelhaarige Sarazenen mit Augen wie Kohlen und gekrümmten Klingen in ihren Schärpen sind nicht, was ich mir als Eskorte eines christlichen Herrschers vorstelle.«

»Was wollt Ihr damit sagen, Herr Ibelin?«, erkundigte sich Friedrich, noch immer freundlich, aber noch lauernder als zuvor.

»Sicher«, versuchte der weise Berard noch einmal mäßigend auf das Gespräch einzuwirken, »geht es dem Baron nur darum, zu betonen, wie weltgewandt der Geist seiner Majestät ist und wie erlesen sein Geschmack.«

Von seinem Sitzplatz aus, der jenseits der Vertrauten des Kaisers lag, sah Johann von Ibelin zuerst Friedrich, dann Berard eine Weile an. »Gewiss«, verkündete er dann und nahm einen tiefen Schluck Wein, als wolle er all das hinunterschlucken, was ihm noch auf der Zunge gelegen hatte.

Doch Friedrich war noch nicht fertig.

»Nicht zuletzt«, fuhr er wie beiläufig fort, »bin ich natürlich auch hier, um die Verhältnisse vor Ort zu ordnen.«

»Die Dinge *sind* geordnet, Majestät«, beeilte sich der Herr von Beirut zu versichern. »Ehe der Allmächtige ihn zu sich rief, hat mein Bruder noch den jungen König Heinrich auf den Thron von Zypern gebracht …«

»… der freilich *zu* jung ist, um selbst zu regieren«, fügte Friedrich hinzu.

»Weshalb ich selbst es auf mich genommen habe, das Werk meines Bruders fortzuführen und im Sinne des noch unmündigen Königs die Regentschaft zu führen.«

»Wie überaus selbstlos von Euch, Herr Ibelin«, lobte

der Kaiser, die Stimme dabei triefend vor Spott. »Ich bin überzeugt, dass Ihr dabei nichts anderes als das Wohl des jungen Königs im Sinn habt. Mit der Tatsache, dass diese Insel reich ist an Gütern und ihrem Regenten reiche Einnahmen beschert, hat es sicher nichts zu tun.«

»Natürlich nicht«, bestätigte der Herr von Beirut säuerlich.

»Sehr gut – dann wird es Euch auch nicht grämen, wenn der junge König bis zu seiner Mündigkeit wieder durch seine Mutter Alice vertreten wird, wie es ursprünglich festgelegt war …«

»… die zufällig die Tante Eures verstorbenen Weibes ist«, konterte Ibelin mit einem Tonfall, der so abschätzig war, dass nicht wenige der Anwesenden erbleichten.

Friedrich jedoch behielt auch weiterhin die Ruhe.

»Mit dem Zufall, werter Herr, hat es nichts zu tun«, konterte er, »viel eher würde ich an dieser Stelle von Vorsehung sprechen – schließlich war meine geliebte Isabella auch Eure Verwandte, nicht wahr?«

Der Herr von Ibelin sah ihn nur an, zähneknirschend.

»Durch Isabella wurde mir nicht nur die Krone von Jerusalem zuteil, sie hat mir auch die Augen geöffnet für die Schönheit der Levante«, fuhr Friedrich fort. »Es betrübt mich noch immer, dass sie so früh von uns gehen musste, und ich möchte ihr Andenken auf jede erdenkliche Weise ehren. Zwischen Isabella und ihrer Tante Alice herrschte stets ein herzliches Einvernehmen, es wäre folglich auch im Sinne meiner verstorbenen Gemahlin, Alice wieder als Regentin einzusetzen.«

Aller Augen richteten sich auf den Herrn von Beirut, der nun kaum noch anders konnte, als den Plänen des Kaisers zuzustimmen. »So sei es«, stieß er nur hervor, die

Gesichtszüge rot vor nur mühsam zurückgehaltenem Zorn. »Wenn Euch so überaus viel daran liegt ...«

»Das tut es«, bestätigte Friedrich zufrieden – doch abermals war er noch nicht am Ende.

»Und da dem jungen König und seiner neuen und alten Regentin die Insel Zypern vom Reich zu Lehen gegeben ist«, fuhr er fort, »sollen künftig auch wieder alle Zahlungen direkt an die Reichskasse erfolgen. Ich werde zwei meiner Notare bei Euch zurücklassen, die für die rechtmäßige Abwicklung der Zahlungen Sorge tragen werden. Und schließlich fordere ich, wenn schon nicht den Herrn von Beirut, so doch den derzeitigen Regenten der Insel auf, die Wallfahrt nach Jerusalem mit einem eigenen Kontingent von Rittern zu unterstützen.«

»Was?« Der Baron horchte auf.

»Wenn Ihr selbst nicht reiten könnt, so verstehe ich das selbstverständlich, werter Ibelin«, versicherte der Kaiser lächelnd, »doch rühmt Ihr Euch ja gleich mehrerer großartiger Söhne, um die man Euch nur beneiden kann!«

Balian von Ibelin, der neben seinem Vater saß, zuckte zusammen wie unter einem Peitschenhieb. Sein Bruder Baldwin neben ihm wurde leichenblass.

»Was habt Ihr, junge Herren?«, fragte der Kaiser. »Wie mir zu Ohren kam, habt Ihr die Schwertleite bereits empfangen – ein besonderes Fest soll dazu ausgerichtet worden sein, der Tafelrunde des edlen König Artus nachempfunden. Und wie einst die Herren Lancelot und Gawain dürstet es Euch sicherlich danach, Euch Ehre und Ruhm zu erwerben. Was aber könnte ehrenhafter sein, als seinem Kaiser ins Heilige Land zu folgen?«

»Es reicht«, entgegnete Johann von Ibelin anstelle seiner Söhne. Beim inneren Kampf zwischen Vernunft und Zorn hatte Letzterer nun offenbar doch den Sieg davongetragen. »Spart Euch Euren Spott, Majestät, er ist nicht angebracht – so wie Ihr mich nicht an meine Lehenspflichten erinnern müsst. Wenn Ihr die Regentschaft meiner Nichte Alice anvertrauen wollt, so tut dies ruhig – aber was die Verfügungsgewalt sowohl über die zyprischen Einnahmen als auch über die Truppen angeht, so fürchte ich, dass ich Eurem Begehren nicht nachkommen kann und es auch nicht will. Bei allem Respekt, der Euch als dem Herrscher des Abendlands gebührt, Majestät, sage ich Euch doch ganz offen, dass wir Eurer Einmischung nicht bedürfen.«

»Wir?« Mit hochgezogenen Brauen sah Friedrich ihn an. »Ihr sprecht von Euch in der Mehrzahl, Herr Ibelin?«

»Ich spreche für die syrischen Barone, deren mächtigster Vertreter ich bin. Uns ist zu Ohren gekommen, was den Fürsten Siziliens widerfahren ist – dass Ihr sie entmachtet habt kraft neuer Gesetze, dass sie ihre Privilegien abtreten und an Beamte übergeben mussten, die oftmals gemeiner Abstammung sind. Dergleichen wird sich in Outremer nicht wiederholen.«

Nun war es Friedrich, auf den sich aller Blicke richteten.

Es kam selten vor, dass ein Nobler dem Kaiser so offen die Stirn bot, noch dazu in derart unverhohlener Feindseligkeit. Manch einer befürchtete einen Zornesausbruch, doch wider Erwarten blieb Friedrich weiterhin gelassen.

»Ich dachte mir, Herr Ibelin, dass Ihr Euch meinen Wünschen widersetzen würdet, denn Euch eilt ein gewisser Ruf voraus. Also habe ich mir erlaubt, meinerseits einige Vorbereitungen zu treffen. Mein guter Omar, wenn ich bitten dürfte …«

Omar ibn Rashad, dem diese Aufforderung galt, reagierte augenblicklich. Auf einen knappen Befehl ihres

Hauptmanns hin zückten die kaiserlichen Leibwachen – allesamt in Kettengeflecht und bunte Umhänge gekleidete Sarazenen – ihre gekrümmten Klingen. Als Ibelin und seine Gefolgsleute daraufhin aufsprangen und ebenfalls ihre Schwerter ziehen wollten, deutete Friedrich nur zur Empore der Halle hinauf, wo zwischen den steinernen Säulen Bogenschützen aufgetaucht waren – ebenfalls Sarazenen, deren schussbereit auf den Sehnen liegende Pfeile geradewegs auf den Baron und seine Leute zielten.

»Das … ist ein Hinterhalt!«, begehrte Ibelin auf, die Züge puterrot vom Blut, das ihm ins bullige Haupt geschossen war.

»Nein«, widersprach Friedrich gelassen, »es ist lediglich eine Demonstration meiner Macht. Wollt Ihr Euch ihr weiter widersetzen? So sagt es freiheraus!«

»Ihr seid wahrlich der Sohn Eures Vaters«, stieß Johann von Ibelin hervor, die Stimme bebend vor Zorn. »Aber das würdet ihr dann doch nicht wagen …«

»Denkt Ihr? Wie Ihr schon sagtet, Herr Ibelin, habe ich bereits viele Noble gegen mich aufgebracht, und sicher habt Ihr gehört, dass auch die Kirche dieser Tage nicht gut auf mich zu sprechen ist.« Erneut beugte sich Friedrich auf seinem Scherenstuhl vor und sah den Baron direkt an. »Aber wenn Ihr glaubt, dass ich dadurch nachgiebig geworden wäre, so muss ich Euch enttäuschen, denn ich habe hier nichts zu verlieren und kann nur gewinnen. Bei Euch jedoch, Ibelin, ist es umgekehrt. Ihr seid hier fern von Euren Ländereien und habt, von Eurer Eitelkeit und Habgier einmal abgesehen, hier nichts verloren. Also kehrt dieser Insel den Rücken, zusammen mit Euren Söhnen – oder Eure ganze Linie wird hier und heute enden. Ist es das, was Ihr wollt?«

Der alte Herr von Beirut stand zunächst unentschlossen, als wäre er tatsächlich nicht sicher, welches Schicksal er für sich und seine Söhne wählen solle – in Wahrheit ging es ihm wohl nur darum, von seinem Gesicht zu wahren, was noch davon übrig war. Seine Söhne – vor allem Baldwin und der noch jüngere Hugo – gaben sich gar nicht erst die Mühe, ihre Gefühle zu verbergen, und sahen ihren Vater furchtsam an.

Letztlich beschloss Johann von Ibelin an jenem denkwürdigen Abend, dass er nicht sich selbst und sein ganzes Haus opfern wollte, nur um dem Kaiser die Stirn zu bieten.

Er gab sich geschlagen und willigte sowohl in die Abtretung von Privilegien als auch in beträchtliche Zahlungen ein, die er zum Ausgleich für die zurückliegenden Jahre an die Krone zahlen sollte. Und als Anfang September der Kaiser wieder in See stach und die Insel verließ, begleitete ihn auch ein Verband zyprischer Schiffe, bemannt mit Rittern Ibelins.

9.

Akkon
7. September 1228

Zum Fest der heiligen Regina trafen der Kaiser und seine Getreuen in Akkon ein, wo ihre Ankunft bereits sehnsüchtig erwartet wurde – nicht zuletzt von Hermann von Salza. Der Hochmeister des Deutschen Ordens war dem Kaiser vorausgeeilt und begrüßte ihn nun, da Friedrich endlich und zum ersten Mal in seinem Leben den Fuß auf den Boden des Heiligen Landes setzte, aufs Herzlichste.

Bei ihm waren noch weitere Würdenträger, die sich aufgemacht hatten, um den Kaiser bei seiner Ankunft zu begrüßen, unter ihnen Thomas von Acerra, der vom Kaiser eingesetzte Statthalter in Syrien, sowie Balian Grenier, als Graf von Sidon ein weiterer mächtiger Baron in Outremer. Selbst Gerold, der hochwürdige Patriarch von Jerusalem, hatte es sich nicht nehmen lassen, zu Friedrichs Ankunft zu erscheinen und ihm die gebührenden Ehren zu erweisen. Dazu hatte sich massenhaft Volk am Kai eingefunden, das dem Kaiser als dem Befreier und König von Jerusalem zujubelte.

»Seht Ihr?«, raunte mein Herr seinem obersten Berater Erzbischof Berard zu, während sie vom Hafen aus durch die festlich geschmückten Straßen der Stadt ritten und die Huldigungen entgegennahmen. »Sie heißen mich in ihrer Heimat willkommen. Sie beugen ihr Haupt, so, wie es alle tun.«

»Doch haben Euch sowohl der Patriarch als auch sein Klerus weder brüderlich geküsst noch Euch zum gemeinsamen Festmahl geladen«, gab der wie immer vorsichtige Berard zu bedenken.

»Das werden Sie noch. Die Macht des Kaisers überstrahlt alles andere.«

»Ich fürchte, Majestät, dass es nicht die Macht des Kaisers ist, die in diesem Augenblick alles andere überstrahlt, sondern Rachsucht und die Gier nach Beute. Bleibt sie aus«, sagte der weise Erzbischof voraus, »so wird sich Widerstand regen …«

Ob mein Herr es an jenem Tag des Jubels tatsächlich nicht sah oder nur nicht sehen wollte, entzieht sich meiner Kenntnis, und später wusste er es selbst nicht mehr zu sagen – doch der kluge Berard sollte einmal mehr recht behalten.

Denn die Lage im Gelobten Land war bestenfalls verworren, und dafür hatte nicht nur des Kaisers Exkommunikation gesorgt, die seine Autorität als Anführer eines christlichen Heeres zumindest für manche infrage stellte; sondern auch die Kunde von dem, was sich auf Zypern zugetragen hatte. So mancher syrische Edle vermutete nun, dass es ihm ebenso ergehen könnte wie dem unglücklichen Herrn von Ibelin, den der Kaiser nicht nur um Privilegien erleichtert, sondern auch öffentlich gedemütigt hatte.

So war das Lager der syrischen Barone gespalten.

Die einen, wie der Herr von Sidon, hielten dem Kaiser

die Treue, andere zeigten sich widerständig. Dazu kam, dass Papst Gregor in großer Anzahl Legaten und Prediger in die Lande jenseits des Meeres geschickt hatte, deren einzige Aufgabe darin bestand, Adel wie Volk gegen Friedrich aufzuwiegeln.

Und sie waren gut darin.

Schon bald machten übelwollende Gerüchte die Runde, die teils von des Kaisers Hof zu Foggia und seinem freundlichen Umgang mit den Muselmanen handelten, teils von seinem Wallfahrtsgelübde, das er nach päpstlicher Lesart gebrochen hatte. All dies sorgte dafür, dass die mächtigen Tempelherren sowie der Johanniterorden, die Friedrich bei dessen Ankunft in Outremer noch freudig begrüßt hatten, sich nun plötzlich zögerlich gaben, wenn es um Waffenhilfe für ihn ging. Nur die Deutschherren unter ihrem Hochmeister Hermann von Salza standen auch in diesen wirren Tagen weiter treu zum Kaiser, ihre nordöstlich von Akkon gelegene Festung Montfort wurde zu einem Pfeiler seiner Macht.

Die anfängliche Euphorie, die mein Herr bei seinem Eintreffen im Heiligen Land verspürt hatte, wich schon bald der ernüchternden Einsicht, dass es ihm ohne die Unterstützung und den Segen der Kirche schwerfallen, wenn nicht gänzlich unmöglich sein würde, sein großes Ziel in die Tat umzusetzen, nämlich Jerusalem zu befreien und sich vor den Augen der Welt dort zum König zu krönen.

Aus diesem Grund schickte Friedrich keinen geringeren als Erzbischof Berard zu Verhandlungen nach Rom – auch wenn es bedeutete, dass er in der unwirtlichen Fremde ohne die Hilfe und den Ratschlag seines väterlichen Freundes würde auskommen müssen. Wenn überhaupt, so des

Kaisers Hoffnung, dann konnte nur ein Fürsprecher vom Range Berards im päpstlichen Lager vorsprechen und um Lösung des bitteren Kirchenbannes bitten.

Doch einmal mehr hoffte Friedrich vergeblich.

Statt Barmherzigkeit zu zeigen und ihm zu vergeben, blieb Papst Gregor bei seiner ablehnenden Haltung und verstärkte gar noch sein Bemühen, dem Kaiser selbst über die weite Entfernung hinweg zu schaden. Sogar ein Scheitern der großen Wallfahrt schien dem Oberhaupt der Christenheit in jenen Tagen ein probates Mittel zu sein, wenn es nur dazu diente, Friedrich seiner weltlichen Macht und seines Ansehens zu berauben.

Und so wurde alles nur noch schlimmer.

Patriarch Gerold und der Klerus, die Friedrich zunächst noch im Hafen empfangen, ihm den Bruderkuss jedoch verweigert hatten, stellten sich zunehmend gegen ihn, und schon bald begann sich das Heer der Kreuzfahrer zu spalten in jene, die dem Kaiser trotz allem folgen wollten, und jene, die es mit dem Papst hielten. Auf diese Weise schrumpfte die Streitmacht, die Friedrich zu Gebote stand, auf jene eintausend Ritter und das rund zehntausend Mann zählende Fußvolk, mit denen er von Apulien herübergekommen war … und das, während Sultan al-Kamil, ein Neffe des einst so siegreichen Salah ad-Din, mit einer gewaltigen Streitmacht bei Nablus stand.

Doch in dieser Lage, als viele ihn verließen und er sich von Feinden umgeben sah, christlichen wie muslimischen, tat mein Herr, was er stets in Situationen wie diesen getan hatte: Statt sich in Gram über das zu ergehen, was hätte sein können und nun niemals möglich würde, besann er sich auf die Möglichkeiten, die ihm geblieben waren.

Statt mit einem großen vereinten Heer gen Jerusalem

zu ziehen, im Versuch, es den Muselmanen gewaltsam zu entreißen, beschränkte er sich darauf, mit den ihm zur Verfügung stehenden Truppen kleinere Vorstöße nach Süden vorzunehmen und die dort gelegenen Burgen und Verteidigungswerke auszubauen. Es war eine Demonstration seiner Anwesenheit im Heiligen Land, nicht mehr … aber auch nicht weniger.

Sultan Malik al-Kamil nahm auf diese Weise Kenntnis von meinem Herrn, und schließlich tat Friedrich, was außer ihm wohl kein anderer christlicher Herrscher seiner Zeit getan hätte: Er schickte dem Sultan kostbare Geschenke und bat um die Aufnahme von Verhandlungen.

»Du willst verhandeln?«, fragte Parceval Doria, der auch in Outremer stets an der Seite seines Freundes weilte.

»Genau das«, stimmte Friedrich zu.

»Aber … warum?« Der Genueser sah den Kaiser fragend an. »Ich meine, warum hast du diese Wallfahrt so lange vorbereitet? Warum ein Heer von Pilgern versammelt, das in der Geschichte seinesgleichen sucht, wenn du jetzt mit dem Sultan verhandelst? Steht es denn so schlecht um unsere Sache?«

»Das, mein Freund, kann ich dir nicht sagen, denn das weiß der Allmächtige allein«, entgegnete Friedrich, und ein wissendes und zugleich wehmütiges Lächeln spielte dabei um seine Gesichtszüge, die im Lauf der letzten Monde deutlich gealtert waren, so sehr hatten seine Krankheit, der Verlust seiner Gemahlin, die Strapazen der Pilgerfahrt und nicht zuletzt der päpstliche Bann ihm zugesetzt. »Aber was das Heer der Pilger betrifft, so verhält es sich wie mit einem Schwert, das man beim Waffenschmied für teures Geld fertigen und schärfen lässt, um es dann für alle Welt sichtbar an seiner Seite zu tragen – in der berechtigten

Hoffnung, dass es bei allen möglichen Gegnern solchen Eindruck schinden wird, dass man es niemals ziehen und damit kämpfen muss.«

10.

Jaffa
Winter 1228

Sultan al-Kamil nahm die Geschenke, die der Kaiser ihm schickte, nicht nur an – er ließ Friedrich im Gegenzug seinerseits reiche Gaben überbringen, darunter Gold, Silber und Geschmeide sowie fremdländische Tiere für seinen Park zu Foggia; neben Affen und Bären war auch der Elefant darunter, den mein Herr bereits seit so langer Zeit für sein *zoologicum* begehrte, ein besonders stolzes und prächtiges Exemplar.

Dass die Geschenke, die al-Kamil sandte, noch ungleich kostbarer ausfielen als jene, die er bekommen hatte, wusste Friedrich genau zu deuten. Ein anderer Herrscher hätte sich dadurch womöglich beschämt oder gar beleidigt gefühlt – mein Herr, der schon in jungen Jahren die arabische Seele kennen und verstehen gelernt hatte, nahm es als Zeichen dafür, dass der Sultan wenn schon nicht gleich zu verhandeln, so doch Gespräche zu führen wünschte.

So mancher im kaiserlichen Gefolge – und nicht zuletzt der wackere Hermann von Salza – fragte sich, warum sich der Muselmane auf Gespräche einlassen sollte, schließlich war das Heer, das er bei Nablus versammelt hatte, weitaus größer als das, welches der Kaiser infolge der inneren Streitigkeiten aufbieten konnte. War es also nur eine List? Ein Versuch, Friedrich in trügerischer Sicherheit zu wiegen?

Doch der Kaiser vertraute auf zwei Dinge.

Zum einen darauf, dass sein Gegner durch langwierige Machtkämpfe in den eigenen Reihen geschwächt war und sich – nicht viel anders als er selbst – von Feinden umgeben sah. Und zum anderen darauf, dass Sultan al-Kamil, der sich an seinem Hof ebenfalls mit Gelehrten zu umgeben und wissenschaftliche Dispute zu führen pflegte, von derselben Neugier auf die abendländische Kultur erfüllt war, wie Friedrich sie von jeher gegenüber jener des Morgenlands empfunden hatte. Obschon sie einander nie persönlich begegnet waren – und es auch niemals in ihrem Leben tun sollten –, glaubte mein Herr, in seinem muslimischen Gegenüber einen gleichgesinnten Geist zu erblicken, und ein inneres Gefühl, das er wohl selbst nicht näher erklären konnte, sagte ihm, dass es dem Sultan mit ihm nicht anders ging.

Und er sollte recht behalten.

Die Gespräche, die dem Briefwechsel und dem Austausch von Geschenken folgten, führte selbstverständlich nicht der Sultan selbst, sondern dessen enger Vertrauter Emir ad-Din, den Friedrich bereits kannte und der von einer ähnlichen Aufgeschlossenheit war wie der Kaiser selbst. Tatsächlich hatte er ihn als des Sultans Gesandten schon zuvor an den Hof von Foggia geladen, und der Emir hatte mit Freude gesehen, dass manche arabische Eigenart in das Leben dort Eingang gefunden hatte. Dies hatte er vermutlich seinem Herrn berichtet, und dies war wohl ein weiterer Grund für das Wohlwollen, das Sultan al-Kamil dem christlichen Kaiser entgegenbrachte.

So begannen die Gespräche, die sich über einen langen Zeitraum hinweg erstrecken sollten … Wieder und wieder kam man zusammen und erörterte dabei längst nicht nur Fragen der Macht. In mancher Hinsicht fühlte sich Friedrich an die Tage in Palermo erinnert, als er mit Amir ibn Esat und seinen gelehrten Freunden zusammengesessen hatte, doch inzwischen überwog nicht mehr Bitterkeit angesichts dieser Erinnerungen, sondern die Dankbarkeit dafür, über die eigenen Grenzen hinausgeblickt und eine andere, neue Welt gesehen zu haben – denn dies kam Friedrich nun zugute, gerade so, als hätte die Vorsehung selbst dabei ihre Hand im Spiel gehabt. Und je öfter der Kaiser und der Emir einander trafen, desto tiefer und vertrauter wurden ihre Gespräche …

»Uns wurde gesagt«, meinte Fahr ad-Din eines Abends, nachdem sie gespeist hatten, »dass der Anführer Eurer Kirche Euch mit etwas belegt hat, das ›Bann‹ genannt wird, Herr.«

»Das ist wahr«, kam Friedrich nicht umhin zuzugeben.

»Was bedeutet das?«

»Es bedeutet, dass ich ausgeschlossen bin von der Kirche und ihren Sakramenten – und von der Gemeinschaft jener, die zum Tisch des Herrn geladen sind.«

»Dann ist es also wahr, dass die Christen mit ihren Göttern speisen.«

Friedrich musste lächeln. »Ja und nein«, erwiderte er. »Denn zunächst ist es ein Missverständnis, dass wir Christen mehreren Göttern huldigen – auch wenn ich weiß, dass viele Söhne und Töchter Allahs dieser Überzeugung sind.«

»Ein Missverständnis?« Fahr ad-Din hob die Brauen.

»So wie Ihr alle Christen Franken nennt, obschon dies nur auf einen kleinen Teil von uns zutrifft.«

»Aber ich habe Christen sprechen hören«, wandte der Emir ein, »im Namen von Vater und Sohn und Heiligem Geist – sind das nicht drei verschiedene?«

»Verschieden und doch in dem einen Herrn und Gott vereint, an den auch wir mit der Kraft unserer Seelen glauben«, bestätigte Friedrich nickend. »Beim Abendmahl gedenken wir des Sohnes, doch wir beten zum Vater durch den Geist, der beide verbindet. So ist alles eins.«

»Aber wie kann dann jemand sagen, dass Ihr nicht mehr an jenem Mahle teilnehmen dürft?«, fragte Fahr ad-Din in erkennbarer Verwirrung. »Seid Ihr denn nicht der Herrscher über das Abendland?«

»Der bin ich.«

»Und habt Ihr Eure Macht nicht von Gott?«

»Durchaus«, räumte Friedrich ein, »jedoch begreift sich die Mutter Kirche als Mittlerin zwischen Himmel und Erde. So steht es in unserem heiligen Buch geschrieben.«

»Trotzdem verstehe ich nicht, warum Euch gegeben werden muss, was Ihr doch schon von Geburt an in Euren Händen hieltet«, widersprach der Muselmane. »Niemand käme je auf den Gedanken, an der Macht oder dem Glauben der Kalifen zu zweifeln, geht ihre Linie doch direkt auf den Propheten zurück.«

Abermals musste Friedrich lächeln. »Dann habt ihr es sehr viel besser als wir dummen Franken, denn bei uns hat der Stellvertreter Christi auf Erden nichts mit diesem gemein außer dem Amt, in das er gewählt wurde. Und oft genug«, fügte er in einem Anflug von Bitterkeit hinzu, »wird nicht jener zum neuen Papst gewählt, dessen Frömmigkeit und Glaube den aller anderen übertreffen, sondern derjenige, welcher die größten Talente besitzt auf den Gebieten der Ränke und der Intrigen.«

»Ich verstehe«, sagte der Emir, und seine dunklen Augen blickten sein christliches Gegenüber eine ganze Weile lang ebenso düster wie nachdenklich an. »Wie kann Euer Gott das wollen?«, fragte er dann.

»Ich bin mir nicht sicher, ob er es so will«, gestand Friedrich offen, »noch ob unser Gott tatsächlich ein anderer ist als der Eure. Womöglich spricht er zu unterschiedlichen Völkern nur in unterschiedlichen Zungen.«

»Ihr wählt Worte, die ein christlicher Herrscher nicht wählen sollte.«

»Vermutlich nicht. Aber da ist manches, das ich tue, obschon ich es nicht sollte. Meine Berater grämen sich deswegen, und ich habe Feinde in den eigenen Reihen.«

»Habt Ihr je erwogen, Euren Glauben zu wechseln?«

»Ihr meint, ein gläubiger Sohn Mohammeds zu werden?« Der Kaiser sah sein Gegenüber forschend an.

»Ja, Herr. Ihr scheint der Lehre des Propheten näher zu stehen als der Eurer eigenen Religion.«

»In diesem Punkt täuscht Ihr Euch in mir, werter Emir«, versicherte Friedrich. »Doch bin ich voller Bewunderung für das, was die Söhne des Propheten erreicht haben, und ich suche ihre Freundschaft.«

»Obschon Ihr als Eroberer gekommen seid?«

Die Frage war berechtigt, und Friedrich war sich bewusst, dass von seiner Antwort der weitere Verlauf ihrer Gespräche abhängen würde, ja, dass sie über Erfolg oder Misserfolg des gesamten Unternehmens entscheiden konnte.

»Wie könnte ich Jerusalem erobern?«, fragte er nach kurzem Überlegen dagegen. »Ist es nicht Euer heiliger Boden ebenso wie der unsere? Haben die Gefolgsleute des Propheten nicht einst in diese Richtung gebetet? Hat der

Prophet selbst nicht von hier aus seine Reise gen Himmel angetreten? Und ist die Stadt nicht zuletzt auch den Juden heilig, weil Abraham dem Gebote Gottes gehorchend auf jenem Felsen seinen Sohn Isaak opfern wollte? Und weil ihr König Salomo dort ihren Tempel errichten ließ?«

»Das alles ist wahr«, räumte der Emir ein und sah den Kaiser wieder eine endlos scheinende Weile lang an. »Ihr seid anders, Herr«, sagte er dann.

»Ihr auch, Emir«, gab Friedrich zurück.

»Ihr wisst, dass viele nicht gutheißen werden, worüber wir hier reden … noch, dass wir überhaupt miteinander reden.«

»Das tun sie bereits«, versicherte Friedrich und lachte müde dabei auf. »Die päpstlichen Prediger in den Gassen behaupten, dass mein Geist verwirrt sei und ich nicht mehr wisse, welchen Glauben ich zerstören und welchen ich bewahren solle.«

»Auch in unseren Lagern gibt es manche, die es nicht gern sehen und lieber Ströme von Blut fließen lassen würden«, räumte Fahr ad-Din ein.

»Sieh an«, meinte Friedrich achselzuckend, »so scheint es also, dass Christen und Muslime am Ende weit weniger verschieden sind, als beide voneinander denken wollen.«

Der Emir nickte abermals, dabei nahm sein Gesicht einen ernsten, beinahe bedauernden Ausdruck an. »Ich sollte Euch dies eigentlich nicht sagen, weil mein Herr befürchtete, dass es Euch verletzen könnte … aber er hat Nachricht bekommen.«

»Von wem?«, wollte Friedrich wissen, bereits ahnend, dass ihm die Antwort missfallen würde.

»Von Legaten des Papstes, die ihn im Namen Eurer Kirche bitten, die Verhandlungen mit Euch scheitern zu lassen, da Ihr doch mit dem Bann belegt seid und deshalb keine Befugnis habt, für die Christenheit zu sprechen.«

Friedrich zuckte innerlich zusammen angesichts dieser neuen Verletzung, die ihm zugefügt wurde. Der letzte Beweis, dass Papst Gregor lieber ein Scheitern der Wallfahrt in Kauf nahm als einen Erfolg für Friedrich, war damit erbracht … »Und?«, fragte er nur. »Was hat Sultan al-Kamil daraufhin erwidert?«

Der Emir ließ diese Frage unbeantwortet in jener Nacht, doch setzte er die Gespräche mit meinem Herrn fort.

Fünf Monde lang trafen sie einander immer wieder, während die äußeren Bedingungen für meinen Herrn schwieriger und schwieriger wurden – und nicht nur, weil Patriarch Gerold und seine Prediger weiter gegen seine Wallfahrt und seine Anwesenheit im Heiligen Land wüteten. Infolge der Stürme, die im Herbst über das Meer fegten, gerieten die Getreidelieferungen an das kaiserliche Heer ins Stocken, sodass jene, die Friedrich bislang noch die Treue gehalten hatten, nunmehr hungern mussten. Manche fielen daraufhin von seinem Banner ab, andere begannen, die umliegenden Dörfer zu plündern, was für zusätzliche Unruhe sorgte und dem Kaiser nur weiteren Hass eintrug.

Zudem kamen Nachrichten aus Italien, die besagten, dass sich der Heilige Stuhl mit den Lombardenstädten verbündet hätte und dass päpstliche Truppen in das Südreich eingefallen seien. Noch, so hieß es, könnten die königlichen Statthalter ihnen Einhalt gebieten, doch schien es nur eine Frage der Zeit, bis sich der Wind auch hier zu Friedrichs Ungunsten zu drehen drohte. Und als wäre all dies noch nicht schlimm genug, ging es für meinen Herrn bald auch noch um Leib und Leben: Von den Hassreden des

Klerus aufgestachelt, bereiteten die Tempelherren einen hinterhältigen Anschlag vor, bei dem der Kaiser getötet werden sollte. Dass es nicht dazu kam, war Friedrichs muselmanischen Gegnern zu verdanken, die von dem Komplott erfuhren und ihn rechtzeitig warnten.

Ob es die Abscheu über Friedrichs Gegner war oder die Tatsache, dass der offene Kampf, den er in Damaskus gegen seinen machthungrigen Neffen an-Nasir Daud führte, zu einem ausgewachsenen Krieg zu werden drohte – jedenfalls brachte Emir Fahr ad-Din zu Beginn des Jahres 1229 die Nachricht, dass sein Herr, der erlauchte Sultan al-Kamil, bereit sei, mit dem Kaiser der Franken ein Abkommen bezüglich eines dauerhaften Friedens zwischen Christen und Muslimen zu schließen. Darin sollte auch der Zugang zu den heiligen Städten geregelt werden – und Friedrich, im Bewusstsein, dass sich ihm eine Möglichkeit bot, wie die Geschichte sie nur selten offeriert, sagte zu.

Die Verhandlungen begannen am 11. Februar zu Jaffa und dauerten eine Woche. Zu den Bedingungen, auf die die gegnerischen Seiten sich einigten, gehörte ein auf zehn Jahre festgesetzter Waffenstillstand sowie die Übergabe von Jerusalem in die Obhut der Christen – ausgenommen war lediglich der den Nachfolgern Mohammeds heilige Bezirk Haram al-Sharif, zu dem Andersgläubige jedoch Zugang erhielten. Auch die so wichtigen Orte Bethlehem und Nazareth kamen unter christliche Aufsicht, zudem gab der Sultan eine Garantie für die an der Küste gelegenen Städte ab, von Jaffa über Caesarea und Akkon bis hinauf nach Tyros und Sidon. Auch wurde die Sicherheit der Straßen garantiert, und es wurde den Christen das großzügige Recht eingeräumt, die ihnen zugestandenen Lande durch den Bau von Burgen zu sichern.

Am 18. Februar im Jahr des Herrn 1229 schließlich wurde der Vertrag von beiden Seiten unterzeichnet und gesiegelt, mit Hermann von Salza sowie den englischen Bischöfen von Exeter und Winchester als Zeugen. Nachdem dies geschehen war, umarmte Friedrich vor aller Augen den Emir Fahr ad-Din und nannte ihn laut und für alle vernehmlich seinen Freund.

Nach fünf Monaten zähen Verhandelns war meinem Herrn trotz aller Schmähungen damit gelungen, was anderen Herrschern, begonnen von seinem Großvater Friedrich Barbarossa bis hin zu Richard Löwenherz, versagt geblieben war: die heilige Stadt Jerusalem für das christliche Abendland zurückzugewinnen.

Und das, ohne auch nur eine einzige Schlacht zu schlagen.

11.

Jerusalem
17. März 1229

Endlich war eine Einigung erzielt worden, zu beiderseitigem Vorteil und wie sie in der Geschichte des Heiligen Landes ihresgleichen suchte – doch es verhielt sich genau so, wie Emir Fahr ad-Din es in seiner Weisheit vorausgesehen hatte.

Die Zahl derer, die das Abkommen geißelten, war in der Tat gewaltig – auf beiden Seiten.

So beschwerten sich christliche Ritter lauthals darüber, dass sie nicht den weiten Weg und die Gefahren der Pilgerschaft auf sich genommen hätten, um nun wieder nach Hause zurückzukehren, ohne ihre Klinge auch nur ein einziges Mal in muselmanisches Blut getaucht zu haben – tatsächlich kam es den meisten wohl eher auf die Beute an, die ihnen durch den Waffenstillstand entgehen würde. Und Patriarch Gerold erging sich in hasserfüllten Tiraden, in denen er den Vertrag mit dem Sultan ein Verbrechen nannte und dem Kaiser verbot, seinen Fuß nach Jerusalem zu setzen.

Sultan al-Kamil auf der anderen Seite musste die Klagen der Imame von Jerusalem über sich ergehen lassen.

Und sowohl sein aufrührerischer Neffe an-Nasir Daud als auch der Kalif im fernen Bagdad ließen ihn wissen, wie wenig sie von einem Abkommen mit dem Christenkaiser hielten.

Doch genau wie der Sultan hielt auch mein Herr an der Vereinbarung fest und setzte sich kurzerhand über das Verbot des Patriarchen hinweg. Als erster Kaiser der Christenheit würde Friedrich nicht nur die Krone des Abendlands sondern auch jene des Königreichs Jerusalem auf seinem Haupte tragen – sollte er sich diesen Triumph von einem neidischen, von Rom gelenkten Kleriker verwehren lassen?

Wer meinem Bericht über die Taten und das Leben von Fredericus Secundus bis hierher gefolgt ist, hat inzwischen genug über ihn erfahren, um zu wissen, dass er nicht zu jenen gehört, die sich durch Drohgebärden einschüchtern oder sich ihren Platz in den Annalen streitig machen lassen. Und so zog er am 17. März, dem Tag des heiligen Patrick, in einem feierlichen Zug in die Heilige Stadt ein – nur um festzustellen, dass die Straßen verlassen waren.

Die Muselmanen hatten, dem Aufruf ihrer Imame folgend, der Stadt den Rücken gekehrt, sei es aus Protest gegen die Abmachung oder aus nackter Furcht, denn die Ereignisse des Jahres 1099, als das Heer der Pilger die Stadt erobert und ein Blutbad unter der Bevölkerung angerichtet hatte, waren nicht vergessen. Den christlichen Bewohnern der Stadt wiederum hatte Patriarch Gerold verboten, dem exkommunizierten Kaiser ihre Gunst zu erweisen, sodass sie in ihren Häusern blieben, unschlüssig, wem sie gehorchen sollten, dem weltlichen Herrn oder dem geistlichen.

Dass die Prozession, die durch die Straßen der heiligen Stadt bis zur Grabeskirche zog, für Friedrich nicht zu einer

Demütigung geriet, war einzig den Pilgern zu verdanken, die zusammen mit dem Kaiser ins Heilige Land gekommen waren und die die Häuser mit Blumen, Wimpeln und Bannern geschmückt hatten. Obwohl der Patriarch es eigentlich auch ihnen untersagt hatte, folgten sie Friedrich und seinen Getreuen, zu denen an jenem denkwürdigen Tag neben Erzbischof Berard und den Bischöfen von Exeter und Winchester auch eine Abordnung von Deutschherren unter ihrem Hochmeister Hermann von Salza gehörte, die in ihren weißen, mit dem schwarzen Kreuz versehenen Mänteln für sich schon einen eindrucksvollen Anblick boten.

Für Friedrich wurde es ein Triumphzug aus eigenen Gnaden – so wie es auch eine Krönung aus eigenen Gnaden werden sollte. Denn seine Hoffnung, dass der Nachfolger Petri im fernen Rom sich ergriffen zeigen würde, wenn derjenige, der Jerusalem aus den Händen der Heiden befreit hatte, am Grab des Herrn nun demütig auf die Knie sank und dass unter diesem Eindruck der Kirchenbann von ihm genommen würde, erwies sich als vergeblich: Weder unternahm Papst Gregor Anstalten, den Kaiser wieder in die Gemeinschaft der Gläubigen aufzunehmen, noch gestatteten seine Vertreter die für den nächsten Tag vorgesehene Krönung in der Grabeskirche. Was meinen Herrn am Abend jenes bewegten Tages vor eine heikle Wahl stellte …

»Sagt mir, was ich tun soll, meine Freunde«, wandte er sich an seine engsten Berater, die er um sich geschart hatte, im Haus des örtlichen Kadi, in dem er in Ermangelung einer anderen, christlichen Unterkunft wohnte. »Die römische Kirche ist nicht bereit, mich vom Bann freizusprechen, noch mir am morgigen Tag die Krone von Jerusalem aufs

Haupt zu setzen. Und das, obwohl ich sie mir weiß Gott verdient habe, nicht allein durch Heirat, wie böse Zungen behaupten, sondern durch Taten!«

»Das hast du«, räumte Parceval Doria ein, »deshalb würde ich einen Dreck auf das geben, was die Kleriker sagen. Du hast so viel geopfert, um hierherzukommen, und du hast erreicht, was keinem anderen Kaiser vor dir gelungen ist. Wenn der Papst dich nicht vom Bann lossprechen will, so ist das seine Sache – aber diese Krone hast du dir verdammt nochmal verdient. Warum lässt du sie dir also morgen nicht einfach von Erzbischof Berard auf die Stirn setzen?«

»Das könnte ich tun«, räumte Berard ein, der in der Runde wie immer zur Rechten des Kaisers saß, »und Ihr kennt mich gut und lange genug, um zu wissen, dass meine Treue zu Euch unverbrüchlich ist, Majestät. Wenn Ihr es wünscht, so werde ich Euch morgen vor aller Welt krönen.«

»Mein guter Berard.« Friedrich sah seinen Wegbegleiter lange und prüfend an. »Ich danke Euch für die Treue, die Ihr mir einmal mehr erweist – dennoch kann ich erkennen, dass sich hinter Eurem Angebot noch ein ›Aber‹ verbirgt …«

»Ihr kennt mich gut, Majestät.« Der Erzbischof nickte. »Tatsächlich fürchte ich, dass der Rat, den Doria hier gibt, mehr dem gerechten Zorn eines guten Freundes entsprungen ist, der mit Euch fühlt und für Euch kämpft – und weniger einer kühlen Überlegung.«

»Was gibt es da noch zu überlegen?«, fragte der Genueser prompt. »Macht Friedrich vor aller Augen zum König von Jerusalem – soll dem Griesgram im fernen Rom davon die Galle überlaufen, wenn es ihm nicht passt.«

»Seht Ihr, was ich meine?«, fragte Berard den Kaiser.

»Was schlagt Ihr stattdessen vor?«, fragte Friedrich. »Soll ich auf die Krönung verzichten?«

»Nein.« Der Erzbischof schüttelte das ergraute Haupt. »Doch muss es einen anderen, einen dritten Weg geben, der Euch zum König macht, ohne das Recht der Kirche auf eine Weise zu brechen, deren Folgen sowohl für Euch selbst als auch für das Reich völlig unabsehbar wären.«

»Das ist wahr«, stimmte Roffred von Benevent zu, der in Fragen des Rechts wohl kundigste unter den kaiserlichen Beratern. »Schon jetzt stehen päpstliche Truppen im Königreich Sizilien. Ein so offener Bruch des Rechts würde den Päpstlichen womöglich auch unter Euren eigenen Leuten Sympathien eintragen, was die Lage im Südreich dramatisch verschlimmern könnte.«

»Schon gut, das verstehe ich«, räumte Friedrich ein und hob resignierend die Hände. »Anders als mein getreuer, aber zur Narrheit neigender Freund Parceval …«

»Stets zu Diensten!«, rief dieser grinsend dazwischen.

»… will ich nicht mit dem Kopf durch die Wand. Aber welche andere Lösung könnte es geben? Wie könnte jener dritte Weg aussehen, von dem Ihr sprecht?«

»Nun, möglicherweise weiß ich Rat«, meldete nun Hermann von Salza sich zu Wort, der zu des Kaisers anderer Seite saß, das schwarze Kreuz auf der weißen Brust. Statt am Gespräch teilzunehmen, hatte er bislang nur grübelnd vor sich hin gestarrt, so, als hätte er bereits die ganze Zeit nach einer Lösung gesucht.

»Ja, Bruder Hermann?« Hoffnungsvoll wandte sich Friedrich dem Deutschritter zu.

Hermann von Salza sah den Kaiser eine lange Weile an. »Wenn«, begann er dann bedächtig, »der hiesige Klerus

Euch die Krönung auf päpstliche Weisung verweigert und auch Erzbischof Berard sie nicht vornehmen kann, ohne die Gesetze der Kirche aufs Schwerste zu brechen – warum krönt Ihr Euch dann morgen nicht einfach selbst?«

»Kraft welcher Legitimation?«, fragte Roffred, noch ehe Friedrich selbst etwas erwidern konnte.

»Mit derselben Legitimation, mit der sich auch des Kaisers Großvater und alle Normannenkönige vor ihm die Krone aufs Haupt setzen ließen – kraft der Macht, die der Allmächtige selbst ihnen verliehen hat und die keiner geistlichen Bestätigung bedarf, kommt sie doch vom Allerhöchsten selbst!«

Die raue Stimme des Ordensmeisters verklang, und es wurde still in dem Raum, der noch immer vom Geruch des Hammels durchsetzt war, den der Kadi eigens für seinen Ehrengast hatte schlachten und zubereiten lassen.

»Berard?«, wandte sich Friedrich als Erstes an den Erzbischof.

»Wie es scheint, Majestät«, erwiderte dieser mit einem wohlwollenden Lächeln, »hat Bruder Hermann Euch einmal mehr einen Weg aus dem Labyrinth gewiesen …«

12.

Grabeskirche, Jerusalem
18. März 1229

Und so geschah es.

Unter reger Teilnahme der deutschen und italienischen Pilger wurde am Sonntag, dem dritten der Fastenzeit, in der Grabeskirche zu Jerusalem ein feierlicher Gottesdienst abgehalten. Hunderte von Kerzen erhellten den sonst in ehrfurchtsvoller Dämmerung liegenden Raum und ließen die weißen Mäntel der Deutschritter leuchten. In großer Anzahl waren sie unter ihrem Oberhaupt Hermann von Salza erschienen, während die Orden der Templer und Johanniter dem Ereignis ferngeblieben waren, ebenso wie der größte Teil des Klerus, mit Ausnahme des getreuen Berard sowie einiger Bischöfe aus dem engsten Kreis des Kaisers. Denn wie ein Lauffeuer hatte sich in Jerusalem herumgesprochen, dass diese heilige Messe keine gewöhnliche Feier zum Fastensonntag werden sollte.

Kaum war die Messe gelesen und der Segen gesprochen, betrat der Kaiser die Kirche, in festlichem Ornat und den roten Krönungsmantel um die Schultern. Zugleich wurde die Krone des Königreichs Jerusalem hereingetragen und auf einem samtenen Kissen ruhend auf dem Altar abgelegt.

Dorthin schritt Friedrich, begleitet vom Lobgesang der Pilger und seiner Anhänger. Vor dem Altar blieb er stehen und bekundete Demut und Respekt vor dem Allmächtigen – und sodann setzte er sich, genau wie Hermann von Salza es gesagt hatte, kraft der ihm vom Schöpfer verliehenen Macht die goldglänzende Krone auf das rote Haupt.

Es war ein großer, ein ergreifender Moment.

Niemand, der an diesem Tag dabei war und sah, wie sich der Herrscher des christlichen Abendlandes am Grab des Herrn, dem Zentrum des Erdkreises, die Krone von Jerusalem aufsetzte, würde es jemals wieder vergessen.

Erneut wurden Lobgesänge angestimmt, und dann ergriff der neu gekrönte König von Jerusalem selbst das Wort. Mit Gott als seinem Zeugen beschrieb er, was sich seit seiner Ankunft im Heiligen Land ereignet und welche Erfolge er im Kampf gegen die Heiden errungen hatte; vom Vormarsch bis Jaffa war dabei die Rede, vom Ausbau der bestehenden Burgen und der Errichtung neuer Bollwerke zum Schutz des Königreichs; den Papst und den Patriarchen erwähnte er dabei nicht, so, wie er auch den Bann nicht erwähnte, der auf ihm lastete – all dies passte nicht in die Erzählung, die er an diesem Tag verkünden wollte. Und schließlich ließ er jene Worte verlauten, die mehr als alle bisherigen das neue Verständnis seiner Herrschermacht ausdrückten und davon kündeten, wie sie auf ihn gekommen war: »Heute«, sagte er mit lauter Stimme, »ist jener segensreiche Tag gekommen, an dem die wahren Christen ihr Heil vom Allmächtigen empfangen. Denn die ganze Welt soll erfahren und verstehen, dass Gott allein es ist und kein anderer, der seinen Dienern Heil zuteilwerden lässt – und zwar so, wie er es will, und nicht, wie Menschen es wollen!«

Die Worte hallten durch das heilige, von Kerzenlicht erleuchtete Gewölbe. Und damit keiner behaupten könne, er hätte nicht verstanden, was der Kaiser in seiner Muttersprache verkündete, trat im Anschluss Bruder Hermann auf und übersetzte jenes Manifest des Glaubens und der Macht Wort für Wort in die Zungen der Deutschen und der Franzosen: Allein der Herr im Himmel sucht sich seine Auserwählten und erhebt sie zu Herrschern – nicht die Kirche.

Und auch nicht ihr gewähltes Oberhaupt.

Von seinen Gefolgsleuten bejubelt, verließ Friedrich die Kirche und brach zu einem Umritt auf, der überall dort, wo er auf Kaisertreue stieß, lautstark bejubelt wurde, während andere Straßen menschenleer waren, die Fensterläden und Türen gar verschlossen. Dumpfes Schweigen war dann die Folge, und da auch keine Glocken läuteten, breitete sich eine Stille über die Straßen, als wäre es kein Krönungszug, sondern ein Leichengang.

Während die Anhänger des Kaisers seinen Triumph feierten, spien Patriarch Gerold und alle anderen, die dem päpstlichen Lager nahestanden, Gift und Galle über Friedrichs eigenmächtiges Handeln, in dem sie nichts als Anmaßung sahen. Und wo er schon dabei war, gab der Kaiser ihnen gleich noch mehr, worüber sie sich grämen konnten. Denn noch am Nachmittag desselben Tages bat er den Richter der Muselmanen, in dessen Haus er für die Dauer seines Aufenthalts weilte, ihm den heiligen Bezirk der Anhänger Mohammeds zu zeigen, und er betrat die Al-Aksa-Moschee auf dem Tempelberg und bewunderte deren Bauweise und Ornamente.

Besonders die immer wiederkehrende Form des Oktogons erregte seine Aufmerksamkeit, erinnerte sie ihn doch an die Pfalzkapelle zu Aachen und die Königskrone, die ihm dort aufs Haupt gesetzt worden war. Die Burgruine auf der Murge kam ihm in den Sinn, die er mit Parceval Doria beim Jagdausritt entdeckt hatte, und er beschloss, dass das Kastell, das er dort errichten wollte, jene so überaus ausgewogene Form erhalten solle. Acht Ecken. Acht Türme.

Der Tag nach den Feierlichkeiten gehörte den Regierungsgeschäften, die Friedrich sogleich mit großer Kraft anging. Die Bauwerke und Befestigungen, die einst von den christlichen Eroberern errichtet worden waren – so wie der Davidsturm und das mächtige Tor des Stephanus –, lagen in Trümmern. Nun sollten sie wieder aufgebaut, Jerusalem sein alter Glanz verliehen werden. Zu diesem hohen Ziel erklärten sich auch die anderen Ritterorden zur Zusammenarbeit mit dem kaiserlichen Lager bereit.

Dennoch war es eine trügerische Ruhe, die in Outremer Einzug hielt, und sie bestand nicht lange. Zu sehr hatte Friedrichs eigenmächtiges Handeln die Gemüter seiner Gegner erregt, als dass sie es ihm verziehen hätten. Und so verbreiteten die Prediger in den Straßen Gerüchte, die zwar oftmals einen wahren Kern hatten, diesen jedoch mit Lug und übler Nachrede verhüllten – und die Gefolgsleute des Kaisers konterten, indem sie seine Person verklärten und ihm als dem Auserwählten des Herrn die Züge eines neuen Messias verliehen.

Die alte Prophezeiung, nach der ein neuer König in Jerusalem das Ende der Zeiten bringe, war plötzlich wieder in aller Munde, doch wurde sie unterschiedlich gedeutet.

Für die einen war Fredericus Secundus der Verheißene, der aus dem Abendland gekommen war und die Heilige

Stadt wie geweissagt ohne Blut und Kampf befreit hatte, weshalb sein Erscheinen den Beginn eines tausendjährigen Friedensreiches bedeute. Für die anderen war er der am Ende der Zeiten verheißene Antichrist, der mit den Heiden paktierte und die wahrhaft Gläubigen vom rechten Pfad abbringen wollte.

So war es kein Wunder, dass die Menschen in den Gassen von Akkon, wo sich der Kaiser Anfang Mai einfand, um die Rückreise nach Italien anzutreten, ihn lauthals beschimpften und mit Dreck aus der Gosse bewarfen. Jene, die sie dazu angestiftet hatten, allen voran der rachsüchtige Patriarch Gerold, wollten meinen Herrn nicht verstehen … oder vielleicht konnten sie es auch einfach nicht.

Dem Flug des Falken gleich, waren seine Gedanken zu erhaben über den ihren. Sie konnten nicht begreifen, warum ein Herrscher, der doch als Anführer eines großen Heeres ins Heilige Land gekommen war, sein Schwert kaum gezogen und kein Blutbad unter den Heiden angerichtet hatte; warum er im Gegenteil mit ihnen verhandelt hatte und in Freundschaft mit ihnen verkehrte – und weshalb der Sultan zuletzt eingelenkt und ihm die Herrschaft über Jerusalem zurückgegeben hatte. All dies, sagten sie sich, konnte nicht mit rechten Dingen geschehen sein – dabei hat mein Herr stets nur die Überzeugung vertreten, dass es nicht die Religion ist, nicht die Zugehörigkeit zu einem bestimmten Glauben, die über den Wert eines Menschen entscheidet, sondern allein seine Treue vor dem Gesetz, dem göttlichen wie dem von Menschen gemachten.

Auf diese Weise gewann er Jerusalem zurück, ohne eine Schlacht geschlagen zu haben, und blieb dem Sultan al-Kamil bis zu dessen Tod in Freundschaft verbunden.

Auf diese Weise beließ er den ihm einst so verhassten

Sarazenen in Lucera eine zweite Heimat und erlaubte ihren Muezzinen gar, die Gebetsstunden auszurufen, gleichwohl sie seltsam fremd über den grünen Hügeln Apuliens klangen.

Auf diese Weise las er bis ins hohe Alter die Bücher arabischer Gelehrter, lud sie an seinen Hof nach Foggia ein und unterhielt sich mit ihnen in ihrer Sprache.

Und als im Jahr 1235 in der deutschen Stadt Fulda aufgebrachte Christen dreißig Juden ermordeten, weil es hieß, die dort ansässige jüdische Gemeinde würde Christenkinder stehlen und in grausamen Ritualen opfern, da ordnete Friedrich eine Untersuchung an und sprach im Anschluss die Juden Fuldas von aller Schuld frei und gewährte ihnen kaiserlichen Schutz.

In Jerusalem, dem Zentrum des Erdkreises, war er zu der Überzeugung gelangt, unter den Herrschern der Welt auserwählt zu sein und dass alle Kronen und alle Macht vom Allmächtigen selbst auf ihn gekommen waren.

Und er suchte diese Macht weise zu gebrauchen.

Zwischenspiel

Castel del Monte, Apulien
28. August 1943

Schweigen war eingetreten.

Anders als bei allen anderen Kapiteln, die Josef Burger übersetzt und vorgetragen hatte, enthielt sich sein Gegenüber diesmal jeden Kommentars.

Wie versteinert saß Oberleutnant Hoffmann auf seinem Schemel. Seine Tropenuniform hatte Schweißränder unter den Achseln, die Sonne brannte erbarmungslos auf das Zelt herab, in dem sie beide saßen. Doch es schien nicht die Hitze zu sein, die dem jungen Offizier zusetzte. Sondern vielmehr das, was er soeben gehört hatte …

»Das kann nicht sein«, brachte er schließlich hervor, den Blick seiner grauen Augen bohrend auf den Archäologen gerichtet.

»Wovon sprechen Sie?«, fragte Burger, obschon er sich die Antwort denken konnte – ganz offenbar hatten nicht nur die Menschen vor siebenhundert Jahren Probleme gehabt, den Staufer Friedrich zu verstehen …

»Diese Manuskripte, die wir gefunden haben, diese angebliche Biographie … das alles muss eine Fälschung sein!«, begehrte Hoffmann auf. Seine Uniformjacke dehnte sich unter heftigen Atemzügen, die Sache schien ihn persönlich anzugehen.

»Wie kommen Sie darauf?« Burger, der dabei war, die Manuskripte wieder einzurollen und in den Köcher zurückzustecken, sah ihn fragend an. »Sollten Sie urplötzlich auch Archäologe geworden sein?«

»Das nicht«, räumte der andere aufgebracht ein, »aber man muss kein Gelehrter sein, um so etwas zu durchschauen – schließlich hat sich kein deutscher Kaiser jemals schützend vor die Juden gestellt! Ein Herrscher von staufischem Blut wäre eher gestorben, als seinen Namen und sein Geschlecht einer solchen Schande preiszugeben!«

»Und das wissen Sie mit Bestimmtheit?«

»Aber natürlich – alles andere ist völlig undenkbar!«

»Ist das so?« Burger nickte und nahm seine Brille ab, massierte einmal mehr die Nasenwurzel. »Nun«, meinte er dann seufzend, wobei er die Brille wieder aufsetzte, »vielleicht kann ich Ihnen ein paar Denkanstöße geben, Herr Oberleutnant.«

Hoffmann verkrampfte sich sichtlich auf seinem Stuhl. »Nämlich?«, schnappte er.

»Also erstens«, begann Burger seinen Vortrag, »enttäuscht es mich ein wenig, dass Sie offenbar die ganze Zeit über noch nicht gemerkt haben, dass es in dieser Geschichte keinen deutschen Kaiser gibt, sondern nur einen römischen.«

»Nichtsdestotrotz sprechen wir vom Heiligen Römischen Reich Deutscher Nation!«, hielt Hoffmann mit dem dagegen, was er offenbar noch aus dem Schulunterricht wusste – immerhin hatte sein Jahrgang noch zu jenen gehört, die ihre Ausbildung in voller Länge absolvieren durften.

»Dieser Begriff kam erst rund zweihundertfünfzig Jahre nach den Tagen Friedrichs auf. Um genau zu sein, wurde er erstmals im Landfrieden seines Namensvetters Kaiser Friedrichs III. im Jahr 1486 erwähnt. Wir dagegen sprechen hier von einem Kaiser, der sich in der Tradition der römischen Imperatoren sah und in der Nachfolge Konstantins und Karls des Großen, der Ottonen und der Salier, und der bis zu seinem achtzehnten Geburtstag kein Wort Deutsch gesprochen hat.«

»Woher wollen Sie das so genau wissen? Nur weil es hier auf diesen alten Fetzen steht? Aufgeschrieben von einem Kerl, der von sich behauptet, ein Falke zu sein?« Hoffmann flatterte mit den Armen, als wären es Flügel.

»Nein«, widersprach Burger, »sondern weil es ähnlich in den *regesta imperii* und anderen Quellen berichtet wird – wo übrigens auch geschrieben steht, dass sich der Kaiser der Juden angenommen hat.«

»Und ob er das hat – indem er sie Hüte tragen ließ, die sie auf den ersten Blick erkennbar machten!«

»Ich sehe, wer immer Sie in Geschichte unterrichtet hat, hat sorgfältige Arbeit geleistet«, erwiderte der Professor mit bitterem Sarkasmus. »Nur hat er wohl geflissentlich vergessen, Ihnen die ganze Wahrheit zu erzählen – nun, da ist er ja nicht der Einzige, nicht wahr? Aber nur, weil man Dinge aus den Schulbüchern streicht, heißt es nicht, dass sie auch aus der Vergangenheit verschwinden.«

»Was erlauben Sie sich? Soll ich Meldung erstatten?«

»Tun Sie, was Sie tun müssen«, gab Burger zurück, »ich denke nicht, dass es noch einen großen Unterschied macht. Aber vorher werde ich diesen Text zu Ende übersetzen – ob Sie mir dabei zuhören oder nicht, ist Ihnen überlassen.«

Hoffman gab ein Schnauben von sich. In einem jähen

Entschluss schoss er von seinem Schemel hoch und wandte sich zum Ausgang des Zeltes – doch nach einem Moment des Zögerns kehrte er wieder zurück und setzte sich.

»Fahren Sie fort«, verlangte er.

»Ganz sicher? Womöglich bekommen Sie noch mehr zu hören, das Ihnen nicht gefallen wird, weil es nicht ins …« – der Professor suchte nach einem passenden Begriff – »Gesamtbild passt«, sagte er dann.

»Weitermachen!«, schnarrte der andere nur, als hätte er einen Rekruten vor sich.

»Wie Sie möchten«, erwiderte Burger, der den nächsten Köcher bereits geöffnet hatte und die eingerollten Manuskripte daraus entnahm. »Vielleicht wird Ihnen das nächste Kapitel mehr zusagen, es trägt einen sehr vielversprechenden Titel …«

Fundamentum VI

Veritas

1.

Barletta
August 1229

Im Juni des Jahres 1229 kehrte Friedrich zurück von seiner so erfolgreichen Reise ins Heilige Land.

Nicht nur die Feindseligkeit des dortigen Klerus und des von ihm aufgewiegelten Volks hatte ihn zur Rückkehr bewogen, sondern auch die Nachrichten, die ihn aus Sizilien erreichten, denn allerorten waren die päpstlichen Truppen auf dem Vormarsch, und ihr Anführer war kein anderer als Johann von Brienne, der Vater seiner verstorbenen Gemahlin Isabella und ehemalige Regent von Jerusalem, den Friedrich einst vor versammeltem Hofe bloßgestellt hatte. Diese Kränkung hatte Johann ihm nie verziehen, und er brannte auf Rache – und Papst Gregor hatte ihm die Gelegenheit dazu gegeben.

Der Tag, an dem Friedrich nach neunmonatiger Abwesenheit wieder seinen Fuß auf apulischen Boden setzte – es war der 10. Juni –, brachte zugleich noch eine weitere Überraschung. Denn wie mein Herr feststellen musste, begrüßten ihn seine Gefolgsleute mit überschwänglicher Erleichterung, und so mancher Gemeiner, der den kaiserlichen Tross auf seinem Weg zur Küstenfestung Berletta erblickte, rieb sich ungläubig die Augen oder bekreuzigte sich gar.

Die Erklärung war einfach: Um Friedrich zu schaden, hatten seine Gegner das Gerücht in die Welt gesetzt, der Kaiser hätte im fernen Outremer den Tod gefunden, und wie es die Natur schlechter Nachrichten ist, hatte sie sich in Windeseile verbreitet. Umso überraschter waren die Apulier nun, ihren Herrscher nicht nur lebend anzutreffen, sondern aufrecht im Sattel sitzend und vom festen Entschluss erfüllt, die Invasoren aus seinem Reich zu fegen.

Während Johann von Brienne mit einem Heer aus päpstlichen Truppen und solchen der Lombarden vor den Mauern der Stadt Capua lag und diese belagerte, hatte der Legat Pelagius mit einer Streitmacht die befestigte Abtei Monte Cassino eingenommen – allerdings nicht im Kampf, sondern weil die Mönche der Meinung gewesen waren, dass der Kaiser tot sei, und das Kloster deshalb kampflos übergeben hatten. Auch andere Burgen und Städte hatten sich in der Annahme, der Kaiser wäre gestorben, dem päpstlichen Lager zugewandt. Viele von ihnen kehrten nun, da sich dies als dreiste Lüge erwies, wieder auf Friedrichs Seite zurück; andere versprachen sich mehr davon, auf der Seite Papst Gregors zu bleiben.

Auf den Feldern vor Berletta sammelte Friedrich sein Heer.

Anders als seine Gegner erwartet hatten, war es ein großes Aufgebot, das sich um das Banner des Totgesagten scharte: Den Kern der Streitmacht bildeten die eben erst aus dem Heiligen Land heimgekehrten deutschen und sizilischen Pilger; über die Abruzzen kam der verbliebene Teil des königlichen Heeres dazu, und unter der Führung von

Petrus de Vinea kam aus Lucera das Heer der Sarazenen dem Kaiser zu Hilfe.

Mit dieser Streitmacht zog der Kaiser nach Capua, wo Johann von Brienne mit den Seinen lagerte – doch zur Schlacht kam es auch diesmal nicht, denn die Dinge hatten sich geändert.

Solange Friedrich fernab im Heiligen Land weilte, war es seinen Feinden ein Leichtes gewesen, in sein Reich einzufallen und seine Truppen zurückzudrängen, zumal in Anbetracht der Verwirrung, die die Nachricht vom angeblichen Tod des Kaisers gestiftet hatte; nun jedoch, da Friedrich zurück war, leibhaftig und höchstselbst, da bröckelte das Bündnis seiner Gegner: Als Friedrich vor Capua eintraf, ergriffen Briennes Kämpfer die Flucht. Ob aus Furcht vor einer Niederlage oder vor drohender Bestrafung – Hals über Kopf rannten die Päpstlichen davon, allen voran ihr Anführer Johann von Brienne. Friedrich wies seine Leute an, sie zu verfolgen und aus dem Reich zu jagen, jedoch nicht über dessen Grenzen hinaus. Denn der Papst mochte das Recht gebrochen haben, indem er seine Truppen in kriegerischer Absicht über die Grenze schickte – der Kaiser, seine gottgegebene Macht weise nutzend, würde nichts dergleichen tun.

Einzig auf Monte Cassino behauptete sich eine Streitmacht von papsttreuen Kämpfern unter der Führung des Legaten Pelagius, doch in Anbetracht der Lage und der feindlichen Übermacht, die sich um die Abtei versammelte, gab auch er schließlich auf. Auch hier zeigte sich mein Herr als großmütiger Sieger, der Verrat zwar verachtete, Tapferkeit jedoch schätzte, und ließ Pelagius und die Seinen abziehen, unbehelligt und in Ehren.

Andere hatten weniger Glück.

Die an der Grenze zum Kirchenstaat gelegene Stadt Sora, die sich bewusst für das päpstliche Lager entschieden und gegen Friedrich gewandt hatte, wurde von seinen Truppen eingenommen und bis auf die Grundmauern niedergebrannt, von den Einwohnern blieb keiner am Leben.

»Was in Sora geschehen ist«, so wusste Parceval Doria seinem kaiserlichen Freund zu berichten, »hat viele Städte nachdenklich gemacht – allein in der vergangenen Woche haben sich mehr als fünfzig ergeben.«

»Sieh an«, erwiderte Friedrich mit triumphierendem, aber freudlosem Lächeln, während er in der Halle der Festung Berletta auf und ab ging. »Wie bereitwillig sie mir doch gehorchen, wenn sie wieder meinen Fuß im Nacken spüren.«

»Euer Zorn ist fraglos gerecht, Majestät«, gestand Erzbischof Berard zu, »doch solltet Ihr Euch davon nicht vereinnahmen lassen …«

»Gewiss nicht, Exzellenz«, versicherte Friedrich. Er trat ans Fenster und blickte auf die blauen Wellen des Meeres, die gegen den Strand und die Küstenfelsen rollten. »Wenn eine Stadt reumütig um Vergebung bittet, so soll sie wieder in meine Huld aufgenommen werden. Doch will und werde ich diejenigen zur Rechenschaft ziehen, die sich in meiner Abwesenheit gegen mich verschworen und mit den Päpstlichen gemeinsame Sache gemacht haben.«

Er wandte sich vom Fenster ab, die Gesichtszüge rot vor Wut. »Ich glaubte, vor Verrat sicher zu sein, wenn ich ausgebildete Justiziare als meine Vertreter einsetze, die sich in Rechtsbelangen auskennen und weder einen Namen zu verteidigen noch Grund und Boden zu gewinnen haben. Doch offenbar habe ich mich geirrt, denn für Bestechung mit barer Münze waren auch sie zu haben.«

»Die menschliche Natur, Majestät«, erwiderte Berard. »Sie sucht stets nach ihrem Vorteil.«

»Dann soll sie nun lernen, was ihr daraus erwächst«, konterte Friedrich und wandte sich seinem Sekretär zu. »Gebt folgenden Befehl an meine treuen Sarazenen in Lucera: Ich will, dass jedem abtrünnigen Beamten, dessen wir habhaft werden, ungeachtet seines Namens, Verdienstes oder Standes die Augen ausgestochen werden. Außerdem soll er seiner Nase sowie seiner sämtlichen Kleider beraubt und in Schimpf und Schande davongejagt werden.«

»Majestät«, wollte der stets zur Besonnenheit mahnende Erzbischof einwenden, doch der Kaiser brachte ihn mit einer energischen Handbewegung zum Schweigen.

»Des Weiteren«, fuhr er fort, »sollen auch den Eheweibern der Verräter die Nasen abgeschnitten werden, auf dass sie das Mal der Schande zeitlebens in ihren hässlichen Gesichtern tragen. Ihre Söhne und Töchter sollen meinethalben bleiben, wo sie sind – doch möge man die Knaben allesamt kastrieren, auf dass ihre verräterische Linie sich nicht fortsetzen und womöglich noch meinen Erben schaden kann!«

Zuletzt hatte Friedrich immer lauter gesprochen, und seine Augen glänzten, als hätte sich ein Fieber seiner bemächtigt. »So soll es geschehen«, fügte er schnaubend hinzu.

»Das ist grausam, Majestät«, wandte Berard ein.

»Grausam ist es in der Tat, und deshalb wird es seine Wirkung nicht verfehlen. Die Kunde darüber wird sich unter meinen Beamten verbreiten, genau wie das, was in Sora geschehen ist. Danach wird sich niemand mehr gegen mich erheben.«

»Oder aber, sie erheben sich, weil sie Euch fürchten

und in ihrer Verzweiflung denken, dass sie nichts mehr zu verlieren hätten«, gab der Erzbischof zu bedenken.

»Was soll ich stattdessen tun? Etwa dulden, dass jene, die mich verraten haben, ungestraft davonkommen und meine Feinde mich verlachen?«

»Sicher nicht«, meldete Petrus de Vinea, der erste und oberste von Friedrichs Justiziaren, sich zu Wort. An Alter und Weisheit stand er dem Erzbischof in nichts nach, doch war er in Rechtsdingen beschlagen und ein Meister, wenn es darum ging, Menschen durch wohlgewählte Worte zu beeinflussen. »Aber warum sollte Euch nicht beides gelingen, Euch Respekt zu verschaffen und Euch dennoch großmütig zu zeigen?«

»Ihr wollt einen Kreis quadratisch machen, *magister*«, hielt Friedrich dagegen. »Wie soll das gehen?«

»Lasst mich Euch dabei unterstützen, einen entsprechenden Befehl zu schreiben und zu verlautbaren«, schlug der schlohhaarige Gelehrte vor, dessen kräftige Gestalt einen seltsamen Gegensatz zu Berards asketischer Erscheinung bot. »Es bedeutet ja nicht, dass Eure Soldaten ihn auch genauso ausführen müssen.«

»Ihr meint …?«

»In Sora habt Ihr gezeigt, dass Ihr den Feinden des Reiches nicht leicht vergebt – möglicherweise genügt jetzt die Androhung von Strafe, um Besserung zu bewirken. Der Respekt, den Ihr zu Recht von Eurem Volk erwartet, Majestät, nährt sich aus zwei Quellen – Furcht und Liebe.«

»Ich stimme zu«, pflichtete Erzbischof Berard bei.

Friedrich nickte und ließ sich die Worte durch den Kopf gehen, während er sich wieder abwandte und hinaus auf das Meer blickte. »Es sei«, entschied er dann. »Doch um sicherzugehen, lasst in jedem Fall ein paar Knaben kastrieren und ein paar der hohen Herren und Damen um ihre Riechorgane erleichtern. Alle sollen wissen, dass es mir bitterernst damit ist.«

Es war Erzbischof Berard anzusehen, dass er gern widersprochen hätte, Friedrich jedoch lange und gut genug kannte, um zu wissen, dass es vergeblich gewesen wäre.

»So wird es geschehen«, bestätigte Petrus de Vinea stattdessen und fügte Worte hinzu, die er dereinst noch bitter bereuen sollte: »Verräter verdienen keine Gnade.«

2.

Der Befehl wurde von der Kanzlei geschrieben und vom Herrscher gesiegelt, und die königlichen Boten verbreiteten ihn in alle Himmelsrichtungen – und bereits im Oktober war der Frieden im Südreich wiederhergestellt.

Die Feinde waren vertrieben, die ärgsten Verräter zur Rechenschaft gezogen worden, und den meisten der abtrünnigen Städte gegenüber hatte sich Friedrich als großmütiger Sieger erwiesen. Das Volk feierte den zurückgekehrten König und Kaiser, der dem Land nach Monaten des Krieges wieder Ordnung gebracht hatte, und das böswillige Gerücht, dass er in fernen Landen gestorben sei, gereichte ihm jetzt zum Vorteil. Denn so wie sich zuvor die Gerüchte über Friedrichs Tod verbreitet hatten, kursierten jetzt Geschichten über seine wundersame Wiederkehr, die jeder Erzähler noch mit weiteren Einzelheiten auszuschmücken wusste; die Vorsehung, sagten die einen, hätte dabei die Hand im Spiel gehabt, andere wollten ein Wirken des Höchsten selbst darin erkennen. Und so trugen des Kaisers Feinde letztlich dazu bei, ihn größer und mächtiger zu machen, als er es je zuvor gewesen war.

Und so wie Friedrich bei allem Zorn, den er gegen die Päpstlichen hegte, stets noch Maß gehalten hatte, weil er insgeheim wusste, dass eine Versöhnung mit der Kirche unumgänglich war, so musste auch Papst Gregor schließlich erkennen, dass alle Versuche, den Kaiser zu entmachten, stets nur damit endeten, dass er noch mehr erstarkte. Und so nahm man im Frühjahr des Jahres 1230 wieder Verhandlungen auf.

Leopold von Babenberg, Herzog von Österreich und der Steiermark, unternahm einen ersten Versuch, zwischen den verhärteten Fronten zu vermitteln. Es war der letzte Dienst, den der Herzog seinem Kaiser erwies, denn noch während der Verhandlungen in San Germano wurde Leopold vom Herrn abberufen und starb eines unerwarteten Todes. Die Voraussage, die ihm der Sterndeuter einst gegeben hatte – dass er sterben werde, wenn er seinen Fuß nach Süden lenkte –, hatte sich damit doch noch erfüllt.

Kein anderer als Bruder Hermann übernahm es, die Verhandlungen mit den päpstlichen Legaten fortzuführen. Und hatte sich der Hochmeister des Deutschordens schon in der Vergangenheit als zuverlässiger Anwalt für Friedrich erwiesen, so gelang ihm auch diesmal, was zuvor unmöglich schien: Papst Gregor IX., inzwischen im dreiundsechzigsten Jahr seines Lebens, willigte unter einigen Bedingungen ein, den gebannten Kaiser wieder in die Gemeinschaft der Gläubigen aufzunehmen.

Die Lossagung vom Bann erfolgte am 28. August in Ceprano, wohin mein Herr in Begleitung seines Gefolges aufbrach, und nur wenige Tage später, am 1. September 1230, trafen die einstmals so unversöhnlichen Gegner in Anagni persönlich aufeinander.

Von seinem Lager aus, das er außerhalb der Stadtmauern aufgeschlagen hatte, begab sich Friedrich, nur von seinen engsten Vertrauten begleitet, in die Stadt und suchte den päpstlichen Palast auf. Gregor, der in Anagni geboren war, empfing den Kaiser herzlich und küsste ihn brüderlich. Anschließend zogen Friedrich und er sich zu einem vertraulichen Gespräch in die Gemächer des Papstes zurück, dessen einziger Zeuge der von beiden gleichermaßen geschätzte Hermann von Salza war.

Wie mein Herr später erzählte, war es eine höchst eigentümliche Begegnung, die im päpstlichen Palazzo stattfand, denn sie verlief anders, als man es erwarten sollte bei zwei Männern, die einander über Jahre hinweg gehasst und mit allen Mitteln bekämpft hatten. Doch der Papst, fast doppelt so alt wie der Kaiser, gab sich diesem gegenüber freundlich und beinahe väterlich. Vielleicht stand ihm tatsächlich das biblische Gleichnis vom verlorenen Sohn vor Augen, in dem der Vater dem heimgekehrten Sohn all dessen Fehler verzeiht und ihn bereitwillig in die Arme schließt – ungeachtet der Tatsache, dass Papst Gregor Friedrich noch vor nicht allzu langer Zeit als einen »Studenten Mohammeds« bezeichnet hatte.

All dies schien vergessen.

Ohne Groll sprach man über das, was geschehen war, und Friedrich berichtete von seinen Taten im Heiligen Land, die erst jetzt die rechte Anerkennung zu finden schienen – tatsächlich erklärte Papst Gregor im Anschluss, dass der Vertrag, den Friedrich mit dem Sultan al-Kamil geschlossen hatte, volle Gültigkeit besitze und in jedem Fall zu erfüllen sei, und er verbot den Orden der Templer und Johanniter, den Waffenstillstand mit den Muselmanen zu brechen.

Gemeinsam traten Papst und Kaiser vor ihre Getreuen

und erklärten, dass sie zwar über alles Geschehene gesprochen und dabei nichts ausgelassen hätten, dass ihnen jedoch das Gute, das aus Frieden und gegenseitigem Verzeihen erwachse, sehr viel wichtiger gewesen sei.

So endete die Bannung meines Herrn mit dieser Begegnung, die in die Annalen der Geschichte Eingang fand. Nun brach eine Zeit des Friedens an, die der Kaiser endlich für jene Suche nutzen konnte, die seinen wachen Geist schon von jeher beschäftigt hatte.

Die Suche nach Erkenntnis.

3.

Foggia
Winter 1230

Die Sommer jener Friedensjahre pflegte Friedrich in Melfi zu verbringen, wo die üppig grünen Wälder reich waren an Wild und ihm Gelegenheit boten, seiner geliebten Falkenjagd zu frönen. Oftmals begleitete ich ihn dabei und schlug ihm manche Beute, sodass jedermann, sowohl bei Hofe als auch unter den fremdländischen Gästen, ihn um seinen Falken Saxo beneidete.

Die Wintermonate hingegen brachte Friedrich zumeist in Foggia zu, und hier, in seinem neu errichteten Palast, umgeben von seinem Hofstaat und wohlbehütet von seinen sarazenischen Wächtern, gab sich mein Herr den Wissenschaften hin, für die er sich seit seiner Kindheit begeisterte und die niemals aufgehört hatten, ihn zu faszinieren: Der Natur durch Beobachtung und die Kraft des menschlichen Geistes Erkenntnisse abzugewinnen, war sein stetes Bemühen, oftmals mit dem Ziel, das neu gewonnene Wissen zum Wohl seiner Untertanen anzuwenden. Und so gab es kaum ein Gebiet, auf das er sich nicht mit großer Neugier und wildem Eifer gestürzt hätte.

Begab er sich im Sommer gern auf die Jagd, gehörten

Winter und Frühjahr dem Studium der Tiere: In den Gärten von Foggia ließ er künstliche Sümpfe anlegen, auf dass dort Wasservögel aller Art nisten sollten; er interessierte sich für die Pferdezucht und begründete ein eigenes Gestüt, aus dem die prächtigsten Araberhengste hervorgingen; und um zu beobachten, ob Straußeneier tatsächlich vom heißen Sand ausgebrütet würden, wie ein Gelehrter aus Africa ihm berichtet hatte, ließ er einen tönernen Brutkasten bauen, der mit Glut beheizt wurde.

So, wie ihm das Wohl der Tiere am Herzen lag, kümmerte ihn auch das der Menschen: Die Seuche von Brindisi, die damals seine Abreise ins Heilige Land verhindert und so viele seiner Getreuen das Leben gekostet hatte, war ihm unvergessen, und er beauftragte seine *magistri* damit, die Ursache herauszufinden. Wissend, dass die Heilkunst der arabischen Welt jener des Abendlands weit überlegen war, ließ er deren Lehrbücher ins Lateinische übersetzen und begründete eine Schule zu Salerno, auf der in einem acht Jahre dauernden Studium *medici* ausgebildet werden sollten, die sich nicht länger der Quacksalberei und anderer zweifelhafter Methoden bedienten, sondern die Bezeichnung eines Arztes auch verdienten; und damit die jungen Männer, die sich dort ausbilden ließen, den menschlichen Körper auch tatsächlich begriffen und verstanden, gestattete er das Sezieren von leblosen Körpern zum Zweck der Wissenschaft und ließ neue Methoden der Behandlung erproben wie das Verabreichen heilender Bäder oder die Anwendung von Mitteln zur Betäubung bei schmerzhafter Operation.

Er interessierte sich für die Baukunst; innerhalb weniger Jahre ließ er nicht nur jene Burgen erneuern, die im Zuge der Kämpfe Schaden genommen hatten, sondern ließ dazu noch zahlreiche neue Festungen errichten, die dabei helfen sollten, die Grenzen des Reiches zu sichern und seine Macht zu festigen.

Jedoch verlangte der Bau all dieser Burgen nach Material in großen Mengen, und so lichtete sich mancher Wald, der dem König noch im Jahr zuvor als Jagdrevier gedient hatte; auch blieb Friedrich nicht verborgen, dass mancher Fluss, der sich aus Städten und Dörfern wand, in Farbe und Geruch einer Kloake glich; also forderte er seine Justiziare auf, Gesetze zu entwerfen, die der Schonung der Wälder dienen sollten sowie der Reinheit der Gewässer; und er ließ festlegen, wo Unrat und Kadaver zu lagern seien und in welchem Abstand zur Siedlung und auf welche Weise seine Untertanen ihre Friedhöfe anzulegen hätten.

Die Bibliothek im Palast zu Foggia suchte ihresgleichen; kein anderer Herrscher des Abendlandes konnte von sich behaupten, derart viel Wissen in seinen Mauern angesammelt zu haben: uralte Handschriften und Codices, aber auch neue Texte, die im *scriptorium* des kaiserlichen Hofs erstellt wurden, nicht nur in lateinischer, sondern auch in griechischer und arabischer Sprache. Und Friedrich war selbst ein Mann des Buches – viele der gelehrten Schriften las er selbst und führte auch auf Reisen, ganz gleich, ob sie ihn nur ins nahe Melfi führten oder ins ferne Deutschland, stets einige Exemplare auf Packpferden mit.

Und schließlich tat mein Herr das, was er schon in jungen Jahren erfahren und bewundert hatte und was auch die Herrscher des Orients zu tun pflegten, allen voran der ihm so verbundene Sultan al-Kamil: Er umgab sich an seinem Hof mit Gelehrten aller Art, mit denen er allabendlich zu Gespräch und wissenschaftlichem Disput zusammentraf.

Dort saß er dann als einer von ihnen, und nicht wenige der *magistri*, die Friedrichs Einladung folgten und an den Hof von Foggia kamen, staunten über die Bildung und die Gelehrsamkeit des Herrschers und über die Vielzahl von Zungen, die er sprach. Dabei machte es für meinen Herrn einmal mehr keinen Unterschied, ob es christliche, muslimische oder jüdische Gelehrte waren – wer dem Ruf nach Foggia folgte, den nahm der Kaiser mit großer Herzlichkeit und brennendem Wissensdurst bei sich auf, gespannt darauf, was jener in der Runde der Meister beitragen würde.

Auch interessierte sich Friedrich für die Disziplinen der Mathematik, der Philosophie und der Sternenkunde, wobei die Grenzen zwischen jenen Gebieten fließend waren und die Gelehrten oft gleichermaßen in allen dreien gebildet, so wie jener Theodorus, den ich bereits erwähnte. Der Philosoph aus dem fernen Antiochien stand wiederum in freundschaftlicher Verbindung mit einem *genius* der Mathematik, der in Pisa lebte und unterrichtete, nachdem er in Ägypten die Geheimnisse der Zahlen studiert hatte. Leonardo Fibonacci war sein Name, und er überzeugte Friedrich, dass der mathematischen Wissenschaft durch die Verwendung der arabischen Zahlen weit größere Möglichkeiten offenstünden und sich weit tiefere Geheimnisse erschließen ließen als bisher mit den römischen. Per Dekret reformierte der Kaiser daraufhin die Zahlen und das Rechnen mit ihnen.

Friedrich liebte es, sich neuen, bisweilen radikalen Gedanken zu öffnen und sie in Leidenschaft zu diskutieren, und so schickte er auch nach Michael Scotus, dem wohl gelehrtesten Philosophen seiner Zeit – und der Schotte, der zuvor in Oxanforda, Paris und Toledo gewirkt hatte, folgte dem Ruf des Kaisers und kam nach Foggia.

Da er wie Friedrich des Arabischen mächtig war, übersetzte er für die kaiserliche Bibliothek zahlreiche Werke des Aristoteles, die fern im Morgenland die Jahrhunderte überdauert hatten. Des Weiteren übertrug er die Werke des sarazenischen Philosophen Averroes ins Lateinische, der die Welt zwar verlassen hatte, als der Kaiser noch ein Kind gewesen war, dessen Denken Friedrich aber dennoch beeinflussen sollte, suchte es doch Religion und Philosophie, Glauben und Vernunft voneinander zu trennen, was bei einem wachen Geist wie dem meines Herrn auf dankbares Interesse stieß. Fragen wie jene nach der Herkunft der Welt beschäftigten ihn: War Gott, wie die Bibel es lehrte, der Schöpfer aller Dinge? Oder waren, wie Aristoteles und in seiner Nachfolge auch Averroes vermutet hatten, die Dinge schon immer da gewesen und Gott derjenige, welcher dieser Materie Bewegung und Leben gab? Und wenn es so war, war die Welt dann ewig und schon immer da gewesen? Und was geschah mit den Seelen, die in die Ewigkeit gingen?

Einigkeit bestand darüber, dass sie unsterblich waren – doch bedeutete dies Unsterblichkeit in dem Sinne, dass eine Seele in der Ewigkeit als Individuum existierte, so, wie sie es im Diesseits getan hatte? Oder waren, wie Averroes behauptete, alle Seelen einst Teil eines Großen und Ganzen gewesen, mit dem sie nach dem Tode wieder eins wurden?

Auch als Sterndeuter war Michael Scotus tätig, und es hieß, dass sein Wissen um die Gestirne und den Einfluss, den sie auf die Geschicke der Menschen nehmen, unter allen Gelehrten am größten sei, weshalb der Kaiser ihn zu seinem persönlichen Astrologen ernannte. Selten traf mein Herr eine Entscheidung, ohne vorher den Rat des

Schotten eingeholt zu haben, sodass dieser großen Einfluss auf den Kaiser gewann, der dem der anderen Berater in nichts nachstand. Doch gab es auch Zungen, die behaupteten, dass Scotus ein arg versponnener Zeitgenosse sei, trug er doch bei Tag und Nacht eine gewölbte, aus schimmerndem Metall gefertigte Haube auf dem Kopf.

»Sagt, Magister«, fragte Friedrich irgendwann den Gelehrten, »warum ruht stets dieser eigenartige Helm auf Eurem Haupt? Weder sind wir im Krieg, noch müsst Ihr in meinem Palast einen Angriff fürchten.«

»Ich weiß, Majestät«, versicherte der Philosoph, »und dies ist nicht der Grund, warum ich diese Haube trage. Sie dient einzig dem Zweck, mein Gehirn vor Schaden zu bewahren, deshalb habe ich ihr den Namen *cerebrium* gegeben.«

»Vor Schaden wodurch? Was fürchtet Ihr?«

»Ich habe die Sterne gedeutet, Majestät, und so, wie sie mir Euer Schicksal künden, haben sie mir auch das meine verraten«, erwiderte Scotus ebenso ernst wie nüchtern. »Es besagt, dass ein Stein, der aus großer Höhe auf mich herabfällt, dereinst mein Ende bringen wird.«

»Und um diesem Schicksal zu entgehen, tragt Ihr diese Haube?«, fragte mein Herr, halb staunend und halb im Spott.

»Aus diesem Grund«, bestätigte der Gelehrte ernst.

Etwa ein Jahr später, als er in der Kathedrale zu Foggia die heilige Messe besuchte, nahm er, um Demut vor dem Allmächtigen zu zeigen, die schützende Haube ab – worauf sich vom inneren Dach das Bruchstück eines Ziegels löste und ihm aufs nunmehr ungeschützte Haupt fiel. Scotus sah das kantige, blutige Stück Stein noch am Boden liegen, hob es auf und betrachtete es.

Dann brach er tot zusammen.

Friedrich, den der Tod des Gelehrten tief erschütterte, sah darin den endgültigen Beweis dafür, dass dieser tatsächlich der größte aller Sternkundigen gewesen sei, und seine Begierde nach Wahrheit und Wissen wurde durch diese Erfahrung nur noch mehr entfacht. Und auch wenn es eigentlich verboten war und der Klerus nicht zwischen sündhafter Versuchung und wissenschaftlichem Versuch unterschied, begnügte sich der Kaiser nicht allein mit Beobachtungen der gegebenen Natur, sondern schuf auch selbst Szenarien, um Antworten auf seine vielen Fragen zu bekommen.

Um beispielsweise herauszufinden, welche Sprache dem Menschen von Natur aus gegeben sei, befahl er, Neugeborene ihren Müttern wegzunehmen und sie durch Ammen versorgen zu lassen, die ihnen jedoch nur die Brust, aber kein gesprochenes Wort und keine Zuwendung geben sollten. Welcher Zunge würden sich die heranwachsenden Kinder dann wohl bedienen? Der ihrer Eltern? Oder womöglich der ägyptischen, da sie doch die älteste von allen Sprachen war? Oder hatte es davor schon eine andere gegeben, eine Ursprache, die allen Menschen des Erdkreises gemeinsam war?

So gespannt mein Herr auf die Beantwortung all dieser Fragen auch wartete, er hat sie nie erhalten – denn die Neugeborenen, die keine menschliche Zuwendung erhielten, starben nur wenige Monate nach ihrer Geburt und noch lange bevor sie zu sprechen begannen.

Ein anderes Experiment, das Friedrich durchführen ließ, betraf die Frage, wie Nahrung im menschlichen Leib besser verdaut werde, ob durch eifrige Bewegung oder erholsamen Schlaf. Kurzerhand ließ er zwei zum Tode

Verurteilte aus dem Kerker holen und servierte ihnen ein üppiges Mahl. Danach hieß er den einen, auf die Jagd zu gehen, der andere sollte ruhen. Im Anschluss ereilte beide das Beil des Henkers, woraufhin der Kaiser ihre Bäuche öffnen und nachsehen ließ – und siehe da: Derjenige, der nach dem Essen ruhte, hatte die weit bessere Verdauung aufzuweisen.

Über ein weiteres Experiment meines Herrn wurden später dreiste Lügen verbreitet: Es hieß, der Kaiser hätte einen Todgeweihten in ein Fass einsperren lassen, weil er wissen wollte, ob nur der Mensch allein oder auch die unsterbliche Seele darin zugrunde gehe. Solche Blasphemie lag meinem Herrn natürlich völlig fern – er wollte lediglich wissen, auf welchem Weg die Seele des Verstorbenen aus dem Fass heraus und in den Himmel fände.

Einmal mehr erregte Friedrichs Lebensart das Misstrauen der päpstlichen Legaten, die regelmäßig nach Rom berichteten. Und so blickte auch Papst Gregor schon bald wieder mit geheimem Groll auf den Mann, den er noch vor zwei Jahren in Anagni als seinen »geliebten Sohn der Kirche« bezeichnet hatte.

Und auch im oberen Italien sowie jenseits der Alpen, in den kalten deutschen Landen, zogen sich dunkle Wolken zusammen, die Friedrichs Zeit als Friedenskaiser alsbald beenden sollten.

4.

Melfi
Herbst 1231

Der Friede, der durch die Versöhnung zwischen Kaiser und Papst nach langem Zwist wiederhergestellt worden war, ließ vor allem das Südreich erblühen.

Nach Jahren der Vorbereitung, der Kämpfe und auch mancher Rückschläge konnte Friedrich hier nun endlich der Herrscher sein, der ihm in seiner Vision von einem neuen Kaisertum stets vorgeschwebt hatte. Ideen der alten Zeit, vom großen Alexander über die Kaiser der Römer, von Augustus und Konstantinus bis hin zu Theodosius und Justinianus, schwangen ebenso darin mit wie der Einfluss der arabischen Herrscher, deren hochstehende Kultur und Reichtum an Geistesgaben Friedrich von früher Jugend an bewundert hatte; und natürlich die Traditionen des großen Karl, der Ottonen und der Salier, sowie jene der beiden Häuser, denen Friedrich selbst entstammte: auf der einen Seite das normannische Haus Hauteville, dem die Herrschaft über das Südreich entsprang, auf der anderen Seite das Geschlecht von Hohenstaufen, durch das die Kaiserkrone auf ihn gekommen war.

Lange Zeit hatte er schwer an der Verantwortung getragen, die ihm seine Herkunft aufbürdete. Doch die Wallfahrt ins Heilige Land und seine Krönung zum König von Jerusalem hatten etwas bei ihm bewirkt, eine Veränderung in seinem Denken und seiner Wahrnehmung von sich selbst … die schließlich in die Überzeugung mündete, dass er wirklich und wahrlich vom Allmächtigen auserwählt war, um zu herrschen und seinem Reich als lebendiges Gesetz Frieden und Ordnung zu geben.

Nirgendwo fand er dafür bessere Voraussetzungen als im sizilischen Reich. Die *constitutiones*, die er auf dem Hoftag zu Melfi erließ, schrieben das bis dahin geltende Recht der Gewohnheit in feste Gesetze um, denen fortan jedweder Untertan unterworfen war, vom geringsten Bauern bis hinauf zum Noblen.

Einmal mehr wurden dem Adel in den Gesetzen von Melfi Privilegien genommen. Viel zu lange hatten Fehden unter den Edlen für Unruhe gesorgt – das neue Gesetz belegte denjenigen, der eine Blutfehde begann, mit der Todesstrafe sowie dem Verfall all seiner Güter und seines Besitzes an die Krone. Das Tragen von Waffen zu Friedenszeiten wurde bei Strafe verboten, des Weiteren nahm Friedrich die Frauen unter den Schutz seines Gesetzes und stellte Vergewaltigung unter Todesstrafe, ganz gleich, ob es sich bei den Frauen, denen Gewalt angetan wurde, um Nonnen oder Huren handelte.

Die Gewalt in seinem Reich, daran ließ mein Herr keinen Zweifel, sollte allein von ihm ausgehen und von jenen, die er damit beauftragt hatte. Niemals, niemals wieder sollte habgieriger Adel die Möglichkeit erhalten, das Gesetz zu beugen und sich an Macht und Besitz zu bereichern.

»Niemand«, so diktierte Friedrich seinen Notaren, »darf

sich in die Handlungen und Entschlüsse des Herrschers einmischen. Und wenn ich in meiner Eigenschaft als Kaiser und König Recht gesprochen habe, so kommt es niemandem zu, meine Beschlüsse und Handlungen zu hinterfragen. Denn sie zu hinterfragen kommt einem Gottesfrevel gleich in diesem unserem Reich.«

Dass es der Allmächtige selbst war, der ihn dazu ermächtigt hatte, Gesetze zu erlassen und Recht zu sprechen, betonte mein Herr immer wieder, und ebenso, dass er diese Macht nutzen wollte, um das Reich und die Welt zu erneuern. Das Unrecht vergangener Zeiten wollte er verstummen lassen und zur Ehre Gottes ein neues Reich errichten, in dem Frieden und Ordnung herrschen und Gerechtigkeit nicht nur ein hohles Wort sein sollte. Doch nicht alle standen hinter seinen Zielen.

Ein großer Teil des sizilischen Adels, der durch jahrelange Kämpfe geschwächt worden war und ohnehin schon viele Privilegien verloren hatte, nahm die neuen Gesetze ohne Murren hin. Doch es gab auch Widerstand. Die Zahl der Verstöße gegen die neuen Gesetze war beträchtlich, sodass die Justiziare vor Ort blutige Exempel statuieren mussten, um ihnen Geltung zu verschaffen. Wo sie es taten, kehrte Ruhe ein, doch konnten des Kaisers Vollstrecker nicht überall zugleich sein. Folglich beauftragten sie Späher, an ihrer statt Auge und Ohr des Reiches zu sein, und schon bald unterhielt mein Herr, sich auch hier Kaiser Justinianus zum Vorbild nehmend, ein Heer von Spionen, die in seinem Auftrag nicht nur den Untertanen, sondern auch den Justiziaren selbst bei ihrem Tun und Walten zusahen und Verstöße an die Krone meldeten.

Andernorts freilich, zumal im oberen Italien und jenseits der Alpen, sah man die Entwicklung mit großer Sorge.

Würde, so fragten sich sowohl die Lombardenstädte als auch die deutschen Fürsten, Friedrich in seiner Eigenschaft als Kaiser auch in ihren Breiten auf solche Weise wirken? Würde er auch ihnen neue Gesetze geben und sich im Namen des Herrn zum Begründer einer neuen Zeit ausrufen? Noch deutete nichts darauf hin, im Gegenteil hatte sich Friedrich sowohl den Lombarden als auch den Deutschen gegenüber stets als großzügig erwiesen, doch blickte man im Königreich seines inzwischen zweiundzwanzigjährigen Sohnes Heinrich mit Argwohn gen Süden – und war damit nicht allein.

Auch Papst Gregor war erzürnt über die vom Kaiser erlassenen Gesetze, denn ein Eingriff in die Rechte des Adels war zugleich auch eine Einschränkung geistlicher Fürsten und damit auch kirchlicher Macht. Um den Verlust an Einfluss auszugleichen, suchte der Papst über seine Legaten wiederum die Nähe Mailands und seiner Verbündeten, was wiederum meinem Herrn nicht gefallen konnte.

Eine erste Vorahnung von Ungehorsam erhielt er, als er im selben Jahr 1231 zum Hoftag nach Ravenna rief. Nicht nur, dass zahlreiche Städte Oberitaliens der Versammlung fernblieben; die Lombarden trieben auch wieder ihr altes Spiel und versperrten die Veroneser Klause, um den Kaisertreuen den Weg über die Alpen zu verwehren. König Heinrich und die Seinen erschienen daraufhin nicht in Ravenna, obschon es anderen Fürsten aus deutschen Landen sehr wohl gelang, indem sie über andere Pässe auswichen. Friedrich warf seinem Sohn Ungehorsam vor und befahl ihm, pflichtschuldig zum nächsten Hoftag zu erscheinen, den er zu Ostern in Aquileia einberief.

Diesmal folgte der junge König dem kaiserlichen Befehl. In Cividale, zwei Tagesritte von Aquileia entfernt, kam es zur Aussprache zwischen Vater und Sohn – doch Friedrich war gewarnt.

Die Unruhe vorausahnend, die den Norden seines Reiches erschüttern sollte, bestieg er im Frühjahr 1232 auf Vermittlung seiner Berater ein Schiff, das ihn nach Venedig brachte. Gegen das Zugeständnis weitreichender Privilegien wollte er die Lagunenstadt für ein Bündnis gegen Mailand und die übrigen Lombarden gewinnen, doch der Mission war kein Erfolg beschieden. Allein dass Jacopo Tiepolo, der Doge von Venedig, das großzügige Angebot des Kaisers ausschlug, hätte meinem Herrn wohl sagen müssen, dass trotz aller Erfolge, die er gefeiert hatte, sich dunkle Wolken über seiner Herrschaft zusammenbrauten.

Noch jedoch überwog der Wille zur friedlichen Einigung – auch auf Seiten des Heiligen Stuhls.

5.

Sizilien
Im Jahr des Herrn 1233

Wo fiel der erste Funke?

Wenn eine verheerende Feuersbrunst lodert, ist es schwer zu sagen, was sie zunächst entfachte. Im Fall meines Herrn war es so, dass gleich mehrere Brandherde zur selben Zeit entstanden – teils als Folge seiner zu Melfi erlassenen Gesetze, teils auch aus Gründen, die sich seiner Kontrolle gänzlich entzogen. Und zum ersten Mal zeigte sich bei ihm etwas, das seit seiner Kindheit in ihm schlummerte und bisher von seinen Erfolgen in Zaum gehalten worden oder nur in Form kurzer Ausbrüche aufgelodert war.

Es war Friedrichs andere, dunkle Seite.

Sein Zorn … und seine Angst.

Von seiner Reise nach Venedig zurückgekehrt, glaubte mein Herr zunächst alles geregelt: Sein Sohn war in die Schranken gewiesen worden; der Stadt Verona hatte er sich durch einen neuen Verbündeten, den ehrgeizigen Grafen Ezzelino da Romano, bemächtigt, sodass er künftig keine Sperrungen der Pässe mehr zu befürchten brauchte; und was die aufsässigen Lombardenstädte betraf, so forderte Friedrich Papst Gregor auf, sie entsprechend zu bestrafen, da sie sich doch dem Kaiser widersetzt und damit gegen die göttliche Ordnung verstoßen hatten.

Natürlich wusste mein Herr, dass er den Papst damit in eine Zwangslage brachte, schließlich stand der Nachfolger Petri noch immer in Kontakt mit Mailand und anderen Feinden des Reiches und paktierte mit ihnen, um die kaiserliche Macht in Oberitalien nicht überhandnehmen zu lassen. In diesem Fall jedoch hatte Friedrich das Recht eindeutig auf seiner Seite, und er zögerte nicht, dies Papst und Kurie mitzuteilen – kein anderer als Bruder Hermann bekam die heikle Aufgabe, das entsprechende Schreiben in Rom zu überbringen.

Somit glaubte mein Herr, allen Anlass zur Zufriedenheit zu haben, und hätte sich in Foggia nur zu gern wieder seinen Studien und dem Disput mit gelehrten Häuptern gewidmet – als ein Bote des Statthalters von Messina Nachrichten von der Insel Sizilien brachte …

»Ein Aufstand?« Mit weit aufgerissenen Augen sah Friedrich den Mann an, der noch den vom Ritt staubigen Mantel um die Schultern trug. Hätte man dem Kaiser gesagt, dass zu nächtlicher Stunde die Sonne am Himmel stünde, seine Überraschung hätte nicht größer sein können.

»Ja, Herr«, bestätigte der Bote, während er gesenkten Hauptes vor seinem Herrscher stand, dabei unruhig von einem Bein auf das andere tretend, als fürchte er Strafe.

Augenblicke lang war mein Herr nicht zu einer Erwiderung fähig. Sein Blick, ruhelos und getrieben, ging zu seinen Beratern, doch gerade Erzbischof Berard und Bruder Hermann, deren Urteil und Weitsicht er am meisten vertraute, weilten in diesen Tagen nicht am Hof zu Foggia.

»Wie ist das möglich?«, stieß er dann hervor. »Habe ich nicht alles getan, um den Adel seiner Handlungsmöglichkeiten zu berauben? Habe ich ihm nicht Rechte genommen und dafür Gesetze gegeben?«

»Die … die Unruhen gingen zunächst nicht vom Adel aus«, erklärte der Bote leise, ein Sekretär des Statthalters, den man mit einer Handvoll Sergeanten aufs Festland entsandt hatte. »Es ist das Volk, das sich erhebt, Herr.«

»Das … *mein* Volk erhebt sich gegen mich?« Friedrich starrte den Mann verständnislos an. »Habe ich meinen Untertanen denn nicht alles gegeben, was ich geben konnte? Ich bin der Vater meines Volkes, sein von Gott erwählter Herrscher! Wie können sie es wagen …?«

»Vielleicht ist ihnen all das gleichgültig, wenn Hunger in ihren Mägen brennt«, gab Parceval Doria in der ihm eigenen Unbekümmertheit zu bedenken. An anderen Tagen mochte der Kaiser ihm seine lose Zunge nachsehen, sie sogar als Ausdruck ihrer Freundschaft empfinden – doch nicht heute.

»Schweig«, fuhr er den langjährigen Weggefährten an, »wer hat dich gefragt? Gehörst du meinem Kronrat an? Bist du einer meiner Justiziare? Oder gar ein Erzbischof?«

»Nei-nein, Majestät«, erwiderte Doria, stammelnd und errötend ob der harschen Worte.

»So sprich endlich weiter«, wandte sich Friedrich wieder dem Boten zu. »Was hast du noch von der Insel zu berichten?«

»Wie ich schon sagte«, setzte der Mann leise seinen Bericht fort, »ist es anfangs nur das Volk gewesen, das sich erhob, und Eure Statthalter haben alles darangesetzt, die Ordnung in den Provinzen wiederherzustellen …«

»Wie es ihre Aufgabe ist«, fiel Friedrich ihm wutschnaubend ins Wort. »So ist inzwischen wieder Ruhe eingekehrt?«

»Nein, Herr … denn inzwischen hat sich vielerorts der Adel den Protesten des Volkes angeschlossen. Messina hat sich erhoben, und auch aus Syrakus wird von Aufständen berichtet.«

»Gegen die Ordnung, die ich ihnen gegeben habe!«, rief Friedrich aus, wobei Zornesröte in seine schmalen Gesichtszüge schoss. »Ist diesen Frevlern nicht klar, dass es die göttliche Ordnung selbst ist, die durch mich auf Erden wirkt? Dass jedes Gesetz, das ich erlasse, gerade so ist, als hätte der Allmächtige selbst Recht gesprochen?«

Unruhig ging er im Empfangsraum des Palasts auf und ab, rang um seine Fassung. Wäre der ehrwürdige Berad zur Stelle gewesen, um ihn mit weisen Worten zu beschwichtigen, hätte womöglich kühle Vernunft die Oberhand behalten – so jedoch empörte sich alles in ihm. Nicht nur der erwachsene Friedrich, im neununddreißigsten Jahr seines Lebens stehend, sondern auch der halbwüchsige Knabe, der sich, den eigenen Tod vor Augen, die Kleider vom Leib riss und sich die Haut mit den Nägeln blutig kratzte; schon damals war es der Adel gewesen, der ihn in Furcht und Schrecken versetzt hatte, der seine Mutter unterdrückte und die Herrschaft über sein geliebtes Sizilien an sich riss und die Insel ausbeutete; der dafür sorgte, dass er, Friedrich, seine Erziehung und sein Wissen auf den Straßen Palermos suchen musste … und nun wagten es die Noblen erneut, sich gegen ihn zu erheben!

»Gegen die neuen Gesetze begehren sie also auf?«, erkundigte er sich lauernd bei dem Boten. »Die Konstitutionen, die ich in Melfi erließ, missfallen ihnen?«

»E-es sieht ganz danach aus, Hoheit.« Der Sekretär

nickte – worauf der Kaiser ihm einen Hieb mit dem Handrücken versetzte. Den Boten traf der Schlag ins Gesicht so unerwartet, dass er von den Beinen kippte und rücklings auf die nackten Marmorfliesen schlug. Das Blut, das aus seiner Nase rann, entlockte Friedrich ein Lächeln der Genugtuung.

»Nun«, stieß er hervor, »beschlossen sind jene Gesetze allemal, und ich werde nicht ein einziges zurücknehmen, nur weil jene Frevler es sich so einbilden! Im Gegenteil – da sie sich nicht an meine Beschlüsse halten wollen, sollen sie nun die Strafen kennenlernen, die darin festgelegt sind! Der Adel soll wissen, dass er meinen Zorn erregt hat – und meine Antwort wird fürchterlich sein!«

Niemand war da, um der bitteren Entschlossenheit des Kaisers zu widersprechen, und so ließ Friedrich der finsteren Ankündigung sogleich Taten folgen.

In schriftlichen Befehlen, die er noch zur Stunde in seiner Kanzlei niederschreiben ließ, wies er die Statthalter an, die Aufstände niederzuschlagen und das Gesetz zur Anwendung zu bringen, ganz gleich, ob derjenige, gegen den es sich richtete, Bettler oder Fürst sei. Die vom Herrscher eingesetzten Justiziare unternahmen daraufhin alles, um den Aufstand von Volk und Adel niederzuschlagen, sodass es ein blutiger Sommer auf der Insel Sizilien wurde – doch für jedes Feuer, das sie austraten, schienen zwei neue Brandherde zu entstehen.

Und schon bald beschränkten sich die Aufstände nicht mehr auf die Insel …

Als besäßen Recht und Gesetz plötzlich keine Gültigkeit mehr, griff der Ungehorsam allerorten um sich, wenn auch in unterschiedlicher Gestalt und längst nicht nur gegen Friedrich gerichtet: In der Tiberstadt empörten sich die

Römer gegen Papst Gregor, und ihre Proteste nahmen solche Ausmaße an, dass dieser gezwungen war, die Stadt zu verlassen. Auch auf das Gelobte Land sprang die Flamme des Aufstands über, und es brachen Kämpfe aus. Nicht etwa mit den Muslimen – der Vertrag, den Friedrich mit Sultan al-Kamil ausgehandelt hatte, hielt auch weiterhin –, doch dafür unter den Christen. Die syrischen Barone erhoben sich gegen die Ordnung, die der Kaiser hinterlassen hatte, allen voran Johann von Ibelin, der mit einem Heer nach Zypern übersetzte und es wieder seinem Machtbereich einverleibte, als späte Rache für die Schmach, die Friedrich ihm zugefügt hatte.

Und noch eine weitere Feuersbrunst begann im Reich zu lodern, als im Norden Italiens Wanderprediger zunächst zu Dutzenden und alsbald zu Hunderten durch Städte und Dörfer zogen.

Eifernde Mönche waren es und Scharlatane von eigenen Gnaden, die das Reich Gottes und den Frieden aller Menschen verkündeten und zu Umkehr und Buße aufriefen. Verführt von solchen Reden, erhob sich das Volk daraufhin gegen die Obrigkeit, ganz gleich, ob diese nun auf Seiten des Kaisers oder auf jener des Lombardenbundes stand.

In nicht wenigen Städten wurden die Regierenden gegen ihren Willen abgesetzt, zogen Prediger anstelle der Statthalter in die Paläste ein. In Mailand wiegelte ein Ordensbruder namens Petrus die Massen auf und brachte die Stadtoberen in Bedrängnis, in Parma war es ein gewisser Bruder Benediktus. Von eindrucksvoller Gestalt, dabei schwarzbärtig und mit einer ebenso schwarzen Kutte angetan, die mit einem scharlachroten Kreuz versehen war, sang er mit Donnerstimme das Halleluja und pries den

Herrn – ehe er mit derselben lauten Stimme die Mächtigen geißelte und ein neues Reich des Friedens verkündete.

In Bologna wiederum, der Stadt der Gelehrten, machte ein gewisser Bruder Josephus von sich reden und versetzte das Volk in solche Euphorie, dass es ihn als lebenden Heiligen verehrte und selbst der Papst schließlich seinen Segen geben musste. Von Bologna aus zog Josephus weiter nach Padua und von dort nach Verona, wo er gleichfalls die Herrschaft übernahm und den kaisertreuen, aber wegen seiner Grausamkeit beim Volk unbeliebten Ezzelino zur Abdankung zwang.

Die alte Ordnung war aufgehoben und ein neues Gesetz anstelle des vom Kaiser gegebenen getreten: Man ließ die Gefangenen aus den Kerkern frei und zerriss die Schuldscheine der Armen, erhob die Nächstenliebe zum obersten Gebot … was natürlich jenen Gesetzen widersprach, die Friedrich erlassen hatte. Doch alle Versuche, dem fanatischen Treiben Einhalt zu gebieten, schlugen fehl in diesem Sommer, selbst neue Ketzergesetze, die der Kaiser erließ, änderten daran nur wenig.

Die Ordnung schien auf den Kopf gestellt, einige Monde lang herrschten Prediger und Mönche in Reichsitalien … bis das Volk ihrer überdrüssig wurde.

Einige von ihnen – wie Petrus in Mailand – wurden hinterrücks ermordet, andere endeten in finsteren Kerkern. Die meisten jedoch ergriffen die Flucht und versteckten sich in Wäldern und Klöstern oder entflohen in ferne Lande, sodass man niemals wieder etwas von ihnen hörte.

Und noch während das große Halleluja im Norden Italiens sein Ende fand, kam auch Sizilien wieder zur Ruhe: Friedrich selbst setzte auf die Insel über, zum ersten Mal nach langer Zeit, und beendete den Aufstand. Und obgleich sich seine Berater, allen voran der weise Berard, darum mühten, den Herrscher milde zu stimmen, war er diesmal nicht bereit, auf sie zu hören. Zu tief war die Verletzung, die ihm widerfahren war, als dass mein Herr von seinem Zorn hätte lassen mögen.

Was folgte, war nicht Strafe, sondern Rache.

In Anbetracht des herannahenden kaiserlichen Heeres gaben viele Adelige ihren Widerstand auf, noch ehe es zu Kämpfen kam – nicht wenige auch gegen die Zusicherung, Friedrich würde ihnen vergeben und sie wieder in seine Huld aufnehmen. Doch der Zorn des Kaisers war so groß, dass er sich nicht an Absprachen hielt. Hatte nicht auch der Adel gegebene Versprechen gebrochen? Hatte er nicht wider jedes geltende Recht gehandelt und damit unverzeihlichen Frevel begangen?

Jedes Mittel war meinem Herrn in jenen Tagen recht, um die Ordnung wiederherzustellen. Furchtbar saß er über die Aufrührer zu Gericht, ganz gleich, ob sie sich ihm freiwillig ausgeliefert oder seinen Soldaten Widerstand geleistet hatten: Er ließ sie foltern und blenden, ließ ihnen die Nasen abschneiden als Zeichen dafür, dass sie alle Ehre und alles Ansehen verloren hätten; er ließ Aufrührer enthaupten und ihre Köpfe öffentlich zur Schau stellen, ließ sie wie ehrlose Diebe hängen oder gar als Ketzer verbrennen, da sie sich doch des Frevels schuldig gemacht hatten. Fürchterlich gebärdete sich der Kaiser in diesen Tagen, und manchen mag es erschienen sein, als wäre der *furor Teutonicus* wieder auf die Insel zurückgekehrt.

Nicht nur die Noblen bekamen Friedrichs Zorn zu spüren, sondern auch jene Beamten, die nach seiner Einschätzung zu zögerlich reagiert hatten oder gar tatenlos geblieben waren. Er beschnitt ihre Befugnisse und unterzog sie noch strengerer Kontrolle durch zahllose Spione, die des Kaisers Augen und Ohren waren und Furcht und Misstrauen verbreiteten, unter den Gegnern Friedrichs gleichermaßen wie unter seinen Gefolgsleuten. Ja, um die Kontrolle über Sizilien zurückzugewinnen und sie niemals wieder zu verlieren, untersagte der Kaiser ihren Bewohnern gar, sich mit Menschen von außerhalb durch Heirat zu verbinden, auf dass niemals wieder störende Einflüsse auf die Insel gelangten.

Den Winter des Jahres 1233 verbrachte er nicht in Foggia, sondern blieb auf Sizilien, das nun wieder befriedet war; auf dem Festland jedoch, wo ein ungewöhnlich strenger Winter das Volk hungern ließ, dauerten die Unruhen an.

Das Volk von Rom, das unter dem Hungerwinter besonders zu leiden hatte, wandte sich einmal mehr gegen Papst Gregor und jagte ihn aus der Stadt, worauf sich der *pontifex* in seiner Not an den Kaiser wandte. Friedrich ergriff dankbar die Gelegenheit, sich dem Papst gegenüber als treuer Sohn der Kirche zu erweisen, und kam ihm im Frühjahr 1234 zu Hilfe.

Die Konflikte jedoch schwelten weiter – und gelangten schließlich auch an jenen Ort, der meinem Herrn, der ohne Vater und Mutter, doch mit der Last eines großen Vermächtnisses aufgewachsen war, stets am meisten bedeutet hatte.

In die Familie.

Fundamentum VII

Gens

1.

Worms
4. Juli 1235

»Warum?«

Die Frage stand im Raum, scharf wie das Beil des Henkers, schwer wie der Elefant im Gefolge des Kaisers … doch es gab keine Antwort.

Der sie hätte geben sollen, stand gebeugten Hauptes und mit hängenden Schultern vor dem Kaiser. Der volle Bart von König Heinrich verbarg sein noch junges Alter von gerade vierundzwanzig Sommern, die dünnen Lippen hatte er zu einem schmalen Strich zusammengepresst, ohne dass zu erkennen war, ob aus Furcht oder aus Trotz.

Mein Herr nahm das Letztere an, denn er wiederholte seine Frage, und seine Stimme überschlug sich diesmal dabei. »Warum?«, herrschte er seinen Sohn und Erben an. »Warum hast du mir all das angetan? Warum dich gegen mich gewandt? Gegen göttliches und menschliches Recht? Wer, in aller Welt, glaubtest du zu sein, dass du dir solches erlauben kannst?«

Donnernd tönten Friedrichs Worte von der gewölbten Decke des Gemachs wieder, in das er seinen Sohn hatte holen lassen. Viel war in den drei Jahren geschehen, die seit ihrem letzten Zusammentreffen in Cividale vergangen waren – drei Jahre, in denen Vater und Sohn nur über Gesandte und Bevollmächtigte miteinander gesprochen hatten.

Sofern sie überhaupt miteinander gesprochen hatten …

»Was hast du dir nur gedacht, dort im Norden auf deinen Pfalzen sitzend und von Speichelleckern umgeben? Wo sind jetzt deine Freunde, die dir eingeredet haben, dich gegen mich zu wenden? Ist auch nur einer von ihnen bei dir geblieben, als sie die Folgen ihres Handelns fürchten mussten?«

»Nein«, brachte Heinrich, der König der Römer und Deutschen, nun leise hervor. Es war das erste Wort, das ihm über die Lippen kam.

»Nein«, bestätigte Friedrich schnaubend. »Nicht einer von ihnen. Die Frage bleibt also bestehen, Sohn: Warum?«

»Weil ich wie Ihr bin, Vater«, drang es kleinlaut zurück.

»Was?«

Zum ersten Mal hob der Sohn den Blick, und der Vater sah in das Gesicht, das dem seinen nicht unähnlich war: die Haut blass, Haar und Bart von rotblonder Farbe; die Augen, die ihm aus Heinrichs Miene entgegenblickten, waren jedoch die dunklen Augen seiner Mutter Konstanze, und bei aller Verstocktheit, die der junge König an den Tag legte, lag auch Konstanzes Melancholie darin, was Friedrich stets einen Stich versetzte …

»Seht Ihr es denn nicht?«, fragte Heinrich leise. »Die Ähnlichkeiten, die zwischen uns bestehen? Beide waren wir gezwungen, ohne Eltern aufzuwachsen, ohne die liebende Hand einer Mutter und die starke Hand eines Vaters, umgeben nur von königlichen Beratern! Beide erbten wir im Alter von siebzehn Jahren die Krone … und beide wurden wir in der Blüte unserer Jugend mit einer blutleeren Greisin verheiratet, die …«

Er sprach nicht zu Ende. Der Handrücken des Kaisers traf ihn mit voller Wucht ins Gesicht und ließ ihn jäh verstummen.

»Es kommt dir nicht zu, so von deiner Mutter zu sprechen«, wies Friedrich ihn hart zurecht.

»Ist etwa nicht wahr, was ich sage?« Heinrich bebte vor Aufregung. »Wie man mir erzählte, habt auch Ihr Euch einst gegen die Eheschließung aufgelehnt …«

»… und doch war ich klug genug, mich meiner Pflicht zu besinnen«, fiel der Kaiser ihm ins Wort. »Zumal niemand je von mir oder dir verlangt hat, unser Lager nur mit jener einen zu teilen – und wie mir zu Ohren gekommen ist, machst du von deiner Freiheit regen Gebrauch.«

»Nicht Freiheit ist es, um die es mir geht, Vater, sondern Wahrhaftigkeit«, widersprach der Jüngere. »Um Selbstbestimmung geht es mir. Darum, nicht wie eine Puppe am Stock geführt und der Lächerlichkeit preisgegeben zu werden.«

»Um dich der Lächerlichkeit preiszugeben hast du meiner nicht bedurft«, stellte Friedrich klar. »Das, Sohn, hast du ganz allein geschafft. Nicht nur, dass du dir darin gefällst, wild in der Gegend herumzuhuren, du schwelgst auch in Prunk und Verschwendung, gibst dich der Fresssucht und der Völlerei hin, wie es dir behagt.«

»Wie seltsam es ist«, schnitt nun der Sohn dem Vater das Wort ab, »diese Worte aus deinem Munde zu hören! Waren es nicht just jene Dinge, die die päpstlichen Legaten dir stets vorgeworfen haben, von dem Tag an, da du den Kaiserthron bestiegen hast? So, wie ich es verstehe …«

»Das, Sohn, ist der Urgrund all deines Übels«, versetzte Friedrich, »du verstehst nichts! Nichts von dem, was ich im Südreich bewirkt habe, nichts von der Vision, die mich als Herrscher antreibt, nichts von der Tradition, in der ich stehe. Mein Hof zu Foggia ist ein Ort der freien Entfaltung, ein Hort von Gelehrsamkeit und Wissenschaft, der Kunst und der Muse – während es dir doch stets nur darum ging, deinem kindischen Trotz und deinen viehischen Trieben zu frönen und deinen machttrunkenen Kumpanen zu gefallen! Du hast gesehen, wie ich Fürsten in ihren Privilegien beschnitten habe, und du glaubtest, ich hätte es um meinetwillen getan – dabei geschah alles im Dienste eines höheren Zwecks! Ich versuche, die göttliche Ordnung auf Erden herzustellen, in einem Reich, das nicht auf der Willkür der Mächtigen errichtet ist, sondern auf Recht und Gesetz! Diese Vision durchzusetzen ist schon im Süden schwer genug – sie hier im Norden zu erreichen, konntest du niemals hoffen, zumal du sie nicht im Ansatz verstanden hast. Wie die Fliege, die versucht, den Flug des edlen Falken nachzuahmen, warst du zum Scheitern verurteilt – und hast letztlich das Gegenteil von dem erreicht, was du wolltest.«

»A-aber ich …«, versuchte Heinrich zu seiner Verteidigung einwenden – doch sein Vater schnitt ihm abermals das Wort ab. In den vergangenen Jahren hatte er genug gesehen und gehört – nun war die Reihe an ihm, die Dinge richtigzustellen.

»Dein ungeschicktes Paktieren mit den Städten«, fuhr er fort, »dein ungerechtfertigtes Vorgehen gegen den Adel – all das hat dazu geführt, dass du ihnen am Ende mehr Privilegien denn je zugestehen musstest. Und mir als dem Kaiser blieb am Ende nichts anderes übrig, als all dies zu bestätigen, wollte ich deine Königsmacht nicht vor aller Welt bloßstellen.«

»Schon bei unserem Treffen zu Cividale habe ich Euch gesagt, dass ich mein Vorgehen bedaure …«

»Und ich habe dir vergeben«, versicherte Friedrich. »Deine Vergabe von Königsrechten an die Fürsten hätte ich in Kauf genommen, wenn sie Frieden und Stabilität bedeutet hätte, denn beides scheint mir in diesen Tagen bedeutender als vieles andere. Doch weder hast du danach Einsicht noch die gelobte Besserung gezeigt. Was hat dich geritten, erneut Krieg gegen die Bayern zu führen? Dich der Gefahr der Exkommunikation auszusetzen? Ich bin an diesem dunklen Ort gewesen, Sohn, der mir nichts als Schmerz gebracht hat, und ich hatte dich davor gewarnt, diesen Pfad ebenfalls zu beschreiten, zumal aus solch törichtem Anlass.«

»Ist es töricht, die Rechte der Krone zu verteidigen?«

Friedrich schlug mit der geballten Faust auf den Tisch, auf dem eine Karaffe Wein und ein halb gefüllter Zinnkelch standen. Der Kelch fiel dabei um, und der Rebensaft ergoss sich über Tisch und Boden, doch der Kaiser merkte es kaum in seinem Zorn. »Töricht«, brüllte er, »war es, Zugeständnisse zu widerrufen, die den Städten bereits gegeben waren! Töricht, bald auf ihrer und bald auf der Seite des Adels zu stehen! Töricht, sich allein auf seine Königsmacht zu berufen, wenn da kein Gesetz ist, das deine Entscheidungen trägt! Oder glaubst du, du stündest jetzt hier vor mir, wenn es anders gewesen wäre?

Nein!«, gab der Vater selbst die Antwort, als Heinrich zu einer Erwiderung ansetzte. »Wie ein Widder wolltest du mit dem Kopf durch die Wand, ohne Verstand und Sinn! Als du dich gegen die Gesetze zur Ketzerverfolgung wandtest, da hätte dir klar sein müssen, dass dies die Strafe der Kirche nach sich ziehen würde, und tatsächlich traf dich der päpstliche Bann. Doch statt dies zum Anlass zu nehmen, nun Buße zu tun und umzukehren, hast du nur immer weitergemacht – bis ich deinem Treiben nicht länger zusehen konnte und gen Norden aufbrechen musste. Dennoch kam ich nicht als Kriegsherr zu dir, nicht an der Spitze eines großen Heeres …«

»Das nicht«, räumte Heinrich ein, dem inzwischen klar geworden war, dass er nichts mehr zu verlieren hatte, »aber mit Eurem prunkvollen Gefolge seid Ihr gekommen! Mit Euren Sarazenen! Euren Leoparden und Kamelen und Eurem Elefanten! Ihr wusstet, welchen Eindruck all dies auf meine Gefolgsleute machen würde, oder habt es zumindest geahnt.«

»In der Tat – und anders als deine Pläne sind die meinen aufgegangen«, versetzte Friedrich. »Denn kaum einer deiner sogenannten Gefolgsleute ist bei dir geblieben, als es ernst wurde. Schon das Herannahen des kaiserlichen Glanzes hat sie in die Flucht geschlagen – und wer noch zögerte, den haben meine Gesandten mit einer kleinen Zahlung sizilischen Goldes daran erinnert, auf wessen Seite sie besser stehen sollten. Allein das sollte dir zeigen, was die Treue dieser Speichellecker wert ist, und du hättest nachgeben und vor deinem Kaiser einlenken können – doch du hast es wieder nicht getan!«

Friedrich unterbrach sich für einen Moment, er hatte zum Schluss so laut gesprochen, dass ihm die Stimme zu versagen drohte. »Stattdessen«, fuhr er nach kurzer Sammlung fort, »hast du die Nähe meiner Gegner gesucht. Du hast dich mit jenen deutschen Kirchenfürsten verbündet, welche mir feindlich gesinnt sind. Und als auch dies zu scheitern drohte, bist du nicht einmal davor zurückgeschreckt, mit den Lombarden zu paktieren, meinen Erzfeinden seit Anbeginn meiner Herrschaft! Und du hast versucht, ein Heer zu sammeln und diese Stadt zu erobern, in der wir nun stehen«, fügte der Kaiser hinzu, jetzt weniger von Zorn bewegt als von Trauer. »Hätten jene, die mir treu ergeben sind, dir nicht getrotzt, wäre es dir womöglich gelungen, noch mehr Verräter unter deinen Fahnen zu versammeln. Trotzdem hast du versucht, meinen Zug gen Norden zu überfallen, hast mir aufgelauert wie ein gemeiner Dieb … und auch das hast du nicht zu Ende gebracht!«

Heinrich lachte bitter auf. »Das klingt beinahe, als ob Ihr lieber tot wärt als lebendig.«

»Lieber tot, als diese Schmach zu ertragen«, bestätigte Friedrich und ließ sich auf den Scherenstuhl nieder, der neben dem Tisch stand, gebeugt von Erschöpfung und tiefer Traurigkeit. »Du bist eine Enttäuschung, Sohn, in so vieler Hinsicht. Und noch nicht einmal jetzt siehst du das Unrecht ein, das du begangen hast.«

»Und Ihr, Vater«, entgegnete der Gescholtene, »wollt nicht erkennen, dass ich von Eurem Blut bin und ebenso, wie Ihr einst wart, voller Ungestüm und Tatendrang.«

»Vielleicht.« Friedrich nickte, während er den umgestürzten Kelch zur Hand nahm und aus der Karaffe wieder füllte. »Jedoch von geringem Verstand.«

Er trank, und eine betretene Stille kehrte in dem Gemach ein, in der man eine Nadel fallen gehört hätte.

»Was«, fragte Heinrich, nachdem eine endlos scheinende Weile verstrichen war, »wollt Ihr nun tun, Vater?«

Auf seinem Scherenstuhl sitzend, starrte Friedrich finster vor sich hin, wissend, dass der Kaiser eine Entscheidung treffen musste, die der Vater nicht gutheißen konnte.

In Gedanken bat er seine geliebte Konstanze um Vergebung, dann lehrte er den Kelch bis auf den Grund und stellte ihn auf den Tisch zurück.

»Was ich tun muss«, erklärte er dann.

Und er ließ die Wachen kommen und seinen Sohn abführen.

2.

Noch am selben Tag saß mein Herr vor dem versammelten Hofstaat über seinen abtrünnigen Sohn zu Gericht, die Anklage lautete auf nichts anderes als Hochverrat.

In der Halle der Kaiserpfalz Worms saß Friedrich auf einem erhöhten Thron. Zur einen Seite standen seine Berater, unter ihnen Hermann von Salza, der die Unterwerfung des jungen Königs entgegengenommen hatte; auf der anderen Seite hatten die mächtigsten der deutschen Fürsten Aufstellung genommen, über die Heinrich vor Kurzem noch geboten hatte – nunmehr wurde er gezwungen, sich vor ihnen zu erniedrigen.

Kaiserliche Wachen führten den abgesetzten König herein, der vor aller Augen und Ohren seine Schuld erklärte und den Kaiser um Vergebung bat. Seine Stimme war heiser, und sie versagte ihm beinahe dabei, Trotz und Hochmut waren bereits jetzt daraus gewichen. Es folgte, was die Tradition bei noblen Hochverrätern vorsah, die die Huld ihres Herrn wieder zu erlangen suchten: Heinrich warf sich zu Füßen des Kaisers auf den Boden, in der Erwartung, sein Vater würde ihn aufheben und ihm den

Kuss der Versöhnung geben, denn auch das war gute Tradition.

Doch mein Herr tat nichts dergleichen.

Endlose Augenblicke, Ewigkeiten verstrichen, in denen der Sohn bäuchlings auf dem nackten, kalten Stein lag und der Vater mit versteinerter Miene auf ihn herabblickte.

In diesem Moment erst schien Heinrich die Macht, gegen die er sich erhoben hatte, in vollem Umfang bewusst zu werden, gerade so, als drückte sie in diesem Augenblick auf seinen Nacken und presste sein Gesicht in den Staub. Denn in der betretenen Stille, die in der Halle eingetreten war, konnte man den abgesetzten König zuerst leise wimmern hören. Und schließlich schluchzen wie ein Kind, dem der Vater die Liebe entzogen hatte.

Dennoch unternahm der Kaiser auch weiterhin keine Anstalten, seinem Sohn zu vergeben, der dort vor ihm am Boden lag und der am ganzen Körper zitterte, von Angst und Scham gleichermaßen überwältigt. Die deutschen Edlen, denen dieses kauernde, heulende Elend unlängst noch als König geboten hatte, waren die Ersten, die den Blick abwandten, betrachteten sie die Schande ihres Herrschers doch auch als ihre eigene. Und mit jedem weiteren Augenblick, der verstrich, wurden auch Friedrichs Hofstaat und seine Berater zunehmend unruhiger und ertrugen den Anblick nicht mehr. Hermann von Salza war es schließlich, der sich dem Thron zuwandte und Friedrich flüsternd bat, er möge doch Nachsicht haben mit dem jungen Heinrich – nicht, weil er des Kaisers Sohn war, sondern dessen Untertan.

»Es sei«, erklärte Friedrich daraufhin, »wir vergeben dir deinen Verrat an deinem Kaiser, der auch ein Frevel am Allmächtigen selbst ist, und deine Vergehen gegen göttliches wie gegen menschliches Recht … insofern du bereit bist, hier und jetzt vor den Noblen des Reiches laut und öffentlich zu erklären, dass du dich ganz und gar dem kaiserlichen Willen unterwirfst und auf die Krone der Römer sowie sämtliche zu ihr gehörenden Insignien verzichtest!«

Ein Raunen ging durch die Reihen der Edlen. Insbesondere der deutsche Adel und Heinrichs einstige Parteigänger empfanden dies als zusätzliche Zumutung und Erniedrigung – was es fraglos auch sein sollte. Der abgesetzte König hatte bereits zu Beginn seine Schuld erklärt, auf einen Erhalt seiner Macht hatte er nicht hoffen können. Dass der Kaiser auf diese zusätzliche Erniedrigung bestand, war ungewöhnlich.

Nicht einmal Heinrich hatte, so schien es, mit einer solchen Härte von Seiten seines Vaters gerechnet. Mit einer Mischung aus Furcht und Verwirrung blickte er zu den Seinen, die ihm allerdings nicht helfen konnten, und schließlich auf Hermann von Salza, der jedoch bereits alles getan hatte, was ihm möglich war. Endlich blieb Heinrichs Blick auf dem Knaben haften, der bei des Kaisers Getreuen stand und der erst sieben Lenze zählte.

Sein Name war Konrad.

Er entstammte der Verbindung seines Vaters mit Isabella von Brienne und war zur Hälfte Heinrichs Bruder. Vor allem aber war er die Zukunft, denn auf seinem Haupt würde künftig die Krone der deutschen Lande ruhen. Und auch wenn es vor allem Verwunderung war, die in diesem Moment aus den weit aufgerissenen Augen des Knaben sprach, so sah Heinrich darin auch sein eigenes Verderben.

Er kam der Aufforderung nach und erklärte für alle vernehmlich seine Unterwerfung und seinen Verzicht auf Krone und Insignien. Doch wer unter den Noblen nun darauf hoffte, dass der Kaiser damit wieder der Tradition folgen, dass er seinem Sohn nun vollends vergeben und man ein gemeinsames Mahl zur Versöhnung einnehmen würde, der wurde abermals enttäuscht, denn zu einem solchen Mahl kam es nie. Die Todesstrafe ersparte Friedrich seinem Sohn – das Licht der Freiheit jedoch sah Heinrich niemals wieder.

Unmittelbar nach der Verhandlung und seiner bedingungslosen Unterwerfung wurde der Kaisersohn abgeführt und ausgerechnet der Obhut Ottos von Bayern übergeben, jenes Herzogs, gegen den er zuvor noch Krieg geführt hatte. Der Wittelsbacher ließ den Sohn des Kaisers nach Hildesheim bringen und dort inhaftieren. Später, zu Beginn des Jahres 1236, ließ sein Vater ihn nach Apulien verlegen – und obwohl Heinrich die meiste Zeit in einer Burg gefangen war, die sich ganz in der Nähe von Melfi befand, hat mein Herr seinen Sohn niemals besucht, noch hat er ihn jemals wiedergesehen.

Die Ordnung in deutschen Landen war damit wiederhergestellt, doch Friedrich wäre nicht Friedrich, hätte er die Zeit seines Aufenthalts im rauen Norden nicht noch für andere Zwecke genutzt. Wie mancher von Heinrichs einstigen Ministerialen und Gefolgsleuten nun feststellen musste, hatte der glanzvolle Aufmarsch des Kaisers mit all den Sarazenen, den exotischen Tieren und dem mitgeführten Prunk nicht allein dem Zweck gedient, seinen abtrünnigen Sohn in die Schranken zu weisen. Friedrich verfolgte auch noch andere Ziele, von denen bis dahin allerdings nur seine engsten Vertrauten gewusst hatten – und die das Reich verändern sollten.

Schon im vergangenen Jahr, als Friedrich dem in Bedrängnis geratenen Papst Gregor zu Hilfe gekommen war und die beiden in Rieti zusammengetroffen waren, hatte der nimmermüde Nachfolger Petri eine neue Vermählung des Kaisers ins Spiel gebracht – natürlich nicht, ohne sich dabei Gedanken über den eigenen Vorteil und Machterhalt zu machen, jedoch durchaus auch zum Vorteil des Reiches: Keine andere als die Engländerin Isabella, die Tochter des verstorbenen Königs Johann Ohneland, sollte die neue Gemahlin des Kaisers werden.

Nun war es nicht so, dass mein Herr Verlangen nach einer neuen Vermählung gehabt hätte. Tatsächlich war er ein Verhältnis mit Bianca Lancia eingegangen, einer Dame aus sizilischem Adel, deren Stand zu niedrig war, um sie zu ehelichen, deren persönliche Bedeutung für den Kaiser jedoch die aller vorangegangenen kaiserlichen Gespielinnen bei Weitem überstieg. Tatsächlich kann ich sagen, dass ich meinen Herrn selten so glücklich sah wie in jenen Tagen, da die schöne Bianca in seinen Gemächern weilte und er, was er gern tat, an ihrem üppigen Busen verweilte, den sie bereitwillig aus der Enge ihres Kleides entließ. Die Anziehung, die er bei ihr verspürte, erinnerte ihn an die zarte Liebe, die er in jungen Jahren in den Armen einer gewissen Muslimin verspürt haben mochte. Doch war es auch Biancas ruhiges Wesen, das er schätzte und das auf eine Weise ausgleichend auf ihn wirkte, wie er es zuletzt nur bei Konstanze empfunden hatte. Drei Kinder hatte sie ihm in den vergangenen fünf Jahren geboren, zwei Mädchen und einen Sohn mit Namen Manfred, den Friedrich von Herzen liebte und den er bei sich in Foggia verweilen ließ, wann immer es möglich war.

Einen persönlichen Anlass zu einer neuen ehelichen Verbindung gab es also nicht – wohl aber gute politische Gründe.

Nicht nur war die englische Prinzessin von hohem Adel und versprach eine reiche Mitgift von 30 000 Silbermark; als Tochter des Hauses Plantagenet stand sie auch dem Geschlecht der Welfen nahe. Eine Verbindung mit ihr würde somit auch Ausgleich mit dem Hause Welf bedeuten und die jüngst noch so unruhigen nördlichen Gefilde des Reiches weiter befrieden. Außerdem verfügte Friedrich, von seinen illegitimen Sprösslingen abgesehen, nach Heinrichs schändlichem Versagen mit dem kleinen Konrad nur noch über einen einzigen männlichen Erben – wem also sollte er dereinst die Macht im Südreich übergeben? Wer sollte die Kaiserkrone erben, falls Konrad etwas zustieß? Isabella war einundzwanzig Jahre alt und stand in der Blüte ihres Lebens, sicher würde sie dem Reich einen männlichen Erben schenken.

Und schließlich – und dies erwähne ich nur, weil ich schon wiederholt geschrieben habe, dass mein Herr ein gutes Auge und einen wachen Sinn für Schönheit hatte – wurde das Aussehen der Prinzessin weithin gerühmt. Zahllose Ritter verzehrten sich in unerfüllter Liebe nach ihr, sodass auch des Kaisers Begehrlichkeit erwachte. Als Herrscher des Erdkreises sollte er besitzen, was allen anderen versagt blieb.

Tatsächlich war einst vereinbart worden, dass die schöne Isabella Friedrichs Sohn Heinrich ehelichen solle; doch zum einen war dieser dann aus politischem Kalkül mit der um sieben Jahre älteren Margarethe verheiratet worden, zum anderen würde Heinrich dort, wo er nun weilte, keine Verwendung mehr für holde Weiblichkeit haben. Der Weg war also frei, und nach anfänglichem Zögern stimmte mein Herr dem päpstlichen Plan einer Verbindung mit dem Haus Plantagenet aus vollem Herzen zu.

Und so wurde, noch während der Kaiser zu Worms über seinen Sohn zu Gericht saß, nebenan im Dom bereits die Hochzeit vorbereitet. Nachdem die kaisertreue Stadt Zeuge eines so schändlichen Ereignisses geworden war, sollten die Glocken schon bald zu einem sehr viel freudigeren Anlass läuten.

3.

Köln
Mai 1235

Damit ihr besser versteht, wen mein Herr ehelichte und zur dritten Gemahlin an seiner Seite machte – und damit auch zur Kaiserin über das ganze Römische Reich –, gestattet mir, das Rad der Zeit ein wenig zurückzudrehen.

Noch im Herbst des Vorjahres war eine Abordnung von Gesandten, deren Vorsteher kein Geringerer als der von Friedrich so geschätzte Petrus de Vinea war, nach England geschickt worden, um mit Isabellas Bruder König Heinrich III. die Bedingungen einer möglichen Verbindung des Kaisers mit dem Hause Plantagenet zu erörtern.

Die Gelegenheit war günstig.

Zwar hatte man in England keineswegs vergessen, dass Friedrichs Vater König Richard Löwenherz einst bei dessen Heimkehr aus dem Heiligen Land gefangen genommen und erst gegen ein üppiges Lösegeld wieder freigelassen hatte, und auch die bei Bouvines erlittene Niederlage mochte vielen englischen Rittern noch in den Knochen stecken. Doch König Heinrich, der sich als Schwager des Kaisers einen Zuwachs an Ansehen und Macht in der ewigen Rivalität mit Frankreich erhoffte, war bereit, über all dies hinwegzusehen und seine Schwester, obwohl er sie von Herzen liebte und sie einander innig zugetan waren, in ferne Lande zu schicken. Dass Meister de Vinea ihm versicherte, der Kaiser sei ein Mann von großer Gelehrsamkeit und vollendetem höfischem Benehmen, mag ihm die Entscheidung ein wenig erleichtert haben, denn auch seine Schwester war eine kluge junge Frau, die ihrem zukünftigen Gemahl nicht nur an Herkunft, sondern auch an Verstand und Beredsamkeit ebenbürtig war. Und dass ihre Schönheit, derer Petrus de Vinea sich persönlich versicherte, geradezu blendend war, schadete dem Einvernehmen sicher auch nicht.

So wurde die Hochzeit zwischen den Häusern vereinbart und in Vertretung geschlossen, und zum Osterfest des Jahres 1235 fanden sich mit Erzbischof Heinrich von Köln und Herzog Heinrich von Brabant zwei hohe Würdenträger des Reiches in London ein, um die neue Kaiserin von dort abzuholen und sie ihrem Gemahl zuzuführen, der sie im fernen deutschen Land erwartete. Zum Gefolge der beiden gehörte auch Parceval Doria, nach dessen Zeugnis und Bericht ich diese Zeilen schreibe.

Obwohl der gute Parceval zeit seines Lebens genau wie sein Kaiser ein Bewunderer weiblicher Schönheit war und manches Frauenzimmer im Sturm genommen hatte (nicht selten auch gegen entsprechende Bezahlung), wurde er niemals müde zu betonen, wie erstaunt, ja beinahe bestürzt Isabellas Anblick ihn habe, als sie der Abordnung des Reiches erstmals vorgestellt wurde. »Da war Schmuck und Gepränge überall«, wusste er zu berichten. »Ihr Bruder, der König, hat sie dergestalt ausstatten lassen, dass die Frau unter all dem Gold und den Gemmen kaum noch zu erkennen war: ein schimmerndes Festkleid aus feinster Seide, darüber goldener und silberner Schmuck sowie eine goldene Krone, die ihr Bruder eigens für sie hatte anfertigen lassen. Präsentiert sich eine Dirne überreich geschmückt«, so fügte der Genueser in der ihm eigenen, überaus offenen Art hinzu, »wirft dies stets die Frage auf, was sie damit zu verbergen trachtet, sodass ich beinahe schon misstrauisch wurde. Doch Isabella Plantagenet bedurfte solchen Blendwerks nicht. Denn ihre natürliche Schönheit – sowohl die Anmut ihres Körpers als auch die Reinheit ihrer Seele – übertraf den goldenen Tand um ein Vielfaches!«

Verschmäht wurde jener Tand von der kaiserlichen Gesandtschaft trotzdem nicht, ebenso wenig wie die Aussteuer, die die Prinzessin in die Ehe einbrachte und die neben zahllosen festlichen Kleidern auch Geschirr, Töpfe und Tiegel aus reinem Silber und feinstem Gold enthielt. König Heinrich zeigte sich von seiner großzügigsten Seite. Dass er über seine Untertanen neue Steuern verhängen musste, um sich all diesen Prunk leisten zu können, mag ein böswilliges Gerücht sein, doch wurde es mir zugetragen. Nur das Beste und Erlesenste schien dem König von England für seine Schwester gut genug: Mit einem Zug von nicht weniger als dreitausend Rittern begleitete er sie von Westminster über Canterbury bis zur Küste, wo die Schiffe warteten, die Friedrichs Abordnung nach England befördert hatten – und die die neue Kaiserin und ihr Gefolge nun zu ihrem Gemahl bringen sollten.

Der Abschied von ihrem Bruder war tränenreich. Doria gibt zu, dass selbst ihm das Wasser in den Augen gestanden habe, so wie vielen der Edlen, die Isabella begleiteten. Zu seinem Trost mag beigetragen haben, dass eine der Zofen, die die Kaiserin begleiteten, Katherine mit Namen und ihrer Herrin an Schönheit kaum nachstehend, ohne männliche Begleitung war – ein Missstand, dem der umtriebige Doria rasch abzuhelfen wusste.

Von England führte die Überfahrt nach Antwerpen, wo der Zug der Kaiserin an Land ging und von Hunderten von Edlen willkommen geheißen wurde, die Friedrich eigens zu ihrem Empfang geschickt hatte. Zudem strömte der Klerus aus dem weiten Umkreis zusammen und empfing Isabella mit feierlichen Gesängen. Dass das heeresgroße Aufgebot an Rittern, das die Kaiserin auf ihrem weiteren Weg begleitete, nicht ausschließlich ihren Ehren diente, hat mir Doria später einmal anvertraut – man fürchtete auch, dass der König der Franzosen, von Eifersucht auf des Kaisers Verbindung mit England entbrannt, etwas unternehmen könnte, um die Ankunft der Kaiserin zu stören.

Doch ob es an dem beachtlichen Tross lag, den Friedrich aufgeboten hatte, oder daran, dass Ludwig von Frankreich in Wahrheit nichts dergleichen plante – der Zug der Kaiserin gelangte unbehelligt nach Köln, der größten Stadt des nördlichen Reiches. Der Empfang, den man Isabella dort bereitete, war überwältigend.

Mehr als zehnmal tausend Bürger kamen, um die neue Kaiserin zu begrüßen: Sie säumten die Straßen, drängten sich auf den Plätzen und jubelten Isabella zu, während sie Blumen schwenkten. Die Oberen der Stadt hatten ein großes Fest ausgerufen, das mit Musik und anderen Darbietungen aufwartete sowie mit einem merkwürdigen Umzug von als Schiffen verkleideten Fuhrwerken, auf denen Kirchenmusikanten wundersame Weisen spielten. Nicht nur die Kaiserin und ihr Gefolge, sondern auch die Kölner selbst fanden solchen Gefallen an jenem Umzug, als wollten sie niemals wieder damit aufhören und ihn noch in tausend Jahren abhalten.

Beim Umritt durch die Straßen schien es, als ob die ganze Stadt auf den Beinen sei. Jeder – Mann, Frau oder Kind – wollte einen Blick auf die Kaiserin erhaschen, deren Ruf, ihre Schönheit betreffend, ihr längst vorausgeeilt war. Isabella jedoch trug, der guten Sitte folgend, ihre anmutigen Gesichtszüge verschleiert, sodass das Volk sie nicht zu sehen bekam, jedoch lautstark danach verlangte.

»Was rufen die Leute?«, fragte Isabella Parceval Doria, der als Teil der kaiserlichen Eskorte an ihrer Seite ritt.

»Nichts weiter«, versicherte dieser in der Zunge der Engländer, die er leidlich beherrschte, »hört gar nicht auf sie, Herrin. Die Deutschen neigen hin und wieder zur Plumpheit und Dreistigkeit, müsst ihr wissen.«

»Ist das so«, sagte die Kaiserin unbeeindruckt. »Dennoch würde ich gern wissen, was die Leute rufen.«

»Wenn Ihr darauf besteht«, entgegnete der sonst niemals verlegene Doria daraufhin zögernd. »Die Leute wollen … dass Ihr Euren Schleier lüftet.«

»Wirklich?«, fragte Isabella, ohne dass zu erkennen gewesen wäre, ob sie sich belästigt oder geschmeichelt fühlte.

»Ja, Herrin … damit ihre unwürdigen Augen wenigstens einmal in ihrem Leben wahre Schönheit erblicken«, kleidete der in der Dichtkunst bewanderte Genueser das unverschämte Begehren des Volkes in poetische Worte.

Isabella blickte ihn weiter unverwandt an, und er konnte sehen, wie der kleine, anmutige Mund unter dem dünnen Seidenstoff lächelte. Dann griff sie kurz entschlossen an ihren Schleier und schickte sich an, ihn zu heben.

»Herrin! Was tut Ihr?«, rief Margaret Bisset, ihre Gouvernante, die hinter ihr ritt.

Doch es war zu spät.

Mit einer beherzten Geste hob die Kaiserin den Schleier

nicht nur, sondern riss ihn sich vom Gesicht, um aller Welt ihr Antlitz zu enthüllen.

Hätte ein Blitz in den Dom zu Köln eingeschlagen, der die Gebeine der Heiligen Könige barg, die Wirkung hätte kaum größer sein können.

Die Menschen verstummten von einem Augenblick zum anderen, in Bann geschlagen nicht nur von der Schönheit der hohen Frau aus England, sondern auch von ihrer spontanen Geste, die allgemein als Zeichen ihrer Hinwendung zum Volk und der Liebe für ihre Untertanen gewertet wurde – und im Gegenzug schlossen auch die Kölner Bürger ihre Kaiserin an jenem Tag ins Herz.

Jubel brandete auf, wie er selbst bei Empfängen des Kaisers nur selten gehört wurde, und eine Begeisterung griff um sich, die die Stadt einen ganzen Mond lang beherrschte – so lange nämlich blieb Isabella in der Stadt am Rhein, und Doria berichtete später, er habe die Kaiserin in diesen Tagen viel lachen sehen und sie in einer Heiterkeit, ja Ausgelassenheit erlebt, wie es später niemals wieder der Fall gewesen sei.

Schließlich verließ der Zug Köln wieder und begab sich den Fluss hinauf nach Worms, wo die Vorbereitungen für die Hochzeit inzwischen abgeschlossen waren. Am 15. Juli des Jahres 1235, nur wenige Tage nachdem er über seinen Sohn Heinrich zu Gericht gesessen hatte, nahm Friedrich im Dom zu Worms Isabella von England zur Frau, wodurch sie auch zur Kaiserin an seiner Seite wurde. Eine Krönung jedoch, die alle Welt hätte erkennen lassen, dass die Schwester des Königs von England nunmehr die Kaiserin der Römer war, gestand mein Herr seiner neuen Gemahlin nicht zu, ungeachtet der reichen Geschenke und der beträchtlichen Mitgift, die sie in die Ehe brachte – eine

Entscheidung, die im Verhältnis zu seinem Schwager Heinrich III. noch für manche Trübung sorgen sollte.

Was seine übrigen Pflichten betraf, verlor mein Herr jedoch keine Zeit. Anders als bei Isabellas Vorgängerin gleichen Namens vollzog er die Ehe noch in der Hochzeitsnacht, hatten seine Sterndeuter doch vorausgesehen, dass die zweite Hälfte jener Nacht günstig wäre, um einen männlichen Erben zu zeugen.

Ob die *prima nox* hielt, was die Schönheit seiner Gemahlin versprach, und auch die Kaiserin in jener Nacht auf ihre Kosten kam, entzieht sich meiner Kenntnis. Doch weiß ich zu berichten, dass Friedrich nach jenen Tagen und Nächten, in denen er sich ihrer Schönheit, ihrer Mitgift und zuletzt auch ihres Körpers bemächtigte, seiner jungen Kaiserin rasch überdrüssig wurde. Von seinen Sarazenen, unter denen auch einige Eunuchen waren, ließ er sie auf seine Lieblingspfalz nach Hagenau verbringen und dort nach arabischer Sitte bis zum nächsten Wiedersehen bewachen.

Er selbst hatte nach den Tagen der Festlichkeit und des Müßiggangs andere Dinge im Sinn.

4.

Mainz
August 1235

Die persönliche Gegenwart des Kaisers, sein machtvolles Auftreten selbst dem eigenen Sohn gegenüber und nicht zuletzt seine Hochzeit mit der noblen Isabella: All dies trug dazu bei, Friedrichs Ruf in deutschen Landen, der zuletzt arg gelitten hatte, innerhalb weniger Monate wiederherzustellen – und somit auch den Frieden unter den Adeligen, auch wenn er noch auf unsicheren Beinen stand.

Nach den Ereignissen des Sommers wagte es nördlich der Alpen kaum noch jemand, sich offen gegen den Herrscher zu stellen. Eine Ausnahme jedoch war Friedrich von Babenberg, der als Sohn des edlen Leopold diesem als Herzog von Österreich nachgefolgt war. Als Schwager König Heinrichs war er dessen treuer Parteigänger gewesen und wollte nicht wahrhaben, dass dessen Regentschaft zu Ende sein sollte, und es war sicher kein Zufall, dass man ihm bereits zu seinen Lebzeiten den Beinamen »der Streitbare« verlieh.

Während das Königreich Böhmen und das Herzogtum Bayern Truppen schickten, um den Babenberger in des Kaisers Auftrag in die Schranken zu weisen, gelang es

Friedrich, einen anderen Konfliktherd zu löschen, und das wieder einmal allein durch geschickte Verhandlung: Otto von Lüneburg, der Neffe von Friedrichs einstigem Rivalen Otto IV., wurde vom Kaiser mit dem Herzogtum Braunschweig belehnt und leistete dafür den Treueeid. Auf diese Weise gelangten die Häuser Hohenstaufen und Welf endlich zur Versöhnung – aber Friedrich wollte noch mehr.

In der Absicht, den frisch errungenen Frieden zu festigen, rief er nur wenige Wochen nach der Hochzeit mit Isabella die Edlen des Reiches zum Hoftag nach Mainz. Dort gab er ihnen ein Gesetzeswerk, das die dem Adel gegebenen Rechte zwar festschrieb und garantierte, aber auch eine Reihe von Regeln vorgab, die die kaiserlichen Justiziare ausgearbeitet hatten und an die sich die Noblen künftig halten sollten – und damit niemand behaupten konnte, er hätte nicht verstanden, was in jenem neuen Gesetz geschrieben stand, ließ Friedrich seine Kanzlei den Codex nicht nur im Latein der Gelehrten, sondern auch in deutscher Sprache ausfertigen. Am wichtigsten war meinem Herrn und seinen Beratern dabei der Landfrieden, den er den deutschen Landen zu Mainz verordnete und der künftige Fehden unter den Noblen untersagte. Nach Jahren des Zwists und der spalterischen Politik, die sein Sohn betrieben hatte, wollte der Kaiser das Nordreich geeint hinter sich wissen – und das aus gutem Grund. Denn während im Norden und Süden des Reiches Frieden herrschte, standen in der Mitte die Zeichen auf Krieg.

Nicht nur, dass sich die Lombardenstädte einmal mehr geweigert hatten, zum Hoftag zu erscheinen, sie machten auch weiterhin keine Anstalten, sich den kaiserlichen Anordnungen zu fügen. Stattdessen suchten sie die Nähe des Papstes, die dieser ihnen – zu Friedrichs Verdruss – auch weiterhin gewährte. Und so wurden zu Mainz nicht nur Verhandlungen zum Frieden geführt, sondern es wurde auch Kriegsrat gehalten …

»Wie können sie es wagen?«, rief Friedrich aufgebracht in die Runde seiner Fürsten. »Wie können diese elenden Milanesen es wagen, mir ein ums andere Mal ihre Kehrseite zu zeigen? Und der Papst gibt ihnen noch seinen Segen dazu!«

»Seine Heiligkeit sucht die Waage zu halten«, gab Hermann von Salza zu bedenken. »Indem er Euch zum Bündnis mit England riet und die Heirat mit Isabella stiften half, hat er bei den Lombarden Ängste hervorgerufen …«

»Während er selbst in der ewigen Angst der Päpste lebt, vom Reich umklammert und womöglich zerquetscht zu werden«, fiel Friedrich ihm schnaubend ins Wort.

»Aus diesem Grund hat sich der Heilige Stuhl so lange dagegen gewehrt, dass der Kaiser zugleich auch über Sizilien herrscht«, fügte der Hochmeister der Deutschritter hinzu, wie immer angetan mit dem weißen Mantel mit dem schwarzen Kreuz darauf. »Noch immer blickt man in Rom mit Argwohn auf alles, was Ihr im Süden lasst oder tut.«

»Selbst dann, wenn ich gar nicht dort weile«, fügte der Kaiser hinzu, zur Belustigung der Runde, die in der Halle der Mainzer Pfalz beisammensaß.

»Das müsst Ihr nicht, Majestät, denn Euer Hof begleitet Euch, wohin Ihr auch geht«, wandte Erzbischof Heinrich von Köln ein. »Nicht nur Eure Kanzlei und Eure Berater führt Ihr mit Euch, sondern auch Eure Sarazenen und selbst die Tiere aus den fernsten Winkeln der Erde. Das alles muss auf den unbedarften Betrachter befremdlich, ja bedrohlich wirken, deshalb verlangt Seine Heiligkeit stets nach neuen Bekundungen der Treue.«

»So mag man es auch ausdrücken«, räumte Friedrich ein und blickte wölfisch in die Runde. »Zuletzt brachten die päpstlichen Legaten gar die Idee einer neuen Wallfahrt ins Spiel – diesmal jedoch ausdrücklich nicht zum Zwecke friedlicher Verhandlung. Für einen Stellvertreter Christi auf Erden scheint mir der gute Gregor bisweilen ein wenig zu erpicht darauf, christliches Eisen in mohammedanisches Blut zu tauchen.«

»Majestät, ich bitte Euch«, wandte Erzbischof Heinrich ein.

»Ihr seht blass aus, Exzellenz«, stellte Friedrich fest. »Erschreckt es Euch, dass mir die Blasphemie so beiläufig über die Lippen geht? So will ich Euch im Gegenzug fragen, was es denn ist, wenn Mailand und seine Komplizen das Gesetz missachten, das ihr Kaiser – und damit der Allmächtige – ihnen gegeben hat. Ist das nicht auch Blasphemie? Ketzerei? Sollten wir sie nicht gleich behandeln wie die Heiden? Doch wann immer ich gegen sie zum Feldzug, ja zur Wallfahrt rüste, nimmt der Papst sie sogleich in Schutz!«

»Ich fürchte, Seine Heiligkeit hat etwas andere Vorstellungen von Ketzerei«, räumte Hermann von Salza ein. »Aber so gerechtfertigt Euer Zorn auch sein mag, Majestät – ich beschwöre Euch, begebt Euch nicht in die Gefahr, erneut das Wohlwollen der Kirche zu verlieren.«

»Dann sollte die Kirche nicht Unmögliches von mir verlangen! Der Waffenstillstand im Heiligen Land hält, die Muselmanen halten sich daran – soll ich das Wort brechen, das ich Sultan al-Kamil gegeben habe, nur weil Gregor mich erneut aus dem Weg haben will, um mit den Lombarden paktieren zu können, wie es ihm behagt? Gerade erst habe ich seine Soldaten aus dem Südreich geworfen, und es war schwer genug. Ich verspüre kein Verlangen danach, dies in absehbarer Zeit schon wieder tun zu müssen.«

»Dann zeigt der Welt auf andere Weise, dass Ihr ein treuer Sohn der Kirche seid«, entgegnete Bruder Hermann. »Gegen ein Zeugnis von allgemeiner Gültigkeit wird auch die Kurie wenig ausrichten können.«

»Und was für ein Zeugnis soll das sein?«, fragte Friedrich scharf dagegen.

»Ich könnte eine Erklärung verfassen, die Ihr zum nächsten Hochfest verlest«, schlug Petrus de Vinea vor.

»Ein feiner Vorschlag.« Friedrich schnaubte. »Eure Wortgewandtheit in Ehren, Meister Vinea – aber was könnte ich noch öffentlich erklären, das ich nicht schon längst erklärt habe? Wie meine Gegner überzeugen und jene verstummen lassen, die mir Übles nachsagen?«

»Worte haben Grenzen, Herr«, räumte der Großhofjustiziar ein, »und die dunkle Gabe der Zauberei ist mir – der Herr sei mein Zeuge – nicht gegeben. Wohl aber nützliches Wissen.«

»Inwiefern?«

»Die Thüringerin Elisabeth«, sagte Vinea nur.

Friedrich hob die Brauen. »Ihr meint die Gemahlin meines lieben Cousins Ludwig, der gemeinsam mit uns zur großen Wallfahrt aufbrechen wollte und dann an der Seuche starb? Der Herr behüte seine Seele.«

»Genau sie meine ich.« Der Justiziar nickte bedächtig. »Nachdem sie vom Tod ihres Gemahls erfahren hatte, begann Elisabeth ein neues Leben. Manche behaupten, dass ihr Schwager Heinrich Raspe sie von der Wartburg vertrieben hätte, doch ihre Diener und Zofen berichten übereinstimmend, dass sie freiwillig gegangen sei und dem privilegierten Leben des Adels bewusst den Rücken gekehrt habe.«

»Ich habe davon gehört.« Friedrich nickte. »Eine törichte Entscheidung, wenn ich bedenke, wie viele Tausend meiner Untertanen in Dreck und Elend hausen und ihre Seele opfern würden, um mit ihr zu tauschen.«

»Dennoch hat die Landgräfin es getan«, beharrte Vinea, »und sich nicht nur ihrer Titel und Vorrechte entäußert, sondern sie begann auch damit, sehr zum Verdruss ihres Schwagers, ihren Besitz an die Armen und Bedürftigen zu verschenken.«

»Das erinnert mich an jemanden, den ich einst traf«, erwiderte Friedrich und tat unbestimmt, obwohl ich aus zuverlässiger Quelle weiß, dass ihm die Begegnung mit Francesco d'Assisi, der nur wenige Jahre nach jener denkwürdigen Begegnung zum Heiligen erhoben worden war, noch genau in Erinnerung war. Aber mein Herr dachte nicht gern daran zurück, weil die Erinnerung etwas in ihm weckte … ein schlechtes Gewissen, vielleicht auch eine unbestimmte Sehnsucht. Es berührte ihn unangenehm, so, wie ihn auch jetzt Elisabeths Geschichte unangenehm berührte …

»Was Freund Petrus sagt, ist wahr«, stimmte Bruder Hermann zu. »Vom Geist des Herrn beseelt, entschied sich Elisabeth, ganz und gar in seiner Nachfolge zu leben. Zu Marburg gründete sie ein Hospital, in dem sie sich der Kinder annahm sowie der schwangeren und gebärenden Frauen, und ebenfalls der Kranken und Aussätzigen. Dabei erkrankte sie jedoch selbst und folgte ihrem Gemahl im Alter von nur vierundzwanzig Sommern ins Grab.«

»Wie kommt es, dass Ihr so genau über diese Dinge unterrichtet seid?«, wollte Friedrich wissen.

»Was Bruder Hermann in der ihm eigenen Bescheidenheit nicht erwähnt hat«, erklärte Erzbischof Heinrich daraufhin, »ist, dass seinem Orden nach dem Tod Elisabeths die Aufsicht über das von ihr gegründete Hospital übertragen wurde. Wie auch die Obhut der Pilger, die seither in Strömen nach Marburg ziehen – denn noch im Tode soll Elisabeth Wunder gewirkt haben.«

»Soll?«, hakte Friedrich nach.

»Zahlreiche Quellen berichten von Heilungen Kranker, die am Totenbett Elisabeths erfolgt sein sollen«, fügte Hermann von Salza zur Erläuterung hinzu. »Der päpstliche Inquisitor Konrad von Marburg hat deshalb die Heiligsprechung Elisabeths betrieben, die zum vergangenen Pfingstfest erfolgt ist.«

»Eine wahre Heilige also«, folgerte der Kaiser, ohne dass zu erkennen gewesen wäre, wie er darüber dachte. »Und warum erzählt Ihr mir all dies, Ihr Herren?«

»Weil«, ergriff Petrus de Vinea wieder das Wort, »das Volk nicht vergessen hat, welche Wohltaten es von Elisabeths Seite erfuhr. Nicht nur die Thüringer verehren sie als ihre Heilige, sondern, wie ich gehört habe, alle deutschen Lande.«

»Auch das ist wahr«, stimmte Hermann von Salza zu.

»Ihr scheint darüber nicht begeistert zu sein«, stellte Friedrich fest. »Jedenfalls habe ich Euch noch nie darüber sprechen hören.«

»Ich ehre Eure Verwandte und das, was sie getan hat, Majestät«, versicherte der Ordensmeister. »Doch ist es nicht Aufgabe meiner Deutschritter, einen Ort der Wallfahrt einzurichten und zu pflegen. Wir sind Krieger für die Sache des Herrn, nicht mehr und nicht weniger.«

»Ihr seid weit mehr für mich als das, Bruder Hermann,

und das wisst Ihr hoffentlich«, entgegnete Friedrich, »doch kann ich Euren Zwiespalt nachvollziehen. Die Frage ist«, wandte er sich wieder Petrus de Vinea zu, »was all dies mit mir zu tun hat und warum Ihr es zur Sprache bringt.«

»Nun«, entgegnete der Justiziar, »als Elisabeth diese Welt verließ, war noch nicht abzusehen, welchen Nachhall ihr Wirken beim Volk finden würde, und man bettete sie in ein einfaches Grab, dem schlichten Leben entsprechend, das sie gewählt hatte. Doch werden in letzter Zeit Stimmen laut, die eine andere, würdigere Grabstätte fordern, zu der Wallfahrer pilgern und wo sie ihr Gebet verrichten können …«

»… und die wird sie bekommen«, versicherte Bruder Hermann. »Der Deutschorden hat sich entschlossen, zu Marburg eine Kirche zu errichten, die ihren Namen tragen soll.«

»Und der Heilige Stuhl hat einer Umbettung ihrer sterblichen Überreste in jene Kirche bereits zugestimmt«, fügte Erzbischof Heinrich erläuternd hinzu.

»Wie nun aber«, spann Petrus de Vinea den Gedanken weiter, »wenn die Gebeine der Heiligen nicht erst in das Gotteshaus gebracht würden, dessen Fertigstellung wohl keiner der hier Anwesenden mehr mit eigenen Augen schauen wird? Was, wenn zunächst eine Grabstätte eingerichtet würde, über der in den Jahren, die kommen, die Kirche errichtet wird? Eine Gruft mit einem reich geschmückten Sarkophag darin, in den Elisabeths sterbliche Überreste gebettet werden? Freilich nicht vor den Augen der Welt verborgen, sondern in einer großen und feierlichen Zeremonie, zu der der Kaiser persönlich erscheinen und damit nicht nur seine Verbundenheit zur Gemahlin seines Cousins ausdrücken wird, sondern auch seine tiefe

Verehrung gegenüber der Heiligen. Natürlich verbunden mit einer entsprechenden Gabe, die zur Errichtung der Kirche beiträgt …«

»Petrus hat recht, Majestät«, stimmte Bruder Hermann zu. »Das Volk würde Euch dafür lieben und bejubeln – und niemand, noch nicht einmal Seine Heiligkeit in Rom, käme umhin anzuerkennen, dass Ihr ein wahrhaft treuer Anhänger der Kirche seid …«

»… und ganz nebenbei bekäme Euer Orden noch finanzielle Hilfe beim Bau der Kirche«, versetzte Friedrich und konnte ein Grinsen nicht unterdrücken. »Getreuer Bruder Hermann, Ihr seid Eurem Orden wahrhaftig ein guter Vorsteher.«

»Und dabei stets der Eure, Majestät«, versicherte der Deutschritter und beugte ergeben das kahle Haupt.

»Und Ihr glaubt also, dass, wenn ich all dies tue, ein wenig vom Nimbus der Heiligen auch auf mich übergehen wird?«, fragte der Kaiser und blickte unverwandt in die Runde, ungeachtet der Tatsache, dass Heinrich von Köln und einige weitere Kleriker dabei merklich zusammenzuckten.

»Das vermag ich nicht zu beurteilen, Majestät«, entgegnete der Erzbischof diplomatisch, »doch würde es jenen, die an Eurer Religiosität zweifeln, den Wind aus den Segeln nehmen. Selbst dem *pontifex* würde es unter diesen Voraussetzungen wohl schwerfallen, sein Bündnis mit den Lombarden zu rechtfertigen, denn alle Welt würde sich fragen, weshalb sich der Nachfolger Petri von einem Kaiser bedroht fühlt, der ein wahrer Gläubiger ist.«

»Und ich könnte somit noch hier zu Mainz den Reichskrieg gegen die aufsässigen Italiener beschließen, ohne die Folgen fürchten zu müssen – wenn ich zugleich ankündige, mich für die Umbettung meiner lieben Verwandten und die reiche Ausstattung ihres Grabes einzusetzen«, folgerte Friedrich.

»Genauso ist es, Majestät«, stimmte Petrus de Vinea zu, und alle anderen Berater bekundeten ihr Einvernehmen.

Und so geschah es.

Den Winter verbrachte Friedrich in Gesellschaft Kaiserin Isabellas auf seiner Pfalz zu Hagenau, im Frühjahr brachen sie gemeinsam nach Marburg auf, wo in den vergangenen Monaten alles vorbereitet worden war und die Umbettung der Heiligen stattfinden sollte – nicht vor den Augen der Welt verborgen, sondern in einer aufsehenerregenden Zeremonie und unter großer Anteilnahme von Klerus und Volk.

Tausende von Menschen hatten sich schon Tage zuvor in der Stadt versammelt, um Zeugen des Ereignisses zu werden. Dazu fanden sich, auch auf das Betreiben Hermann von Salzas und Petrus de Vineas hin, zahlreiche weltliche wie geistliche Fürsten in Marburg ein, sodass man hätte glauben mögen, der Kaiser hätte zum Hoftag gerufen.

Die Deutschherren in ihren weißen Mänteln eskortierten den Zug, der zu der neu errichteten Krypta führte, und die Bischöfe von Trier, Mainz und Hildesheim übernahmen es höchstselbst, die sterblichen Überreste Elisabeths in einen Sarkophag aus Eichenholz zu legen, den Friedrich eigens hatte bauen und von seinen Kunstschmieden mit purem Gold hatte überziehen lassen. Zudem trat der Kaiser selbst am Grab der Heiligen auf und verkündete, dass er nicht ihrer Verwandtschaft, sondern ihrer Frömmigkeit wegen gekommen sei. Dann setzte er dem Leichnam eine goldene Krone auf, die er aus dem Reichsschatz spendete, und gab ihr einen ebenso goldenen Becher mit ins Grab, auf dass sie in der Ewigkeit aus einem niemals versiegenden Quell der Freude trinken könne.

Das Volk bejubelte ihn dafür und rief seinen Namen in einem Atemzug mit der Heiligen, und mein Herr konnte mit Fug und Recht davon ausgehen, dass damit alle Zweifel an seiner Religiosität ausgeräumt waren – nur bedeutete das noch lange nicht, dass die deutschen Ritter nun auch bereit waren, ihm in den Kampf gegen die Lombarden zu folgen.

Tatsächlich war das Aufgebot, das sich in den Tagen nach Marburg versammelte, um den Kaiser nach Italien zu begleiten, eher kläglich. Mit einer Schar von nur etwa eintausend Rittern überquerte mein Herr die Alpen und zog nach Verona, wissend, dass eine Streitmacht wie diese bei Weitem nicht ausreichen würde, um die Aufständischen in die Knie zu zwingen. Er begnügte sich damit, im Umland seiner Feinde kleinere Verwüstungen anzurichten, bei denen sich einmal mehr der grausame Ezzelino da Romano auf blutige Weise hervortat, die jedoch niemanden recht überzeugen wollten, am allerwenigsten die hochmütigen Mailänder.

Was mein Herr brauchte, war ein triftiger Kriegsgrund, augenfällig und gut genug, um auch die zögerlichen unter seinen Gefolgsleuten zu empören und dazu zu bewegen, zu den Waffen zu greifen. Und einmal mehr war es Petrus de Vinea, der auf diese Frage eine Antwort fand.

Und die passenden Worte, die alles verändern sollten.

5.

Wien
Frühjahr 1237

Das Weihnachtsfest verbrachte der Kaiser in Graz.

Noch im Dezember hatte Isabella ihm eine Tochter geboren, die zwar nicht wie erhofft Friedrichs Nachfolge sicherte, sein in diesen Tagen oftmals düsteres Herz jedoch mit ein wenig Hoffnung und Freude erfüllte. Wann immer das unschuldige Lächeln des Kindes nicht sein Gemüt erhellte, kehrten allerdings umgehend die Sorgenfalten auf seine Stirn zurück.

Nicht nur der Kaiser selbst, auch alle seine Berater wussten oder ahnten zumindest, dass die Zeit des Friedens zu Ende ging. Die Tage in Graz waren die Ruhe vor dem Sturm, der sich schon bald über dem Reich entladen sollte.

Im Frühjahr zog Friedrich nach Wien, das er zur Reichsstadt erhob und wo er seinen inzwischen neunjährigen Sohn Konrad von den Fürsten als König bestätigen ließ. Es war ein letzter Triumph im Kreis seiner Getreuen, den der Kaiser nutzte, um die Unterstützung der deutschen Noblen für eine neuerliche Heerfahrt nach Italien zu gewinnen. Denn Mailand und die übrigen Lombardenstädte hatten den Winter genutzt, um noch engere Bande mit dem Vatikan zu knüpfen, und Papst Gregor, stets von der alten Furcht erfüllt, der weltliche Herrscher könnte ihn an Macht und Ansehen übertreffen, war bereitwillig darauf eingegangen. Mehr noch, man gab sich auf Seiten der Kurie nicht einmal mehr Mühe, den Anschein zu wahren, sondern stellte sich inzwischen offen auf die Seite der Kaisergegner.

Die Linien waren damit gezogen, der Konflikt unausweichlich – und unter diesen Voraussetzungen beließ Friedrich es nicht länger dabei, seine Edlen nur zur Gefolgschaft zu mahnen. Angesichts der Politik, die man in Rom verfolgte, vollzog auch der Kaiser den nächsten Schritt zur Eskalation, und einmal mehr war es der redegewaltige Petrus de Vinea, den er dafür die passenden Worte finden ließ. Auch wenn es nicht wirklich seine eigenen Worte waren, die der Großhofrichter vor dem deutschen und italienischen Adel verkündete, sondern er sie sich von höchster Stelle geborgt hatte …

»Das Volk, das im Finsteren wandelt«, begann Petrus seine Ansprache, »schaut ein helles Licht. Über jenen, die da wohnen im Land der Finsternis, strahlt ein Licht auf …«

Ein Raunen ging durch die Reihen der in Wien Versammelten, denn natürlich erkannte jeder die Worte des biblischen Propheten Jesaja wieder, mit denen dieser einst die Ankunft des Messias verheißen hatte und die aus diesem Grund alljährlich in der Weihnachtsmesse verlesen wurden.

Doch an diesem Tag, zu dieser Stunde, war das Licht, von dem Petrus sprach, kein bildhafter Ausdruck für den Gottessohn, der auf Erden kam, sondern für *Fredericus Secundus, rex Romanorum et imperator semper augustus* … und die Parallelen und Vergleiche, die der Redner des Kaisers bemühte, waren damit noch längst nicht zu Ende.

War nicht auch Friedrich zum Weihnachtsfest geboren worden und hatte der Allmächtige durch die Wahl jenes Tages der Welt nicht etwas sagen wollen? War nicht auch der Gottessohn in einer Stadt zur Welt gekommen, deren einzige Bedeutung darin bestanden hatte, die Geburtsstätte des Erlösers zu sein? War nicht auch Jesi durch die Geburt Friedrichs zur keineswegs unbedeutendsten unter den Städten des Erdkreises geworden? Und war nicht auch Friedrich in die Welt gesandt worden, um göttlichen Willen zu wirken und göttliches Recht zu vollstrecken? Waren folglich nicht all jene, die sich gegen ihn wandten, Ketzer und Häretiker, die einer falschen Lehre folgten? Waren nach Friedrichs Geburt und noch mehr nach seiner Krönung nicht Weissagungen getätigt worden? Dass er der Herrscher aller Könige sei? Der Kaiser, in dem sich die Zeit erfüllen und der dem Erdkreis eine neue Ära des Friedens bringen werde?

Unter allen Talenten, die Petrus de Vinea hatte – und das waren gewiss nicht wenige –, war seine Fähigkeit, Gefühle in Worte zu gießen und damit den Willen und das Wollen jener zu beeinflussen, die ihm lauschten, ganz sicher das größte. Viele Prediger gab es in jenen Tagen, auch solche von großer Beredsamkeit – doch nur Petrus verfügte über die Gabe, seine Zuhörer kraft seiner Worte so zu erhöhen, dass sie auf den Himmel herabblicken mussten, um ihn zu sehen. Es war seine Begabung, seine Berufung … und sein Fluch.

Auch diesmal verfehlten seine Worte ihre Wirkung nicht. In heftigem Eifer entflammt, griffen die deutschen Fürsten nun zahlreich nach dem Schwert und gelobtem ihrem Lehensherrn Waffenhilfe für seinen Feldzug gegen die italienischen Ketzer.

Als Friedrich diesmal sein Heer auf dem Lechfeld zu Augsburg sammelte, waren es nicht weniger als zweitausend Ritter, die zu ihm stießen und mit denen er in der drückenden Hitze des Augusts über den Brenner zog. Jenseits der Alpen vereinten sie sich mit den Kontingenten jener Städte Oberitaliens, die weiterhin zum Kaiser standen, darunter Bergamo, Parma, Pavia, Tortona sowie das stets treue Cremona. Gemeinsam zogen sie gen Verona, wo rund siebentausend Sarazenen warteten, Fußvolk und Bogenschützen, die von Lucera heraufgezogen waren. Hinzu kamen Söldner aus Frankreich, England, Böhmen und Ungarn, sodass Friedrich im September rund fünfzehntausend Mann zu Gebote standen – eine beträchtliche Streitmacht, die jener der Abtrünnigen an Zahl und Schlagkraft überlegen war.

Nun freilich erklärten die Lombarden Bereitschaft zum Kompromiss, selbst das sonst so hochmütige Mailand entsandte eine Abordnung von Unterhändlern.

Doch mein Herr lehnte ab.

Mailand und seine Verbündeten hatten ihn herausgefordert, hatten seine Weisungen missachtet und bei jeder sich bietenden Gelegenheit gegen ihn intrigiert, sich gar mit dem Papst gegen ihn verbündet – nun war es an der Zeit, ihren Widerstand zu brechen, ganz gleich, was der Heilige Stuhl dazu sagen würde.

Zu Marburg hatte Friedrich seine Frömmigkeit bewiesen; er hatte Jerusalem von den Muselmanen befreit und trug die Krone der Heiligen Stadt auf dem Haupt; die Macht und das Recht, das aus ihm sprach, kam vom Allmächtigen selbst. Er war der auserwählte Kaiser, der neue

Messias, der sich vor niemandem auf Erden mehr zu rechtfertigen brauchte.

Auch nicht vor dem Papst.

6.

Cortenuova
27. November 1237

»Vorwärts! Zum Angriff!«

Die Stimme Parceval Dorias scholl über das Donnern hinweg, mit dem die Hufe der Schlachtrösser über den weichen, durchfeuchteten Boden stampften, hinab in das von Nebel verhangene Flusstal.

Da waren die Milanesen!

Endlich bekam das kaiserliche Heer die Aufrührer zu fassen, endlich würde die Entscheidung fallen!

Viel zu lange hatte die Streitmacht des Lombardenbundes den Kaiser genarrt. Ursprünglich war Friedrich an der Spitze seines Heeres von Cremona nach Brescia hinaufzuzogen, um die Stadt zu erobern. Doch Mailand und seine Verbündeten, darunter Lodi, Como, Novara und Piacenza, hatten eine beträchtliche Streitmacht aufgeboten und sich ihm in den Weg gestellt. Zur Schlacht jedoch war es nicht gekommen, weil die Lombarden sich ihr bewusst entzogen hatten. Wann immer Friedrich versucht hatte, den Feind zu stellen, hatte dieser rasch die Position gewechselt und war bald hierhin, bald dorthin gezogen, und das über Wochen.

Die Frustration meines Herrn war im selben Maß gewachsen wie die Verheerungen, die seine Gefolgsleute im Umland angerichtet hatten ... bis er schließlich zu einer List gegriffen hatte: Indem er die italienischen Verbündeten von ihrer Heerespflicht entband und nach Hause ziehen ließ, erweckte er bei seinen Feinden den Anschein, er hätte aufgegeben und würde sich ins Winterlager nach Cremona begeben, um im Frühjahr die Entscheidung zu suchen.

Doch der Plan meines Herrn war ein anderer.

Zwar überquerte er den Fluss Oglio, doch statt sich wie erwartet nach Süden zu wenden, ließ er sein Heer in einem wahren Gewaltmarsch gen Norden eilen, genau dorthin, wo er die ebenfalls heimkehrenden Milanesen vermutete.

Und der Plan ging auf.

Im Morgengrauen des 27. November traf die Vorhut des Heeres, in der auch der beherzte Parceval Doria ritt, bei dem kleinen Ort Cortenuova auf das Hauptkontingent des milanesischen Heeres. Jetzt konnten sich die Aufständischen dem Kampf nicht länger entziehen, denn Friedrich hatte ihn geradewegs zu ihnen getragen. Und nun gab es keine Gnade ...

Mit eingelegten Lanzen sprengten die kaiserlichen Ritter dem Feind entgegen. Die Milanesen, die den Gegner im Nebel erst spät kommen sahen, versuchten noch rasch eine Verteidigung zu organisieren und schickten ihrerseits ihre Reiter vor, sodass es in der Flusssenke zum furchtbaren Aufeinandertreffen kam.

Der Donner der Hufe verhallte jäh, dafür lag das Splittern von Lanzen und das Klirren von Schwertern in der feuchtkühlen Morgenluft ... und die Schreie der Verwundeten.

Als handelte es sich um ein Turnier, das bei Hofe abgehalten wurde, hob Parceval einen feindlichen Ritter aus dem Sattel. Die Lanzenspitze glitt von dessen Schild ab, doch die Wucht des Aufpralls war so groß, dass sich der Mann nicht im Sattel halten konnte. Er fiel nach hinten und schlug zu Boden, wo die trampelnden Hufe seines eigenen Tieres seine Glieder zerschmetterten.

Parceval unterdessen hatte die Lanze bereits auf den nächsten Gegner angelegt und gab seinem Ross die Sporen. Der mächtige Destrier trabte an und jagte auf den fremden Ritter zu, der keinen Helm trug – Doria konnte das entsetzte Gesicht sehen, das ihm aus dem Rund der Kettenhaube entgegenstarrte, während der Milanese den Schild hob … doch diesmal hatte Parceval den Stoß höher angesetzt. Die Lanzenspitze flog über den Rand des Schildes hinweg und fuhr geradewegs in den Hals des feindlichen Ritters, und das mit derartiger Wucht, dass sie im Nacken wieder austrat. Das Holz bog sich und splitterte, und Doria fegte an seinem Gegner vorbei, der wie vom Donner gerührt noch immer im Sattel saß, an seinem eigenen Blute würgend und die abgebrochene Lanzenspitze im Hals.

So saß er noch, als das Fußvolk, das den kaiserlichen Reitern folgte, das Schlachtfeld erreichte – denn anders, als die übliche Taktik es vorsah, hatte Friedrich seine Reiterei angewiesen, nicht etwa Halt zu machen und den überrannten Feind niederzumetzeln, sondern dies getrost den Fußkämpfern zu überlassen, die im Rücken der Ritter den Hang herabstürmten, dabei aus vollen Kehlen schreiend und ihre Spieße, Keulen und Hämmer schwenkend, mit denen sie über die Milaneser herfielen, noch ehe sich diese von ihrem Schrecken erholt hatten.

Wer aus dem Sattel gestürzt und noch in der Lage war, sich zu wehren, der stellte sich den kaiserlichen Kämpfern zu Fuß und mit bloßer Klinge, doch die schiere Anzahl der Angreifer ließ ihnen keine Chance. Zu Dutzenden wurden die Mailänder Kämpen erschlagen, durchbohrt und verstümmelt, ihren schweren Rüstungen zum Trotz, die ihnen nun, zu Fuß auf weichem Morast kämpfend, mehr hinderlich als nützlich waren. Wer hingegen das Glück hatte, nach der ersten Attacke noch im Sattel zu sitzen, der stellte sich nicht erst zum Kampf, sondern riss die Zügel herum und suchte sein Heil lieber in der Flucht.

Auf diese Weise trugen die Waffenknechte des Kaisers einen ersten Sieg davon, während die Reiterei weiterstürmte und mit der Gewalt eines Erdbebens über den Tross der Milanesen hereinbrach, der sich vom Fluss gen Westen wand, den schützenden Mauern der Stadt entgegen – die viele der Mailänder jedoch nie erreichten.

Ihre Lanzen hatten die meisten der kaiserlichen Ritter eingebüßt, sodass sie nun mit blanken Klingen über das Mailänder Fußvolk herfielen und auch hier keine Gnade walten ließen. Zur Linken wie zur Rechten seines Rosses ließ Parceval Doria den Stahl niedergehen und trieb eine blutige Schneise in den Pulk der Feinde, unter denen völliges Chaos ausbrach. Einige setzten sich zur Wehr, andere wandten sich zur Flucht, dabei beeinträchtigten sie sich gegenseitig, sodass die Kaiserlichen leichtes Spiel mit ihnen hatten und ihre Streitmacht in zwei Gruppen teilten: Die eine, die überwiegend aus Fußvolk bestand, zog sich in den kleinen Ort Cortenuova und den Burgturm des dortigen Grafen zurück – zum Entsetzen der Bewohner, die vor den Angreifern wie vor den Verteidigern gleichermaßen panisch schreiend davonrannten. Die andere Gruppe, in der nach wie vor viele Berittene waren, scharte sich um den mailändischen Fahnenwagen, entschlossen, diesen bis zum letzten Atemzug zu verteidigen. Und so waren es schließlich gleich zwei Schlachten, die an diesem Tag geschlagen wurden.

Beim *carroccio*, wie die Italiener ihre Fahnenwagen nannten, stießen Parceval und die Seinen nun doch auf erbitterten Widerstand – und das kam nicht von ungefähr. Denn jener Fahnenwagen, dem die Mailänder den Namen »Carozolum« gegeben hatten, bedeutete ihnen alles.

Nicht nur trug er die Banner der Stadt und ihrer mächtigsten Familien, sondern auch eine Statue des heiligen Ambrosius, des Schutzpatrons von Mailand, sowie Weiteres, das den Segen des Allmächtigen auf die Kämpfer der Stadt herabrufen sollte. Zudem wurde der Fahnenmast des mailändischen Banners von einem goldenen Kreuz gekrönt, das die Söhne der Stadt stets in die Schlacht begleitete. Der Fahnenwagen symbolisierte ihre Stärke, war ihre Mitte und ihr Allerheiligstes – und tatsächlich schien seine Nähe sie nach anfänglichem Schrecken mit neuer Kraft zu erfüllen.

Sosehr Doria und seine Gefährten es auch versuchten, vermochten sie den Kordon der Verteidiger, der sich um den *carroccio* geschart hatte, dennoch nicht zu durchdringen. Im Gegenteil entbrannte dort ein wüstes Hauen und Stechen, das nun auch manchen kaiserlichen Kämpfer aus dem Sattel holte und ihn das Leben kostete. Auch das Eintreffen der Hauptstreitmacht änderte daran nichts.

Was Cortenuova und den Turm des Grafen anging, so tobte dort ein nicht weniger erbitterter Kampf, wenn auch mit anderen Mitteln. Das Fußvolk, das Friedrich schickte, um gegen das Dorf vorzugehen, kam nicht an den Feind heran, weil dieser mit Pfeilen um sich schoss und die Zugänge zur Siedlung verbarrikadiert hatte. Der Kaiser entschied folglich, seinerseits Bogenschützen zu schicken, und sandte seine Sarazenen ins Feld, die den Ort mit einem Hagel an Pfeilen überzogen. Doch selbst die gefürchteten Geschosse der Sarazenen, von ihren kurzen, kräftigen Bogen abgeschossen, vermochten die Verteidiger nicht aus ihren Schlupfwinkeln zu vertreiben.

So ging der Tag zu Ende.

Als die Dunkelheit hereinbrach und das Kämpfen unmöglich machte, befahl Friedrich seinen Rittern und Knechten, zwar die Waffen abzulegen, die Rüstung jedoch anzubehalten – schließlich bestand die Möglichkeit, dass der Feind einen Ausfall versuchen würde, und mein Herr war nicht gewillt, den Sieg, der zum Greifen nahe schien, noch einmal leichtfertig aus der Hand zu geben. Außerdem sollte die Schlacht schon bei Anbruch des neuen Tages fortgeführt werden … doch dazu kam es nicht.

Als der neue Tag heraufzog, war das feindliche Heer bereits in Auflösung begriffen!

Aus Furcht vor einem neuerlichen Ansturm der Kaiserlichen hatten viele lombardische Kämpfer Cortenuova den Rücken gekehrt, und so hatten die Angreifer nun leichtes Spiel. Mit Feuer und Schwert fielen sie über die Siedlung und ihre Besatzer her.

»Miles Imperator!«, brüllten sie, während sie die Häuser in Brand steckten und den Feind ins Freie trieben, wo er entweder gefangen oder ein Fraß der Pfeile wurde. Auch die Edlen, die sich im Turm verschanzt hatten, streckten schließlich die Waffen.

Um den *carroccio* hingegen wurde noch einmal erbittert gekämpft, doch da der Tross in Richtung Mailand geflohen war, war die Verteidigung nun weniger dicht und erbittert, und es gelang einem Trupp beherzter Ritter, bis zum Fahnenwagen vorzustoßen, wo kein Geringerer als Pietro Tiepolo, der mächtige Herr von Mailand und Sohn des Dogen von Venedig, mit den Seinen aushielt und erbittert weiterkämpfte – bis zuletzt auch er aufgeben musste.

In einem Akt der Verzweiflung bestieg ein Mailänder Ritter den *carroccio* und nahm das goldene Kreuz ab, auf dass es dem Feind nicht in die Hände falle. Das Kleinod in seinen zerfetzten Mantel hüllend, bestieg der Ritter sein Pferd, um gemeinsam mit Tiepolo und seinen letzten verbliebenen Kämpfern zu entkommen. Doch Parceval Doria und seine Gefährten waren zur Stelle und suchten inmitten des Getümmels den Fliehenden den Weg abzuschneiden. Bei Tiepolo gelang es ihnen, der Podestá von Mailand geriet in Gefangenschaft.

Dem Ritter, der das Kreuz an sich genommen hatte, gelang jedoch der Durchbruch, und er jagte davon, um wenigstens dies allerheiligste Symbol der Mailänder Freiheit zurück in die schützenden Mauern der Stadt zu bringen – und mit ihm auch den Geist des Widerstands, der diese unselige Schlacht überhaupt erst heraufbeschworen hatte.

Dazu durfte es nicht kommen!

Indem er eine im Boden steckende Lanze herausriss, setzte Parceval dem Fliehenden hinterher, dabei mehrere Milaneser Fußkämpfer niederreitend, die sich ihm in den Weg stellen wollten. Die Lanze, an der noch Reste eines Banners flatterten, so blutig und zerfetzt, dass niemand mehr zu sagen vermochte, für wessen Seite es vordem im Wind geweht hatte, legte Doria in die Armbeuge und jagte dem Pferd des anderen hinterher, dabei das Letzte fordernd, wozu sein geschundenes und erschöpftes Streitross noch in der Lage war.

Der fremde Ritter, längst seines Helmes verlustig und furchtsam über die Schulter blickend, sah ihn kommen.

Parceval biss die Zähne zusammen.

Durch die Sehschlitze des Topfhelmes starrte er auf den fliehenden Feind, sein eigener Atem klang heiser im Inneren der nach Schweiß und geronnenem Blut stinkenden, eisernen Haube …

Im nächsten Moment hatte er den feindlichen Ritter erreicht! Mit einem geraden Stoß führte er die Lanze ins Ziel, bohrte sie mit furchtbarer Wucht in den Rücken des Ritters, der einen erstickten Schrei ausstieß und die Arme hochwarf. Das Kreuz, das er an sich gepresst hatte, entrang sich seinem Griff und fiel zu Boden. Parceval zügelte sein Pferd, den Ritter mit der herrenlosen Lanze im Rücken ließ er ziehen, weit würde er ohnehin nicht mehr kommen.

Schnaubend kam der Destrier zum Stehen, und Parceval Doria stieg aus dem Sattel, nahm den Helm ab und sog die kühle Novemberluft in seine Lungen. Dann wankte er auf den Gegenstand zu, den der Ritter verloren hatte, sank auf die Knie nieder und befreite ihn aus dem zerschlissenen Stoff.

Das Kreuz der Stadt Mailand funkelte golden im Licht der Mittagssonne, während Parceval es in seinen Händen drehte und von allen Seiten betrachtete.

»Nun, mein Freund und Kaiser«, sprach er dazu zu sich selbst, »kannst du mit Recht behaupten, heute wahrhaft über Mailand gesiegt zu haben.«

7.

Parceval Doria hatte recht.

Friedrichs Sieg war vollkommen.

Hunderte der einstmals so hochmütigen Mailänder lagen erschlagen in ihrem Blut, weitere Hunderte waren verletzt oder verstümmelt und würden sich niemals wieder gegen den Kaiser erheben, und wiederum Hunderte waren beim Versuch zu fliehen gefangen genommen worden.

Die meisten würden gegen ein entsprechendes Lösegeld wieder freigelassen werden und somit helfen, Friedrichs Kriegskasse wieder aufzufüllen; das Oberhaupt der Aufrührer jedoch, der infame Pietro Tiepolo, würde der Kaiser in seiner Gewalt behalten, als Faustpfand gegen künftige Aggressionen.

Das Heer, das Mailand gegen das Reich formiert hatte, war vollständig aufgerieben worden. Es würde lange dauern, bis die Stadt ihr freches Haupt wieder würde erheben können, zumal auch der *carroccio*, der vielgerühmte Fahnenwagen der Milaneser und Symbol ihres trotzigen Stolzes, in den Besitz des Kaisers geraten war – und mit ihm auch das Kreuz, das der gute Parceval Doria erbeutet hatte. Selten zuvor war eine Niederlage vollkommener gewesen, selten hatte ein Sieg süßer geschmeckt – und mein Herr hatte vor, ihn bis zur Neige auszukosten.

Die geschlagenen Milanesen überließ er vorerst sich selbst und zog es vor, den Sieg auf jene Art zu feiern, wie schon die Feldherren des alten Rom ihn begangen hatten: mit einem Triumphzug, den der Kaiser in Cremona abhielt, der erbitterten Erzrivalin Mailands. Und er ließ dabei nichts aus, was schon den alten Römern zu Ruhm und Ehre gereicht hatte.

Hoch zu Ross saß er, den Siegeslorbeer um die Stirn, während die Cremoneser ihm zujubelten. Vor ihm her ritten jene seiner Ritter, denen der Kaiser erlaubt hatte, ihn bei diesem größten Siegeszug zu begleiten, sowie seine sarazenischen Leibwachen; hinter Friedrich kamen von Ochsen gezogene Wagen, die die erbeuteten Standarten und Kleinodien zur Schau stellten, darunter auch das goldene Kreuz.

Dann folgte der erbeutete *carroccio*, den Friedrich – schon das ein Anblick, der beim Volk gleichermaßen für Staunen wie für Bestürzung sorgte – von seinem Elefanten ziehen ließ. Auf dem Wagen aber, der von allen Standarten und Reliquien befreit war, stand kein anderer als Pietro Tiepolo, der Podestà von Mailand, an den leeren Fahnenmast gefesselt wie ein gemeiner Dieb am Pranger.

Ihm folgten weitere Gefangene, milanesische Ritter, Söhne der besten Familien, die, ihrer Rüstungen und Wappenröcke beraubt, nur noch in schmutzigen Lumpen gingen. Schmährufe begleiteten sie, während sie durch die Straßen Cremonas getrieben wurden, und nicht wenige Zuschauer hoben das, was die Pferde der kaiserlichen Eskorte fallen gelassen hatten, vom Boden auf und bewarfen damit die Gefangenen.

Der feierliche, vom Geschrei der Menge begleitete Zug führte bis vor den Palazzo der Stadt, auf dessen Balkon Großhofrichter Petrus de Vinea wartete, wie der Kaiser und seine Ritter in festlichstem Ornat. Von Hörnerklang begleitet, stieg Friedrich aus dem Sattel und begab sich ebenfalls auf den Balkon hinauf, von wo er nicht nur auf seine Ritter und das versammelte Volk, sondern auch auf die mailändischen Gefangenen blicken konnte.

Mit erhobenen Armen gebot Petrus de Vinea dem Jubel der Menge Einhalt. Als der Lärm sich legte, rief er mit Donnerstimme: »Bürger von Cremona! Das Römische Reich frohlocke, und der ganze Erdkreis freue sich über den Sieg unseres Herrschers! Der widerrechtliche Bund der Lombarden jedoch mag erröten vor Scham, und angesichts des Endes, das die Schlacht bei Cortenuova nahm, mögen die Feinde des Kaisers erzittern! Vor allen anderen jedoch mag das elende Mailand zetern und seufzen und sich daran gewöhnen, dem Herrscher der Welt fortan zu gehorchen ...«

Die letzten Worte waren kaum noch zu vernehmen in dem Jubel, der nun erneut losbrandete und den Kaiser und seinen Triumph über den verhassten Feind hochleben ließ.

»Victoria! Victoria!«, erscholl es immerzu, und sowohl Friedrichs Getreue als auch seine Leibwächter fielen in die Rufe ein, dazu zückten sie ihre Klingen und schwenkten sie im hellen Sonnenlicht. Und noch am selben Tage ließ Friedrich von seiner Kanzlei Berichte verfassen, die von seinem glorreichen Sieg kündeten und die er in alle Himmelsrichtungen an die Mächtigen der Welt verschickte, selbst zum Papst nach Rom.

So endete Friedrichs Triumphzug an jenem Tag – die guten Nachrichten jedoch endeten vorerst nicht!

Zutiefst erschüttert von den Ereignissen von Cortenuova, gab die Stadt Lodi ihren Widerstand auf und schwor dem Kaiser Treue, und in den Tagen, die folgten, fielen noch weitere Verbündete von Mailand ab. Die Liga der Lombarden, die Friedrich so oft geärgert und herausgefordert, ihm in jungen Jahren gar nach dem Leben getrachtet hatte, zerfiel, und meine Worte reichen nicht aus, um die Hochstimmung, die meinen Herrn in jenem zu Ende gehenden Jahr 1237 befiel, auch nur annähernd zu beschreiben.

Fredericus Secundus war auf dem Höhepunkt seiner Macht und am Ziel seiner Träume, stand kurz davor, sämtliche Gebiete seiner Herrschaft auf eine Weise zu vereinen, wie es zuletzt wohl nur dem großen Karl und vor ihm den römischen Cäsaren gelungen war!

Dazu kam weitere frohe Kunde, denn seine Gemahlin Isabella gebar ihr zweites Kind, und als wollte der Allmächtige selbst den Kaiser belohnen, war es diesmal der erhoffte Thronfolger und Erbe, der das Licht der Welt erblickte, zu Friedrichs tiefer Genugtuung und größter Freude!

Ist es da ein Wunder, dass sich mein Herr in jenen Tagen ein wenig selbst vergaß? Dass ihn der Glanz des eigenen Triumphes blendete?

»Fürwahr«, freute er sich, »der Schöpfer waltet zu meinen Gunsten! Meine Feinde hat er stürzen lassen, mich dagegen erhöht er über alle anderen! Er hat meine Gebete erhört und sichert nicht nur meine Macht, sondern auch den Fortbestand meines Hauses, auf dass es auf ewig herrschen möge! Wer«, so rief er seinen Getreuen zu, mit denen er an langer Tafel speiste, »sollte mir nun noch gefährlich werden können? Wer auf diesem Erdkreis? Sagt es mir!«

Keiner seiner Berater wusste eine Antwort auf diese Frage, denn in der Tat gab es in jenen Tagen wohl niemandem, der meinem Herrn seine Herrschaft hätte streitig machen können ... doch das Rad des Schicksals ist wankelmütig, und wen es heute erhöht, der mag morgen bereits sinken.

Weder Friedrich noch jene, die um ihn waren, ahnten es in jenen Tagen, zu groß war die Freude über den errungenen Sieg – doch derjenige, der Friedrich gefährlich wurde, war kein anderer als Friedrich selbst.

In Cremona, wo er seinen Triumphzug begangen hatte und nun auch Hof hielt, empfing er die mailändischen Unterhändler, die unterwürfig um Frieden baten. Tatsächlich waren infolge der verlorenen Schlacht in der Stadt Unruhen ausgebrochen, das Volk verlangte von den Mächtigen, ihren Hochmut fahren zu lassen und sich dem Kaiser zu unterwerfen, auf dass der Zustand des Krieges enden möge und wieder Frieden herrsche; und die Magistrate der Stadt waren nicht in der Verfassung, sich dem Willen der Bürger zu widersetzen.

Sie schickten ihre Gesandten vor Friedrich und boten ihre Ergebenheit und Treue an; sie willigten ein, einen Justiziar des Kaisers in ihrer Stadt zu beherbergen und zu respektieren, und sie erklärten zudem ihren Willen, Friedrich für seine Auslagen im Kriege mit einem Schatz aus Gold und Silber entschädigen zu wollen. Auch wollten sie ihre Feldzeichen dem Kaiser übergeben zum Symbol dafür, dass sie niemals wieder ihre Waffen gegen ihn erheben wollten; und sollte Friedrich, wie vom Heiligen Stuhl gefordert, abermals ins Heilige Land aufbrechen, so wollte Mailand diesmal mit einem eigenen Heer von Kämpfern folgen.

Auf seinem Thron im Palas sitzend, hatte Friedrich dem Vortrag des Angebots gelauscht. Als Sprecher für ihre Sache hatten die Mailänder einen Franziskanerminoriten ausgewählt, der dem Kaiser wohl Ergebenheit und Glaubwürdigkeit vermitteln sollte, nachdem die Stadt in der Vergangenheit so oft seiner gespottet hatte. In seiner schwarzen Kutte stand der schmächtige Mann nun vor dem Kaiser und sah mit großen, erwartungsvoll geweiteten Augen zu ihm auf.

»So«, sagte Friedrich langsam und mit unendlicher Genugtuung, »dies also ist das Angebot, das die besiegte Stadt Mailand mir, ihrem Herrn und Kaiser, unterbreitet.«

»Das ist es, Herr«, bestätigte der Mönch und senkte demütig das kahle Haupt.

»Und nun erwartest du Antwort von mir?«

»Wenn Ihr die Güte haben wollt, Herr.« Der Minorit nickte. »In der Stadt ist ein Aufstand ausgebrochen, die Bürger sehnen sich nach Frieden.«

»Und das sollte mich interessieren? Nachdem sie mich zum Krieg gezwungen haben?«

»Mailand hat seine Vergehen eingesehen, Herr. Und es bereut zutiefst, was es getan hat und was geschehen ist.«

»Schön und gut.« Friedrich nickte. »Doch habe ich das Wort ›Kapitulation‹ aus deinem Mund nicht vernommen. Unterwirft sich Mailand meiner Gnade? Sind die Magistrate bereit, ihren törichten Stolz fahren zu lassen und sich vor des Kaisers Macht in den Staub zu werfen?«

»Bei … bei allem gebührenden Respekt, Majestät«, erwiderte der Ordensmann zögernd, wobei seine dunklen kleinen Augen furchtsam funkelten, »Mailand wurde in der Schlacht geschlagen, aber nicht besiegt.«

»Ich verstehe«, entgegnete Friedrich und nickte bedächtig. »So lass mich dir eine Geschichte erzählen«, fuhr er dann fort. »Sie handelt von einem jungen König, der einst gezwungen war, fremde Lande zu durchqueren und dabei um ein Haar Leib und Leben verloren hätte. Denn seine Feinde stellten ihm nach, und an den Ufern des Flusses Lambro hätten sie ihn beinahe zu fassen bekommen. Mit wenig mehr als dem nackten Leben ist er in jener Nacht entkommen, wofür ihn seine Feinde noch verspotteten und ihm nachriefen, er hätte seine Hosen in den stinkenden Wassern des Lambro gewaschen, mit ihrer Pisse. Und sie verlachten ihn …« Er brach ab, überwältigt von der Macht der Erinnerung, die ihn in diesem Moment überkam, und blickte sinnierend vor sich hin.

»Majestät«, ergriff der Mönch nach einer langen, schweigenden Weile wieder das Wort, »vergebt meine Unwissenheit, aber ich weiß nicht, was jene Geschichte zu tun hat mit …«

»Jener junge König«, fiel Friedrich ihm mit bebender Stimme ins Wort, »bin ich gewesen – und jene, die mich verspotteten, waren Soldaten aus Mailand. Ihr Gelächter kann ich des Nachts, wenn es still wird, noch immer hören, und ich habe mir damals etwas geschworen.« Damit erhob sich der Kaiser auf dem Thronpodest, und seine Gesichtszüge schwollen an und verfärbten sich puterrot.

»Ich will dir sagen, welche Kunde du den Mächtigen der Stadt bringen sollst!«, herrschte er den Mönch und seine Begleiter an, dass seine Stimme von der Decke des Saales widerhallte. »Ihr Angebot ist abgelehnt! Weder will ich ihre kriecherischen Versprechen noch ihr stinkendes Geld – und es wird keinen Frieden geben, solange sie nicht hier vor mir erscheinen, ihre hochmütigen Gesichter in den Staub stecken und mich unter Tränen anflehen, ihnen zu vergeben und sie wieder in meine kaiserliche Huld aufzunehmen!«

Damit warf er die Gesandten aus Mailand hinaus und ließ sie zurückjagen in ihre Stadt, auf dass sie den Oberen dort vom heiligen Zorn des Kaisers berichteten.

Den *carroccio* aber, den Fahnenwagen, den seine Streiter auf dem Schlachtfeld erbeutet hatten, ließ Friedrich nach Rom bringen, auf dem Kapitol aufstellen und ein Denkmal errichten, zur Ehre des Reiches und zur Freude der Römer – und zum Verdruss Papst Gregors, der das Symbol der Niederlage seiner Verbündeten nun direkt vor Augen hatte.

Meinem Herrn aber ging es nicht darum, den Stellvertreter Christi auf Erden zu erniedrigen, sondern sich selbst zu erhöhen. Von der Euphorie des Sieges getragen, hatte in seinem Kopf ein kühner Gedanke Gestalt angenommen – nämlich nach vollendeter Vereinigung des Reiches seinen Hof von Foggia nach Rom zu verlegen, in das wahre *caput mundi*, die Hauptstadt der Welt, und von dort aus zu herrschen, wie einst Augustus und seine Nachfolger es getan hatten, und so den Glanz der ruhmreichen Vergangenheit wieder aufzurichten …

Doch Friedrichs hochfliegende Gedanken fanden ein ebenso rasches wie jähes Ende, denn die Antwort der Mailänder ließ nicht lange auf sich warten.

Die Stadt erklärte die Verhandlungen von sich aus für gescheitert und ließ verlauten, dass man lieber mit dem Schwert in der Hand kämpfend zugrunde gehen wolle, als sich einem ungerechten Frieden auszuliefern und womöglich unter dem Beil des Henkers zu enden.

Nicht wenige Städte, die sich der Gnade des Kaisers bereits ausgeliefert hatten, wechselten daraufhin wieder die

Seiten und gingen zu Mailand über, und der Krieg ging weiter.

Doch anders als zuvor hatte Friedrich nun auch noch den päpstlichen Groll geweckt.

Fundamentum VIII

Malleus

1.

Padua
Frühjahr 1239

Der Zeitpunkt, an dem das Glück meines Herrn sich wendete, lässt sich auf den Tag genau benennen. Es war der 20. März des Jahres 1239, der Sonntag vor dem Osterfest.

Obwohl er es beabsichtigt hatte, war es Friedrich nicht gelungen, dem Triumph auf dem Schlachtfeld von Cortenuova weitere Siege folgen zu lassen.

Weder konnte er die aufrührerischen Mailänder niederwerfen noch auch nur einen der Verbündeten, die diesen geblieben waren. Als er gegen das mit Mailand verbündete Brescia auszog, um es zu belagern und einzunehmen, brach eine Seuche im kaiserlichen Lager aus, die alles Vieh dahinraffte, sodass Friedrich sich unverrichteter Dinge wieder zurückziehen musste, zur hämischen Freude seiner Feinde. Erneut konnte er kaum mehr tun, als die Umlande von Mailand, Brescia, Piacenza und Bologna mit Verheerung zu überziehen, und wann immer die Städte dazu Gelegenheit hatten, rächten sie sich blutig dafür.

So war ein ganzes Jahr mit blutigen, ziellosen Scharmützeln vergangen, unter denen das Volk zu leiden hatte, zum Verdruss Papst Gregors, der den Feldzug des Kaisers ohnehin mit Argwohn verfolgte und es zudem mit den Lombarden hielt. Mehrfach beschwerte er sich über den in seinen Augen ungerechten Krieg, doch Friedrich machte keine Anstalten, dem Heiligen Stuhl in dieser Frage entgegenzukommen.

Im Gegenteil.

Im vorausgegangenen Oktober hatte er seinen Sohn Enzio, der aus der Verbindung mit der schönen Adelheid hervorgegangen war, zum König von Sardinien erhoben, ungeachtet der Tatsache, dass es ein päpstliches Lehen war und er damit über Ländereien verfügte, die ihm in den Augen der Kirche nicht gehörten.

Dass sich in Rom Unheilvolles für ihn zusammenbraute, konnte mein Herr ab diesem Zeitpunkt wohl erahnen, aber es kümmerte ihn nicht. Sein Winterlager hatte er im Kloster Santa Justina vor den Toren der Stadt Padua aufgeschlagen. Weite Wiesen umgaben die Klostermauern, auf denen Hunderte von Zelten errichtet worden waren, um die Gefolgsleute des Kaisers, seine Ritter und ihre Waffenknechte, um Söldner und Sarazenen zu beherbergen; und die ringsum liegenden üppigen Wälder waren wie geschaffen dafür, zur Jagd auszureiten, was Friedrich im Frühjahr auch ausgiebig tat. Es waren herrliche, sorglose Tage … wobei ich mich in späteren Jahren oft gefragt habe, ob mein Herr die Gefahr nicht kommen sah oder ob er, der sich als unbesiegbarer Nachfolger der alten Cäsaren fühlte, sie schlicht unterschätzte.

Jener Sonntag, den ich bereits erwähnte, setzte seinem Traum vom geeinten Reich ein jähes Ende – denn an diesem Tag verhängte Papst Gregor IX. erneut den Kirchenbann über Kaiser Friedrich, der damit bereits zum zweiten Mal in seinem Leben mit dieser schwersten aller Strafen belegt wurde, die einem Christenmenschen auf Erden widerfahren kann.

Die Begründung des Papstes führte all die Vergehen an, die Friedrich in seinen Augen in den vergangenen beiden Jahren begangen hatte, vom ungerechtfertigten Krieg gegen die Lombarden über seinen Hochmut nach dem Sieg von Cortenuova bis hin zu dem Siegesmonument, das er sich in Rom hatte errichten lassen, und seine Vermessenheit, die Insel Sardinien betreffend. Dies und noch mehr warf der *pontifex* dem Kaiser in seiner Bannbulle vor, die Friedrich vor Padua erreichte – just zu dem Zeitpunkt, da auf den Wiesen von Santa Justina unter großer Teilnahme des Volkes das Osterfest gefeiert wurde.

Zu sagen, dass mein Herr überrascht gewesen wäre, trifft nicht annähernd die Wahrheit.

Friedrich war tief erschüttert.

Und dies umso mehr, da nicht nur aus Rom schlechte Kunde kam; auch aus dem Südreich traf eine niederschmetternde Nachricht ein: Hermann von Salza, Friedrichs Berater und Gesandter auf so vielen heiklen Missionen, war an ebenjenem Sonntag, an dem der Papst den Bann verhängte, zum Allmächtigen gerufen worden.

Der Hochmeister des Deutschordens hatte sich zuletzt schwach und krank gefühlt und sich nach Berletta begeben, um sich bei dem milden Wetter vor Ort zu erholen – nun war er dort verstorben, und mit ihm eine der wichtigsten Stützen von Friedrichs Macht und Herrschaft. Natürlich stand dem Kaiser weiter der treue Berard zur Seite, und mit Petrus de Vinea verfügte er über einen Meister des Rechts und des gewandten Wortes. Doch die Lücke, die Bruder Hermann unter Friedrichs Getreuen hinterließ, war groß, und sie wurde nie mehr ganz geschlossen.

Vielleicht wäre die Geschichte anders verlaufen; vielleicht wäre das, was nun geschehen sollte, niemals passiert, wäre der besonnene Deutschritter noch zur Stelle gewesen, um als des Kaisers Anwalt nach Rom zu gehen und vor dem Heiligen Stuhl für ihn zu sprechen und zu vermitteln. So jedoch nahmen die Dinge eine andere Entwicklung, einer Lawine gleich, die im hohen Gebirge ausgelöst worden war und die nun donnernd und tosend zu Tal brach, dabei immer noch anwuchs und alles mitriss, dessen sie habhaft werden konnte.

Die Ersten, die in den Sog des Streits zwischen Papst und Kaiser gerieten, waren die Fürsten, weltliche wie geistliche gleichermaßen. Viele von ihnen wandten sich gegen Friedrichs auch in ihren Augen ungerechtfertigte Bannung und suchten den *pontifex* umzustimmen, selbst der König von Frankreich ergriff für den Kaiser das Wort und nicht zuletzt auch einige Kardinäle. Doch alles Ermahnen, alles Bitten und Flehen nützte nichts. Die Rufe der Fürsten verhallten ebenso ungehört wie Friedrichs wiederholtes Bemühen, sich gegen die Vorwürfe der Kirche zu rechtfertigen.

Der Papst blieb unerbittlich.

Am 21. Juni, rund ein Vierteljahr nach dem Bannspruch, wandte sich Gregor IX. mit einem Schreiben an die Würdenträger der Kirche, das seinen Zwist mit dem Kaiser auf eine neue Stufe hob und in dem sich die düsteren Voraussagen, die nach Friedrichs Geburt und dann später nach seiner Krönung zum König von Jerusalem geäußert worden waren, zu erfüllen schienen.

»Brüder im Herrn«, schrieb er darin, »wir alle werden Zeugen, wie sich die Bestie aus dem Meer erhebt, die den göttlichen Namen lästert und nicht aufhört, auf Gott und seine Heiligen Speere zu schleudern! Mit eisernen Klauen will sie alles zermalmen und die Welt unter ihren Füßen zerstampfen. Sie stellt ihre Kriegsmaschinen auf, um die Mauern des christlichen Glaubens einzureißen, und erhebt sich gegen Christus den Erlöser! Lasst euch nicht verwirren von lästerlichen Reden gegen uns und von Pfeilen der Verleumdung, die letztlich nur zum Ziel haben, den Namen des Herrn vom Angesicht der Erde zu tilgen. Um ihren Lügen widerstehen zu können, braucht Ihr Euch die Bestie nur anzusehen, die sich Friedrich und Kaiser nennt! Dieser König der Pestilenz wagt es, in einem Atemzug Christus, Moses und Mohammed zu erwähnen und sie alle drei Betrüger und Narren zu nennen …«

Dergestalt ging es weiter.

Es war der offenkundige Versuch, nicht nur Friedrichs Gefolgsleute gegen ihn aufzubringen, sondern das gesamte Reich; nicht nur Christen, auch die sarazenische Leibwache und die Muselmanen zu Lucera sollten sich dem Kaiser widersetzen, und nicht zuletzt auch die Juden, denen er seinen Schutz gewährt hatte. Abfall und Spaltung drohten, dieselbe bittere Medizin, die seinen Vorgänger Otto vom Kaiserthron vertrieben hatte, wurde Friedrich nun selbst zuteil – und er reagierte, wie es seiner Natur entsprach.

Die kaiserliche Erwiderung ließ nicht lange auf sich warten. Petrus de Vinea verfasste sie, doch Friedrich selbst diktierte den Inhalt des Schreibens – und legte Wert darauf, dass nichts davon beschönigt, verfälscht oder gemindert wurde.

»Der dort auf dem Stuhle Petri sitzt«, so hieß es in seiner Antwort, »ist einer falschen Lehre verfallen, die Ketzern das Wort redet. Er ist ein Pharisäer, gesalbt mit Bosheit. Den Glanz meiner Majestät will er verfinstern, indem er

Briefe voller Lügen in alle Welt schickt, die meinen Glauben anzweifeln und beschmutzen. So behauptet er, der sich Papst nennt, dass ich die Bestie wäre, die aus dem Meer entstiegen sei – dabei ist er selbst der Drache, der den gesamten Erdkreis verführt, der Widerchrist, Fürst unter Fürsten der Finsternis …«

Noch manches mehr diktierte mein Herr, bezichtigte den Papst, ein Ketzer und Feind des Glaubens zu sein, wohingegen er, der Kaiser, den wahren Glauben verkörpere. Wo Gregor ihn zur Bestie aus den Offenbarungen Johannis gestempelt hatte, da schlug Friedrich zurück und beschuldigte seinen Gegenspieler, der wahre Widerchrist zu sein, der am Ende der Zeiten erscheine. Und um diese seine Wahrheit in die Welt zu tragen, ließ er seine Kanzlei unzählige Schreiben aufsetzen, Briefe und Pamphlete, die er an Fürsten und Städte schickte – während der Papst sich wiederum seiner Prediger und der Bettelmönche bediente, um sein Wort und seine Nachrede überall im Reich zu verbreiten.

Ein wahrer Krieg der Kanzleien setzte ein, ein Wettstreit um das schnellere, das schlimmere, das verletzendere Wort: Der Hurerei, der Blasphemie und der Sodomie beschuldigte der Papst den Kaiser, der im Gegenzug den *pontifex* mehrfach der Ketzerei bezichtigte. Als giftige Schlangen und Skorpione betitelten sich die Mächtigen gegenseitig sowie als reißende Wölfe und Bären; sie bemühten die Heilige Schrift, deren Worte Papst wie Kaiser gleichermaßen aus dem Zusammenhang rissen und in ihrem Sinne deuteten; sie bedienten sich der alten Mythologie mit ihren grässlichen Ungeheuern, den Drachen, Basilisken, Harpyien und Zerberussen, mit deren Namen sie einander betitelten; und sie scheuten beide nicht davor zurück, sich als Widerchrist oder dessen Vorboten zu beschimpfen. So ist es kein Wunder, dass die Menschen in diesen dunklen Tagen tatsächlich das Ende der Zeiten gekommen sahen, die Apokalypse, bei der sich Papst und Kaiser, die Säulen der Christenheit, als unversöhnliche Feinde gegenüberstanden.

Nach fast einem Jahr, in dem wütende Schreiben ausgetauscht und Beschuldigungen und Gegenbeschuldigungen ausgesprochen worden waren, wurde meinem Herrn klar, dass jeder Schlag, den er führte, auf dieselbe Weise wieder vergolten würde und dass er die Auseinandersetzung auf diese Weise nicht gewinnen konnte – wohl aber auf die herkömmliche.

Bruder Hermann war nicht mehr zur Stelle, um den Kaiser zu mäßigen, und auch der weise Erzbischof Berad gebot vergeblich Einhalt: Da Mailand und seine Verbündeten nicht zu bezwingen waren, wandte Friedrich sein Heer gen Süden und fiel in die päpstlichen Gebiete ein.

Die Mark Ancona und das Herzogtum Spoleto ergaben sich, ohne dass auch nur ein Schwertstreich geführt werden musste – tatsächlich feierte die Bevölkerung den Kaiser als ihren Retter und Befreier von der Herrschaft des Klerus; manche gingen gar so weit, ihn als den neuen Messias zu bejubeln, als der er sich bisweilen auch selbst betrachtete, als den Auserwählten, der Gottes Recht und Gesetz auf Erden vollstrecken solle.

Ab diesem Zeitpunkt scheute mein Herr sich endgültig nicht mehr, seine Geburtsstadt Jesi mit Bethlehem zu vergleichen und entsprechend seine Mutter Konstanze zur »göttlichen Mutter« zu erheben, wie der getreue Petrus de Vinea es mit gewohnt spitzer Feder formulierte. Zum Weihnachtsfest des Jahres 1239 bestieg Friedrich im Dom von Pisa die Kanzel und predigte als der Erfüllungskaiser, dessen Kommen den Menschen vorausgesagt worden war: »Bereitet den Weg des Herrn und öffnet eure Türen«, rief er, »auf dass euer Kaiser zu euch komme, euch zum Segen und allen Aufrührern zum Schrecken!«

In Rom sah man darin nichts als Gotteslästerung, mit der man die gegen den Kaiser vorgebrachten Vorwürfe bewiesen wähnte. Und Friedrich gab ihnen noch mehr Anlass zu Zorn und Zetern.

Zu Beginn des neuen Jahres, nachdem er die Herrschaft über Ancona und Spoleto seinem Sohn Enzio anvertraut hatte, überschritt er an der Spitze seines Heeres die Grenze zum Kirchenstaat und marschierte nun direkt gegen Rom.

Städte, die er auf dem Weg passierte, öffneten dem Kaiser bereitwillig die Tore und jubelten ihm zu. *»Veniat imperator!«*, riefen die Bürger, wenn der Kaiser in ihren Straßen Einzug hielt. Auch die Römer erwarteten das Eintreffen des Kaisers mit einer Euphorie, als wäre Augustus höchstselbst zurückgekehrt, hatte Friedrich die Ewige Stadt doch wiederholt als *nostrum caput* bezeichnet – als seine Hauptstadt.

Am 22. Februar des Jahres 1240 stand er mit den Seinen nur noch einen Tagesmarsch von Rom entfernt – und damit auch vom Vatikan, wo sein Erzfeind saß. Der Zwist, der zwischen Welt und Klerus ausgebrochen war und die Christenheit spaltete, schien kurz vor der endgültigen Entscheidung zu stehen, und zwar zu des Kaisers Gunsten – denn was hatte der greise *pontifex* dem Heer des Eroberers entgegenzusetzen?

In dieser Lage, die mehr als verzweifelt war, traf Papst Gregor, der sich dem achtzigsten Lebensjahr näherte, eine folgenschwere Entscheidung.

Es war der Tag von Kathedra Petri, und obwohl die Stimmung in der Stadt aufgeheizt und gegen ihn gerichtet war, entschloss sich der greise *pontifex* zu einer feierlichen Prozession, bei der die Reliquien der Apostel Peter und Paul sowie das Holz vom Kreuze Christi durch die Stadt getragen werden sollten.

Unruhen waren zu befürchten, ja Leib und Leben mochten bedroht sein, weshalb viele Kardinäle dem Papst von diesem Schritt abrieten. Doch Gregor, in diesem Punkt dem Kaiser ähnlich, ließ sich nicht von seinem Vorhaben abbringen. Indem er vorgab, auf die Hilfe des Allmächtigen zu vertrauen, sammelte er seine Kardinäle um sich und begann den Umzug – der alsbald von den Römern gestört wurde. Die Straßen zu beiden Seiten säumend, verspotteten sie den greisen Papst und priesen den Kaiser, der sich zur selben Zeit den Toren näherte, indem sie Banner mit dem Adler des Reiches schwenkten.

Als von irgendwo jemand den ersten Stein warf, blieb Papst Gregor stehen und gebot auch dem Zug anzuhalten. Dann hob er die Arme, um die rasende Menge zum Schweigen zu bringen, und tatsächlich kehrte Stille ein.

»Vor euch«, rief er den Römern zu, »stehen die Kirche und die heiligen Reliquien, die eurem Schutz anvertraut sind. Doch statt diesen Schutz von euch zu erflehen, vertraue ich auf die Barmherzigkeit Gottes.« Um zu verdeutlichen, was er meinte, legte er die Tiara ab und zeigte sich demütig und baren Hauptes. »Ihr Heiligen!«, rief er sodann zum Himmel. »Wenn schon die Römer ihre Stadt nicht verteidigen wollen, so steht Ihr ihr bei und verteidigt sie!«

Die Worte verhallten über der Straße, nichts als Stille blieb zurück … betroffene Stille, in der die Bürger von Rom wie aus einem Traum zu erwachen schienen.

Schon ließ der Erste das kaiserliche Banner sinken, das er eben noch freudig geschwenkt hatte, dann ein Zweiter. Im sich plötzlich drehenden Wind sank ein Reichsadler nach dem anderen in den Schmutz, stattdessen wurden Kreuze aufgerichtet, gerade so, als hätte der höchste Richter selbst ein Urteil gesprochen.

Mit derselben Euphorie, mit der sie den Papst eben noch geschmäht hatten, bejubelten die Römer ihn nun und schworen, die Verteidigung ihrer Stadt keinesfalls den Heiligen überlassen, sondern selbst dafür sorgen zu wollen und dem *pontifex* jede Hilfe zukommen zu lassen, die dafür notwendig war.

Und so kam es, dass mein Herr die Tore verschlossen vorfand, als er vor den Mauern von Rom eintraf – gerade so, wie sein Rivale Otto einst die Pforten von Konstanz verschlossen vorgefunden hatte.

Da er weder die Waffen noch die Mittel hatte, ein Öffnen der Tore zu erzwingen oder die Ewige Stadt zu belagern, blieb Friedrich nichts, als unverrichteter Dinge wieder abzuziehen.

Mit nur noch mehr Groll im Herzen als zuvor.

2.

Sein ehrgeiziges Ziel, die Ewige Stadt einzunehmen, über den Papst zu triumphieren und Rom zu seiner Hauptstadt zu machen, musste mein Herr schließlich aufgeben. Stattdessen war er gezwungen, sein Heer gen Norden zu wenden, wo sich die Dinge ebenfalls zu seinen Ungunsten entwickelten.

Venedig, wo man ihm noch immer nicht verziehen hatte, dass er den Dogensohn Pietro Tiepolo gefangen und wie einen elenden Verbrecher auf dem Fahnenwagen hatte vorführen lassen, hatte sich mit Genua verbündet – und Genua wiederum grollte dem Kaiser noch immer wegen der verlorenen sizilischen Kolonien; die Schmach des Alaman da Costa war nicht vergessen. Und als ob ein Bündnis dieser beiden Mächte zur See noch nicht bedrohlich genug gewesen wäre, hatten sich auch noch Mailand, Faenza und Bologna dem mächtigen Bund hinzugesellt, sodass die Lage in Oberitalien endgültig zu Ungunsten des Kaisers zu kippen drohte. Zumal, als die Aufrührer die kaisertreue Stadt Ferrara eroberten.

Mein Herr handelte mit der alten Entschlossenheit.

Er führte sein Heer in die Romagna, wo es ihm innerhalb weniger Tage gelang, Ravenna einzunehmen. Von dort wollte er sich gegen Bologna wenden, doch seine Berater, zu denen auch Konrad von Thüringen gehörte, das neu gewählte Oberhaupt des Deutschritterordens, rieten ihm davon ab. Ein Feldzug gegen Bologna, so argumentierten sie, würde zum Scheitern verurteilt sein, wenn es nicht vorher gelang, das auf dem Weg gelegene Faenza einzunehmen – andernfalls würden die Faentiner dem kaiserlichen Heer in den Rücken fallen und Friedrich sich gleich zwei Feinden zur selben Zeit ausgesetzt sehen.

Also änderte mein Herr seine Pläne – das Ziel war nun Faenza. Noch im Spätsommer des Jahres 1240 begann die Belagerung, doch zeigte sich rasch, dass die Stadt nicht einfach zu erobern sein würde. Truppen aus Venedig und Bologna waren ihren Verbündeten zu Hilfe gekommen und verstärkten die Verteidigung, sodass Friedrich nichts anderes übrigblieb, als einen Belagerungsring um die Stadt zu ziehen und sie auszuhungern.

So saß er Tag um Tag in seinem Zelt, mit Düsternis im Herzen, und lauschte den Berichten, die seine Späher ihm brachten.

Und nicht einer davon enthielt gute Neuigkeiten.

»Es sieht so aus«, meinte Erzbischof Berard, der auch in diesen dunklen Stunden nicht von der Seite des Kaisers wich, »dass sich unsere Befürchtungen als berechtigt erwiesen haben.«

»In welcher Hinsicht?«, fragte Friedrich. Zusammengesunken saß er auf dem Feldherrenstuhl. Im siebenundvierzigsten Jahr seines Lebens stehend, war die Jugend längst aus seinen bleichen Zügen gewichen; doch hatte es in diesen Tagen oftmals den Anschein, als hätten die erneute Bannung und die kräftezehrenden Kämpfe den Kaiser vorschnell altern lassen. Nicht nur, dass ein weißes Gespinst sein rotes Haar durchzog; Sorge und stete Empörung hatten Spuren in seinem Gesicht hinterlassen und tiefe Furchen gegraben, der Mangel an Schlaf dunkle Ränder um seine unruhig blickenden Augen gezeichnet.

»Wie Ihr wisst, werter Berard, plagen uns viele Befürchtungen in diesen Tagen«, fügte mein Herr bitter hinzu.

»Es geht um Venedig«, wurde der Erzbischof deutlicher. »Seit die Venezianer das Bündnis mit Genua suchten, wissen wir von ihren Plänen, das Südreich anzugreifen. Allem Anschein nach haben sie nun tatsächlich eine Flotte von Galeeren auf den Weg gebracht, um die apulische Küste zu attackieren.«

»Haben sie das.« Friedrich nickte. Er bemühte sich, Gleichmut zu wahren, doch jeder, der ihn besser kannte, konnte an seinen mahlenden Kieferknochen erkennen, wie sehr ihn diese Nachricht aufbrachte.

»Willst du Truppen abziehen?«, erkundigte sich Parceval Doria leise. »Ich könnte ein Kontingent nach Süden führen, um die Garnisonen entlang der Küste zu …«

»Nein«, fiel Friedrich ihm ins Wort. »So schnell du auch marschieren würdest, ein Wettrennen gegen venezianische Galeeren würdest du in jedem Fall verlieren. Außerdem glaube ich nicht, dass die Venezianer Eroberungspläne haben – sie wollen mich nur dazu verleiten, Truppen von der Belagerung abzuziehen und nach Süden zu senden.«

»Seid Ihr sicher, Majestät?«, fragte Berard. »Sollte es den Venezianern gelingen, eine Küstenfestung zu erobern, dann …«

»Es wird ihnen nicht gelingen, denn sie werden es gar

nicht versuchen«, war der Kaiser überzeugt. »Einst, als ich mich nach Venedig begab, um Jacopo Tiepolo ein Bündnis anzubieten, habe ich ihm in die Augen geblickt. Er ist ein Mann, der den Einsatz scheut und stets den leichten Weg wählen wird … außerdem dürfte er dort im Süden noch ein gänzlich anderes Interesse haben.«

»Ihr meint Trani?«

Friedrich nickte. »Venedig unterhält überall Spione. Vermutlich haben sie dem Dogen zugetragen, dass sein Sohn, der geschlagene Podestà von Mailand, im Kerker von Trani gefangen sitzt, seit fast drei Jahren schon.«

»Möglicherweise hat er die Flotte entsandt, um ihn zu befreien«, gab Parceval zu bedenken.

»Möglicherweise.« Friedrich nickte – und sein Mienenspiel verdunkelte sich dabei. »Schickt einen Boten nach Trani«, ordnete er an.

»Nach Trani?« Erzbischof Berard verkrampfte sich erkennbar. Er schien zu ahnen, was sein Herrscher im Sinn hatte. »Mit welchem Befehl, Majestät?«

Ein wölfisches, unheilvolles Grinsen spielte um Friedrichs Züge. »Sobald sich venezianische Galeeren am Horizont zeigen«, erwiderte er, »soll man Pietro Tiepolo aus seinem Gefängnis holen und ihn auf die Zinnen führen. Ziehen die Schiffe dann wieder ab, soll er am Leben bleiben … doch nähern sie sich weiter oder sollte Kunde nach Trani dringen, dass eine meiner Festungen von Venezianern angegriffen wird, so möge man den Sohn des Dogen in einen Sack einnähen und über den Burgzinnen aufhängen, auf dass seine Landsleute es weithin sehen und seinem Vater berichten können.«

»Dies zu tun ist Euer Recht, Majestät«, räumte Erzbischof Berard ein, »Pietro Tiepolo wurde des Hochverrats überführt und ist allein durch Eure Gnade noch am Leben – doch werdet Ihr damit den Zorn der Venezianer nur noch mehr anstacheln.«

»Ihren Zorn vielleicht – aber ganz sicher auch ihren Schrecken«, erwiderte Friedrich kalt. »Furcht soll sich in ihre Herzen senken, und sie sollen heimfahren zu ihrem Dogen und ihm berichten, was geschehen ist und wie der vom Allmächtigen berufene Kaiser über den Verräter gerichtet hat – und noch ehe sich die Venezianer von ihrem Entsetzen erholen können, werden sich die Herbststürme erheben und einen Angriff auf Apulien unmöglich machen!«

Niemand widersprach – weder der ehrwürdige Berard in seiner Weisheit noch Parceval Doria in seiner Unbekümmertheit. Beide kannten Friedrich genug, um zu wissen, wann es besser war zu schweigen – und so geschah es, wie dieser angeordnet hatte: Der Sohn des Dogen von Venedig fand ein elendes Ende über den Zinnen von Trani, eingenäht in einen stinkenden Ledersack – und der große Angriff auf das Südreich kam nie zustande.

An einem anderen Tag – die Belagerung von Faenza zog sich bereits über einige Monde hin – erschien eine Schar von Frauen und Kindern im Lager des Kaisers.

Friedrich, der die Schreie und das Jammern bis in sein Zelt hören konnte, befahl, eine Abordnung zu ihm vorzulassen, und so stand kurz darauf eine seltsame Gruppe vor ihm: Frauen und Kinder verschiedenen Alters waren es, Mädchen ebenso wie Greisinnen, Säuglinge ebenso wie halbwüchsige Knaben. Zu Friedrichs Überraschung waren es allesamt wohlhabende Bürgersfrauen – jedenfalls ihren Kleidern nach, denn sie hatten den besten Sonntagsstaat angelegt.

Die Gestalten allerdings, die darin steckten, sahen elend und bisweilen gar gebrechlich aus, das Haar stumpf und die Wangen eingefallen, die Augen dunkel gerändert. Der Hunger, unter dem die Bevölkerung von Faenza seit geraumer Zeit zu leiden hatte, wirkte sich schrecklich aus, besonders bei den Kindern, von denen einige kaum mehr als Haut und Knochen waren.

»Was wollt ihr?«, fragte Friedrich nicht ohne Spott von seinem erhöhten Sitz herab. »Haben eure Männer euch geschickt, um meine Gnade zu erflehen?«

»Um Gnade zu erflehen, sind wir hier, Herr«, entgegnete eine Frau mittleren Alters, die man offenbar zur Sprecherin erkoren hatte, »jedoch nicht für unsere Männer, sondern für uns selbst. In der Stadt herrscht große Not, die Armen sterben Hungers in den Gassen. Nicht mehr lange, dann werden auch unsere Kinder elend zugrunde gehen, denn jene, die die Stadt verteidigen, erhalten nach wie vor die doppelten Rationen …«

»Was wollt ihr dann von mir?«, erkundigte sich der Kaiser ungerührt. »Einen Scheffel Getreide?«

»Nein, Herr – die Erlaubnis, die Stadt zu verlassen«, entgegnete die Faentinerin mit bewundernswertem Mut. »Wir bitten Euch, gebt freies Geleit für uns Frauen und für unsere Kinder.«

»Ihr wollt die Stadt verlassen?« Friedrich war nicht wenig überrascht. »Und Eure Männer? Eure Väter und Söhne?«

»Mit ihrem Starrsinn haben sie uns in diese Lage gebracht, wir wollen nicht dafür sterben«, erwiderte die Frau mit entwaffnender Offenheit.

»Ich verstehe«, versicherte Friedrich. »Starrsinn ist es in der Tat, der von euren Männern Besitz ergriffen hat,

Wahnsinn noch vielmehr, der gottgegebenen Macht des Kaisers trotzen zu wollen … Doch diese Erkenntnis kam euch erst, nachdem der Hunger eure Mägen foltert und der Tod an Eure Türen klopft«, fügte er hinzu, wobei er die Frauen tadelnd musterte. »Bis zu diesem Zeitpunkt habt ihr eure Männer bei ihrem Frevel freudig unterstützt, nicht wahr? Und als meine Mutter einst in eurer Stadt weilte, da wurde sie auch von den Frauen geschmäht, ihre späte Schwangerschaft betreffend …«

»Das … liegt lange zurück, Herr«, versicherte die Frau. »Die meisten von uns waren damals noch nicht geboren.«

»Lange zurück«, bestätigte Friedrich, »aber dennoch nicht vergessen.« Er nickte, einen Moment lang sinnierend über die Mutter, die er kaum je kennengelernt hatte und selbst nur aus Erzählungen kannte.

»Bringt die Weiber und ihre Kinder zurück«, befahl er dann, an seine Wachen gewandt. »Zurück zu ihren Männern und ihren Vätern – sollen sie sich bei ihnen beklagen, nicht bei mir.«

»Aber Herr«, wollte die Sprecherin einwenden – da wurde sie von einem der Sarazenen bereits an den Haaren gepackt und nach draußen geschleift. Die anderen folgten ihr unter lautem Geschrei und bedrängt von den Spießen der Wachen.

»Zurück mit euch!«, rief Friedrich ihnen hinterher, »und wagt es nicht noch einmal, um Gnade zu flehen, die euch nicht zukommt!«

Noch eine ganze Weile war das Zetern und Heulen der Frauen und Kinder zu hören, als sie durch das Lager zurück zum Stadttor getrieben wurden. Dann endlich wurde es wieder still, und Friedrich war allein in seinem Zelt.

Doch er empfand keine Genugtuung.

Die Düsternis in seinem Herzen blieb bestehen, so, als ahnte er, dass noch mehr Unheil seiner harrte – und tatsächlich wurde just zu dieser Zeit ein neuer Schlag gegen den Kaiser vorbereitet.

Im fernen Rom …

3.

Gewässer vor Montecristo
3. Mai 1241

Bruder Konrad, den Friedrich wiederholt nach Rom gesandt hatte, um mit dem Papst und der Kurie über eine Aufhebung des Kirchenbanns zu verhandeln, kehrte mit einer alarmierenden Nachricht von dort zurück.

Für das kommende Osterfest hatte Papst Gregor IX. ein Konzil einberufen – eine gewaltige Versammlung von Würdenträgern der Kirche, die aus allen Himmelsrichtungen in die Ewige Stadt strömen würden: Erzbischöfe und Bischöfe, Klosteräbte und Priore, Gelehrte und Prediger. Und diesmal bedurfte mein Herr keiner Sterndeuterei, um die Zukunft vorauszusehen und zu erkennen, welchem Zweck diese Kirchenversammlung dienen sollte: nämlich dem, ihn nach seiner Bannung nun auch als Kaiser des Abendlands abzusetzen.

Wissend, dass ein Einspruch seinerseits ohne Wirkung bleiben würde, ergriff mein Herr eine ebenso einfache wie verzweifelte Maßnahme. Wie oft hatten die feindseligen Lombarden die Pässe über die Alpen bereits versperrt und so die Veranstaltung von Hoftagen verhindert! Aus eigener leidvoller Erfahrung wusste Friedrich, dass eine

Versammlung, die nicht oder nur teilweise zustande kam, nicht beschlussfähig war. Also wies er seine Gefolgsleute an, sämtliche Landwege nach Rom zu sperren und all die geistlichen Fürsten, die Klosteräbte und Prälaten auf ihrem Weg nach Rom abzufangen und kurzerhand in den Kerker zu werfen.

Nicht wenige Würdenträger gingen den kaiserlichen Häschern in die Falle. Doch als hätten der Papst und seine Kardinäle diesen Schritt vorausgeahnt, rieten sie denjenigen Klerikern, die aus dem fernen England und Frankreich anreisten sowie aus Aragon und Kastilien, zunächst das papsttreue Genua aufzusuchen und von dort mit dem Schiff weiterzureisen, was eine vermeintliche Sicherheit versprach. Vermeintlich deshalb, weil durch seine Spione wiederum mein Herr von diesen Plänen erfahren hatte und die Galeeren seiner Kriegsflotte auf den Weg brachte.

Und so kam es am 3. Mai des Jahres 1241 zu einer gewaltigen Schlacht auf See.

Wiederum kann ich nicht behaupten, Zeuge jener Vorgänge gewesen zu sein, doch haben die Möwen mir zugetragen, was sich an jenem Tag in den Gewässern vor der Insel Montecristo ereignet hat. Ansaldo de Mari, der kaiserliche Admiral, der selbst aus Genua stammte und noch immer Augen und Ohren dort hatte, hatte vom Auslaufen von dreißig Kriegsgaleeren erfahren, die die versammelten Kirchenmänner die italienische Küste hinabbringen sollten. Mit einer vereinten Flotte, die sowohl aus den Schiffen Siziliens als auch aus Galeeren aus dem verbündeten Pisa bestand, legte sich de Mari zwischen den Inseln Montecristo und Giglio auf die Lauer. Seine Vermutung war, dass der Kommandant der Genueser Flotte, der von der Bedrohung durch die kaiserlichen Schiffe erfahren haben musste, genau diesen Weg nehmen würde, um so den Schutz der Küste zu suchen.

Und der Plan des Admirals ging auf.

Schon bald nach Tagesanbruch wurden die Kriegsgaleeren aus Genua am nördlichen Horizont gesichtet – schlanke, in der Farbe des Meeres gehaltene Schiffe, mit trutzigen Achterkastellen und mit Rammen vorn am Bug, die sie zu gefürchteten Gegnern machten. An diesem Tag jedoch war jedes einzelne dieser Schiffe nicht nur mit Kämpfern besetzt, sondern auch mit Hunderten von Klerikern, auf die die Kapitäne nach päpstlicher Weisung Rücksicht zu nehmen hatten.

Admiral de Mari befahl den Angriff.

Drei sizilische Galeeren, die er vorausschickte, um einen Keil in die Formation des Feindes zu treiben, fanden ein schmähliches Ende unter den Brandpfeilen, mit denen die Genueser sie beschossen. So sah es zunächst so aus, als wäre die Schlacht für die Genueser gewonnen, noch ehe sie richtig begonnen hatte. Doch aus den grauen Rauchschwaden, die über der grünblauen See lagen, tauchten jäh die von Ruderern und mächtigen Dreieckssegeln getriebenen Galeeren der kaiserlichen Flotte auf – und brachen mit fürchterlicher Gewalt in den Verband der Genueser ein.

Viele der Geistlichen, die furchtsam in den unteren Laderäumen kauerten, fanden den Tod, als die eisenbewehrten Sporne der kaiserlichen Galeeren auf die Rümpfe der genuesischen Schiffe trafen und sie mit furchtbarer Wucht durchbohrten. Wasser drang ein und schickte einige Schiffe auf den Grund des Meeres. Die Kleriker, für die es keine Rettung gab, ertranken im Dutzend, unter ihnen auch der Bischof von Bisanz, der dem päpstlichen Ruf zum Konzil gefolgt war.

Sodann gingen die feindlichen Schiffe längsseits. Seile wurden geworfen und Enterbrücken herabgelassen. Es entbrannte der blutige Kampf Mann gegen Mann, Schiff um Schiff, bis das Blut der Erschlagenen die Planken rot färbte. Die Schreie der Kämpfenden und Verwundeten stiegen empor zum Himmel, ebenso wie der Rauch von den in Brand gesetzten Galeeren, der die Luft über der See mit dem bitteren Gestank von Feuer und Tod verpestete.

Als sich der Tag dem Ende neigte, war die Schlacht geschlagen.

Zweiundzwanzig Schiffe der Genueser lagen entweder bereits auf dem Grund des Meeres oder waren dabei zu sinken, nur fünf Galeeren gelang die Flucht im Schutz der hereinbrechenden Nacht. Wer von den Besatzungen der genuesischen Schiffe nicht ertrunken oder im Kampf gefallen war, der geriet in die Gefangenschaft der Kaiserlichen, und mit ihnen auch Hunderte kirchlicher Würdenträger, die mein Herr an Land bringen und auf verschiedene Burgen im Südreich verteilen ließ, als Faustpfand gegen Rom.

Der Sieg gehörte Friedrich, und er nahm ihn zum Anlass, sich mit einem weiteren Schreiben an den König von England und andere Fürsten der Welt zu wenden. In den ausgefeilten Worten Petrus de Vineas wurde darin vom glanzvollen Sieg der kaiserlichen Flotte berichtet, in dem man nicht weniger als ein Urteil sah, das der Allmächtige selbst zwischen Kaiser und Papst gefällt habe.

Auch mein Herr selbst glaubte daran, so fest, wie er an seine eigene Berufung glaubte. Zumal inzwischen auch die Belagerung von Faenza zu Ende gegangen war und ihm einen weiteren, wenn auch nicht ganz so glanzvollen Sieg eingetragen hatte.

Von den Ereignissen beflügelt, in denen er nicht weniger sah als Gottes Wirken in der Welt, formierte er sein Heer erneut gen Süden und überschritt einmal mehr die Grenze zum Kirchenstaat. Tivoli und das in Latium gelegene Albano hatten dem Ansturm der Kaiserlichen nichts entgegenzusetzen und kapitulierten – und so stand Friedrich im August erneut vor den Toren von Rom.

Obschon Hochsommer war und ganz Italien unter drückender Hitze litt, die die Felder verdorren und manchen Ritter vom Hitzschlag getroffen vom Pferd sinken ließ, wollte mein Herr diesmal nichts dem Zufall überlassen. Einmal war es dem Papst gelungen, ihn kampflos vor den Toren der Ewigen Stadt zu bezwingen – kein zweites Mal.

Von allen Seiten ließ er das kaiserliche Heer heranrücken und Rom umzingeln, um nicht nur dem Papst und seinen Kardinälen, sondern auch dem Senat und dem Volk von Rom seine Macht zu beweisen. Hilfe von außen war nicht zu erwarten, und so verfehlte die Demonstration ihre Wirkung nicht: Die Römer, eingeschüchtert von der Größe der kaiserlichen Streitmacht, machten nur halbherzig Anstalten, ihre Stadt zu verteidigen. Zum zweiten Mal stand Friedrich unmittelbar davor, die Ewige Stadt einzunehmen und sie diesmal womöglich tatsächlich zur Hauptstadt seines Reiches zu machen.

Doch erneut vereitelte Papst Gregor dieses Vorhaben – mit einem Schritt, den niemand vorausgesehen haben konnte, weder der *pontifex* selbst noch mein Herr Friedrich.

Schon seit geraumer Zeit litt der Papst an einer Schwäche seiner Nieren, welche er stets in den heilenden Bädern des nahen Viterbo zu kurieren pflegte. Doch infolge der Einschließung durch die kaiserlichen Truppen konnte er Rom nicht verlassen. Die Schmerzen, unter denen er litt, verschlimmerten sich und mit ihnen auch sein Zustand –

und so starb Gregor, neunter Papst dieses Namens, am 22. Tag des Monats August im Jahr 1241.

Ein Seufzen schien an diesem Tag durch Rom zu gehen – voller Trauer dort, wo die Verbündeten des Papstes waren, ein Seufzen der Erleichterung bei seinen Feinden. Ich würde lügen, würde ich behaupten, dass nicht auch mein Herr von einer Woge der Erleichterung, wenn nicht gar von klammheimlicher Freude und Genugtuung erfasst wurde, als er vom Tod seines Gegners erfuhr.

Erfüllt von der Hoffnung, dass der Streit nun enden würde, ließ Friedrich erneut ein Schreiben an die Mächtigen der Welt aufsetzen, in dem er seiner Erleichterung Ausdruck verlieh: »Er ist wirklich tot«, hieß es darin. »Nur seinetwegen konnte es keinen Frieden geben, denn der Zwist war mächtiger und bedrohte das Leben so vieler Menschen.«

Doch so groß Friedrichs Erleichterung und seine Hoffnung auf den Beginn einer neuen Zeit auch sein mochte – er musste erkennen, dass sein Erzfeind ihm noch im Tod eine letzte, bittere Niederlage beigebracht hatte.

Denn an einen Einmarsch in die Ewige Stadt – oder gar an deren gewaltsame Eroberung – war nun, da der Papst nicht mehr am Leben war, nicht mehr zu denken. Niemand auf dem Erdkreis, weder Mächtige noch Gemeine, hätte es verstanden, wenn der Kaiser diese für die Christenheit so dunkle Stunde für seine Zwecke ausgenutzt hätte; kein König und kein Fürst, ob geistlich oder weltlich, hätte ihm verziehen. Im Gegenteil hätten seine Gegner, von denen es noch immer viele gab, dann allen Grund gehabt zu behaupten, dass Kaiser Friedrich tatsächlich all das war, was der Papst ihm zu Lebzeiten stets vorgeworfen hatte, und dass er in seiner Macht nur den eigenen Vorteil suchte.

Nicht nur Erzbischof Berard, auch Bruder Konrad und alle anderen Mitglieder des Kronrats rieten Friedrich eindringlich dazu ab, die Sedisvakanz des Heiligen Stuhls zu nutzen – und diesmal hörte mein Herr auf seine Berater.

Am Ende blieb ihm nur, zum zweiten Mal unverrichteter Dinge umzukehren und seine Truppen von Rom abzuziehen.

Die Kardinäle, die vor der schwierigen Aufgabe standen, einen neuen Nachfolger Petri auf Erden zu finden, atmeten auf … doch schon bald wünschte sich mancher von ihnen, dem Kaiser die Tore der Stadt geöffnet zu haben.

Denn ein neuer Feind war der Kurie erwachsen, und er war schlimmer, als Friedrich es je hätte sein können.

4.

Sein Name war Matteo Orsini.

Er war der Sohn eines wohlhabenden Kaufmanns und Mitglied im römischen Senat. Da er sich offen auf die päpstliche Seite gestellt hatte, hatte Papst Gregor ihn gefördert und ihm zu immer größerem Ansehen verholfen, allen Warnungen seiner Berater zum Trotz. Denn Orsini, der seines feuerroten Haars wegen vom Volk nur schlicht »Rosso« genannt wurde, mochte vorgeben, ein treuer Sohn der Kirche zu sein; doch jene, die ihn besser kannten, wussten auch, dass er ein Mann von aufbrausendem Temperament und grausamem Wesen war, dem vor allem an seiner eigenen Macht gelegen war. Doch der *pontifex*, alt und zu sehr darauf bedacht, den kaiserlichen Einfluss in Rom zu beschränken, schlug alle Warnungen in den Wind und erhob Orsini über alle anderen Senatoren der Stadt – ein Fehler, wie sich nun herausstellte. Denn Orsini war ein Wolf im Schafspelz.

Der Kaiser hatte davor zurückgeschreckt, die Sedisvakanz des Heiligen Stuhls für seine Zwecke auszunutzen – der rote Orsini hatte damit kein Problem. Die Wirren nach dem Tod des *pontifex* nutzte er, um sich selbst dem allerersten Cäsar gleich zum *dictator* zu machen und die Geschicke der Stadt mit eiserner Hand zu lenken … und nicht zuletzt auch die Wahl des neuen Papstes.

Wissend, dass er seine Machtposition letztlich nur dem Heiligen Stuhl verdankte, setzte Orsini alles daran, diesen möglichst rasch wieder zu besetzen. Da sich jedoch abzeichnete, dass sich die in Rom anwesenden Kardinäle nicht ohne Weiteres auf einen Nachfolger würden einigen können, ließ er sie kurzerhand von seinen Stadtsoldaten ergreifen und am Ort ihrer Beratungen einsperren. Herausgelassen sollten sie erst werden, wenn sie sich auf einen neuen Papst geeinigt hätten.

Für die Kardinäle geriet jene erzwungene Versammlung zu einem Konklave des Schreckens.

Nicht genug damit, dass es ihnen untersagt war, den Raum zu verlassen, in dem sie selbst ihre Notdurft verrichten mussten, setzte ihnen auch die schwüle Sommerhitze zu. Vergeblich versuchten die Kardinäle, von denen sich viele bereits in fortgeschrittenem Alter befanden, die Wachen zu bestechen – die Furcht vor Orsinis Bestrafung war größer als alle Gier, und so hielten seine Schergen die Türen über Wochen hinweg verschlossen und trieben mitunter derbe Scherze mit den gefangenen Kardinälen. Baten diese in der Hitze um Abkühlung und Wasser, so pflegten die Wachen auf den über dem Versammlungsraum gelegenen Boden zu urinieren, sodass es durch die Ritzen zwischen den Dielen auf die Kirchenmänner herabregnete – wenn auch gänzlich anders, als sie es sich erhofft hatten. Unter diesen und anderen Schikanen erlitt der englische Kardinal Robert Somercotes, hochbetagt und von Fieber ergriffen, den Tod. Als sich die anderen daraufhin endlich auf einen Nachfolger Petri einigten, fand dieser nicht die Billigung des Roten, folglich ging das Schreckenskonklave weiter.

Nach qualvollen Wochen verständigte sich die elende Versammlung auf den Mailänder Goffredo di Castiglione, der endlich auch Orsinis Zustimmung fand und als Coelestin, vierter Papst dieses Namens, den Stuhl Petri bestieg.

Für meinen Herrn, den Kaiser, war dies Anlass zu neuer Tätigkeit. Schreiben wurden aufgesetzt und Gesandte nach Rom geschickt, die seiner Hoffnung auf ein baldiges Ende des unseligen Streits Ausdruck verleihen sollten … Doch Friedrich erfuhr nie, ob dieser Papst ihm wohlwollender gesinnt war als sein Vorgänger. Denn geschwächt von den Folgen der Inhaftierung und noch immer am Fieber leidend, starb Coelestin IV. bereits am siebzehnten Tag nach Antritt seines Amtes.

Erneut war alles offen, und da nunmehr zwei Kardinäle gestorben waren, die übrigen entweder noch immer krank und geschwächt waren oder auf kaiserlichen Burgen gefangen, verzichtete Orsini auf die Einberufung eines weiteren Konklaves. Der Heilige Stuhl blieb vorerst unbesetzt, und der Krieg in Italien ging unverdrossen weiter … doch ohne die Aussicht auf einen Sieg oder Frieden hatte der Kampf für meinen Herrn seinen Sinn verloren. Die Ewige Stadt einnehmen konnte er nicht, solange der Stuhl Petri unbesetzt war, und an eine Einigung war ebenfalls nicht mehr zu denken. Somit war genau das eingetreten, was mein Herr stets zu verhindern gesucht hatte: Chaos war vielerorts an die Stelle der von ihm gegebenen Ordnung getreten, der Krieg zum Zweck des Krieges geworden.

Es waren, wie er mir einmal sagte, verlorene Jahre, und sie hinterließen Spuren an ihm.

Die Falten, die Kummer und Sorge in sein Gesicht gegraben hatten, vertieften sich, und sein Haar ergraute, nun, da er sich dem fünfzigsten Lebensjahr näherte. Immer öfter lag er krank darnieder, wurde von Fieber und Anfällen von Schwäche ereilt, und immer häufiger begann er, Orte zu meiden, die den Namen einer Blume trugen, der Weissagung eingedenk, die man ihm in jungen Jahren gegeben hatte. Doch nicht nur Friedrichs angegriffene Gesundheit machte ihm zu schaffen, auch zwei Schicksalsschläge setzten ihm zu, die er in jenen Jahren zu erleiden hatte.

So starb am 1. Dezember seine Gemahlin, die schöne Isabella, während sie in Foggia ihrem dritten Kind das Leben schenken wollte. Mein Herr, der die Wintermonate im milden Apulien verbrachte, war selbst zugegen. In seinen Armen hauchte sie ihr Leben aus, das nur siebenundzwanzig Sommer sah.

Friedrich war tief erschüttert, zumal auch das Kind bei der Geburt das Leben verlor. Trotz der zahlreichen Sprösslinge, die der Herr ihm bereits geschenkt hatte, und trotz der beiden Kinder, die Isabella ihm hinterlassen und deren heiteres und sanftes Gemüt ihn stets an sie erinnern würde, fühlte er Schwermut in diesen Tagen. Er ließ Messen lesen und Isabellas Leichnam im Dom zu Andria feierlich beisetzen, doch seinen Schmerz vermochte es nicht zu lindern – zumal nur wenige Wochen später noch ein weiteres Ereignis auf seine Seele drückte.

Auch diese Nachricht erreichte Friedrich zu Foggia. Kein anderer als Erzbischof Berard, sein alter Freund und Mentor, überbrachte sie ihm.

»Majestät«, sagte Berard leise in die Stille, in die sich der Kaiser seit dem Tod seiner Gemahlin häufig hüllte. »Es gibt neue Kunde … von Eurem Sohn Heinrich.«

Friedrich, der in Gedanken versunken gewesen war, blickte langsam auf. »Was ist es, guter Berard?«, verlangte er leise zu wissen. »Hat er erneut nichts anzuziehen? So schickt ihm Kleider, in Gottes Namen. Oder bittet er mich gar erneut um Gnade? Ich gestehe freimütig, dass ich sein Wehklagen nicht mehr ertragen kann. Vielleicht sollte ich ihm die Gnade erweisen und ihn wieder in meine Huld aufnehmen, die ich ihm so lange …«

»Ich fürchte, dazu ist es zu spät, Majestät«, sagte Berard mit belegter Stimme. »Euer Sohn ist tot.«

»Was?« Friedrich sah ihn fiebrig an. »Wie?«

»Gemäß Eurer Anweisung sollte er vom Nicastro nach Sancto Marco verlegt werden. Auf dem Weg dorthin lenkte er sein Pferd offenbar über eine Klippe und ist zu Tode gestürzt.«

»Er … hat sich selbst entleibt?«

»Jedenfalls deutet alles darauf hin.« Berard nickte, er schien selbst tief betroffen. »Ein Frevler, selbst im Tode noch.«

»Aber … wie konnte er das tun?« Friedrich schüttelte verständnislos das Haupt, unfähig, diese neue Nachricht zu begreifen. »Hatte er nicht schon genug Sünden auf sich geladen?«

»Ich nehme an, Majestät, dass Euer Sohn keine Hoffnung mehr für sich sah, jemals wieder Eure Gnade zu erlangen. Zudem …«

»Ja?«, hakte Friedrich nach, als der Erzbischof verstummte.

»Zudem«, erwiderte Berard daraufhin leise, beinahe flüsternd, »heißt es, dass er zuletzt vom Aussatz befallen gewesen sei. Die lange Zeit im Kerker …«

»Aussatz.« Der Kaiser flüsterte das schreckliche Wort,

während zugleich eine Springflut von Erinnerungen an sein Bewusstsein drängte, Bilder, die er lange nicht mehr vor seinem geistigen Auge gesehen hatte.

Seine Konstanze, geschwächt darniederliegend, nachdem sie ihm einen männlichen Erben geboren hatte.

Der winzige Knabe, wie er ihn zum ersten Mal in seinen Händen hielt und ihm den Namen seines Vaters gab.

Der Augenblick, da Konstanze zusammen mit dem Knaben die Halle der Nürnberger Burg betrat und er sie beide zum ersten Mal nach so langer Zeit wiedersah …

»Verzeih mir, geliebte Konstanze«, flüsterte er, während ihm Wasser in die Augen trat. Tränen, die nicht der Kaiser und nicht der König weinte, sondern allein der Vater.

Und mit den Tränen meldete sich auch sein Gewissen zu Wort, das allerdings rein hätte sein sollen, hatte er doch mit vollem Recht und in Ausübung seiner Herrscherpflicht gehandelt … doch zählte all dies nichts in dem Moment, da er vom Ableben seines Sohnes erfuhr und vom Ende eines Lebens, das so vielversprechend begonnen hatte und dann so schändlich verlaufen war.

Er ordnete an, die Wahrheit über den Tod seines Sohnes zu verschweigen und stattdessen zu verbreiten, ein Reitunfall hätte sich ereignet, der seinen geliebten Sohn das Leben gekostet habe. Er ordnete an, den Leichnam in königliche Gewänder zu hüllen, und ließ Heinrich, seines Hochverrats ungeachtet, im Dom zu Cosenza feierlich bestatten, um ihm wenigstens im Tod noch jene Gnade zu gewähren, die er ihm zu Lebzeiten stets verweigert hatte.

Ob mein Herr dadurch seinem Gewissen entging und der anklagenden Stimme seines Sohnes, die ihn, wie er mir einmal anvertraute, bis in den Schlaf hinein verfolgte, vermag ich nicht sicher zu beurteilen. Doch weiß ich, dass es eine weitere Stufe war, die Friedrich auf jener Treppe hinabstieg, die in die finsteren Abgründe der Seele führt.

Manches fand er dort, von dem ich bis heute nicht zu sagen weiß, ob es nur fiebrigem Traum oder der Wirklichkeit entsprang. Ist es wahr, dass er in jenen Tagen erwog, dem Abendland den Rücken zu kehren und sich in den Orient zu begeben, dessen Gastfreundschaft ihn stets so beeindruckt hatte?

Spielte er tatsächlich mit dem Gedanken, sich von der Herrschermacht abzuwenden und seine Tage damit zu beschließen, sich ganz und gar seiner geliebten Wissenschaft zu widmen? Oder nahm er, wie ebenfalls behauptet wurde, durch seinen alten Freund Emir Fahr ad-Din tatsächlich Verbindung zum geheimen Bund der Assassinen auf? Verhandelte er wirklich mit dem sagenumwobenen Alten vom Berge darüber, wie seine Feinde aus der Welt zu schaffen seien, ohne dass er gegen sie Heere aufzustellen und endlose Kriege zu führen brauchte?

Viele Gerüchte gab es über meinen Herrn in jenen Tagen und noch mehr üble Nachrede. Mit Bestimmtheit kann ich jedoch sagen, dass sich die Düsternis, die von seinem Herzen Besitz ergriffen hatte, bald auch in seinem Denken und Handeln spiegelte.

Immer mehr lebte er in seinen eigenen Gedanken und in seiner eigenen Welt, seine Furcht und seine Trauer zehrten ihn aus – und dies umso mehr, da er bald auch noch feststellen musste, dass die Saat des Verrats sogar in seinem unmittelbaren Umfeld aufgegangen war und Früchte trug.

Dort, wo er es niemals vermutet hätte.

5.

Terni
Juni 1244

Am 25. Juni 1243 hatte die Sedisvakanz des Heiligen Stuhls nach beinahe zwei Jahren schließlich ein Ende.

In Anagni, wo die Kardinäle zusammengekommen waren, wurde der Genueser Sinibaldo Fiesco zum Oberhaupt der Kirche gewählt. Als Vierter des Namens Innozenz rückte er auf den Stuhl des Apostels Petrus nach und wurde neuer *summus pontifex*.

Die Nachricht, dass die Christenheit ein neues Oberhaupt hatte, riss nicht nur das Abendland aus der Lethargie, in die es verfallen war – auch Friedrich erwachte endlich aus der Starre, die aufgrund erlittener Verluste und Niederlagen und wegen des nicht enden wollenden Krieges von ihm Besitz ergriffen hatte.

Endlich schien meinen Herrn wieder Leben zu erfüllen, zumal er allen Grund zu neuer Hoffnung hatte. Zu seinen Zeiten als Kardinal war Sinibaldo dem Reich nämlich durchaus wohlgesinnt gewesen, zudem war er beschlagen in Fragen des Rechts und kein Eiferer wie sein Vorgänger. Prompt bemühte sich mein Herr um Frieden mit der Kirche und schickte Boten nach Rom, um den unseligen Zwist endlich beizulegen. Es waren die klügsten und mächtigsten Fürsprecher, die er nur finden konnte, nämlich der getreue Erzbischof Berard, der wortgewandte Petrus de Vinea und der Rechtsgelehrte Taddeo da Suessa, die als Anwälte des Kaisers fungieren sollten.

Doch einmal mehr musste Friedrich feststellen, dass es einen himmelweiten Unterschied macht, ob ein Mann den roten Hut der Kardinäle oder die päpstliche Tiara auf dem Haupte trägt …

Es begann schon damit, dass der Gesandtschaft der Zugang zum Papst gänzlich verweigert wurde. Als man die drei schließlich doch vorließ, legten sie Papst Innozenz ein Friedensangebot des Kaisers vor, in dem dieser um Vergebung für seine Sünden bat, den Forderungen der Kurie in weiten Punkten nachgab und den lombardischen Städten sogar Eigenständigkeit zugestehen wollte. Doch der dem Kaiser feindlich gesinnte Raniero Capocci, zu jener Zeit der mächtigste aller Kardinäle, hintertrieb die Verhandlungen. In Viterbo, seiner von kaiserlichen Truppen besetzten Heimatstadt, zettelte er einen blutigen Aufstand an und ließ Friedrichs Gefolgsleute niedermetzeln. Der Kaiser war außer sich über diese Bluttat, und die Verhandlungen gerieten ins Stocken, genau wie Capocci es beabsichtigt hatte.

Die kalte Jahreszeit verbrachte Friedrich in Apulien. Es war ein ungewöhnlich strenger Winter mit Hungersnöten und Seuchen im Gefolge, und einmal mehr wollten die Leute darin Zeichen bevorstehenden Untergangs erkennen: Der Allmächtige, so sagten sie, zürne den Menschen ob des Streits zwischen Kirche und Reich und dränge auf eine baldige Einigung. Und dies umso mehr, als die östlichen Königreiche und Fürstentümer von einer neuen Gefahr berichteten, von einem grausamen heidnischen

Reitervolk, das von Osten komme und einem zerstörerischen Sturmwind gleich über die christlichen Länder hinwegbrause. Wer sollte sich der Bedrohung entgegenstellen, wenn nicht Papst und Kaiser mit vereinter Kraft?

Entsprechend wurden im Frühjahr neue Anstrengungen unternommen. Das Osterfest stand vor der Tür und damit eine Möglichkeit, den Kaiser vor den Augen und Ohren der Welt vom Bann loszusprechen. Vielleicht erinnerte sich der Papst in jenen Tagen an das gute Einvernehmen, das zwischen Friedrich und ihm einst geherrscht hatte, denn er war offenkundig zur Versöhnung bereit, nannte den Kaiser gar einen gehorsamen Sohn der Kirche … doch auch diesmal setzten sich Raniero Capocci und all jene durch, die den Kaiser aus tiefstem Herzen verabscheuten, und ließen abermals die Verhandlungen scheitern.

Friedrich wurde klar, dass zu viele im päpstlichen Lager die Einigung nicht wollten, dass es immer Berater und Verbündete geben würde, die ihren Nutzen aus dem Zwist zogen und ihn deshalb niemals enden lassen wollten. Folglich tat er, was ihm als die einzig mögliche Lösung erschien: Er ersuchte Innozenz um ein persönliches Treffen, bei dem sie ihren Streit beilegen und einander dabei in die Augen sehen konnten, ohne störende Vermittler, die womöglich nur eigenen Zielen folgten.

Zur Verblüffung der kaiserlichen Berater sagte Innozenz zu. Als Ort der Zusammenkunft wurde Narni vereinbart, und so zog Friedrich mit den Seinen Anfang Juni ins nahe gelegene Terni, um dort das Eintreffen des Papstes abzuwarten. Auch Innozenz, so hieß es, sei bereits ganz in der Nähe und halte sich mit seinem Gefolge in der einer Burg ähnelnden Stadt Civita Castellana auf, nur rund eineinhalb Tagesritte entfernt.

An jenen Tagen, als das Treffen mit dem Gegner unmittelbar bevorstand und eine Einigung in greifbarer Nähe schien, war mein Herr zum ersten Mal nach langer Zeit wieder frohen Mutes. Vergessen waren die Rückschläge der vergangenen Monate, überwunden das Unrecht, das er erlitten hatte.

»Ich bin bereit«, ließ er seine engsten Vertrauten wissen, mit denen er im Palas des ihm wohlgesinnten Bischofs speiste, »zu vergessen, was hinter mir liegt, und den Blick nach vorn zu richten, zum Wohl des Reiches.«

»Und auch zu deinem eigenen«, fügte Parceval Doria feixend hinzu. »Dieser Streit ist dir schlecht bekommen. Du hast schon angefangen, einem Schatten zu gleichen!«

Wieder einmal tauschten die Berater, die mit an der Tafel saßen, beklommene Blicke und wussten nicht, ob sie über die Bemerkung lachen oder sich vor Scham darüber winden sollten. Niemandem in der Runde war es gestattet, derart frei zu sprechen wie dem unbekümmerten Genueser, doch mitunter schoss der gute Parceval gehörig übers Ziel hinaus, was dann in spontanen Wutausbrüchen des Kaisers endete. An diesem Abend war Friedrich jedoch so guter Laune, dass auch eine bissige Bemerkung des Freundes nichts daran ändern konnte.

»Fürwahr, du hast recht«, gab er unumwunden zu. »Manches Mal habe ich mich in den vergangenen Monaten gefragt, welchen Sinn dieser Kampf noch haben soll, da er doch zu nichts anderem führt als dazu, dass alle dabei verlieren.«

»Und damit habt Ihr fraglos recht, Majestät«, bestätigte Erzbischof Berard, »doch steht uns nicht zu, die Wege des Allmächtigen zu hinterfragen.«

»Der Kirchenmann spricht aus Euch, werter Berard«,

entgegnete Friedrich. »Allerdings frage ich mich, ob der Allmächtige, als er diese Welt erschuf, wohl schon etwas ahnte von der Durchtriebenheit seiner irdischen Diener und von den Ränken, die sie schmieden, so wie jener Kardinal Raniero.«

»Wie zu hören ist, wurde ihm vom Papst eine Rüge erteilt«, wusste Taddeo da Suessa zu berichten.

»Dann war ihm Glück beschieden, denn meine Rüge wäre sicher härter ausgefallen«, erwiderte Friedrich zur allgemeinen Heiterkeit.

»Damit ist es nun vorbei«, meinte Parceval. »Schon in wenigen Tagen werden wir alle wieder auf derselben Seite stehen.«

»So soll es sein«, bestätigte Berard und hob seinen mit Wein gefüllten Becher. »Auf den Frieden.«

»Auf den Frieden«, wurde der Trinkspruch reihum wiederholt, und der Kaiser und seine Getreuen prosteten einander zu – als es am Eingang der Halle plötzlich Bewegung gab.

Die Sarazenenwachen führten einen Boten heran.

Es war ein junger Mann. Er war staubig und sah müde aus, schien eben erst von seinem Pferd gestiegen zu sein.

»Majestät«, stieß er hervor und kniete vor der Tafel nieder, wobei er demütig einen Brief vor sich hielt.

Petrus de Vinea erhob sich und nahm das Schreiben entgegen. Auf Friedrichs Nicken hin brach er das wächserne Siegel und überflog die geschriebenen Zeilen – wobei seine bärtigen Gesichtszüge der sommerlichen Hitze zum Trotz zu gefrieren schienen.

»Was ist?«, wollte Friedrich wissen.

»Der … der Papst«, stieß der Vorsteher der kaiserlichen Kanzlei atemlos hervor, »hat Civita Castellana verlassen.«

»Nun«, meinte Friedrich, »ich nehme an, um sich in Begleitung seines Gefolges zum Treffpunkt nach Narni zu begeben …«

»Nein.« Petrus de Vinea schüttelte das beinahe kahl gewordene Haupt. »Wie es heißt, hat er die Stadt ohne sein Gefolge verlassen – und in westliche Richtung.«

»Was?« Friedrich sprang auf.

»Wie unser Spion berichtet, hat der *pontifex* Civita Castellana gestern bei Einbruch der Nacht verlassen, als Edelmann verkleidet. Nur zwei Leibwächter und ein Diener begleiteten ihn, um kein Aufsehen zu erregen.«

»Mit anderen Worten, er ist geflohen!«, begehrte Parceval Doria auf.

»Sein Ziel«, so fuhr Petrus de Vinea fort, »sei Civita Vecchia gewesen, wo im Hafen ein genuesisches Schiff auf ihn wartete.«

»Genua!«, fauchte Friedrich und hieb mit der Faust auf den Tisch, zermalmte das Wildbret, das dort noch lag.

»Wenn dem so ist, so war es keine spontane Flucht«, folgerte Taddeo. »Die Sache muss auf Wochen hinaus vorbereitet worden sein – was bedeutet, dass Innozenz nie wirklich vorhatte, sich mit Euch zu treffen, Majestät. Und auch sein Einlenken ist wohl nur eine List gewesen.«

»Warum?«, fragte Friedrich, der in sichtlicher Verwirrung von einem Berater zum anderen blickte. »Was verspricht er sich davon, mich auf solche Weise vorzuführen?«

»Es ist eine Falle, hinter der ich Raniero Capocci vermute«, erwiderte Berard. Die Entrüstung über diesen unerwarteten Schritt der Päpstlichen war auch ihm deutlich anzusehen, doch wusste er sich zu beherrschen. »Was auch immer Ihr nun beschließt, Majestät, Ihr könnt dabei nur verlieren. Entschließt ihr Euch, dem Papst Reiter nachzuschicken, so wird es heißen, Ihr hättet ein Komplott gegen ihn geplant. Unternehmt Ihr dagegen nichts, wird man behaupten, Ihr wärt nie an einem Treffen und einer Beilegung des Streits interessiert gewesen.«

Friedrich wollte etwas erwidern. Sein Mund öffnete sich, aber kein Laut kam ihm über seine schmalen Lippen. Stattdessen sank er auf seinen Sitz zurück, leer in die Luft starrend und von einem Augenblick zum anderen wieder jener Schatten, über den sein Freund Parceval vorhin noch gescherzt hatte.

Doch dies war kein Scherz.

Nachdem es über Wochen hinweg so ausgesehen hatte, als würde sich alles zum Guten wenden, war von einem Augenblick zum anderen wieder alles in Frage gestellt.

»Der Papst und ich«, flüsterte Friedrich, »haben eine Partie Schach gespielt – und just in dem Moment, als ich endlich so weit bin, ihn entweder zu bezwingen oder ihm zumindest einen Turm zu nehmen, kommen die Genueser und werfen das ganze Spiel um.«

»Ein treffender Vergleich«, stimmte Petrus de Vinea zu. »Ich könnte es nicht besser formulieren.«

»Was will er dort in Genua?«, fragte der Kaiser, mit glänzenden Augen um sich blickend. »Was ist sein Ziel?«

»Ich weiß es nicht«, gab Erzbischof Berard offen zu, »aber es kann nichts Gutes bedeuten, Majestät. Doch zumindest eines scheint mir in diesem Augenblick sicher: Es wird keine Einigung mit dem Papst geben. Keine Einigung – und keinen Frieden.«

6.

Lyon
Juli 1245

Der ehrwürdige Berard sollte recht behalten.

Schon bald wurde nur zu deutlich, was der Papst und seine Berater, allen voran der machthungrige Raniero Capocci, im Schilde führten: Innozenz begab sich nach Lyon, an den Rand des kaiserlichen Einflussgebiets, und berief für den Sommer des Folgejahres ein Konzil dorthin ein, das nur einem einzigen Zweck dienen sollte: der Absetzung des Kaisers.

Als mein Herr von diesem größten und letzten Schlag gegen ihn erfuhr, verfiel er entgegen seiner sonst bisweilen aufbrausenden Natur nicht in Zorn. Die Querelen der vorangegangenen Jahre, der neu entflammte Zwist und der nicht enden wollende Krieg in Oberitalien hatten ihn viel von seinem einstigen Tatendrang gekostet, sodass er in diesem Moment wohl nichts als Leere verspürte, die Dunkelheit einer endlosen Nacht, die immer finsterer zu werden drohte.

Im Bemühen, das Undenkbare noch zu verhindern, war Friedrich abermals zu weiten Zugeständnissen bereit, bot sogar an, sich auf eine neuerliche Wallfahrt ins Heilige

Land zu begeben und das jüngst wieder verloren gegangene Jerusalem im Dienste der Christenheit zurückerobern zu wollen.

Doch sein Angebot zum Frieden wurde abgelehnt, nicht zuletzt auf Betreiben Kardinal Ranieros hin, der den Kaiser einmal mehr durch räuberische Überfälle provoziert hatte – und in seinem hilflosen Zorn hatte Friedrich mit aller Macht zurückgeschlagen.

Dann jedoch besann sich der Kaiser, und im Verbund mit den besten und engsten seiner Berater, allen voran Erzbischof Berard, Taddeo da Suessa und Petrus de Vinea, erarbeitete er eine Verteidigung, die vor den versammelten Würdenträgern der Kirche in Lyon vorgetragen werden und die Unrechtmäßigkeit des päpstlichen Vorgehens belegen sollte.

Es war eine gute, fundierte Verteidigung, entstanden aus der Weisheit Erzbischof Berards, dem Wissen Meister Taddeos und der Eloquenz Petrus de Vineas: Nacheinander wurden die Vorwürfe, die man Friedrich machte, darin entkräftet, von der Ketzerei, deren Innozenz ihn beschuldigte, über die Unzucht mit den Sarazeninnen an seinem Hof und seine Freundschaft zu den Muselmanen bis hin zum Bruch des Lehensrechts, den man ihm zur Last legte. Niemand, so war es die Überzeugung meines Herrn, würde sich der Logik dieser Argumente entziehen können, und selbst der Papst würde am Ende zugestehen müssen, dass ihn, Friedrich, keine Schuld traf und es folglich auch keinen Grund zu seiner Absetzung gab.

Kein Geringerer als Taddeo da Suessa selbst begab sich nach Lyon, um den Kaiser als dessen Anwalt zu verteidigen und mit machtvollen Worten für ihn zu sprechen.

Doch die Verhandlung verdiente ihren Namen nicht,

so, wie das gesamte Konzil seinen Namen nicht verdiente. Und nicht nur, weil es nur unzureichend besetzt war und viele Regionen des christlichen Abendlands überhaupt nicht repräsentiert waren.

Sondern auch, weil Papst Innozenz Richter und Ankläger zugleich spielte.

Als am 17. Juli das Plädoyer der Verteidigung gehört wurde, stand das Urteil längst fest, zu einer Abstimmung der Kirchenoberen kam es nie. Der Papst allein hatte entschieden, dass Friedrichs Tage als Kaiser gezählt sein sollten, entsprechend war die Absetzungsbulle auch gleich zur Hand, und er verlas sie noch an Ort und Stelle.

Demnach wurde Fredericus Secundus, römischer König und Kaiser, wegen Friedensbruchs, Untreue und Ketzerei verurteilt und abgesetzt; sowohl seiner Ehre als auch der Würden seines Titels würde er dadurch beraubt, seine Gefolgsleute von ihrem Treueeid entbunden, auf dass ihm niemand mehr gehorchte; des Weiteren solle schon in absehbarer Zeit ein geeigneter Nachfolger gefunden und in Rom zum neuen *imperator imperii* erhoben werden.

Nicht nur Taddeo da Suessa, der bei der Urteilsverkündung selbst zugegen war, erhob sofort lautstark Einspruch gegen dieses Urteil, das jeder rechtlichen Grundlage entbehrte. Auch viele Kirchenobere, vornehmlich jene aus England und Frankreich, empfanden den Ausgang der Verhandlung als ungerecht. Entsprechend schwer taten sie sich, in das *Te Deum* einzufallen, das der Papst und seine Berater anstimmten, um den Allmächtigen für das in ihren Augen so gerechte Urteil zu preisen … während Taddeo da Suessa und die übrigen Mitglieder der kaiserlichen Gesandtschaft den Saal unter Protest verließen.

Von jenen, die in Taddeos Gefolge waren, wurde mir berichtet, dass viele Anwesende bittere Tränen vergossen, als die Absetzung des Kaisers verkündet wurde – wohl nicht so sehr, weil sie mit Friedrich fühlten, sondern weil ihnen klar war, dass die Christenheit nun noch dunkleren Zeiten entgegengehen und die Voraussagen der Apokalypse sich womöglich doch noch erfüllen würden.

Ein Raunen schien durch das Abendland zu gehen, als sich die Nachricht von der Absetzung des Kaisers verbreitete. Innozenz selbst sorgte dafür, indem er einmal mehr das Heer seiner Prediger in Marsch setzte, und auch die Mönche der Bettelorden leisteten ihm wieder wertvolle Hilfe, als es darum ging, sein Wort in jeden Winkel des Reiches zu tragen.

Doch die Stimmen des Widerstands verstummten nicht.

Nicht nur König Ludwig von Frankreich ergriff für den abgesetzten Kaiser Partei, sondern auch viele weitere weltliche Fürsten und gekrönte Häupter. Wenn dem größten und mächtigsten unter ihnen, so sagten sie sich wohl, solches widerfahren konnte, wie mochte die Kirche dann erst mit ihnen umgehen, wenn sie sich in ihren Augen ungehorsam zeigten?

Niemand bezweifelte, dass es der Herr im Himmel war, durch den die Macht auf die Herrschenden kam – doch hatte der Papst das Recht, diese Bande jederzeit zu knüpfen und zu lösen, wie es ihm gefiel?

Friedrich verneinte dies.

In einem Schreiben an die Fürsten der Welt reklamierte er, dass nur sie ihn absetzen könnten, niemals aber ein Papst, der sich anmaße, Herr nicht nur über die Kirche, sondern auch über die Welt zu sein. Und er gab jenen recht, die bereits am Tag der Urteilsverkündung befürchtet hatten, dass nun alles noch schlimmer werden würde.

Denn bislang hatte sich der Kampf des Kaisers stets nur gegen den Papst sowie gegen einzelne Kardinäle gerichtet – nun jedoch kämpfte er gegen die gesamte Kirche.

Aus einem Zwist war offener Krieg geworden, den Friedrich mit einem Paukenschlag begann: einem von seiner Kanzlei verfassten Manifest, in dem er seine Sicht der Dinge schilderte und die Kirche all der Vergehen beschuldigte, deren man ihn, den Kaiser, überführt zu haben glaubte – und das er von seinen Boten überall im Reich verlesen ließ.

Als *immutator mundi* pries er sich selbst darin, als derjenige Herrscher, dessen Bestimmung es sei, die Welt zu verändern. Die Kirche in ihrer derzeitigen Form, so der Kaiser, sei selbst von Lastern durchdrungen, ihre Diener habgierig, heuchlerisch und käuflich. Statt ein Leben in der Nachfolge des Herrn zu führen und jene Heiligkeit zu erstreben, die Kranke heilt und andere Wunder vollbringt, seien die heutigen Glieder der Kirche nur darauf bedacht, ihren eigenen Besitz und ihre Macht zu mehren. Und da beides nach ihrer eigenen Lehre der Frömmigkeit Schande und Sünde sei, sei es die Aufgabe der weltlichen Fürsten, ihnen diese für sie so schädlichen Reichtümer zu entziehen, gewissermaßen als ein Werk der Nächstenliebe …

Während ich diese Zeilen schreibe, kann ich noch immer das listige Blitzen in Friedrichs Augen sehen.

Bis heute weiß ich nicht, ob die Fürsten ihm glaubten, dass er als Veränderer der Welt auch die Kirche reformieren wollte, oder ob sie in seinem Manifest nur einen Akt der Rache sahen. Fest steht, dass viele von ihnen Friedrichs Argumenten beipflichteten – auch wenn sie darin wohl weniger einen Dienst am Nächsten sahen als einen Weg, sich am Kirchengut zu bereichern – per Dekret, wo es möglich war; mit Feuer und Schwert, wo es die Lage erforderte.

Die Reaktion des Heiligen Stuhls ließ nicht auf sich warten: Sich an weltliche wie geistliche Fürsten wendend, rief Papst Innozenz zu einer neuen bewaffneten Wallfahrt im Dienst der Kirche auf. Diesmal allerdings sollte sie sich nicht gegen die Heiden im Gelobten Land richten, sondern gegen niemand anderen als den Kaiser und jene, die ihm noch die Treue hielten.

Unter den Predigern, die er solche Reden verbreiten ließ und die mancherorts eine wahre Schreckensherrschaft errichteten, war keiner eifriger und gefürchteter als Albertus Bohemus. In päpstlichem Auftrag wütete er in den bayerischen Landen jenseits der Alpen und schreckte auch nicht davor zurück, Bischöfe und Erzbischöfe zu exkommunizieren, wenn sie es weiter mit dem Kaiser hielten. Zudem blühte der Handel mit dem Ablass von Sünden, der für einen gewissen Zeitraum jenen gewährt wurde, die einer gegen den Kaiser gerichteten Predigt lauschten. Und einen vollständigen Erlass seiner Sünden erhielt, wer das Kreuz nahm und gegen Friedrich zu den Waffen griff.

Hatte die päpstliche Seite bis dahin lediglich gefordert, dass der Kaiser für seine Vergehen bestraft werden solle, wurde nun nicht mehr und nicht weniger als seine vollständige Zerstörung verlangt, als Mann wie als Herrscher. Nichts, was er errichtet hatte, sollte bestehen bleiben, und so geriet für meinen Herrn der Kampf gegen den Papst und seine Vollstrecker zu einem Kampf um das Überleben – nicht nur um das des Reiches und seines Erbes, sondern, wie sich zeigen sollte, auch seiner Person.

Für Friedrich ging es nun um alles oder nichts.

Wohin auch immer sein Arm reichte, ordnete er an, gegen die päpstlichen Prediger vorzugehen: Er erhöhte die Zahl jener, die in Städten und Dörfern für ihn spionierten, und ließ verdächtige Vorgänge sofort an die Kanzleien melden; er ließ Orte, die im Verdacht standen, mit dem Papst zu paktieren, Geiseln stellen, welche er beim geringsten Hinweis auf Aufruhr am nächsten Baume aufknüpfen ließ; wer sich gegen den Kaiser äußerte, der landete im Kerker, gleich ob Ritter oder Knecht; und wer eine Waffe trug und nicht zum kaiserlichen Heer gehörte, der verlor die Hand, die er gegen seinen Herrscher hatte erheben wollen.

»So lange bin ich der Amboss gewesen, auf den mit aller Macht eingeschlagen wurde«, sagte mein Herr. »Nun endlich werde ich der Hammer sein.«

7.

Grosseto
März 1246

Es war eine mondlose Nacht.

Dunkle Wolken ballten sich am Himmel und verhüllten Mond und Sterne, Nebelschwaden hingen über der Bucht und über dem Hafen von Grosseto, der um diese späte Stunde verlassen lag. Nichts regte sich, bis auf die Wachen, die im Lichtschein von Pechfackeln auf den Wehrgängen patrouillierten.

Unterhalb der Mauern erstreckten sich die Kais, an denen zahlreiche Schiffe vertäut lagen – Handelssegler aus Frankreich und Aragonien, aber auch Kriegsgaleeren der kaiserlichen Flotte und aus dem nahen Königreich Sardinien, deren kahle, abgetakelte Mastbäume sich wie dürre Knochenfinger in den nachtschwarzen Himmel reckten.

Die Schänken am Hafen hatten aufgrund kaiserlicher Anordnung früh geschlossen, wie an jedem Abend, seit sich der *imperator* in Grosseto aufhielt. Stille hatte sich deshalb über den Hafen und die Stadt gebreitet, nur hin und wieder drang das Grölen eines Betrunkenen aus den Gassen … doch plötzlich war noch ein anderes Geräusch zu hören.

Ein leises, gleichmäßiges Plätschern im dunklen Wasser der See … Ruderschläge!

Der Wächter, der sie als Erster hörte, gab sofort Alarm, und schon strömten die Waffenknechte auf dem Wehrgang zusammen, spähten über die Zinnen hinaus in das Dunkel, das jenseits des Fackelscheins herrschte. Zunächst war nichts zu erkennen, doch dann schälten sich die Umrisse einer Galeere aus den Nebelschwaden. Die Segel waren gerefft, Ruderschläge brachten das schlanke Schiff an die Hafenmauer und ließen es an einem der unbesetzten Kais anlegen.

Das Banner am Hauptmast kennzeichnete die Galeere als kaiserliches Schiff, dennoch blieben die Wächter vorsichtig. Es wäre nicht das erste Mal gewesen, dass sich ruchlose Piraten mit der kaiserlichen Flagge tarnten, also ließ der Hauptmann der Wache die Männer auf den Wehrgängen Pfeile auf die Sehnen ihrer Bogen legen … doch zumindest in dieser Nacht erwies sich die Vorsichtsmaßnahme als unnötig. Nur ein einzelner Mann verließ die Galeere, in leichter Rüstung und mit einem Umhang angetan.

»Wer seid Ihr und was wollt Ihr?«, rief der Hauptmann hinab.

»Ich komme geradewegs von Sizilien herauf, im Auftrag des Grafen von Caserta«, entgegnete der Fremde, offenbar ein Bote. »Ich habe eine dringende Nachricht für den Kaiser.«

»So gebt sie mir«, verlangte der Hauptmann, »ich werde dafür Sorge tragen, dass …«

»Trottel, hörst du nicht, was ich sage? Mein Name ist Parceval Doria, ich bin ein enger Vertrauter des Kaisers und habe eine Nachricht, die ihn sofort erreichen muss. Gib mir ein Pferd und Geleit, aber sofort!«

Der Hauptmann schnitt eine Grimasse. Die Art, wie der Fremde mit ihm sprach, gefiel ihm nicht, und jenen Namen hatte er auch noch nie gehört. Aber er wusste, dass der Graf von Caserta kein anderer als des Kaisers Schwiegersohn war, also war es wohl besser, sich zu fügen. Mit barschen Worten befahl er seinen Leuten, das Tor zu öffnen und das Verlangte bereitzustellen, und schon kurz darauf befand sich Parceval Doria in Begleitung zweier Wächter auf dem Weg zum Kastell von Grosseto, das eine kurze Wegstrecke entfernt im Landesinneren lag.

Mein Herr, der von alldem nichts ahnte, schlief tief und fest in jener Nacht. Bewusst hatte er sich zurückgezogen, um Körper und Geist von anstrengenden Tagen und Wochen zu erholen. Den Winter hatte er im Kreis seiner Vertrauten in Grosseto verbracht, ungeachtet der Nachrichten, dass immer mehr deutsche Fürsten, unter ihnen sogar die mächtigen Erzbischöfe von Köln, Trier und Mainz, ins päpstliche Lager gewechselt waren.

Doch gab es auch gute Nachrichten.

Die Mongolen, jenes fremde, heidnische Reitervolk, das aus dem Osten gekommen war und das Nordreich in Furcht und Schrecken gestürzt hatte, waren aus unerfindlichem Grund wieder umgekehrt, der Sturm der Vernichtung, den sie entfesselt hatten, hatte sich wieder gelegt. Und mit den Königen von England, Frankreich und Ungarn pflegte mein Herr nach wie vor ein gutes Einvernehmen.

Des Streits und Zürnens überdrüssig, suchte mein Herr in jenen Tagen die Harmonie der Familie. Seine geliebten Söhne Enzio und Manfred weilten bei ihm – der eine als Heerführer inzwischen eine Stütze des Reiches, der andere gerade vierzehn Jahre alt, jedoch des Kaisers ganze Freude. Denn der Sohn Bianca Lancias teilte Friedrichs Leidenschaft für die Falkenjagd, gemeinsam schrieben sie sogar ein Buch darüber.

In jener Nacht, so nehme ich an, träumte mein Herr davon, die bevorstehenden Ostertage friedlich und im Kreis seiner Vertrauten zu verbringen – als ihn sein Diener plötzlich weckte. Im ersten Augenblick, schlaftrunken und müde, war der Kaiser wütend, dass man ihn zu nächtlicher Stunde aus dem Schlaf riss. Doch als er von dem Boten erfuhr, stand er sofort auf und begab sich, von seinen Leibwächtern begleitet, in die große Halle.

Nicht nur der angekündigte Bote erwartete ihn dort im flackernden Schein der Öllampen, sondern auch Petrus de Vinea und der wackere Enzio, und in beider Gesicht stand große Sorge, wenn nicht gar Furcht zu lesen.

Anlass schien der Mann zu sein, der bei ihnen stand – kein anderer als Parceval Doria, den Friedrich nach dem Weihnachtsfest ins Südreich geschickt hatte, um dort in seinem Namen nach dem Rechten zu sehen. Seine unerwartete Rückkehr, noch dazu inmitten der Nacht, konnte nichts Gutes bedeuten …

»Parceval«, stieß Friedrich atemlos hervor. »Was ist geschehen?«

»Verrat, Majestät«, erwiderte dieser, nicht nur die formelle Anrede benutzend, sondern auch aufs Knie sinkend, so, als wolle er für alles, was er gleich sagen würde, schon vorher um Verzeihung bitten.

»Verrat«, wiederholte Friedrich flüsternd das Wort, das er von allen am meisten fürchtete. »Was weißt du darüber? Sprich!«

»Ich komme im Auftrag deines Schwiegersohns Richard von Caserta«, entgegnete Parceval, dem anzusehen war, dass er lange Stunden nicht geschlafen hatte. »Er hat Kenntnis von einer Verschwörung, die gegen dich im Gange ist …«

»Eine Verschwörung? Gegen mich?« Friedrich erbleichte.

»… mit dem erklärten Ziel, sowohl dich als auch Enzio zu ermorden«, brachte Doria seinen Satz zu Ende, nicht nur zum Entsetzen des Kaisers, sondern auch zu dem seines Sohnes.

»Wann?«, stieß Friedrich nur hervor. »Wer?«

»In den Tagen nach dem Osterfest, deshalb kam ich, so schnell ich konnte. Und die Zahl der Verschwörer ist groß, und sie reicht weit.«

»Wie weit?« Die Gesichtszüge des Kaisers waren erstarrt, wirkten wie die einer Statue.

»Ich fürchte, bis in die engsten Kreise«, erwiderte Parceval Doria ernst. »Dabei kennen wir noch längst nicht die Namen aller Verräter, doch zumindest einige konnte Graf Richard mir nennen. Die Verschwörer wollten auch ihn auf ihre Seite ziehen, doch er blieb standhaft und ging nur zum Schein auf ihr Angebot ein, um mehr zu erfahren.«

»Er ist mir ein guter Schwiegersohn und meiner Tochter Violante ein würdiger Gemahl«, bestätigte Friedrich. »Und nun gib mir die Liste, Parceval, damit ich Gerechtigkeit üben kann, noch zu dieser Stunde!«

»Eine Liste gibt es nicht«, verneinte Doria kopfschüttelnd, »zu groß war die Gefahr, dass sie in falsche Hände geraten würde. Ist alles hier drin«, fügte er hinzu, auf seinen Kopf deutend.

»So nenn uns die Namen«, verlangte der ungestüme Enzio. »Ich will ihre Namen wissen!«

»Bernardo di Orlando Rossi – er ist das Oberhaupt der Verschwörer.«

»Natürlich.« Friedrich verzog angewidert das Gesicht. »Noch vor zwei Jahren habe ich ihn im Amt des Podestà von Florenz bestätigt, kurz darauf wechselte er die Seiten …«

»… was, mit Verlaub, nicht weiter verwunderlich war, ist er doch ein Schwager des Papstes«, wandte Petrus de Vinea ein. »Was auch nahelegen dürfte, wo der wahre Ursprung des Übels zu suchen ist.«

»In der Tat«, stimmte Friedrich tonlos zu. »Wer noch?«

»Tebaldo Francesco, der Podestà von Parma«, führte Parceval Doria die Aufzählung fort. »Andrea di Cicala von Sizilien, der übrigens auch derjenige war, der deinen Schwiegersohn Richard zum Abfall von der Krone überreden wollte. Und noch zahlreiche andere, denen du vertraut hast …«

»Ihre Namen«, verlangte Friedrich nur.

Und Doria begann sie alle aufzuzählen, die gesamte Liste, die er noch vor seiner Abreise auswendig gelernt hatte, damit sie nicht bei ihm gefunden werden könnte, denn Feinde und Verräter mochten jetzt überall lauern, selbst an Bord des Schiffes, mit dem er die Küste heraufgekommen war. Und jeder Name, den er nannte, schien für seinen Kaiser und Lehnsherrn wie ein Schlag in den Nacken zu sein, unter dem er schmerzvoll zusammenzuckte.

Denn Friedrich kannte sie alle.

Jedem Einzelnen der Genannten, wie seinem Großhofjustiziar Roger de Amicis, hatte er zahlreiche Wohltaten erwiesen; er hatte sie persönlich ausgewählt und in seine Kanzlei berufen, hatte ihnen nicht nur als ihr Herrscher vertraut, sondern auch als ein väterlicher Freund und Gönner. Nicht wenige von ihnen entstammten Familien, die schon seit Jahrzehnten im Dienst des Kaisers standen.

Am allermeisten jedoch machten Friedrich die beiden Namen zu schaffen, die Parceval Doria zuletzt nannte.

Pandolfo von Fasanella.

Und Jakob von Morra.

Denn beide waren langjährige kaiserliche Beamte, die just in diesem Augenblick an seinem Hof in Grosseto weilten und nicht weit entfernt in ihren Gemächern lagen und schliefen …

»Und ich fürchte, das ist noch nicht alles«, fügte Doria leiser und bedauernd hinzu. »Wenn es wahr ist, was Euer Schwiegersohn erfahren hat, so sind Morra und Fasanella diejenigen, die den feigen Meuchelmord ausführen sollen.«

Wie unter tatsächlichen Hieben ging Friedrich nieder, musste auf einem Schemel Platz nehmen, den Enzio ihm eilig unterschob. Friedrichs Gesichtszüge waren schreckensbleich, seine Miene die eines Mannes, der in einen gähnenden Abgrund blickt.

»Wie soll es geschehen?«, fragte er tonlos.

»Das weiß ich nicht.« Parceval schüttelte den Kopf.

»Die Jagdgesellschaft!«, rief Enzio aus.

»Beim Allmächtigen, du hast recht.« Friedrich nickte. »Es war geplant, dass wir nach den Ostertagen zur großen Jagd aufbrechen – doch wie leicht kann sich im Wald ein Pfeil verirren und ein falsches Ziel finden …«

»… oder das richtige«, fügte Parceval bitter hinzu.

Daraufhin kehrte Schweigen in der Halle ein – das so lange währte, bis Friedrich einen wüsten Schrei ausstieß, der mehr an ein Raubtier als an einen Menschen erinnerte. Zugleich sprang er auf, und mit ungeahnter Kraft packte er den Tisch, an dem er eben noch resignierend niedergesunken war, und warf ihn um.

»Wachen!«, brüllte er. »Ich will, dass sie verhaftet werden, alle beide! Diese elenden Verräter sollen büßen für das, was sie mir und meinem Fleisch und Blut antun wollten! Hängen werden beide, aber erst, nachdem ich ihnen mit eigener Hand die Eingeweide aus ihren von Verrat zerfressenen Bäuchen gerissen habe!«

Die Sarazenen, die den Kaiser bei Tag und Nacht bewachten, eilten sofort, um den Befehl auszuführen und die beiden Hochverräter zu verhaften.

Doch sie kamen zu spät.

Irgendetwas – oder irgendjemand – musste Morra und Fasanella gewarnt haben, denn beide befanden sich nicht mehr in ihren Gemächern. Ihre Habe hatten sie zurückgelassen und waren offenbar in großer Hast aus der Burg geflohen.

Petrus de Vinea ließ daraufhin die Stadttore versperren und den Hafen von kaiserlichen Soldaten bewachen – doch die beiden Hochverräter blieben verschwunden.

Die unmittelbare Gefahr eines Meuchelmords war damit zwar gebannt, doch den Zorn des Kaisers besänftigte dies nicht. Denn zum einen waren die Verbrecher straflos entkommen. Und zum anderen musste ihre Flucht bedeuten, dass es am Hof noch mehr Verräter gab, die unerkannt unter ihnen weilten …

»Elende Vatermörder! Treulose Brut!«, begehrte Friedrich auf. Seine ausgemergelten Züge waren zorngerötet, die Augen weit aufgerissen, das Haar stand wirr von seinem Kopf. Parceval Doria wusste, dass der Freund zu Ausbrüchen von Jähzorn neigte, oft genug war er deren Zeuge gewesen – doch noch niemals zuvor hatte er ihn so rasend erlebt wie in dieser Nacht.

»Wo wären diese Maden ohne mich, ihren Kaiser?«, brüllte Friedrich. »Einen wie den anderen habe ich aus der Bedeutungslosigkeit ihres Daseins an meinen Hof geholt, habe ihren ziellosen kleinen Leben erst Bestimmung gegeben – und wie danken sie es mir? Eine Schlangenbrut habe ich mir gezüchtet, und der Nachfolger Petri selbst ist ihr Meister! Mit Gold besticht er sie, damit sie sich gegen ihren vom Allmächtigen berufenen Herrscher wenden! Ist das etwa gerecht? Ist das der Dienst am Nächsten, den zu leisten seine Pflicht wäre?«

Dies und noch viel mehr brach in jener Nacht aus meinem Herrn hervor wie flüssige Lava, die lange in den Tiefen eines Vulkans gebrodelt hatte. Von Unrast und heiligem Zorn getrieben, ruhte er nicht bis zum Morgengrauen. Beim ersten Licht des Tages trat er vor den versammelten Großhof, den Petrus de Vinea hatte einberufen lassen, und hielt eine flammende Ansprache, in der er allen, die an ihm, seinen Söhnen und am Reich zu Verrätern geworden waren, ein blutiges Strafgericht prophezeite.

Und es ließ nicht lange auf sich warten.

Noch am selben Tag wurden auf die Namen, die Parceval Doria genannt hatten, Haftbefehle ausgestellt, und Boten schwärmten in alle Himmelsrichtungen aus, zu Lande und zu Wasser, um sie zu überbringen. Niemand, der sich an diesem schändlichen Frevel beteiligt hatte, sollte ungestraft bleiben, und so kam es im Südreich bereits in den nächsten Tagen zu Verhaftungen.

Nicht nur die Verschwörer selbst ließ Friedrich festnehmen und in die Kerker seiner Burgen werfen, wo sie schreiend und heulend auf ihre Aburteilung warteten, sondern auch ihre Sippen, ihre Frauen und Kinder. Wie bei einem Geschwür wollte er mit glühendem Eisen nicht nur die eiternde Stelle hinausschneiden, sondern auch noch ein Stück des gesunden Fleischs, da man ja nie wissen konnte, wie weit der Verfall unsichtbar bereits vorangeschritten war. Auf diese Weise brach die Verschwörung innerhalb weniger Tage zusammen, endeten die Rädelsführer entweder am Galgen oder wurden bei lebendigem Leibe verbrannt oder in lederne Säcke eingenäht und ins Meer geworfen, wo sie jämmerlich ertranken.

Sodann brach der Kaiser von Grosseto selbst ins Südreich auf, um auch dort die Verschwörer zur Rechenschaft zu ziehen. Doch wie sich zeigte, war sein treuer Schwiegersohn Richard von Caserta bereits mit großer Härte gegen die Verräter vorgegangen und hatte viele von ihnen hinrichten lassen. Tebaldo Francesco, einer der Hauptverschwörer, zog sich daraufhin mit einigen Getreuen auf die Feste Capaccio zurück, die den Aufrührern als letzte Bastion diente. Friedrich ließ sie belagern und innerhalb kurzer Zeit erstürmen, und es war, als bräche das Jüngste Gericht über die Aufrührer und ihre Familien herein.

Allesamt ließ der Kaiser ihnen zunächst die Augen ausstechen und sie sodann ihrer Nasen und Hände berauben, auf dass sie auf alle Zeit für ihren Verrat gezeichnet wären. Anschließend ließ er die Elenden durch die Städte und Dörfer der Region treiben, als abschreckendes Beispiel für alle, die es mit dem Papst halten wollten oder auch nur daran dachten, sich wider den Kaiser zu verschwören. Nicht einer der Aufrührer, die verhaftet und ihrer Bestrafung zugeführt wurden, überlebte. Mein Herr ließ blenden, verstümmeln und hinrichten, wessen er habhaft werden konnte – auf diese Weise kehrte innerhalb weniger Monate im Südreich wieder Ruhe ein.

Dafür zeigte der Verrat andernorts seine hässliche Fratze.

Bestochen von einer Zahlung von 25 000 Silbermark,

die er vom Papst erhalten hatte, ließ sich Heinrich Raspe, der Landgraf von Thüringen, in deutschen Landen zum Gegenkönig ausrufen. Und auch aus dem nördlichen Italien kam schlechte Nachricht: Die reichstreue Stadt Parma war im Handstreich von Kaiserfeinden eingenommen worden, und einmal mehr hatte kein anderer als Orlando di Rossi, der päpstliche Schwager, dabei seine Hand im Spiel gehabt.

Für kurze Zeit hatte mein Herr erwogen, sein Heer direkt nach Lyon zu führen, von wo aus Papst Innozenz die Seinen lenkte, und gleich das Haupt der Bestie abzuschlagen statt stets nur ihre Glieder – doch die Kunde aus Parma machte dies unmöglich. Denn schon waren Truppen aus dem verhassten Mailand nach Parma gelangt, und wollte Friedrich nicht riskieren, dass ganz Oberitalien verloren ging, musste er die Stadt zurückgewinnen.

Also lenkte er die gewaltige Streitmacht, die er unter seinem Banner versammelt hatte, nach Parma.

Und das Schicksal nahm seinen Lauf.

8.

Parma
18. Februar 1248

Sie hieß Victoria, die Siegreiche.

Und auch wenn ihr Name dies nahelegte, war sie keine Frau, sondern eine Stadt, ein Bollwerk, das Kaiser Friedrich vor den Mauern von Parma hatte errichten lassen.

Noch im Sommer des Vorjahres war Friedrich nach Parma gezogen, an der Spitze eines gewaltigen Heeres, dem sich vor Cremona auch noch das seines Sohnes König Enzio angeschlossen hatte. Schnell hatte sich jedoch gezeigt, dass auch dies vereinte Heer bei aller Größe nicht ausreichen würde, um die stark befestigten Mauern der Stadt zu erstürmen und die Verräter aus ihren Schlupfwinkeln zu treiben.

Also tat mein Herr, was jeder Heerführer an seiner Stelle getan hätte: Er ließ die Zufahrtswege nach Parma besetzen und umgab die Stadt mit einem Belagerungsring, wissend, dass er sich damit auf ein Wagnis mit unabsehbarem Ausgang einließ.

Schon eine Burg zu belagern war ein Unterfangen, das große Anstrengung und Disziplin erforderte und zudem einen langen Atem. All dies stand meinem Herrn zu jener

Zeit nicht zur Verfügung – und dabei war Parma keine bloße Zitadelle, sondern eine große und stark befestigte Stadt.

Dennoch begann Friedrich wie immer mit großem Eifer, was er sich vorgenommen hatte.

Das Lager, das für eine lange Belagerung gerüstet sein sollte, ließ er mit Mauern aus Holz umgeben und mit Gräben für die Versorgung mit Wasser versehen; und als es Winter wurde und noch längst kein Ende der Belagerung absehbar war, befahl er, die Zelte des Lagers durch hölzerne Baracken zu ersetzen.

Auf diese Weise entstand eine ganze Stadt aus Palisaden, Zelten, Mauern und Buden, mit einem hölzernen Palast als Zentrum. Dieser diente dem Kaiser und seinen engsten Vertrauten als Bleibe, beherbergte jedoch auch einen Teil der Hofkanzlei, damit Friedrich trotz der Belagerung Parmas seinen Regierungsgeschäften nachgehen konnte.

Das Südreich hatte er in der Obhut Petrus de Vineas zurückgelassen, der Norden hingegen bedurfte seiner beständigen Aufmerksamkeit. Zwar war Gegenkönig Heinrich Raspe schon bald nach seiner widerrechtlichen Wahl einer Verwundung erlegen, die er bei einem Scharmützel mit kaisertreuen Rittern davongetragen hatte, doch die Lombarden gaben auch weiterhin keine Ruhe, und die päpstlichen Agitatoren wiegelten nach wie vor den Adel gegen den Kaiser auf. Innerhalb weniger Monate war Friedrich vom Jäger zum Gejagten geworden und konnte nur noch auf die Schritte seiner Gegner reagieren – daran, selbst das Heft des Handelns zu ergreifen und gegen Lyon zu marschieren, war längst nicht mehr zu denken.

Entsprechend setzte der Kaiser alles daran, in der Lagerstadt vor den Toren Parmas seine Herrschaft in aller

Pracht zu entfalten – so hatte er neben seinem Hofstaat, der kaiserlichen Münzpräge und einem Teil der wertvollen Bibliothek sogar seinen Elefanten und weitere exotische Tiere dabei. Neben dem hölzernen Palast erhob sich eine eigens errichtete Kirche mit einem Marktplatz davor, und die Straßen, die durch die Gassen der Baracken dorthin führten, wurden von Läden gesäumt, in denen Waren des täglichen Bedarfs feilgeboten wurden. Auch Küchen gab es, Bäckereien sowie eine Schmiede, sodass man mit Fug und Recht von einer Stadt sprechen konnte – und von Siegesgewissheit getragen, hatte Friedrich ihr den Namen Victoria gegeben: War Parma erst unterworfen und dem Erdboden gleichgemacht, sollte Victoria an seine Stelle treten, als des Kaisers eigene Stadt und als Symbol dafür, dass seine Macht letztlich über alle Widersacher triumphierte. Er hatte eigens seine Sterndeuter befragt, hatte sich von ihnen den günstigsten Termin für die Gründung einer neuen Stadt voraussagen lassen …

Am Ende war alles eitel.

Als die Sonne am Morgen des 18. Februar über der Lagerstadt heraufzog, ahnte noch niemand, am wenigsten der Kaiser selbst, wie bitter dieser Tag enden sollte.

Der Winter war hart gewesen. In Parma war ob der kaiserlichen Blockade eine Hungersnot ausgebrochen, die dergestalt wütete, dass man des Nachts das Wehklagen der Bürger hören konnte und am Tag die Totenglocken kaum einmal verstummten. In Victoria gab es derlei Mangel nicht, doch kroch die Kälte in die Buden und Baracken und setzte den Kaiserlichen ebenfalls zu, sodass sie auf einen raschen Anbruch des Frühjahrs hofften – und an jenem 18. Februar schien sich diese Hoffnung zu erfüllen.

»Was für ein wunderbarer Tag, Vater«, sagte der junge

Manfred mit Blick auf den strahlend blauen Himmel, der sich über dem Lager wölbte und erstmals seit Wochen die wärmenden Strahlen der Sonne durchließ. »Wollen wir nicht zusammen ausreiten und den Falken ein wenig Freiheit gönnen?«

»Das ist eine gute Idee«, pflichtete Parceval Doria bei. »Viel zu lang hast du hier in deinem Palast aus Holz gesessen und über düsteren Gedanken gebrütet – hör auf den Jungen und gönne dir etwas Freude!«

Der Kaiser wiegte nachdenklich das einst so rote und nun ergraute Haupt. Es stimmte, er hatte lange keine Zerstreuung mehr gehabt, und schon der Gedanke, zusammen mit Manfred hinauszureiten und in den Niederungen des Flusses Taro die Falken aufsteigen zu lassen, erfüllte sein Herz mit Freude. Schließlich liebte Manfred die Beizjagd ebenso wie er selbst – eine Prachtausgabe des Buches, das sie gemeinsam darüber verfasst hatten, lagerte in der kaiserlichen Bibliothek von Victoria.

Doch durfte der Herrscher dem Drängen seines Sohnes nachgeben? Sich, wenn auch nur für wenige Stunden, von seinen Pflichten abwenden und dem Müßiggang hingeben, wo doch allerorten Aufstand herrschte, den es zu bekämpfen galt, und wo überall Verräter lauern mochten?

»Geh nur«, ermunterte ihn der gute Parceval. »Es verspricht ein ruhiger Tag zu werden. Die Sonne lacht am Himmel, und die Parmeser werden auch heute damit beschäftigt sein, ihre Toten zu begraben. Hier verpasst du nichts, mein Freund – doch dort draußen entgeht dir womöglich reiche Beute!«

Diesem Argument konnte sich mein Herr nicht entziehen, und da auch der junge Manfred weiter auf ihn eindrang, gab er schließlich nach. In aller Eile wurde die Jagd vorbereitet, und schon wenig später verließen der Kaiser und sein Sohn in Begleitung einiger Leibwachen sowie eines kaiserlichen Falkners die Lagerstadt, um im nahen Sumpfland ihre Vögel zur Jagd aufsteigen zu lassen.

Auf dem Rücken seines schneeweißen Pferdes, den Falken auf der Hand und in Gesellschaft seines Sohnes fand Friedrich zum ersten Mal nach langer Zeit wieder ein wenig innere Ruhe. Der Papst, der ihn vernichten wollte, der unselige Krieg, selbst das nahe Parma schienen in diesem Augenblick weit entfernt zu sein und nicht von Bedeutung. Nur das Hier und Jetzt zählte: die Sonne, die warm vom Himmel schien und diesen Tag zum ersten des neuen Frühjahrs machte; die herrlichen Vögel, die sich aufgeregt flatternd emporschwangen, um nachher wieder bereitwillig und treu zurückzukehren; und das vertrauliche Gespräch mit Manfred.

»Darf ich dich etwas fragen, Vater«, erkundigte sich der Junge, im sechzehnten Jahr seines Lebens stehend, aber noch längst nicht von der Reife, die Friedrich in jenem Alter besessen hatte. Etwas Kindliches wohnte noch immer sowohl seinem Körper als auch seiner Seele inne, seine zarten, ebenmäßigen Züge waren durch und durch die seiner schönen Mutter. Vielleicht war dies der Grund, warum Friedrich zu ihm eine Nähe verspürte, die er bei seinen anderen Söhnen stets entbehrt hatte.

»Natürlich.« Sie waren abgestiegen und hatten ihre Pferde an einen schmalen Bachlauf geführt, um sie saufen zu lassen. »Was willst du von mir wissen, Sohn?«

»Es geht um Parceval«, rückte Manfred heraus. »Er hat einmal gesagt, dass die Beizjagd für dich mehr ist als nur Jagd oder Zerstreuung, dass du den Falkner mit dem Herrscher vergleichst.«

Friedrich musste lächeln, das erste wirkliche Lächeln seit langer Zeit. »Mein Freund Doria redet viel. Besonders dann, wenn er Wein getrunken hat.«

»Aber es ist wahr, oder?«

»Nun, es ist augenfällig, dass zwischen Falkner und Herrscher gewisse Ähnlichkeiten bestehen – auch ein Falkner sorgt schließlich für sein Tier, so, wie es ein guter Herrscher für seine Untertanen tun sollte.«

»Aber wenn sich seine Untertanen gegen ihn erheben, was dann?«, fragte Manfred und zeigte damit, dass er in Wahrheit nicht über die Beizjagd sprechen wollte, sondern über andere Dinge, die ihn ungleich mehr belasteten …

»Es ist schändlich, dass dich solche Gedanken plagen, dass du dich überhaupt mit ihnen befassen musst«, erwiderte sein Vater deshalb bitter, »denn so sollte es nicht sein. Es sind wahrlich dunkle Zeiten, wenn die Ordnung, die der Allmächtige selbst geschaffen hat, von seinen Dienern auf Erden eingerissen wird.«

Ein Schwarm Krähen zog in diesem Augenblick unter lautem Geschrei am Himmel vorbei. Der Kaiser nahm seinem Jagdfalken die Haube ab und ließ ihn aufsteigen. Mit majestätischem Flügelschlag stieg der Falke auf und fuhr mitten hinein in den Schwarm der schwarzen Vögel.

»Manchmal«, sagte Friedrich dazu, »wünschte ich mir, wie dieser Falke zu sein, frei von den Fesseln, die mich auf Erden halten.«

»Vielleicht«, meinte Manfred nachdenklich, »sollte der ideale Herrscher weniger ein Falkner sein als ein Falke.«

»Damit magst du recht haben, Sohn«, stimmte der Kaiser zu und lachte, sanft und wohlwollend.

Gemeinsam setzten sie die Jagd fort und verbrachten zusammen einen glücklichen Tag – bis um die zehnte

Stunde die Tiere seltsam unruhig wurden. Die Pferde schnaubten und schlugen mit den Hufen, Krähen zogen in Schwärmen gen Westen, und die Falken schlugen auf den Handschuhen unruhig mit den Flügeln. Weder der Schutz der ledernen Hauben noch die Erfahrung des Falkners vermochte sie zu beruhigen.

Da war in der Luft plötzlich ein bitterer Geruch wahrzunehmen, und ein ferner Laut erklang, hell und metallisch …

»Imperadur?«, fragte Omar ibn Rashad, der Hauptmann der Leibwache.

»Ich höre es«, versicherte Friedrich.

»Das sind die Glocken von Victoria!«, entfuhr es Manfred. »Etwas muss dort geschehen sein!«

9.

Gleichzeitig rissen sie ihre Pferde herum und trieben sie auf die nächste Anhöhe. Von dort konnten sie ihn bereits sehen, den Rauch, der von jenseits der Bäume aufstieg und den der Ostwind herantrieb, zusammen mit beißendem Brandgeruch.

Einen Augenblick lang standen Pferde und Reiter wie zu Statuen erstarrt. Dann gaben der Kaiser und die Seinen den Tieren die Sporen und jagten hinab in die Flusssenke und zurück zur Lagerstadt. Als die eng stehenden Bäume sich lichteten, konnten sie es bereits sehen.

Victoria stand in Flammen!

Die Palisaden, die Zelte und Baracken, die Stände und Buden – all das brannte lichterloh, eine rote Feuersbrunst wütete und fraß sich von Osten her durch die Gassen, und da kaum ein Haus aus Stein errichtet war, fand sie reiche Nahrung. Über dem Tosen der Flammen jedoch lagen lautes Geschrei und das Geklirr von Waffen, das nur einen einzigen Schluss zuließ: Die Parmesen hatten einen Ausfall vorgetragen!

Just in dem Moment, als niemand damit rechnete, war

das Volk im Verbund mit Rittern und Waffenknechten aus den Toren der Stadt gestürmt und gegen die Palisaden der Belagerungsmauer angerannt, von Hunger und Entbehrung zu wahrer Raserei getrieben. Nicht Eisen und nicht Schwerter, sondern die schiere Masse hatte die Abwehr der Kaiserlichen überwunden und Feuer und Zerstörung in die Lagerstadt getragen – und nun waren die Parmesen dabei, das brennende Victoria zu plündern.

»Neeein!«, brüllte Friedrich aus Leibeskräften.

Er war außer sich.

Die lodernde Feuersbrunst spiegelte sich in seinen Augen, während er seinen Zorn laut hinausschrie, als wollte er das Brausen der Flammen noch übertönen. Schon zog er sein Schwert und trieb sein Pferd an, vergeblich rieten seine sarazenischen Leibwächter ihm zur Flucht. Nur der Falkner wurde fortgeschickt, damit die prächtigen Tiere überlebten – der Kaiser und sein Sohn jedoch trieben ihre Rösser mitten in das lodernde Inferno, von den Leibwachen begleitet.

Einen Pulk parmesischer Bürger, die mit gestohlener Habe beladen aus einer der Buden kamen, ritten sie kurzerhand nieder. Einem allzu dreisten Gesellen, der sich in einen viel zu großen Umhang gehüllt hatte, spaltete der Kaiser im Vorüberritt den Schädel. Die Hauptstraße hinab erreichten sie den von Rauchschwaden verhüllten Marktplatz, hinter dem der kaiserliche Palast aufragte – doch auch auf diesen hatten die Flammen bereits übergegriffen und bedrohten nun die benachbarte Kirche. Die Kanzlei, die Bibliothek mit dem Falkenbuch und vielen anderen wertvollen Codices, die kaiserliche Münze – all das stand in hellen Flammen!

Sengende Hitze schlug ihnen entgegen, dennoch trieb

Friedrich sein panisch scheuendes Pferd in den Innenhof, wo der Brand bereits gewütet hatte. Rauch lag über schwelenden Trümmern, inmitten deren sie einen riesigen, dampfenden Kadaver gewahrten – der Elefant, den Friedrich einst von Sultan al-Kamil zum Geschenk erhalten und der ihn auf so vielen seiner Reisen begleitet hatte. Nach dem Triumph von Cortenuova hatte das Tier den eroberten *carroccio* der Mailänder gezogen – nun hatten des Kaisers Feinde sich furchtbar dafür gerächt.

Zäh und bitter lag der Geruch des Todes über den Trümmern. Die Plünderer waren bereits abgezogen, nur noch die rußgeschwärzten Körper der Gefallenen lagen umher, unter denen der Kaiser viele seiner Beamten und Justiziare erkannte – und schließlich auch ein vertrautes Gesicht erblickte.

Es war Taddeo da Suessa, sein vertrauter Berater, der inmitten der Erschlagenen lag. Ein *magister* der Jurisprudenz zu sein, einer der führenden Rechtsgelehrten im Land, hatte ihm nichts genutzt, als der parmesische Pöbel tausendfach und mit rasender Wut über den Palast hergefallen war.

Ungeachtet der Kampfgeräusche, die noch aus anderen Teilen der Lagerstadt drangen, stieg der Kaiser aus dem Sattel. Er trat zu Taddeo und beugte sich zu dessen von Blessuren übersätem Leichnam hinab, schloss ihm die Augen, während er den Aufrührern zugleich blutige Rache schwor.

»Vater!«, rief Manfred plötzlich zu ihm herüber. »Komm schnell hierher …«

Die Stimme des Sohnes bebte, nicht nur vor Entsetzen über die Zerstörung, sondern auch aus Trauer. Denn ein weiterer Vertrauter der kaiserlichen Familie war inmitten der Trümmer gefunden worden – als Friedrich ihn erblickte, reglos am Boden liegend, der Körper brandgeschwärzt und geschunden, hatte er das Gefühl, sein Herz würde von einer glühenden Klinge durchbohrt.

»Parceval!«

Über die leblosen Körper der Seinen hinwegsteigend, eilte der Kaiser zu dem Freund, den Manfred inmitten der Gefallenen gefunden hatte, und fiel keuchend bei ihm nieder.

»Guter, treuer Parceval …«

Obschon er wie tot dalag, aus einer tiefen Wunde blutend, die ihm ein Wurfspieß beigebracht hatte, war noch nicht alles Leben aus Parceval Doria gewichen. Blinzelnd schlug er die Augen auf, sah mit glasigem Blick an Friedrich empor.

»Mein … Kaiser«, stieß er hervor.

»Still«, ermahnte ihn Friedrich. »Sprich nicht!«

»Tut mir … leid«, hauchte der Freund dennoch, jede Silbe, die ihm über die Lippen kam, von einem Blutschwall begleitet. »Alles versucht …«

»Ich weiß, mein Freund, ich weiß«, versicherte der Kaiser. Tränen traten ihm in die vom Rauch geröteten Augen.

»Doch kein … ruhiger Tag.« Ein letztes Mal versuchte Parceval Doria, der meinen Herrn so viele Jahre begleitet hatte, sein unbekümmertes Lächeln. Es gelang ihm halbwegs, doch es gefror auf seinen blutigen Lippen. In diesem Moment brach auch sein Blick, wurde starr und leer – und Parceval Doria, der treue Freund aus Genua, starb in Friedrichs Armen.

10.

Burg Gioia del Colle
Februar 1248

Unter denen, die an jenem unheilvollen Tag den Tod gefunden hatten, waren Parceval Doria und Meister Taddeo dem Kaiser fraglos am engsten verbunden gewesen. Doch noch viele weitere Beamte und Justiziare des kaiserlichen Hofs waren der Raserei der Parmeser zum Opfer gefallen sowie zahllose Ritter, Sergeanten und Knechte, insgesamt über eintausendfünfhundert, die entweder erschlagen worden oder in der lodernden Feuersbrunst zu Grunde gegangen waren. Im Gefolge der Flammen hatten die Parmeser die Lagerstadt anschließend geplündert und alles mitgenommen, dessen sie hatten habhaft werden können – selbst den kaiserlichen Thron aus dem hölzernen Palast und Friedrichs Krone, die sich ein Zwergwüchsiger namens Kurzschritt aufgesetzt und sie als Trophäe umhergetragen hatte, zur Freude und zum Spott seiner Kumpane.

Tagelang hatten die Einwohner von Parma das Ende der Belagerung und den Sieg über den Kaiser gefeiert, waren in einen regelrechten Rausch verfallen, zu dem auch der Wein aus dem kaiserlichen Lager beigetragen hatte – während Friedrich und die Seinen um Leib und

Leben fürchten mussten und dem tosenden Inferno nur mit knapper Not entkommen konnten.

Nach der infamen Verschwörung gegen ihn war dies der zweite schwere Schlag, den Friedrich innerhalb kurzer Zeit hinnehmen musste, und ein anderer an seiner Stelle hätte vielleicht aufgegeben – aber nicht mein Herr.

Mit aller Macht, die ihm zu Gebote stand, stemmte er sich gegen seine Feinde, zumal die Trauer, die er über den Tod Parceval Dorias und so vieler anderer Getreuer empfand, sich schon bald in heiligen Zorn wandelte.

Zusammen mit dem, was von seinem Heer verblieben war, zog er nach Cremona, das ihm nach wie vor treu ergeben war. Vor den Toren der Stadt vereinigte sich das kaiserliche Heer mit dem von König Enzio, und gemeinsam kehrten sie nach Parma zurück, gewillt, die Räuber und Mörder dort zur Rechenschaft zu ziehen … doch wie sich zeigte, war dies nicht möglich.

Die Parmeser hatten sich erneut in den Mauern ihrer Stadt verschanzt, wissend, dass dem Kaiser zu einer neuerlichen Belagerung oder gar zur Errichtung einer weiteren Lagerstadt sowohl die Mittel als auch die Kämpfer fehlten. Zu groß war der Verlust an Menschenleben, zu groß das Loch, das die Zerstörung des Palasts und der Kanzlei in der Staatskasse hinterlassen hatte. Zudem hatten das Scheitern der Belagerung und die Zerstörung Victorias den Parmesern neuen Mut gegeben – und weit über die Grenzen ihres Gebiets hinaus auch allen anderen, die es mit Papst Innozenz hielten und dem Kaiser die Stirn bieten wollten.

So blieb meinem Herrn nichts, als wiederum die Umlande zu verwüsten und auf kleinere Scharmützel mit dem Feind zu setzen, die nichts entschieden, die Parmeser jedoch zermürben sollten. Doch in Wahrheit war es Friedrich, den der endlose Krieg zermürbte, mit zäher Langsamkeit wie ein Geschwür, das ihn allmählich zerfraß.

Noch immer wollte er den Kampf nicht aufgeben.

Es gelang ihm, Orlando di Rossi, den päpstlichen Schwager und Agitator der Verschwörung, ausfindig zu machen und zur Strecke zu bringen, und er ließ jeden Aufrührer, dessen er habhaft werden konnte, hängen, mitunter Hunderte von ihnen. Doch wie beim Haupte der Hydra schienen für jedes abgeschlagene Haupt zwei neue nachzuwachsen, und je grausamer der Kaiser gegen die Verräter am Reich vorging, desto mehr fielen von ihm ab. Bis zuletzt sogar das geliebte Ravenna, die Stadt Theoderichs, ihm den Rücken kehrte und zum päpstlichen Lager überging.

Gezeichnet von Niederlage und Verlust und verfolgt von der Angst, dass überall und jederzeit die Klinge eines Meuchelmörders lauern könnte, ließ mein Herr Papst Innozenz ein letztes Angebot unterbreiten, in dem er bereit war, auf alle Forderungen einzugehen und seinen Feinden zu geben, was sie aus dem Schatz des Reiches haben wollten, wenn nur wieder Friede im Reich einkehre und er die Huld der Kirche wiedererlangen würde.

Doch Innozenz IV., von allen Gegnern, mit denen Friedrich im Lauf seines Lebens zu schaffen gehabt hatte, bei Weitem der unnachgiebigste und erbarmungsloseste, lehnte ab.

Zu groß seien die Vergehen des Kaisers gewesen, zu gewaltig die Sünde, die er auf sich geladen hatte.

Mit der Erkenntnis, dass der Nachfolger Petri nicht mehr und nicht weniger als seine völlige Vernichtung wollte, sowohl die seines Körpers als auch die seiner Seele, verlor mein Herr einen guten Teil des Mutes, der ihn stets durchs Leben getragen und ihn Erfolg um Erfolg hatte erringen lassen.

Auf eine Entwicklung zu seinen Gunsten, die seine Feinde bestrafen und ihn als glorreichen Sieger aus dem Streit hervorgehen lassen würde, konnte er nicht mehr hoffen. Folglich suchte er Trost im Kleinen und Vertrauten, klammerte sich an das, was ihm geblieben war.

Erschüttert von der Unbarmherzigkeit seines Gegners und stets auf der Hut vor weiteren Mordversuchen, wechselte er ruhelos seine Bleibe, umgeben nur noch von den engsten seiner Vertrauten, zu denen neben dem ehrwürdigen Erzbischof Berard, dessen Treue in all den Jahren niemals wankte, auch Petrus de Vinea gehörte. Auch sein Sohn Manfred war in jenen Tagen oft bei ihm; gemeinsam ritten sie aus zur Jagd, die dem Kaiser in diesen dunklen Tagen der Furcht und der drohenden Niederlage die letzte Zerstreuung bot. Und er suchte Trost in den Armen seiner Geliebten Bianca Lancia, die über so viele Jahre ein Fixstern am Firmament seines Lebens gewesen war.

Anfangs mochte ihre Verbindung rein körperlicher Natur gewesen sein, war er schlicht angezogen von ihren Reizen, ihren ebenmäßigen Gesichtszügen, ihrem glänzend schwarzen Haar und ihren vollendeten Rundungen, die Bianca freigebig einzusetzen wusste; die Schönheit der Jugend war allerdings im Lauf der Jahre verblasst, doch unter den vielen Frauen, die er neben seinen Kaiserinnen gehabt hatte, fand Friedrich bei ihr erstmals eine andere, reifere Form der Schönheit, die nicht vergehen konnte. Ihr starkes und offenes Wesen war es, das er schätzte und das ihm Kraft gab … bis auch jener Fixstern an seinem Himmel schließlich sank.

Ein Fieber, das in jenem Winter viele befiel, hatte auch von Bianca Besitz ergriffen, und egal, was die *medici* versuchten, es ließ sie nicht aus den Klauen. Friedrich, der Tage und Nächte an ihrem Lager verbrachte, konnte nichts tun, als hilflos zuzusehen, wie das Fieber sie immer mehr verzehrte und sie schwächer und schwächer wurde … seine ganze kaiserliche Macht erwies sich einmal mehr als nutzlos.

Doch war er nicht bereit, die Frau, die ihm so viel Liebe und Trost erwiesen und ihm drei Kinder geschenkt hatte, in die Ewigkeit zu entlassen, ohne ihr eine letzte Gunst zu erweisen …

»Geliebter«, hauchte sie, kalten Schweiß auf der heißen Stirn, die einstmals rosigen, von blühendem Leben erfüllten Züge bereits vom nahen Tod gezeichnet, »bitte verzeih mir …«

»Was, mein Herz?«, fragte er, ihre kalten Hände dabei in den seinen haltend. »Da ist nichts, was du getan hättest, das verziehen werden müsste.«

Aus ihren dunklen Augen sah sie zu ihm auf, rang sich ein schwaches Lächeln ab. »Tue es jetzt … lasse dich im Stich.«

»Nein, mein Herz«, widersprach er, Tränen in den Augen. »Du hast mich nie im Stich gelassen … ich bin es gewesen, der andere geehelicht und zu seiner Kaiserin erhoben hat. Doch ihnen bin ich nur ein Gemahl gewesen … dir dein Mann.«

»Hätte … so gern mehr getan.«

»Du hast alles getan, was du tun konntest, hast mir drei Kinder geschenkt, die mein ganzer Stolz sind und ein wahrer Segen … Konstanza, die älteste, wurde die Gemahlin des Kaisers von Byzanz; Violante wurde mit dem guten Richard verheiratet, dessen Treue ich mein Leben verdanke; und meinen Manfred liebe ich mehr als alle anderen, denn in so vieler Hinsicht ist er wie du, meine Geliebte.«

Bianca nickte, das Sprechen schien ihr zunehmend schwer zu fallen. »Versprich … dass du für ihn sorgen wirst.«

»Hab keine Angst, das werde ich – und auch für dich, mein Herz«, fügte Friedrich hinzu und winkte Berard heran, der im Hintergrund der von Kerzenschein beleuchteten Kammer gewartet hatte, jedoch nicht in seiner Eigenschaft als Friedrichs Freund und Berater, sondern als Priester.

In Biancas glasigen Augen spiegelte sich Erschrecken, als sie den Erzbischof gewahrte. »Ist es … so weit?«, fragte sie tonlos.

»So weit, zu tun, was ich längst hätte tun sollen«, erklärte Friedrich und küsste ihre kalten Hände. »Ich habe Berard gebeten, uns zu trauen, meine Geliebte – und dich somit zu meiner Gemahlin und meiner Kaiserin zu machen.«

»Du …?« Sie sah ihn verständnislos an, schien nicht sicher, ob dies die Wirklichkeit war oder ein Fiebertraum, den sie durchlebte.

»Ich will wahr machen, was ohnehin stets gewesen ist. Wie oft hast du mir Trost gespendet? Wie oft bist du mir mit Rat zur Seite gestanden? Andere mögen den Titel der Kaiserin getragen haben, Geliebte – doch du bist es gewesen. Deshalb werde ich dich nun ehelichen und unsere gemeinsamen Nachkommen damit zu legitimen Erben des Reiches erheben. Du siehst also, es ist für sie gesorgt, in jeder Hinsicht …«

Und so geschah es.

Erzbischof Berard traute die beiden, und noch auf ihrem letzten Lager wurde Bianca Lancia damit zur Kaiserin des Reiches und zur Königin von Sizilien.

Nur wenige Tage später verstarb sie, und eine weitere tragende Säule seines Lebens war meinem Herrn genommen.

11.

Cremona
Februar 1249

Die Trauer um geliebte Menschen, die Erbarmungslosigkeit seiner Feinde, der Verlust von Macht und Ansehen, der Spott seiner Widersacher – all das ging nicht spurlos an Kaiser Friedrich vorbei.

Die ständige Furcht vor Verrat und Nachstellung trieb ihn um, auf Schritt und Tritt umgab er sich mit Wachen, nur noch seine engsten Vertrauten ließ er zu sich vor. Und im selben Maß, wie sich sein Umfeld verengte, verengte sich auch sein Blick auf die Welt: Er, der stets aufgeschlossen gewesen war gegenüber neuem Wissen und neuer Erkenntnis, der auch fremde Kulturen, ihre Sprache und ihren Glauben nie gefürchtet hatte, zog sich auf das zurück, was er kannte und was ihm vertraut war; wann immer sich ihm die Gelegenheit bot, kehrte er ins Südreich zurück, um an der vertrauten apulischen Sonne Leib und Seele zu wärmen. Denn auch seine körperliche Verfassung hatte gelitten; immer wieder wurde er von Schwächeanfällen und Beschwerden in Magen und Darm geplagt, die schier unerschöpfliche Kraft, die ihn einstmals erfüllt hatte und die ihn vieles zur selben Zeit tun ließ, war zusehends dabei zu schwinden.

Die *medici* vermochten sich den Zustand des Kaisers nicht zu erklären, gab es doch bei ihm keine Krankheit, der sie einen Namen hätten geben können. Wäre ich in der Lage gewesen zu sprechen, so hätte ich ihnen gesagt, dass es sein gebrochenes Herz war, das meinem Herrn zusetzte, und seine gescheiterten Hoffnungen. Und doch sollte ihm der furchtbarste Schlag gegen seine Person und seine Herrschaft erst noch bevorstehen.

Zu Beginn des Jahres 1249 hielt er sich in Cremona auf, das sich auf die Fahnen geschrieben hatte, von allen Städten des Reiches die kaisertreuste zu sein. Seinen Feinden hatte er den Winter über weiter getrotzt, die schwer getroffene Reichskanzlei wieder aufgebaut, seinen Sohn Manfred mit Beatrix verheiratet, einer Tochter des stolzen Hauses Savoyen, und dies alles war mit Hilfe Petrus de Vineas geschehen, der ihm enger Berater, ja ein Freund geworden war.

Wie so oft in jenen Tagen litt der Kaiser unter Schlaflosigkeit, worauf sein Leibarzt Tibaldo ihm zur Nacht ein Bad verordnete sowie einen aus Kräutern gemischten Trank. In einem Raum, der eigens mit glühenden Steinen aufgeheizt worden war, ließ Tibaldo einen Zuber mit Wasser bereiten, in das er wohlriechende Öle und Essenzen gab, während der Leibdiener bereits dabei war, Friedrich zu entkleiden.

Auch der Körper des Kaisers hatte gelitten, wirkte ausgezehrt und gebeugt, die Folge Tausender von Meilen, die mein Herr im Sattel zurückgelegt hatte … und wohl auch des großen Vermächtnisses, das er von Geburt an auf seinen schmalen Schultern trug.

»Ehe ihr Euch ins Bad begebt, trinkt dies, Majestät«, sagte der *medicus* und reichte ihm den Becher mit dem

Kräutersud. »Es wird die heilende Kraft des Bades unterstützen.«

»Was bewirkt es?«, wollte Friedrich wissen, während er den Becher entgegennahm.

»Es wird …«, – der Leibarzt zögerte einen Moment –, »Euch die Ruhe geben, nach der es Euch verlangt, Herr.«

»Die Ruhe?« Friedrich blickte auf den trüben Inhalt des Bechers. Was genau es war, das seinen Argwohn erregte, vermag ich nicht zu sagen. War es ein bloßes Gefühl, eine Ahnung? Oder war es etwas an Tibaldos Verhalten, das ihn warnte? Eine Veränderung in seiner Stimme womöglich oder ein Zucken in seinen Augen? Oder war er zu jenem Zeitpunkt bereits so vorsichtig geworden und voller Argwohn gegen jedermann, dass er auch seinem langjährigen Arzt nicht mehr vertraute?

»Ihr braucht dringend Schlaf, Herr«, versicherte der *medicus.* »Trinkt diesen Sud, solange er noch warm ist, und er wird Euch tiefen Schlaf und süße Träume bescheren.«

»Gewiss«, sagte der Kaiser – und reichte den Becher kurzerhand wieder an den Arzt zurück. »Und da es so ist, wärt Ihr auch jederzeit bereit, selbst einen Schluck von diesem Trank zu nehmen, nicht wahr?«

»Das wäre ich, Majestät«, räumte Tibaldo beflissen ein, »doch handelt es sich um eine Rezeptur mit äußerst seltenen und erlesenen Zutaten. Auch nur einen Schluck daran an einen niederen Diener wie mich zu verschwenden, wäre …«

Er verstummte, als sich die Augen des Herrschers zu schmalen Schlitzen verengten.

»Trink«, verlangte Friedrich.

»Weshalb, Herr?« Der Leibarzt, ein Absolvent der Schule von Neapel, die der Kaiser selbst gegründet hatte, sah

Friedrich erschrocken an. »Wie Ihr wisst, habe ich einen heiligen Eid geschworen, Euch jederzeit vor Schaden …«

»Trink«, wiederholte der Kaiser, der splitternackt vor ihm stand und doch angetan mit der ganzen Macht, die die Krone ihm verlieh. »Auf der Stelle!«

Der Blick des Gelehrten begann zu flackern wie ein im Wind erlöschendes Feuer. Zuerst sah er zu Boden, dann zur Tür der Kammer, die jedoch von zwei Sarazenen bewacht wurde. Ein Entkommen gab es nicht.

Daraufhin schickte der Arzt sich an, den Becher zu nehmen, den Friedrich ihm reichte. Kaum hielt er ihn jedoch in den Händen, tat Tibaldo so, als würde er beim Rückwärtsgehen über eine Unebenheit im steinernen Boden der Kammer stolpern. Mit einem dumpfen Schrei ging er zu Boden, dabei entwand sich der Becher wie zufällig seinem Griff, wobei er den größten Teil seines Inhalts verschüttete.

Das alles geschah innerhalb von Augenblicken, und es war so schlecht gespielter Mummenschanz, dass Friedrich nicht einen Augenblick darauf hereinfiel.

»Fürwahr«, knurrte er, »es ist gut, dass du Arzt geworden bist, Tibaldo – zum Politiker hättest du nicht getaugt.«

Er befahl den Wachen, den lauthals jammernden *medicus* vom Boden aufzulesen und zu verhaften – während er selbst den herrenlosen Becher vom Boden auflas, in dem noch ein letzter Rest des Tranks verblieben war.

Sein erster Impuls war es, dem Arzt diesen letzten Schluck in den Rachen zu schütten, doch er beherrschte sich. Stattdessen ließ er sich ankleiden und befahl dann dem Hauptmann der Wache, einen zum Tode Verurteilten aus dem städtischen Kerker zu holen und zu ihm zu bringen.

»Hör mir zu«, sagte er zu dem Mann, dessen fehlende Ohren verrieten, dass er nicht zum ersten Mal im Kerker weilte, »diesen Trank wollte mein Arzt mir verabreichen. Es mag Gift darin sein oder ein Heilmittel – je nachdem wirst du daran entweder sterben oder die Freiheit zurückerhalten.«

Der Mann, der nichts zu verlieren hatte, nahm den Becher und trank ihn aus bis zum Boden.

Einige Atemzüge lang fühlte er sich danach als freier Mann, und ein Lächeln huschte über sein entstelltes Gesicht – dann jedoch durchlief seinen ausgemergelten Körper ein Zucken, und schon im nächsten Augenblick sank er auf die Knie und verfiel in heftigste Krämpfe. Sich am Boden hin und her werfend, starb er innerhalb weniger Augenblicke, wobei er entsetzliche Qualen zu leiden schien – jene Qualen, die der Arzt Tibaldo ganz offenbar dem Kaiser zugedacht hatte.

Alles Beteuern seiner Unschuld half dem *medicus* nun nichts mehr, Friedrich ließ ihn in den Kerker schaffen und von den Folterknechten die Nägel von den Fingern reißen – und der Heiler gestand, dafür bezahlt worden zu sein, dem Kaiser einen giftigen Trank zu mischen und als Medizin zu verabreichen, im Bade, wenn er sich schwach fühle und am verletzlichsten wäre …

Die Namen jener, die den Leibarzt dazu angestiftet hatten, kannte Friedrich alle, und sie zu hören traf ihn einmal mehr bis ins Mark. Erneut musste er erkennen, dass das Unkraut des Verrats auch in seiner unmittelbaren Umgebung gedieh, doch erschütterte ihn keiner der genannten Namen so sehr wie der, den Tibaldo als letzten verriet. Vor Qualen heulend und unter Tränen schrie der Arzt ihn hinaus, dass er von der rußgeschwärzten Kerkerdecke widerhallte …

Es war Petrus de Vinea!

Der Justiziar am Großhof, des Kaisers Stimme und nach Berard von Castacca der einzige Vertraute, der Friedrich noch geblieben war, sollte ebenfalls ein Verräter sein? Alles in meinem Herrn wehrte sich dagegen, dies zu glauben. Doch war nicht genau dies stets seine Schwäche gewesen? Dass er den Männern in seinem Umfeld bedingungslos vertraute? Hatten sich seine Feinde nicht genau dies wieder und wieder zunutze gemacht, um ihm zu schaden, um Keile zwischen ihn und seine Verbündeten zu treiben und ihm gar nach dem Leben zu trachten?

»Auf wen«, schrie er, außer sich vor hilfloser Wut und kaum weniger laut als der Gefolterte, »kann ich noch vertrauen, wenn mich nun auch schon mein Innerstes, meine eigenen Eingeweide mich verraten und gegen mich kämpfen?«

Der Zorn, den mein Herr empfand, ist mit Worten nicht zu beschreiben. Kein anderes Gefühl, das er je gehegt hatte, ob im Guten wie im Schlechten, kam dieser Empfindung gleich. Sie ließ seinen Verstand verstummen und sein verletztes Herz nach Rache schreien. Nicht allein Wut war es, die ihn antrieb, sondern Entsetzen. Bislang mochte es sich für ihn angefühlt haben, als würde er am Rand eines tiefen Abgrunds stehen und in die dunkle Tiefe starren – nunmehr war er selbst zum Abgrund geworden, der alle Feinde verschlingen wollte.

Den Leibarzt, der versucht hatte, ihn zu vergiften, ließ er noch am selben Orte blenden und der Hände berauben, mit denen er es gewagt hatte, seinem Herrscher den verderblichen Trank zu reichen. Später ließ er ihn ins Südreich bringen und dort hinrichten. Auch all jene, deren Namen Tibaldo genannt hatte, ließ Friedrich noch in derselben Nacht verhaften, in den Kerker werfen und gleichfalls blenden, keiner von ihnen sollte das Licht des Tages jemals wieder sehen.

Manche Enttäuschung hatte der Kaiser im Lauf seines bewegten Lebens hinnehmen müssen, doch keine wog so schwer wie der Verrat Petrus de Vineas. Der einstige Vertraute leugnete zwar, am Mordkomplott beteiligt gewesen zu sein, doch gestand er unter Folter, Steuergelder hinterzogen und sich an seinem Herrscher bereichert zu haben – für Friedrich jedoch machte dies keinen Unterschied mehr. Ob der feige Verrat ihm selbst galt oder der Ordnung, die er geschaffen hatte und die er verkörperte, die er als das lebendige Gesetz in gewisser Hinsicht selbst war – die Vergehen des Petrus de Vinea waren unverzeihlich und verdienten keine Gnade. Mit bitterer Genugtuung erinnerte mein Herr seinen Justiziar daran, dass er selbst einst diese harten Worte gesprochen hatte – freilich, als es um den Verrat eines anderen gegangen war.

Auch Petrus de Vinea wurde gefoltert und mit glühenden Eisen geblendet, und als Friedrich im März von Cremona aufbrach, um sich wieder ins Reich Sizilien zu begeben, da ließ er den geblendeten Großhofjustiziar auf einen Esel setzen und zu aller Gespött im kaiserlichen Tross mitreiten. Friedrichs Plan war es, den einstigen Vertrauten so wie alle anderen Verschwörer öffentlich hinrichten zu lassen, doch im Fall de Vineas wurde daraus nichts. Der Justiziar, der stets ein Mann des Verstandes gewesen war und seinen Herrn gut genug kannte, um zu wissen, dass er ihm niemals verzeihen würde, fürchtete die öffentliche Schande so sehr, wie er das Beil des Henkers fürchtete. Und so fragte er, als er von einem Kerker in einen anderen verlegt werden sollte, einen unbedarften Kerkerknecht, wo sich denn die Mauer befände.

Sein Bewacher sagte es ihm – und der Gefangene, in einem letzten Ausbruch körperlicher Kraft, senkte das Haupt und lief mit derartiger Wucht gegen die benannte Wand, dass sein Schädel zerplatzte wie eine überreife Frucht und das Gehirn, das meinem Herrn so trefflich gedient hatte, den kahlen Stein besprengte und auf den schmutzigen Boden troff.

So starb Petrus de Vinea.

Und mit ihm eine weitere Stütze von Friedrichs Herrschaft.

12.

Capitanata, Apulien
13. Dezember 1250

Von Apulien aus verfolgte Friedrich den weiteren Verlauf des Kampfes, der sich von einer Auseinandersetzung zwischen Papst und Kaiser längst in einen Krieg gewandelt hatte, der das gesamte Reich entzweite und insbesondere den Norden Italiens in ein Schlachtfeld verwandelte, auf dem sich kaisertreue *ghibellini* und papsttreue *guelfi* unversöhnlich gegenüberstanden.

Einen weiteren Rückschlag, der ihn sowohl als Kaiser als auch als Vater traf, hatte Friedrich hinnehmen müssen, als sein Sohn Enzio, König von Sardinien, in die Gefangenschaft der papsttreuen Bologneser geraten war. Alle Verhandlungen um seine Freilassung waren gescheitert, sämtliche Drohungen des Kaisers wirkungslos verhallt, zumal es den Bolognesern auch noch gelang, das kaisertreue Modena zu erobern, und ihr Triumph über den Kaiser somit vollkommen war.

Da konnte es Friedrich kaum noch trösten, dass seine anderen Verbündeten Erfolge zu verzeichnen hatten: Der getreue Ezzelino, den er zu seinem Schwiegersohn gemacht hatte, hielt das Banner des Reiches im Norden der

Lombardei aufrecht, von Verona bis hinauf zum Brennerpass. Gleiches ließ sich von Amadeus von Savoyen sagen, dem Schwiegervater Manfreds, der die westliche Passage über die Alpen sicherte. Ein päpstliches Heer, das sich angeschickt hatte, ins Südreich einzufallen, war außerdem in der Mark Ancona vernichtend geschlagen worden, und vor der ligurischen Küste war es den kaiserlichen Galeeren gelungen, einen Seesieg über die mächtigen Genueser davonzutragen. Selbst die vermessenen Mailänder und Parmeser waren im Lauf des Jahres in Schlachten zu Felde besiegt und zumindest in ihre Schranken verwiesen worden, und in deutschen Landen war es Friedrichs Sohn Konrad gelungen, sich erfolgreich gegenüber dem neuen Gegenkönig Wilhelm von Holland zu behaupten.

Somit hätte mein Herr allen Grund gehabt, um aufzuatmen. Und da es ihm weder an Mut noch an Gesinnung gebrach, erwog er abermals, ein gewaltiges Heer aufzustellen und mit diesem nach Lyon zu marschieren, um dem Papst in direkter Konfrontation die Stirn zu bieten … doch erneut wurden seine Pläne durch Verrat durchkreuzt. Diesmal allerdings waren es keine bisherigen Getreuen, die sich heimlich gegen ihn wandten und ihm die Gefolgschaft verweigerten.

Es war sein eigener Körper.

Während eines Jagdausritts, den der Kaiser unternahm, um seiner geliebten Beizjagd nachzugehen, kehrte jäh sein Magenleiden zurück, und diesmal so heftig, dass es ihn niederstreckte. Unfähig, ein Pferd zu besteigen oder auch nur über eine längere Strecke transportiert zu werden, ließ Manfred, der seinen Vater wie so oft begleitete, diesen in eine nahe gelegene Burg bringen und schickte von dort aus nach Heilern.

Die *medici* kamen, doch gegen das Fieber, das Friedrich erfasste, und gegen die Krämpfe, die seinen dürren Körper schüttelten, vermochten sie nichts auszurichten.

Manfred, der mit wachsender Verzweiflung zusah, wie sich der Zustand seines Vaters mehr und mehr verschlechterte, sandte Boten nach Foggia, worauf sich Erzbischof Berard und einige hochrangige Justiziare sofort zu der Burg begaben, wo der Kaiser schwer erkrankt darniederlag ...

Als Friedrich seinen alten Freund und Mentor erblickt, huscht trotz seines geschwächten Zustands ein freudloses Lächeln über seine blassen Züge. »Mein guter Berard«, flüstert er, seine Stimme kraftlos und heiser, »wenn Ihr den Ritt eigens auf Euch nehmt, so muss es schlimm um mich beschieden sein.«

Berard von Castacca, zu jenem Zeitpunkt beinahe achtzig Winter alt, erwidert das Lächeln. »Ich komme nicht als Priester zu Euch, Majestät«, erwidert er, »sondern als Freund.«

»Seid willkommen als Freund«, versichert Friedrich, dankbar über die Gesellschaft des Mannes, der ihm vom ersten Tag seiner Herrschaft an treu gedient, ihn stets weise beraten und ihn niemals im Stich gelassen hat.

Beide wissen, dass es kein reiner Besuch aus Freundschaft ist, denn es gibt Dinge zu regeln, die Nachfolge der Herrschaft für den Fall, dass sich mein Herr nicht vom Fieber erholt, das unverdrossen in ihm brennt und ihn von Tag zu Tag mehr wie einen wandelnden Toten wirken lässt.

Da sein Körper jedwede Nahrung zurückweist, wirkt er schmal und ausgezehrt; die Wangen sind hohl, die Knochen stehen hervor, und um seine Augen liegen dunkle Ränder, den leeren Höhlen eines Schädels gleich. Bisweilen könnte man vergessen, dass noch eine lebende Seele daraus blickt, doch dann wieder blitzt, dem Fieber zum Trotz, die alte Kraft durch, mit der mein Herr zeit seines Lebens so vieles bewegt und verändert hat.

Gemeinsam mit dem ehrwürdigen Berard, im Beisein Manfreds und seines Schwiegersohns Richard von Caserta sowie einiger hoher Beamter, den letzten, denen er noch vertraut, regelt der Kaiser seine Nachfolge.

Zu seinem Nachfolger bestimmt er Konrad, den Ersten in der Thronfolge, der jenseits der Alpen als König herrscht, und, sollte dieser ohne männlichen Erben bleiben, als nächsten seinen Sohn Carl Otto, der aus der Verbindung mit Isabella von England hervorging und nunmehr den Namen Heinrich trägt; und schließlich, sollte auch dieser aus der Welt scheiden, ohne einen Sohn zu hinterlassen, keinen anderen als seinen geliebten Manfred, den er zugleich zum Statthalter in Italien ernennt.

Ferner ordnet Friedrich an, wohl bereits von Gedanken ergriffen, die über seine irdische Existenz hinausreichen, der Kirche alle Güter zurückzuerstatten, die er ihr im Zuge des Konflikts genommen hat, und bei den Ordensgemeinschaften Wiedergutmachung zu üben. Er selbst lässt sich das schlichte Hemd der Zisterzienser anlegen, denen er einst kurz nach seiner Krönung zum römischen König beitrat; ferner befiehlt er, den Gefangenen in den Kerkern die Freiheit zu schenken bis auf die Hochverräter, denen auch jetzt noch, im Schatten des Todes, sein ganzer Hass und seine Abneigung gilt.

Nachdem all dies gesagt ist, wird mein Herr ruhig, sein Zustand bessert sich gar.

Zum Nachtmahl lassen die Ärzte ihm eingelegte Birnen bringen, die er mit Appetit verzehrt. Unter seinen Söhnen und Vertrauten keimt Hoffnung auf, dass sich der Kaiser wieder von seiner Krankheit erholen, dass er die Burg bald verlassen und wieder nach Foggia zurückkehren könnte, um seinen Kampf weiterzuführen.

Friedrich selbst jedoch wird still in dieser Nacht, obschon er keinen Schlaf findet. Seine Gedanken sind auf die Vergangenheit gerichtet, auf das, was war, ebenso wie auf das, was hätte sein können, mit Manfred als Gesellschaft, der nicht von der Seite seines Vaters weicht.

»Sohn?«, fragt Friedrich in das Halbdunkel der Kammer.

»Ja, Vater?«

»Was habe ich in meinem irdischen Dasein erreicht? Was, das Bestand haben wird, auch jenseits meiner Tage?«, will der Kaiser wissen. Er spricht leise, aber deutlich, ist trotz des Fiebers ganz bei sich.

»Alles«, erwidert Manfred, bestürzt ob der Frage. Niemals hat er seinen Vater derart zweifeln hören, niemals sah er seine Entschlossenheit dergestalt wanken. »Du hast alles erreicht, Vater. Du hast die Königskrone Siziliens errungen und zugleich die des Imperators der Welt! Du hast die Krone von Jerusalem gewonnen und die Heiden von dort vertrieben! Du hast die Wissenschaften und die Herrschaft des Rechts gefördert, deine Verbündeten preisen dich, und deine Feinde zittern vor dir!«

»Tun sie das?« Ein wehmütiges Lächeln spielt um Friedrichs dünne Lippen. »Und dennoch hat mir ein einzelner Mann einst vorausgesagt, dass genau das geschehen würde, was tatsächlich geschehen ist … dass ich vom Jäger zum Gejagten werde.«

»Wer, Vater?«, will Manfred wissen. »Wer hat das vorausgesagt? Ein Sterndeuter?«

»Nein, Sohn. Ein Mönch … ein Bettler.«
»Also niemand von Belang.«
»Nein«, gibt Friedrich zu, »und doch erinnere ich mich in aller Klarheit an seine Worte, mehr als an alle Fürsten und Könige, mit denen ich in meinem Leben gesprochen habe, und das sind viele gewesen, Sohn. Sehr viele …«
»Ich weiß, Vater.« Manfred nickt. »Doch du bist größer als sie alle, nicht von ungefähr nennen sie deinen Namen in einem Atemzug mit den Großen … mit Otto und Karl und Konstantin. War es nicht das, was du immer wolltest?«
»Das wollte ich«, stimmt Friedrich zu, mit Bitterkeit in der dünner werdenden Stimme, »doch ist es einsam dort, wo all jene waren. Keine Treue gibt es dort und nur wenig Liebe … zudem fürchte ich, dass nichts von dem, was ich begonnen habe, bleiben wird, wenn ich nicht mehr bin …«
»Sag das nicht, Vater! So vieles hast du getan, das bleiben wird … denk nur an die Bauwerke, die du errichtet hast! Sie werden deine Herrschaft noch in tausend Jahren bezeugen!«
»Ich spreche nicht von Bauwerken, Sohn … sondern von dem neuen Kaisertum, nach dem ich gesucht habe … dem Ruhm der Vergangenheit in einer neuen Zukunft …« Er verstummt, als ihm die Stimme versagt und eine weitere Welle von Schmerz durch seine Eingeweide flutet. »Vielleicht«, fügt er schließlich hinzu, »wird anderen gelingen, was mir versagt blieb …«
»Das darfst du nicht sagen, Vater.« Manfred ergreift Friedrichs klamme Hand und sieht ihm fest in die Augen. »Du wirst wieder gesund werden, und du wirst den Kampf gegen deine Feinde weiterführen und am Ende siegreich sein!«

»Mein Leben lang habe ich gekämpft«, bestätigt Friedrich leise, »doch jetzt bin ich des Kampfes müde …« Er blinzelt, hat Mühe, die Augen noch offen zu halten. »Sohn?«

»Ja, Vater?«

»Wie heißt … dieser Ort? Wie ist der Name dieser Burg?«

»Ich weiß nicht … irgendetwas mit Blumen. Castel Fiorentino, glaube ich …«

Da erinnert sich mein Herr an das, was ihm der alte al-Hakim vor so vielen Jahren geweissagt hat, in jener Nacht in Palermo, als er noch ein halber Knabe gewesen war. *Du wirst*, so hatte der weise Sterndeuter ihm gesagt, *dereinst unter dem Namen einer Blume sterben.*

Sein Leben lang hat Friedrich darüber gerätselt, was jene Worte zu bedeuten haben, nun endlich ergeben sie einen Sinn. Und obwohl diese Erkenntnis meinem Herrn die Einsicht bringt, dass sein irdischer Weg zu Ende geht, findet er dennoch Trost darin. Denn es beweist ihm, dass jener Ordnung, die er sein Leben lang auf Erden zu stiften suchte, eine göttliche Ordnung im Himmel entspricht, die allem und jedem seinen Platz und seine Zeit zuweist – und damit auch eine Bestimmung.

Meinem Herrn war es bestimmt, Herrscher des gesamten Abendlands zu sein. Viel wurde bereits zu seinen Lebzeiten über ihn geschrieben, und vieles wird noch über ihn geschrieben werden, wenn er diese Welt erst verlassen hat. Doch nichts davon wird so wahr sein wie das, was ich, sein treuer Falke Saxo, in diesem Bericht festgehalten habe.

Der Kaiser dankt es mir, indem er von seinem letzten Lager aus befiehlt, mir die Ketten abzunehmen, die mich fast mein ganzes Leben lang hielten, und mich in Freiheit zu entlassen.

Noch einmal sehe ich meinen Herrn an, und er erwidert meinen Blick aus einem Gesicht, das alt ist und bleich, von Trauer und Verlust gezeichnet, und auf das das nahe Ende bereits seinen Schatten geworfen hat – aber noch einmal blitzt in seinen Augen jener unbezähmbare Geist auf, den er stets besessen hat, die unstillbare Neugier. Und ich breite meine Flügel aus und fliege zum Fenster des Gemachs hinaus, schwinge mich hoch in die Lüfte über seinem geliebten sizilischen Königreich.

Dort werde ich am Himmel meine Bahnen ziehen und auf ihn warten, um seine unsterbliche Seele zu begleiten.

Immutatorem et stuporem mundi.

Den Wandler und das Staunen der Welt.

EPILOG

Castel del Monte, Apulien
Nacht des 3. September 1943

Stille kehrte ein, nachdem Professor Burger zu Ende übersetzt hatte … den letzten Absatz des letzten Pergaments.

Es war spät geworden.

Im Zelt des Wissenschaftlers saßen sie einander gegenüber, der Professor aus Berlin und der einstige Student aus Braunschweig, den der Irrsinn der Zeit in eine Uniform gesteckt und zum Soldaten gemacht hatte. Die Hitze des Tages war einer angenehmen Kühle gewichen, von draußen war das Zirpen der Grillen zu hören. Im Schein der Laterne, in dem er gelesen hatte und der unstete Schatten auf die schrägen Zeltwände warf, rollte Josef Burger das Manuskript wieder zusammen.

»Doria ist es also nicht gewesen, der den Text verfasst hat«, sagte Oberleutnant Hoffmann in die Stille, »denn offenbar starb er noch vor dem Kaiser … aber wer war es dann? Sein Freund der Erzbischof womöglich?«

Burger lächelte – nicht über die Aufmerksamkeit, mit der der Offizier den Bericht offenbar verfolgt hatte, sondern über dessen detektivischen, ein wenig kindlich wirkenden Eifer. »Auch das nicht«, widersprach er dennoch.

»Nach allem, was wir gelesen haben – nach all den Einsichten, die uns der Text über Kaiser Friedrich gewährt hat, über die Dinge, die in seinem Kopf und in seinem Herzen vorgingen – bin ich geneigt anzunehmen, dass niemand anderer als der Herrscher selbst es gewesen ist, der uns diesen Bericht hinterlassen hat.«

»Er selbst? Aber …«

»Der Tod des Kaisers ist nicht darin enthalten«, gab Burger zu bedenken. »Friedrich könnte diese letzten Zeilen also noch von seinem Totenbett aus einem Schreiber diktiert haben, vielleicht auch einem seiner Söhne. Dafür würde auch sprechen, dass der Text gegen Ende ins Präsens wechselt, so, als handelte es sich um eine Beschreibung unmittelbarer Ereignisse, deren Ausgang noch ungewiss ist … während über den Tod des Kaisers nicht mehr berichtet wird.«

Hoffmann nickte und sah zu Boden. »Ist … Friedrich an jenem 13. Dezember gestorben?«, wollte er wissen, augenscheinlich betroffen, obwohl all diese Dinge längst geschehen waren, vor rund 700 Jahren …

»In der Tat.« Burger nickte. »Der kaisertreuen Überlieferung nach erteilte Erzbischof Berard ihm noch die Sterbesakramente, ehe er friedlich entschlief. Päpstliche Quellen hingegen berichten, der Kaiser hätte ein elendes, schmerzvolles Ende gefunden, das Ende eines Ketzers nämlich.«

»Und danach? Was ist dann passiert?«

»Trauer und Bestürzung auf Seiten der Kaiserlichen waren groß. Man trug den Leichnam des Kaisers in einem prächtigen Zug durch Apulien und brachte ihn schließlich nach Palermo, wo er feierlich beigesetzt wurde – im Dom, wo auch schon seine Eltern sowie seine erste Gemahlin Konstanze lagen. Doch viele Menschen wollten nicht wahrhaben, dass der Kaiser tatsächlich tot sein sollte – noch Jahre nach Friedrichs Tod tauchten immer wieder Männer auf, die behaupteten, der totgeglaubte Kaiser zu sein. Kein anderer Herrscher des Mittelalters erlebte derart viele Wiedergeburten.«

»Und die Söhne?«

»Versuchten nach Kräften, das Testament ihres Vaters zu vollstrecken, aber ihnen war kein Glück beschieden. Papst Innozenz starb zwar nur vier Jahre später, doch seine Nachfolger setzten seinen Vernichtungskampf gegen die Staufer fort. Friedrichs Sohn Enzio, den die Bologneser gefangen hatten, sah die Freiheit niemals wieder. Der junge Heinrich Carl Otto starb im Alter von nur fünfzehn Jahren, möglicherweise durch Mord. König Konrad wurde von der Malaria ereilt, während er versuchte, das Südreich seines Vaters gegen päpstliche Truppen zu verteidigen. Am längsten hielt sich Manfred, der über Sizilien herrschte, ehe er 1266 in der Schlacht von Benevent den Tod fand. Somit blieb nur noch Konrads Sohn Konradin, der es seinem Großvater gleichtun und im Alter von nur sechzehn Jahren die Herrschaft an sich bringen und den Ruhm der Staufer wiederherstellen wollte. Wie Manfred wurde auch er von Karl von Anjou vernichtend geschlagen und gefangen genommen – und schließlich auf dem Marktplatz von Neapel öffentlich hingerichtet. Mit ihm endete die staufische Linie.«

»Ich verstehe«, sagte Hoffmann leise und beinahe enttäuscht. »Also ist Friedrich am Ende gescheitert.«

»In vielerlei Hinsicht ja«, stimmte Professor Burger zu, »doch an diesem Ort hier scheint sein Geist fortzubestehen – oder zumindest das, was er hinterlassen wollte.«

Der Archäologe wandte sich um und blickte zum Beistelltisch, der die Seite des Zeltes einnahm und auf dem sowohl die acht Lederköcher als auch die jeweils mit ihnen gefundenen Gegenstände ausgebreitet waren.

»Das erste Fundament: *puritas*, die Reinheit der Jugend«, führte Burger aus, »mit dem Dolch, den Amir ibn Esat ihm einst schenkte. Das zweite Fundament: *traditio*, das Fortwirken des staufischen Erbes mit dem königlichen Siegelring als Symbol. Das dritte Fundament: *auctoritas*, das Kaisertum und seine Geltung betreffend … ich nehme an, dass dies einst Reitsporen gewesen sind, womöglich sogar jene, mit denen der Kaiser den armen Muhammed ibn Abbad traktierte – sie sollen wohl die Größe seines Reiches symbolisieren. Das vierte Fundament: *constitutio*, Friedrichs Bekenntnis zum geschriebenen Gesetz, mit einem Federkiel als greifbares Symbol. Weiter das fünfte Fundament, *religio*, Friedrichs Glauben und Gottesfurcht betreffend, die manch harter Probe ausgesetzt waren – beigelegt war ein lateinisches Kreuz mit Tatzen, das Symbol des Deutschritterordens. Außerdem der Schädel eines Menschen, der das sechste Fundament von Friedrichs Herrschaft repräsentiert: *veritas*, seine immerwährende Suche nach Wahrheit und wissenschaftlicher Erkenntnis. Das siebte Fundament: *gens*, die Familie oder Sippe, repräsentiert durch einen Schild, an dem der Zahn der Zeit genagt, dessen Wappen aber vermutlich einst den staufischen Löwen zeigte; und endlich *malleus*, der Hammer, von dem nur noch der von Rost zerfressene Kopf übrig ist, als Symbol für Friedrichs zuletzt so verzweifelten Kampf gegen das Papsttum und seine Verbündeten.«

Nachdenklich ließ der Professor seinen Blick über die ausgebreiteten Gegenstände schweifen und nickte dann. »Acht Symbole, acht Berichte, acht Fundamente«, fasste er zusammen. »Im letzten Kapitel seines Berichts hat Friedrich – wenn er selbst denn der Verfasser gewesen ist – es gesagt: Es ging ihm darum, etwas Bleibendes zu schaffen, der Nachwelt etwas zu hinterlassen, das fortbesteht – aus diesem Grund ließ er Castel del Monte errichten, als ein Denkmal seiner Herrschaft.«

»Also haben wir das Rätsel dieser Burg gelöst?«, fragte Hoffmann, einmal mehr mit den leuchtenden Augen eines Schuljungen.

»Diese Möglichkeit besteht.«

»Aber … das ist eine wissenschaftliche Sensation, oder nicht?«

»Das ist wahr«, gab Burger zu. »Dennoch bin ich mir nicht sicher, ob wir darüber berichten sollten.«

»Soll das ein Scherz sein?« Der Offizier schüttelte unwillig den Kopf. »Einen Orden wird man uns dafür verleihen!«

»Glauben Sie?« Burger schürzte die Lippen. »Dann sollten Sie vielleicht noch einmal über den Grund nachdenken, aus dem der Reichsmarschall diese Expedition durchführen ließ.«

»Um die Ursprünge des vielleicht größten deutschen Herrschers zu ergründen, der je gelebt hat!«, entgegnete Hoffmann wie aus der Pistole geschossen.

Burger nickte nur. »Ein Herrscher, der in seinem ganzen Leben nur ein paar Jahre in Deutschland verbracht hat«, gab er zu bedenken. »Der dem König der Franzosen in herzlicher Freundschaft zugetan war, der seinen Thron gar dem französischen Mut bei Bovines verdankte. Der die Juden unter seinen Schutz gestellt hat und sich auf sarazenische Leibwachen verließ. Der mit arabischen Gelehrten und Huren verkehrte und den Muselmanen erlaubt hat, auf seinem Boden ihre Minarette zu errichten. Der verbotenen Künsten und Wissenschaften frönte, der lieber Verhandlungen als Krieg führte und seine Siege lieber mit dem Wort als mit dem Schwert errang … offen gestanden bezweifle ich, dass sich ein solcher Kaiser zum deutschen Helden eignet.« Der Professor schnitt eine Grimasse. »Nicht einmal Goebbels könnte auf der Grundlage all dessen den Führer als das nächste Staunen der Welt verkaufen.«

»Was fällt Ihnen ein?« Hoffmanns Augen verengten sich. »Es steht Ihnen nicht zu, die Arbeit des Ministers für Reichspropaganda …«

In diesem Moment wurde die Plane des Zelteingangs beiseitegeschlagen. Einer von Hoffmanns Leuten erschien, wie er selbst in einer khakifarbenen Uniform und mit hochrotem Gesicht. »Herr Oberleutnant …«

»Ja doch, was ist?« Herrisch drehte sich Hoffmann zu seinem Untergebenen um.

Der Soldat stammelte, hatte Mühe, die passenden Worte zu finden. »Die … die Meldung kam gerade durch, Herr Oberleutnant! Es ist passiert …«

»Was, Müller? Was ist passiert?«

»Die Engländer … sie sind in Tarent gelandet!«

»In Tarent?« Hoffmann sprang auf. Dass er mit dem Kopf gegen die Laterne stieß, die von der Zeltdecke hing, bemerkte er nicht einmal. »Das ist nur hundertfünfzig Kilometer von hier …«

Damit war er auch schon hinaus.

Josef Burger seufzte tief, ob aus Furcht oder Erleichterung, wusste er selbst nicht zu sagen.

Langsam erhob er sich und trat ebenfalls hinaus vor das Zelt, das unterhalb der Burgmauer stand, auf der Kuppe des Hügels. Im weiter unten gelegenen Lager der Wehrmacht war hektische Betriebsamkeit ausgebrochen. Hoffmann brüllte heisere Befehle, während die Mannschaften in wilder Panik umherrannten und alles rasch zusammenpackten.

Es hatte begonnen.

Der Anfang vom Ende …

Mit trotziger Ruhe ließ Burger seinen Blick über die umliegenden Hügel schweifen. Unendlich weit schienen sie sich im blauen Mondlicht zu erstrecken. Die Vorstellung, dass es derselbe Mond war, der auch schon auf das Südreich Friedrichs herabgeleuchtet hatte, war befremdlich in diesem Augenblick – und doch war es dasselbe Land, waren es dieselben Hügel, dieselbe Burg, über die der Staufer Fredericus Secundus einst geboten hatte.

Doch so eigenartig der Gedanke war, hatte er auch etwas Tröstendes, schließlich war auch dieser Tage ein Reich dabei zu enden, das Geschrei von Hoffmann und seinen Männern nur ein erster Vorgeschmack auf das Chaos, das folgen würde. Aus den tausend angekündigten Jahren, die jenes »Dritte Reich« hatte währen sollen, würde nichts werden, in Blut und Elend würde Deutschlands Größenwahn untergehen – doch so wie es ein Vorher gegeben hatte, würde es auch ein Nachher geben.

Der Archäologe sah es mit Gleichmut.

Josef Burger mit Grauen.

Wann wohl, so fragte er sich, würde der Mensch damit aufhören, Erze aus dem Boden zu graben und daraus Waffen zu schmieden? Reiche zu erobern, die doch wieder vergingen? Ströme von Blut zu vergießen, um Macht zu behaupten, die so flüchtig und vergänglich war wie die menschliche Natur selbst?

»Wann, Falke?«, murmelte Burger leise und von einer Wehmut überkommen, die so groß und überwältigend war, dass sie sieben Jahrhunderte alt zu sein schien. »Wann wohl, Falke? Ich bitte dich, sag es mir …«

ENDE

GLOSSAR

Verzeichnis der handelnden Personen

Das kaiserliche Lager

Friedrich II. Roger	das Staunen der Welt

Die Familie

Konstanze von Sizilien	Friedrichs Mutter
Konstanze von Aragón	seine erste Ehefrau
Isabella von Brienne	seine zweite Ehefrau
Isabella Plantagenet	seine dritte Ehefrau
Bianca Lancia	seine Geliebte
Adelheid von Urslingen	seine Geliebte
Anais von Brienne	seine Geliebte
Alfonso von Barcelona	Graf der Provence, Friedrichs Schwager
Philipp von Schwaben	römisch-dt. König, Friedrichs Onkel
Heinrich	ältester Sohn Friedrichs, mit Konstanze
Margarethe von Babenberg	seine Gemahlin
Manfred	Sohn Friedrichs, mit Bianca Lancia

Enzio	Sohn Friedrichs, mit Adelheid
Konrad	Sohn Friedrichs, mit Isabella von Brienne
Heinrich (Carl Otto)	Sohn Friedrichs, mit Isabella von England

Berater und Verbündete

Amadeus IV.	Graf von Savoyen
Ansaldo de Mari	Genueser, Admiral der kaiserlichen Flotte
Anselm von Justingen	Ritter, Gesandter der deutschen Fürsten
Arnold von Matsch	Bischof von Chur
Balian Grenier	Graf von Sidon
Bartholomeo di Foggia	oberster Baumeister Friedrichs
Berard von Castacca	Erzbischof von Bari, später Palermo
Engelbert von Berg	Erzbischof von Köln, Reichsverweser
Ezzelino III. da Romano	Graf von Bassano
Heinrich I. von Molenark	sein Nachfolger
Heinrich I.	Herzog von Brabant
Heinrich von Malta	Admiral Friedrichs
Heinrich von Vehringen	Bischof von Straßburg
Hermann von Salza	Hochmeister des Deutschritterordens
Konrad von Thüringen	sein Nachfolger im Amt des Hochmeisters
Konrad von Tegerfelden	Bischof von Konstanz
Konrad von Scharfenberg	Kanzler des Reiches

Leonardo Fibonacci	Meister der Mathematik
Leopold VI. von Babenberg	Herzog von Österreich
Ludwig IV.	Landgraf von Thüringen und Pfalzgraf von Sachsen
Michael Scotus	Gelehrter am kaiserlichen Hof
Omar ibn Rashad	Hauptmann der kaiserlichen Leibwache
Petrus de Vinea	Gelehrter und Großhofjustiziar
Parceval Doria	Ritter und Dichter aus Genua
Parisius	Kaplan Friedrichs, Elekt von Palermo
Roffred von Benevent	Rechtsgelehrter der Universität Bologna
Rudolfo von Patti	sizilischer Ritter
Taddeo da Suessa	Rechtsgelehrter und Großhofjustiziar
Theodorus von Antiochia	Hofphilosoph Friedrichs
Thomas von Acerra	Statthalter in Syrien
Ulrich von Sax	Abt des Klosters St. Gallen
Wilhelm Francisius	Friedrichs Lehrer

Das päpstliche Lager

Albertus Bohemus	päpstlicher Vikar in Bayern
Gerold	Patriarch von Jerusalem
Raniero Capocci	Kardinal aus Viterbo
Robert Somercotes	ein englischer Kardinal
Innozenz III.	Summus Pontifex
Honorius III.	sein Nachfolger, Summus Pontifex

Hugolinus von Ostia	Kardinalbischof, später als
Gregor IX.	sein Nachfolger, Summus Pontifex
Coelestin IV.	sein Nachfolger, Summus Pontifex
Innozenz IV.	sein Nachfolger, Summus Pontifex

Das muslimische Lager

Amir ibn Esat al-Mazara	ein Gelehrter
Fahr ad-Din	Emir, Vertrauter Sultan al-Kamils
Malik al-Kamil	Sultan von Ägypten
Malik an-Nasir Daud	sein Neffe, Herr von Damaskus
Muhammad ibn Abbad	Emir von Sizilien
Yara bint Amir	Tochter Amir ibn Esats

Andere Parteien und Machthaber

Alaman da Costa	genuesischer Graf
Alice de Champagne	Regentin von Zypern
Anfuso de Roto	Graf von Tropea
Friedrich der Streitbare	Herzog von Österreich
Heinrich Raspe	Herzog von Thüringen, deutscher Gegenkönig
Heinrich von Mähren	Markgraf, Bruder Ottokars I.
Jacopo Tiepolo	Doge von Venedig
Johann von Brienne	König von Jerusalem
Johann I. von Ibelin	Baron, Herr von Beirut
Matteo Orsini	römischer Senator
Markward von Annweiler	Herzog von Ravenna und Romagna

Otto II.	Herzog von Bayern
Otto IV. von Braunschweig	Kaiser und König
Ottokar I.	König von Böhmen
Pietro Tiepolo	Podestà von Mailand, Sohn Jacopos
Walther von Pagliara	Reichsverweser Siziliens
Walther von Brienne	Graf von Lecce
Wilhelm Capparone	ein deutscher Hauptmann

Frankreich

Ferdinand von Portugal	Graf von Flandern und Hennegau
Gerard la Trui	französischer Ritter
Guillaume des Barres	französischer Ritter
Philipp II. August	König von Frankreich
Ludwig VIII. der Löwe	sein Sohn, später König von Frankreich
Ludwig IX. der Heilige	sein Sohn, später König von Frankreich

England

Johann Plantagenet, genannt Ohneland	König von England
Heinrich III.	sein Sohn, König von England
Richard von Cornwall	dessen Bruder
Wilhelm von Salisbury, genannt Langschwert	Halbbruder Johanns

NACHWORT UND DANKSAGUNG

Wer einen historischen Roman verfasst – noch dazu einen, der sich mit einer bekannten Persönlichkeit der Geschichte befasst –, der begibt sich in ein Spannungsfeld. Das habe ich bereits bei meinem Roman BARBAROSSA – IM SCHATTEN DES KAISERS so erfahren, der sich dem Leben und Wirken des ersten Stauferkaisers widmete – und nicht anders verhielt es sich bei DIE STEINERNE KRONE.

Schon die tradierte Geschichte bietet trotz aller als gesichert geltenden Fakten noch sehr viel Grauzone, in der die Grenzen zwischen Fakten und Fiktion verwischen; aber natürlich gibt es auch Bereiche, die in der Überlieferung erst gar nicht berücksichtigt wurden und deshalb breiten Raum für Spekulation lassen – etwa dann, wenn es um das »Innenleben« handelnder Personen geht, um ihre Motivationen, Überzeugungen und Empfindungen. Ein wenig geht es mir als Autor dann wie einem Historiker, der eine neue These aufstellt, nur dass ich nicht so sehr nach belegbaren Fakten suche, sondern wie jeder Geschichtenerzähler nach menschlicher Wahrheit. Und allzu oft stelle ich dabei dann fest, dass sich die Menschen des vermeintlich fernen Mittelalters zwar in vielen Dingen von uns unterschieden haben mögen – in anderen jedoch auf fast schon erschütternde Weise nicht.

Man muss gar nicht lange suchen, um Parallelen zwischen den Ereignissen von damals und heute zu finden. Schon bei der Premierenlesung von BARBAROSSA machten mich Leserinnen und Leser darauf aufmerksam, dass die Geschichte Friedrichs I. und seines Kampfes gegen die oberitalienischen Städte in einigen Punkten Parallelen zum Krieg in der Ukraine aufweist; und auch bei seinem Enkel Friedrich II. muss man nicht lange nach Parallelen zur Gegenwart fahnden, war dessen Auseinandersetzung mit dem Papsttum im Grunde doch die erste große Propagandaschlacht der Geschichte. Natürlich, auch im alten Griechenland hat man bereits fleißig polemisiert und politische Gegner diffamiert, und das Ende der römischen Republik wurde von deren Gegnern nicht nur durch Waffengewalt, sondern vor allem auch durch die Gewinnung der Massen herbeigeführt.

Beim Kampf zwischen Friedrich II. und den Päpsten jedoch wurde erstmals ein gesamtes Reich – und besonders natürlich das stark umkämpfte Norditalien – zum Schauplatz einer ideologischen Auseinandersetzung, mit päpstlichen Legaten und kaiserlichen Justiziaren, mit Predigern und Sendboten als den damals zur Verfügung stehenden Massenmedien. In der alles entscheidenden Frage, wo die Macht des einen endete und die des anderen begann, war es für beide Kontrahenten überlebenswichtig, die Deutungshoheit über die Ereignisse zu gewinnen – das Narrativ, wie man heute sagen würde – und sie möglichst rasch und wirksam zu verbreiten. Und mit einiger Beschämung stellt man fest, dass sich daran bis heute nichts geändert hat.

Historikern ist bei solchen Vergleichen stets ein wenig unwohl, weil sie die Ereignisse verkürzen und wissenschaftlich nicht exakt sind – über die menschliche Natur und ihre offenbar begrenzte Lernfähigkeit sagen sie dennoch einiges aus, weshalb ich die Wissenschaft hier um Nachsicht bitte. Ebenso wie bei einigen Freiheiten, die ich mir genommen habe, um die mittelalterliche Welt ein wenig zugänglicher zu gestalten, in der es bekanntlich noch keine einheitliche Terminologie, Namensgebung oder Rechtschreibung gab.

So taucht Friedrich II. vor seiner Kaiserkrönung in Quellen mal als *rex Apuliae* – König von Apulien – auf, dann wieder als *rex Siciliae* – König von Sizilien. Manchmal wird er nur *puer Apuliae* – der Knabe aus Apulien – genannt. Oder auch *chind aus Pulla*, was einen ganz eigenen Charme hat (und wenn es im nächsten Urlaub nach Süditalien geht und Sie auf der Arbeit erzählen, dass Sie zwei Wochen Pulla gebucht haben, werden Sie wahrscheinlich Stirnrunzeln ernten). Im Roman habe ich deshalb einheitlichere Begriffe verwendet, mitunter auch solche, die nicht zeitgenössisch sind, wie die Bezeichnungen von Orten und Städten. Auch dass die deutschen Fürsten noch Jahrhunderte nach dem Fall des Römischen Reiches darauf bestanden, den König der Römer zu wählen, obwohl er faktisch König der Deutschen war, sorgt allzu leicht für Missverständnisse, weshalb ich mir auch hier ein wenig Freiheit genommen habe, ebenso wie bei den Nationalbezeichnungen. Die sind bekanntlich schon allein deshalb nicht historisch, weil es die Idee eines Nationalstaats im Mittelalter noch gar nicht gab – wenn also im Roman von

»Franzosen«, »Engländern« oder »Deutschen« die Rede ist, dann stets nur im geographischen Sinn.

In einigen Fällen habe ich – wie schon in BARBAROSSA – gegenüber dem historisch Gesicherten der volkstümlichen Überlieferung den Vorzug gegeben, wie etwa bei der Begegnung Friedrichs mit dem Heiligen Franz von Assisi – das Anekdotische und bisweilen Legendenhafte schien mir in Bezug auf die Figur des Kaisers nicht weniger wichtig zu sein als die Fakten. Auch die Bezeichnungen »Staufer« und »von Hohenstaufen« sind nicht wirklich authentisch, Vorrang für die Herrschenden jener Tage hatte eher der Rückgriff auf Kaiser Konstantin oder Karl den Großen. Auch im Roman geht es um diese Legitimation, ich wollte bewusst die Frage nach Friedrichs Selbstverständnis stellen, nach dem Narrativ seiner Herrschaft – gerade auch deshalb, weil die daraus resultierenden Propagandaschlachten zwischen Kaiser und Papsttum in so vieler Hinsicht an die Meinungskampagnen heutiger Tage erinnern.

Der Konzentration der Quellen auf die Herrschergestalt Friedrichs ist es geschuldet, dass viele Daten, die nicht unmittelbar mit ihm zusammenhängen, nicht gesichert überliefert sind. Der Tod seiner Geliebten Bianca Lancia beispielsweise wird bisweilen schon für 1244 angenommen, manchmal auch erst für 1248, während der aktuelle Stand der Forschung eher von 1246 ausgeht … Mir hat der Gedanke gefallen, dass Friedrich in jenen düsteren letzten Jahren seines Lebens die schöne Bianca noch an seiner Seite hatte.

Die im Roman geschilderte Ausgrabung am Castel del Monte ist fiktiv – das Interesse der Nationalsozialisten an Friedrich II. ist es nicht. Wiederholt hat die Reichspropaganda versucht, den letzten Stauferkaiser für sich einzunehmen und ihn wie seinen Großvater Barbarossa zum nationalistischen Popanz zu machen – das in den späten 1920er Jahren erschienene Standardwerk von Ernst Kantorowicz, das seinen Teil zur Mythisierung Friedrichs beigetragen hat, leistete hierzu einen zwar ungewollten, jedoch fundamentalen Beitrag. So ganz gelingen wollte die Vereinnahmung Friedrichs II. jedoch nie – zu widersprüchlich, zu vielseitig und schlicht zu sperrig war der letzte Stauferkaiser, als dass er sich so einfach hätte instrumentalisieren lassen.

Aus der Deutungshoheit über historische oder aktuelle Ereignisse Rechtfertigung für rigoroses Vorgehen zu ziehen ist bedauerlicherweise nichts, was mit Nazideutschland verschwunden wäre. Im Gegenteil, im Zeitalter von Internet und Social Media ist das Narrativ vollends zur Waffe geworden, wie ein Blick in den US-Wahlkampf, in die Ukraine oder in den Nahen Osten zeigt. Schon deshalb lohnt sich die Beschäftigung mit der Vergangenheit: Um sich immer wieder klarzumachen, dass wir in unserer Zeit nicht isoliert sind und es bereits ein Vorher gab – und dass manche vermeintlich neue politische Idee, die heute aus dem Hut gezaubert wird, in Wahrheit aus der Mottenkiste der Geschichte stammt. Schon aus diesem Grund ist die Geschichte Friedrichs II. und seines Strebens und Scheiterns heute vielleicht aktueller denn je, schon deshalb wollte ich sie erzählen.

Dass es dazu kommen konnte, habe ich einigen besonderen Menschen zu verdanken, bei denen ich mich an dieser Stelle herzlich bedanken möchte. Da ist zunächst natürlich mein unermüdlicher Agent Peter Molden zu nennen, der mir bereits seit zwanzig Jahren mit Rat und Tat zur Seite steht; auch an meinen Lektor Stefan Bauer geht mein herzlicher Dank, mit dem mich eine nicht weniger lange Zusammenarbeit und Freundschaft verbindet. Mein Dank geht außerdem an den Lübbe Verlag, besonders an Massimo Peter-Bille für die Gestaltung des Covers.

Und natürlich wäre ich nichts ohne meine wunderbare Familie, die mich in allen Belangen stets tatkräftig unterstützt und mir Heim und Heimat ist.

An Sie, liebe Leserinnen und Leser, geht schließlich mein herzlicher Dank dafür, dass Sie sich erneut mit mir auf eine Reise in die Vergangenheit begeben haben. Als ich vor genau zwanzig Jahren meinen allerersten historischen Roman DIE BRUDERSCHAFT DER RUNEN schrieb, hätte ich mir nicht träumen lassen, dass auf diese erste Zeitreise noch viele folgen sollten … Sie haben diesen Traum wahr gemacht.

Michael Peinkofer
Frühjahr 2024